NICENA CIVITAS
Nidaros
(Trondheim)
Upsala
Nowgorod
Aggersborg
OSTSEE
NORDSEE
Hedeby
LAND DER WENDEN
Kiew
Hamburg
POLEN
FRIES-
LAND
SACHSEN
BÖHMEN
Krakau
FLANDERN
Prag
SCHWARZES
MEER
UNTER-
LOTHRINGEN
OBER-
Rouen
Paris
Tours
Piacenza
Konstantinopel
(Byzanz)
Nikaia
Dorylaion
Herakleia
PROVENCE
Ikonion
Antiocheia
Toulouse
Rom
Bari
Durazzo
APULIEN
Salerno
Sinetra
Piräus
KALABRIEN
Jerusalem
Askalon
SIZILIEN
Alexandreia
MITTELLÄNDISCHES
MEER

Kaari Utrio
Sturmfalke

Kaari Utrio

STURMFALKE

Roman

Aus dem Finnischen
von Angela Plöger

Kabel

Die finnische Originalausgabe erschien 1995
unter dem Titel »Tuulihaukka«
bei Kustannusosakeyhtiö Tammi in Helsinki und wurde
für die vorliegende Ausgabe in zwei Bände geteilt.

Die Übersetzung wurde von *FILI* –
Finnish Literature Information Centre, Helsinki, gefördert.

Von Kaari Utrio liegt auf deutsch bereits vor:
Bronzevogel (Serie Piper 3067)

ISBN 3-8225-0569-2

Gesetzt aus der Sabon
Satz: EDV-Fotosatz Huber/Verlagsservice G. Pfeifer, Germering
Karte im Vorsatz: Amanita Ltd, Finnland
Druck und Bindung: GGP Media, Pößneck
Printed in Germany

www.kabel-verlag.de

Die Personen des Romans

Die historischen Personen sind mit Stern* gekennzeichnet. Am Ende des Buches gibt es ein Glossar.

IM HAUSE LAUNIALA

Launia, Richter und Opferpriester von Lieto
Lyy, Sohn des Hauses Launiala
Aure, Tochter des Hauses Launiala

IM HAUSE PAATELA

Ihanti, Herr von Paatela
Purha, sein Stiefbruder
Palpa, Sklave
Leko Dreifinger, Krieger

IM HAUSE ARANTILA

Olaf Sturmfalke, Krieger von König Harald
Glum Mißgestalt, Bootsführer des Sturmfalken

IN NIDAROS

Harald der Harte* (auch: der Strenge), König von Norwegen
Hallgerd Schwarzbraue, norwegische Schönheit

IN DUBLIN

Stein der Skalde, Dichter aus Grönland

IN DER NORMANDIE

Odo de Meilhan, Olafs Ziehbruder
Innocentia, seine Frau
Adela, Odos Schwester
Corba, Adelas Amme
Ingvar Trinkhorn, Olafs Knappe

IN APULIEN

Robert Guiscard de Hauteville*, Herzog von Apulien
Sikelgaita*, seine Frau

IN SINETRA

Geoffrey, Graf von Sinetra
Helaine Harzaniteina, seine Frau
Ortulana, Dienerin
Leonas, Erzbischof von Sinetra
Grimoald, neuer Erzbischof von Sinetra

IN BYZANZ

Euphrosyne, griechische Sklavin
Firmos, Lenker des Planwagens
Romanos Diogenes*, Kaiser
Andronikos Dukas*, Feldherr
Maria die Bulgarin*, seine Frau
Theodoros Phokas, Aristokrat aus Ephesos
Philomelia, seine Frau
Michael VII. Dukas*, Kaiser
Maria die Alanin*, Kaiserin
Arete Dukaina*, Schwester des Kaisers

IN MONTECALDO

Fulbert, Cavaliere von Montecaldo
Renald, sein Bruder
Guifred, sein Bruder
Constantia, Fulberts Mutter
Fenicia, Fulberts Kebsfrau
Pater Lampo, Priester von Montecaldo
Felix Nero, Kanonikus im Dom zu Montecaldo

IN ROCCAMORTE

Jordan, Cavaliere von Roccamorte
Bertilla, seine Frau
Humbert, ihr Sohn
Aimon, ihr Sohn, Bischof von Montecaldo
Pater Matteo, Priester von Roccamorte

Libentius, Gruppenführer
Marinus, Olaf Falcos Ritter
Euphremianus, Bischof von Roccamorte
Odo, ein heiliges Kind

IN SALERNO

Gisulf*, Fürst von Salerno
Johannes Platearius*, Arzt
Trotula*, seine Frau, Ärztin
Lando, Arzt

IN FORESTA UMBRA

Proserpina Desolata, Ketzerin
Theodoros, Mönch aus dem Kloster Sinai

IN ROM

Gregor VII.*, Papst
Georgios, Wandermönch
Heinrich IV.*, deutscher König

ERSTES BUCH

1066

1. Kapitel

1066

»Der würde einen guten Richter abgeben.«

»Das Wichtigste ist eine laute Stimme.«

»Er ist aber auch nett anzusehen.«

Lyy hörte die Reden; vielleicht sollte er sie auch hören. Viele waren gern mit dem neuen Richter gut Freund.

Die Burg Lieto, ein kahlgeschlagener Fluchtberg, ragte hinter den Leuten auf, die zum Gerichtstag erschienen waren. Er bildete einen finsteren Gegensatz zu den freundlichen Uferwiesen und dem schläfrig-trägen Aurafluß. Eine Frühlingsbö trieb bläulich-schwere Wolken über den Himmel. Bald würde sich aus den Wolken der Regen über die frisch ausgesäten Felder ergießen. Ukko, der höchste Gott, war zufrieden mit den Opfern, mit denen, die er bekommen hatte, und mit denen, die er noch bekommen würde.

Die Boote waren dicht bei dicht ans Flußufer gezogen worden. Zum Gerichtstag von Lieto kamen die Leute von weit her. Man traf Bekannte, zeigte sich, hörte Neuigkeiten, schloß Geschäfte ab und lauschte den Gerichtsverhandlungen der Leute aus Lieto. Den Streit anderer zu beobachten erzeugte eine angenehme Schadenfreude. Das milderte ein wenig den Neid, den die Menschen immer aufeinander empfinden, ob sie nun Grund dazu haben oder nicht.

Nun wollte man auch sehen, ob es stimmte, was erzählt wurde: daß nämlich Richter Launia plötzlich über seine Jahre hinaus alt, blind und im Kopf hohl geworden war, so daß er das Gesetz und sogar seinen eigenen Namen vergessen hatte.

Sobald die Leute aus Launiala eintrafen, sah man, daß der alte Launia unter seinem teuren roten Umhang krummgezogen und in sich zusammengesunken war. Er schritt langsam und unsicher, obwohl er sich bemühte, seinen elenden Zustand zu verbergen. Direkt neben ihm ging sein Sohn Lyy von Launiala und führte den Richter am Ellbogen, ein Mann, den man nicht übersehen konnte, selbst wenn man die Augen schloß.

Ganz vorn reckte Purha von Paatela den Hals, ein entfernter Vetter von Lyy und dessen eifrigster Schmeichler. Lyy war an Purha gewöhnt wie an einen Hund. Er bemerkte es nicht, wenn Purha ihm das Trinkhorn reichte oder die Waffen reinigte, er mochte sich das Geplapper des Burschen nicht anhören, er machte sich nicht die Mühe, sich für Purhas Geschenke zu bedanken, geschweige denn ihm ein Gegengeschenk zu machen. Wenn Purhas Fuchsgesicht eine Zeitlang nicht zu sehen war, konnte es geschehen, daß Lyy sich einen Augenblick wunderte, doch dann vergaß er den Tölpel.

Hinter Purha, vorsichtig etwas weiter abseits, stand sein Bruder Ihanti, der Herr von Paatela, in Finnland berühmt wegen seiner Weisheit und seines Geizes. Lyy schüttelte Purha von sich ab und erwiderte Ihantis Gruß.

»Gerichtsfrieden, Verwandter. Auch diesmal hast du keinen Streit vom Zaun gebrochen.«

»Eine sinnlose Beschäftigung, zu Gericht zu sitzen. Entweder du schlichtest den Streit, oder, wenn ein Vergleich zu teuer wird, bringst du deinen Feind um.«

Lyy lächelte so ansteckend, daß Ihanti das Lächeln notgedrungen erwidern mußte.

»Die Worte eines Kriegers. Doch nicht jeder hat Kriegshelden, denen er Befehle erteilen kann«, lachte Lyy.

Ihanti zuckte die Achseln. Ein Haus ohne Mann war ein unbedeutendes Haus. Es taugte nur dazu, Mietzins zu zahlen.

Lyy versetzte seinem Vater einen leichten Stoß, so daß der alte Mann auf die Richterbank plumpste. Lyy selbst blieb dicht hinter Launia stehen: ein gehorsamer Sohn, bereit, dem alten Vater zu helfen. Lyys lange, silberblonde Haare waren zu beiden Seiten des Gesichts geflochten und hingen über den Rücken frei herab. Sein kurzer Bart war dunkler als das Haar, die Augen waren blauer als sein mit Färberwaid gefärbtes Wollgewand. Dessen Saum war mit einem grünbunten Band verziert. Lyy trug leinene Beinlinge, die mit einem Lederband gebunden waren, und die Schließe seines grünen Wollumhangs war aus glänzendem Silber. An der Seite hing ihm ein mächtiges Schwert in einer Scheide, deren Spitze über den Boden schleifte, wenn Lyy dahinschritt.

Lyy aus dem Hause Launiala war ein Fürst, der über den anderen stand und unerreichbar war für Neid, Sticheleien und üble Nachrede. Lyy brauchte nicht um sein Ansehen zu kämpfen. Ihm gebührte von Natur aus Respekt ebenso wie Neid; am meisten jedoch wurde er gefürchtet, denn Lyys Schönheit und seine Leutseligkeit vermochten nicht zu bemänteln, daß er von Grund auf kalt war.

»Vater, es ist Zeit zu opfern und das Gesetz zu verkünden.«

Das Gerichtsvolk verstummte gespannt. Der Richter sprach jedes Jahr ein Drittel der Gesetze auswendig dem Volk vor. Auf diese Weise lernten die Menschen allmählich, was das Gesetz besagte und was nicht. Die alten Männer und Frauen konnten das Gesetz auswendig, nachdem sie es in ihrem Leben viele Male gehört hatten. Der Richter durfte nichts verändern und nichts vergessen, denn immer erinnerte sich jemand daran, wie die richtigen Worte lauteten.

Die Frauen standen an den Rändern des Gerichtskreises, zuvorderst die Bäuerinnen mit ihren Töchtern, hinter ihnen die Frauen aus den Hütten und Mietshäusern. Am weitesten entfernt bewegten sich die Sklaven, die man mitgenommen hatte, damit sie ihre Herrschaften während der Gerichtstage bedienten.

Zwischen Wald und Fluß hatte man Zelte und Buden aufgestellt, in denen die Besucher der Gerichtstage wohnten. Jedes Haus hatte seinen angestammten Platz, an dem die anderen ohne Waffenklirren nichts zu suchen hatten. Jedes Jahr versuchte jemand, sich einen besseren Platz zu erkämpfen; deshalb begannen die Gerichtstage meistens mit einer Prügelei.

»Das Opfer! Das Gesetz!«

Der alte Launia erhob sich mühsam. Plötzlich wandten sich die Köpfe der Menschen ab und dem Fluß zu.

»Ein Boot!«

»Sie kommen zu spät, die Christen!«

»Sollen sie doch wegbleiben von den richtigen Menschen. Sie stammen nicht einmal aus Lieto.«

Feindseliges Murren empfing das lange Boot, das den Aura flußaufwärts gerudert wurde.

»Alle Menschen haben das Recht, beim Gerichtstag zuzuhören.«

Lyy hörte, wie das Murren verstummte. Wenn er gesagt hätte, daß man die Christen aus dem Hause Arantila umbringen sollte, wäre es geschehen. Lyy gefiel es, daß die Menschen ihm gehorchten, ohne es gewahr zu werden.

Aus dem Boot stieg ein riesenhafter Mann, ein Ausbund an Häßlichkeit, wandte sich um und hob eine magere Frau auf die Wiese, der man sofort ansah, daß sie nicht gesund war. Die Gerichtstagsbesucher starrten die Ankömmlinge mit offenem Mund an: Dies waren Menschen, die man von der Auramündung bis in die Städte Kalliala und Vanaja kannte.

Fast jeder war schon Christen begegnet, allmählich gab es sie in jedem Geiselgau. Sie plapperten eifrig von ihrem einen einzigen Gott, aber jeder vernünftige Mensch erkannte, daß der ein Jammerlappen war: Der arme Kerl hatte sich ans Kreuz schlagen lassen.

Meistens waren die Christen gewöhnliche Menschen, die schwendeten, jagten und Handel trieben wie die anderen. Wenn man sie genügend geärgert hatte, vergaßen sie die kindischen Vorschriften ihres Gottes, griffen zur Streitaxt und spalteten Schädel wie jeder andere ordentliche Finne.

»Aber die hier sind sonderbare Leute. Der Mann ist ein schwedischer Wikinger und die Frau eine griechische Prinzessin, obwohl sie ihrer Herkunft nach die Tochter der Herrschaft von Arantila ist.«

»Die haben in Arantila eine eigene Kirche und einen alten Mann, der in einer fremden Sprache Zaubersprüche hersagt.«

»Die Zauberer der Christen nennt man Priester.«

»Dies hier sind Leute, die ganz zurückgezogen leben, sie reisen nicht viel im Geiselgau umher.«

»In ihrer Kirche schwelgen sie in Reichtümern.«

Den Absonderlichkeiten von Arantila hatte man genug Aufmerksamkeit geschenkt. Lyy bewies, daß er die Bräuche und Regeln kannte, die für alle Gerichtstagsbesucher die gleichen Rechte vorsahen. Nun war genug geglotzt, zumal auch respektvolle Töne zu hören gewesen waren.

Beim Gerichtstag sollte nur auf den Richter geschaut werden.

Dennoch suchte Lyys Blick den Schild des Wikingers: Es war ein Dreieck mit langen Spitzen und metallenem Rand, in dessen Mitte sich ein glänzender Knauf befand. Leuchtende rotgelbe Strahlen erstreckten sich vom Knauf bis zu den Rändern. Lyy dachte an seinen eigenen runden Schild aus Holz. Dessen einzigen Schmuck bildete ein roter Kreis. Er hatte jedoch einen Metallknauf, und bisher war Lyy der Meinung gewesen, daß er ein Schild war, wie er einem Richter gebührte.

Es war ungehörig, daß die Fremden inmitten des anständigen Volkes mit ihren prächtigen Waffen und Kleidern protzten. Lyys Herz, das eben noch so leutselig gewesen war, preßte sich zu einem kalten Stein zusammen.

»Es ist Zeit für das Opfer.«

Der Richter hätte selbst das Opfer ankündigen müssen. Aus Launias Mund kam aber kein einziges Wort. Lyy gab ein Zeichen, und ein gefesselter Widder wurde auf den Gerichtsstein gelegt. Der Opferdolch steckte in Launias Gürtel. Der Greis zog ihn hervor, aber es war klar, daß er nicht die Kraft haben würde, den Widder zu töten.

Lyy ließ die Stille andauern, so daß alle verstanden. Er nahm Launia den Dolch aus der schlaffen Hand und schnitt dem Widder in einem einzigen Zug die Kehle durch. Das Blut ergoß sich über den Stein. Das Volk warf sich mit dem Gesicht auf die Uferwiese.

»Ukko, oberster Herrscher,
Gott du über den Wolken,
halte Gericht in den Wolken ...«

Der Wetterzauber erklang im Flüsterton. Leise gesprochen hinterließ er einen machtvolleren Eindruck, als wenn man ihn hinausschrie. Aus den Augenwinkeln sah

Lyy, daß die Christen von Arantila sich nicht vor dem Gerichtsopfer verneigten. Unverwandt hielt er den Blick auf sie gerichtet, so daß die Leute, die sich wieder erhoben, in dieselbe Richtung spähen mußten.

»Vater, das Gesetz muß vorgetragen werden.«

Launia gab einen Laut von sich und begann zu husten. Lyy drückte den Alten auf die Bank nieder. Er öffnete den Mund und fing an, mit volltönender, respektheischender Stimme das Gesetz der Finnen zu verkünden. Die Stellung des Richters und des Opfervollziehers ging vom Vater auf den Sohn über, ohne daß auch nur ein einziger Gerichtstagsbesucher sich einmischte.

»Alle, die es wollen, können dem Gerichtstag beiwohnen, das ist wahr«, sagte Lyy, nachdem er das Gesetz gesprochen hatte. »Doch die Zuhörer müssen den Göttern ihre Verehrung darbringen. Was soll aus den Jahreseinkünften und dem Jagdglück werden, wenn die Opfernden an der Stätte des Gerichts verspottet werden?«

Purha von Paatela rückte eifrig vor, um herauszufinden, was Lyy vorhatte.

»Fort mit den Christen!«

»Egal, was sie sind und wen sie verehren.« Lyy blickte aus den Augenwinkeln zu den Herrschaften von Arantila hinüber. »Sie beleidigen die Götter. Das führt den ganzen Geiselgau ins Verderben.«

Der grobknochige Mann lächelte friedfertig.

»Wir wollen den Gerichtstag nicht stören. Wenn du meinst, wir stören, dann gehen wir.«

Die Gutmütigkeit des Mannes und das Schweigen der Frau ärgerten Lyy. Nachgiebige Leute, deren Vertreibung niemandem zum Ruhm gereichte.

»Bleibt, wo ihr seid, wenn ihr euch nur vor dem Opfer verneigt«, sagte Lyy kalt.

»Das können wir nicht. Unser Gott verbietet es uns, anderen Göttern zu opfern.«

Dummkopf, dachte Lyy. Ein mächtiger Krieger, aber von schwachem Verstand.

Die Leute von Arantila gehörten nicht zu der Menge, die sich zu Füßen der Burg Lieto versammelt hatten. Sie waren allzu reich, allzu zufrieden, allzu anders. Lyy verstand sehr wohl, daß seine Gerichtstagsbesucher die Leute ablehnten, die in auffälliger Weise erfolgreich waren. Das Glück der einen fehlt den anderen. So etwas läßt sich schwer ertragen.

»Kehrt nach Arantila zurück!« schnauzte er, der Sache überdrüssig.

Die Gerichtstagshütte von Launiala stand der Burg zunächst. Ihre drei Wände waren aus Steinen aufgeschichtet. Wenn sie benutzt werden sollte, zog man einen Stoff über Stangen. Der Boden der Hütte wurde mit Fichtenreisern belegt. Vorn gab es eine mit Steinen eingefaßte Feuerstelle. Über dem Feuer stand ein Dreibein.

Das Gut Launiala benötigte eigentlich keine Gerichtstagshütte. Das Haus lag so nahe, daß die Leute sich bequem unter das eigene Dach hätten begeben können, um dort die Nacht zu verbringen. Doch die Hütte war eine Prestigefrage. Der Richter von Lieto konnte nicht umhergehen und die Besucher begrüßen ohne einen Ort, an den er die Leute zu einem Bier einladen konnte.

Lyy saß am Feuer mit dem Bierkrug in der Hand. An den Gerichtstagen tranken die Menschen gemeinsam, bis sie umsanken, wo sie gingen und standen. Doch anders als alle anderen war Lyy gern allein; schließlich gab es im ganzen Geiselgau niemanden, der ihm ebenbürtig war, und die Gesellschaft Dümmerer ertrug er nicht.

Nur die Christen von Arantila waren ebenso vornehm wie Lyy, doch die hatte er selbst vertrieben.

Der alte Launia schlief in der Hütte unter Schaffellen gemeinsam mit seiner Tochter. Purha, der Wachhund, wuselte ungeduldig um das Feuer herum und versuchte, die Aufmerksamkeit des mächtigen Lyy zu erregen.

»Es gibt noch gar keine Mücken.«

Aus den Zelten der Gerichtsstätte klang leises Stimmengewirr herüber, jemand schnarchte laut. Vom Fluß zog schwacher Dunst über die nackten Wiesen. Der Burgberg überschattete die Gerichtsstätte wie eine Gewitterwolke.

»Richter!« In Purhas Stimme lag neben Schmeichelei aufrichtige Bewunderung. Lyy wurde von vielen bewundert, und das berührte ihn nur noch selten. Jetzt war er vielleicht müde, vielleicht hatte er reichlich Bier genossen. Er nickte Purha leutselig zu zum Zeichen, daß er bereit war, den jungen Mann anzuhören.

»Du hast deine Schwester Aure zum Gerichtstag mitgebracht«, stieß Purha hervor.

Es verschlug Lyy die Sprache. Purhas Worte waren nahezu ungehörig: Es schickte sich nicht für einen fremden Mann, eine junge Frau zu erwähnen, schon gar nicht eine aus einer angesehenen Familie, wenn er nicht die ernste Absicht hatte, um sie zu freien. Das Freien wiederum besorgten die älteren Verwandten, Männer und Frauen. Es war Ihantis Aufgabe, sich um eine Braut für Purha zu bemühen. Doch Ihanti würde sich niemals in einer solchen Angelegenheit an Lyy wenden. Aure von Launiala stand unermeßlich höher im Rang als Purha von Paatela. Am Hause Paatela gab es an sich nichts auszusetzen, doch Purhas Mutter war eine Sklavin, seinerzeit die Freude eines alten Mannes an seinem Lebensabend.

Lyy wußte nicht recht, ob er zuschlagen oder lachen sollte. Purhas Halbbruder war jedoch ein Freund und Verwandter. So begnügte sich Lyy damit, den Kopf zu schütteln.

»Du benimmst dich schlecht, wenn du meine Schwester beim Namen nennst. Die Tochter des Hauses Launiala ist nicht für einen wie dich bestimmt. Wenn du aber eine Frau brauchst, kann ich mich nach einer passenden erkundigen, natürlich mit Einwilligung deines Bruders.«

»Ich bin ein Sohn des Hauses Paatela«, sagte Purha. Offenbar war er sich seiner Aufdringlichkeit nicht bewußt.

»Du bist der Sohn einer Sklavin. Ein unbedeutender Mann«, knurrte Lyy. »Geh jetzt und störe mich nicht länger.«

Lyy würdigte ihn keines Blickes, als Purha sich trollte. Einen Augenblick lang horchte er auf das gleichmäßige Atmen der Schläfer in der Hütte. Sein Blick wanderte zum breiten Bett des Auraflußes und zu den Feldern am jenseitigen Ufer. Dahinter zeichnete sich der dunkle Wald ab, so wie ein Finne ihn immer vor Augen hat, wo er auch sein mag.

Eine mit Trauer gemischte Mattigkeit überkam Lyy. Er war jetzt der Richter von Lieto. Das war jahrelang sein Ziel gewesen. Doch obwohl es erst ein paar Stunden her war, daß er diese Stellung erlangt hatte, erschien sie ihm schon gleichgültig. Es gab nichts Neues, das er jetzt anstreben konnte. Vor ihm lag nur die unendliche, in ihrer Gleichförmigkeit schreckenerregende Abfolge von Jahren. Das Säen, das Ernten, dem Nachbarn die Ernte zu rauben – das hatte für Lyy keinerlei Reiz. Dazu war jeder in der Lage, der zwei Hände besaß.

Lyy streckte sich auf der frühlingskalten Erde aus. Seine Verzweiflung war so schwer, daß er das Gefühl hatte, im Schoß der Erde zu versinken.

»Meine Tochter. Jede Frau hat einen wahren Namen. Den kennen nur die Mutter und die Tochter selbst.«

Aure berührte das unnatürlich weiße Gesicht der Mutter mit der Fingerspitze. Sie wollte nichts von dieser Sache hören.

»Das Mädchen erfährt ihren wirklichen Namen, wenn sie ihr Heimathaus verläßt und ihrem Ehemann folgt«, flüsterte Aalto. »Doch ich werde dir nicht das Geleit geben, wenn du von hier fortgehst. Ich werde ins Reich der Toten eingehen, noch bevor der Tag zu Ende geht. Ich sage dir deinen Namen jetzt.«

»Ich brauche den wahren Namen nicht«, schluchzte Aure.

Etwas von der Klarheit des Frühlingsnachmittags fiel durch den offenen Rauchabzug auf die mit Steinen ausgelegte Feuergrube. Darin brannte ein Feuer, kein großes, loderndes so wie im Winter, sondern eine bescheidene Flamme, der Sterbenden zum Trost. Und sie wurde nur unterhalten, weil die Sterbende die Herrin eines großen Hauses war. Die Truhen auf den Pritschen und der Webstuhl blieben im niedrigen Halbdunkel hinter den Dachpfeilern.

Aalto von Launiala kümmerte sich nicht um die Tränen der Tochter. Sie hatte noch viel zu sagen, und die Zeit war knapp. Durch den Rauchabzug drang das schrille Trompeten ziehender Kraniche herein. Es verklang rasch, während die großen Vögel gen Norden flogen.

»Ich war die einzige Tochter, so wie du, Aure. Du hast keine Tante, die dich verheiraten, und keine große

Schwester, die für dich sorgen könnte. Du bist ein beklagenswertes Mädchen, denn dir fehlen weibliche Verwandte. Wer wird dich anleiten? Wer dir raten, dich unterweisen?«

Die einst so tragende Stimme der mächtigen Herrin war vor Monaten gebrochen, als Aalto von Launiala mit Schmerzen in der Brust auf das Lager gesunken war. Aure mußte das Ohr nahe an den Mund der Mutter halten. Auch im Halbdunkel sah man den bläulichen Ring um Aaltos Mund, das Zeichen des Todes. Als Lyy es entdeckte, schickte er, der Sohn und Erbe des Hauses Launiala, die Männer einen Scheiterhaufen aufrichten.

»Diesen Namen habe ich im Traum erhalten so wie jede Mutter. Ihn kann man nicht verändern, man kann nicht darauf verzichten, und man kann ihn nicht preisgeben. Er wird dir dein ganzes Leben lang folgen, wohin du auch gehst und was du auch tust. Er ist dein Schicksal.«

Aure spannte Schultern und Nacken an und zog sich unmerklich zurück.

»Eines Tages wird es deine Pflicht sein, das Schicksal für deine eigenen Töchter zu träumen. Und wenn du ihnen auch kein anderes Erbe hinterläßt, hinterlasse ihnen einen wahren Namen, bevor du stirbst. Höre.«

Aure hielt den Atem an. Der wahre Name kam nur wie ein Hauch von den grauen Lippen. Aure sah das Wort sogleich lebendig vor sich, sah, wie es scharf und schnell unter dem geräumigen Dach des großen Hauses von Launiala schwebte. Sie atmete freudig tief auf.

»Ein herrlicher Name. Er gefällt mir. Er wird mir Glück bringen. Du hast gut geträumt, Mutter.«

Die Schädelknochen traten im Antlitz der Aalto von Launiala seltsam hervor, so als schmölze das Fleisch und als klammere sich die Haut am Knochen fest. Das rote Haar, das im Tod vom Schleier befreit war, rahmte das erregte Gesicht.

»Sei kühn. Wenn du Kummer hast, erinnere dich an deinen Namen. Vertraue niemandem außer deinen Verwandten. Rede über niemanden Schlechtes.«

Die Ratschläge kamen hastig.

»Kränke niemals eine Frau. Denk daran: Die Männer wirken mächtig, aber über das Leben der Frau entscheidet eine Frau, sie selbst oder eine andere.«

Das wußte Aure ohnehin. Über das Leben einer Frau bestimmte die Schwiegermutter, bis sie starb, und danach mußte man mit den Schwägerinnen auskommen.

»Lenke den Mann, aber laß es ihn nicht merken. Hüte dich vor deiner Macht: Einen Mann kann man zu allem Möglichen anstiften. Gib deinem Mann immer genug zu essen. Verweigere ihm niemals dein Bett.«

Aure hatte diese Regeln viele Male gehört.

»Mutter, ruh dich aus.«

»Bitte niemals mehr als dreimal um eine Sache. Wenn man sie dir beim dritten Mal nicht gibt, dann bekommst du sie nie, es sei denn, du nimmst sie dir ohne zu fragen, aber das sollst du dir dreimal überlegen.«

Aalto von Launiala flüsterte die Lebensweisheiten mit trockener Kehle eilig heraus, um nichts zu vergessen. Aure gab ihr Wasser zu trinken. Der Strom der guten Ratschläge dauerte an. Die Leute, die den ganzen Tag auf Betten und Pritschen gewartet hatten, wurden unruhig. Am Sterbetag der Herrin gab es kein Essen. Weinen konnte man am besten mit leerem Magen, und es stand ja eine üppige Trauerfeier bevor.

Der Ehemann der Sterbenden saß im Hausherrenstuhl, die verkrümmten Finger streichelten die Bärenköpfe der Armlehnen. Die Schnitzereien hatten sich unter den jahrzehntelangen Berührungen zu eisglatten Flächen abgenutzt. Launia schlummerte dann und wann ein, ein nahezu blinder Mann, der alt wirkte, obgleich er nicht alt war. Das Warten auf den Tod seiner Frau löste bei dem Richter von Lieto keinerlei Regung aus; vielleicht wußte er gar nicht, worauf man hier wartete. War es doch gemütlich, auf dem warmen Lammfell zu sitzen, das Feuer in der Grube als schwaches Flackern in den trüben Augen.

Neben dem rot angestrichenen Hausherrenstuhl stand, so als wartete er auf den Augenblick, in dem er selbst darin würde Platz nehmen können, Lyy von Launiala, ein Mann so stolz wie ein Elchbulle. Er war Launias und Aaltos ältester Sohn und der einzige, der überlebt hatte, der wahre Herr des Hauses jetzt, da Launia überraschend ein blinder, seniler Greis geworden war. Der einzige, der das nicht begriff, war Launia selbst.

Das Flüstern der Hausherrin verstummte. Die Tochter eines großen Hauses, die ihrer Herkunft nach außerordentlich vornehm war und in dem Ruf stand, klüger als ihr Mann zu sein, tat ihre letzten Atemzüge. Sie hatte Wiesen und Jagdgebiete, Vieh und bewegliche Güter in die Ehe eingebracht. Ihren Kindern hatte sie einzigartige Schönheit und die Gabe des Gesangs vererbt. Jetzt mußte sie alles zurücklassen und sich zu den Unterirdischen begeben, in das nasse Halbdunkel der Toten.

»Kind, singe für mich. Schläfere mich ein. Hilf mir einzuschlafen.«

Aure hatte diese Bitte schon erwartet. Die Mutter war nicht die erste Sterbende, die sie an den Tuonela, den dunklen Strom des Totenreiches, geleitete. Doch bisher hatte die Mutter sie immer dabei unterstützt und ihr vorgesagt, wenn ihr ein Wort oder eine Zeile nicht einfiel. Jetzt mußte Aure ihre eigene Lehrmeisterin an das öde Ufer geleiten.

Aure stimmte das Schlaflied an, sie sang zunächst leise und unsicher, dann immer heller, immer klarer. Das Stimmengewirr verstummte. Einige Frauen, die erfahrensten, begannen zu weinen, noch zur Probe, doch schon bald bereit zu starker Klage.

Aure ließ ihre Stimme erklingen, so wie die Mutter es sie gelehrt hatte. Das Lied der Schlafbringerin durfte weder ein Schreien noch ein Krächzen sein. Nicht laut, aber klar. Die Stimme mußte sicher sein, damit der Schläfer sich sicher fühlte. Sie mußte weich sein, damit die Schläferin nicht zusammenfuhr.

Für das Schlaflied brauchte man eine ganz besondere Stimme, eine sanfte Mischung von Klingen und Summen. Durch Unterweisung wurden aus Menschen, die eine solche Stimme besaßen, große Schlafbringer, die man rief, damit sie Kranken und Sterbenden die Qualen des Lebens und Sterbens linderten.

Aalto hatte ihre Tochter so gut unterrichtet, daß die Leute des großen Hauses, Krieger, Diener und Sklaven, in ruhigen Halbschlaf glitten und mit halbgeschlossenen Augen an der Grenze von Schlafen und Wachen schwebten. Launia schlief schnarchend auf der Hausherrenbank, das Kinn war ihm auf die Brust gefallen.

Nur Lyy beobachtete mit seinen eisblauen Augen die zwischen Licht und Dämmer stehende Schwester. Sie preßte die Hände zusammen, so wie man es beim Singen zu tun pflegte. Ihr Hals war gerade und angespannt, ihr schmales Gesicht ernst, ihr Ausdruck konzentriert. Die roten Locken lagen, im Nacken zu einem Zopf geflochten, auf dem Hemd aus Leinen. Das Mädchen war zart, keine derbe angehende Bäuerin.

Die Heftigkeit des Gesangs störte Lyy. Aure hatte erst vierzehn Winter gesehen und brachte schon ein Haus voller Leute zum Einschlafen. Lyy war sich nicht sicher, ob die Kunst der Schwester von Vor- oder von Nachteil war. War das Singen eine Fähigkeit, die Neid erweckte? Vielleicht war sie so wie das Opfern. Besser, man machte nicht zuviel Aufhebens von dem Singen, bevor klar war, welchen Nutzen man daraus ziehen konnte.

Die einschläfernde Melodie brach plötzlich ab.

»Öffnet die Tür, damit die Seele hinaus kann«, befahl Aure.

Das erste Klagen ertönte. Die Klageweiber machten sich an die Arbeit.

Das Silber der Fibel funkelte in der Sonne. Aure wog den Schatz in der Hand und bewunderte seine Gravuren. Die Schließe war eine Handelsware gotländischer Herkunft, von der Insel, von der viele schöne Gegenstände nach Lieto gekommen waren.

Die Quelle lag blinkend vor Aure, ruhig und geheimnisvoll. In ihr spiegelten sich die Bäume des Waldes; ein Loch im Boden mit dunklem Wasser, eine Öffnung, die ins Totenreich Mana führte. Sie war Aures eigene Quelle, ihr Geist war Aures eigener Geist, dem sie von klein auf geopfert hatte. An den Rändern der Quelle besiegte das Frühlingsgrün allmählich das braungefrorene Gras.

Aure seufzte traurig. Die Fibel war kostbar. Sie hätte sie gern behalten. Aber sie mußte der Quelle von allem einen Teil geben, sonst würde der Geist zürnen. Aure wußte nicht, was geschehen würde, wenn der Geist zürnte; sie begütigte ihn immer reichlich.

Aaltos schönste Schmuckstücke waren zusammen mit dem Leichnam verbrannt worden. Das schwarze, geschmolzene Metall war zusammen mit der Asche und den Knochenstückchen begraben worden. Dennoch waren Aure noch Fibeln, Armreife und Anhänger geblieben. Sie besaß auch selbst welche, Schmuckstücke, wie die

Tochter aus mächtigem Hause sie von den Verwandten bekam.

Aure öffnete die Hand und ließ die Fibel fallen. Sie plumpste matt und verschwand sofort.

»Ruhig, Quelle, liebe Quelle,
wirf keinen scheelen Blick auf mich.«

Den Zauberspruch hatte Aure sich selbst ausgedacht. Sie war auch stolz darauf, obwohl sie vermutete, daß die wahren Zauberer darüber lachen würden. Die Quelle beruhigte der Spruch, denn sie spuckte das Opfer nicht aus, so wie manche Opferstellen es angeblich taten.

Aure schaute zu ihrem Heimathaus hinüber. Launiala lag in Sichtweite der Quelle. Sonst hätte Aure auch gar nicht in Begleitung nur einer einzigen Magd opfern gehen können, sie, das vornehme junge Mädchen, ebenso begehrenswert wie eine wandelnde Schatztruhe.

Das Haus Launiala im Geiselgau Lieto ragte auf einem Höhenrücken auf, der von Südosten nach Nordwesten um das Ufer des fischreichen Launiasees einen Bogen schlug. Am Endpunkt des Höhenrückens befand sich eine Bucht, in der der ruhig dahinströmende Launiafluß entsprang. Er schlängelte sich ein kurzes Stück dahin und mündete dann in den Aurafluß.

Einen besseren Platz hätten die Ahnen von Launiala kaum finden können. Der See gab ihnen Fische, die Uferwiese Gras, und im Wald fand sich reichlich Schwendland. Auch ständig bebautes Ackerland gab es an den Ufern des Launiasees. Die Stellung des Hauses oben auf dem Höhenrücken war leicht zu verteidigen, und sie war durch einen Wall aus Steinen und Baumstämmen befestigt. Bei Gefahr konnte man sich einfach den Fluß entlang in den Schutz der Burg von Lieto begeben. Kein Mensch konnte sich daran erinnern, daß Launiala zu seinen Lebzeiten jemals niedergebrannt worden wäre.

Das Haus war nicht nur durch seine hohe Lage, die gutgeplante Verteidigung und die Schwerter der Männer geschützt. Die Familie des Stammesführers griff man nicht ohne weiteres an, obwohl viele Leute Haß gegen ihn hegten. Die Leute von Launiala waren hochmütig und skrupellos, sie nahmen sich immer, was ihnen zustand, und noch mehr. Die Launias waren seit Menschengedenken Richter, Vollzieher des Opfers und Krieger von Lieto gewesen. Die Männer von Launiala besaßen Schwerter mit silbernem Griff, während die anderen mit der Streitaxt in der Hand daherstapften. Die Frauen von Launiala trugen Ketten aus Silber auf der Brust, während die Bauersfrau sich mit nachdunkelnder Bronze begnügen mußte.

Aure war im Schutz des großen Hauses aufgewachsen, die verwöhnte, einzige Tochter. Sie hatte nichts anderes zu tun als Schlaflieder zu lernen, Garne zu färben und prächtige Kleider zu weben. Es hieß, sie sei so schön wie ihre Mutter. Sie wußte, daß das nicht stimmte. Auf der Wasseroberfläche im Zuber sah sie einen breiten Mund, eine große Nase, allzuhohe Wangenknochen und eine rote Kraushaarmähne. Die konnte man sich überhaupt nicht als vornehme goldene Lockenpracht vorstellen. Am schlimmsten war die Haut: Sie war über und über voller Sommersprossen und wurde nicht einmal durch Waschen mit Morgentau rein.

Aure war nicht besonders betrübt über ihre Häßlichkeit. Auf das Aussehen kam es nicht an, wenn die Familie reich und mächtig war. Aure war Herrin von Launiala, bis Lyy eine Schwiegertochter ins Haus bringen würde. Der Bruder hatte es nicht eilig, sich eine Ehefrau zuzulegen: Darüber gab es ständig Streit zwischen Vater und Sohn. Lyy fand niemanden, der ihm ebenbürtig war, und eine schlechtere Frau wollte er nicht.

Aure war es durchaus recht, allein über das Gut zu herrschen. Sie war jung, aber wohlunterrichtet. Eines Tages – in vier bis fünf Wintern – würde sie in das Gut ihres Mannes ziehen, in ein gleichwertiges großes Haus und in eine mächtige Familie. Das Leben war schön und sicher und würde es immer sein.

2. Kapitel

1066

Der Sklave sah Purha von der Seite an.

»Herr. Lyy hat Launiala verlassen.«

Purha gab einen abwehrenden Laut von sich. Aber es gefiel ihm, daß man ihn Herr genannt hatte, und das wußte der Sklave.

Palpa, der Sohn einer von der Schärenküste geraubten Frau und eines Erbsklaven, war sein Leben lang Sklave im Hause Paatela gewesen. Er wußte sehr genau von Purhas schmerzhaftem Minderwertigkeitsgefühl. Manchmal, wenn Palpa zu Boshaftigkeiten aufgelegt war, ärgerte er Purha, indem er ihn wie einen Blutsbruder behandelte: waren sie doch beide Söhne einer Sklavin. Purha verprügelte Palpa, aber er war nicht Manns genug, den Ziehbruder zu töten.

»In Richtung Piikkiö«, fügte der Sklave hinzu. »Lyy ist hier mit den Kriegern von Launiala auf dem Weg zum Hause Lempilä in Piikkiö vorbeigeritten. Zwanzig Mann, Herr. Das ist so weit weg, daß sie dort übernachten müssen. In Lempilä wird irgend etwas geplant. Launiala ist fast leer.«

»Seltsam, daß sie das Gut ohne Schutz zurücklassen.«

»Wer würde schon Launiala angreifen.« Der Sklave zuckte die Achseln. »Alle meiden Launiala, auch wenn dort niemand sonst wäre außer der jungen Tochter.«

»Lyy ist ein schneller Rächer«, knurrte Purha. Er erinnerte sich an einen gehäuteten Mann und an einen anderen, der lange auf glühenden Kohlen hatte sitzen müssen.

»Lyys Rache löscht die ganze Sippe aus. Es ist nicht üblich, auch nur ein einziges Schoßkind am Leben zu lassen.«

»Es sei denn, es ist die eigene Familie«, bemerkte Palpa. »Und wenn der Räuber der eigene Schwager ist.«

»Lyy hat keinen Schwager.«

»Doch, wenn du die Schwester raubst und sie beschläfst«, sagte der Sklave geduldig. »Der Mann der Schwester ist der Schwager, und was kann man gegen den Schwager ausrichten? Die eigene Familie kann man nicht umbringen.«

Purha dachte angestrengt nach. Sie saßen am Ufer der Insel Kuusisto, der elende Sohn des Hauses Paatela und sein Sklave. Sie hatten nichts zu tun, denn Ihanti ließ es nicht zu, daß Purha in Paatela irgendeinen Schaden anrichtete.

Purha hatte einen Winter lang am Tisch des Hauses Launiala gegessen, hatte zu dessen Kriegern gehört und stolz die Streitaxt getragen. Eine wunderbare Zeit. Purha hatte das Gefühl gehabt, ein ebenso stolzer Mann zu sein wie die berühmten Krieger des Gutes. Doch dann behauptete Launia, Purha würde ganz umsonst gefüttert.

»Im Kampf bist du den anderen im Wege, du kümmerst dich nicht um die Waffen und kannst keine Geschichten erzählen. Wenn du es wenigstens lernen wolltest, könnte ich dich vielleicht dulden. Aber du prahlst und spielst dich auf, obwohl du ein Nichts bist.«

»Ich bin ein Verwandter«, sagte Purha gekränkt.

»Nur deshalb schlage ich dich nicht zum Krüppel«, zischte Launia. »Geh nach Hause zu deinem Vater und versuche, ein Mann zu werden.«

In dem großen Hause Launiala konnte man es sich leisten, einen erwachsenen Mann davonzujagen. Jedes Haus lockte Männer an seinen Tisch; je mehr Krieger es hatte, desto stärker war es. Das beste Lockmittel war ein berühmter Hausherr.

Purha kehrte verbittert nach Paatela zurück, wo er seinem Bruder auf die Nerven fiel. Mit der Zeit sammelte er Männer um sich, die er Krieger nannte, obwohl nur wenige von ihnen eine bessere Waffe als eine Keule besaßen. Ihanti akzeptierte die Leute jedoch unter dem Dach von Paatela, denn es herrschte ständig Mangel an Arbeitskräften. Purha bildete sich ein, Lyy würde ihn gern wieder in Launiala aufnehmen, wenn er einige erfahrene Krieger mitbrächte. Doch Lyy hatte sich die Schar der Knechte von Paatela voller Verachtung angesehen.

»Das sind keine Krieger, und sie haben keine andere Erfahrung als die, daß sie Missetaten begehen.«

Die Männer verteilten sich auf die Häuser der Umgebung. Jetzt würde man sie schnell zusammenbekommen und, was das beste war, ohne Ihantis Wissen. Purha wußte, daß Ihanti einen Mädchenraub nicht billigen würde, am allerwenigstens einen aus dem Hause des Oberhauptes der Sippe.

Purha erinnerte sich verbittert daran, wie Lyy seine vorfühlende Brautwerbung abgeschmettert hatte. Ein schneller Schlag, dreist und unerwartet, würde den Richter von Lieto veranlassen, seinem Verwandten mit Respekt zu begegnen. Lyy hatte nicht begriffen, was für einen Krieger sein Vater aus Launiala vertrieben hatte.

»Ein grandioses Unternehmen.« Purha stand plötzlich auf. »Eine Ruhmestat für einen kühnen Mann.«

»Und das Mädchen ist schön, so wie es zu einer solchen Geschichte gehört«, bemerkte der Sklave.

»Häh? Mädchen?«

»Die Tochter des Hauses Launiala.«

»Ja.« Purha konnte sich an keine anderen Einzelheiten als an ihr rotes Haar und die Sommersprossen erinnern. »Die ist nicht viel wert. Aber ich will sie nicht wegen ihres Aussehens rauben.«

»So etwas passiert nur in albernen Liedern«, bestätigte der Sklave.

»Von einem Mädchenraub werden immer Lieder gemacht«, kam es Purha in den Sinn. »Dies wird ein ruhmvoller Raubzug. Die Leute werden lange von uns sprechen. Man kann ja die Frau als schön beschreiben. Die Liederdichter lügen immer.«

Die eilig zusammengerufenen Keulenschwinger waren letztlich unnütz und eher hinderlich. Nur Purha hatte ein Pferd. Auf dem Weg über den Höhenrücken nach Launiala mußte er sowohl seinen Eifer als auch das Pferd zügeln.

Das Gebäude wirkte bedrohlich, wenn man es vom Fuß des Höhenrückens aus betrachtete. Das Reetdach schien die tiefhängenden Wolken zu berühren. Die mächtigen Baumstämme des Schutzwalls warteten nur darauf, auf die Eindringlinge herabzupoltern. Purha wäre umgekehrt, wenn nicht vom Eingangstor her ein Willkommensruf erschallt wäre. Der Wachmann hatte die Verwandten des Hauses am Ende des Pfades erspäht und machte einladende Gebärden. Purha und seine Helden traten ein, ohne zu den Waffen zu greifen.

Blauer Rauch schwebte in schwindelnder Höhe unter dem Dachfirst des Hauses. Die Feuergrube hatte eine Länge von zwei, wenn nicht drei Mann, doch nur an einem Ende brannte ein Feuer. Auf den aufgeschichteten Steinen stand ein schwarzer Kessel, aus dem kräftiger Duft nach Fischsuppe aufstieg. Purha traten die Tränen in die Augen: Der Frühling war eine elende Zeit, nicht einmal in einem Hause von der Größe Paatelas konnte man sich jeden Tag satt essen.

Neben dem Kessel machte sich eine betagte Magd zu schaffen. Abseits stand die Tochter des Hauses, sie, die Purha rauben wollte.

»Willkommen, Vetter«, lächelte das Mädchen, so als wäre sie die Hausfrau. »Ihr kommt gerade recht zum Essen, Männer.«

Purha sah sich das Mädchen genauer an als früher. Eine Schönheit mit Mondscheinhaar so wie in den Liedern war sie wirklich nicht. Es könnte schwierig werden, sich an die Sommersprossen zu gewöhnen. Die hatte sie überall im Gesicht, besonders auf den hohen Wangenknochen. Aber im Bett konnte man die Augen zumachen, und anderswo brauchte er seine Frau ja nicht anzusehen. Auch ihre Haare waren sonderbar: Bei einem so vornehmen Mädchen erwartete man eine schwere, über den Busen herabfallende goldene Flechte. Doch Aure von Launiala hatte einen roten Hexenbesen auf dem Kopf. Daraus stieg nach allen Seiten Kraushaar auf wie wilde Vögel.

Immerhin hatte sie blaue Augen, Lyys Augen, so hell, daß sie einem angst machten. Das tiefe Blau der Iris war von einem dunklen Ring umgeben. Wimpern und Brauen waren dunkler als bei Lyy und wahrscheinlich von der Mutter ererbt, da der alte Launia wasserhell war.

Es wäre nicht verkehrt, wenn die Männer Essen bekämen, da die Suppe offenbar fertig war. Der Rückweg von Launiala nach Paatela würde bis weit in die Sommernacht hinein dauern. Dann würde es auch allerlei zu tragen geben. Das Mädchen würde hinter Purha im Sattel sitzen, aber die Männer würden all die Sachen schleppen müssen, die Purha aus Launiala mitnehmen wollte.

»Möchten deine Männer am Tisch essen? Die Leute sind auf den Feldern und im Wald bei der Arbeit. Wir haben jetzt so wenige Männer im Hause, daß sie nicht ausreichen, um den Tisch aufzustellen, aber wenn deine Krieger wollen, können sie die Platte selbst auf die Beine setzen.«

Das war eine gute Nachricht für Purha. Er sagte, auf die Tischplatte komme es nicht an.

»Jeder kann auf der Pritsche sitzen und aus dem Napf essen.«

Eine aufgebockte lange Tischplatte füllte ein Haus aus. Dann war es unmöglich, mit voller Kraft zu kämpfen. Allerdings gab es hier keine Krieger, gegen die man hätte kämpfen müssen.

Aure versuchte, den alten Richter zu wecken. Launia schlief in einer prächtigen Bettkammer im hinteren Teil des Hauses. Auf die Tür der Kammer waren zur Abwehr des Bösen rote Muster gemalt. Die Bettwäsche war aus weißem Leinen und labkrautroter Wolle.

Der alte Mann knurrte böse, drehte sich mühsam auf die andere Seite und sank wieder in Schlaf. Aus der Bettkammer strömte der Geruch eines ungewaschenen Körpers. Purha verzog das Gesicht. Der alte Mann ließ sich nicht in der Sauna baden. Das war ein sicheres Zeichen für das Ende.

Aure zuckte die Achseln und lächelte, um Verzeihung bittend. Beim Lächeln zogen sich ihre vollen Lippen auseinander und entblößten eine Reihe von Zähnen, in der es noch keine einzige Lücke gab. Purha saugte an seiner Lücke, er hatte bei einem Handgemenge einen Schneidezahn eingebüßt. Das Mädchen war erträglich, wenn man die Augen zusammenkniff, so daß die Sommersprossen sich verwischten.

»Vater würde euch gern begrüßen ...«

Purha verzog den Mund.

»In letzter Zeit ist er immer müde«, erklärte das Mädchen. »Das ist die Erschöpfungskrankheit. Daran wird er sterben, wenn er auch nicht mehr essen kann.«

»Launia wird schon wieder munter werden, wenn er aufwacht und merkt, daß seine Tochter und der Schatz geraubt sind«, sagte Purha bösartig.

Das Mädchen trat einen Schritt zurück.

»Machst du dich über mich lustig, Vetter?«

»Ich werde dich rauben«, erklärte Purha und packte das Mädchen fest am Arm. »Männer, dort hinten, neben der Bettkammer steht eine große Truhe. Darin ist der Schatz von Launiala. Nehmt ihn und was ihr sonst noch haben wollt und tragen könnt. Dann gehen wir.«

Purha wußte, daß der wahre Schatz von Launiala sich nicht in der langen, mit Schnitzereien verzierten Truhe befand – der Schatz eines so mächtigen Hauses war an einer Stelle vergraben, die nur dem Hausherrn, der Hausfrau und einem Sohn bekannt war. Wegen seiner Männer spielte Purha den Zufriedenen. Die Männer schleppten die schwere Truhe zur Tür.

»Sollen wir hineinsehen?«

Purha nickte. Die Truhe wurde geöffnet. Sie enthielt teure Waffen, vier Schwerter und ebenso viele Dolche sowie zwei geschmiedete Helme. Die Männer brüllten vor Begeisterung. Keiner von ihnen würde jemals im Leben solche Waffen erstehen können, selbst wenn er sich selbst als Sklave verkaufte.

»Mein Bruder Lyy«, sagte Aure von Launiala, »wird Räuber, die seine Waffen anrühren, nicht freundlich behandeln.«

Erst jetzt begriff Purha, daß das Mädchen nicht schrie oder sich zur Wehr setzte, so wie es sich für ein geraubtes Mädchen gehörte. Das Mädchen hatte recht. Lyy würde die Ehe seiner Schwester akzeptieren, wenn er dazu gezwungen sein würde. Doch den Raub seiner Luxuswaffen würde Lyy nicht verzeihen.

Purha konnte jedoch nichts mehr tun. Die Männer bewunderten die Waffen, teilten sie untereinander auf und fingen schon an, sich zu streiten, weil nicht für jeden ein Schwert da war. Purha erkannte, daß es rasch aufzubrechen galt, bevor es zu einer Schlägerei kam.

Der eine rollte die Decke mit den leuchtenden Farben von der Bank des Hausherrn zu einem Bündel zusammen, ein anderer schnappte sich einen eisernen Kerzenständer. Diejenigen, die ein Schwert hatten, konnten nichts anderes nehmen. Niemand hatte einen Schwertgürtel, so daß die schwere Waffe mit beiden Händen getragen werden mußte. Einer der Männer kam darauf, sich das Schwert über die Schulter zu legen wie eine langschäftige Streitaxt.

Die Beute war gering. Vielleicht würde Lyy nicht böse sein, wenn das Haus nahezu unberührt blieb. Doch den Wachmann mußten sie niederschlagen, und da schrie das Mädchen zornig auf. Purha versetzte ihr einen Schlag ins Gesicht, und sie schwieg still. Es schauderte Purha, eine vornehme Frau zu schlagen. Dann aber dachte er, es wäre nur gut für das Mädchen, wenn sie wüßte, wer von nun an der Herr war.

Ihanti von Paatela starrte wortlos die Männer an, die in der hellen Sommernacht auf dem Gut Paatela standen und glotzten. Purha grinste triumphierend. In der Faust hielt er das Ende eines Stricks. An dessen anderem Ende war ein junges Mädchen mit gefesselten Handgelenken. Ihanti erkannte sie sofort, obwohl er sie nur einmal auf dem Gerichtstag von Lieto gesehen hatte. Eine wie sie vergaß man nicht so leicht.

Angst und Wut schnürten Ihanti die Kehle zu. Er mußte husten und sich räuspern, bevor er sprechen konnte.

»Hast du die Frau beschlafen?«

»Dazu hatte ich keine Zeit«, verteidigte sich Purha. »Ich mache mich an die Arbeit, sobald du zur Seite trittst.«

Ihanti wischte sich mit dem Handrücken die Stirn. Vielleicht war noch etwas zu machen, da sein verantwortungsloser Bruder das Mädchen noch nicht angerührt hatte.

»Werft alle Sachen aus Launiala zu Boden.«

Die Männer murrten. Ihanti brüllte. Seine Krieger traten träge einen Schritt vor. Die geraubten Waffen und die Helme fielen klirrend zu Boden.

»Sperrt sie in die Speicher.«

»Rühr meine Männer nicht an!«

»Das sind Tote und keine Männer«, lachte Ihanti schrill. »Ich übergebe sie gern Lyy von Launiala, und wenn er sie zu Fuchsködern zerstückelt.«

»Nun sei doch nicht so nervös, Bruder. Von Lyy steht nichts zu befürchten«, prahlte Purha. »Er ist mein Schwager!«

»Daß dich der Sumpfgeist hole! Du hast deine Familie in Tod und Verderben gestürzt. Du Bastard! Du Sklave! Am liebsten würde ich dir den Kopf abschlagen und ihn Lyy bringen.«

»Ich habe dem Hause Paatela eine Schwiegertochter aus großem Hause verschafft, und du beschwerst dich.«

»Glaubst du denn, daß Lyy jemals einwilligen wird, seine Schwester dem Sohn einer Sklavin ins Bett zu legen?«

»Es ist zu spät, sich zu widersetzen«, entgegnete Purha schlau. »Die Frau ist bei mir.«

»Du wirst die Tochter von Launiala nicht anrühren.«

»Verstehst du denn nicht, Mann? Ich beschlafe die Frau, und danach muß Lyy in die Ehe einwilligen.«

»Ich will mir gar nicht vorstellen, was Lyy mit deinem Gekröse macht, wenn du seine Schwester vergewaltigst.«

Purha scherte sich nicht um Ihantis Drohungen.

»Lyy kann zufrieden sein, wenn niemand erfährt, wie er seine einzige Schwester schutzlos den Räubern überlassen hat.«

Ihanti schwieg einen Augenblick. Purha in seiner Dummheit konnte sogar recht haben. Für Lyys Ruf wäre der Vorfall nicht förderlich.

»Ich habe vor, Launiala auch noch eine Mitgift abzupressen.« Purha war durch das Zaudern des Bruders ermutigt.

Ihanti schüttelte den Kopf.

»Lyy ist ein Mann, dem es gleichgültig ist, was die Menschen über ihn sagen. Das macht ihn so gefährlich.«

»Es kann ihm nicht gleichgültig sein. Er ist der Richter von Lieto.«

»Du Dummkopf kennst deinen Vetter überhaupt nicht, obwohl du ihm schmeichelst, daß die Spucke spritzt. Wenn es mir nicht gelingt, diese Sache ins reine zu bringen – wenn der Besitz von Paatela für die Strafe nicht ausreicht – kommt Lyy mit seinen Männern, steckt uns in Brand und verfüttert die Asche an die Fische.«

»Er kann Paatela nicht vernichten. Seine Schwester ist hier.«

Ihanti sah seinen Stiefbruder mitleidig an. Purhas dreieckiges Gesicht schnitt unter dem Helm Grimassen. Der Mann kaute an seinem dünnen Schnurrbart. Im Nacken standen ihm die braunen Haare ab.

»Lyy von Launiala verbrennt, ohne mit der Wimper zu zucken, sogar seinen eigenen Vater, wenn die Ehre es verlangt. Er ist kalt wie Eis, und man kann ihn nicht besänftigen.«

Purha brach der Schweiß aus. Er ließ den Strick los, der dem Mädchen die Hände band.

»Bruder, gehen wir ins Haus.«

Ihanti nickte. Er wollte nicht, daß die Männer von Paatela die Beratung mit anhörten. Er bestimmte eine Wache für die Nacht, obwohl er nicht glaubte, daß schon Gefahr drohte.

Aure schwankte, als Purha sie in das Hallenhaus Paatela hineinstieß. Ihanti wunderte sich über die Ruhe des Mädchens. Sie jammerte nicht, drohte nicht mit der Rache ihres Bruders. Ihanti kam ein sonderbarer Gedanke. Bei den Frauen wußte man nie.

»Mädchen, möchtest du meinen Bruder Purha heiraten?«

Die Hausleute starrten dem Wuschelkopf erwartungsvoll ins Gesicht: Purha und seine Mutter Liula, eine kleine, brünette Sklavin, die neben der Feuergrube kauerte, die alte Herrin Mehi auf der Bettpritsche und Ihanti selbst.

Vielleicht war die Sache irgendwie zu deichseln, falls es der Frau recht war. Nach dem Gesetz mußte die Familie einer geraubten Frau in die Ehe einwilligen, wenn die Frau es so wollte und wenn die Familie des Räubers die Strafe bezahlte. Dieser Brauch wurde im allgemeinen befolgt, wenn beide Parteien einverstanden waren. Als Richter von Lieto hatte Lyy die Pflicht, das Gesetz zu respektieren.

»Mein Vater Launia hat über meine Ehe zu bestimmen«, erklärte das Mädchen. Sie hatte eine weiche, aber feste Stimme.

»Richtig geantwortet«, nickte Ihanti wohlwollend. »Doch dies ist eine besondere Situation. Ich möchte deinen eigenen Willen erfahren.«

»Meinen Willen?« fragte das Mädchen. Ihre Stimme wurde scharf, und einen Augenblick lang erinnerte sie an ihren Bruder. »Ich bin die einzige Tochter eines mächtigen Hauses, der Sproß einer großen Familie. Ich kann alles, was eine Gutsherrin können muß. Man hat mich gelehrt, Kranke und Sterbende in den Schlaf zu singen.«

Ihanti blinzelte verwundert. Daher also rührte die betörende Stimme des Mädchens. Purha hatte eine Schlafbringerin geraubt.

»Man hat mich aus dem Hause meines Vaters entführt wie ein elendes Hirtenmädchen. Man hat mich in Fesseln hierhergebracht wie ein Sklavenbalg. Dein Stiefbruder hat mich ins Gesicht geschlagen. Ich hoffe, daß mein Bruder Lyy euch die Leber herausreißt und sie den Geiern zum Fraß vorwirft.«

»Nun gibt es keinerlei Unklarheiten mehr«, sagte Ihanti. »Geh zu den Frauen, Aure. Niemand wird dich anrühren. Meine Mutter Mehi liegt im Sterben. Steh ihr bei, wenn du kannst.«

»Warum sollte ich ihr beistehen?« fuhr das Mädchen ihn an. Dennoch ging sie in den hinteren Teil des Hauses, und da sah Ihanti, daß sie am ganzen Körper zitterte.

Im Hause Paatela gab es einen einzigen großen Raum, an dessen Wänden sich bretterverkleidete Erdbänke hinzogen. Die viereckige Feuergrube in der Mitte des Raumes war mit Steinen eingefaßt und von gespaltenen Baumstämmen umgeben. Außerhalb des Hauses reichten die schrägen Flächen des Torfdachs bis zum Boden. Der Raum zwischen der Dachschräge und der Wand war mit Erde aufgefüllt. Hinter dem Haus gab es einen Viehstall, den man unmittelbar von der Halle aus betrat. Das Haus war warm, aber voller Rauch, innen verrußt und dunkel, obwohl die Dachluke offenstand.

Die alte Herrin Mehi lag auf der Pritsche auf Lammfellen. Sie war mit einer blaubraunen Decke zugedeckt. Die Pritschen der Frauenseite waren mit Schilfmatten ausgelegt. Alles war reinlich und gelüftet. Aure kam der Gedanke, daß im Hause eine gute Ordnung herrschte. Ihanti war Witwer und Mehi krank. Aure sah sich nach der kleinen, zierlichen Frau um, die am Feuer kauerte.

»Dieses Haus gefällt der Tochter von Launiala, nicht wahr?«

»Wer fragt das?«

Die Frau lachte plötzlich. Ihr Gesicht legte sich in Falten. Aure verstand, wer die Frau war.

»Ich bin deine Schwiegermutter, Mädchen. Mein Name ist Liula, und Purha ist mein Sohn. Sei nur recht demütig, Schwiegertochter. Ich werde dich hungern lassen und Purha befehlen, dich zu verprügeln, wenn du nicht gehorchst.«

»Die Ehe ist noch nicht geschlossen.«

Hochmütig wandte Aure sich ab. Sie wollte nicht mit der alten Frau streiten, die obendrein nur eine Sklavin war.

Irgendwo abseits lauerte die Angst, bereit, den Verstand zu ertränken. Aber noch beherrschte sie Aure nicht. Die Wut war stärker, so brennend, daß Aure zitterte. Sie mußte die Kränkung rächen, die die ganze Familie betraf. Es war für jeden Mann des Hauses eine Schande, daß ein unschuldiges Mädchen mit Gewalt aus dem Hause ihrer Familie entführt worden war.

Vor Purha hatte Aure keine wirkliche Angst. Sie kannte die Schwäche des Mannes, seine kurzatmige Verschlagenheit. Die verwandelte sich in Feigheit, sobald jemand mit lauter Stimme brüllte. Ihanti hielt seinen Stiefbruder im Zaum.

Und bald würde Lyy mit seinen Kriegern kommen. Der Bruder würde die Leute von Paatela, Männer, Frauen und Kinder, töten, die Schande wegwischen und Aure nach Hause holen. Das Leben würde so weitergehen wie bisher. Ganz bestimmt.

Falls nicht Lyy die ganze Sache für nichtig halten würde. Vielleicht würde er, um unnötiges Gerede zu vermeiden, mit Ihanti einen Vertrag schließen und die als Strafe abzugebenden Felle lieber als seine Schwester nehmen, also Aure mit Purha verheiraten.

Im Innersten wußte Aure, daß, egal wie die Sache ausgehen mochte, ob es eine Ehe oder Leichen geben würde, nichts mehr so sein konnte wie bisher. Die Tochter des Hauses Launiala hatte ihre Unschuld verloren, ohne daß ein Mann sie berührt hatte. Sie würde immer die geraubte Braut sein, gleichgültig, was für eine großartige Ehe Lyy für sie arrangieren würde.

Aure wurde es kalt. Sie hatte nicht einmal ihren weißen Umhang mitbekommen, als Purha sie aus Launiala entführte. Man hatte ihr keinen Schlafplatz angewiesen, obwohl die Nacht schon weit fortgeschritten war. Und niemand bot ihr Wasser an, geschweige denn etwas zu essen. Aure kamen die Tränen.

»Ich habe deine Unbeherrschtheit gründlich satt, Bruder. Du tust, was dir gerade einfällt. Du denkst nicht daran, was deine Taten für Folgen haben!«

Ihantis Zorn tröstete Aure nicht, obwohl sie Ihanti bei sich als einen der Ihrigen betrachtete. Der Hausherr müßte sich um das arme geraubte Mädchen kümmern, zumindest darum, daß sie es warm hatte und etwas zu essen bekam.

Aber Ihanti hatte größere Sorgen.

»Dies ist ein Fall von Blutrache, Purha. Wenn Lyy nicht in einen Vergleich willigt, liegt vielleicht für viele Generationen auf der Familie die Blutrache.«

Purha schwieg und maulte. Aure freute sich, als sie hörte, daß nach Ihantis Ansicht das Verbrechen der Blutrache wert war.

»Ich muß sofort los und Lyy treffen. Palpa sagt, daß er im Hause Lempilä in Piikkiö ist. Ich muß dahin reiten. Lyy hat noch nichts von der Sache gehört. Ich muß sie ihm selbst erzählen und ihm eine Entschädigung anbieten. Zum Glück hast du nicht mit der Frau geschlafen. Dann würde der Schatz von Paatela nicht ausreichen.«

»Ich komme mit, Bruder.«

»Du bleibst hier, du Dummkopf. Selbst ich kann Lyy nicht davon abhalten, dich sofort zu töten – und ich will ihn auch nicht hindern.«

Purha wirkte erleichtert.

»Ich kann nicht ohne Krieger reiten. Es kann passieren, daß ich sofort in einen Kampf mit Lyy verwickelt werde.«

»Vielleicht gelingt es dir, Lyy zu töten«, schlug Purha hoffnungsvoll vor.

»Lyy ist so vom Schicksal begünstigt, daß auch ein Dutzend große Krieger ihn nicht töten.«

»Das stimmt«, sagte Purha niedergeschlagen. »Kein anderer Finne hat soviel Glück. Lyy kann machen, was er will, und dennoch verläßt sein Glück ihn nie. Dagegen kann nur ein starker Zauber helfen.«

»Ich lasse dir Leko Dreifinger zur Verteidigung des Gutes hier. Außerdem kannst du deine eigenen Männer aus dem Speicher lassen, sie sind wohl besser als nichts. Es wird jedoch nichts passieren, da ich die ganze Zeit mit Lyy zusammen bin.«

Ihanti legte sich den Schwertgürtel um. Paatela war ein so großes Haus, daß der Hausherr sich ein Schwert, einen hölzernen Schild, einen Lederpanzer und einen eisenverstärkten Lederhelm leisten konnte. Die Männer hatten ihre Streitäxte und die mit Roßhaar gefütterten Jacken.

Über den Jacken trugen sie ein Gewand mit Streifenrand, das Ihanti seinen Kriegern zur Verfügung stellte. Es waren acht Männer, doch zwei davon waren unerfahrene Jünglinge. Eine solche Mannschaft hatte keine Chance gegen die Helden von Launiala.

»In spätestens drei Tagen bin ich wieder zurück, wenn ich komme. Falls nicht, dann kommt doch auf jeden Fall Lyy, und dann bleibt dir nichts anderes übrig, als mit der Truppe zu kämpfen, die du hast.«

Purha zupft an seinem Schnurrbart.

»Lyy muß in einen Vertrag einwilligen. Die Leute lachen sich doch schief, wenn sie erfahren, daß ich seine Schwester entführt habe, während der Hausherr in der Bettkammer schlief.«

Ihanti seufzte.

»Das Gelächter der Leute ist die geringste Sorge in diesem Durcheinander. Versuche, das Haus zu bewachen, so daß nicht jeder Hergelaufene es erobert. Behandle die Launiala-Tochter mit Respekt und befiehl auch deinen Männern, daß sie sich vor ihr verneigen.«

Ihanti winkte Aure zu und verließ das Haus. Aure sah ihm nach und erinnerte sich daran, wie die alten Frauen von Launiala sich die Zeit vertrieben, indem sie an den jungen Sklavinnen herumnörgelten. Ihanti sprach mit seinem Bruder in demselben Ton.

3. Kapitel

1066

»Daß der Teufel mit dir ziehe, Schlange dir Begleitung sei!« zischte Purha, als Ihanti aus dem Hause Paatela mit seinen Männern die Sperre passierte und hügelabwärts in den dämmerigen Wald der Sommernacht hineinritt. Purha wandte sich um und befahl Leko Dreifinger die Riegel der Speicher zu öffnen.

»Und dich bring ich um, Sklave«, knurrte Purha den Sklaven Palpa an. »Du hast mich dazu verleitet, die Tochter von Launia zu rauben, und jetzt siehst du, was daraus geworden ist.«

»Was daraus geworden ist?« fragte Palpa mit Unschuldsmiene. »Du hast die Frau, einen Haufen Waffen im Hof, das Haus in deiner Hand und eine Schar stolzer Männer, die bereit sind zu kämpfen.«

Leko Dreifinger sah den Sklaven überrascht an. Palpa grinste hämisch.

»Was jammerst du, Ziehbruder? Haben deine Angelegenheiten jemals besser gestanden als jetzt?«

Purha verstummte.

»Dies ist für einen kühnen Mann der Augenblick, seine Entschlossenheit zu beweisen. Du hast bekommen, was du wolltest, nur das Haus und der Schatz fehlen. Die mußt du dir jetzt holen, wo du Waffen und Männer hast. Ihanti hat auch ein Pferd zurückgelassen.«

»Das hat er hiergelassen, damit das Mädchen von Launiala fliehen kann, wenn Gefahr droht«, knurrte Leko Dreifinger.

»Was sollte für eine Gefahr drohen, wo Ihanti selbst mit Lyy berät? Er hat gesagt, daß es keine Not hat. Das hab ich mit eigenen Ohren gehört.« Purha betrachtete die am Boden liegenden Schwerter und Dolche. Dergleichen würde ihm kein zweites Mal vor Augen kommen.

»Mit solchen Waffen kann man jedes Haus einnehmen.«

»Und man braucht sich ja kein stark befestigtes Gut auszusuchen, wenn es in der Nähe ein reiches und schwach befestigtes Haus gibt«, begeisterte sich Leko Dreifinger.

»Häh?«

»In Arantila, dem Haus der Christen, gibt es nur alte Leute.« Aus der Stimme des Kriegers war giftiger Haß herauszuhören. »Sie bilden sich ein, ihr gekreuzigter Gott werde sie verteidigen.«

»Arantila ist von einer Palisadenbefestigung umgeben.«

»Aber dahinter gibt es nur ein paar alte Krieger.«

»Der Schatz von Arantila ist unermeßlich groß«, flüsterte Palpa mit hervorquellenden Augen. »All das, was die Christen aus Konstantinopel und den Ländern des Westens mitgebracht haben ... Das kann man sich gar nicht vorstellen.«

»Dort muß es neben Silber auch Gold geben. Jalas aus Mietoinen war in seiner Jugend als Waräger bei der kaiserlichen Garde und hat aus Griechenland einen goldenen Halsreif mitgebracht.«

Die Männer verstummten bei dem Gedanken an das faszinierendste und kostbarste aller Metalle. Fast jeder hatte schon einmal einen Gegenstand aus Gold gesehen, aber keiner glaubte, er werde jemals Gold besitzen. Auch Silber war für die meisten von ihnen unerreichbar.

»Und Frauen. In einem so reichen Haus gibt es viele Mägde.«

Für Purha war der Gedanke bestechend. Ein mächtiger Mann war jemand, der seinen Kriegern eine Ehefrau geben konnte. Drei, vier geraubte Dienerinnen entsprachen einer Truhe voll Gold.

»Die Blutrache brauchen wir nicht zu fürchten, wenn wir alle töten«, sagte Leko. »Wo kein Erbe, da kein Rächer. Arantila hat keine Familie, keinen Klan. Sie sind Fremde. Niemand fragt nach ihrem Leben.«

»Die Christen haben einen Sohn, hab ich gehört.«

»Und wenn schon.« Leko zuckte die Achseln. »Der Junge ist vor Jahren als Krieger zu König Harald nach Norwegen gegangen. Er wird kaum zurückkehren, wenn er überhaupt noch am Leben ist. Das Haus ist dein, wenn du willst, junger Herr.«

Purha fuhr zusammen. Leko Dreifinger war Ihantis Vertrauter, der älteste Krieger von Paatela. Er hatte Purha früher kaum wahrgenommen und ihn schon gar nicht Herr genannt.

Purha verstand sehr wohl, daß der Grund für Dreifingers entgegenkommende Haltung der Haß auf die Christen war und nicht der Glaube an Purhas Feldherrentalent. Doch das war egal. Dreifinger war ein erfahrener und kaltblütiger Krieger. Mit seiner Hilfe konnte der tollkühne Plan gelingen.

Purha stellte sich das Gut Arantila am Aurafluß in der Biegung des Flußes Hallistenvirta vor. Er war einmal an dem Gut vorbeigerudert und hatte auf dem Uferhang hinter den silbrig schimmernden Palisaden das hohe Reetdach aufragen sehen.

Innerhalb der Befestigung sollte es ein Gebäude geben, das die Christen Kirche nannten. Es war ein längliches Blockhaus ohne Feuerstelle und Pritschen. Im östlichen

Teil des Hauses befand sich ein Tisch: der wurde Altar genannt. Neben dem Altar opferten die Christen ihrem Gott so wie gewöhnliche Menschen auf einem Opferstein. Eine Kirche wurde immer so gebaut, daß der eine Giebel nach Osten, der andere nach Westen wies. Im westlichen Giebel gab es eine Tür und darüber ein Kreuz.

Je mehr Purha an die eigenartige Kirche und die dort prangenden teuren Gegenstände und Stoffe dachte, um so aufgeregter wurde er, und um so mehr verblaßte der Schatten von Lyys Rache. Purha begehrte Arantila und den geheimnisvollen Schatz so sehr, daß ihm die Eingeweide schmerzten.

Leko Dreifinger betrachtete nachdenklich den jungen Mann und seinen Sklaven. In der Schwäche dieser beiden lag Dreifingers Stärke, seine erste und wahrscheinlich einzige Möglichkeit, reich und ein selbständiger Bauer zu werden.

Purha war ein Feigling, ein hinterhältiger Mann, der sich immer gekränkt fühlte. Der Sklavensohn hatte einen Sklavencharakter; Purha hörte lieber auf Palpa als auf seinen Stiefbruder Ihanti. Leko Dreifinger glaubte, einen solchen übelnehmerischen, falschen Mann leicht beherrschen zu können.

Leko hatte lange über Arantila am Aurafluß, über dessen Reichtum und Verteidigungsfähigkeit sowie über dessen seltsamen Glauben nachgedacht. Lekos Mutter war eine Hexe, nicht im ganzen Land berühmt, aber eine geachtete Heilerin und Zauberin, die machen konnte, daß das Vieh wohl gedieh. Seine Mutter hatte die Christen verflucht: Von den Menschen, die nur einem einzigen Gott dienten, war in dieser Weltgegend eine schreckliche Plage zu erwarten, wenn man es zuließ, daß sie in Ruhe lebten und sich vermehrten.

Es war verdienstvoll, Christen zu erschlagen. Das beste war, den berühmten christlichen Wikinger zu töten, das würde zugleich Ruhm und Beute einbringen.

Ihanti von Paatela war ein vorsichtiger Mann: Er scheute große Unternehmungen, bei denen sowohl der Anführer als auch die Krieger reich wurden. Niemand würde Ihanti dazu verleiten können, Arantila auszurauben. Im Hause Paatela würde Leko Dreifinger auf ewig ein Untergebener des Hausherrn bleiben.

Daß die Gelegenheit gekommen war, wußte Leko in dem Moment, da Ihantis Pferd am Waldrand verschwand. Den erbärmlichen Purha konnte man zu allem überreden, und der Sklave Palpa half auch ohne, daß man ihn bitten mußte.

Die Eroberung einer starken Befestigung war gefährlich und konnte auch mißlingen. Doch was hatten die Leute aus Paatela schon zu verlieren? Leko Dreifinger nahm an, Lyy werde Ihanti töten, sobald er von der Sache erfahren hatte. Danach würde er nach Paatela kommen, dessen Bewohner zerstückeln und die Einzelteile auf kleiner Flamme rösten.

Leko Dreifinger hatte nicht vor, Lyys Ankunft abzuwarten.

Es galt, aus dem zum Untergang verurteilten Hause zu fliehen. Es war jedoch besser, als reicher denn als armer Mann zu fliehen. Leko wollte das Pferd nehmen, das Ihanti zurückgelassen hatte. Einen Augenblick lang erwog er auch, die Tochter aus dem Hause Launiala als Geisel mitzunehmen, aber dann erschien ihm das doch als zu gefährlich. Für Lyy würde ein einzelner geflohener Mann keine Bedeutung haben, aber den Räuber seiner Schwester würde er bis ans Ende der Welt verfolgen. Das würde der arme Purha schon sehen.

Zuerst nach Arantila und dann mit dem Schatz irgendwohin. Ein reicher Mann war überall willkommen. Purha und die unglücklichen Keulenmänner würden ihrem Schicksal ins Auge sehen müssen. Leko hatte daran keinen Anteil, und nach dem Verrat konnte er auch Ihanti nicht mehr gegenübertreten, wenn der Herr von Paatela von Lyys Schwert verschont bliebe.

»Wir schlafen jetzt ein paar Stunden«, sagte Leko. Er war wie von selbst der Anführer geworden. »Am frühen Morgen machen wir uns auf den Weg nach Norden, nach Arantila.«

Leko inspizierte Purhas Knechte. Sie konnten zwar über den Palisadenzaun der Befestigung klettern, aber das Schwert verstanden sie nicht zu führen. Leko und Purha waren jedoch geschulte Krieger. Sie würden einige gute Geiseln nehmen und die Kirche anzünden, während die Christen die Knechte niedermachten.

»Am Vormittag sind wir in Arantila und am Abend schon zurück in Paatela, wenn nicht die schwere Beute und die gefangenen Frauen unser Tempo verlangsamen.«

Die Männer lachten zufrieden. Leko Dreifinger vermutete, daß niemand zurückkehren werde.

»Lyy wird auf seine Rache verzichten, wenn er sieht, was für Reichtümer ich herbeigeschafft habe«, sagte Purha hoffnungsvoll.

Der Mann war ein Holzkopf. Ohne auch nur einen Augenblick zu zögern war er bereit, sein Haus ohne Verteidigung zurückzulassen. Leko kümmerte das nicht mehr. Er wandte sich an Aure.

»Mach uns Proviant zurecht, Frau. Viel. Pack ihn in die Satteltaschen.«

Leko brauchte reichlich Lebensmittel für seine Flucht mit dem Schatz von Arantila. In den Häusern am Aurafluß konnte er nicht haltmachen, um dort zu essen. Lyy würde seine ganze mächtige Familie alarmieren, damit sie auf unbekannte Reisende achteten. Leko würde an abgelegenen Orten übernachten und essen müssen.

Die Sommersprossige wandte sich ab. Dreifinger stieß das Mädchen an.

»Gehorche, oder ich übergebe dich den Männern.«

Aure biß sich auf die Lippen, um nicht ihre Angst zu zeigen. Der Krieger hatte seine Drohung ruhig und sachlich ausgesprochen. Ihanti hatte Leko Dreifinger zu Aures Schutz im Haus zurückgelassen. Der hatte die Seite gewechselt; Dreifinger wollte fliehen, sonst hätte er nicht gewagt, Aure zu drohen.

Aure zog sich zu Mehis Pritsche zurück.

»Gibt es im Hause fertiges Brot oder muß man einen Sklaven die Handsteine drehen lassen?«

»Es ist Brot da«, flüsterte Mehi. »Aber Purha bekommt es nicht.«

»Er nimmt es sich, wenn man es ihm nicht gibt.«

Aure prüfte die Spanschachtel für die Gewürze der Hausfrau: Kümmel, Pfefferminze und Majoran. Davon würden die Männer nicht satt werden. Aure kannte die Vorräte des Hauses nicht. Es war kurz nach Mitternacht, und die Dienerinnen schliefen oder versteckten sich vor Entsetzen in den Speichern, die ältesten schluchzten auf den Pritschen des Hallenhauses.

Eine aber wachte.

»Liula«, kommandierte Aure. »Dein Sohn und seine Helden brauchen Proviant für einen großen Kriegszug. Du kennst Speicher und Vorräte. Rüste die Männer für die Reise aus.«

Die verwelkte Frau setzte sich geschmeidig in Bewegung, rief mit schriller Stimme die Frauen und zerrte sie hoch, damit sie ihr halfen. Aure sank auf die Pritsche neben Mehi und schlief endlich ein.

Das nervöse Brummen der Männer, ihre Scherze und ihr Gelächter weckten Aure. Sie betrachtete verblüfft das rußige Dach. Eine Schwalbe zwitscherte laut unter dem Dachfirst.

Gestern früh war Aure auf ihrer Pritsche im Hause Launiala aufgewacht und hatte sich eingebildet, die Welt sei beständig und sicher.

Sie brach in Tränen aus, machte aber jäh den Mund zu. Am besten war es, wenn niemand sich an ihre Existenz erinnerte. Mordgierige, lärmende Männer waren unberechenbar. In Launiala sperrte Lyy vor Kriegszügen seine Schwester in den Speicher, und auch dann, wenn sie von ihren Bluttaten zurückkehrten.

»Nicht einmal ich kann die Männer im Zaum halten, wenn wir den Sieg mit Bier feiern«, sagte Lyy. »Blutige Krieger sind gefährlicher als ein Wolfsrudel. Scheuch die Mägde in den Wald, wenn wir zurückkommen.«

Der Lärm verklang, und Aure trippelte zur Tür. Der Sommertag war warm und frisch, obwohl die Sonne eben erst aufgegangen war. Der Duft von betautem Gras vermischte sich in der Türöffnung mit Rauchgeruch. Die Vögel gaben ihr schönstes Konzert. Obwohl innerhalb und außerhalb der Befestigung von Paatela alle Nistbäume gefällt waren, erfüllte Vogelgezwitscher die Luft.

Aure stand in ihrem Sommerhemd aus Leinen unbeweglich an der Tür. Vorsichtig nahm sie ihre Umgebung in Augenschein, von der sie in der Nacht nichts wahrgenommen hatte. Paatela lag auf einer Anhöhe, unterhalb davon war im Süden das Meer zu sehen und dahinter die Insel Kuusistonsaari. Im Norden erstreckten sich die Äcker von Paatela, und jenseits davon ragte ein bewaldeter Hügel auf.

Irgend etwas stimmte nicht. Aure kam die grauenerregende Stille zum Bewußtsein.

Auf dem Gut hörte man keinerlei morgendliche Verrichtungen. Kein Schritt, kein Gekicher, kein Poltern von Holzgefäßen, kein Knarren der Zauntür. Panik beschlich sie.

Nur das Flattern von Schmetterlingen.

Aure drückte sich gegen die Wandbalken. Sie spähte schräg unter den Brauen hervor. Die Leere in Ecken und Winkeln machte den Sommermorgen eisig und ließ ihr das Blut in den Adern erstarren.

Sie waren vor Lyy geflohen, die weiblichen Verwandten, die Mägde und Kinder, die alten Kostgängerinnen und knorrigen alten Männer. Aure war von allen verlassen. Allein an einem unbekannten Ort. In ihr stieg ein Schrei auf. Dann fiel es ihr ein.

»Mehi! Mehi, wo sind sie alle?«

Aure wandte sich um und wankte ins Haus. Sie hatte einen dicken Kloß im Hals. Alles war halbdunkel, schattig, grauer Dunst schwamm ihr vor den Augen. Mit angehaltenem Atem gelangte Aure zu der Pritsche. Da lag Mehi, und Aure konnte leichter atmen.

»Alte Mutter, alle sind fort. Sie haben uns hier zurückgelassen ... Aber Lyy wird wohl bald kommen!«

Aure hörte, wie ihre Stimme schrill wurde. Mehi antwortete nicht.

»Mehi!«

Da begriff Aure, warum die Greisin nicht antwortete.

Das Dach senkte sich herab, die Wände neigten sich nach innen, ein Schrei erfüllte Aures Kopf. Sie beugte sich vor und erbrach gelbe Galle aus dem leeren Magen. Dunkelheit spülte ihr Bewußtsein fort.

Jemand weinte. Aure fuhr zusammen und erwachte. Sie hörte ihr eigenes Schluchzen. Sie rollte sich auf dem Erdboden zusammen. Ringsum summte die Stille. Die Krallen des Entsetzens kratzten an ihrem zitternden Körper.

Der Lichtstreifen des Rauchabzugs im Dach bewegte sich langsam den Rand der Feuergrube entlang. Aure betrachtete die in dem Licht tanzenden Ascheteilchen. Hatten die Männer alles Eßbare mitgenommen, oder war irgendwo noch etwas übriggeblieben? Ein Tag und eine Nacht waren vergangen, seitdem sie zuletzt etwas gegessen hatte.

Langsam erhob Aure sich in die Hocke und runzelte die Stirn. In dem Gutshof raunte die Stille.

Die Türen der Speicher standen nach der Plünderung weit offen. Krieger und Flüchtende hatten gemeinsam die letzten Vorratslager des Haues geleert. Aure blieb mitten in dem verödeten Hof stehen. Sie stand dort abwartend, in sich hinein horchend. Plötzlich erinnerte sie sich an ihren Zauber, ihren wahren Namen. Sie wandte sich rasch um und rief ihren Namen vom Berg hinab. Eine schrille Antwort kam über das Feld. Aure seufzte zufrieden. Es gab doch noch eine Ordnung in der Welt.

»Nichts zu essen«, sagte sich Aure. Ihre Stimme klang seltsam hart zwischen den Gebäuden. »Es ist nichts zu essen da außer dort, wo niemand nachzusehen wagt.«

Sie ging ins Haus und geradewegs zu Mehis Pritsche. Die Sachen der Toten waren noch da, so wie sie es vermutet hatte. In Mehis Spanschachteln waren außer den Gewürzen Wachs, in einem Tonkrug übelriechender Seehundstran und Honig in einem kleinen Krug.

Aure gab einen zufriedenen Laut von sich. Sie aß den Honig mit dem Finger aus dem Krug und sah dann die Verstorbene an.

»Danke, Mehi, auch wenn ich dich nicht gekannt habe. Ich bin nicht deine Verwandte, aber ich werde deinen Leichnam in Ehren verbrennen, da du mir zu essen gegeben hast. Deine Verwandten taugen nichts, wie du siehst. Dein Sohn Ihanti versucht meinen Bruder zu besänftigen, und deine anderen Verwandten sind geflohen wie die

Füchse vor dem Waldbrand, obwohl sie wußten, daß du bald sterben würdest.«

Aure war es zufrieden, daß sie die Elenden beschimpfen konnte, die sie allein gelassen hatten. Den Leichnam würde sie so herrichten, daß er verbrannt werden konnte, das hatte sie viele Male zusammen mit ihrer Mutter Aalto getan. Mehis Tod hatten die Menschen schon lange erwartet. Sicherlich gab es in der Nähe ein Gestell, auf dem sie die Leiche verbrennen konnte.

Solche Dinge mußte man schnell erledigen, hatte Aalto sie gelehrt. Die Seele der Verstorbenen schweifte traurig umher und wurde zornig, wenn man sie nicht bald ins Totenreich geleitete.

»Und jetzt hinüber!«

Der Palisadenzaun von Arantila war für einen ausgewachsenen Mann nicht zu hoch, wenn er in Ruhe klettern konnte. Leko Dreifinger wartete jeden Moment auf den Ruf des Wachmannes, aber der ertönte nicht. Seltsam, denn schon allein der Palisadenzaun bewies, daß hinreichend für die Verteidigung des Gutes gesorgt war. Nur wenige Häuser konnten es sich leisten, eine richtige Befestigung zu bauen und zu unterhalten.

Leko ließ sich mit dem Schwert in der Hand über den Zaun fallen. Er wippte auf den Ballen, bereit zum Angriff.

Der Hof von Arantila war leer. Keine bei der Arbeit herumwimmelnden Frauen, keine Krieger, die die Waffen pflegten.

Leko zischte den verwunderten Männern zu. Sie versammelten sich um ihn herum. Dreifingers Blick wanderte von einem Gebäude zum anderen. Die Tür des hohen, reetgedeckten Langhauses stand offen.

»Du da! Du gehst hinter das Haus und zündest alles an, was brennt.«

Einer der Männer hatte in einem Tonkrug ein Reisefeuer mit: eine Glut, die gerade so weit genährt wurde, daß man schnell Feuer bekam. Der Mann schlich zur Ecke des Hauses. Die anderen rückten am Palisadenzaun entlang vor. Der leere Hof wirkte bedrohlicher als eine wütende Schar von Kriegern.

»Haben die Christen übernatürliche Verteidiger?«

Leko Dreifinger schnitt eine Grimasse. Dann sah er die Kirche.

Sie sah genau so aus, wie man sie Leko geschildert hatte. Über der Tür hing ein hölzernes Kreuz. Die Tür war nur angelehnt, und von drinnen hörte man seltsame Geräusche, ein Summen von Zaubersprüchen und Gesang, von dem Leko kein Wort verstand.

Leko Dreifinger stieß die Tür weit auf, und Purha stürmte hinein, das blanke Schwert in der Hand.

In der Kirche war mehr Licht, als es jemals in einem Gebäude gegeben hatte. Dort brannten viele Kerzen. Im hinteren Teil der Kirche gähnte eine ausgehobene Grube wie ein Grab. In der Grube lag ein in Leinen gewickelter Leichnam.

Leko Dreifinger spürte, wie es ihn würgte. Begruben diese Menschen einen Leichnam in widerlicher Weise direkt in der Erde, in einem Haus, ohne ihn zuerst zu verbrennen? Die Geister ihrer Toten würden ewig herumirren und die anständigen Menschen plagen.

In der Kirche waren viele Leute, aber Leko sah nur einen. Neben dem Grab kniete ein hünenhafter alter Mann. Er hatte das Gesicht in den Händen vergraben. Sie erinnerten an unebene Steinbrocken. Der Mann beugte sich über das Grab, so als wollte er sich neben den Leichnam legen. Auch durch die Kampfeswut hindurch verursachte die unendliche Trauer des Mannes Leko einen schneidenden Schmerz.

»Sie haben keine Waffen!«

Purhas Ruf drang durch die überraschte Stille. Leko bohrte sein Schwert dem nächststehenden Mann in den Rücken. Er jubelte über seine Beobachtung: Die Christen nahmen in die Kirche keine Waffen mit. Man brauchte nichts weiter zu tun als die ganze Gesellschaft abzuschlachten.

Purha stürmte mit vorgerecktem Schwert voran. Er erreichte den Hausherrn. Der sprang auf die Beine, setzte über das Grab, hob den Tisch hoch und schleuderte ihn auf Purha. Leko sah, daß Purha es nicht schaffen würde, den Christen zu töten, obwohl der keine Waffe hatte.

Die Frauen schrien und rannten den Männern vor die Füße. Leko stieß sie beiseite.

»Flieht! Flieht, Frauen!« Die Stimme des Riesen dröhnte in den Balken, und die Frauen stolperten zur Kirche hinaus.

Das Blut sickerte in den Erdboden der Kirche und befleckte die Tücher, in die der Leichnam eingewickelt war. In Arantila befanden sich nur wenige Männer, und alle waren unbewaffnet. Einem von ihnen war es gelungen, ein Schwert an sich zu reißen. Männer wurden zu Boden geschlagen, vor allem Purhas Knechte, aber auch die Verteidiger von Arantila brachen blutüberströmt zusammen, ohne Hände, ohne Beine.

Leko Dreifinger stand dem Riesen gegenüber. Der Mann war auf die Knie gesunken. Er war am Verbluten. Leko holte mit dem Schwert zum Schlag aus.

»Du tust mir einen Dienst, Krieger. Meine Frau ist gestorben. Mein Glaube gestattet es mir nicht, mich selbst zu töten.«

»Wegen deines Glaubens töte ich dich auch«, sagte Leko finster und stieß dem Mann das Schwert in den Hals. Er ließ die Leiche am Boden der Kirche bei den anderen liegen und ging hinaus. Die Sonne stand hoch am Himmel, und ein leichter Wind trug von den Wiesen den Blumenduft herüber, der sich mit dem Blutgeruch vermischte.

Die Vögel hörten auf zu singen. Von Südwesten rückte ein blauschwarzer Wolkenberg heran. Das Gewitter bedeckte den halben Himmel. In der Tiefe der Wolke zuckten Blitze.

»Purha. Du kannst hervorkommen. Alle sind tot.«

Purha von Paatela kam sorglos hinter dem Speicher hervorspaziert. Das Schwert steckte in der Scheide, und sein Gewand war fleckenlos.

»Du hast andere Feinde getötet?«

»Wozu, wenn die anderen das für mich erledigen?« grinste Purha. »Es ist kein einziger Mann am Leben geblieben? Dann brauchen wir die Beute nicht zu teilen.«

»Nein«, stimmte Leko Dreifinger zu. Er holte mit der Schwerthand aus, spannte sich an und stieß Purha das Schwert in den Leib. Sogleich zog er es wieder heraus.

»Fang an, Gold und Silber einzusammeln, du Held.«

Purha heulte und wand sich am Boden. Er preßte sich die Hände auf den Bauch, aber sein Gedärm quoll zwischen ihnen hervor zu Boden. Leko wandte sich um und ging mit großen Schritten zurück in die Kirche.

Dort herrschte Halbdunkel, Licht fiel nur durch die Tür herein. Die Kerzen waren umgestürzt und in dem Blut und unter den Toten erloschen. Leko bückte sich und hob die Leichen an, prüfte die Schmuckstücke und sammelte alles Silber ein. Der Wikinger hatte eine goldene Fibel. Leko lächelte zufrieden und befestigte sie an seinem Gewand.

Dreifinger näherte sich dem offenen Grab. Die Tote war die Frau des Christen, eine griechische Prinzessin. Eine so vornehme Frau mußte kostbare Grabbeigaben auf ihren Weg mitbekommen haben, wohin die Geister der Christen auch immer gehen mochten.

Leko langte ins Grab hinunter, um die Leichentücher zu durchwühlen. Er nahm ein seltsames Geräusch wahr. War es Purhas Todesröcheln? Er hörte eine schleifende Bewegung. Jemand schleppte sich dort hinten entlang, jemand, der am Leben war und aus der Kirche entfliehen wollte.

Leko Dreifinger richtete sich auf und drehte sich auf den Knien um, um nachzusehen. Die zuckenden Blitze tauchten die Toten in bläuliches Licht. Zwischen dem Krachen des Donners wurde heiseres Geflüster hörbar.

»Meine Herrin wirst du nicht anrühren.«

Der Schatten eines Mannes erhob sich vom Boden, er hielt mit beiden Händen das Schwert nach unten gerichtet. Der Mann stürzte sich direkt auf Leko Dreifinger und durchbohrte ihm die Brust.

Die Flammen explodierten durch das Reetdach von Arantila hindurch. Es stürzte mit Getöse in sich zusammen. Das Feuer donnerte innerhalb der Wände wie in einem Hexenkessel. Der rote Schein wurde von den sich schwarzblau auftürmenden Wolken reflektiert.

Der himmlische Donner traf auf den irdischen. Ein Wasserfall ergoß sich in die Flammen, die zischend erstickt wurden. Die Wände des Langhauses von Arantila blieben dank der Erdaufschüttungen stehen.

4. Kapitel

1066

Olaf Sturmfalke stand an seinem Platz am Mast. Er hatte sich seinen dunkelblauen Umhang über die linke Schulter geworfen, so daß sein Kettenhemd, die gestreiften Pumphosen und die Lederstiefel zu sehen waren. Die rotgoldenen Locken wurden im Nacken von einem Seidenband zusammengehalten. Zu Ehren der Heimkehr hatte der Krieger seinen besten Staat angelegt.

Auf den Uferhügeln des Auraflusses ragten die Häuser und Wälle auf. Die tiefer gelegenen Ländereien waren bebaut, die Boote lagen in den Häfen. Die das Ruder führenden Krieger deuteten auf die bekannten Plätze.

»Alle Menschen in Finnland haben sich an diesem Hauptwasserlauf niedergelassen.«

»Das Land der Finnen ist unermeßlich groß und fast menschenleer«, sagte Olaf Sturmfalke nachdenklich. »Hier gibt es Unmengen an Wild und Fisch.«

Die Finnen störten die friedlichen Gäste nicht. Sie kämpften untereinander, rächten Kränkungen und raubten einander ihren Schatz, so wie die Menschen es gewöhnlich taten. Olaf Sturmfalke war jedoch in voller Rüstung, hatte das Schwert am Gürtel und den Schild neben sich, bereit, sich seinen Eltern zu zeigen.

Der laue Südwestwind nach dem Gewitter blähte das karierte Segel und half den Ruderern, die Hallistenstromschnelle flußaufwärts zu passieren.

Glum Mißgestalt, der Bootsführer des Schiffes Sturmfalke, drehte sich plötzlich um.

»Anführer, im Haus deiner Eltern kocht ein gewaltiger Kessel.«

»Brennt Arantila?«

Die Narbe von einer zusammengezogenen Wunde zerrte Glums Kinn schräg nach links. Auf seinem Gesicht lag stets ein unzufriedener Ausdruck, was immer er auch dachte.

»Es brennt nicht.« In der Stimme des Bootsführers lag Verwunderung. »Ich sehe nicht Rauch, sondern Dampf.«

»Ein Lagerfeuer dampft, wenn man Wasser darauf gießt«, sagte Olaf Sturmfalke. »Rudert schneller!«

Das Schiff war über die Meeresbucht zwischen den kleinen Inseln hindurch bis nach Koroinen gesegelt. Die Gewitterböen hatten das Schiff so stark auf die Seite gelegt, daß Olaf Sturmfalke beschloß, den Sturm in Koroinen abzuwarten. So wurde das Schiff an den Verladekai unterhalb des Hügels gerudert und am Ufer festgemacht. Das Segel wurde eingeholt, und die Männer rannten im Platzregen mit eingezogenem Kopf durch das offene Tor im Palisadenzaun von Koroinen hinein und die Landzunge hinauf, auf der die Stadt lag.

Die Schmuckgießer, Kammacher und Sattler nahmen vierzig durstige, hungrige und freigebige Krieger gern auf. Holz wurde auf die Glut gelegt und Fleisch in den Kessel, denn die Ruderer des Sturmfalken konnten eine ordentliche Mahlzeit bezahlen. Die Leute vom Logen, von denen es unter der Besatzung des Sturmfalken ein gutes Dutzend gab, pflegten Milch zu trinken. Sie wurden böse, wenn sie lange Zeit keine bekamen. Jetzt lobten sie die finnische Milch, die sie gut und fett fanden.

Einer der Finnen hatte sich schon nach einem Mädchen erkundigt, das ihm während des schlechten Wetters die Zeit vertreiben sollte.

»Wir haben eine lange Segeltour hinter uns, wir kommen aus dem norwegischen Nidaros.«

Hausherr und Hausfrau, beide Fibelgießer, wohnten die Winter über in Paimio und trieben im Sommer in Koroinen Handel. Sie hatten von dieser neuen, steinreichen Stadt gehört.

»Der König der Norweger, Harald der Harte, hält dort bei der großen Kirche hof? Angeblich gehört er auch zu denen, die nur einen einzigen Gott verehren.«

»Und er hat allen Grund dazu. Haralds Bruder, König Olaf der Heilige, stand in der besonderen Gunst Christi und wurde auch deswegen umgebracht.«

»Von diesem Olaf machen die gotländischen Kaufleute ein ungeheures Gewese«, sagte der Hausherr säuerlich. »Es ist schwer zu verstehen, daß der eine deshalb ein Gott ist, weil er ans Kreuz genagelt wurde, und daß der andere heilig ist, weil er ein Schwert in den Bauch bekommen hat. Aber die Gotländer wissen immer alles besser. So wohl auch diese Sache.«

»Wenn man auf diese Weise heilig wird, dann gibt es hier in jedem Haus sogar zwei heilige Männer«, bemerkte ein am Tisch sitzender Gast. »Bloß von Gekreuzigten hab ich noch nichts gehört. Das muß eine mühselige Art und Weise sein, einen Mann vom Leben zum Tode zu befördern. Das wird man wohl auch nicht können, wenn man es nicht geübt hat.«

»Ich bin mit euch einer Meinung«, gab der Krieger zu. »Und selbstbewußtere Leute als die Gotländer gibt es an der Ostsee nicht.«

Die Leute verstummten nachdenklich vor ihrem Eßnapf. Die Gotländer hatten allen Grund, stolz zu sein. Im

Nordland gab es keine Kaufleute, die sich mit ihnen hätten messen können.

Der Krieger, der nach einem Mädchen gefragt hatte, räusperte sich.

»Ein richtiger Mann erstickt an seinen Säften, wenn er wochenlang im Schiff sitzt.«

»Auf dieser Fahrt brauchten wir nicht einmal heftig zu rudern, Porkka. Südwestwind und Faulenzerei. Das Wetter klart auf. In Arantila gibt es genug Mägde, die gern von einem starken Krieger schwanger werden. Spar dir deinen Samen auf, bis wir da sind, wo man dich dafür preisen wird. Jetzt geht's weiter.«

Niemand widersprach Olaf Sturmfalke. Die Besatzung des Sturmfalken, Finnen, Schweden, Norweger und Männer von den Orkneyinseln, waren mit ihrem Anführer jahrelang über Ost- und Nordsee gesegelt, hatten Handel und Raub getrieben und gegen die Feinde von König Harald gekämpft.

Alle Männer des Sturmfalken hatten auch eine ihrer Ansicht nach unangemessen lange Zeit in verschiedenen Kirchen der Nordseeküste verbracht. Olaf Sturmfalke war für seine Frömmigkeit berühmt.

»Ein Wikinger Christi«, spotteten in Nidaros diejenigen, die sich trauten.

»Meine armen Knie sind ganz abgewetzt vom vielen Knien«, jammerte einer der Männer nach den langen Feiertagen.

»Du hast die Wahl, Schwarzer Thorkel: Entweder du bringst deine geliebten Knie zu einem besseren Anführer, oder vertraust Christus und mir mitsamt deinen Knien und allem, was du hast.«

Da sich ein besserer Anführer kaum gefunden hätte, gingen die Männer auch weiterhin zur Kirche. Jeder gab zu, daß Olaf Sturmfalke klug daran tat, immer einen Teil der Beute für Christus zu opfern. Denn Olaf war unbestreitbar der erfolgreichste Mann auf den nördlichen Meeren, und das hatte er Christus zu verdanken.

Olaf Sturmfalke war als kleines Kind in der Kaiserstadt getauft worden, die die Schweden Miklagård und die Griechen Konstantinopel nannten. Von solchen Menschen, die als Kind getauft worden waren, gab es jetzt einige auch schon in Norwegen und Schweden.

Einige Erwachsene in Norwegen waren Christen von Geburt an und schon zu Zeiten Olafs des Heiligen getauft worden. Es hieß, an den Ufern des Oslo-Fjords lebten Greise, die die Taufe schon unter der Herrschaft von Olaf Tryggvason erhalten hatten. Die Schweden waren hartnäckigere Heiden als die Norweger. Wohl gab es in Götaland Erwachsene, die von klein auf Christen waren, doch die Uppländer erwarteten, daß Odin zurückkehren und der Goldene Tempel von Uppsala wieder der zentrale Ort des Nordlandes würde.

Das Glück, das Olaf Sturmfalke durch Christus zuteil wurde, sah man an allem, was er in Angriff nahm. Wenn der Sturmfalke mit weißen Häuten und Teer beladen war, verstand er es, genau den Hafen anzusteuern, wo die Mäuse die Rauchwaren angenagt und die Schiffe im Hafen gebrannt hatten. Die Kaufleute prügelten sich um die Fracht des Sturmfalken. Wenn Olaf mit seinem Schiff König Harald in den Kampf folgte – und das geschah jedes Jahr, denn der König langweilte sich bei seinen Frauen und Priestern –, dann eroberte er gerade dasjenige feindliche Schiff, in dem sich der Schatz des Anführers befand. Wenn Olaf in einer fremden Stadt in die Kirche ging, wurde dort gerade ein besonderer Segen gespendet und Ablaß erteilt.

Freilich hatte das von Christus gewährte Glück auch seine Nachteile: Sonntags durfte man nicht kämpfen, Kirchen und Klöster durften nicht ausgeraubt, Jungfrauen nicht vergewaltigt und Priester nicht erschlagen werden. Doch alle waren sich darin einig, daß der Vertrag gut war. Christus hatte alles so geregelt, daß man heutzutage durch Handel größere Beute machte als durch Raub. Auch das gehörte zum Glück Olaf Sturmfalkes.

»Geld läßt sich besser mit zwei Händen zählen als mit einer«, sagte der Anführer, wenn jemand wegen des zahmen Lebens murrte. »Und erst recht gilt das für das Rudern.«

Raubzüge waren schon vor langer Zeit äußerst schwierig geworden. Die Städte der Ostseeküste versteckten sich hinter Palisadenbefestigungen. An den Ufern der Nordsee wurden Mauern errichtet. Die Klöster – diejenigen, die vom Wüten der Normannen verschont geblieben waren – glichen Festungen. Es hatte keinen Sinn mehr, die früheren Beuteländer anzusteuern.

Doch ein Schiff, das Pelze, Wachs, Holzwaren und Stockfisch geladen hatte, war überall willkommen. Aus dem Krieger wurde ein Kaufmann. Ächzend, Grimassen schneidend und fluchend schleppten die Helden Fässer mit Teer. Ein Kriegszug nach Dänemark oder Schweden, den König Harald ausgerufen hatte, war im Vergleich zum Handelsrudern ein heiteres Fest.

Olaf Sturmfalke, Krieger und Schiffer, kniff die Augen zusammen, während er stromaufwärts spähte. Am blendenden Himmel trieb hellgrauer Dunst. Keine Wolken, kein schwarzer Rauch, sondern eine rasch verschwindende Dampfwolke.

Arantila lag nur eine kurze Wegstrecke den Aurafluß hinauf, keine zwei mille passus. Olaf war es von Kind auf gewöhnt, Entfernungen nach der römischen Maßeinheit tausend Schritt zu messen. Auch in anderen Dingen dachte er wie die Untertanen des Kaisers von Konstantinopel, die sich selbst Römer nannten. Dabei war es schon zwanzig Jahre her, daß er als kleiner Junge mit seiner Mutter aus dem mächtigen Konstantinopel gen Westen gezogen war.

Olaf Sturmfalke hatte seine Eltern vier Jahre nicht gesehen. Die Meere lockten: Der Duft nach Schiffsteer schmeichelte der Nase, das Knattern der Segel klang angenehmer als das Kratzen des Pflughakens in der Erde.

Am Mast, auf dem schwankenden Deck konnte Olaf Sturmfalke für einen Augenblick die Fremdheit vergessen, die im Königsgut von Nidaros ebenso sein Begleiter war wie in der Paulskirche von London. Seine Kindheit hatte Olaf in Konstantinopel verlebt. Dort hatte er gelernt, Griechisch zu lesen und das Leben der Heiligen zu verstehen. Seine Jugend hatte er in der Normandie im großen Turm von Rouen verbracht, bei einer harten militärischen Ausbildung. Zum Manne war er auf den Meeren herangereift, auf seinem Schiff Sturmfalke.

Nirgendwo hatte Olaf Sturmfalke ein Zuhause, er gehörte nirgendwohin und vermißte nichts: ein berühmter Krieger, reich wie ein König und sagenhaft erfolgreich. Doch niemals konnte er seine Onkel um Rat fragen, nicht seine Brüder um Hilfe bitten, nicht seinen Vettern von Abenteuern erzählen, nicht über die Verheiratung seiner Schwestern nachdenken oder sich mit seinen Neffen brüsten. Die Familie seines Uppländer Großvaters war gestorben. Von der finnischen Familie seiner Mutter wußte Olaf nichts anderes, als daß sie ihren Nachkommen die Fähigkeit des Wetterzauberns vererbte – und mit solchem Heidentum wollte ein Christ nichts zu tun haben.

Olaf Sturmfalke hatte weder Familie noch Klan, und deshalb hatte er nichts. Er war wie irgendein Halunke, der zufällig Erfolg hatte.

Die Dampfwolke machte ihn unruhig. Vielleicht ein großer Brand, den der Gewitterregen gelöscht hatte? Irgendein Feuer; aber Olaf wußte, daß er sich jetzt auf Unglück und schlechte Nachrichten gefaßt machen mußte.

»Sieh mal, Anführer«, brachte Glum Mißgestalt flüsternd heraus, als Arantila hinter einer Flußbiegung auftauchte. »Es stimmt. Dein Haus kocht.«

Bei flüchtiger Betrachtung sah es so aus, als stünde Arantila unberührt auf seiner Anhöhe am Fluß. Der Palisadenzaun war unversehrt. Der Giebel des Hauses überragte dreieckig die Palisaden. Doch das Haus hatte kein Dach. An seiner Stelle stieg eine zischende graue Bildsäule auf, so als hätte sich die Erde aufgetan und stieße aus ihren Eingeweiden heißen Dampf aus, so wie es von Island behauptet wurde.

»Es ist niemand zu sehen«, sagte Glum vorsichtig. »Das Tor steht offen ... Frauen! Anführer, am Ufer sind Frauen!«

Olaf Sturmfalkes Faust ruhte auf dem Griff seines Schwerts. Er wußte, was ihn in Arantila erwartete. Der Feind war abgezogen, denn die Frauen wagten es, an den Fluß zu kommen und um Hilfe zu bitten. Es waren nur einige wenige, drei oder vier, und alle waren alt. Diejenigen, die laufen konnten, waren so weit geflohen, wie sie nur kamen.

Die Frauen verstummten, als vom Schiff ein Laufsteg ans Ufer herabgelassen wurde. Olaf Sturmfalke blickte nicht nach rechts und nicht nach links, während er mit ausgreifenden Schritten zum Tor des Palisadenzauns eilte.

»Anführer! Warte, dort könnte noch jemand sein!«

»Das hoffe ich.«

Glum Mißgestalt rannte Olaf nach. Die Männer vom

Sturmfalken sprangen mit dem Schwert in der Hand und dem Schild am Arm an Land.

Die gespenstische Stille auf dem Hof erschreckte Olaf. Die Luft war frisch und duftete nach dem Regen – doch sie war voller Bosheit, Angst und Tod. Olaf sah auf dem Gut nur eine einzige Leiche, einen Mann mit aufgeschnittenem Bauch, der vor der Kirche lag. Die Fliegen hatten sich schon auf ihm versammelt und flogen burrend auf, als Olaf auf die Kirchentür zusteuerte.

»Herr«, piepste eine kleine alte Stimme hinter Olaf. »Bekreuzige dich, bevor du hineingehst.«

Olaf warf einen Blick auf die runzlige alte Frau mit dem stechenden Blick. Jäh sank er auf die Knie und bekreuzigte sich.

»Weißer Christus, hilf mir, dies zu ertragen. Dein Wille, nicht meiner.«

Doch die Demut war brüchiges Frühjahrseis. Darunter wartete die schwellende Finsternis. Das Gefühl war so beängstigend, daß Olaf mit den Zähnen knirschte, um äußerlich ruhig zu bleiben.

Das Licht des Frühlingstages fiel durch die Kirchentür auf die Leichen, die mit verrenkten Gliedern dalagen. Olaf Sturmfalke, der von seinem sechsten Lebensjahr an zum Kämpfer ausgebildet worden war, hatte schon einige Tote und Sterbende gesehen. Sie waren in seiner Vorstellung nicht wesentlich anders als abgefallene Blätter, die überflüssig geworden waren. Doch hier handelte es sich um seine Eltern. Olaf stand erstarrt im Eingang zur Kirche.

Der Bootsführer kam seinem Anführer zu Hilfe.

»Männer. Wir wollen sie heraustragen.«

Die Toten wurden vor der Kirche in eine Reihe gelegt. Es waren alles Männer. Glum Mißgestalt schüttelte den Kopf.

»Die Männer von Arantila waren unbewaffnet ... Seltsam. Die anderen – wer weiß, was für eine Räuberbande das war.«

»Anführer, komm und sieh.«

Olaf Sturmfalke betrat die halbdunkle Kirche. Laute Stimmen dröhnten in seinem Kopf.

»Der Rote Waräger«, sagte jemand ehrfürchtig.

Olaf Sturmfalke erblickte seinen Vater. Das Grau seiner Haare war mit demselben Rot durchzogen, das golden in Olafs eigenen Locken und in seinem Bart leuchtete.

Die Kehle des roten Warägers war durchschnitten. Der Mann, der auf den Steppen bei Kiew und in der Garde des Kaisers, auf der Nordsee und auf den norwegischen Fjälls gekämpft hatte, war am Ufer des Aura unbewaffnet ums Leben gekommen. Hinter ihm befand sich das, was er bis in den Tod verteidigt hatte: ein Grab im Boden der Kirche.

Am Rande der Grube lagen nebeneinander die Leichen zweier Krieger. Der eine war ein Greis, Olaf noch vertrauter als der Vater. In der Brust des anderen steckte ein Schwert. Die Hände des Alten hielten noch immer den Griff des Schwertes umklammert.

Olaf Sturmfalke bückte sich und öffnete die geballte Faust des Vaters. Ein kleines Schmuckstück fiel heraus, ein nachgedunkeltes Vogelbild aus Bronze, der geringwertigste Gegenstand von allen Schätzen Arantilas. Olaf legte sich den Anhänger um den Hals. Er kannte ihn seit seiner Kindheit. Der Bronzevogel war das Amulett seiner Mutter, gefunden im Osten, irgendwo in den Tiefen des Weltenwaldes lange vor Olafs Geburt.

Olaf sah im Grab, unter dem Räuber und dem alten Krieger, die weißen, blutbefleckten Tücher eines Leichnams. Er begriff mit dem Verstand, was geschehen war und wann. Wenn er nicht in Koroinen geblieben wäre, um das Gewitter abzuwarten, hätte er den Tod seines Vaters verhindern können.

»Der alte Krieger hat den Grabräuber getötet.« In Glums Stimme lag Bewunderung. »Es ist der Krieger der Herrin aus Konstantinopel. Das ergibt eine großartige Geschichte, die man erzählen kann.«

Ein Krachen, lauter als Gewitterdonner, dröhnte Olaf schmerzhaft in den Ohren. Er wußte, daß sich gleich etwas Gefährliches entladen würde, dem man sich nicht entgegenstemmen konnte. Doch der am Rand der Grube wankende Mensch war nicht Olaf Sturmfalke, der Krieger Christi, sondern jemand anders, ein Heide mit schwarzer Seele, mit dem Olaf nichts zu tun hatte.

»Wer? Wer hat das getan?« hörte Olaf sich selbst fragen. Eine zornige alte Frau antwortete ihm: »Das war der Sohn aus dem Hause Paatela, der dort draußen, er hat die Räuber über den Zaun geführt. Er hat selbst den Tod gefunden und den Schatz von Arantila nicht bekommen.«

»Paatela?«

»Am Ufer der Meerenge von Kuusisto. Ein rüstiger Mann legt die Strecke in vier Stunden zurück«, erklärte die Frau listig. »Und drei Stunden dauert es für einen, der es eilig hat, sein eigen Fleisch und Blut zu rächen.«

Der Kiefernwald und die Kiespfade atmeten die Wärme des frühen Abends, als der hohe Berg von Paatela endlich in Sicht kam. Die alte Frau, die die Männer abwechselnd auf ihren Schultern getragen hatten, war halbtot. Doch der Haß gab ihr die Kraft, die Rächer auf den richtigen Weg zu führen.

Die Männer keuchten und sprachen im Laufen miteinander. Die Blutrache, an der sie teilhaben durften, hatte auf sie eine belebende, ja aufregende Wirkung. Sie erwarteten, Beute zu machen, aber das beste und wichtigste waren ein ordentlicher Kampf und die Geschichten, die man danach erzählen konnte. An den langen Winterabenden mußte jeder eine Geschichte parat haben. Die meisten hatte man schon viele Male gehört. Seitdem die großen Raubzüge ein Ende gefunden hatten, gab es immer weniger zu erzählen.

Olaf Sturmfalke lief schweigend. Er hörte nicht, was die Männer redeten, und auch nicht die leisen Stimmen des Waldes. Olaf trug eine Rüstung, die so viel wie ein Drittel seines eigenen Gewichts wog. Dennoch hatte er das Gefühl, in der Luft über der Erdoberfläche zu schweben. Das Schwert brannte ihm an der Seite, seine Augen suchten nach jemandem, den er töten konnte. Olaf hätte sich an seinen eigenen Namen nicht erinnert, wenn man ihn danach gefragt hätte. Der Wikinger Christi hatte sich in den Geist der heidnischen Blutrache verwandelt.

Am Fuß des Berges blieben die Männer stehen.

»Das Haus ist verlassen. Sie haben die Flucht ergriffen«, sagte Glum spöttisch.

Olaf schüttelte den Kopf.

»Woher wußten sie, daß der Sturmfalke in Koroinen war, als Arantila geplündert wurde? Meine Eltern wurden getötet, weil alle glaubten, daß es keinen Rächer gebe.«

Die Männer kletterten über den Wall. Die Tür des Hallenhauses stand weit offen. Von irgendwoher trug der Wind Rauchgeruch herbei. Olaf Sturmfalke spähte hinein. Das Haus war in aller Eile verlassen worden. Die Enttäuschung verursachte ihm Schmerzen in Leib und Lenden. Er wollte zermalmen, schlagen, vergewaltigen, verletzen. Das leere Haus kühlte seine Wut zu kaltem Haß ab.

»Steckt es in Brand«, sagte Olaf. »Und kein Regen wird kommen, um diesen Brand zu löschen.«

Olaf sah sich um. Das Haus zu verbrennen erschien ihm allzu wenig. Er spürte starken Rauchgeruch, obwohl das Haus noch nicht in Brand gesteckt worden war.

»Herr, in Paatela gibt es einen Schatz«, kreischte die erschöpfte Alte ängstlich.

»Dies ist kein armes Haus.«

Die Männer brummten zustimmend.

»Sucht«, sagte Olaf achselzuckend. Schätze gab es in jedem Haus. Olaf Sturmfalke wollte kein Silber. Er wollte töten.

Die Männer zerstreuten sich ins Hallenhaus und in die Hütten. Die Menschen neigten dazu, ihren Schatz unter ihrem Pritschenplatz zu vergraben, das wußten die Krieger des Sturmfalken. Die Seeleute verwahrten ihren Schatz in einer Truhe, auf der sie im Schiff saßen.

Olaf Sturmfalke verließ den mit einem Wall eingefriedeten Hof. Paatela war am westlichen Ende eines flachen, fast ebenen Berges erbaut worden. Das östliche Ende war mit niedrigen Kiefern und Flechten bewachsen. Hinter den Kiefern war das Knistern von Flammen zu hören.

Olaf blieb auf einer kleinen Lichtung stehen. In der Mitte war ein Verbrennungsgestell errichtet: An hohen Staken war eine Bühne aus licht gelegten Stangen befestigt und darunter ein Feuer angemacht. Auf der Bühne ruhte der Leichnam einer Frau. Sie war stattlich bekleidet mit blauer Wolle und einer braunen, mit Bronzeschmuck verzierten Schürze. Vielfache Ketten und Fibeln schmückten die Brust, und ein Mantel mit langen Fransen hing von der Bühne herab. Als Olaf stehenblieb, ergriff das Feuer den Mantel und verschlang den Leichnam.

Bei diesem Anblick kam Olaf Sturmfalke die Galle hoch. Seine Mutter, eine vornehme Frau, war in ihrem Grab geschändet, ihre Leichentücher zerrissen, die Tote angefaßt worden wie eine Hure. Die Herrin des Räuberhauses wurde ehrerbietig ins Totenreich geleitet. Olafs Schwert fuhr zischend aus der Scheide. Vor seinen Augen sprühten dunkelrote Blitze. Die Tote schrie nach Blut, und das würde sie bekommen.

Doch um die Bühne herum war es ebenso öde und leer wie auf dem Gut. Jemand hatte jedoch das Feuer entzündet, und zwar vor gar nicht langer Zeit.

Olafs Zähne entblößten sich, und aus seiner Kehle drang ein tiefes Knurren. Die Welt verengte sich in seinen Augen. Am Ende des Ganges stand eine Frau in einem weißen Sommerhemd. Eine Feindin und deshalb zu töten, so wie der Vater getötet worden war. Eine Frau und deshalb zu schänden, so wie die Mutter geschändet worden war.

Die Frau sah den fremden Mann mit dem Schwert in der Hand. Sie wandte sich zur Flucht. Mit einem Satz war Olaf bei ihr, packte sie bei den Haaren und warf sie zu Boden. Die Frau versuchte, sich freizuwinden. Olaf brüllte auf und warf sich auf sie. Die Frau fuhr Olaf mit den Händen ins Haar. Er schlug sie mit der Faust auf die Stirn. Sie sank schlaff ins Moos. Olaf drang in den bewußtlosen Körper ein.

Die Weltenkreise knirschten Olaf im Kopf, der Haß drohte, ihn zu ersticken, so daß er einen Hustenkrampf bekam und jäh zu sich kam.

Sein Gesichtskreis erweiterte sich. Zuerst war da nur ein Schopf dunkelroter Haare. Dann grünes Moos und graue Flechte, dann ein Leinenhemd und ein schmaler, blutig gekratzter Arm. Olaf fiel mit seinem ganzen Gewicht auf das Opfer.

Die Frau fing laut an zu weinen, und Olaf löste sich schnell von ihr.

»Miserere ...«

Olaf sah die Spuren seiner Tat, und ihm wurde übel. Keine Frau, eigentlich ein Kind, zart, obwohl das Gesicht unter dem zerwühlten Haar nicht zu sehen war. Und eine Jungfrau. Olaf Sturmfalke hatte eine Jungfrau vergewaltigt. Für eine solche Tat peitschte er seine Männer aus.

Die anderen waren geflohen und hatten das arme Mädchen allein zurückgelassen. Das heldenmütige Kind war dabei, den Leichnam seiner Mutter zu verbrennen. Und dann kam der Rächer.

Vor Entsetzen konnte Olaf keinen vernünftigen Gedanken fassen. Er bückte sich und zog dem Mädchen das Hemd herunter. Das Kind rollte sich zusammen wie ein kleines totes Tier. Olaf wandte sich ab und taumelte in Richtung Haus davon.

Die Männer hatten wie Maulwürfe im Boden gegraben und einen Haufen der üblichen Schätze zusammengetragen: Münzen, Schmuck, silberne Reifen. Der eigentliche Schatz von Paatela war irgendwo vergraben. Es war unmöglich, ihn zu finden ohne einen Menschen, der einem die Stelle zeigte.

Olaf Sturmfalke warf einen Blick auf den Haufen Metall, von dem ein Viertel ihm gehörte. Er bückte sich, nahm von den Gegenständen zwei silberne Reifen und reichte sie der alten Frau.

»Hinter dem Hause brennt ein Leichenfeuer, da ist ein kleines Mädchen. Kümmere dich um das Kind. Glum, Feuer unter die Ecke. Gehen wir.«

Der Altartisch war auf den Acker von Arantila hinunter ans Ufer des Auraflusses getragen worden. In dem weichen, aus Humus und Sand bestehenden Erdboden waren Gräber ausgehoben. Nicht alle Toten hätten unter dem Fußboden der Kirche Platz gefunden. Olaf Sturmfalke vermutete, daß sein Vater neben seinen alten Kriegern ruhen wollte. Der Leichnam der Mutter war nochmals in feines Leinen gehüllt und in dasselbe Grab wie der Rote Waräger gelegt worden. Die Nacht war weit fortgeschritten, als alles fertig war. Zeit spielte keine Rolle, im Nordland war es hell genug.

Einen Priester gab es nicht. Der uralte Priester von Arantila, vor Jahrzehnten aus England gekommen und ursprünglich ein Sklave, war ebenso erschlagen worden wie die anderen Männer des Guts. Olaf mußte die Toten einsegnen. Das hatte er früher schon oft getan; nach einem Kampf oder Schiffbruch fand sich nur mit Mühe ein Priester, und so mußte der Anführer die heiligen Worte sprechen.

»Ruhe in Frieden. Im Namen Gottes. Der weiße Christus sei mit dir.«

Dieselben Worte an jedem Grab, dasselbe Entsetzen und Würgen in der Kehle. Wie konnte ein Mann, der eine schreckliche Sünde begangen und nicht gebeichtet hatte, die Märtyrer zur ewigen Ruhe geleiten? Spürten die Toten nicht den unreinen Zustand von Olaf Sturmfalkes Seele? Zürnten sie nicht, würden sie nicht in den Nächten kommen und ihn quälen?

Auf dem Rückweg von Paatela hatten die Männer wegen des vergeblichen Kriegszugs gemurrt. Die Beute war zufriedenstellend, aber man hatte sie zu leicht bekommen. Die Toten von Arantila waren nicht gerächt worden. Man hatte keine einzige Leiche zurückgelassen. Den schweren, schwarzen Rauch sah man immerhin noch bis auf den halben Weg, das besserte die Laune der Männer.

Olaf Sturmfalke unterband das Murren der Männer nicht. Ihm ging allmählich schmerzhaft die ganze Schrecklichkeit seiner Sünde auf, und sie quälte ihn.

Olaf, schon als Säugling getauft, war zum Heiden geworden, als Wut und Trauer allzu groß geworden waren.

Sein Christentum war dünn und schwach. Das Heidentum lag erst eine Generation zurück. Seine Mutter war eine Blutstillerin gewesen, die sich bisweilen ins Totenreich begab. Das Wikingerblut seines Vaters war wild und eigensinnig.

Olaf Sturmfalke hatte seinen Vater im Gut, seine Mutter in dem geschändeten Grab und die Toten ohne christliche Bestattung zurückgelassen. Sein einziger Gedanke war es gewesen zu rächen, zu töten und zu vernichten. Seine heidnische Rachgier hatte er befriedigt, indem er eine unschuldige Jungfrau vergewaltigte.

»Die Rache ist des Herrn«, sagte Olaf Sturmfalke zu den an den offenen Gräbern knienden Männern. »Die Rache ist des Herrn, nicht unser. Die Räuber waren schon getötet worden, und Paatela war leer. Wir haben falsch gehandelt.«

»Amen«, antworteten die Krieger, wie man es sie gelehrt hatte. Kaum einer hielt den im Laufschritt ausgeführten Kriegszug für falsch, für vergeblich schon.

Olaf sprach ein Gebet, das er als Kind gelernt hatte. Es war auf griechisch, und er dachte, daß es Vater und Mutter gefallen würde. Sie hatten oft miteinander griechisch gesprochen.

Das Gebet gab Olaf nicht die Ruhe, die er zu finden gewohnt war, wenn er sich an Christus wandte. Er richtete seinen unruhigen Blick ans jenseitige Ufer des Auraflusses.

Vor dem dunklen Wald stand ein rothaariges Mädchen in einem weißen Leinenhemd. Olaf machte eine Handbewegung. Das Mädchen verschwand. Hastig sprach Olaf den Namen des Vaters, des Sohnes und des Heiligen Geistes aus. Die Vision war Hexerei.

Seine Hand berührte den Hals. Er war leer. Der Bronzevogel war fort.

»Barmherzige Maria.«

Das Mädchen hatte die Kette zerrissen, als Olaf über sie hergefallen war. Das war ganz natürlich. Aber Olaf Sturmfalke wußte, daß er mit dem Bronzevogel auch sein Glück verloren hatte.

5. Kapitel

1066

»Ich hätte Purha doch mitnehmen sollen. Jetzt hat er das Gut niedergebrannt.«

Lyy hob die rechte Braue.

»Er wird wohl kaum sein eigenes Haus anzünden. Dies ist das Werk von Feinden.«

Eine schwarzwallende Rauchsäule erfüllte den hellen Abendhimmel. Der Hausherr von Paatela ritt im Schritt, und Lyy neben ihm. Lyy hätte seinem Pferd die Sporen gegeben, aber Ihanti sagte, es sei schon alles zu spät.

»Das Werk welches Feindes? Du bist doch hier bei mir.«

»Ich bin nicht dein Feind, Ihanti«, sagte Lyy sanft. »Purhas Dummheit ist nicht deine Schuld. Man kann die Dinge klären.«

Und man würde sie auch klären, und zwar gründlich. In Paatelas Truhen würde kein Stäubchen übrigbleiben, wenn Lyy das Haus verließ.

Ihanti war, weiß vor Zorn, zu Lyy nach Lempilä gekommen, bereit, seinen Bruder zu töten, falls Lyy das verlangte. Lyy genoß die Demütigung des Freundes, ging mit seinem Peinigen aber doch nicht so weit, daß Ihantis Ehre Schaden nahm.

Als Lyy vom Raub seiner Schwester erfuhr, war sein erster Gedanke, Paatela samt allem Lebendigen darin dem Erdboden gleichzumachen, das Haus von der Erdoberfläche zu tilgen. Doch Lyy zeigte seinen ersten Gedanken niemals den anderen, und meistens auch nicht den zweiten. Daraus erwuchs sein Ruf als ein Mann mit Glück; jede seiner Handlungen war von Erfolg gekrönt und brachte ihm noch mehr Reichtümer und Ehre.

Nach dem ersten Wutanfall dachte Lyy darüber nach, was Ihanti ihm da erzählt hatte. Fast alles auf der Welt konnte man in Nutzen verkehren. Seine Schwester war in Sicherheit und immer noch Jungfrau. Purha war allgemein als Dummkopf bekannt, Ihanti ein respektierter und geschätzter Krieger.

Purha zu töten brachte einem nicht mehr Ruhm ein, als wenn man einen räudigen Hund erschlug. Ihanti war als Freund nützlicher denn als Leiche. Lyys Ehre würde nicht beschädigt, auch wenn er beiden das Leben schenkte. Wenn jemand anderer Ansicht war, mochte er ja kommen und sich beklagen.

Lyy wußte, daß niemand ihn offen verspotten würde. Und kein Mann würde es wagen, hinter seinem Rücken über ihn zu reden. Doch eine Sache konnte Lyy und auch sonst niemand verhindern: das Gelächter der Frauen.

Die Frauen waren es, die über die Ehre der Männer entschieden. Ihre Entscheidung konnte man nicht im voraus kaufen, nicht einmal erraten, und man konnte sie im nachhinein nicht verändern. Auf die Reaktion der Frauen hatten neben einer Ehrverletzung auch andere Dinge Einfluß: die vornehme Herkunft, das Aussehen, der Charakter, das Verhalten der Verwandten. Man konnte nie wissen. Das machte Lyy Sorgen.

Den Raub der Schwester gedachte Lyy durch eine Entschädigung zu sühnen, über die die Leute große Augen machen würden. Er würde aus Paatela auch noch das letzte Stückchen Silber mitnehmen und die gesamte Entschädigungssumme Aure geben. Ein solches Vorgehen würde Großzügigkeit und Freigiebigkeit beweisen, die den Leuten Respekt abnötigen würde.

Dann aber breitete sich in ihm die Leere aus. Was hatte der Respekt der Menschen schon für eine Bedeutung? Was fing ein Mann damit an, den trostlose Langeweile befallen hatte? Nichts war mehr wichtig. Nicht Aure, nicht Ihanti, nicht das Silber.

Die Rauchsäule, die über Paatela aufstieg, machte Lyy jedoch Freude. Nicht alles lief so, wie er es geplant hatte. Purha hatte irgendeine Riesendummheit begangen, deren Folgen als Rauch zum Himmel aufstiegen.

Ihantis Männer starrten wortlos zum Berg hinüber. Die Sonne stand tief hinter ihrer rechten Schulter und beleuchtete gnadenlos den bösen, schwarzen Rauch.

»Alles ist hin«, sagte Ihanti. Aus seiner Stimme hörte man bittere Zufriedenheit heraus. »Hoffentlich ist Purha zusammen mit dem Haus verbrannt.«

»Hoffentlich ist meine Schwester am Leben«, sagte Lyy scharf.

Ihanti fuhr zusammen. Er lenkte sein Pferd den steilen Pfad hinauf. Das Pferd schnaubte, es fürchtete den Rauch.

Das Feuer hatte alles Brennbare verschlungen, war heruntergebrannt und hatte nur ein kohlschwarzes, bitter riechendes Chaos an der Hofstelle von Paatela zurückgelassen. Die Ankömmlinge saßen ab, gingen herum und wunderten sich über die Verwüstung, wischten sich den überall schwebenden Ruß vom Gesicht und untersuchten die Spuren auf der Erde.

»Hier waren viele Männer.«

»Wo ist Purha? Und Leko Dreifinger? Keine einzige Leiche, kein Anzeichen für einen Kampf.«

Lyy mochte nicht sagen, daß Purha wahrscheinlich schneller als ein Hase davongerannt war, als er den Feind erblickte. Aber auch er konnte nicht begreifen, wer diese Zerstörung angerichtet hatte.

»Herr.«

Ihantis Stimme klang seltsam. Ihanti und Lyy traten zwischen den Krüppelkiefern hervor auf die Lichtung. Das Feuer hatte sich als Wipfelbrand in den Kiefern ausgebreitet. Der Erdboden war aschgrau.

Das weiße, rußbefleckte Hemd einer Frau zeichnete sich hell im kühlen Licht der Sommernacht ab. Lyy hörte, daß er schrie. Er war von seinem eigenen Schmerz erschüttert, als er neben Aure auf die Knie fiel. Zu Häupten des Mädchens kauerte eine kleine alte Frau.

»Trauere nur, Krieger«, sagte die alte Frau, und in ihrer Stimme bebte Schadenfreude. »Deine Frau lebt, ist aber für alle Zeiten verdorben so wie auch deine Ehre.«

Ihanti stand hinter ihnen.

»Purha? Hat er das getan?«

»Dein Bruder liegt im Hof von Arantila, und die Därme sind ihm in den Schoß gequollen«, sagte die Alte zufrieden. »Und dort sind seine Helden, am Boden der Kirche auf einem Haufen zusammen mit den Männern von Arantila. Keiner ist übrig. Alle sind tot.«

»Jemand ist dennoch am Leben«, sagte Ihanti trokken. »Paatela ist nicht von selbst in Flammen aufgegangen.«

»Es ist ein Schiff gekommen«, sprach die Alte. »Es ist ein Schiff gekommen und hat den Rächer gebracht, noch bevor die Leichen erkaltet waren.«

Lyy erholte sich von dem Schrecken, der ihn nahezu gelähmt hatte.

»Ein Schiff?«

Beide Männer blickten erst in Richtung Meer und dann zweifelnd auf die Alte.

»Alte, dein Kopf ist verwirrt. Was redest du von Arantila? Die Leute von Paatela haben nichts mit den Christen zu tun.«

»Dein Bruder Purha hat die Christen von Arantila angegriffen. Die Männer brachten sich gegenseitig um, wie Männer es zu tun pflegen. Der Sohn der Christen legte mit seinem Schiff an und fand seine Eltern. Hättest du nicht Rache geübt, Herr?«

»Was ist mit meiner Schwester geschehen?«

Die Alte wiegte den Kopf hin und her.

»Was geschieht den Frauen, wenn die Männer Krieg führen?«

Man durfte sich nicht aufregen. Man mußte alles bis zum Ende durchdenken. Die meisten sahen keine Alternative: Man mußte den Vergewaltiger finden und ihn töten. So mußte auch Lyy handeln – oder zumindest mußte er den Anschein erwecken.

Vor Lyy öffneten sich Türen, von deren Existenz er nichts gewußt hatte. Aures Schicksal erschütterte seine Welt.

Man konnte es auch anders sehen.

Ihanti begann das ganze Ausmaß des Unglücks zu begreifen.

»Purha tot? Alle seine Männer gefallen?«

Ihanti schloß für einen Moment die Augen.

»Lyy, mein Bruder hat uns alle ins Unglück gestürzt. Doch das Schlimmste hat er deiner Schwester angetan. Purha ist nicht mehr da, damit du ihn eigenhändig töten könntest. Paatelas Schatz gehört dir, Lyy. Ich heirate deine Schwester, wenn du es willst.«

Lyy schüttelte langsam den Kopf.

»Den Schatz kannst du mir geben. Meine Schwester bekommst du nicht. Für sie gibt es eine bessere Verwendung.«

In Lyys Mundwinkeln zeigte sich ein leichtes Lächeln. Ihanti erwiderte es. Er dachte, alles sei verziehen und Lyy immer noch ein Freund.

Lyy sah Ihanti nicht einmal. Vor seinen Augen erstanden große Visionen, ferne Völker, ein neues Leben.

Keiner von beiden hatte einen Blick für Aure. Das Mädchen lag im Moos und betrachtete die aufgehenden Sterne. Davon waren in einer so hellen Nacht nur wenige zu sehen.

»Ich war in Arantila, Vater«, sagte Lyy geduldig. »Dort war niemand. Natürlich nicht. Warum hätte der christliche Wikinger in dem Gut ohne Dach bleiben sollen? Ich habe das Haus und die Kirche niedergebrannt. Mehr konnte ich nicht tun.«

»Deine Schwester ist nicht gerächt, solange dein Schwert nicht das Herz des Wikingers von Arantila durchbohrt hat«, knurrte Launia. »Auf Launiala liegt Schande, blutige Schande, und der Sohn wäscht sie nicht ab!«

»Alles ist abgewaschen, was möglich war«, seufzte Lyy. »Es ist niemand da, an dem ich Rache nehmen könnte.«

Der Greis hockte auf seinem Hausherrenstuhl, ein blinder Maulwurf. Seinetwegen brannte in der großen Stube von Launiala ein Feuer, obwohl Hochsommer war.

»Du kannst deine Schwester töten«, brummte Launia, »und die Leiche in den Sumpf stecken. Die Frau ist ohne Erlaubnis mit Purha mitgegangen. Dann hat sie sich von dem christlichen Krieger vergewaltigen lassen. Der Ruf des Hauses ist ruiniert. Meine Tochter verdient den Tod.«

Aure stand hinter Lyy und kämmte ihm die Haare mit einem Kamm aus Walroßknochen. Sie hatte Lyy gerade den Bart gestutzt und ihn in Form gekämmt. Die Haare durfte sie ihm nicht schneiden; Lyy war stolz auf sein langes Haar. Er ließ sich das Haar von den Frauen zu Zöpfen flechten, die sein scharf-schönes Gesicht einrahmten. Lyy betrachtete sein Bild gern in einem Bronzespiegel, den er in Koroinen von einem gotländischen Händler gekauft hatte. Die blauen Augen und das goldfarbene Haar, Zeichen einer vornehmen Herkunft, ließen ihn einen Augenblick lang seine Unruhe vergessen.

»Du warst zu Hause, als ich geraubt wurde, Vater«, sagte Aure ruhig. »Du hast geschnarcht. Bei wem soll eine Tochter Schutz finden, wenn nicht bei ihrem Vater?«

Lyy tippte Aure an die Hand. Sie war schmal und glatt. Lyy überkam ein sinnloses Verlangen, sie zu küssen.

»Ich werde nicht im Hause bleiben und mir dein Genörgel anhören, Vater. Wir gereichen dem Hause Launiala zur Schande, alle beide, sagst du. Also gehen wir, und zwar beide.«

Lyy spürte, wie Aure zusammenzuckte. Doch sogleich fuhr sie fort in ihrer gleichmäßigen Kämmbewegung. Lyy genoß Aures leichte Berührung, ihren Duft nach Heu und ihren leisen Atem. Ihm gefiel die Gleichgültigkeit der Schwester gegenüber den Anschuldigungen des Vaters.

Lyy hatte Aures Existenz früher kaum wahrgenommen. Die Schwester gehörte in den Machtbereich der Frauen, zu dem Männer keinen Zutritt hatten, nicht einmal der Bruder. Speisen und Arzneien, Schlaflieder und Viehzauber waren Sache der Frauen. Erst als Opfer hatte die Schwester sich plötzlich vom Frauenleben entfernt. Ihr Schicksal wurde Sache des ganzen Hauses.

Die Stimme des Alten klang verärgert.

»Ihr geht fort? Wohin könntet ihr gehen? Ihr könnt Launiala nicht verlassen. Es sind keine anderen Kinder da.«

»Das interessiert mich nicht.«

Launia hörte auf zu gnatzen, und Aure hörte auf zu kämmen. Lyy verspürte unbändige Freiheitslust. Das Gefühl war so stark, daß es ihm die Eingeweide umdrehte.

Mit einem einzigen Satz hatte er alles zerbrochen, was das Leben eines Mannes regelte und definierte.

»Ich gehe nach Konstantinopel. Ich habe immer dahin gewollt, als Waräger in die Garde des Kaisers.«

»Du bildest dir allzuviel ein«, zischte der Alte.

»Ich wollte immer weg von Launiala«, präzisierte Lyy. »Ich will sehen, was hinter dem Meer liegt. Das Leben hier ist klein und eng. Viele haben in der Garde des Kaisers gekämpft und sind als reiche Leute zurückgekehrt. Ich bin kein schlechterer Krieger als sie.«

Launia auf seinem Stuhl begann zu zittern.

»Treuloser Sohn! Du verwirfst das Erbe deiner Väter!«

»Ich ertrage diese Eintönigkeit nicht«, sagte Lyy und wunderte sich über seine Worte. Er hatte kaum selbst gewußt, wie sehr er sich eingeengt gefühlt hatte.

Lyy spürte Aures Hand auf seiner Schulter. Sie massierte ihm die Nackenpartie, hielt ständig den Körperkontakt zu ihm aufrecht. »Alles wiederholt sich von Jahr zu Jahr. Auch die Raubzüge haben keine Bedeutung mehr.«

Der Greis schnappte nach Luft.

»Verschwinde! Du taugst nicht zum Herrn von Launiala. Aber deine Schwester bleibt hier. Ich muß einen Schwiegersohn ins Haus holen, da es meinem Sohn nicht gut genug ist.«

»Aure kommt mit. Wer würde sie wohl heiraten wollen? Eine geraubte und entehrte Frau. Gerade hast du mir befohlen, sie in den Sumpf zu stoßen.«

»Fort! Fort! Und du bekommst nichts mit auf die Reise. Du wirst mit leeren Händen gehen, wenn du gehst.«

Dem hilflosen Greis versagte die Stimme. Ihm drehte sich der Kopf, seine leeren Augen suchten den Sohn.

Lyy saß unbeweglich auf einem lammfellbedeckten Stuhl und wunderte sich über sich selbst. Er hatte es gewagt, die ewigen Bindungen zu kappen. Er widersetzte sich der wichtigsten Regel: Ohne Familie ist der Mensch ein Nichts. Es schwindelte Lyy, und er empfand ein ebensolches Wohlbehagen, wie wenn er mit einer Frau schlief. Er war kühn und unbesiegbar.

Der Launiasee leuchtete strahlend blau in der Hochsommersonne. Lyy mußte an die schillernde Seide denken, die er bei einem Kaufmann in Vanaja gesehen hatte. Der Stoff war von weit her, aus dem Silberland des Ostens, herbeigeschafft worden, und der Opferträger von Kulsiala kaufte ihn für seine Tochter.

Lyy betrachtete den See von oben, vom Launiala-Höhenrücken her. Weiße Wolken schwammen am Himmel. Das Birkenlaub regte sich in dem sanften Südwind. Zwischen den Zweigen schimmerten die wolkenweißen Stämme. Die Hummeln brummten, die Blumen glühten vor den silbergrauen Balken von Launiala.

Alles war friedlich, beständig und sicher, ebenso wie in hundert Sommern zuvor und wie in hundert künftigen Sommern. Lyy kostete in Gedanken andere Wasser und andere Wälder, die gewaltigen Ströme Rußlands, von denen die Kaufleute erzählten, und die wolkenumhüllten Berge des Kaiserreichs. Das Fernweh verursachte ihm Bauchschmerzen, und zugleich entlockte die glückliche Erwartung Lyy ein Lächeln.

Hinter Lyy raschelte das Gras. Flink wie ein Hermelin wandte er sich um, die Hand am Schwertgriff.

Die ruhige Ordnung von Bäumen und Wolken, Himmel und Erde zerbrach, als Aure von Launiala neben den Bruder auf den Höhenrücken geschritten kam. Lyy verstand nicht, warum Aures Nähe ihn unruhig, gleichsam unzufrieden machte, obwohl er gerade eben noch so froh gestimmt war. Die Schwester war noch ein Kind, unsicher wie ein Elchkalb mit zarten Beinen. Das strubbelige Haar und die Sommersprossen ließen Aure jünger wirken, als sie eigentlich war.

Aber Lyy erinnerte sich an das Mädchen, das mit seinem Lied die Leute in der großen Stube von Launiala in den Schlaf gesungen hatte. Aure hatte weder geheult noch geklagt, als Lyy sie vor sich im Sattel aus dem verbrannten Paatela zurück nach Launiala brachte. Das Leben der Tochter aus mächtigem Hause war ruiniert. Aure reagierte auf die Veränderung beängstigend ruhig. Lyy wußte nicht, ob sie dumm oder stark war. Das spielte auch keine Rolle. Sie war eine hellhäutige junge Frau; eine solche zu besitzen war von Nutzen dort, wohin Lyy gehen wollte.

»Dort rudern Leute«, sagte er. »Und genau dorthin, wo ich es wollte.«

Die Geschwister blickten zum See hinunter. Ein Sklave ruderte einen Plattkahn. Im Heck saß Launia. Zwischen den Männern stand eine braungraue Truhe.

»Vater versenkt den Schatz von Launiala lieber, als dir auch nur einen Teil davon zu geben«, seufzte Aure. »Der Schatz gehört doch nicht ihm, sondern dem Hause. Er hat kein Recht, ihn ins Wasser zu werfen.«

»Dafür habe ich gesorgt«, sagte Lyy gelassen. »Mach dir keine Sorgen, Schwester. Wenn wir aufbrechen, ist der Schatz in unseren Satteltaschen.«

Der Sklave ruderte nach Südost, zum entferntesten Ende des Sees. Die Stelle war von dem Höhenrücken aus gut zu sehen. Der Plattkahn war ziemlich nahe am Ufer, als der Sklave aufhörte zu rudern, sich bückte, die Truhe hochhob und ins Wasser fallen ließ.

»Da ist sie verschwunden«, sagte Aure erschrocken.

Lyy lachte auf, schlang den Arm um das Mädchen und drückte es an sich. Das hatte er noch nie zuvor getan. Aure schaute plötzlich zu ihm auf und lächelte entzückt. Sie war ein bezauberndes, seltsames und verlockendes Waldmädchen, ein Troll. Wunderbar: Wenn Lyy in eine so schwierige Lage kommen würde, daß er Aure verkaufen müßte, würde er einen guten Preis für sie bekommen.

Aure hockte zusammengekauert neben der Quelle. In Abständen warf sie Schmuckstücke hinein. Sie sprach mit dem Geist der Quelle, raffte sich zwischendurch auf und sagte einen Zauberspruch, damit der Geist verstand, daß sie es ernst meinte. Aure war ohne die übliche Begleitung einer Magd. Wozu auch – sie hatte ja keinen Wert mehr für das Haus Launiala. Das Fehlen der Magd war nur eines der Anzeichen dafür, wie das herkömmliche Leben in dem großen Gut verfiel.

»Wahrscheinlich gibt es auch dort Geister, wo Lyy mich hinbringt.«

Eine bronzene Fibel mit Stiel plumpste ins Wasser.

»Eigentlich mochte ich sie nicht. Da hast du sie.«

Aure prüfte mit den Zehen das Wasser der Quelle. Es war prickelnd kalt.

»In der Kaiserstadt«, schalt Aure, »sind auch die Quellen warm. Ich habe einen Umhang, der mit Bronze verziert ist, und Silberschmuck, und Lyy verschafft mir einen Königssohn als Mann.«

Die letzten Worte kamen als Schluchzer. Aure vergrub das Gesicht in die Hände und weinte zum ersten Mal, nachdem sie geraubt worden war. Sie gab sich dem Weinen mit ganzer Seele hin, sie schluchzte und jammerte und verfluchte die Männer von Launiala. Die schweren Schluchzer gingen in einen Schluckauf über, und sie weinte immer noch weiter, bis ihre Tränen versiegten. Da wusch Aure sich das Gesicht im Wasser der Quelle und legte sich ins Gras.

Ein Dummkopf wie Purha hatte die Tochter des Hauses Launiala wie ein Schaf von der Weide geholt. Peinlich für das Haus, aber nicht für Aure. Aufgabe der Männer war es, ihre Frauen zu schützen. Dafür waren die Männer da, trugen eine Streitaxt und eine Lanze und prahlten mit ihren Heldentaten.

Auch die Räuber hatten Aure ohne den nötigen Schutz gelassen. Ihanti ging Lyy nach, und Purha überfiel Arantila.

»Der blanke Wahnsinn!« Aure warf verächtlich einen kleinen Stein in die Quelle. »Diese unglücklichen Tölpel! Gut, daß der eine tot ist. Sollen doch die Würmer auch den anderen auffressen.«

Purha war mit aufgeschlitztem Leib gestorben, so war es berichtet worden. Aure hoffte, er möge lange gelitten haben.

»Ich habe keine Schuld, da ich einen Vater und einen Bruder habe.«

Aure setzte sich auf, zog die Knie an und legte das Kinn darauf.

»Ich bin vergewaltigt worden.«

Aure sagte es viele Male langsam und deutlich. Sie versuchte, sich an alles genau zu erinnern. Der Brand war in ihrer Erinnerung nur ein fauchender Ofen. Sie wußte nicht, wie lange er gedauert hatte.

Aber an den Mann erinnerte sie sich.

Aure hatte die Stimmen aus der Richtung des Hauses Paatela gehört und gemeint, Ihanti sei rechtzeitig zur Verbrennung seiner Mutter zurückgekehrt. Sie erwartete, daß Lyy hinter den niedrigen Kiefern hervorgelaufen käme. Einen Augenblick lang glaubte sie auch, der Ankömmling sei Lyy: ein blonder Mann und die Kleider so teuer wie die von Lyy.

Der Mann blieb stehen. Aure erkannte, daß er stattlicher war als Lyy, der größte Mann, den Aure je gesehen hatte. Er war eindeutig ein Anführer und so schön, daß

Aure lächeln mußte. Da brüllte der Mann laut auf. Er war ein Feind so wie alle unbekannten Männer. Aber es war schon zu spät, zu spät um zu schreien und zu kämpfen.

Aure starrte die Quelle an, die Lippen gespitzt. Es war, wie es war.

»Wo war mein Vater? Mein Bruder? Sie ließen es zu, daß der erbärmlichste Mann von der Welt mich entführte. Ein fremder Wikinger durfte die Tochter des Hauses Launiala vergewaltigen, Paatela niederbrennen und davonsegeln. Auch das konnten sie nicht verhindern. Jämmerliches Pack!«

Der Quellweiher war schwarz und still wie immer. Aure beugte sich vor und betrachtete ihr Spiegelbild. Ihr Kraushaar hatte sich auch heute nicht in goldfarbene Locken verwandelt, die Sommersprossen waren immer noch da. Aure seufzte.

»Quelle, ich hab dir so viele Schmuckstücke gegeben, daß es für ein ganzes Dorf voller Frauen reichen würde. Du hast mir nichts gegeben. Jetzt bist du dran.«

Die Quelle schwieg. Aure schnitt ihrem Spiegelbild eine Grimasse.

»Am meisten hat es weh getan, als er mich bewußtlos schlug. Vielleicht war es gut so.«

Aure wiegte sich leicht. Zu Füßen des Höhenrückens war es wunderbar warm, die Baumnadeln dufteten, und vom Himmel erscholl der Schrei eines Falken.

»Er hätte mich töten können«, sagte Aure zu der Quelle, »denn es handelte sich um Blutrache. Purha hat seinen Vater getötet. Da hilft kein Grämen.«

»Die Blutrache ist heilig. Er konnte nichts anderes tun.«

Eigentlich wunderte Aure sich nicht darüber, daß die Quelle sprach. Sie hatte so viele Jahre darauf gewartet. Sie nickte ihrem Spiegelbild nachdrücklich zu.

»Eigentlich«, flüsterte Aure, »war es keine so schreckliche Sache. Ich würde sie vergessen, wenn die Männer mich vergessen ließen.«

Aure wußte, daß Launia und Lyy niemals aufhören würden, sich über die Demütigung zu verbreiten.

»Ihre Schande, nicht meine.«

»Aber sie wirkt sich auf dein Leben aus, Mädchen«, sagte die Quelle. »Du bist zur Blutrache verpflichtet.«

»Ich werde den Mann niemals wiedersehen.«

»Das befreit dich nicht von der Verpflichtung. Wenn du dem Mann begegnest, mußt du ihn töten.«

»Wenn sich die Gelegenheit bietet.«

»Sie wird sich kaum bieten«, versetzte die Quelle freundlich. »Du kannst ja nicht selbst entscheiden, wohin du gehst.«

Aure begann zu lachen.

»Du bist klug, Quelle. Die Gebundene ist frei.« Aure fuhr mit der Hand durchs Wasser, so daß das Spiegelbild sich auflöste. Sie trank Wasser aus der hohlen Hand, stand auf und flüsterte der Quelle ihren wahren Namen zu.

»Dank dir, Quelle, liebe Schwester. Ich werde deinen Schwestern opfern, wohin ich auch komme.«

Aure stand auf. In der Hand hielt sie ein kleines, patiniertes Schmuckstück in Gestalt eines Vogels.

»Die Verpflichtung folgt mir. Der Schmerz bleibt hier.«

Sie öffnete die Finger. Der Bronzevogel versank mit einem hellen Geräusch in der schwarzen Quelle.

Lyy wartete am Ufer, als der Sklave den mühsam dahinschlurfenden Launia ins Haus hinaufbegleitete. Auch der Sklave war schon ein alter Mann. Er war in Launiala geboren und hatte sein Leben lang Feldarbeit verrichtet. Der Mann kam zurück, so wie Lyy es befohlen hatte, und beide stiegen ins Boot. Der Sklave wunderte sich, als Lyy die Ruder ergriff.

»Du gehst ins Wasser und hebst die Truhe.«

Lyy war mit einem blauen Wollgewand bekleidet. Wer würde, so bekleidet, ins Wasser steigen, wenn der Sklave schmutzige Lumpen trug, denen die Nässe nicht schadete? Bald kamen sie ans Ende des Sees. Lyy ruderte rückwärts.

»Hier?«

»Da hab ich sie hingesetzt, genau dahin, auf den gefällten Baum mit den Ästen, so wie du es befohlen hast, Herr. Sie läßt sich leicht herausholen.«

»Und du hast es niemandem erzählt?«

»Keinem Menschen, Herr.«

»Ins Wasser, und hol mir die Truhe herauf.«

»Ich bin kein besonders guter Schwimmer«, zögerte der Sklave.

»Ich auch nicht«, zischte Lyy. »Wer schwimmt schon zum Vergnügen, wo das Wasser immer kalt ist? Tritt auf das Astwerk. Ich helf dir zurück ins Boot.«

Im Wasser zeichnete sich ein Fischereibaum ab, den die Männer von Launiala vor langer Zeit über das Eis dorthin geschleppt hatten. Die Truhe war erkennbar als ein schwarzer Klumpen, der zwischen den krummen Ästen hing. Der Sklave wälzte sich über die Bordwand des Plattkahns hinab. Lyy schnauzte ihn an, als der Kahn wild zu schaukeln begann und Wasser hineinlief.

Der Sklave strampelte im Wasser, holte Luft und versuchte, die Füße auf das Geäst zu setzen. Er bückte sich, bemühte sich, die Truhe zu ergreifen, und rutschte aus.

»Schnell, ehe es jemand sieht«, zischte Lyy.

Der Sklave versuchte es wieder und wieder. Schließlich gelang es ihm, die Truhe zu heben, und er prustete, dem Ersticken nahe. Lyy lag auf dem Bauch im Heck des Bootes und nahm die Truhe entgegen.

»Hilf mir, Herr! Reich mir die Hand.«

»Natürlich reiche ich sie dir«, sagte Lyy. Er streckte den Arm aus, packte den Sklaven beim Kopf und drückte ihn unter Wasser. Der alte Mann hatte nicht die Kraft, lange zu strampeln. Lyy drückte den Körper mit beiden Fäusten so tief hinunter, wie er konnte. Er blieb im Geäst des Fischereibaums hängen. Während er davonruderte, sah Lyy das Gesicht als weißen Fleck im Wasser.

Am Ufer versteckte Lyy die Truhe im Weidengestrüpp. Dort konnte sie ein paar Tage bleiben. Bald würden sie aufbrechen, Aure und er, den Ochsenweg entlang nach Vanaja und von dort weiter in die Welt mitsamt den Schätzen von Paatela und Launiala. Ein solches Vermögen würde ausreichen, sie über Nowgorod und Kiew bis in die Kaiserstadt zu bringen.

Lyy schaute hinauf zum Höhenrücken von Launiala. Noch wirkte das Gut festgefügt und würdig. Doch innerlich war es morsch. Der Hausherr blind, die Hausherrin tot. Die Tochter verdorben, der Sohn über alle Berge. Sobald sich die Nachricht von Lyys Abreise verbreitet haben würde, würden sich die Geier versammeln. Lyy hatte keine Lust zu überlegen, welcher Nachbar der erste sein würde.

Arantila war Aures wegen zerstört worden, ebenso Paatela. Als letztes würde Launiala zugrunde gehen. Der Gedanke amüsierte Lyy: Es gab kein noch so mächtiges Haus und keinen noch so mächtigen Mann, als daß sie nicht wegen einer Frau zugrunde gehen konnten. Außer Lyy selbst.

ZWEITES BUCH

1066–1067

6. Kapitel

1066

»Jeder weiß, daß es im Nordland keinen Krieger gibt, der mir ebenbürtig wäre.«

Der silberne Bart König Haralds des Harten wandte sich langsam von einer Seite zur anderen.

»So hat Jarl Toste von England zu mir gesagt, und jetzt frage ich: Möchte jemand widersprechen?«

Da es klar war, daß niemand König Harald in seinem eigenen Königshaus und in seiner eigenen Stadt Nidaros widersprechen würde, fuhr Harald fort: »Jarl Toste wunderte sich auch darüber, daß ich, der ich fünfzehn Jahre gekämpft habe, um Dänemark zu bekommen, nicht England haben will, das sich jetzt zur Eroberung anbietet.«

Unter dem rauchigen First des Königshauses erhob sich ein Stimmengewirr, das man deuten konnte, wie man wollte. Die jungen Männer, die nichts zu verlieren und das Silber von ganz England zu gewinnen hatten, riefen einander und dem König anfeuernde Aufforderungen zu. Die älteren Männer, erfahrene Krieger und Bauern, knurrten mißtrauisch. Konnte man denn den Engländern jetzt trauen, wo man ihnen doch früher nicht hatte trauen können? Sie sagten, sie wünschten sich einen nordländischen König, ebenso einen, wie der große König Knut es gewesen war. Aber die Nachfolger von Knut hatten sie getötet. Das durfte man nicht vergessen.

»Die Engländer haben Jarl Harold, den Schwager von Edward dem Bekenner, zum König ausgerufen. Er wird kaum auf bloße Bitten hin auf die Krone verzichten.«

»Außerdem wird erzählt, daß Wilhelm, der Herzog von Rouen, nach der englischen Krone schielt. England ist der Zankapfel der beiden. Es ist schlecht für die Norweger, sich da einzumischen.«

Harald der Harte lächelte listig.

»Olaf Sturmfalke, du hast Wilhelm in der Normandie in der Stadt Rouen gedient. Taugt er zum König? Ist er ein größerer Krieger als ich?«

Olaf bekam eine Gänsehaut. Er war einer der jüngsten Männer, der landlose Kommandant eines einzigen Schiffs. Warum bemerkte der König ihn jetzt? War nicht auch dies ein Beweis dafür, daß sein Glück ihn verließ?

»Mein Herr König, ich war ja noch ein kleiner Junge im großen Turm von Rouen. Ich habe Herzog Wilhelm kaum gesehen. Ich weiß nicht, was für Fähigkeiten er besitzt.«

Im Hause des Königs war es das beste, man wählte seine Worte im Sinne des Königs. Olaf erinnerte sich gut an Wilhelm den Bastard von der Normandie – der Herzog hatte sich einmal über Olafs Griechischkenntnisse gewundert. Wilhelm der Bastard war wie geschaffen zum König; wenn er noch keine Krone hatte, dann würde er sich eine verschaffen.

Aber es empfahl sich, Harald dem Harten aufrichtig zu antworten: »König, ich glaube nicht, daß Herzog Wilhelm ein kühnerer Krieger ist als du.«

Das entsprach der Wahrheit, denn Wilhelm von der Normandie war ein geschickter Heerführer, aber Harald der Harte war der kühnste und stärkste aller Krieger.

»Der englische König Edward der Bekenner, der wie ein Mönch lebte, ist ohne Erben gestorben. Auf eine solche Dummheit kann nur ein Krieg folgen.«

Harald der Harte schnaufte, und mit ihm schnauften fünfzig Recken. Frömmigkeit war wohl eine lobenswerte Sache, aber allzuviel Göttlichkeit war für ein Königreich fatal. Von diesem Leiden wurde Norwegen zum Glück nicht geplagt.

Harald der Harte blickte wohlgefällig auf seine beiden Frauen, auf Ellesiv, die Tochter des Fürsten von Kiew, und auf die Norwegerin Thora. Der König hatte mit ihnen zwei Töchter und zwei Söhne.

»In Norwegen hat es damit keine Not.«

Alle nickten. Gewöhnlicherweise bedeuteten zwei Söhne gleich nach dem Tod des Königs einen Bruderkrieg, doch die Söhne Haralds des Harten waren aus anderem Holz geschnitzt als ihr Vater. Sie kamen nach ihrer Mutter, Königin Thora, waren von sanftem Wesen, fröhliche und verträgliche Jünglinge. Beide legten kaum Wert darauf, sich als Krieger einen Namen zu machen; und es wäre auch vergeblich gewesen, das anzustreben, denn einen solchen Ruf, wie ihr Vater ihn besaß, würden sie niemals erlangen, zumal da die Zeiten sich geändert hatten, so daß ein Kriegszug nach England, wie er früher ganz normal gewesen war, heute Zweifel erregte.

»Auf nach England! Nach England!«

Olaf Sturmfalke schrie mit den jungen Männern mit. Er hörte seine eigene Stimme im Chor der anderen. Sie klang verstellt. Olaf stimmte in den Lärm ein, weil der König seinen Entschluß ganz offensichtlich schon gefaßt hatte und weil Olaf selbst fort wollte. Fort aus dem Finnland der Heiden und Zauberer. Fort aus dem Nordland. Egal wohin, fort von dem Fluch, der Olaf Sturmfalke von den Ufern des Auraflußes nach Nidaros gefolgt war.

»In England gibt es ein Vielfaches der Einwohnerzahl, die Norwegen hat«, bemerkte jemand.

»Wer Angst hat, kann zu Hause bleiben«, sagte der König. »Ich werde niemanden tadeln, der lieber seinen Firstbalken betrachtet, als mir bei diesem wichtigen Unternehmen zu helfen. Mein Sohn Magnus wird mich als König vertreten und die Daheimgebliebenen vor allem Unheil schützen.«

Der König ließ seine Worte zwischen den verzierten Dachpfeilern verklingen. Nur Harald der Harte konnte einem Saal voller Männer eine so furchtbare Beleidigung zufügen und noch am Leben sein.

»Die Schiffe versammeln sich in Solund. Dort werden wir sehen, wer Blut in den Adern hat. Später sehen wir uns an, was in den Adern der anderen fließt.«

Viele der Männer starrten den König unter zusammengezogenen Brauen hervor an. Jetzt wußte jeder, daß Haralds gnadenlose Rache diejenigen treffen würde, die aus irgendeinem Grunde nicht nach Solund segeln würden.

Harald starrte kalt zurück. Er trank Bier aus einem großen, versilberten Trinkhorn und schickte dann einen Diener, der das Trinkhorn um das Feuer kreisen ließ. Der Diener kredenzte den Männern das Bier, wie der König ihn geheißen hatte. Es wurde genau registriert, wer aus dem Horn trinken durfte, und in welcher Reihenfolge.

Der kantige Körper des Königs füllte den Ehrenstuhl aus, der an der Längswand des Hauses auf einem niedrigen Podest stand. Nicht einmal Harald der Harte konnte sich ein so hohes Podest errichten, wie es der König von England in der großen Halle seines Palastes hatte. Der König von Norwegen war ein Bauer unter anderen. Kein König konnte vergessen, daß die Bauern begierig die Könige köpften, die ihnen nicht paßten. Haralds eigener Bruder, König Olaf der Heilige, war in

Stiklestad, nordöstlich von Nidaros, erschlagen worden. An ein solches Ende dachte Harald wohl kaum: von Aufständischen im eigenen Land mit der Lanze durchbohrt zu werden.

König Harald war etwa fünzig Jahre alt. Er hatte zwei Jahrzehnte über Norwegen geherrscht, und darunter war kein einziges Jahr des Friedens gewesen. In dem langen, blonden Schnurrbart des Königs zeigte sich Grau. Ein anderer hätte ein geregeltes Leben geführt, seine Söhne unterwiesen und die Macht genossen, aber Harald der Harte wollte nicht im Bett sterben, und das erlaubte er auch niemand anderem.

Olaf Sturmfalke eilte vom König in das Haus von Östen dem Segelmacher neben der Kirche des heiligen Gregor. Er hatte drei Jahre bei Östen gewohnt, die meiste Zeit jedoch auf See verbracht.

An der Ecke der kleinen Steinkirche griff Olaf sich plötzlich an den Leib und hielt ihn mit beiden Händen. Das Haus des Segelmachers lag nur ein paar Schritte entfernt. Olaf wankte in die Stube, die mit ihren von den Balken herabhängenden Stoffen wie eine geheimnisvolle Höhle wirkte. Die Stoffe bestanden aus langen, breiten Bändern, dunkelrot und braun und leinenweiß. Die roten und braunen Bänder waren aus Hanf und Wolle gewebt, die hellen aus Hanf und Leinen. Östens Segelknechte flochten neben der Pritsche die Bänder zu Segeln.

Olaf sackte auf der Pritsche zusammen. Ihm stieg eine saure Flüssigkeit in den Hals. Entsetzt schluckte Olaf: Der Fluch hatte nicht nur sein männliches Organ, sondern auch seinen Magen befallen. Was würde er als nächstes angreifen?

Hallgerd Schwarzbraue, Östens Tochter, kam mit einer Schale Milch.

»Du hast schlimme Schmerzen, mein Freund. Gegen dieses Leiden ist schon manchem mit Milch geholfen worden.«

Olaf trank, aber es wurde ihm kaum besser. Und es würde ihm auch nicht besser gehen, solange der Fluch nicht von ihm genommen war.

Olaf Sturmfalke war traurig gewesen, als er vor einem Monat aus der Mündung des Auraflußes an der Stadt Koroinen vorbei aufs Meer hinaussegelte. Seine Eltern hatte er christlich begraben, sie brauchte er nicht zu betrauern. Olaf war entsetzt darüber, wie schwach sein Glauben und wie stark sein Haß war. Er hatte das Amulett seiner Mutter verloren und fürchtete, sein unvergleichliches Glück könnte ihn verlassen.

Noch trauriger war Olaf, als er nach Nidaros kam. Sein Verbrechen folgte ihm als Fluch von der Ostsee ins Kattegat, in die Nordsee und in den Fjord von Nidaros, ins Haus von Östen dem Segelmacher und bis ins Bett von Hallgerd Schwarzbraue, wo ihm bewußt wurde, wie grausam dieser Fluch war.

Olaf Sturmfalke war Hallgerd Schwarzbraues Bettgenosse immer dann, wenn er sich nicht auf einem Kriegszug befand. Es war auch von Heirat die Rede gewesen, doch waren beide davon nicht besonders begeistert gewesen. Hallgerd wollte nicht Seemannsfrau, sondern Bäuerin werden. Olaf wiederum wollte nicht heiraten, solange kein Kind unterwegs war. Aber sie kamen gut miteinander aus, und es machte Olaf nichts aus, wenn Hallgerd andere Männer traf, während er auf See war.

Es mangelte Olaf niemals an bereitwilligen Frauen. Er sah aus wie ein Held aus den Liedern und verhielt sich auch so: die Augen meergrau, lange, rotgoldene Locken, eine gerade und kühne Nase, unter dem kurzen Bart ein kräftiges Kinn und darin ein leicht lächelnder Mund. Alle fanden Gefallen an seiner Art: Er mochte die Menschen, und sie mochten ihn. Er war kein Maulheld und lachte nicht ohne Grund, vielmehr war er ein Krieger, der als schlau und tüchtig bekannt und Befehlshaber eines Schiffs war.

Die alten Männer schätzten Olaf, weil er sich ihre Geschichten aufmerksam anhörte. Die Jungen fühlten sich in seiner Gesellschaft wohl, denn er war freundlich und hilfsbereit. Die Frauen hatten Olaf gern, denn er behandelte sie respektvoll, auch die schon halbtote Alte, die in den Ecken des Königshauses von Nidaros das Gnadenbrot aß. Diese Umgangsformen hatte er als kleiner Junge in Konstantinopel gelernt. Willfährige Frauen gab es mehr als genug. Er brauchte sich keine mit Gewalt zu nehmen. Außer einmal.

Dieses eine Mal folgte Olaf als Fluch in die Bettkammer von Hallgerd Schwarzbraue im Hause von Östen dem Segelmacher. Olaf konnte Hallgerd nicht befriedigen – er selbst hatte überhaupt kein Verlangen. Olaf behalf sich, indem er Bauchschmerzen vortäuschte. Es begann ein Alptraum, aus dem ihn nur die Flucht retten konnte.

Der Schmerz im Leib wurde Olafs Freund, das Lügen ihm zur Gewohnheit. Olaf Sturmfalke war so voller Entsetzen, wie ein erfahrener Krieger es nur sein kann: Er sah sich lieber mit fünf feindlichen Schiffen konfrontiert als mit seiner erbärmlichen Männlichkeit, die ihn zum ersten Mal im Stich ließ.

Er hätte gern Hallgerd Schwarzbraue von dem seltsamen Mädchen, der Vergewaltigung und dem Fluch erzählt. Doch dann kam ihm ein gräßliches Bild vor Augen: Der stolze Sturmfalke stapft durch die schmalen Straßen von Nidaros in seinem Seidengewand und mit blitzendem Panzerhemd, und überall hinter ihm ertönt das Gelächter der Frauen wie der Hall seiner Schritte. Hallgerd

Schwarzbraue liebte Olaf nicht und würde es nicht versäumen, eine so delikate Geschichte ihren Freundinnen zu erzählen. Es gab viele Dinge, die schrecklicher waren als der Tod. Dies war eines davon.

Auch die Verheimlichung des Fluchs war Wirklichkeit geworden. Olaf weinte fast da auf der Pritsche bei Östen dem Segelmacher. Seine einzige Hoffnung war König Harald: Wenn doch der letzte Wikinger sich bald auf den Weg machen wollte!

Der König ging in die Marienkirche, die er selbst aus Stein hatte errichten lassen, so stark wie eine Burg, und seine Männer gingen mit ihm. Die Frauen betrachteten an der Kirchentür die Recken des Königs und taxierten sie: die Rüstung, die Kleider, ihre Haltung, den Gang, den Charakter und die Potenz. Olaf Sturmfalke lächelten sie zu, wenn er in der Prozession der Männer in die Kirche ging, er aber schritt unentwegt aus, sah vor sich hin und winkte niemandem zu. Eine Frau verzog mitfühlend das Gesicht. Olaf erriet, daß Hallgerd Schwarzbraue ihr von seinen Bauchschmerzen erzählt hatte.

Die Fenster waren kleine Öffnungen oben in der Steinwand. In der Kirche herrschte ewiges Halbdunkel. Beim Altar brannten vier dicke Kerzen in hohen, eisernen Ständern. Sie beleuchteten das vor dem Altar hängende Guthorm-Kreuz und das golden schimmernde Reliquiar von Olaf dem Heiligen. Die mager-schmalen Heiligen der Wandgemälde blickten ernst auf die Kirchgänger herab.

König Harald trat mit dem Schlüssel in der Hand zu dem Sarg König Olafs, die Priester begannen zu singen, und die Menschen knieten nieder. Der König öffnete den Schrein.

Die Gegenwart des Heiligen war so stark zu spüren, daß viele zu weinen begannen. Die Menschen schleppten sich auf Knien zum Altar, um den Märtyrerkönig zu sehen. Sein Körper war lange am Uferhang des Nidelv begraben gewesen und hatte sich im Sand unverwest erhalten. Auch jetzt noch, sechsunddreißig Jahre nach der Schlacht von Stiklestad, war der Körper trocken und unverdorben.

Harald der Harte ergriff die mumienhafte Hand seines Bruders und schnitt ihm die Nägel. Danach stutzte er dem Heiligen die Haare. Stückchen der Nägel und kleine Haarbüschel wurden in winzige Silberdöschen getan. Diese Döschen vergab der König als Geschenk. Ein solches Reliquiar war immer der Dank für einen außergewöhnlich wichtigen Dienst. Die Reliquien des Kriegsheiligen halfen beim Heilen von Wunden, die im Kampf empfangen worden waren.

Nach der Messe begab König Harald sich ans Ufer des Nidelv, wo seine Schiffe warteten. Harald hob die Hand und warf den goldenen Schlüssel des Reliquienschreins in den Fluß.

»Der Alte weiß, daß er von diesem Kriegszug nicht zurückkehrt«, sagte jemand hinter Olaf Sturmfalke.

»Er denkt, er bleibt als König in England.«

»Oder er weiß, daß er im Kampf fällt.«

»Könige haben ihr Schicksal«, sagte Olaf Sturmfalke. »Dem müssen sie folgen, das ist ihr Los. Doch ein einfacher Mann wie ich kann über sein Schicksal bestimmen. Ich habe beschlossen, daß ich auch nicht nach Nidaros zurückkehre, egal wie es König Harald ergeht.«

»Hier in England ist besseres Wetter als in Norwegen«, überlegte Styvkaar, der Stallmeister des norwegischen Königs, »wenn man bedenkt, daß wir schon Ende September haben.«

Olaf Sturmfalke wischte sich den Schweiß von Stirn und Nasenflügeln. Die Sonne brannte jetzt heißer auf den

Ouse und seine Ufer als im Hochsommer auf das Nordland. Olaf untersuchte besorgt seinen linken Arm. Er war gestern im Kampf an seinem Schildarm verwundet worden. Ein Schlag von hinten hatte ihn getroffen, als Olaf mit zwei Engländern kämpfte. Die Wunde war nicht schlimm, aber bei dieser Hitze konnten sich auch kleine Verletzungen entzünden.

Glum Mißgestalt reparierte den Kettenpanzer des Anführers. Olaf Sturmfalke würde heute und überhaupt einige Wochen lang nicht kämpfen, aber das brauchte er auch nicht. König Harald der Harte hatte gestern die Stadt Yorvik eingenommen, die von den Engländern York genannt wurde. Diese Eroberung war keine besondere Leistung, denn die meisten Einwohner von York waren Nachkommen der Wikinger. Den Gedanken an einen Herrscher aus dem Norden fanden sie nicht abwegig; es hatte in York schon früher norwegische Könige gegeben.

»Du, Olaf Sturmfalke, bleibst mit deiner ganzen Mannschaft auf dem Schiff, denn du kannst keinen Schild tragen. Ich lasse ein Drittel der Männer und meinen Sohn Olaf Kyrre sowie Östen Orre zum Schutz der Schiffe da.«

Olaf hätte sich York gern angesehen. Die Stadt war das Zentrum von Danelagh und ein großer Handelsplatz. König Harald würde jetzt neue Führungsmänner in der Stadt einsetzen und an seine Kampfgefährten Geschenke und Rechte verteilen. Wer nicht da war, würde auch nichts bekommen. Olaf hatte kein großes Geschenk zu erwarten. Obwohl er von seiten seines Vaters aus einer vornehmen Uppländer Familie stammte, war er doch kein Norweger und nicht mit dem König verwandt.

Olaf hatte nicht schlechter, aber auch nicht besser gekämpft als die anderen, und er hatte sich verwunden lassen. Ihn hatte nicht die Leidenschaft gepackt wie sonst in einer großen Schlacht, wo Hunderte von Männern aufeinandertrafen. Er hieb seine Gegner in Stücke und verteidigte sich, weil das seine Arbeit war. Für ihn bestand keine große Gefahr, wenn Mann gegen Mann kämpfte: Es gab nur wenige, die einen Gegner von Olafs Format haben wollten. Olaf mußte sich einen Schwertkampfgegner eher suchen. Die schlimmste Bedrohung für den Riesen im Kettenhemd war ein ungezielt gegen die Kriegerschar abgeschossener Pfeil oder eine geworfene Lanze.

Olaf war sich immer noch nicht sicher, ob sein Glück ihn verlassen hatte. Er war verwundet, hatte aber seinen Gegner getötet, bevor sein Schildarm ihm den Dienst versagte. Jetzt ließ der König ihn ohne Geschenk als Schiffswache zurück. Es sah schlecht aus.

»Ein Schiff muß bereit sein, die Siegesbotschaft nach Norwegen zu bringen, wenn ich in York zum König von England ausgerufen worden bin. Dein Schiff ist das schnellste, halte dich also bereit zu segeln, wenn ich dir die Nachricht sende.«

Harald der Harte gab Styvkaar ein Zeichen.

»Lade die gesamte geraubte Beute auf Olafs Schiff. Der Sturmfalke soll sie als Zeichen des Sieges meinem Sohn Magnus nach Norwegen bringen.«

Olaf sah nachdenklich zu, als die Knechte des Königs vier Truhen in sein Schiff brachten. Man kann sich vorstellen, daß Harald der Harte sich nicht die Mühe gemacht hatte, Eisen zu sammeln, abgesehen von den teuersten Waffen. In diesen Truhen befand sich Silber, von dem es in England so viel gab wie in Norwegen Heringe.

»Ein Panzerhemd ist zu heiß für das Wetter in England«, dachte König Harald bei sich. Sein eigenes Kettenhemd hieß Emma, es reichte bis zu den Waden und war so schwer wie sein halbes Körpergewicht. »Wir gehen, um zu herrschen, nicht, um zu kämpfen. Schild, Helm, Schwert und Lanze genügen. Die Einwohner von York sind Städter, Kaufleute und Handwerker. Sie erbleichen, wenn sie ein norwegisches Schwert sehen.«

Die Truppe machte sich stromaufwärts auf den Weg am Flußufer entlang. Voran wurde der Kampfwimpel von Harald dem Harten, der Landsöde, getragen. Darunter ritt der König, und die Recken folgten zu Fuß. Alle waren froh über ihren großartigen Erfolg in England.

Olaf Sturmfalke dagegen war keineswegs heiter. Er befahl seinen Männern, sie sollten sich für die Fahrt den Ouse hinab in den Humberfluß und aufs Meer hinaus bereit machen. Der Mast, der ebenso hoch war wie das Schiff lang, wurde aufgerichtet und daran die Rahe befestigt. Die war ihrerseits so lang wie der Mast. Die Stage des Mastes wurden gesichert, die Schilde außenbords angebracht. Der Sturmfalke war bereit, auf Befehl durch das feindliche Gebiet zu segeln. Wider Erwarten empfingen die Engländer den norwegischen König keineswegs mit Freudenschreien. Diese Widersetzlichkeit konnte auch daher rühren, daß Harald der Harte nach guter alter Sitte seine Männer alles rauben ließ, was wertvoll war.

Der Befehl kam gegen Mittag, doch er lautete anders als erwartet. Drei Männer kamen von Norden her auf schaumbedeckten Pferden herangesprengt.

»Der König befiehlt, schnell zu Hilfe! Wir sollen die Kettenhemden bringen und weitere Waffen!«

»Was, was?«

Der Landvogt Östen Orre, der Vertraute des Königs und sein künftiger Schwiegersohn, befahl, ins Horn zu blasen. Es begann ein Gewimmel und Geklirr, als die in den Schiffen verbliebenen Krieger anfingen, ihre Kettenpanzer, Eisenhandschuhe, Schwertgürtel, Dolche und Helme anzulegen.

»Der englische König Harold erwartete uns mit seiner Armee vor York. Er ist letzte Nacht eingetroffen. Die

Stadt hat ihre Tore geöffnet und ihn freundlich empfangen.«

Olaf Sturmfalke hörte aufmerksam zu. Wenn der neue König von England selbst die Norweger angegriffen hatte, konnte man von der Sache keinen großen Erfolg erwarten.

»König Harald der Harte hat seine Männer bei der Brücke von Stamford gesammelt.«

»Wie? Sie sind doch viel weniger als die Engländer.«

»Eine große Schildburg«, sagte der Sendbote nervös. »Ein Kreis mit dünnem Rand. Beeilt euch. Sie kämpfen ohne Kettenhemden. Jeder Pfeil ist tödlich, und die Engländer schießen besser als irgend jemand sonst.«

»Olaf Sturmfalke, halte du dein Schiff bereit«, sagte Östen Orre. »Gut möglich, daß von dem Kampf nicht viel zu retten ist, aber es muß doch eine Nachricht nach Norwegen gesandt werden, egal, wie die Sache ausgeht.«

»Alles liegt in Gottes Hand«, verabschiedete sich Olaf. »Besser durch das Schwert sterben als an Leibschmerzen.«

Östen Orre nickte mitfühlend. Zu diesem Zeitpunkt kannte schon die ganze königliche Flotte die Beschwerden des berühmten Kriegers.

Olaf richtete sich auf das Warten ein. Er hatte keinen Zweifel am Ausgang der Schlacht. Harald war ein verwegener Kämpfer, und die Norweger waren standhaft und kühn. Aber sie waren Seehelden, geschickt im Ausführen rascher Schläge. Für große Feldschlachten waren sie zu gering an der Zahl, sie waren zu undiszipliniert, als daß man sie über große Gebiete hätte dirigieren können, und es fehlten ihnen die unentbehrlichen Bogenschützen.

Als die ersten Flüchtlinge am dunklen Abend erschöpft und verwundet zu den Schiffen gewankt kamen, gab Olaf den Befehl, das Schiff zu bemannen. Es kamen jedoch keine Verfolger in Sicht.

»Harald der Harte hat einen Pfeil in den Hals bekommen. Daran ist er gestorben, der größte der Nordlandkrieger. Jarl Toste ist gefallen, ebenso Östen Orre. Seine Männer waren erschöpft, als sie in den Kampf zogen, weil sie beim Laufen zwei Kettenhemden hatten tragen müssen.«

»Das«, sagte Olaf Sturmfalke, »war der letzte Wikingerraubzug.«

Die blutigen Männer murrten.

»Die Inselbewohner können aufhören, ihren Kindern mit den Wikingern angst zu machen. Aber wie ich Herzog Wilhelm und seine Normannen kenne, stehen den Engländern neue Schreckgespenster ins Haus.«

Olaf stellte sich an den Mast und befahl, die Leinen loszumachen.

»Wir segeln jetzt, denn wir sind in York nicht willkommen. Von heute an wird man uns noch weniger mögen, obwohl die Stadt lange Zeit den Wikingern gehört hat. Aber das Erbe von Erich Blutaxt ist anscheinend in Vergessenheit geraten, da die Yorker lieber den englischen als den norwegischen König empfangen haben.«

Die Reise im Dunkeln war nicht angenehm. Man konnte nie wissen, was vom Ufer auf das Schiff geschleudert werden würde. Doch Olaf wollte so schnell wie möglich aus England fort, das er jetzt als Feindesland begriff. Nach der großen Niederlage würde sich der Haß der Engländer in einem Blutbad an den Wikingern entladen. Olaf wußte nicht, ob König Harold von England seine Truppen würde im Zaum halten können.

Olaf Sturmfalke wollte auch weg von der norwegischen Flotte. Die Schiffe und die Männer, die nach dem Blutbad noch übrig sein würden, waren die Sorge des Königssohns Olaf Kyrre. Der Sturmfalke würde seinem eigenen Weg folgen.

Olaf horchte auf das gleichmäßige Knarren der Ruder und den rhythmischen Atem der Männer. Niemand sprach ein Wort. Nichts polterte. Aus Sicherheitsgründen hatte Olaf Stille befohlen. Das Schiff glitt den Ouse hinab wie ein Gespenst. Dunkel gegen das Dunkel.

Viele Dinge gingen Olaf durch den Kopf. Er war verwundet. Sein Schildarm schmerzte heftig. Aber wegen dieser Verletzung hatte er nicht an dem Kampf teilgenommen, in dem er mit ziemlicher Sicherheit sein Leben verloren hätte.

In der Welt klaffte eine Lücke, nachdem Harald der Harte gefallen war. Ein alter Mann; spätestens in seinem Alter pflegten Männer zu sterben. Harald der Harte war in Olaf Sturmfalkes unruhigem Leben ein Fixpunkt gewesen. Den gab es jetzt nicht mehr. Doch in Olafs Schiff befand sich ein erstaunliches Vermögen: sein eigener Schatz, der Schatz von Arantila und die Beute von König Harald. Damit würden Olaf und seine ganze Besatzung den Winter über und auch noch länger ihr gutes Auskommen haben. Olaf Sturmfalke wußte, wohin er sein Schiff von der Mündung des Humber lenken würde. Aber er wußte immer noch nicht, ob sein Glück noch vorhanden war oder nicht.

7. Kapitel

1066

»Die keltischen Frauen gehören zu den schönsten der Welt.«

»Ihr Bier ist eines der besten«, fügte Olaf Sturmfalke hinzu.

»Ihre Hunde sind die besten Hirten.«

»Sie sind auch keine schlechten Krieger«, brummte Glum Mißgestalt.

»Als Sklaven sind die Kelten miserabel. Obwohl wir viele von ihnen geraubt und zu uns gebracht haben«, warf ein Fremder ein. »Aber noch näher dran gibt es keine Leute, wir müssen uns mit ihnen begnügen.«

»Du bist wohl von weither, Fremder, wenn die Iren, die am Ende der Welt leben, für dein Empfinden in der Nähe wohnen«, sagte Olaf Sturmfalke freundlich. Gerade jetzt sah er die Welt mit heiteren Augen an, obwohl ihm das Leben im allgemeinen jammervoll erschien. Das war die Wirkung des irischen Biers. Deshalb fing Olaf Sturmfalke morgens an zu trinken und hörte vor dem Schlafengehen nicht mehr auf.

Die Bierstube von Ceridwen war wie jedes andere Stadthaus von Dublin, nur größer: ein viereckiger Raum, eine mit Steinen verstärkte Feuergrube in der Mitte des Erdfußbodens, niedrige Pritschen an den Seiten. Die Wände waren aus Esche geflochten und mit Lehm beworfen, das Dach mit Torf gedeckt. An der Wand hingen einige alte Schilde, zwei Lanzen und so etwas wie Wandbehänge. Die Bierstube von Ceridwen war für die besseren Leute gedacht, für Schiffsführer, Kaufleute und dergleichen. Schilde und Wandbehänge waren vom Rauch so schwarz geworden, daß man Farben oder Muster darauf nicht mehr erkennen konnte.

Vor beiden Pritschen hatte man Tischplatten aufgebockt. Darauf würfelten die Gäste, spielten Schach oder stützten sich mit den Ellbogen auf. Die Ränder der Platte waren abgenutzt und wellig glatt, der Mittelteil war dick und rau.

Hinter der Bierstube lag ein Raum mit Schlafpritschen an den Wänden. In diesem Hinterzimmer wohnten Olaf und die erfahrensten Männer des Schiffs Sturmfalke. Ständig hielt sich darin ein bewaffneter Mann auf, der Olafs Schatz bewachte. Wenn Olaf das Haus verließ, wurde der Schatz von zwei Männern bewacht. Einer davon war meistens Glum Mißgestalt. Olafs Schatz war auf sechs Truhen verteilt: Er bestand größtenteils aus Silbermünzen, aber auch aus Schmuck und Gefäßen.

Das Kostbarste war ein kleines Silberdöschen, das Olaf Sturmfalke immer an einer Halskette bei sich trug. In dem Döschen befand sich ein Stück Fingernagel, das König Harald der Harte vor seiner Abreise nach England dem Leichnam seines heiligen Bruders abgeschnitten hatte. König Harald hatte sicherlich vorgehabt, es seinem künftigen Schwiegersohn Östen Orre am Hochzeitstag zu überreichen. Da beide großen Krieger, Harald und Östen, jetzt gefallen waren, hielt Olaf sich selbst für wert, die Reliquie zu erben. War er nicht ein Krieger und Seefahrer ebenso wie die Norweger, die sich heutzutage mehr für Felder als für Schiffe interessierten?

Der Sturmfalke lag zusammen mit den Schiffen der anderen Normannen am Ufer des Liffey unterhalb der Kirche des heiligen Olaf. Glum Mißgestalt hatte einige Male darauf hingewiesen, daß, wenn sie in Dublin überwintern wollten, man das Schiff in das östlich der Stadt gelegene Gezeitenbecken zwischen den Flüssen Poddle und Liffey verlegen müßte. Dort würde es sowohl vor den Herbststürmen als auch vor Dieben in Sicherheit sein. Später im Winter würde man es an Land ziehen, abkratzen, kalfatern und für das Frühjahr teeren.

Die Melancholie, die Olaf Sturmfalke seit dem Aufbruch von Arantila bedrückt hatte, machte ihn kraftlos. Er mochte sich nicht einmal um die Dinge kümmern, für die er als Schiffseigner und Anführer von vierzig Mann die Verantwortung trug. Die Männer hatten Verständnis für Olafs Schwermut: Ursache dafür waren seine Bauchschmerzen. Aber Olaf wußte, daß das Mitgefühl nicht lange anhalten würde. Der Anführer hörte auf, der Anführer zu sein, wenn er nichts anderes tat als im Hinterzimmer der Bierstube Trübsal zu blasen. Die Männer würden sich nach etwas anderem umsehen.

Noch wichtiger als ein gewaltiger Schatz waren ein Schiff und eine erfahrene Mannschaft. Sobald die Besatzung an Land kam, wurden aus den Ruderern Krieger. Früher hatte Olaf seine Freude gehabt am Führen der Männer, an seinem Platz neben dem Mast oder am Heckruder, an den Schaumspritzern des Meeres, an dem von seinen Schultern wehenden Umhang. Er kannte jeden Schild seines Schiffes und jeden Mann, der dahinter saß. Das Schiff und die Männer waren Olafs kostbarster Besitz. Aber er hatte keinerlei Vorstellung, wozu er sein Eigentum nutzen könnte.

So wie in Dublins feuchten Gassen zum Winter hin jeder Tag kürzer war als der vorherige, so wurden die Tage auch in Olafs Gemüt dunkler. Der allabendliche Besuch in der Kirche des heiligen Olafs vermehrte eher noch seine

Bedrängnis. Olaf hatte mindestens bei zehn Priestern gebeichtet. Um seine Sünde zu sühnen, hatte er der Kirche einen Topf voll Silber geschenkt und jeden Montag bei Brot und Wasser gefastet. Doch der innere Schmerz ließ nicht nach: nicht der körperliche, den er im Bauch spürte, und nicht der geistige, der die Seele peinigte. Und es wurde immer ärger.

»Dir sind viele schlimme Dinge auf einmal widerfahren«, tröstete ihn Vater Radulf, der Hauspriester der Olafskirche. »Deine Eltern sind eines schrecklichen, plötzlichen Todes gestorben. Du konntest dich nicht von ihnen verabschieden und sie in Ehren bestatten, so wie es sich für einen folgsamen Sohn gehört.«

Olaf erinnerte sich des blutigen Leichentuchs seiner Mutter und brach in der halbdunklen Kirche in Tränen aus. Die Olafskirche von Dublin war aus Balken und nach Art der Norweger errichtet. Der Meister war aus Oslo gekommen und in Dublin geblieben, denn die Kirche erforderte ständige Wartung, und in dieser Sache vertraute Meister Sigurd keinem anderen als sich selbst. Er wohnte in der Kirche und war zugegen, wenn etwas geschah, auch bei der Beichte. Meister Sigurd war ein Teil der Kirche geworden ebenso wie die hölzerne Statue des heiligen Olafs.

Die Olafskirche war innen mit Wandbehängen verziert. Auf dem Altar funkelte Silber, das aus den Kirchen und Klöstern der Küstenländer geraubt worden war. So war es in allen Olafskirchen, die die Nordländer besuchten. Und andere gab es nicht, denn nur die Bewohner des Nordlands verehrten den Märtyrerkönig.

Vater Radulf ließ den riesigen Wikinger in Ruhe weinen. Er war an den Kummer der Männer gewöhnt, denn wahrlich, die Menschen taten nicht das Gute, das sie tun wollten, sondern das Böse, das sie nicht tun wollten.

Dann bereuten sie es, weinten und brachen auf zu neuen Missetaten. Vater Radulf glaubte nicht sonderlich daran, daß die Menschen sich ändern würden, wie sehr Christus sich auch anstrengte. Doch Vater Radulf, ursprünglich der dänische Wikinger Ralf, hatte alles erlebt, was ein Mensch erleben kann. Er hatte in England, in der Normandie und im sengend heißen Kalabrien gekämpft, bevor er in den Ruinen eines von ihm geplünderten Klosters die Heilige Jungfrau erblickte und Priester wurde.

»Du hast eine Todsünde begangen. Du hast die Blutrache, die Gott tausendfach verboten hat, Gewalt über dich gewinnen lassen. Du hast eine unschuldige Jungfrau verdorben und ihrem Vormund keine Entschädigung geleistet. Du verstehst wohl, daß einem eine solche Sünde nicht im Handumdrehen vergeben wird? Gott beobachtet dich. Du bist in der Probezeit.«

Nach diesen Worten legte Olaf Sturmfalke drei Silbermark auf den Altar, so wie der Priester es vermutet hatte. Das genügte Vater Radulf für ein Jahr als Lebensunterhalt, und es blieb sogar noch etwas übrig. Vater Radulf machte sich nichts aus Geld. Er hatte davon eine Truhe voll besessen, geraubtes Geld. Das half ihm kein bißchen, als die holde Jungfrau ihn mit traurigen Augen ansah.

Aber die großen Männer, die klaglos das lange Rudern, das feuchte Nachtlager, das steinharte Rauchfleisch und die ständige Todesgefahr ertrugen, schmerzte es, wenn sie sich von Geld trennen mußten. Vater Radulf bereitete ihnen gern Schmerz, denn der war gut für ihre unsterbliche Seele, falls sie eine solche hatten.

»Du hast deinen König Harald verloren, dem du viele Jahre gedient hast. Harald der Harte war ein grausamer und falscher Unhold, jedoch wohlgesittet und frommen Sinnes. Du vermißt ihn wie einen Vater. Darin besteht deine Trauer, und daran hast du viel zu verdauen.«

Olaf verstand, daß Radulf es gut mit ihm meinte. Aber der Priester ging mit keinem Wort auf die beiden Dinge ein, die Olaf am meisten beschäftigten.

»Und der Fluch, Pater? Meine Potenz ist verschwunden. Wie kann ein Mann so leben? Und mein Glück, das früher besser war als das von irgend jemandem sonst im ganzen Nordland? Wann gibt Christus mir das zurück?«

»Du bist ein schlichter Mann, obwohl du stattlich bist und von guter Familie«, raunzte Radulf. »Wozu braucht ein Mann Potenz? Das Beste ist es, tugendhaft zu leben so wie die Mönche. Und das Glück – was ist es anderes, als sich in Gottes Willen zu fügen?«

Nach diesem Gespräch wagte Olaf es nicht mehr, von seinem kranken Bauch zu reden. Genau genommen bedurfte es dessen auch nicht. Das Fasten war ja Gott wohlgefällig.

»Ich stamme aus Grönland, Anführer«, beantwortete der Fremde Olafs Frage. Er war kleiner als Olaf, stämmig gebaut und hatte breite Schultern. Das hellbraune, glatte Haar war direkt unterhalb der Ohren geschnitten. Seine Augen waren blaugrau, rund und wach. Der Bart war das Eleganteste an dem Mann: Er war lang, gekämmt und zu einer so dünnen Spitze frisiert und gewichst, daß er an die Spitze einer Lanze erinnerte. Der Fremde wirkte reinlich, ehrlich und sympathisch und sprach norwegisch so wie Olaf.

»Ach, aus Grönland.«

Olaf Sturmfalke erinnerte sich, in Nidaros von einem solchen Land gehört zu haben, aber er hatte keine genaue Vorstellung davon, wo es lag.

»Du irrst, wenn du meinst, Irland befände sich am Ende der Welt, Anführer. Island liegt viel weiter westlich und Grönland noch dahinter.«

»Island kenne ich doch, obwohl ich dort nie gewesen bin«, gab Olaf Sturmfalke zu.

»Und die Welt endet nicht einmal bei Grönland«, prahlte der Fremde. »Wenn man auf die Berge hinter dem Eirik-Fjord steigt und nach Westen blickt, kann man bei klarem Wetter einen Streifen Land sehen oder zumindest die Wolken über dem Land. Manche segeln in dieses Westland, um von dort Holz zu holen. Bei uns in Grönland wächst kein Baum. Aber Gras für das Vieh gibt es reichlich, und den ganzen Sommer hindurch ist es hell.«

»So ist es auch dort, wo ich her komme«, grinste Olaf und hob den Humpen. »Hell ist es den Sommer hindurch, und etwas anderes als Holz gibt es dort gar nicht. Du sprichst von einem nördlichen Ort, mein Freund.«

»Eigentlich nicht. Island liegt nördlicher als der Eirik-Fjord, aber Grönland ist von Eis bedeckt.«

»Finnland und Uppland liegen ebenso im Norden wie Island und dein Eisland. Aber sie sind mit Wald bedeckt.«

»Das Meer ist im Osten wärmer als im Westen«, sagte der Gast weise.

»Gott hat es so gewollt, damit die Uppländer und die Finnen Christen werden.«

»Die Grönländer sind Christen, obwohl das Meer kalt ist«, sagte der Fremde scharf. »Fromme Christen. Wir haben viele Kirchen und in jeder einen Priester.«

»Die Finnen sind durch und durch Heiden«, seufzte Olaf Sturmfalke. »Und die Uppländer sind nicht viel besser.«

Olaf erinnerte sich an seine Eltern, die in ungeweihter Erde ruhten, verscharrt ohne Priester und Latein. Die Krallen des Schmerzes zerrissen ihm den Leib, so daß er niederstürzen und sich auf der Pritsche von Ceridwen zusammenkrümmen mußte. Glum Mißgestalt ging und bat Ceridwen um Milch. Die Wirtin der Bierstube hatte es in den vergangenen Wochen gelernt, Ziegenmilch für den Mieter mit dem empfindlichen Magen bereitzuhalten.

Die Milch half Olaf zurück an den Tisch. Er trank noch mehr Bier, obwohl er das Gefühl hatte, daß es die Krämpfe noch verschlimmerte. Was hätte er sonst tun sollen, da er die Zeit nicht mit Frauen verbringen konnte und er die Geschichten der Männer schon tausendmal gehört hatte?

Der Fremde wartete höflich, bis Olaf sich den Schaum aus dem Bart gewischt hatte.

»Aus deiner Rede erkenne ich, daß du kein Norweger bist. Aus Finnland bist du? Von dem Land weiß ich nichts.«

»Der große Ostweg führt daran vorbei, wenn man nach Konstantinopel reist«, erklärte Olaf. Es liegt zwischen Uppland und Rußland. Meine Mutter stammte von dort, nicht ich. Mein Vater war Uppländer. Er diente als Waräger in der kaiserlichen Garde. Ich bin in Konstantinopel geboren.«

Olaf Sturmfalke wußte, daß er auf der Insel Mytilene geboren worden war. Aber es war am einfachsten, von allen Städten die mächtigste, das kaiserliche Konstantinopel zu nennen. Diese Stadt kannten alle.

Der Fremde nickte. Nordländer gab es überall auf der Welt von Grönland bis Konstantinopel und ins östliche Land der Chane am Kaspischen Meer. Überall fand sich jemand, der norwegisch sprach, sagte man, obwohl es heutzutage weniger Nordländer gab als früher.

»Wer bist du, Fremder?«

»Mein Name ist Stein Grimsson, und meine Familie ist ebensogut wie die von jedem anderen. Mein Vater war Grim der Kirchenverbrenner, der aus Island vertrieben wurde, weil er die Kirche von Helgafell in Brand gesteckt hatte. Er gehörte zur Familie von Bork dem Starken und

Thorstein Dorschbeißer aus Snœfellsnes, und jeder weiß, daß es in dieser Familie große Männer gibt wie meinen Großgroßonkel Snorri den Weisen aus Helgafell.«

»Bedeutende Verwandte soll man nicht verstecken«, räumte Olaf ein.

»Ich selbst bin in Grönland geboren. Der Name des Hauses ist Hesthof, und es liegt am Ostufer des Eirik-Fjords fast gegenüber von Brattahlid. Das wiederum wurde von Eirik dem Roten gegründet, der Grönland entdeckt hat.«

»Aha«, sagte Olaf Sturmfalke. »Bestimmt ein guter Ort. Womit handelt ihr Grönländer?«

»Mit Robbenfellen. Mit weißen Eisbärfellen, Walroßzähnen und Silberfalken. Ich bin nicht Kaufmann, sondern Krieger. »

»Ein Mann kann beides sein«, versicherte Olaf, »so wie ich.«

»Krieger und Dichter«, bestätigte Stein Grimsson.

»Dichter?«

»Ein richtiger Skalde, der die Ehre seines Anführers zu besingen versteht.« Stein sah Olaf verstohlen an. »Unserer sind nicht mehr viele.«

»Ebensowenig wie Anführer, und auch zu Ehren gelangt man nicht mehr so wie früher.«

»Ein Hühnerdiebstahl wird zur Heldentat, wenn ein Skalde ihn richtig besingt.«

Das mußte Olaf zugeben. Er war jahrelang mit Harald dem Harten gesegelt, hatte gesehen, was wirklich geschah, und die Lieder gehört, die im Königshaus von Nidaros gesungen wurden. Lebendig blieben nur die Lieder, nicht die Wahrheit.

Die Ziegen raschelten auf dem Torfdach. Die Glocke der Christuskirche rief zum Abendgottesdienst. Niemand in der verräucherten Stube rührte sich.

»Wenn ein Mann ein stolzes Schiff hat und eine furchtlose Besatzung, dann hat er fast alles.«

»Nur ein Skalde fehlt«, lachte Olaf. Der Grönländer gefiel ihm, er war freundlich und redselig, aber nicht aufdringlich. Der Ledervorhang der Bierstube bewegte sich. Björn Schwarzmund, der Wachmann des Sturmfalken, stürmte mit Riesenschritten herein.

»Aus Chester ist ein Schiff eingetroffen und hat Neuigkeiten mitgebracht. Wilhelm von der Normandie hat den englischen König Harold in einer großen Schlacht besiegt und jetzt ganz England erobert. Er will sich zu Weihnachten in London krönen lassen.«

»Die Krone, nach der es Harald den Harten verlangte, hat schließlich Herzog Wilhelm bekommen. Jetzt hat er zwei Reiche. Auch nur eines davon zu halten ist harte Arbeit, denn die Normannen sind ebenso eigensinnige Leute wie die Nordländer. Aber wenn überhaupt jemand das schafft, dann Wilhelm der Bastard.«

»Die Normannen sind ursprünglich Dänen«, sagte Glum Mißgestalt, der eine dänische Mutter hatte. »Mit denen kommt man gut aus, wenn man nicht zuviel erwartet.«

»Als die Dänen das Reiten lernten, wurden sie zu Normannen«, erinnerte sich Olaf Sturmfalke. »Als sie lernten, Türme zu errichten, vergaßen sie, wie man Schiffe baut. Sie können nicht zwei Dinge gleichzeitig, reiten und segeln.«

»Gehen wir es ihnen beibringen«, schlug Stein der Skalde vor. »Die Normannen haben jetzt auf der anderen Seite des englischen Kanals viel zu tun. Sie werden den Weg wohl kaum schwimmend zurücklegen wollen.«

»Im Kettenhemd«, grinste Glum Mißgestalt. Stein fuhr zusammen. Der narbige Glum sah auch so schon entsetzlich aus. Wenn er noch das Gesicht verzog, wirkte er wie jemand, der aus einem Alptraum entwischt war.

»Ein richtiges Schlangenschiff«, sagte Stein Grimsson voller Bewunderung. »So wie Olaf Tryggvasons Ormen Lange, den Hallfred der Wanderskalde besungen hat. Es gibt wohl kaum etwas Schöneres auf der Welt als ein langes Schiff, eine Schildflanke.«

Stein hatte schon seit dem Morgen soviel von dem schäumenden irischen Bier getrunken, daß er zu Tränen gerührt war, als er den Sturmfalken am Verladekai von Dublin liegen sah. Der Mast war umgelegt und ruhte am Boden des Schiffs. Der rotgoldene Drachenkopf war vom Bug abgenommen und in einem Hofgebäude von Ceridwens Bierstube eingelagert worden, ebenso der geschwungene Schweif des Hecks. Zwei Mann waren auf Wache wie immer, einer am Kai und einer im Schiff.

Der Verladekai erstreckte sich das Ufer des Liffey entlang nach links und erweiterte sich bei der Holzbrücke zu einer Schiffswerft, von der auch jetzt Axthiebe herüberklangen. Stein der Skalde warf einen Blick auf die Werft und sagte gefühlvoll: »Jetzt werden keine Seehengste mehr für mächtige Anführer gebaut.«

»Dafür«, lächelte Olaf Sturmfalke, »sind alle Völker Europas dankbar.«

Das Wetter war windig, so wie immer in Irland, und herbstlich klar. Die grauen Mauern des Klosters der Heiligen Jungfrau waren am Nordufer des Liffey deutlich zu erkennen. »Besonders die Kirchen und Klöster«, fügte Olaf hinzu.

»Die Zeit der Helden«, versuchte sich Stein der Skalde,
»ging nieder unter dem Kreuz.
Fort sind gesegelt die trefflichen Könige.
Nur ihre Kielspur schäumt im Wasser.
Das rotgestreifte Segel verschwindet.«

»Du bist wohl kein besonders geschickter Dichter«, zweifelte Olaf.

»Ein Lied entsteht nicht in einer Sekunde«, verteidigte sich Stein. »Und heute kann man keine großen Skalden erwarten, wo es auch keine Seekönige mehr gibt. Dichtung kann nur aus dem entstehen, was vorhanden ist. Eine erbärmliche Zeit bringt nur erbärmliche Dichtung hervor.«

»Ich will dir nicht widersprechen«, sagte Olaf, »denn damit kenne ich mich nicht aus. In die Normandie, hast du gestern vorgeschlagen. Erinnere ich mich richtig?«

»Warum nicht? Man sagt, die dortigen Jarle seien den Nordländern freundlich gesinnt.«

»Mein Stiefvater auf der Burg Meilhan hatte als Befehlshaber der Reisigen einen Mann von der Insel Gotland«, erinnerte sich Olaf.

»Bist du in der Normandie gewesen?«

»Meine Mutter war eine Zeitlang mit einem normannischen Ritter verheiratet«, erklärte Olaf mit gepreßter Stimme. »Der Mann wollte mich umbringen, aber meine Mutter half mir zu fliehen.«

Sie hat Nebel gemacht, dachte Olaf, und ihm wurde schwer ums Herz. Meine Mutter war eine Zauberin, ich bin der Sohn einer Zauberin. Das Heidentum ist nur einen Schritt weit entfernt. Aber Mutter wurde Christin; sie verehrte die Heilige Jungfrau und ließ in Arantila eine neue Kirche bauen.

»Lebt dein Stiefvater noch? Wir könnten in die Normandie gehen, ihn töten und seine Burg in Besitz nehmen.«

»Nein, Roger de Meilhan fiel durch seinen eigenen Schwager. Rogers Sohn Odo ist mein Blutsbruder, falls er noch lebt. Aber in der Normandie kann man eine Burg nicht einfach so erobern. Herzog Wilhelm hat private Kriege außer als Rache verboten.«

»Vielleicht freut sich dein Bruder, dich zu sehen, Anführer?«

Olaf blickte nachdenklich auf den Fluß. Er dachte an seine Kindheit, die Schuljahre in Konstantinopel. Damals hieß er Juvalos und wohnte in einem Palast. Er hatte einen eigenen Lehrer, der ihn zwang, Griechisch zu lernen, und einen Waräger, der ihn in der Kriegskunst unterwies. Die Erinnerungen an Konstantinopel waren flüchtige Bilder eines kleinen Jungen. Olaf reiste mit seiner Mutter nach Frankreich und bekam einen Stiefvater, einen normannischen Baron, der ihn haßte. Aber in der Burg Meilhan war auch sein Stiefbruder Odo. Ihre gegenseitige Liebe half ihnen, im großen Turm von Rouen zu überleben. Die schwächsten Knappen starben dort an Mißhandlungen und Erschöpfung.

Ob Odo sich noch an seinen Kameraden erinnerte? Meistens hielten die in der harten Schule der Jugend geschlossenen Freundschaften ein Leben lang. Aber Olaf hatte Odo verlassen und nach Norden fliehen müssen. Er kämpfte in König Haralds Kriegen und segelte jahrelang über die eisigen Meere unter dem Kommando des Roten Warägers, seines Vaters.

Zwei Ruderboote schleppten ein Handelsschiff mit runden Flanken nach rechts in den Linn Dubh, den Schwarzen Weiher, von dem die Stadt ihren Namen erhalten hatte. Neben dem Gezeitenbecken lagen mehrere an Land gezogene Schiffe. An den kurzen Herbsttagen wimmelten von morgens bis abends die Besatzungen und Neugierige um sie herum.

»Der Sturmfalke muß winterfest gemacht werden. Für die Männer müssen warme Kleidung und Schuhwerk besorgt werden, auch wenn es hier nicht so kalt wird wie im Nordland. Und Ceridwen müssen wir fragen, ob sie uns die kalte Jahreszeit über verpflegen kann.«

Olaf freute sich auf die bevorstehenden Arbeiten. Plötzlich fand er es schön, mit Stein dem Skalden am Flußufer zu stehen und zu plaudern. Der Dichter war nicht hochnäsig, so, wie die Sänger es oft waren, weil sie die Macht hatten, das Andenken an mächtige Männer zu gestalten. Zu einem magenkranken Anführer paßte ein Skalde, dessen Verse hinkten wie ein dreibeiniger Hund.

»Der Besuch auf Meilhan muß sorgfältig geplant werden. Dorthin geht man nicht mit leeren Händen und auch nicht katzbuckelnd. Die Normannen respektieren nur die Kraft. Und das Silber, wenn es sich in der Truhe eines starken Mannes befindet. Sonst rauben sie es.«

»Anführer, bring deinem Blutsbruder als Geschenk einen Hund von hier mit.«

»Ich habe die Hunde der Kelten gesehen. Sie verwenden sie bei der Wolfsjagd.«

»König Olaf Tryggvason, der als erster den Christenglauben nach Norwegen gebracht hat, raubte in Irland einmal eine große Viehherde. Ein Bauer erbat seine Kühe zurück, und der König versprach es, weil er glaubte, daß der Mann unter den vielen Hundert Rindern seine eigenen nicht herausfinden würde. Aber der Bauer schickte seinen großen Schäferhund in die Herde. Der Hund lief zwischen den Tieren hin und her und trieb genau so viele Kühe heraus, wie der Bauer als sein Eigentum angegeben hatte. Sie waren alle auf dieselbe Art markiert.«

»Ha! Von solchen Hunden müssen wir so viele kaufen, wie wir bekommen.«

»Der Bauer schenkte seinen Hund dem König und bekam als Gegengeschenk einen goldenen Ring. Daran siehst du, wie wertvoll so ein Tier ist. Der Hund des Königs hieß Vige, und er war der beste von allen seinen Hunden.«

»Solche Geschichten hab ich gern«, sagte Olaf entzückt. »Der König ist freigebig, und am Ende sind alle zufrieden. Du bist ein guter Skalde, wenn du dir nur nicht selbst Verse ausdenkst.«

Hinter ihnen ragte ein mit Planken verstärkter Erdwall auf, den die Dubliner zum Meer hin errichtet hatten. Oft preßten die Stürme gewaltige Wassermassen in die Mündung des Liffey. Die von den Nordländern gegründete Stadt war ein paarmal drauf und dran gewesen, im Wasser zu versinken. Auf dem Wall befand sich eine mit Pfosten gestützte und mit Lehm beworfene, geflochtene Wand. Hinter dem Wall kletterten die strohgedeckten Häuser Dublins den Abhang hinauf, und ganz oben, auf einem hohen Hügel, sah man das von Palisaden umgebene Königsgut.

In der Stadt gab es fünf Kirchen, und in jeder eine Glocke: in der Christuskirche eine schwere, dröhnende, in den anderen jeweils eine kleine, bimmelnde. Heute läuteten die Glocken eifrig, denn es war der Tag des heiligen Finnian. Finnian war der Heilige und Lehrer der Kelten, den auch die Nordländer verehrten. Der heilige Finnian war an der Pest gestorben. Deshalb nahm man an, daß er besonders diejenigen vor der Krankheit schützen würde, die ihm dienten.

Olaf Sturmfalke legte seinen Arm Stein dem Skalden um die Schulter. Freude und Vertrauen wärmten ihm das Herz.

»Auf zur Messe, Dichter. Vielleicht hat der heilige Finnian einen Augenblick Zeit für meine Leibschmerzen.«

Stein trat neben Olaf. Er kannte Olaf Sturmfalkes Magenbeschwerden ebensogut wie die anderen Dubliner. Über seine Wunden durfte man nicht jammern, aber andere Schmerzen wurden ernstgenommen.

Bischof Dunan hielt in der Christuskirche die Messe. Alle Kranken von Dublin waren dorthin gebracht worden, damit sie den heiligen Finnian anbeteten. Das hohe Dach der dickwandigen Domkirche war schwarz vom Rauch der Fackeln. Der Duft des Räucherwerks war auch an den Wandsteinen hängengeblieben, obwohl die Kirche nicht alt war. König Sigtrygg Seidenbart von Dublin hatte sie vor vierzig Jahren bauen lassen, weil er die Schlacht von Clontarf überlebt hatte. Olaf Sturmfalke fand, daß die Heldentat keine Kirche wert war: Die Truppen des Königs verloren die Schlacht, und Sigtrygg überlebte, weil er konsequent im Dubliner Königsgut geblieben war.

Olaf besuchte lieber die Kirche am Kai, die seinen Namen trug. Aber am Tag des heiligen Finnian drängte sich die ganze Stadt, die Bischofsmesse zu hören. Gegen Krankheiten konnte der Bischof mehr ausrichten als ein gewöhnlicher Kirchenpriester.

Olaf kniete mit den anderen zusammen nieder. Auch im Knien überblickte er über die Köpfe der Menschen hinweg die ganze dämmrige Kirche, die voll besetzt war. Der Meßgesang und das Gemurmel und Stöhnen der Kranken hallten von den Steinwänden wider. Olaf betete leidenschaftlich für seinen kranken Magen. Das Gebalge mit den Frauen erschien einem Mann zweitrangig, dessen Leib von ständigen Schmerzen gepeinigt wurde.

8. Kapitel

1067

»Einen besseren Mann kann ich dir nicht beschaffen, denn du bist unfruchtbar, Schwägerin.«

Die Stimme von Dame Innocentia troff von Gift so wie immer, wenn sie mit der Schwester ihres Mannes sprach.

Die Frauen saßen an der Türwand des Domus von Meilhan auf einer langen Holzbank, die mit dunkelgrünem Tuch bedeckt war. Unter den spitzen Pobacken von Dame Innocentia lag ein Kissen, denn sie war die Hausherrin. Unter Adela de Meilhan war hartes Holz, denn sie war eine von zu Hause vertriebene kinderlose Witwe.

Der Hof innerhalb der Mauern war ein heißer Kessel. Die Abfälle im Wallgraben stanken, daß es einem übel wurde. Adela hielt sich ein Säckchen mit Rosmarin vor die Nase.

»Ritter Arduin ist älter als die Kirche von Meilhan. Auf dem Kopf hat er weniger Haare als Christus Apostel hatte. Er stinkt aus dem Mund, und er rülpst auch beim Beten«, beklagte sich Adela de Meilhan. »Wenn er doch dein Mann wäre, Schwägerin.«

Dame Innocentia lachte hochmütig.

»Sei froh, daß dein Bruder wenigstens diese Mißgeburt gefunden hat und daß ich ihn zu der Ehe habe überreden können. Wer will schon eine Witwe heiraten, der gerade der Mann im besten Alter weggestorben ist? Jeder hat Angst, du könntest deinen Mann vergiftet haben.«

Die Bank stand im Schatten, aber zur Sicherheit hatte Adela ihr Gesicht mit einem Schleier verhüllt. Ihre Haut war goldhell, aber doch nicht so weiß, wie sie es gern gehabt hätte. Sie fürchtete die Sonne und haßte den Wind. In Montenay hatte Adela sich jeden Abend das Gesicht mit Milch gewaschen. Diesen Luxus konnte sie sich leisten, denn Ritter Guibert war sinnlos in seine blendend schöne Frau verliebt und erlaubte ihr alles. Ein großer Teil der Erträge von Montenay wurde für die Kleider, den Schmuck und die Kräutersalben von Dame Adela ausgegeben, mit denen sie ihre sagenhafte Schönheit pflegte.

Es störte Ritter Guibert nicht, daß seine Frau ihm keine Kinder gebar. Auch die Huren des Ritters und die Dienerinnen von Montenay, mit denen der Ritter schlief, wenn Adela ihre Monatsblutung hatte, bekamen keine. Insgeheim war Adela froh darüber, obwohl sie allwöchentlich in der Kirche von Montenay um einen Erben betete. So blieben ihr schmaler Körper und ihre steilen Brüste vollkommen. Ihre Arme waren lang und fein, ihre Hände geschmeidig und weiß. Wenn Dame Adela stehenblieb, nahm sie wie von selbst eine anmutig geneigte Haltung ein. Wozu dieses zauberhafte Wesen im Kindbett verderben?

Vielleicht würde Adela es später einmal arrangieren, daß sie schwanger wurde – klar war, daß Ritter Guiberts Samen Quellwasser war. Das sagte niemand laut; Kinderlosigkeit war immer ein Fehler der Frau. An Stellvertretern, die sich anboten, herrschte kein Mangel. Man kam von weit her, um die Schönheit der Herrin von Montenay zu bewundern.

Das Leben bestand aus leuchtender Seide, gazefeinen Schleiern, Duftfläschchen und Salbendöschen, bis Ritter Guibert eines Tages heftige Leibschmerzen bekam. Eine

Woche später starb er, vor Schmerzen brüllend. Adela de Meilhan saß in ihrer Kammer inmitten ihrer Sachen, ohne den Sohn und Erben, der ihre Zukunft gesichert hätte.

»Egal, auch wenn Arduin de Fonteval ein Aussätziger mit nur einem Bein wäre«, sagte Dame Innocentia praktisch. »Du wirst Herrin eines eigenen Gutes. Und ich werde dich los.«

Dame Innocentia nähte für ihren Mann ein Leinenhemd. Sie hatte Ritter Odo zu ihrer Hochzeit vor sieben Jahren ein Hemd geschenkt. Allmählich brauchte der Mann ein neues. Dame Innocentia hatte gut reden, denn als ordentliche Ehefrau legte sie sich jedes Jahr ins Kindbett. Mehrere Kinder wurden lebend geboren, und drei Söhne waren immer noch am Leben. Dame Innocentia hatte sich ihren Platz als Herrin von Meilhan und ihre Stellung für den Fall, daß sie Witwe werden sollte, gesichert. Etwas Besseres konnte Ritter Odo sich nicht wünschen.

»Arduin de Fonteval hat erwachsene Kinder«, murmelte Adela. »Ich muß dann in derselben Halle mit einer Schwiegertochter leben, die älter ist als ich. Und ich habe keine Mitgift.«

»Hättest du mal deine Angelegenheiten geregelt, solange dein Mann noch bei Kräften war.«

Nach dem Tod von Ritter Guibert de Montenay dauerte es nur wenige Tage, bis Schwager Lambert im Haus von Montenay stand und so brüllte, daß die Ziegen vom Torfdach fielen und die alten Männer, die das Gnadenbrot aßen, sich in die Hose machten.

»Schmuck und Schleier hast du, Schwägerin, aber deine Söhne sehe ich nirgends! Mein Bruder starb eines plötzlichen Todes, ein gesunder Mann. Wer weiß, was du ihm ins Essen gemischt hast!«

Lamberts Faust schleuderte Adela gegen die Wand der Aula.

»Ich geb dir einen Tag Zeit, deine Sachen zu packen und zu verschwinden.« Lambert beugte sich über Adela. Sie sah, daß er sie beschlafen würde, wenn das nicht eine fürchterliche Sünde wäre. »Wenn du bis zum Morgen nicht verschwunden bist, klage ich dich des Mordes an meinem Bruder an.«

Das war eine wirkliche und schreckliche Gefahr. Jeder Ehemann war bereit, eine Mörderin zu verurteilen, denn jeder hatte Angst um sich selbst. Die Frauen kochten Kräuter, kurierten, lösten Aborte aus. Adela de Meilhan bereitete Salben, die die Haut weich und die Wangen rosig erhielten. Sie war ein Opfer ihres Schwagers, der Montenay für sich haben wollte.

Der Schwager wollte noch mehr als die Burg des Bruders. Adela hatte als Mitgift einige ordentliche Güter mitgebracht. Ritter Lambert gab Adela zurück, aber nicht deren Mitgift. Das war ein legaler Kriegsgrund, den nicht einmal der allmächtige Herzog Wilhelm der Bastard, jetzt König von England, leugnen konnte.

»Arduin wird mich nicht wollen, wenn nicht Odo meine Mitgift zurückholt.«

Dame Innocentia verzog das Gesicht.

»Ich will nicht, daß mein Herr Geld und Männer opfert, um deine jämmerlichen Güter zu retten.«

»Dann wirst du mich niemals los, Schwägerin«, sagte Adela boshaft. »Niemand heiratet eine Witwe, die kein Vermögen hat.«

»Eine unfruchtbare Witwe.« Etwas anderes fiel Dame Innocentia nicht ein.

Adela stand von ihrer Handarbeit auf. Sie ging fort aus dem Schatten des Domus in die Mitte des Hofes, zog sich den Schleier fester vor das Gesicht und ordnete ihn hinten, so daß ihr der Ärmel auf die Schulter herabglitt und ihren weißen Arm entblößte. Dame Innocentia lachte spöttisch.

»Dein Bräutigam fängt kein Feuer, auch wenn du die Röcke bis zur Taille heben würdest. Ein schleimiger alter Fisch, das wird dein Bettgenosse sein, Schwägerin.«

Vom Turmhügel her erscholl das gleichbleibende Gewirr von Männerstimmen. Die Burg Meilhan am Steilhang des Risle-Flußes sah so aus wie hundert andere: Innerhalb des Wallgrabens und einer mannshohen Ringmauer befand sich der Motte, ein hoher Hügel, auf dem ein viereckiger Turm errichtet war, der Donjon. Der dreistöckige Donjon von Meilhan war ganz aus Stein, was vom Reichtum seiner Herren zeugte.

Im Turmhügel befanden sich die Vorratslager. Im Donjon, dessen erste Etage man über eine Leiter erreichte, wohnten die Soldritter, Krieger und Knappen von Meilhan sowie die kleinen Knaben, die man Ritter Odo zur Ausbildung übergeben hatte. Die mittlere Etage des Donjon war eine offene Halle. An der Wand gab es eine Feuerstelle. Die Männer schliefen in ihren Umhang gewickelt auf dem Fußboden.

Turmhügel und Donjon waren die Welt der Männer, in die die Frauen sich nur während einer Belagerung begaben. Manchmal wurde aus dem Turm in den Raum der Frauen ein fiebriger Mann oder ein schlimm vergewaltigter Junge gebracht, aber im allgemeinen versorgten die Männer ihre Wunden selbst, richteten die gebrochenen Knochen und renkten ausgekugelte Gelenke wieder ein. Jeder Mann mußte seinem Kameraden noch auf dem Schlachtfeld helfen können. Nur mit den schwersten Verletzungen kam man zu den Frauen.

Für Adela war der Donjon die einzige Quelle des Vergnügens im tristen Leben von Meilhan. Sie tat, als hätte sie in Sichtweite der Turmtür im Burghof etwas zu schaffen, und genoß die hungrigen Blicke und frivolen Gesten der Männer sowie ihre Begierde, die als Dunst aus dem Turm aufwallte. Das Begehren der Männer war hoffnungslos, denn Adela de Meilhan schwebte ebenso hoch über den Männern wie die Vögel über dem Turm. Es stand in Adelas Macht, sie aus der Fassung zu bringen. Das war denn auch ihre einzige Macht.

»Was meinst du, wie lange du eine Belagerung überstehen könntest, Chevalier?« Ritter Arduins Blick folgte der Witwe Adela auf dem Hof und wandte sich dann gleichgültig ab.

»Sechs Wochen«, erwiderte Odo de Meilhan präzise. Beide wußten, daß er log. Selbst den eigenen Verwandten verriet man seine genaue Schätzung nicht.

Ritter Odo und Ritter Arduin waren in den vergangenen Tagen zusammen mit dem Majordomus von Meilhan die Vorräte im Turmhügel durchgegangen, die unterirdischen Getreidesilos und die in der untersten Etage des Turms eingelagerten Waffen. Arduin de Fonteval war – möglicherweise – dabei, mit Odo de Meilhan Schwägerschaft zu schließen. Er hatte das Recht, die Stellung und das Vermögen seines künftigen Verwandten zu prüfen. Auf deren Grundlage wurde für gewöhnlich der Ehebeschluß gefaßt. Jeder wußte, daß das, was er zu sehen bekam, nur ein Teil des tatsächlichen Vermögens der Burg war.

»Wie du siehst, Herr, gibt es in Meilhan nicht viel zu teilen. Aber das, was ich habe, gehört auch meinem Schwager.«

Odo de Meilhan sprach ehrerbietig mit Ritter Arduin. Er hatte die guten Sitten im Dienst der Herzogin Mathilde in Rouen gelernt. Arduin war älter als Odos verstorbener Vater.

»Deine Männer wirken gesund. Sie sind gut genährt. Wie man hört, bist du ein sanftmütiger Mann«, bemerkte Arduin. »Du verwöhnst deine Leute. Diesen Fehler hat dein Vater nicht gemacht.«

Ritter Arduin hätte den jungen und schüchternen Odo de Meilhan gern herablassend behandelt. Aber Odo besaß einen höheren Rang als Arduin, seine Familie war besser, sein Haus aus Stein, er aß mit dem Messer und spülte sich die Finger in einer Schale mit parfümiertem Wasser.

Arduins Gut Fonteval war ein gewöhnliches Landhaus, ein längliches Lehm-Fachwerkhaus mit hohem Dachfirst, das von einem schwächlichen Holzzaun umgeben war. Ritter Arduins Diener waren so reinlich wie die Schweinehirten. Seine erwachsenen Kinder aßen mit den Fingern.

Ritter Arduin wollte sich eine Burg bauen, so wie die Barone es heutzutage machten. Er wollte Soldritter haben und eine vornehme Frau. Ritter Arduin war alt und mittellos. Erben hatte er mehr als genug. In dieser Lage konnte er seine Blicke nicht in große Höhen richten: Adela de Meilhan war für Arduin erreichbar, weil sie als unfruchtbar galt.

»Du teilst alles mit mir außer der Mitgift deiner Schwester«, sagte Arduin säuerlich.

»Du heiratest sie nicht wegen ein paar Ackerschlägen«, entgegnete Odo ruhig, »sondern weil sie die Tochter von Albreda de Albas und Roger de Meilhan ist.«

Arduin de Fonteval saugte ärgerlich an seiner Unterlippe. Er mußte Adela in jeglicher Weise verächtlich machen, damit er vor seiner künftigen Frau und seinem Schwager nicht hoffnungslos ins Hintertreffen geriet.

»Einen Sohn wird deine Schwester mir nicht gebären. Was ist eine unfruchtbare Frau wert?«

»Wer weiß?« Odo zuckte die Achseln. »Meine Schwester ist die schönste Frau der Normandie. Adela wird Ritter nach Fonteval ziehen, die dir sonst nicht dienen würden.«

»Ich muß die Frau bewachen wie eine Geldtruhe, damit niemand sie raubt. Das ist der Nutzen, den ein armer Ritter von ihr hat.«

Arduin schürzte unzufrieden die Lippen. Im selben Augenblick zerschnitt der schrille Ruf des Wachmanns die schläfrige Stille des Burghofs. »Fremde! Bewaffnete Männer! Dutzende! Sie kommen vom Ufer her.«

»Die Zugbrücke hoch! Die Männer auf die Mauern! Bogenschützen, spannt die Bogen! Die Frauen ins Haus!«

Ritter Odo ließ sich den Hang des Turmhügels herabfallen. Sein Knappe, der nur einige Jahre jünger war als sein Herr, kam über den Burghof gerannt. Die Rüstung des Ritters befand sich nicht so wie die der anderen oben im Turm, sondern im Vorraum des Domus, der von der Aula in die Schlafkammer führte.

Die Männer stiegen mit ihren Schwertern und Lanzen auf die Mauer. Auf Meilhan gab es vier Männer, die mit der Armbrust schießen konnten. Sie lagen auf der Mauer hinter den Zinnen auf dem Rücken, setzten ihren Fuß in die Biegung des Bogens und spannten die Sehne mit der ganzen Kraft ihres Körpers: eine langsame und mühselige Maßnahme, die sich nur für Belagerungen eignete. Eine entsetzlich starke und präzise Waffe: Sie durchschlug ein Kettenhemd aus hundert Schritt Entfernung. Auch teuer war sie. Odo de Meilhan war stolz auf seine Armbrustschützen.

»Der Wimpel ist mir unbekannt.« Der Wachposten beschirmte die Augen mit der Hand, während er vom Torturm Ausschau hielt. »Das Bild eines Falken, Herr.«

»So ein Wappen kenne ich nicht.«

»Sie kommen in friedlicher Absicht, die Schilde auf dem Rücken.«

Ritter Odo kletterte auf die Mauer und suchte Schutz hinter der Brustwehr. Die Kriegerschar machte direkt hinter dem Wallgraben Halt. Die Männer waren einen Pfeilschuß weit entfernt, nahmen aber ihren Schild immer noch nicht nach vorn. Eine tollkühne Geste: Ein Pfeilregen von der Mauer hätte viele Männer gefällt.

»Sie versuchen, durch Betrug hereinzukommen«, murmelte Ritter Arduin. »Trau ihnen nicht, Chevalier.«

Odo de Meilhan bedeutete dem Ritter zu schweigen. Es war Sache des Fremden, sich vorzustellen.

Vor dem Trupp, neben dem Wimpelträger, stand ein mit einem langen Kettenhemd bekleideter Krieger, ein Mann, hochgewachsen und massiv wie eine Eiche. Das Kettenhemd war von einem knielangen, himmelblauen Umhang verhüllt. Mit einer goldenen Fibel war er auf der linken Schulter befestigt. Der Mann hob die Hände und ergriff seinen Helm. Helmreif und Nasenschutz gleißten in strahlendem Gold.

»Ziele«, murmelte Ritter Odo dem neben ihm stehenden Armbrustschützen zu. Der Bogen senkte sich schräg abwärts, die Pfeilspitze zielte auf die Brust des Fremden.

Der Mann nahm den Helm ab. Odo sah, wie rotgoldene Locken über den Nacken herabfielen. Er stieß einen Ruf der Verwunderung aus, spürte, wie der neben ihm stehende Bogenschütze zusammenfuhr, und schlug mit der rechten Hand den Bogen herunter, so daß der Pfeil vor den Fremden hin geschleudert wurde und sich in den Boden bohrte.

Einen Augenblick lang starrten alle verblüfft den im Boden steckenden Pfeil an. Dann hob der Riese das Gesicht zur Mauer von Meilhan hinauf.

»Du hast eine eindrucksvolle Waffe, Odo.«

Nach zwölf Jahren sah Odo die helle Haut, die buschigen, rötlichen Augenbrauen und die schmalen grauen Augen darunter wieder.

»Olaf. Mein Bruder Olaf.«

Zuerst war es ein Flüstern, das nur Odo selbst hörte. Dann ein Schrei.

»Das Tor auf! Die Zugbrücke herab! Macht den Weg frei für meinen Bruder!«

Die Männer stürzten an die Winde des Torturms. Vier Waffenträger schoben den eichenen Riegel des Tors von Meilhan beiseite.

»Dein Blutsbruder freut sich wirklich, dich wiederzusehen«, sagte Stein der Skalde unter seinem Helm. »Den Herzog selbst würde man kaum so herzlich willkommen heißen.«

Olaf Sturmfalke lächelte seinem Skalden rasch zu.

»Du selbst hast vorgeschlagen, wir sollten nach Meilhan gehen. Der Dank gebührt dir.«

Die Männer im Torturm von Meilhan drehten die Winde. Unter Gepolter legte sich die Zugbrücke über den Wallgraben. Die Torflügel öffneten sich knarrend. Unter dem Turm kam ein schlanker, dunkler Mann ohne Helm herausgelaufen. Stein der Skalde schüttelte den Kopf; so ein spontanes Verhalten war verrückt und unvorsichtig.

Der junge Ritter breitete die Arme aus und stürzte Olaf Sturmfalke geradewegs in die Arme. Ein Bär mit hellem Pelz umarmte einen dunkel-geschmeidigen Otter.

Die Verteidiger von Meilhan waren nicht ebenso begeistert wie ihr Anführer. Stein registrierte befriedigt, daß die Männer auf den Mauern blieben, als die Gäste hineinmarschierten. Die Bögen wandten sich dem Burghof zu, zielten auf die Ankömmlinge. Der Befehlshaber kommandierte in der Sprache der Franken. Die Waffen senkten sich mißtrauisch.

Zwei Jünglinge kamen in den Hof geeilt. Der eine trug eine große zinnerne Waschschüssel, der andere ein weißes

Handtuch. Olaf Sturmfalke wusch und trocknete sich die Hände und bedeutete dann den Jünglingen, die Schüssel Stein dem Skalden anzubieten. Der Dichter war von edlem Geschlecht und in der Rangordnung der zweite.

Olaf Sturmfalke wandte sich an seine Männer.

»Wir sind Odo von Meilhans Gäste so lange, wie wir es wollen. Wir achten die Gastfreundschaft. Keine Prügeleien. Vorsicht mit Bier und Wein. Rührt keine Frau an außer denen, die man euch ausdrücklich zuweist. Wenn ihr die Sprache der Franken nicht könnt, dann lernt sie.«

Jemand murrte aufmüpfig. Ein Blick des Anführers brachte ihn zum Schweigen. Die Reisigen von Meilhan betrachteten neugierig die Männer vom Sturmfalken, deuteten auf die runden Schilde und die schweren Streitäxte. Frauen waren nicht zu sehen.

»Reizt diese Männer nicht. Mit ihrer Hilfe hat Herzog Wilhelm England erobert. Wir haben das nicht geschafft, obwohl unser König ein größerer Krieger war als Wilhelm der Bastard. Glum Mißgestalt, du bist für die Männer verantwortlich. Stein der Skalde folgt mir. Ingvar Trinkhorn soll mein Knappe sein. Im Frankenland haben alle vornehmen Männer einen Knappen.«

Der junge Ingvar, Sohn eines Schmiedes aus Sigtuna, sprang seinem Anführer erfreut zur Seite. Sein Vater hatte Olaf Sturmfalke gebeten, den Jungen mitzunehmen und ihn das Leben eines Kriegers zu lehren, denn in der Werkstatt des Schmiedes gab es nicht genug Arbeit für alle Söhne. Als Bezahlung für die Ausbildung seines Sohnes hatte der Schmied Olaf ein mit Bronze verstärktes, versilbertes Trinkhorn und ein Gestell gegeben, in dem das Horn stand. Ingvar war ein kräftig gebauter Jüngling, für einen Schweden dunkelhäutig. Er war flink bei der Arbeit und beklagte sich nicht über unangenehme Aufgaben.

»Bild dir nur nichts ein, Junge«, flüsterte Stein der Skalde. »Du bist nicht wegen deiner vornehmen Familie ausgewählt worden, sondern weil du dich eignest, die Zehntausende von Ringen des Kettenhemdes zu reinigen.«

Der Befehlshaber der Reisigen von Meilhan nahm die Krieger vom Sturmfalken in seine Obhut. Sie mußten sich mit den Männern von Meilhan am Fußboden der Halle des Donjon zusammendrängen, Bohnen mit Rauchfleisch essen und sich nach der Butter und der Milch des Nordens sehnen. Sie waren in einer schlechteren Lage als die Leute von Meilhan, weil sie keine Pferde hatten. In der Welt der Franken galt nur ein bewaffneter Reiter als vollwertiger Mann. Von Schiffen verstanden die Franken nichts, so daß das Schiff Sturmfalke, das am Ufer des Risle lag, die Ehre der Fremden nicht mehrte.

Am Fuß des Turmhügels von Meilhan lag der Domus, das Wohngebäude der Burg: eine fünfzehn Schritt lange Halle mit gemauerten Gelassen längs der Wände. Manche hatten eine Tür, manche einen Vorhang, und andere öffneten sich direkt zur Aula hin. Mitten im Steinfußboden der Aula gab es eine unebene Stelle; dort hatte sich einst eine Feuerstelle befunden, die jetzt mit Sand aufgefüllt war. An der linksseitigen Wand der Aula hatte man eine neue Feuerstelle angebracht, eine mannshohe, offene Kammer, von der der Rauch direkt nach draußen abzog. Stein der Skalde hatte so etwas noch nie gesehen.

Ein alter Mann, der Hofmeister von Meilhan, geleitete den vornehmen Gast ins Haus. Olaf Sturmfalke wurde ein Platz in einem Zimmer nahe bei der Tür zugewiesen. Der Herr selbst schlief in einem Bett, der Knappe Ingvar vor der Tür auf dem Fußboden, und Stein der Skalde in einer Vorkammer zusammen mit dem Pfarrer von Meilhan und einem betagten einbeinigen Ritter.

Das Halbdunkel des Domus wirkte kühl nach der Glut des Hofes. Die Diener legten eilig die schweren Tischplatten auf die Beine. Schon zeigten sich auch Frauen im Domus; die Magd der Herrin kommandierte die Mädchen, die über die Tischplatte an der Hinterwand ein weißes Tuch breiteten. Stein der Skalde hatte außer Segeln noch nie ein so großes Stück Stoff gesehen, und die Segel waren zumeist geflochten.

Man mußte zugeben, daß Steins Überlegungen auf der Herreise in Rouen richtig gewesen waren.

»Im Land der Normannen ist alles wohlhabend, ordentlich und beängstigend effizient organisiert.«

»Den Normannen fehlt die Sorglosigkeit der Kelten und die Freundlichkeit der Angeln. Sie wissen, was sie wollen, und streben unbeirrbar ihr Ziel an.«

»Darin gleichen sie ihren Vorvätern, den Nordländern«, sagte Glum, der es nicht ertragen konnte, daß irgend etwas besser sein sollte als die Sitten und Menschen des Nordens.

»Aber sie sind viel reicher als die Jarle und Könige des Nordlands. Es ist klug, sich mit ihnen zusammenzutun.«

Nach Rouen hatte die Bewunderung Steins des Skalden noch zugenommen. Auch Meilhan war keine Enttäuschung: eine gut geplante Festung, in der sich die prächtige Wohnung eines vornehmen Herrn befand.

Odo de Meilhan machte eine Handbewegung.

»Dame Innocentia.«

Die Herrin des Hauses, eine hochmütige, große Frau. Unter der braunroten Tunika wölbte sich der Bauch. Um den Hals hing ihr ein großer, runder Anhänger, ein Karneol in silberner Fassung. Die Frau war fruchtbar und entsprechend belohnt worden. Sie schien älter zu sein als ihr Mann. Ritter Odo, der etwa so alt sein mußte wie Olaf Sturmfalke, wirkte jung, ja kindlich.

Stein der Skalde hörte, wie Olaf plötzlich tief Luft holte, und sah an Dame Innocentia vorbei ins Halbdunkel der Aula.

An deren Ende kam den Gästen aus der Frauenkammer eine schlanke Gestalt entgegengeglitten. Stein der Skalde wunderte sich, wie die Frau mit der Hüfte voran und mit vorgebeugtem Hals gehen konnte. Sie erinnerte an einen Schwan, der über das Wasser glitt.

Die Frau wandte das Gesicht ins Licht, das durch die Tür hereinfiel. Jeder Mann seufzte unwillkürlich auf.

»Adela«, flüsterte Olaf Sturmfalke. Er machte einen Schritt vorwärts und streckte die Arme aus.

Weiße Lider senkten sich über die tiefblauen Augen herab. Die Wimpern bebten wie Schmetterlingsflügel, als die Frau in der Umarmung des blonden Riesen dahinschmolz und die Lippen zum Friedenskuß hob. Der vor Entzücken wie gelähmte junge Ingvar ließ den Helm seines Herrn zu Boden fallen, bückte sich, um ihn aufzuheben, und bat um Verzeihung.

Stein stieß den Jungen zornig an: Es war ein Augenblick der Poesie.

»Kriech unter den Tisch, du Tölpel.«

Adela de Meilhans Augenbrauen, zwei vollkommene, dunkle Bogen, waren über der Nasenwurzel zusammengewachsen. Stein der Skalde wußte, daß das als aufregend galt. Jetzt sah er, daß es stimmte: Hier war eine Frau, die es wert war, besungen zu werden.

Odo de Meilhan sagte etwas in der Sprache der Franken. Olaf Sturmfalke ließ die Frau – seine Ziehschwester? seine Stiefschwester? – los und begrüßte einen alten, mürrisch wirkenden Mann, desses Panzerhemd ihn als Ritter auswies. Der packte Adelas Schleier und zerrte ärgerlich daran. Der kunstvoll gefältelte, feine Stoff glitt Adela vom Kopf und gab ihr glänzendes schwarzes Haar frei.

Olaf Sturmfalke machte eine Bewegung, um den Alten von Adela fortzuzerren. Stein der Skalde konnte Olaf gerade noch in den Arm fallen; er verstand, daß der alte Ritter irgendein Recht auf die Schwester des Herrn von Meilhan hatte.

»Anführer, die Frau gehört dir nicht!«

Die eilig hingeworfenen Worte des Skalden bremsten die gewalttätige Bewegung ab. Adelas nackter Hals senkte sich zu einem traurigen Bogen. Die dicken, glatten Haare fielen ihr wie ein Vorhang vor das Gesicht. Stein der Skalde spürte unter seiner Hand, wie der Arm des Wikingers zitterte. Die Frau wandte ein wenig den Kopf, und Stein sah einen kurzen, neugierigen Blick, bevor die Augen sich schlossen.

Der Dichter vermutete, daß ihm in Meilhan die Zeit nicht lang werden würde. Eine solche Situation – ein stolzer Mann, der sich Hals über Kopf verliebte, und eine ihre Macht genießende Frau – war genau das, wovon die Liedsänger träumten, die sie aber selten erlebten.

Adela de Meilhan ordnete mit weichen Fingern die Falten ihres Kleides. Es war aus blauer, silbrig glänzender Seide mit eingewebten Silberstreifen. Die schmalen Ärmel reichten bis unter die Ellbogen. Unter den Ärmeln war ein schneeweißes Hemd zu sehen. Das Kleid war länger als Adela selbst, so daß sie es beim Gehen raffen mußte. Beim Sitzen legte sie den Saum über den Knöcheln routiniert in schimmernde Falten.

Der Haupttisch stand auf einem Podest im hinteren Giebel der Aula. Quer dazu waren zu beiden Seiten die niedrigeren Tische aufgestellt, auch sie mit einem weißen Tuch bedeckt. Am Haupttisch saßen die Vornehmen der Burg: Ritter Odo und Dame Innocentia sowie die Witwe Adela. Rechts von Innocentia saß Arduin de Fonteval, links von ihr Olaf Sturmfalke. Sowohl vor dem Ritter als auch vor der Herrin brannte eine in ein Brot gesteckte Kerze. Weiteres Licht flackerte von der Feuerstelle herüber. Die Tür zur schwarzen Nacht und ihren Dämonen war geschlossen; drinnen in der Aula war es heiß, gemütlich und laut.

Hinter jedem der Tafelnden am Haupttisch stand dienstbereit ein Jüngling. Sie schenkten Wein ein, ohne etwas zu verschütten, und reichten das Handtuch kniend dar. Dame Innocentia hatte die Pagen mit der Peitsche und durch Tadeln geschult, so daß sie schnell und geschickt waren. Adela nahm ihren Diener nicht einmal wahr; der halbwüchsige Bursche existierte nicht, wenn er nicht einen Fehler machte. Dann aber bekam er eine Maulschelle.

An den langen Tischen speisten die Leute von vornehmer Herkunft sowie die Schützlinge und Verwandten des Burgherrn. Die Soldritter und ihre Frauen hatten ihren Platz am oberen Ende der Tische, in der Nähe des Podests. Die jungen Männer der Burg, teils Erben anderer Barone, teils uneheliche Nachkommen der früheren Burgherren, aßen am unteren Ende der Tafel. Hinter ihnen in Türnähe saßen die jungen Mädchen mit ihrer Aufsicht. Am unteren Ende des Tisches herrschte pausenloses Stimmengewirr, Gezänk, Gezwicke, Gekicher und Gegrapsche, das die Aufsichtspersonen vergebens zu verhindern suchten.

Die Speisen wurden einzeln aus einer gesonderten Kochstube in die Aula gebracht. Jedesmal, wenn die Tür sich öffnete, schlugen die zunächst Sitzenden das Kreuz, damit die gefährlichen Geister der Nacht nicht eindringen konnten.

Das geringere Volk, die Diener, Weberinnen, Näherinnen und Kinderpflegerinnen, stand in den Türöffnungen der Kammern und sahen zu, wie die Mächtigen sich gierig den Bauch vollschlugen. Manchmal schickte einer der Tafelnden seinem Günstling ein Stückchen Fleisch oder ein Stück Kuchen, aber die meisten warfen die Speisereste den Hunden hin. Die knurrten unter dem Tisch einander an.

Adela de Meilhan suchte mit dem Blick Corba, ihre Amme, deren Platz abends in der Tür der Frauenkammer war. Sie fand die energische kleine Frau in ihrem braunen Wollkleid auf ihrem Wachposten. Sie hütete den Zugang zur Frauenkammer, damit die wilden Jünglinge nicht in betrunkenem Zustand zu den Frauen vordrangen und die bösen kleinen Pagen ihnen keine geheimen Botschaften zustecken konnten.

Corba war im Haushalt von Meilhan eine wichtige Persönlichkeit. Von den weiblichen Bediensteten nahmen einen höheren Rang als sie nur die Magd der Herrin und die Amme, die Dame Innocentia aus ihrem Elternhaus mitgebracht hatte, ein. Corba war ihrem Brustkind Adela nach Montenay gefolgt. Als das Glück sich gewendet hatte, war sie nach Meilhan zurückgekehrt.

»Junge, nimm eine Zwiebel und bring sie Corba. Und leck unterwegs nicht daran. Ich werde dich die ganze Zeit beobachten.«

Adela lächelte und nickte Corba zu. Die Amme erwartete das Geschenk.

Die Gäste waren am Freitag gekommen, der ein unpassender Tag war für einen Besuch, aber was konnte man von den Barbaren aus dem Norden anderes erwarten? Olaf Sturmfalke mußte Gemüse und Fisch essen. Doch die Fastenspeisen von Meilhan waren nicht die Wurzeln und Insekten der Einsiedler, dafür sorgte Dame Innocentia. Die Zwiebel, die Adela Corba gesandt hatte, war in Wein gekocht und in Honig und Mandelschrot gewendet worden.

Adela sah den Riesen aus dem Augenwinkel an: Er verspeiste ruhig mit Kamille gewürzten Hecht. Der Wikinger schien sich nicht um seine Umgebung zu scheren, obwohl jede Frau in der Halle gierig seine eigenartigen langen Locken und den goldroten Bart anstarrte.

In der Aula von Meilhan gab es viele Frauen. Der Ritter holte junge Frauen von seinen Gütern und Dörfern als Dienerinnen in die Burg. Viele Frauen waren ein Zeichen von Macht. Außerhalb der Burgmauern herrschte ein ständiger Mangel an Frauen.

Ein Mädchen, das als Hausdienerin auf die Burg kam, schätzte sich glücklich. Wohl wurde sie von den launischen Herrinnen ausgepeitscht, und die jungen Männer drückten sie an sich, wo sie nur konnten, und vergewaltigten sie, wenn sie die Gelegenheit bekamen. Aber das Mädchen hatte immer zu essen, ordentliche Kleider und einen Platz, wo es schlafen konnte. Die Frauen bildeten eine Belohnung, mit deren Hilfe Odo seine Männer auf Trab hielt: Ein Vogt, ein Jäger oder ein Sendbote, der sich verdient gemacht hatte, konnte von dem Ritter eine Frau und ein kleines Anwesen bekommen. Die Frauen der Burg kannten ihren Wert: Sie waren besser als ihre Schwestern, die auf den Feldern schufteten. Auch die bekamen die Peitsche und die Gewalt zu spüren, aber für ihre Mühen niemals im Leben satt zu essen.

Dame Innocentia entschied, welche der Frauen man jeweils gehen lassen konnte. Gute Weberinnen und scharfäugige Näherinnen überschritten niemals die Zugbrücke nach draußen. Die armen, aber aus vornehmer Familie stammenden weiblichen Verwandten des Burgherrn wurden an Männer von niedererem Stand verheiratet, die keine große Mitgift verlangten. Das vornehme Blut der Frauen war ihre Mitgift, die den Burgherrn nichts kostete.

Die Aula durfte nur von den adligen Männern und den Lieblingsdienern des Burgherrn betreten werden. Ein gewöhnlicher Reisiger oder Bauerntölpel hatte nicht einmal das Recht, die Frauen der Burg auch nur anzusehen. Die Frauen anzusehen, mit ihnen zu sprechen und sich in ihrer Nähe aufzuhalten war das alleinige Vorrecht des vornehmen Mannes.

In Meilhan gab es keine Tochter. Adela, auch wenn sie als unfruchtbar galt, war die Schwester des Burgherrn und die begehrenswerteste Belohnung von Meilhan, und das wußte sie. Sie wußte auch, wem sie die Belohnung zuteil werden lassen wollte.

»Norbert. Wein.«

Adela winkte dem Mundschenk. Der Mann war ein früherer Soldritter von Meilhan, hatte wie durch ein Wunder Belagerungen und Eroberungen überlebt, ein Krüppel, der jedoch die Weinkanne tragen konnte. Ritter Odo war zu gutmütig, als daß er den nutzlosen Mann aus der Burg gejagt hätte, die dieser sein Leben lang verteidigt hatte. Norbert war zum Mundschenk gemacht worden. Er humpelte mit seiner Kanne umher: das Zerrbild eines vornehmen und geschmeidigen Höflings.

Adela fand, Norbert war das Symbol der Primitivität von Meilhan. Sie stach den alten Mann mit der Spitze ihres Tischmessers, wann immer sie nur konnte. In der Nähe von Adela bewegte der Alte sich jedoch erstaunlich flink. Dennoch war Adela jetzt schneller: Der erschrockene Norbert verschüttete Wein auf das Kleid der vornehmen Frau. Adela sprang auf und stolperte über ihren Tischnachbarn. Sie wäre beinahe auf Olaf Sturmfalke gefallen, aber dieser fing sie auf. Zufrieden sank Adela in die mächtigen Arme.

»Verzeihung, Herr.«

Adela riß vor Olaf Sturmfalke die Augen weit auf. Sie

sah ihm ins Gesicht; der Schutzschleier von Koketterie und Verstellung zerriß zischend.

Der Gast konnte seine Begierde nicht verbergen, nicht vor Adela und auch sonst vor keinem Bewohner der Halle von Meilhan. Ein mattes Raunen ging durch den Raum. Adela wimmerte fast, so jäh und schmerzhaft war ihr Verlangen nach dem Barbaren. Sie hob abwehrend die Hand – gegen den Mann oder sich selbst? – und Olaf küßte sie vor aller Augen.

Adela löste sich aus dem Griff des Sturmfalken. Sie war voller Furcht, doch heiter. Sie sah die nach oben gewandten Gesichter und die verwunderten Mienen. Arduin de Fonteval verzog säuerlich den Mund. Gleich würde der Ritter mit zischelnder Stimme zu nörgeln beginnen. Adela scherte sich nicht um Arduin, aber sie wußte, daß es Schwierigkeiten geben würde, weil Odo ein Versprechen gegeben hatte. Der Bruder würde sein Wort wohl kaum brechen.

Adela mußte Ritter Arduin selbst aus dem Weg schaffen, damit er der Zukunft der Tochter von Meilhan nicht im Wege stand. Das war am besten nach Frauenart zu machen, und dafür brauchte sie Corbas Hilfe. Die Männer würden sich wochen-, vielleicht monatelang streiten. Man würde einen Bischof und irgendeinen Grafen um Rat fragen, vielleicht den Herzog selbst, der sich in England aufhielt. Zuletzt jedoch wurde immer gekämpft. Der Stärkste und am besten Ausgerüstete siegte, aber alles würde sehr langsam gehen, und Adela mochte nicht warten.

Sie bemerkte, daß sie vor sich hin lächelte, und biß sich eilig auf die Lippen. Sie warf einen raschen Blick vom Podest zu den Tischen in der Aula. An dem linken, weniger bedeutenden Tisch saß ein kräftiger, wacher Krieger, der sie mit neugierig zusammengekniffenen Augen ansah. So, nämlich bewundernd, schauten freilich auch die anderen. Dieser war Olaf Sturmfalkes grönländischer Vertraute. Insgeheim schnaufte Adela verächtlich. Krieger hatte der Anführer zur Genüge, jedoch nur einen Gegenstand seiner Leidenschaft.

9. Kapitel

1067

»Hör mal zu, Schwägerin. Dieser Mann ist ein Barbare aus dem Nordland. Er ist grausam und gnadenlos – du kennst doch die Geschichten über die Nordländer. Er hat keinen Grund und Boden und nicht einmal so ein Gut wie Ritter Arduin.«

»Er ist kein richtiger Nordländer. Corba erinnert sich an seinen Aufenthalt in Meilhan.«

»So ist es, gnädige Frau.« Die Amme sah Adela abwägend an. Um den Mund ihres Brustkindes lag derselbe trotzige Zug, der manchmal auf Odos Gesicht erschien. Dann konnte man nichts ausrichten.

»Die Mutter des Barbaren war eine vornehme griechische Witwe. Sie kam als Begleiterin der Prinzessin von Kiew nach Frankreich. Prinzessin Anna heiratete König Heinrich und ist die Mutter unseres jetzigen Königs Philipp. König Heinrich, Friede seiner Seele, verheiratete die Witwe mit Roger de Meilhan. Sie war eine Blutstillerin.«

Corba hielt inne und dachte nach.

»Einige behaupten, sie sei eine Hexe gewesen; jedenfalls anders als alle anderen Menschen. Aber sie ermöglichte Adelas Mutter einen ehrenhaften Tod und kümmerte sich gut um die Kleine.«

»Ich habe von ihr gehört«, bemerkte Dame Innocentia. »Sie war ursprünglich eine nordländische Königstochter.«

»Zusammen mit der Frau kam ihr Sohn, schön wie ein Erzengel und von freundlichem Wesen. Der Sohn diente dann zusammen mit Ritter Odo Herzog Wilhelm dem Bastard. Später floh er vor seinem Stiefvater irgendwohin nach Norden. Ich habe nichts von ihm gehört, bis ich ihn gestern wiedersah. Es hieß, der Sohn sei ein griechischer Graf. Odo erzählte, daß Herzog Wilhelm ihm in Rouen seine Gunst erwiesen habe.«

»Olaf Sturmfalke ist ein Vornehmer, ein berühmter Krieger. Er hat einen gewaltigen Schatz, und er ist der Blutsbruder meines Bruders.«

»Und du würdest in sein Bett springen, und wäre er auch ein nach Mist stinkender Stallknecht«, sagte Dame Innocentia überzeugt. »Du kannst deine Brunst kaum verbergen, Schwägerin. Dabei kann ich dich gar nicht tadeln; wen würde es nicht nach einem solchen Hengst verlangen!«

»Du würdest mich Ritter Arduin ins Bett schieben, und wenn du mich fesseln müßtest«, zischte Adela. »Es kann dir doch egal sein, wo ich liege, wenn ich dir nur aus den Augen bin. Ich gehe freiwillig und schnell, wenn du mir dabei hilfst.«

Corba sah, daß Adela aufs äußerste erregt war und gegen die Tränen kämpfte. Dame Innocentia nickte langsam.

»Arduin de Fonteval ist hoffnungslos unentschlossen. Von mir aus kannst du unter deinen Barbaren kommen. Aber mein Herr Odo – er wird sein Wort, das er Ritter Arduin gegeben hat, nicht brechen. Er kann genauso eigensinnig sein wie du, Schwägerin.«

»Deshalb«, sagte Adela de Meilhan, »müssen wir Arduin de Fonteval loswerden.«

Die Frauen schwiegen und sahen einander an. Sie saßen in der Frauenkammer hinter der Aula von Meilhan. Die

Kammer war ein großer, fensterloser Raum, an dessen Wänden Pritschen, Truhen, Spinnbänke und Webstühle aufgestellt waren. In der Mitte des Raumes stand ein Rahmen, auf den eine Bettdecke gespannt war. Darum herum saß eine Schar Näherinnen in braunen Kleidern mit Nadeln und Garnkörben und arbeitete. Eine Kerze beleuchtete den Webstuhl, eine andere den Rahmen der Decke. Weiteres Licht fiel durch die Tür zur Aula herein. Vor der Tür hing ein grünbunter Vorhang. Jetzt war er zur Seite gezogen, da die Männer sich im Donjon aufhielten.

Innerhalb der Mauern von Meilhan war es unmöglich, Geheimnisse zu besprechen. Überall gab es aufmerksame, neugierige Augen und Ohren. Aller Angelegenheiten gingen alle an. Das Leben der Vornehmen war eine Geschichte, die von den Geringeren leidenschaftlich verfolgt wurde. Sie beteiligten sich an Intrigen, überbrachten geheime Botschaften, schützten ihre Herrschaft und bekamen, wenn sie erwischt wurden, die Peitsche zu spüren.

Corba stand auf und schaute durch die Kammertür in die Aula.

»Am besten gehen wir auf den Hof.«

Obwohl der Burghof von Meilhan eng war, konnte man dort die Lauscher wenigstens sehen. Und konnte schweigen, wenn jemand zu nahe herankam.

»Ritter Arduin ist so alt, daß er in jedem Fall bald stirbt«, sagte Adela nervös.

»Es ist Sünde«, zögerte Dame Innocentia. Sie standen im Schatten des Motte und des Donjon und beobachteten das Kommen und Gehen auf dem Hof.

Adela zuckte die Achseln. Ihr zitterte so der Kopf, daß die beiderseits des Gesichts herabfallenden kleinen Locken bebten.

»Beichte das irgendwann später dem Priester. Oder willst du, daß ich in einem Jahr immer noch hier bin?«

»Es wäre besser, wenn er irgendwo anders stürbe.«

»Das läßt sich wohl einrichten«, flüsterte Adela. »Odo muß meine Mitgift von meinem Schwager zurückholen – sein Same sei verflucht. Jetzt hat Odo als Unterstützung einen großen Krieger und vierzig Barbaren, die nichts anderes wollen, als ihr Heldentum zu beweisen. Sie verlieren ihre Ehre, wenn sie Lambert nicht dazu bringen, meine Güter herauszugeben.«

»Dame Innocentia, du versorgst die Krieger mit Lebensmitteln«, flüsterte Corba. »Du packst für jeden Ritter eine eigene Ration teurer Eßwaren ein.«

»Wie zum Beispiel Honig«, überlegte Innocentia. »Und ähnliches, jedes in einem eigenen kleinen Behälter.«

»Ich beschaffe dir, was du brauchst, gnädige Frau.«

»Ich habe soviel Pulver von der Giftlilie, wie man zum Einschläfern eines Kerls braucht«, sagte Dame Innocentia rasch. Sie wandte sich jäh um, so daß ihr braunrotes Kleid aus feiner Wolle nur so flog. Die Herrin raffte ihren langen Rock und warf ihn über den linken Arm, ordnete die Falten mit routinierten Bewegungen, wie sie es von Kindheit an getan hatte, und entfernte sich vom Hof in den Domus.

»Jetzt bist du in ihrer Gewalt, mein Lämmchen«, sagte Corba ahnungsvoll.

»Und sie in meiner«, erwiderte Adela. Sie ließ die Tränen auf die Wangen kullern. »Wie wird es mir ergehen? Und meiner ewigen Seligkeit?«

Corba sah ihr Brustkind scharf an.

»Man soll seine unsterbliche Seele nicht gefährden, wenn man sich seines eigenen Willens nicht sicher ist. Noch ist nichts geschehen.«

»Ich habe keinen eigenen Willen«, seufzte Adela. »Es gibt nur diesen Zwang. Dieser Mann oder gar nichts.«

Vor der Feuerstelle in der Aula von Meilhan stand ein hölzerner, eisenverstärkter Zuber mit heißem, duftendem Wasser. Die Männer kamen in ihren schweren Rüstungen hereingepoltert. Sie stanken nach Pferd, Schweiß und Schmutz, nachdem sie eine Woche lang gekämpft hatten, ohne das Hemd, den wattierten Gambeson und das Kettenhemd abzulegen. Unter dem Helm kamen die plattgedrückten, verschwitzten Haare zum Vorschein, die Haut war voller aufgescheuerter Stellen und blauer Flecke.

Die vornehmen Frauen, denen man von klein auf beigebracht hatte, dem Krieger die Rüstung abzunehmen, warteten in der Aula. Die Knappen kamen hinter den Männern her zur Badewanne, bereit, die blutigen und verschmutzten Kleider und Rüstungen der Herren entgegenzunehmen. Die nächste Woche würde mit Reinigen, Ölen und Polieren vergehen.

Dame Innocentia und Adela de Meilhan traten vor Ritter Odo hin, um ihn auszuziehen. Der Burgherr bedeutete ihnen, Olaf Sturmfalke behilflich zu sein. Er selbst ließ sich von weniger hochrangigen weiblichen Verwandten bedienen.

»Deine Mitgiftgüter gehören wieder dir, Schwester«, sagte Odo. »Aber deinen Bräutigam hast du verloren. Du hast Pech mit den Männern.«

Stein der Skalde stand etwas abseits. Da er Olaf Sturmfalkes nächster Vertrauter war, fand sich auch für ihn eine Frau, die ihn entkleidete, und er würde auch ein Bad bekommen. Wenn er seine Dankbarkeit mit einem passenden Geschenk bewiese, würde die Frau ihm sicherlich auch den Kopf lausen. Die Wanzen, die bei Belagerungen zu Hunderten aus der Haut des Menschen entstanden, würden im Badewasser zurückbleiben.

Stein bückte sich, und die Frau, eine stämmige Dienstmagd, die Stein an der Ecke des Domus eine Ziege hatte melken sehen, zog ihm das Panzerhemd über den Kopf. Ein richtiges Kettenhemd konnte Stein sich nicht leisten. Er mußte sich mit einem Ledergewand begnügen, das bis zum Knie reichte und das mit kleinen Eisenschuppen benäht war.

Als Stein schließlich das von Schmutz und Blut steife Gewand abgestreift hatte, fiel sein Blick auf das Gesicht von Adela de Meilhan. Stein erschrak vor ihrem zufriedenen Gesichtsausdruck.

»Ritter Arduin war zu alt für eine Belagerung, so leicht und kurz die Belagerung von Montenay auch war«, bemerkte Olaf Sturmfalke. »Er hätte hier in Meilhan bleiben sollen.«

»Und auf seine Ehre verzichten?« fragte Odo verwundert. »Jetzt konnte er wenigstens wie ein Krieger mit einem Pfeil in der Brust sterben. Ich hatte gar nicht gewußt, daß es auch in Montenay Armbrüste gibt. Die trifft man heute allmählich in jeder Burg an.«

Adela de Meilhan fiel Olaf Sturmfalkes beflecktes Leinenhemd aus der Hand, das sie gerade dem jungen Ingvar Trinkhorn reichte. Ihr blieb vor Verwunderung der Mund offenstehen, die kleinen weißen Zähne schlugen plötzlich gegeneinander, und es kam Stein so vor, als hätte die Frau gelacht.

Olaf Sturmfalke stand nackt vor der Feuerstelle. Die Flammen warfen einen flackernden Schein auf seine rötliche Behaarung, die von der Brust bis zu den Lenden reichte. So wie alle Männer war Olaf voller neuer und alter blauer Flecke, Narben und Knoten. Die Frau, die Stein den Skalden bediente, sagte etwas in der Sprache der Franken, die Stein nur schlecht konnte. Aber Stein brauchte sie nicht zu können, um zu verstehen, was die Frau meinte.

»Wunderbar«, lächelte Stein die Frau an, und die Frau erwiderte das Lächeln. In der Aula von Meilhan knisterte es von unverhohlener Begierde. Sie brach sich Bahn in solchen Situationen, wenn die Männer in Todesgefahr gewesen waren und die Frauen sie ohne Angst vor der Peitsche der Aufseherin bewundern und berühren durften.

»Ins Bad, Bruder.«

Ritter Odo, auch er nackt, gewährte Olaf Sturmfalke die Ehre, als erster in dem frisch duftenden Wasser zu baden. Vor Wohlbehagen ächzend ließ Olaf seinen großen Körper in den Zuber eintauchen. Er ging auch mit dem Kopf unter Wasser, stand prustend auf und grinste gutmütig.

»Lieber als dein Bruder wäre ich dein Schwager, Ritter.«

Adela de Meilhan, die nur mit einem schmalen, vorn vom Badewasser durchnäßten Hemd bekleidet war, wusch Olaf die Haare. Ihre Hände hielten einen Augenblick inne und fuhren dann mit der Massage fort, und die Wimpern senkten sich über ihre dunkelblauen Normannenaugen herab.

»Du überraschst mich nicht, mein Freund.«

»Ich habe hier kein Land.« Olaf nieste und rieb sich die Augen. Stein, der nackt darauf wartete, daß er mit dem Baden an die Reihe käme, sog mit den Soldrittern und den Knappen erwartungsfroh den weichen Duft der Seife ein. Seife gab es nur für den Burgherrn und seinen Gast; die anderen mußten sich damit begnügen, sich die Haare mit altem Urin zu waschen.

»Im Norden hab ich welches, das Erbe meines Vaters und meiner Mutter, aber ich habe nicht vor, dorthin zurückzukehren. Ein ordentliches Brautgeschenk kann ich trotzdem machen.«

Die Augen Steins des Skalden beobachteten amüsiert Adela de Meilhan. Die feine, an Luxus gewöhnte vornehme Frau an der Feuergrube? Dame Adelas Miene veränderte sich nicht, als von ihrem Schicksal die Rede war. Ihre Hände walkten Olafs Haare. Sie war gar nicht so zerbrechlich, wie sie die Männer glauben machen wollte.

»Du bist von vornehmer Herkunft und mir lieb. Ich würde dich gern als Ritter in Meilhan haben. Adela hat ihre Mitgift; sie gehört dir.«

Jetzt hielt Adela de Meilhan in ihrer Bewegung inne. Sie hob den Blick und sah Dame Innocentia direkt an.

Plötzlich fröstelte es Stein den Skalden: Er hatte verstanden. Aber wie hatten die Frauen den Pfeil organisiert, der Arduin de Fonteval tötete? Sie mußten über starke Zauberkräfte verfügen.

»Ritter Arduin hat meiner Schwägerin sein eigenes Gut angeboten«, sagte Dame Innocentia gleichmütig. Die Männer waren verblüfft darüber, daß eine Frau sich in das Gespräch einmischte, hörten sie aber höflich an, weil Dame Innocentias Familie Herzog Wilhelm näherstand und deshalb wichtiger war als die Familie Meilhan. »Man kann nicht davon ausgehen, daß Adela sich damit begnügt, in den Winkeln anderer Leute zu hausen.«

Dame Innocentias Meinung war vernünftig und schicklich bescheiden vorgetragen. Dennoch beunruhigte sie Stein den Skalden. Offenbar folgte der Wille zweier mächtiger Ritter kraftlos dem Plan der Frauen.

»In England gibt es Land zu gewinnen«, erklärte Odo. »Der Herzog hat vor, Wales zu erobern.«

Adela hatte aufgehört, Olaf den Rücken zu waschen.

»Wales läßt sich nicht so ohne weiteres erobern«, behauptete Olaf. »Da kann man zehntausend Mann hinschicken, und sie verschwinden spurlos.«

»Viele haben eine Burg und ein Vermögen in Italien gewonnen«, bemerkte Innocentia beiläufig und bedeutete den Dienerinnen, mit einem großen, rotgestreiften Handtuch zur Badewanne zu kommen. »So wie die Brüder

Hauteville. Ihre Familie ist ganz unbedeutend, aber Robert Guiscard ist der Herzog von Apulien.«

Die Männer sahen sich nachdenklich an.

»Italien.«

»Gegen wen kämpft man dort? Gegen die Langobarden? Gegen die Griechen? Italien ist das gelobte Land der Normannen. Dort wird selbst ein Fuhrknecht Graf.«

»Dann sollte das auch für einen Nordländer nicht unmöglich sein«, lächelte Olaf Sturmfalke breit.

Adela de Meilhan schloß die Waschprozedur ab. Olaf stand unter lautem Geplantsche aus dem Zuber auf und wickelte sich in das Handtuch, das die Frauen ihm reichten. An seiner Stelle stieg Ritter Odo ins Wasser, und Dame Innocentia begann ihn abzuschrubben.

Stein der Skalde verstand nicht jedes Wort, konnte aber dem Gespräch gut folgen. Dame Innocentia und Adela de Meilhan hatten untereinander ausgemacht, daß Olaf Sturmfalke mit seiner Besatzung ins Mittelmeer gehen würde. Stein der Skalde hatte nichts dagegen – dort gab es die größten Vermögen zu gewinnen. Aber ihn ärgerte die Leichtigkeit, mit der die Frauen die Beschlüsse der Männer gelenkt hatten. Die Intrigen der Frauen konnten niemals gut enden.

Die große Wäsche in der Aula dauerte an, bis das Wasser kalt war und so schmutzig, daß niemand es mehr benutzen mochte. Alle waren fröhlich und erfrischt. Nur wenige hatten die Möglichkeit, überhaupt jemals auch nur in lauwarmem Wasser zu baden: Eine große Menge Wasser warm zu machen war so teuer, daß das nur bei besonderen Anlässen geschah. Jetzt hatte man eine Burg erobert, zwar nur eine kleine, hölzerne. Ritter Odo hatte seinem ehemaligen Schwager das Leben geschenkt, jedoch gegen hohes Lösegeld. In Montenay war nach dem Mitgiftskriegszug der Männer von Meilhan kaum eine Münze verblieben. Meilhan war so reich geworden, daß man das mit einem Bad feiern konnte.

Nachts erwachte Stein der Skalde von Stimmen, die aus der Aula kamen. Er tastete nach seinem Schwert, weckte den alten Ritter und ging zur Tür der Kammer.

Aus dem Donjon brachte man einen jungen Burschen zur Behandlung in die Frauenkammer. Es war der Knappe des toten Arduin, der nach Meilhan zurückgekehrt war, um die Sachen seines verstorbenen Herrn zu holen. Der Jüngling hatte Krämpfe und erbrach sich die ganze Nacht, keuchte vor Schmerzen und starb bei Morgengrauen. Er wurde am nächsten Tag neben der Kirche von Meilhan begraben. Der Tod war unerwartet und schlimm, und niemand wollte darüber sprechen. Der junge Mann war allen fremd gewesen, er stammte aus einem anderen Gut und war nach einigen Tagen vergessen.

»Schiffe von Nordländern sind hier seit bald einem Jahrhundert nicht mehr gerudert worden.«

Odo de Meilhan betrachtete erstaunt das Schiff Sturmfalke, das am Verladekai der Stadt Meilhan am Ufer des Flußes Risle lag.

»So ein Schiff hab ich noch nie gesehen.«

»Das bringt dich bis ans Ende der Welt, bis nach Grönland, wenn du willst, Herr«, prahlte Stein der Skalde.

Odo lächelte ihm herablassend zu, so, wie man einem Dichter zulächelt.

»Du kannst ein Lied über die weiten Reisen deines Herrn machen.«

»Das habe ich schon getan – willst du es hören?«

Odo de Meilhan lehnte eilig ab, und Olaf Sturmfalke lachte. Adela betrachtete hinter ihrem Schleier die spöttische Miene des Dichters, während er in seinem fürchterlichen Französisch mit dem Ritter radebrechte. Der Mann war unverschämt, er bildete sich ein, in die Gesellschaft der Vornehmen zu gehören, weil er die Worte anmutig setzen konnte; er war ein Grobian, auch wenn Olaf behauptete, er sei in seinem Heimatland von vornehmer Familie. Wahrscheinlich gab es ein solches Land gar nicht.

Olaf sprach in der abgehackten Sprache der Nordländer mit dem Skalden mehr als mit jedem anderen. Der Mann war ihm wichtig, ein ebensolcher Kamerad wie Odos Jugendfreunde aus ihrer Ausbildungszeit in Rouen. Adela wollte Olaf mit niemandem teilen.

Adela de Meilhan saß auf ihrer Truhe am Flußufer der Stadt. Trotz der sommerlichen Wärme hatte sie sich in einen kreisförmigen, luxuriösen Reisemantel gehüllt. Außen war er aus dunkelblauer Wolle, das Futter war orangefarbene Seide und die Einfassung aus rotbraunem Samt. Den Kopf hatte Adela mit einem weißen Schleier und einem breitkrempigen Strohhut bedeckt. Sie war überzeugt, daß die bevorstehende Seereise ihr Haut und Haare verderben würde. Das verdroß sie, und sie fürchtete sich schon im voraus.

Adela hatte sich entzückt die Reise nach Italien vorgestellt. Sie wußte von dem Land nichts anderes, als daß es im Süden lag. Aller Luxus dieser Welt kam von dort. Am Weg dorthin lagen so grandiose Wallfahrtsorte wie Tours und Rom. Adela sah vor ihrem inneren Auge eine prachtvolle Prozession: Der stolze Ritter begleitete seine wunderschöne Frau von einer Kirche zur nächsten, dahinter ein Geleitzug von hundert Mann und ein ebenso großer Troß. Überall würde man die Vornehmen je nach ihrem Rang besuchen. Adela würde ihre Nächte in den Burgen von Grafen und ihre Abende in den großen Hallen der Mächtigen des Landes verbringen. Entsprechend plante sie ihre Garderobe: auf Reisen und in den Kirchen ein dunkelrotes Wollkleid und darüber eine blaue Tunika. Ihr schönstes, blausilbernes Kleid würde für Besuche immer in Reichweite sein.

Alles war mit Corba überlegt und gepackt und besprochen, als sich herausstellte, daß Olaf Sturmfalke nach Italien segeln wollte. Adela wollte den Mann umstimmen; war doch auch bisher alles so einfach gewesen.

»Mein Herr, ich fürchte, du wirst auf dem Schiff nicht viel Freude an mir haben. Ich werde seekrank.«

»Liebling, Corba wird dich pflegen, und die Seekrankheit dauert niemals lange. Auf dem Schiff ist es ohnehin schwierig, sich zu lieben. Ich muß fast die ganze Zeit am Ruder oder am Mast sitzen, weil wir in fremden Gewässern segeln. Aber für dich bauen wir an Deck ein kleines Häuschen, in dem du mit Corba wohnen kannst.«

Olaf drückte Adela an sich und lachte sie an wie ein Kind. Barbar, dachte Adela, aber ihr Körper antwortete leidenschaftlich auf die Kraft des Mannes.

»Herr, und die Seeräuber?«

»Der Sturmfalke entkommt jedem Seeräuber«, behauptete Olaf abscheulich heiter. »Wenn es doch zum Kampf kommt, beschütze ich dich. Hab keine Angst, Kleines.«

Adela versuchte noch im Bett, sich über das Schaukeln des Schiffs und das schlechte Essen zu beklagen, das sie auf See würde essen müssen. Aber Olaf wußte auf alles eine Antwort. Er war nicht zu erschüttern und schien Adelas Enttäuschung nicht einmal zu begreifen. Adela wiederum verstand, daß sie den Sinn ihres Mannes nicht ändern konnte, wenn er wußte, was er wollte.

Als Adela, während sie auf der Truhe saß, über das Geschehene nachsann, erkannte sie, daß all das, was Dame Innocentia und sie geplant hatten, deshalb geschehen war, weil Olaf Sturmfalke es so wollte. Er wollte Adela zur Frau und nach Italien segeln. Das einzige Ergebnis ihrer Intrige war der Tod des jungen Knappen.

Adela hatte für den Burschen in der Kirche von Meilhan gebetet und einen silbernen Armreif auf dem Altar geopfert. Sie wagte es nicht, dem Bischof von Meilhan zu beichten. Es war besser, eine so große Sünde für einen Ort aufzusparen, wo der Beichtvater sie nicht kannte. Aber Adela schreckte davor zurück, mit der schweren Last auf dem Gewissen die Seereise anzutreten. Wenn nun das Schiff strandete?

Adela war wütend auf Olaf und sein Schiff und schmollte. Nur war ihr Mann so glänzender Laune, endlich wieder aufs Wasser zu kommen, daß er den Ärger seiner Frau gar nicht bemerkte. Er bemerkte nicht einmal, daß seine Frau allein am Ufer saß. Zwar befanden sich bei Adela außer Corba noch zwei weitere Dienerinnen, aber die hatten nicht mehr Bedeutung als Schiffskatzen.

Adelas Blick schweifte über das Ufer der Risle zu der kleinen Stadt Meilhan. Hinter der niedrigen, grauen Mauer ragte die Kathedrale auf wie ein viereckiger Berg. Der hintere Teil der Kirche war noch vor Adelas Geburt eingestürzt. Über den Bau einer neuen Kirche war gesprochen worden, solange Adela sich erinnern konnte, aber es war nichts zustande gekommen. Da eine neue Kirche in Planung war, dachte man nicht daran, die alte zu reparieren. Alle waren an das kaputte Gebäude gewöhnt: Niemand fand etwas Besonderes daran. Die Einwohner der Stadt hatten schon vor Zeiten die herumliegenden Steine für ihre eigenen Bauten fortgetragen.

Die Stadt Meilhan war so klein, daß man sie kaum vom Land unterscheiden konnte. Adela hatte freilich nie eine größere gesehen, nicht einmal Rouen. Doch in Italien gab es Städte, die um ein Vielfaches mächtiger waren als Rouen.

Oberhalb der Stadt zeichnete sich der Donjon von Meilhan dunkel und scharf gegen den Himmel ab. Adela würde niemals dorthin zurückkehren, und das war ihr nur recht.

Meilhan war in ihren Erinnerungen ein schrecklicher Ort: Ihr Vater hatte ihre Mutter dort verhungern lassen und war selbst auf den Mauern der Burg gefallen, als der Mutterbruder kam, um Rache zu üben. Ihre Stiefmutter war freundlich, aber entrückt. Sie ging plötzlich fort und ließ Adela allein. Odo, ihr einziger Bruder, hatte nur Sinn für seine Kebsfrau und für das Kriegführen. Ihre Schwägerin Innocentia konnte Adela nicht ausstehen, weil Innocentia aus einer hochrangigen Familie kam und über Adela stand. In Meilhan gab es nur einen einzigen Menschen, dem sie vertrauen konnte: Corba.

Adela war es in ihrem Mantel so heiß, daß ihr der Schweiß auf die Stirn und auf die Oberlippe trat. Sie schimpfte wütend los, und Corba reichte ihr ein kleines weißes Leinentuch. Adela wischte sich das Gesicht und ließ den Blick von Meilhan zum Sturmfalken und zu ihrem Mann wandern, der sich mit Ritter Odo, Stein dem Skalden und Glum Mißgestalt unterhielt.

Einen Augenblick lang empfand Adela panisches Entsetzen. »Corba«, sagte sie schwach. »Mich schwindelt.«

»Na, Kind. Das denkst du nur. Du kannst noch nicht schwanger sein, und selbst wenn du es wärst, dann könnte dir noch nicht übel sein.«

»Nein, nein.« Adela weinte fast. »Was tue ich eigentlich? Ich gehe mit wildfremden Menschen in ein fremdes Land. Ich werde mein Elternhaus niemals wiedersehen.«

»Du hast es so gewollt, Herrin«, sagte Corba fest. »Dies hast du gewollt und bekommen, und jetzt mußt du dich darauf einstellen.«

»Was erwartet uns? Ich kenne keinen einzigen Menschen. Es gibt keinen Ort, wo ich mein Haupt betten kann.«

»Du hättest Ritter Arduin und sein Gut gehabt«, schnaubte Corba. »Einen bekannten Mann und sein Bett.«

Aber Adela schluchzte untröstlich hinter ihrem Schleier. Corba stapfte zum Schiff.

»Herr, Dame Adela ist traurig.«

Der Mann kam sofort, eine respektgebietende Erscheinung in seiner blauen Tunika und dem Mantel. Die Sonne hatte seinen hellen Nacken an der Stelle verbrannt, wo das Haar ihn früher geschützt hatte. Adela hatte ihn gebeten, sich das Haar nach Art der Normannen kurz schneiden zu lassen. Trotz der Einwände Steins des Skalden war es so gemacht worden. Mürrisch hatte der Dichter die Locken, die auf den Fußboden der Aula gefallen waren, in einen Stoffbeutel gesammelt. Mit kurzen Haaren wirkte Olaf Sturmfalke noch größer und breiter als mit langen.

Auch Olaf Sturmfalkes goldroter Bart war abrasiert worden. Stein der Skalde hatte sich auch dem widersetzt.

»Ist ein Mann ohne Bart überhaupt ein Mann? Mein Bart wird nicht angerührt.«

»Ich schenk dir ein Kettenhemd mit Kapuze. Lange Haare und Bart kann man damit nicht tragen. Deshalb rasieren sich die Normannen und tragen kurzes Haar.«

Die Ankündigung des teuren Geschenks ließ den verdrießlichen Dichter verstummen.

Adela fand, daß Olaf Sturmfalke ohne Bart und lange Haare wie ein wirklicher Edler aussah. Das war wichtig: Die Normannen mußten sich ständig selbst daran erinnern, daß sie ebensogut waren wie die anderen, denn die Franzosen nahmen gegenüber den Nachkommen der Wilden eine amüsiert-verächtliche Haltung ein.

Olaf küßte seiner Frau die Hand.

»Émouchet«, murmelte Adela. »Sturmfalke.«

Sie spürte die mißtrauischen Blicke der Krieger: Sie argwöhnten, der Anführer werde wegen der Frau weich werden.

»Ich hab Angst.«

Olaf lächelte so, wie Adela wollte, daß er lächelte.

»Wovor brauchtest du mit mir zusammen Angst zu haben?«

Genau das wollte Adela hören, aber sie sagte traurig: »In Italien sind wir ein Nichts. Keine Burg, kein Lehen. Niemand wird mich achten.«

»Mein Täubchen, in jenem Land kann man die Burgen wie Birnen pflücken. Ich mache aus dir eine Gräfin.«

DRITTES BUCH

1067–1071

10. Kapitel

1067

»Sancta Maria, mater dei, ora pro nobis! Heilige Maria, Mutter Gottes, bitte für uns!«

Die Reiter betrachteten von ihren hohen Sätteln herab mit einer Mischung aus Entsetzen und Respekt die lange Reihe der Frauen. Mühsam wie ein unermeßlicher Wurm krochen sie in Richtung Venosa. Manche Frauen krochen auf allen vieren, andere schleppten sich auf dem Bauch dahin und hielten ab und zu inne, um den steinigen Boden zu küssen. Alle waren verschleiert, und alle schwiegen still.

Gerade das Schweigen der Frauenschar war den Reitern unheimlich. Frauen pflegten doch zu plappern, zu beten, zu singen und zu weinen. Eine schweigende Frau war unnatürlich.

Die Frauen waren unterwegs nach Venosa zur Geburtstagsfeier der Heiligen Jungfrau, um Fruchtbarkeit zu erflehen. Vor und hinter der am Boden kriechenden Prozession schritten einige männliche Begleiter. Die Männer hatten in der Hand einen Stab und an den Füßen Ledergamaschen, die ihren Träger vor den Dornbüschen schützten. Die Begleiter blieben stehen, wenn der Prozession vom Berg herab Reiter entgegenkamen. Der als erster wandernde Begleitmann versuchte, auch die Frauen anzuhalten, doch die Schar der Kriechenden setzte lautlos und mit grauenerregender Entschiedenheit ihren Weg fort.

Die Zahl der Begleiter war gering, und sie hätten Reitern in voller Rüstung keinen Widerstand leisten können. Die Reiter verbeugten sich vor der Prozession und bekreuzigten sich; nicht einmal die zügellosen Normannen wagten es, die Frauen anzurühren, die sich der Jungfrau anvertrauen wollten.

Da erkannten die Begleiter in der Schar der Reiter einen der Krieger. Sie fielen auf dem Pfad mit gesenktem Haupt auf die Knie. Unter dem Schutz der Frauenprozession hätten sie die Normannen auch ein wenig herausfordern können, da die grausamen Männer die Pilgerinnen zu respektieren schienen. Doch niemand stellte sich Robert Guiscard, dem Herzog von Apulien, entgegen; niemand außer anderen Normannen, die von derselben heftigen und immer rebellischen Art waren.

Von unten, vom Pfad her gesehen wirkte Robert Guiscard wie ein Riese. Neben dem Herzog ritt ein ebensolcher, aber junger Mann. Beide hatten den Helm abgenommen und die Eisenkapuze in den Nacken geschoben. Die blonden Haare leuchteten wie ein Kranz über den grauen Normannenaugen.

Die Normannen glaubten groß und blond zu sein wie ihr Herzog. In Wirklichkeit hatten sie meist kurze Beine und ebenso dunkle Haut wie die Einheimischen. Deshalb beeindruckte Robert Guiscard alle, die ihn sahen. Robert de Hauteville und seine zahllosen Brüder hätten ihre hohe Position ohne ihr eindrucksvolles Äußere wohl kaum so schnell erreicht.

Einer der Krieger streckte im Vorbeireiten sein Bein aus und versetzte einem der Begleiter zum Spaß einen Tritt.

Sofort folgte das Donnerwetter des Herzogs.

»Jordan, glaubst du, deine Nachkommenschaft ist so garantiert, daß du es dir leisten kannst, die Heilige Jungfrau zu erzürnen? Halte deine Haxen da, wo sie hingehören. Oder kannst du das nicht?«

Da die Normannen, abgesehen davon, daß sie sich für groß und blond hielten, ihrer Ansicht nach auch die besten Reiter der Welt waren, wurde Jordan di Panni vor Ärger rot. Der Bursche war der Knappe des Herzogs geworden, weil er besonders gut reiten konnte.

Das Ende der Frauenprozession blieb hinter einer Biegung des Pfads zurück. Olaf Sturmfalke bekreuzigte sich so wie die anderen. Zum Glück brauchte Adela nicht verschleiert den rauhen Bergpfad zu der uralten Kirche hinaufzukriechen, deren Steine die Hexerei ebensostark zu atmen schienen wie den wahren Glauben. Adela erwartete Olaf in der Stadt Trani. Ihr Kind sollte Weihnachten zur Welt kommen.

Die Normannen ritten zwischen den alten Ruinen und Steinlöwen von Venosa ins Tal hinab, in den Schatten der Eichen. Bald darauf setzten sie über den Venosafluß, und dann führte der lange Weg nach Canosa wieder bergauf. Dort vereinigte er sich mit der alten Via Traiana. Der warme Septembermorgen ging noch nicht in die Hitze des Tages über. Die Männer plauderten beim Reiten, doch ihre Wachsamkeit ließ keinen Augenblick nach.

Olaf Sturmfalke hatte sich schon an die Sitte der Normannen, unermüdlich vom frühen Morgen bis in die Nacht hinein zu reiten, gewöhnt. Sie machten nicht einmal mittags eine Pause, wenn nicht die Hitze für die Pferde ganz unerträglich wurde. In dem bergigen Land gelangten sie überraschend schnell von einem Ort zum anderen, und weder Gipfel noch Flüsse hielten sie auf. Nur die großen Wälder umgingen sie, nicht, weil sie schwer passierbar waren, sondern wegen der darin wohnenden Geister und Dämonen.

Olaf Sturmfalke verglich die Beweglichkeit des Reiters

gern mit einem schnellen Schlangenschiff, das nicht einmal von Gegenwinden aufgehalten werden konnte. Robert Guiscard fielen fast die Augen aus dem Kopf, als er den Sturmfalken zum ersten Mal sah. Nach Art der Normannen verstand der Herzog von Schiffen kaum mehr, als daß sie auf dem Wasser dümpelten.

»Ich brauche Schiffe. Nicht ein paar kleine Boote, sondern Hunderte von seetüchtigen Schiffen, die Männer und Fracht für die Belagerung von Städten transportieren können.«

»Für die Belagerung?«

»Von Bari und Palermo. Die Belagerung von Palermo mißlang, weil die Schiffe der Sarazenen freien Zugang zur Stadt hatten und sie mit Lebensmitteln versorgen konnten. Es fehlte den Einwohnern an nichts, obwohl wir die Stadt drei Monate lang belagerten. Im Gegenteil, richtig zum Hohn landeten die Sarazenen ganze Schiffslasten von Purpur aus Palästina und Zucker aus Ägypten an.«

»Vor drei Jahren«, erinnerte sich Olaf Sturmfalke.

Robert Guiscard, der über sich selbst lachen konnte, wenn nur ja kein anderer es tat, grinste: »Außerdem waren wir drauf und dran, an Blähungen zu sterben.«

Darüber wurden in jeder Weinstube Geschichten erzählt: Die Normannen hatten auf einem Hügel Stellung bezogen, der voller greulicher Taranteln war. Der Biß der sizilianischen Tarantel war nicht tödlich so wie der der berühmten Spinnen von Taranto, aber er füllte die Därme qualvoll mit Luft. Die furzende Normannenarmee hatte sich eilig zurückziehen müssen.

»Das klingt amüsant, war es aber sicherlich nicht«, sagte Olaf mitfühlend.

Der Herzog war zusammen mit seinem Bruder Roger bei der Eroberung von Palermo gescheitert und wollte das nicht ein zweites Mal erleben. Die Stadt Bari war der letzte große Stützpunkt der Byzantiner in Apulien. Die Eroberung beider Städte war nur eine Frage der Zeit. Die Brüder Hauteville hatten beschlossen, die Griechen aus Italien und die Sarazenen aus Sizilien zu vertreiben. Bisher hatten sie alles erreicht, was sie wollten. Es gab keinen Grund zu bezweifeln, daß sie es auch diesmal schaffen würden.

Robert Guiscard gab niemals auf. Er selbst behauptete, er habe mehr Glück als irgend jemand sonst auf der ganzen Halbinsel. Die Hälfte seines Glücks war reine Starrköpfigkeit. Die andere Hälfte war Schläue, Rücksichtslosigkeit, Frömmigkeit und Gutmütigkeit.

Olaf Sturmfalke war gleich auf den ersten Blick entzückt von Robert Guiscard. Olaf konnte es sich leisten, den glückhaften Mann zu mögen, denn sein eigenes Glück war zurückgekehrt – wenn es denn überhaupt je abhanden gekommen war. Die Ereignisse des vorigen Sommers in der dunstig-hellen Sommernacht des Nordlands erschienen ihm in der drückenden Hitze des Herzogpalastes von Venosa wie ein Traum.

Das Gefühl war beiderseitig. Herzog Robert hatte zu den Nordländern ein romantisch-gutmütiges Verhältnis. Olaf Sturmfalke, der wie ein Wikinger aus den Liedern aussah, die Ruderer-Krieger und das Schiff mit dem Drachenbug sprachen ihn an.

»Mit solchen stolzen Schiffen kamen meine Vorväter aus Ultima Thule, der mächtige Rollo und seine Kameraden, und nahmen dem König der Franken die Normandie weg.«

Olaf war gern bereit, den Herzog in seiner Warmherzigkeit zu bestärken, obwohl er selbst eine andere Auffassung von den Normannen und Robert Guiscards Stammbaum hatte. Die Wikinger, die in den Nordwesten Frankreichs gekommen waren und der Normandie ihren Namen gegeben hatten, stammten nicht aus dem äußersten Norden, sondern aus Dänemark. Nach Ansicht Olafs lag Dänemark eher südlich als nördlich, zumindest von Norwegen aus gesehen. Der Wikinger Rollo wurde Herzog, aber eigentlich war er ein Räuber. Und Rollo war jedenfalls kein Vorfahre von Robert de Hauteville.

Rollo der Fußgänger, ein Mann von solchem Gewicht, daß kein Pferd ihn tragen konnte, war ein Vorfahre von Herzog Wilhelm dem Bastard von der Normandie. Robert Guiscards Vater Tancred de Hauteville wiederum war ein kleiner Baron von der windigen Halbinsel Cotentini. Seine Familie kannte niemand.

Als Herzog Wilhelm von der Normandie nach England ging, wurde er König und bekam den Beinamen der Eroberer. Als Robert de Hauteville von der Normandie nach Italien zog, wurde aus ihm ein kalabrischer Viehdieb, und er bekam den Beinamen Guiscard, schlau wie ein Fuchs.

Aber Robert gab nicht auf. Er wurde Herzog, noch ehe Wilhelm König wurde.

»Und du wirst sehen, mein Freund Olaf Falco, daß meine Familie diese Länder als dem Kaiser ebenbürtig beherrschen wird.«

»Das ist die Art der Nordländer, mein Herr Herzog. Der große König Knut von England war ein Nordländer, ebenso wie König Sigtrygg Seidenbart von Dublin.«

Olaf ließ Wilhelm den Eroberer von England unerwähnt. Der Erfolg des Herzogs der Normandie war ein Stachel in Robert Guiscards grenzenlosem Selbstbewußtsein.

»Meine Mutter verbrachte ihre Jugend in Kiew am Rand der östlichen Steppen. Dort wurde erzählt, wie die Einwohner der Städte den Wikinger Rörik als Soldritter zu sich baten. Nicht lange, und Röriks Verwandte beherrschten als Fürsten das Land der Slawen, Nowgorod und Kiew. Das ist jetzt zweihundert Jahre her. Der Kiewer Großfürst Jaroslaw, Schwiegervater des norwegischen Königs Harald, war ein Nachkomme von Rörik.«

Und da es niemals von Nachteil war, an eine große Familie zu erinnern, fuhr Olaf Sturmfalke fort: »Jaroslaws Gemahlin Fürstin Ingegerd war eine schwedische Königstochter. Sie war eine Verwandte von mir durch Thorstein, den Oberrichter von Uppland, meinen Großvater.«

Schon fünf Jahrzehnte lang hatte Süditalien die Raubzüge der Normannen ertragen müssen. Quei maledetti normanni, diese verfluchten Normannen, hatten sich überall ausgebreitet wie die Pest. Sie verjagten die früheren Herren, die Griechen oder Langobarden, übernahmen deren Verwaltung und Steuererhebung und machten sie zehnmal effizienter.

Die Normannen bauten Burgen, Kirchen und Klöster, denn nichts liebte diese ungestüme Rasse so wie das Bauen – das Geld dafür raubten sie ihren Nachbarn. Sie beteten, opferten und beichteten, was das Zeug hielt – und raubten ungeniert die Ländereien der Kirche und die Schätze der Klöster. Sie waren übertrieben fromm, aber kämpften gegen den Papst und nahmen den Heiligen Vater gefangen. Sie behandelten ihn untertänig und demütig und baten für ihre böse Tat um Vergebung – ließen aber den alten Mann nicht frei, ehe er ihre Forderungen akzeptiert hatte.

Die Macht der Normannen hatte unmerklich begonnen. Als die Langobarden und Griechen, die Süditalien beherrschten, begriffen, was geschah, war es schon zu spät. Es war unmöglich, die Normannen noch aus Italien zu vertreiben. Das hatten die Langobarden und Griechen sich selbst zuzuschreiben.

Man hatte für das Haus einen Wachhund angeschafft, der seinen Herrn allmählich auffraß.

Den Hund hatte ursprünglich Papst Benedikt VIII. gekauft. Ihm ging es darum, daß der Hund den benachbarten Herrn vertrieb, den griechischen Katepan, der der Statthalter des Kaisers von Byzanz in Süditalien war. Es ging auch alles gut: Der Hund war heldenhaft, tüchtig und gehorsam. Aber nicht lange.

Zuerst waren die Normannen nur einige Dutzend: Possierliche Wesen, deren Kriegskünste man loben und über deren Umgangsformen man sich entsetzen konnte. Sie waren Söldner, deren Aufgabe darin bestand, für ihren Herrn zu sterben. Die Normannen waren kampfbesessen und die kühnsten Krieger der Welt. Der Papst und die Langobarden beglückwünschten sich zu ihrer großartigen Entdeckung.

Aus der Normandie kamen weitere Krieger. Das war gut: Alle Fürstentümer der Langobarden bekamen eigene Normannen in ihre Truppen. Die Leute in Salerno hatten eigene, die in Capua und Amalfi und auch die in Benevento. Bald hatte auch der griechische Katepan seine Normannen, denn die Fremden kämpften für jeden, der sie bezahlte.

Die süditalienischen Fürstentümer kämpften außer gegen die Griechen auch gegeneinander. Die Langobarden waren vor Jahrhunderten nach Italien gekommen und in diesem wunderbaren Land geblieben, wo alles Gute in Hülle und Fülle vorhanden war. Vielleicht hatten sie vergessen, wie sie selbst Italien erobert hatten; zumindest ahnten sie nicht die Gefahr, als sie immer mehr Normannen in ihre Dienste nahmen.

Die Normannen kämpften für ihren Lohn auch gegeneinander mit vollem Einsatz. Doch kein einziger langobardischer Fürst oder Grieche nahm zu viele Fremdlinge in seine Truppen. Keiner von ihnen wurde stärker als die anderen.

Zehn Jahre nach ihrer Ankunft in Italien waren die Normannen ein bedeutender Faktor im Lande, gemeinsam stärker als irgendeiner der Fürsten.

Nach zwanzig Jahren hatten sie die meisten der griechischen Führer Apuliens und Kalabriens vertrieben oder getötet.

Nach dreißig Jahren beherrschten sie den Mezzogiorno, den Süden.

Nach vierzig Jahren hatten sie auch die langobardischen Fürstentümer in der Hand und eroberten den nördlichen Teil von Sizilien.

Jetzt, nach fünfzig Jahren, kommandierten sie den römischen Papst und schrieben Briefe an zwei Kaiser wie an ihresgleichen.

Die Italiener hatten erwartet, daß der Strom der Normannen abebben würde, daß ihnen einfach die Männer ausgehen würden. In Italien lebten jedenfalls um ein Vielfaches mehr Menschen als in irgendeinem fernen Barbarendorf jenseits der Alpen. Doch Normannen gab es genug. Manche brachten ihre Ehefrau mit. Die Frauen waren erstaunlich fruchtbar. Sie gebaren zehn oder fünfzehn Kinder, von denen die meisten am Leben blieben, denn die Normannen waren ein zähes Volk.

Aus Süditalien wurde ein Normannenreich. Auf jedem Berg gab es eine Stadt und eine Burg; wenn keine Stadt, dann zumindest eine Burg, denn wenn ein normannischer Krieger sich irgendwo festbiß, dann errichtete er immer zuerst eine Burg. Danach bekam man ihn dort nicht mehr weg, es sei denn durch Hexerei. Und auch die half nicht, denn statt seiner kam immer ein neuer Normanne.

Dennoch führten die Menschen ihr Leben so wie bisher, denn die Normannen bildeten trotz ihrer Fortpflanzungsfähigkeit nur eine dünne Schicht wie Schnee auf den Gipfeln der Berge. Sie mischten sich nicht in die Sitten der anderen ein, solange sie ihr Geld bekamen. Am meisten Unheil stifteten sie, wenn sie gegeneinander kämpften. Die Italiener waren an Fremde gewöhnt. Über das Land hatten sich schon Vandalen, Goten und Langobarden ergossen. Einige blieben im Land, so wie die Langobarden, und verschmolzen mit der ansässigen Bevölkerung. So würden wohl auch die Normannen mit ihr verschmelzen.

Die Brüder Hauteville waren wie das Volk der Normannen in Kleinformat: kühn und habgierig, und es gab ihrer unendlich viele. Als die ersten sechs über die Alpen gekommen waren, dachte man, jetzt reicht es. Die unverfrorene Brüderschar schnappte sich das größte Stück Land. Der Älteste, Wilhelm Eisenarm, wurde Graf von Apulien. Doch dann: Es kamen noch sechs weitere, darunter der Kühnste seiner Schar, Robert, und der Klügste, Roger.

Robert Guiscard erbte den Titel Graf von Apulien. Dennoch waren die Brüder Raubritter, gefährliche oder nützliche, mal dies, mal das, aber nach Ansicht der langobardischen Fürsten ordinäre Rüpel.

Die Normannen eroberten die griechischen Städte Süditaliens eine nach der anderen und raubten den Langobarden ihre Städte. Am heftigsten führten sie jedoch untereinander Krieg. Robert Guiscard konnte sich keinen Tag seiner Macht sicher sein. Die unruhigen Normannenritter rebellierten zum Zeitvertreib, wenn es gerade keinen anderen Krieg gab. Die Langobarden waren bei einem Aufruhr stets willige Verbündete.

Robert Guiscard mußte seine Macht mit allen Mitteln stärken. Er bediente sich der traditionellen Methode und strebte eheliche Verbindungen zu den mächtigen Familien des Landes an. Das einzige Hindernis war Alberada von

Buonalbergo, seine junge Frau, die ihrem Herrn pflichtbewußt einen Sohn, blond und groß wie sein Vater, geschenkt hatte.

Robert Guiscard ließ seine Priester den weitreichenden, aber kurzen Stammbaum der Hautevilles prüfen. Erwartungsgemäß stellte es sich heraus, daß Robert und Alberada so nahe miteinander verwandt waren, daß der verbotene Verwandtschaftsgrad ausreichte, um die Ehe zu annullieren.

Alberada packte ihre Sachen und ihren Sohn Bohemond zusammen und verließ Melfi. Sie hatte schon einen neuen Mann im Sinn: ohne Rücksicht auf die Verwandtschaft heiratete sie den Neffen ihres früheren Mannes. Alberada war kaum zwanzig, und so alt war auch der Bräutigam. Alberada fand, daß sie das bessere Los gezogen hatte, und trug Robert nichts nach.

Der vierzig Jahre alte Robert Guiscard war frei und konnte eine neue Ehe eingehen.

»Der wichtigste Beschluß meines Lebens, und nur eine geringe Auswahl«, beklagte Robert sich bei seinem Bruder Roger. Roger hatte die Geliebte seiner Jugend, Judit de Grantmesnil, geheiratet und war mit seiner Ehe zufrieden. »Bei dieser Entscheidung bedarf es der Weisheit.«

»In Süditalien gibt es nur ein einziges Fürstenhaus, das genügend Macht hatte, die Langobarden ruhigzustellen.«

»Gisulf von Salerno ist ein übellauniger und bösartiger Tyrann. Über einen solchen Schwager ist niemand froh.«

»Hinter Gisulf stehen vierhundert Jahre Fürsten von Salerno. Und wenn auch sein Blut vor Bosheit schwarz wäre, so ist es doch so edel, daß es Prestige bedeutet. Außer einer alten Familie hat Gisulf eine Schwester, Sikelgaita. Worauf wartest du, Bruder?«

Gisulf von Salerno war nicht gewillt, mit einem Normannentölpel Geschäfte zu machen. Doch da beide etwas zu gewinnen hatten – Robert die edle Familie von Gisulf, Gisulf Roberts Schutz – wurde die Ehe geschlossen. Aus dem Sohn eines kleinen Barons aus der Normandie wurde auf einen Schlag das Mitglied einer alten Fürstenfamilie.

Ein Jahr später ernannte Papst Nikolaus II. Robert de Hauteville zum Herzog von Apulien und Kalabrien und seinen Bruder Roger zum Grafen von Sizilien. Der Papst vergab etwas, was er nicht zu vergeben hatte: Apulien und Kalabrien gehörten dem Kaiser von Byzanz, und Sizilien befand sich in der Hand der Sarazenen. Diese Umstände störten aber weder den Geber noch die Empfänger. Zufrieden baute Robert Guiscard in seiner Geburtsstadt Melfi eine Burg, und Graf Roger machte sich mit Pauken und Trompeten auf, um Sizilien zu erobern.

Die Brüder konzentrierten sich darauf, die Treulosen zu mißhandeln, bis der nächste Aufstand in Apulien entbrannte. Anführer der Rebellion waren drei von Robert Guiscards eigenen Neffen. Ihnen schlossen sich bald die Griechen der Region an. Herzog Perenos von Durazzo sandte den Rebellen Hilfe aus Byzanz. Der Belagerungskrieg in dem schwergängigen Gelände band Robert Guiscards Kräfte und kostete Geld. Da Herzog Robert so wie alle Normannen das Geld liebte, war er froh über jede Hilfe.

Das Schiff Sturmfalke mit seiner Besatzung – achtzig gut ausgerüstete Krieger aus dem fernen Nordland und aus der Normandie – war ein Geschenk des Himmels. Der vornehme, erfahrene Anführer war das Beste, was Robert Guiscard sich wünschen konnte, zumal der Anführer zu erkennen gab, daß er Herzog Robert bewunderte.

Robert de Hauteville, der aus einem kleinen Dorf stammte, wußte es zu schätzen, daß der grauäugige Riese Wilhelm dem Bastard von der Normandie gedient hatte.

Der Recke hatte zusammen mit dem berühmtesten Krieger seiner Zeit, Harald dem Harten von Norwegen, gekämpft. Man mußte ihm eine Belohnung in Aussicht stellen, die groß genug war, daß er bei Robert blieb und ihn unterstützte. Olaf Sturmfalke stammte aus Konstantinopel und sprach Griechisch, wenn auch schlecht. Sicherlich würde auch der Katepan des Kaisers ein Interesse daran haben, Olaf Sturmfalke in den Dienst von Byzanz zu locken.

»Die Küstenburgen sind in Kalabrien das Wichtigste, so wie überall in der Welt. Sie beherrschen den Handel des Binnenlandes. Jede Küstenburg, die den Aufständischen in die Hände fällt, kommt mich teuer zu stehen. Sie sind schwer zu erobern, weil sie angelegt worden sind, den Angriffen der Sarazenen standzuhalten. Ihre Besatzungen sind hart und ausdauernd.«

Olaf Sturmfalke war nicht dumm. Zur Freude des Herzogs fragte er sofort: »Wo ist die Burg, die ich für dich erobern soll, mein Herr Herzog? Und welches sind die Bedingungen?«

»Die Burg Sinetra in Kalabrien am Ufer des Ionischen Meeres. Das ist das Gebiet, das von den Sarazenen am schlimmsten heimgesucht wird. Burg und Stadt liegen auf einem Berg in der Nähe der Mündung des Fiume Pietra.«

»So? Und was soll mit dem Burgherrn geschehen?«

Robert Guiscard wußte, daß er mit den Rebellen allzu milde umging. Es war ihm einfach unmöglich, seine eigenen Verwandten zu bestrafen. Aber der Graf von Sinetra war kein Verwandter.

»Graf Geoffrey ist ein gemeiner Verräter. Er ist ein glühender Anhänger meines rebellischen Neffen Abelard.«

Robert Guiscard unterließ es zu erwähnen, daß er selbst Abelard beleidigt hatte, indem er ihm das väterliche Erbe raubte.

»Graf Geoffrey von Sinetra ließ meinen Gesandten in die Burg ein und brachte ihn um. Sein Kopf wurde mir in einem Korb überbracht. Der Mann verdient es nicht zu leben.«

Olaf Sturmfalke nickte. »Wenn man jemanden unter seinem Dach aufnimmt, muß man ihn lebend wieder fort lassen. Natürlich nur, wenn er von edler Herkunft ist.«

»Der Gesandte war einer der Schwiegersöhne meiner Brüder.«

Olaf Sturmfalkes buschige Brauen hoben sich.

»Dein eigener Verwandter, Herzog? Willst du, daß ich die Burg dem Erdboden gleichmache?«

»Aber nein. Ich brauche in der Gegend einen Getreuen. Dort ist es unruhig, die Bevölkerung besteht aus Griechen und Brutti. Auf jedem Berg steht eine Burg. Sie alle bekämpfen sich gegenseitig. Graf Geoffrey konnte die privaten Kriege nicht verhindern und kaum die Angriffe der Sarazenen abwehren. Dein Schiff und deine Männer können die Bevölkerung und die Städte schützen. Natürlich ...«

Herzog Roberts Gesicht nahm einen zweifelnden Ausdruck an. Vor jedem anderen hätte er geschwiegen, aber Olaf Sturmfalkes schönes und offen freundliches Gesicht sprach von Ehrlichkeit, auf die Robert Guiscard instinktiv reagierte.

»Die Malaria«, stieß er hervor. »Es ist eine Küstengegend. Dort herrscht das Fieber, obwohl sie noch nicht zu den schlimmsten Fiebergebieten gehört. Das Sumpffieber sieht nicht auf den Stand. Es kann jeden befallen.«

»Ich hab keine Angst vor Krankheiten. Ich habe eine starke Reliquie, die vor Wunden und Krankheiten schützt.«

Robert Guiscard sah den Mann fragend an. Jede Reliquie war zehnmal mehr wert als ihr Gewicht in Gold.

»Ein Fingernagel von Olaf dem Heiligen. Den hat sein eigener Bruder König Harald der Harte erst vor einem Jahr vom Leichnam des Heiligen abgeschnitten.«

Der Herzog bekreuzigte sich ehrerbietig.

»Ein Krieger kann keine heiligere Reliquie haben.«

Olaf Sturmfalke nickte ernst.

»Du hast also nichts zu befürchten. Töte Graf Geoffrey, heirate seine Witwe und werde Graf von Sinetra.«

Olaf Sturmfalke zuckte zusammen.

»Herr, ich bin schon verheiratet.«

Robert Guiscard lächelte breit.

»Das war ich auch.«

Doch der Nordmann schüttelte den Kopf.

11. Kapitel

1067

Am Osthimmel zeigte sich ein dunkler Streifen.

»Ein Gewitter«, sagte Adela de Meilhan und hoffte, ein Sturm möchte sich erheben und über die Stadt Trani Regen bringen.

Spiegelglatt ruhte die Bucht von Trani in der mittäglichen Sonnenglut. Die Fischerboote lagen am Strand wie tote Möwen. Adela schaute aus dem schmalen Fenster des Turms auf das Adriatische Meer hinaus, das sich hinter der Bucht erstreckte. Unten in der engen Straße atmete die erstickte Stille der Stadt.

Torre Verde, der Grüne Turm, war ein neues Gebäude. Die Normannen hatten den Turm neben dem Stadthaus zum Schutz der Einwohner gegen Angriffe errichtet. In byzantinischer Zeit hatte das Haus der Familie Skepides gehört, die aus Kappadokien stammte; es waren wohlhabende Leute, und sie bauten nach griechischer Art einen großen Innenhof und darum herum mehrere Räume. Weitere Räume waren direkt an die vorhandenen angebaut worden, immer nach Bedarf und so viele, wie auf dem Grundstück Platz hatten, bis das Haus an den jüdischen Stadtteil Giudecca heranreichte.

Die Normannen kamen und verjagten die vornehmen Griechen nach Osten über das Meer oder auf ihre Landgüter, wo sie auf Rebellion sannen. Die Eroberer zerstörten einige Räume und bauten an das Haus einen steinernen Turm an, den sie eigensinnig Donjon nannten. Die Normannen fühlten sich nicht wohl, wenn sie nicht ihre vertraute viereckige, dreistöckige Zuflucht in einigen Schritt Entfernung hatten.

Das Haus Skepides war so groß und prächtig, daß Herzog Robert Guiscard es als Wohnsitz für seine Familie und als Stätte des Kindbetts seiner Frau für die Zeit akzeptierte, wo er selbst seinen endlosen Krieg gegen die Aufständischen führte. In diesem Jahr waren Otranto und Brindisi dran; beide konnte er nicht erobern.

Wenn der Herzog abwesend war, mußten seine Gemahlin, seine Kinder und die vornehmen Damen, besonders die schwangeren, im Turm wohnen oder zumindest dort übernachten. Der Torre Verde hatte seinen Namen nach den grünen Stoffen erhalten, mit denen seine mittlere Etage in Kammern für die weiblichen Bewohner unterteilt war.

Adela de Meilhan war an den Schatten eines Donjon gewöhnt. Aber sie hätte nicht gedacht, daß sie in einem solchen würde wohnen müssen, zumal es daneben ein luxuriöses, kühles Haus mit Säulen und Mosaiken gab. Olaf Sturmfalke war jedoch in seinem Befehl unerbittlich.

»In Trani gibt es viele Griechen. Denen kann man nicht trauen. Und auch nicht den Normannen. Die vornehmen Frauen sind die besten Geiseln für jeden Aufständischen. Herzogin Sikelgaita ist hochschwanger. Der Herzog hat angeordnet, daß auch sie in den Donjon geht. Da hast du Gesellschaft. In die Kirche könnt ihr unter starkem Geleitschutz gehen.«

»Sikelgaita kann den Hof allein verteidigen, wenn es drauf ankommt«, sagte Adela giftig.

»Aber nicht, wenn die Geburt angefangen hat«, lachte Olaf. »Lieber verliere ich mein Schiff als dich. Das Beste ist, du gehorchst.«

Natürlich gehorchte Adela, etwas anderes hätte sie auch nicht tun können. Aber eine Frau hatte das Recht zu quengeln, zu schmollen und zu nörgeln, damit der Ehemann sich an ihre Existenz erinnerte.

Adela hatte sich im Turm häuslich eingerichtet und wollte sich an Sikelgaitas Hof eine Position aufbauen. Olaf war mit dem Herzog die Via Traiana entlang fort in Richtung Brindisi geritten. Früher hatte Adela nicht verstanden, was Sehnsucht bedeutete. Jetzt waren Sehnsucht und Angst ihre treuen Begleiter, ebenso treu wie Corba, die ihr im Donjon keinen Augenblick von der Seite wich.

Die Begegnung mit der Herzogin von Apulien war für Adela eine Erschütterung, von der sie sich kaum erholte. Vor Monaten war der Sturmfalke von Norden über die trügerischen, von Seeräubern bedrohten Wasser des Mittelmeers in die Stadt Trani an der Ostküste von Apulien gekommen. Es war August, das Wetter war schweißtreibend, und die Menschen trugen ein Tuch vor dem Mund zum Schutz gegen die Malaria. Adela hatte sich darauf eingestellt, Robert Guiscard zu verachten. Die Hautevilles waren ein Nichts im Vergleich zur Familie Meilhan. Doch das viele Hundert Jahre alte vornehme Blut der Sikelgaita von Salerno konnte Adela nicht ebensoleicht verachten wie die Tölpel von Cotentini.

Der Hof wanderte mit Robert Guiscard mit, wohin der Herzog auch ging. Die Gesellschafterinnen der Herzogin verbrachten ihre Nächte häufiger im Zelt als im Palast. Am Wege, auf den Berggipfeln, standen freilich Normannenburgen. Dort hätten zumindest die Frauen von edler Herkunft nächtigen können. Doch Herzog Robert vertraute nur wenigen Rittern in dem Maße, daß er sich ihnen mit Familie und allem Drum und Dran auslieferte.

Die vornehmen Frauen, eine zahllose Schar von Priestern und Dutzende griechischer Beamter, die Herzog Robert immer noch in seiner Verwaltung einsetzte, ritten, wankten auf Eselsrücken oder schleppten sich zu Fuß auf den endlosen Kriegszügen des Herzogs von einem Hügel zum andern. Am Schluß der Prozession wanderten die Kinder des Herzogs mit ihren Ammen und Pflegerinnen. Dahinter stapfte die Dienerschaft einher, deren Zahl in die Hunderte ging. Als letztes kam der bewachte Troß, in dem neben der Verpflegung Truhen mit Sachen und Möbel transportiert wurden.

An der Spitze der Prozession, wo es am wenigsten Staub gab, ritt Herzogin Sikelgaita neben ihrem Mann. Die Herzogin trug ein Kettenhemd, ein Schwert am Gürtel und einen Schild am Arm. Ihren Umhang hatte sie auf der rechten Schulter so befestigt, daß der Schwertarm frei blieb. Auf dem Kopf trug Sikelgaita einen Helm, der mit einer goldenen Krone verziert war so wie auch der Helm des Herzogs.

Herzogin Sikelgaita war anders als alle anderen Frauen. Das stolze Haupt wurde von einem gewaltig großen Körper getragen, der fast ebenso lang und stark war wie der von Herzog Robert. Sikelgaita von Salerno war eine Kriegerin, die von jedem Normannen respektiert wurde. Sie kämpfte bei Angriffen und Belagerungen in voller Rüstung. Sie kannte die Kriegskunst, und nichts anderes war ihr wichtig. Sikelgaita von Salerno hätte ein Mann sein können, wenn sie dem Herzog nicht jedes Jahr einen neuen Erben geboren hätte. Da sie stark war, überlebten die Kinder Sommerdurchfälle und Fieber, die schwächere Säuglinge ins Grab brachten.

Man hatte Herzogin Sikelgaita in der Halle des Torre Verde das Kindbett bereitet. Das klobige Säulenbett war von dem übrigen Raum durch Vorhänge abgeteilt, die tagsüber zur Seite gezogen waren. Immer wenn der Hof umzog, wurde das Bett in seine Bestandteile zerlegt und auf Eselsrücken von Burg zu Burg transportiert.

Die Herzogin lag, nur mit einem dünnen Seidenhemd bekleidet, im Bett. Sikelgaita ärgerte sich über die paar Tage, die sie wegen der Geburt im Bett und von ihrem Mann getrennt verbringen mußte. Sie wollte immer Gesellschaft haben. Adela de Meilhan war ein neuer Mensch, eine aus dem Norden eingetroffene, erfrischende Gesprächspartnerin. Sikelgaita hatte viel zu fragen, aber Adela konnte selten richtig antworten.

»Sie fragt nach den Belagerungsmaschinen und neuartigen Kettenhemden«, erzählte Adela Corba befremdet. »Das sind Angelegenheiten der Männer.«

Außerdem fiel es Adela schwer zu verstehen, was die Herzogin sagte. Sikelgaita sprach schlecht französisch, und Adela verstand kaum Italienisch, das die Normannen in Italien mehr sprachen als ihre ursprüngliche Sprache.

Herzogin Sikelgaita lehnte in halb sitzender Stellung in den Kissen. Nach Art der Langobarden von Salerno hatte sie helle Haut, aber dunkle, fast schwarze Augen und viel schwarzgelocktes Haar. Ihr Gesicht war schön und ruhig. Sikelgaita schminkte sich nicht. Die langobardischen Aristokratinnen hatten von den Griechen gelernt, reichlich Schönheitsmittel zu verwenden, und zeigten sich nie ohne Augenumrandung und Wangenrot. Sie behängten sich mit Unmengen von Schmuck, was Sikelgaita überhaupt nicht tat, es sei denn, ihr Mann bat sie darum.

Adela saß auf einem Kreuzbeinhocker auf einem rotgemusterten Kissen und suchte nach etwas, das sie der Herzogin sagen könnte. Hinter den Vorhängen erscholl pausenlos das Geschimpfe der Kindermädchen. Die Töchter der Herzogin folgten dem Hof; sie waren noch zu klein, als daß man sie schon zur Erziehung in andere Familien hätte schicken können.

Heute war ein außergewöhnlich aufregender und blutiger Tag: Den beiden ältesten kleinen Mädchen waren Ohrlöcher für Ohrringe gestochen worden. Die langobardischen Frauen trugen große goldene Ohrgehänge. Die betonten elegant die Länge des Halses. Adela gedachte, sich auch bald Ohrlöcher stechen zu lassen, so entzückt war sie von den goldenen Ohrgehängen mit dem Emaillemuster. Aber die kleinen Mädchen weinten vor Schmerzen, obwohl beiden ein Band über den Kopf gezogen wurde, an das die Ohrringe angebunden waren. Das Band verringerte das Gewicht der Ohrringe, so daß sie die kleinen Ohrläppchen nicht allzusehr langzogen.

Die Kleinere, Umiliana, riß sich vor Wut den einen Ohrring ab; dabei zerriß das Ohrläppchen. Sie bekam die Peitsche, und die Hände wurden ihr nach hinten gebunden, damit sie den Schmuck nicht mehr anrührte. Die Ältere, Rogata, war schon fünf Jahre alt und verstand es, eitel zu sein und den Schmerz und das Bluten mit zusammengebissenen Zähnen zu ertragen. Die Dienerinnen lobten sie und gaben ihr in Mandelschrot gewendete Honigkugeln.

Roger, der älteste Sohn von Sikelgaita und Robert Guiscard, war schon sieben Jahre alt und seit zwei Jahren in der Obhut der Männer, wo er die Kriegskunst erlernte. Der zweite Sohn Guy war zwei Jahre alt und machte gerade seine ersten Gehversuche. Seine Amme und das Kindermädchen feuerten ihn mit Zurufen und Schubsen in der Halle an.

Die Herzogin bewegte sich unruhig im Bett. Dies war ihre siebte Geburt. Sie hatte ihrem Mann zwei Söhne und vier Töchter geschenkt, die alle am Leben waren. Jetzt war ein Sohn an der Reihe. Allerdings war Herzog Robert über die Geburt eines Mädchens nicht böse und schlug seine Frau nicht deswegen.

»Drei oder vier Söhne sind eine gute Anzahl für den Fall, daß zwei von ihnen sterben. Zu viele Söhne streiten um das Erbe und reißen einander ebenso wie das Herzogtum in Stücke. Töchter darfst du gebären, soviel du willst, Frau. Durch Töchter gewinnt ein Mann Geld, Freunde und Einfluß.«

Die Herzogin selbst machte sich nichts aus ihren Töchtern. Sie wußte nicht einmal mehr die Namen der Mädchen. Sie machte sich Sorgen im Gedanken an Bohemond, den Sohn des Herzogs und seiner früheren Frau Alberada. Der Sohn war zum Bastard erklärt worden, als die Ehe des Herzogs mit Alberada annulliert wurde. Aber Bohemond war das Ebenbild seines Vaters und der glänzendste Jüngling von Apulien, eine offenkundige Bedrohung für Sikelgaitas eigene Söhne.

»Jetzt geht es los.«

Adela rief die älteren Frauen herbei. Sikelgaita winkte mit der Hand.

»Bleib hier. Deine eigene Zeit kommt bald. Es tut dir gut zu sehen, daß die ganze Sache im Nu vorbei ist. Davon wird unnötig viel Aufhebens gemacht. Bereitet warmes Badewasser für das Kind. Ihr habt ja wohl gebetet und geopfert?«

Donna Adela war morgens in der Kirche Santa Maria della Scala gewesen, die auf der nördlichen Halbinsel der Stadt Trani lag, und hatte um Glück und Erfolg für das Kindbett der Herzogin gebetet. In die Kirche waren mit ihr zusammen ein Dutzend vornehme Frauen und die doppelte Anzahl von Begleitsoldaten gegangen. Die Hälfte der Hofdamen war immer in einem Zustand, daß man sie nicht in die Kirche ließ: Entweder waren sie unrein wegen ihrer Regel oder im Endstadium einer Schwangerschaft.

Auf Befehl des Herzogs wurde auf den Altar als Opfer eine silberne Schale gestellt. Wenn das Kind ein Junge sein würde, würde die Kirche Santa Maria della Scala auch noch eine silberne Kanne bekommen. Bei der Geburt eines Mädchens würde eine Zinnschale geopfert werden. Außerdem wurde in die dunkle, nach Erde riechende Krypta auf das Grab des heiligen Leucius ein Ziegenkäse und eine Kanne Wein für den Heiligen gebracht. Die Heilige Jungfrau war überall mächtig, aber der eigene, lokale Heilige konnte sehr böse werden, wenn man seiner nicht mit einem geeigneten Opfer gedachte.

Zwei Stunden später wurde ein Mädchen geboren, stämmig wie ein Kalb, und Sikelgaita wirkte ärgerlich.

»Ein Mädchen. Was soll ich jetzt dem Herzog sagen?«

Das Kind wurde gebadet und mit einem weißen Wickelband zu einem reglosen Bündel geschnürt. Es wurde einer eigens dafür ausgewählten Amme an die Brust gelegt. Sikelgaita brachte die Nachgeburt hervor und trank zwei Kannen Wein. Die Dienerinnen wuschen sie und banden ihr ein Tuch zwischen die Beine, damit sie reiten konnte. Die Herzogin stand vom Bett auf, bedeutete der Amme, das Kind fortzubringen, und vergaß es sofort.

»Mein Herr, der Herzog, dürfte die Via Traiana von Canosa her kommen. Ich reite ihm entgegen.«

Die Frauen versuchten, die Wöchnerin davon abzuhalten, aber Sikelgaita hörte nicht auf sie. Sie wollte keinen Tag länger von Robert Guiscard getrennt sein als unbedingt nötig. Sikelgaita war für den Herzog unersetzlich: Sie kämpften zusammen, planten zusammen, reisten zusammen und schliefen zusammen. Seine Frau war der einzige Mensch, dem Robert Guiscard vollkommen vertraute.

Vom Dach des Torre Verde erscholl der Ruf des Wachpostens. Eine der Frauen ging zu der Leiter, die in die oberste Etage führte, um zu horchen.

»Duchessa! Der Herzog kommt in die Stadt geritten. Er ist gleich hier.«

Adela wurde sich der Übelkeit bewußt, die von den Gerüchen des Geburtszimmers herrührte. Wenn Robert Guiscard im Anmarsch war, würde auch Olaf Sturmfalke gleich im Torre Verde sein. Vielleicht würde er gute Nachrichten bringen. Vielleicht würde Robert Guiscard ihnen eine eigene Burg geben. Adela wollte nicht mehr mit dem Hof einen Berghang hinauf und den nächsten hinunterreiten.

»Das Siponto der Kümmernisse. Ein Land ohne Wasser und Lieder, so sagen die Leute.«

Olaf Sturmfalke betrachtete verwundert die vor ihm liegende Ruinenstadt, deren Steinhaufen mit gelbem, verdorrtem Gras bedeckt waren.

»Das durstige Apulien«, grinste Stein der Skalde. »Dies ist die heißeste Gegend von Italien. So sagen die Leute auch und haben wahrscheinlich recht.«

Im Norden überragten die Berge der Halbinsel Gargano die Ebene von Apulien. Im Osten lag das Adriatische Meer. Hinten waren die unzufriedene Donna Adela und ihre boshafte Dienerin Corba. Auf dem Weg vor ihnen und hinter ihnen marschierten, so weit das Auge reichte, die Armee und der Hof von Herzog Robert Guiscard: endlose Mengen von Pferden, Mulis und Menschen.

Der gewaltige Zug wirbelte Staub auf, der einem zwischen den Zähnen knirschte, doch zum Glück vertrieb der von den Bergen wehende Wind ihn bald. Adela war in Schleier und Mantel gehüllt, Olaf und Stein hatten sich ein Tuch gegen die Malaria um das Gesicht gebunden. Zwar behaupteten die Italiener, daß man bei Tageslicht keine Sorge zu haben brauche: Die schlechte Luft, die die Krankheit verursachte, stieg nur abends und morgens über dem von Flüssen durchschnittenen Küstenland auf. Man konnte der Krankheit gut entgehen, wenn man dafür sorgte, daß man weder den Sonnenaufgang noch den -untergang sah.

Der Herzog von Apulien war mit seinen Leuten unterwegs zu einem Ort, der den Normannen in Italien ebenso heilig war wie der Mont-Saint-Michel in der Normandie.

Vor sechs Jahrhunderten suchte ein Bauer aus Gargano einen prächtigen Stier, den er im Labyrinth der Berge verloren hatte. Das Tier fand sich in der tiefen Höhle einer Bergwand. Es war unmöglich, es von dort lebend zu bergen, so daß der Bauer einen Pfeil in die Höhle schoß, um es zu töten. Der Pfeil hielt mitten im Flug inne, machte kehrt, kam zurück und drang dem Schützen in den Schenkel. Der Mann ging und zeigte seine Wunde dem Bischof Laurentius von Siponto. Der verstand sofort, daß es sich um einen heiligen Vorgang handelte. Er verordnete dem Bistum Siponto ein dreitägiges Fasten und kletterte dann selbst in die eigentümliche Höhle.

Im Zugang zu der Höhle stand zur Verwunderung des Bischofs der Erzengel Michael selbst, funkelnd in voller Kriegsrüstung. Der Engel erklärte ihm, die Höhle sei von nun an für ihn und seine himmlischen Heerscharen reserviert.

Die Erscheinung verschwand, hinterließ aber eine große Eisenspore. Als der Bischof einige Tage später mit seinem Gefolge zurückkehrte, waren die Engel schon fleißig am Werk gewesen, so daß die Höhle von Wachskerzen erleuchtet wurde und Purpurstoffe die Wände verhüllten.

Die frommen Einwohner von Siponto errichteten oben auf dem Felsen vor dem Eingang der Höhle eine Kirche. Am 29. September, dem Tag der Erzengel, weihte Bischof Laurentius die Kirche. Von da an war das eine der heiligsten Stätten Italiens. Um die Kirche herum entstand eine kleine Stadt.

Michael, der streitbare Engel, war der Schutzheilige aller Normannen. Herzog Robert wagte es nicht, auch nur in einem einzigen Jahr das Gebet in der Höhle des Monte Sant' Angelo zu versäumen. Wenn er selbst es gar nicht einrichten konnte, am Michaelstag in die Höhle zu gehen, brachten seine Gesandten anstelle ihres Herrn reichlich Opfergaben dorthin. Es war die Pflicht des Herzogs, den mächtigen Erzengel zu besänftigen und milde zu stimmen, damit er den Untertanen des Herzogs seine Gunst erwies oder sie zumindest nicht für ihre Sünden bestrafte, deren sie sich unausweichlich schuldig machten.

Der Pfad führte in dem Buchenwald immer weiter bergan. Corba bekundete, unausgesetzt bramarbasierend, Olaf ihr Mißfallen: Donna Adela würde eine solche Strapaze nicht überstehen, sie würde eine Frühgeburt erleiden.

»Der Erzengel hält seine Hand über das Kind eines Normannen«, sagte Olaf Sturmfalke schließlich verdrossen. »Und wir haben einen Weg vor uns, der noch viele Male länger ist.«

»Wohin?« fragte Adela hinter ihrem Schleier. Der gleichmäßig ausschreitende Knecht führte ihr Pferd, und die kalten Böen von Gargano ließen ihren Mantel flattern. Das Wetter auf der Halbinsel war anders als in der milden Ebene von Apulien.

»Nach Kalabrien«, erwiderte Olaf kurz. »Wir segeln mit dem Sturmfalken dorthin. Ich werde später darüber sprechen.«

Robert Guiscards Priester hielten in einer kleinen Kirche mit Kuppeldach eine Messe. Dort war nur für die Vornehmsten des Hofes Platz. Die Herzogin durfte nicht in die Kirche, weil sie nach der Geburt noch unrein war, und auch Adela de Meilhan nicht, weil ihre Schwangerschaft schon deutlich sichtbar war.

Nach der Messe stieg man in die Höhle hinab, um zum Erzengel zu beten. In den Fels waren hier und da Stufen gehauen, doch bisweilen fiel der Pfad im Labyrinth des Berges steil und glatt ab. Bald stützte, bald trug Olaf Sturmfalke seine Frau immer weiter hinunter in den steinernen Schacht. In der Felswand gab es Öffnungen, durch die dämmeriges Licht in den Gang fiel. Der Wind fing sich pfeifend in der Treppe. In der Höhle war es immer kühl und klebrig feucht. Die steinernen Wände hallten wider von dem jahrhundertelangen Singen und Schluchzen von Tausenden und Abertausenden von Pilgern.

Der lange Abstieg ließ die Menschen ehrerbietig verstummen. Nur die begleitenden Priester mit dem Kreuz sangen: Sie waren an die gespenstische Atmosphäre der Höhle gewöhnt. Olaf Sturmfalke empfand die Felsen um sich herum als bedrückend. Ihm war unbehaglich. Er hielt Adela fest in den Armen. Die Weichheit und Wärme seiner Frau machten ihm Mut in dem Halbdunkel, das ihn frösteln ließ.

Die Höhle des Erzengels war ein dunkles, muffiges Gewölbe. Im hinteren Teil befanden sich Säulen, Wandschränke und Altäre, auf denen Kerzen brannten. Das matte Licht wurde von der nassen Felsdecke reflektiert. In der Dunkelheit der Seitenwände verbargen sich weitere Altäre und Standbilder des Erzengels, die von Zeit und Rauch geschwärzt und für Jahrhunderte in ihren Löchern vergessen worden waren. Es gab viele davon, steinerne und hölzerne, stämmige und grobe Männergestalten, die man an ihren Flügeln und dem Schwert als Engel erkannte.

»Ave, domine.«

Olaf Sturmfalke sank mit den anderen zusammen auf die Knie. Die Schultern waren ihm schwer, seine Glieder wollten sich kaum bewegen, die Augen fielen ihm zu. Angstzustände quälten und erschreckten ihn. Seine Hand tastete nach dem silbernen Döschen, das er an einer Kette um den Hald trug.

»Sanctus Olaus, rex perpetuus Norvegiae, ora pro nobis peccatoribus.«

Gott war gar nicht besänftigt. Die Sünde der Blutrache und die Sünde der Vergewaltigung bestanden weiterhin. Inmitten der uralten Heiligkeit war Olaf Sturmfalke nichts als ein Heide, der Nachkomme von hundert wilden Generationen, der es wagte, den Christen zu spielen.

Das lateinische Gemurmel der Priester und der Weihrauchduft betäubten Olafs plötzlichen Schmerz. Er betete wie in einem Schneckenhaus, klein und zusammengepreßt.

»Anführer«, flüsterte Stein der Skalde mit besorgter Stimme. »Bist du krank? Soll ich dir hinaufhelfen?«

Die Worte des Freundes weckten Olaf aus seinem Angsttraum. Er sah vor sich Robert Guiscards vertrauten breiten Rücken, der ihm Sicherheit gab. Was für ein Spuk, welche unerträgliche Schuld hatte Gewalt über ihn gewonnen, obwohl er gebeichtet und truhenweise Silber als Sühne für seine Sünde geopfert hatte? Es lag an diesem Ort, an den unermeßlichen Felsmassen, die ihn umgaben. Es erschütterte Olaf, im Innern des Berges zu sein.

»Stein, ich muß hier raus. Hilf du Donna Adela.«

Olaf Sturmfalke betrachtete nachdenklich sein silbernes Reliquiar.

»So etwas ist mir noch nie passiert. Vielleicht ist der Erzengel Michael böse geworden, weil ich die Reliquie eines anderen Kriegsheiligen in sein Heiligtum mitgebracht habe.«

Das Haus war eine kleine, viereckige Steinzelle. Die Einwohner der Stadt Monte Sant' Angelo waren aus ihren Häusern vertrieben worden für die Zeit, da der Hof des

Herzogs von Apulien in der heiligen Höhle weilte. Die Normannen erfüllten die Stadt, verzehrten die Nahrungsmittel der Leute, leerten die Vorratslager der Kaufleute, zündeten mitten auf dem Fußboden ein Feuer an. Dennoch schätzten die Einwohner sich glücklich, als sie in ihre geschwärzten Häuser zurückkehrten. Aus Respekt vor dem Erzengel hatten die Normannen sie immerhin am Leben gelassen.

Donna Adela lag neben der Wand auf einer Matratze, die mit einem aus Meilhan mitgebrachten Stoff bedeckt war. Darauf waren braune Reiter auf blauem Grund dargestellt. Es war das prächtigste Stück von Adelas Aussteuer, aber im Vergleich zu den italienischen Stoffen plump und grob. Adela wagte es nicht, ihre Sachen den Frauen des Hofes zu zeigen; angesichts der Satins und Seidenschleier dieser Frauen schämte sie sich ihrer Wollkleider. Nur die Pelze, Olaf Sturmfalkes Brautgeschenk, waren prächtiger als die von irgend jemandem sonst. Adela freute sich auf den Einbruch des Winters. Im allgemeinen trugen die Frauen keine Pelze, aber Adela wollte eine Ausnahme sein.

Außer Olaf Sturmfalke befanden sich in dem Raum zwei Männer, Stein der Skalde und Glum Mißgestalt. Corba kauerte Adela zu Füßen. In der Tür standen Olaf Sturmfalkes Leibwächter, der Schwarze Thorkel und Gunnar, mehr um der Würde willen als aus Notwendigkeit.

Donna Adelas Platz wäre eigentlich an der Seite von Herzogin Sikelgaita gewesen. Doch Olaf Sturmfalke wollte seine Frau bei sich haben, wenn gerade kein Kriegszug stattfand. Er hätte Adela auch in den Krieg mitgenommen so wie der Herzog Sikelgaita und viele andere Ritter ihre Frau, doch Adela entsetzte sich bis zu Tränen vor der Unbequemlichkeit des Lebens im Troß.

Olaf brachte es nicht fertig, Adela zu irgend etwas zu zwingen. Ihm blieb das Herz stehen, wenn er ihr schmales Handgelenk sah oder ihren rührenden kleinen Finger berührte. Die elfenbeinzarte Adela würde das rohe Soldatenleben nicht ertragen. Olaf war gezwungen, sich auf den glühend heißen Ebenen Apuliens wochenlang nach seiner Frau zu sehnen. Sein männliches Bedürfnis befriedigte er mit dunkelhäutigen, in Sizilien geraubten sarazenischen Sklavinnen.

Über dieses Bedürfnis war Olaf glücklich. In Irland hatte er befürchtet, der Herr habe ihn bis ans Ende seiner Tage zur Impotenz verurteilt. Er hatte es nicht gewagt, mit irgend jemandem darüber zu sprechen, nicht einmal mit Stein dem Skalden, obwohl er den Dichter liebte wie einen Bruder. Aber auch gegenüber Stein hatte er sich über seinen Magen beklagt, der es ihm unmöglich machte, eine Frau zu berühren. Alles war anders geworden, seit er Adela zum ersten Mal in der Aula von Meilhan erblickt hatte.

»Robert Guiscard hat mir einen Vorschlag gemacht«, wandte Olaf sich an Adela. »Den kann ich so nicht akzeptieren.«

Adela wandte den Kopf auf dem Kissen. Sie war müde vom Treppensteigen in der Höhle. Corba hatte ihr den Schleier abgenommen. Die schwarzen Locken fielen ihr ungeordnet um das Gesicht herum. Sowohl Stein als auch Glum wandten den Blick schicklich von den Haaren der gnädigen Frau ab. Olaf genoß ihre Blicke so unendlich, daß ihm Freudentränen in die Augen traten.

»Graf Geoffrey von Sinetra hat sich vor drei Jahren den Aufständischen von Apulien angeschlossen. Seine Burg und seine Ländereien gehören mir, wenn ich sie erobere und den Grafen töte.«

Olaf sah seine Frau erwartungsvoll an. Adela lächelte matt.

»Wo ist diese Burg?«

»In Kalabrien, am Ufer des Ionischen Meeres. Auf halbem Weg zwischen Rossano und Crotone, so hat der Herzog es mir erzählt.«

»Kann man das für einen würdigen Ort halten?«

»Herrin, Sinetra ist steinreich. Die Einkünfte fließen aus Seide, Baumwolle, Wolle und Oliven. In den Silberbergwerken von Longobucco arbeiten tausend Mann«, erklärte Stein der Skalde wortreich. »Die Stadt ist prächtig: ein Erzbischof und eine Domkirche. Die Burg ist zwar uralt und von den Griechen erbaut. Aber wahrscheinlich ist sie nach Normannenart umgebaut, da Graf Geoffrey dort seit zwanzig Jahren herrscht.«

Donna Adelas Miene hellte sich auf. Sie sah ihren Mann erwartungsfroh an wie ein Kind.

Olaf erinnerte sich an das kleine Mädchen in Meilhan: wie er als Neunjähriger das erschrockene Kind auf dem Arm gehalten hatte, als dessen Mutter in der Aula von Meilhan auf dem Sterbebett lag und alle erwarteten, durch das Schwert von Roger de Meilhan zu sterben.

Dieselben dunkelblauen Augen begrüßten Olaf neunzehn Jahre später in derselben Aula. Die Erinnerung an die Zärtlichkeit erregte ihn bis ins Mark. Unerwartet stieg Jubel in ihm auf, das er als ein süßes Schneiden in den Lenden spürte. Meilhan löste den Fluch, den das finnische Trollmädchen über Olaf ausgesprochen hatte.

»Robert Guiscard verlangt von mir, daß ich die Gräfin heirate, wenn ich sie zur Witwe gemacht habe. Auf diese Art und Weise würde ich Graf werden.«

Adela setzte sich senkrecht. In ihre Wangen stieg eine heftige Röte.

»Herr, darin kannst du nicht einwilligen!«

Olaf hob beschwichtigend die Hände.

»Warte ab, Herrin. Stein der Skalde, der kluge Grönländer, hat über die Sache nachgedacht. Diese Gelegenheit ist allzu günstig, als daß man sie ungenutzt verstreichen lassen könnte.«

Donna Adela sah den Dichter widerwillig an. Es bekümmerte Olaf, daß die beiden Menschen, die er liebte, einander nicht leiden konnten. Aber was machte das schon: Adela brauchte mit niemandem auszukommen, denn sie war Olaf Sturmfalkes Frau. Sie brauchte nur Olaf zu gehorchen. Und Olaf wußte, daß Adela sich keinem Plan widersetzen würde, der sie zur Gräfin machen würde.

»Domina, du mußt dich für einige Zeit damit abfinden, daß dein Mann dich scheinbar verläßt«, sagte Stein der Skalde.

Olaf hoffte, Stein würde die Sache so freundlich vorbringen, daß Adela nicht böse war. Wenn seine Frau anfing zu weinen und zu schreien, konnte nur Corba sie beruhigen, und das dauerte lange.

Adela starrte Stein mißtrauisch an.

»Mich kann man nicht verlassen. Ich bin schwanger. Nur eine unfruchtbare Frau kann man verstoßen.«

Der Skalde legte den Kopf auf die Seite.

»Die Kirche stellt heutzutage alle möglichen Anforderungen ... Du bist Olaf Sturmfalkes Stiefschwester, Herrin.«

»Wir haben verschiedene Väter und verschiedene Mütter!«

»Du bist seine Stiefschwester, wenn man die Sache flüchtig betrachtet«, sagte Stein der Skalde entschieden. »Wenn man gründlicher nachforscht, besteht keine Verwandtschaft. Dein Mann trennt sich von dir wegen Blutsverwandtschaft und heiratet die Gräfin Sinetra. Die arme Gräfin zieht sich ins Kloster zurück. Dein Mann heiratet dich zum zweiten Mal.«

»Und wenn die Frau nicht ins Koster will? Wenn sie weiterhin als Gräfin Sinetra mit meinem Herrn leben will?«

Die Männer wechselten einen raschen Blick. Adela hatte nicht sofort widersprochen: Sie würde sich also überreden lassen.

»Das Leben der Frau muß so gestaltet werden, daß sie lieber im Kloster ist als auf Sinetra.«

Donna Adela lächelte plötzlich. Olaf gefiel das Lächeln nicht, obwohl er nicht wußte, warum.

»Ich glaube nicht, daß die Gräfin uns schadet«, sagte Adela plötzlich.

Olaf Sturmfalke beruhigte sich. Nach der Begegnung mit Adela war sein Glück zu ihm zurückgekehrt. Er konnte nicht einmal um einer Grafschaft willen auf Adela verzichten; es fiel ihm schwer, auch nur einen Tag von seiner Frau getrennt zu sein.

Es war Olaf klar, daß der Plan Steins des Skalden mancherlei Gefahren barg. Er selbst glaubte in seinem Innern nicht an die Ehescheidung: Man konnte seine Frau nicht einfach so verstoßen, obwohl viele Männer das taten. Die unbekannte Gräfin konnte sich als sehr schwierig erweisen. Stein und Adela erwarteten, daß Olaf sie, wie üblich, verprügeln würde, bis sie demütig war. Doch Olaf mochte Frauen nicht schlagen. Und die neue Ehe mit Adela: Wenn nun die Kirche Olaf und Adela wirklich für verwandt erachtete und ihre Ehe nicht erlaubte? Dann würde das Kind, das jetzt in Adelas Leib wuchs, ein Bastard sein.

Die Priester mischten sich immer mehr in Dinge ein, die sie nichts angingen. Es war eine Angelegenheit der Familien, wer wen heiratete. Doch heutzutage strebten die Priester die Entscheidungsgewalt darüber an, aus welchem Personenkreis der Mann seine Frau nehmen durfte. Olaf Sturmfalke war ein frommer Mann, ein gehorsamer Sohn der Kirche, aber alles hatte seine Grenzen: Über seine Frauen und seine Kinder hatten die Priester nicht zu bestimmen, jedenfalls nicht dann, wenn es ihm keinen Nutzen brachte.

»Anführer, hier ist es das Beste, das Gefasel der Priester in Ehesachen auszunutzen«, sagte Stein der Skalde. »Letzten Endes beschließt du ja doch selbst, wer deine Frau ist und wer nicht. Dein gutes Glück wird deine Ehe zum besten regeln.«

Olaf Sturmfalke nickte. Er konnte wieder auf sein Glück vertrauen. Er hatte ebenso großes Glück wie früher, es schützte ihn vor Pfeilen und Lanzen, führte ihn zu der besten Raubbeute und ließ seine Frau schon in der Hochzeitsnacht schwanger werden. Ein solches Glück würde ihn zum Grafen machen, wenn er nur daran dachte, einen ordentlichen Teil der Beute Christus, dem Geber alles Guten, zuzueignen.

Es gab keine Sorge. Der Angstanfall in der Höhle des Erzengels Michael war jedoch ein seltsamer Sprung in dem schönen Gefäß.

Olaf Sturmfalke runzelte die Brauen und schüttelte den Kummer ab. Er befahl Corba und den Männern, das Haus zu verlassen, und legte sich neben seine Frau auf die Matratze.

12. Kapitel

1068

Helaine di Sinetra entnahm mit einem zierlichen Elfenbeinspatel einem Tiegel etwas frisch gemischte Bleipaste. Die Gräfin verstrich die Paste erst auf der Kinnlade und von dort auf Wangen und Stirn. Immer aufwärts. Aufwärts in dem bis zum Tod andauernden Kampf gegen die Zeit. Im blinkenden Spiegel zeigte sich eine helle Maske.

Gräfin Helaine wußte auch ohne hinzusehen, daß sich von der Nasenwurzel zu den Mundwinkeln Furchen zogen. Darin sammelte sich die Paste. Sie trocknete allmählich und bröckelte mehlig ab. Die alte Frau wollte schon nachgeben, aber die Gewohnheit war stärker als der Wille.

Ortulana reichte ihr ein Stäbchen aus Orangenbaumholz und ein Schälchen, nicht größer als eine Fingerkuppe. Am Grund lag schwarzes Kohlepulver. Die Gräfin spuckte in das Pulver und vermischte es mit dem Stäbchen zu einer Masse. Sie malte sich kunstvolle Bögen über die Augen und vereinigte sie schließlich in der Mitte der Stirn. Anschließend umrandete sie die Augen. Sie sah Ortulana fragend an.

Das Mädchen, ein herziges Wesen, sagte immer das, was von ihr erwartet wurde.

»Du hast eine schöne, hohe Stirn, Contessa.«

Das war wahr, und Helaine lächelte wohlwollend. Sie legte noch etwas mehr Rot auf die Wangen; teuren, aus den Bergwerken Spaniens eingeführten Zinnober. Jede einen Fingernagel bedeckende Menge davon kostete Menschenleben. Die Sklaven starben in den Bergwerken, denn der Stoff war giftig. Die Kaufleute ertranken in Stürmen und starben durch das Schwert der Seeräuber, wenn sie den Zinnober für die vornehmen Frauen herbeischafften. Sinetra war eine steinreiche Stadt und Provinz. Graf Geoffrey verstand es auf geniale Weise, mehr Geld daraus zu pressen als ein sanfterer Charakter. Dennoch mußte Gräfin Helaine ihr Wangenrot sparsam auftragen.

Die Wangenhaut hing ihr beiderseits des spitzen Kinns herab wie zwei Kinnlappen. Die ließen sich mit keinerlei Farbe überdecken. Auch auf dieses Dilemma hatte die griechische Weisheit eine Antwort gefunden. Ortulana band der Gräfin von unten um das Kinn einen Schleier, der mit Silberfäden durchwirkt war. Auf den Schleier wurde ein silbernes Diadem mit Türkisen gesetzt, von dem der Gräfin seitlich Perlenschnüre auf die Wangen herabhingen. Inmitten des leichten Stoffs und umgeben von den pendelnden Schnüren wirkte das Gesicht der Gräfin geheimnisvoll unbeweglich.

Gräfin Helaine konnte nicht viel sprechen und überhaupt nicht lächeln, nachdem die Maske fertig gemalt und der Schleier befestigt war. Aber sie hatte auch nichts zu sagen und keinen Grund zum Lächeln.

Ortulana trat einen Schritt zurück und nickte billigend. Sie war eine dunkelhaarige, braunäugige junge Frau, rundlich-delikat wie ein im Stall gemästetes Ferkel, lächelnd und träge, aber so an der Schönheitspflege interessiert, daß Gräfin Helaine alle Kosmetiktöpfe ihrer Obhut anvertraute.

Ortulanas Mutter war Malperta, die Tochter eines Wandermusikanten aus Salerno, die Graf Geoffrey in einer müßigen Stunde zu sich ins Bett genommen hatte. Der

Graf hatte Malperta schon vergessen, als Ortulana geboren wurde. Nach Ansicht von Gräfin Helaine war es ehrenhaft, für die Kinder des Hausherrn zu sorgen: Sie hatte Malperta mit einem Jäger der Burg verheiratet. Als Malpertas Tochter herangewachsen war, holte Helaine sie in die Burg. Dort mußten Frauen vorhanden sein, mit denen man die Heldenhaftigkeit und Treue der Männer belohnen konnte.

»Ist der Graf schon von der Jagd zurückgekehrt? Er bleibt lange aus.«

»Ich habe nicht gehört, daß die Männer schon zurückgekommen wären, Contessa.«

»Dies kann Graf Geoffreys letzte Jagd sein«, sagte Helaine.

Die Gräfin sprach niemanden direkt an, zumindest nicht Ortulana, die von niederer Herkunft war und die Überlegungen der Edelleute nicht verstehen konnte. Sie sprach ebenso zu ihrem Hund, streichelte ihm manchmal den Kopf, aber Ortulana berührte sie natürlich nicht, damit das Niedere sie nicht verunreinigte.

»Dem Grafen ging es schon schlecht, als er fortritt. Vielleicht hat das Pferd ihn abgeworfen. Geoffrey hat einen schwachen Magen. Der verursacht ihm viel Schmerzen. Ein Arzt aus Salerno hat ihm das Reiten verboten. Vielleicht übersteht er die lange Jagd nicht.«

Helaine fürchtete, ihre Hoffnung könnte wieder einmal vergeblich sein. Graf Geoffrey, il conte Goffredo, wie die leidenden Untertanen ihn nannten, würde mit seiner bösen Zähigkeit auch als Totkranker noch seine Frau überleben, die älter war als er, acht fürchterliche Geburten überstanden und acht Kinder begraben hatte.

Helaine winkte, und Ortulana half ihr vom Kissen auf. Ortulana kommandierte die Dienerinnen. Sie brachten die dunkelgrüne Dalmatika der Gräfin: Das war ein langes

Seidenkleid, dessen Rand mit breiter Goldstickerei verziert war. Die Blütenkronen der goldenen Blumen bestanden aus Glasperlen, die Blütenblätter aus Aquamarinen. Vom Saum zog sich zu beiden Seiten der Dalmatika ein besticktes Band, die Segmenta, in dem sich die funkelnden Blumen wiederholten.

Über der Dalmatika wurde das Pallium drapiert. Das war ein länglicher, üppig gemusterter Stoffstreifen mit einer Öffnung für den Kopf. Vorn reichte das Pallium als Streifen bis zum Saum der Dalmatika. Hinten war es so lang, daß es eine Schleppe bildete, wenn die Trägerin es sich nicht über den Arm gelegt hatte.

Das Pallium war ein Kleidungsstück der Aristokraten. Gräfin Helaine trug es immer; in der einen Hand einen Stock, in der anderen das Pallium. So fühlte sie sich würdig, so als betrachtete sie von irgendwo aus der Ferne sich selbst und ihren Mann.

Das Pallium gab Helena Harzaniteina die Kraft, das Schicksal zu ertragen, das die normannischen Eindringlinge und ihre Eltern ihr auferlegt hatten. Sie hatte viel Kraft gebraucht, und deshalb gab es unter ihren Kleidern zwei Pallien, während den Glücklicheren eins genügte.

Graf Geoffrey trug Normannenkleider, eine kurze Tunika und einen knielangen Umhang. Er hatte die griechische Festung Sinetra zu einer Normannenburg umgebaut. In der Burg hatte er einen Normannenturm errichten lassen, zunächst aus Holz und später aus Stein. Er sprach französisch und verachtete alles Griechische, weil die Griechen seiner Ansicht nach schwach und weich waren und außerdem einer Irrlehre anhingen.

Doch die griechischen Sitten und die griechischen Kleider seiner Frau billigte Graf Geoffrey wortlos. Helaine war elegant, höflich und fein, sprach mit leiser Stimme und deprimierte mit ihrer Würde die lautstarken Normannenfrauen. In jüngeren Jahren hatte Graf Geoffrey seine Frau stolz den normannischen Kriegern gezeigt – auch das eine barbarische Sitte.

Jetzt gab es an Contessa Helaine nichts anderes mehr zu sehen als ihre kostbaren Kleider. Aber sie war eine eindrucksvolle alte Frau. Sie war entschieden über jegliches normannische Leben erhaben, verehrte die griechischen Heiligen und las das griechische Menologion. Mit den Dienern sprach sie freundlich griechisch. Wenn sie mit den Normannen französisch sprach, hörte es sich so an, als kommandierte sie die Diener in der Sprache der Barbaren.

»Ich gehe nachschauen, ob die Jäger zu sehen sind. Ortulana, gib mir meinen Schirm.«

Die Gräfin schleppte sich, auf den Stock gestützt, zur großen Halle hinaus. Die Halle nannte man Sala, dort versammelte sich der Hof des Grafen, und dort wurden die Mahlzeiten eingenommen, die immer öffentlich waren. Auch das war Helaine zuwider: Tagaus, tagein mußte sie vor den halb betrunkenen Männern und ihren plebejischen Frauen am Tisch in der Halle erscheinen. Sie mußte ihren Abscheu verbergen und lächeln, obwohl sie sehr wohl wußte, daß die Menschen sie wegen ihrer griechischen Lebensart und ihrer lebensuntauglichen Kinder verspotteten.

»Die Normannen beneiden die Griechen um ihren Reichtum und ihre Bildung, und deshalb wollen sie uns unterkriegen.«

Das hatte der Vater vor langer Zeit gesagt, damals, als er seine Tochter den Eindringlingen übergeben mußte.

»Die Normannen sind nur im Kriegführen und im Kindergebären besser als die Griechen. Die normannischen Frauen hecken wie die Karnickel. Darin sind sie unübertrefflich. Setze das ein, was du von Natur aus hast: die Würde.«

Gräfin Helaine lehnte sich gegen eine Zinne der Brustwehr. Es war eine Strapaze, die Mauer zu erklimmen, aber sie war der Mühe wert.

»Ich habe eine Schar totgeborener Kinder durch Würde ersetzen müssen.«

Aber die Gräfin wußte, daß sie ohne unerschütterliche Ruhe nicht überlebt hätte.

Na, und? Was hatte eine Griechin davon, in einer Welt zu überleben, in der alles immer nur schlechter wurde?

Byzanz, das Reich, das im Westen Romania genannt wurde, hatte Dorf für Dorf auf Kalabrien und Apulien verzichtet und seine Randgebiete von den irrgläubigen Normannen erobern lassen. Die Griechen, früher das stolzeste unter den unzähligen Völkern von Byzanz, waren jetzt die verhaßten Überreste der Unterdrücker. In Konstantinopel tobte der Machtkampf zwischen dem Beamtentum und den Familien des Militärs. Niemanden interessierte es, was mit den Griechen in den Gebieten geschah, die von Konstantinopel ihrem Schicksal überlassen worden waren.

Die Steinmauer der Burg verschmolz weit unterhalb der Brustwehr mit dem Felsen. Der Absturz war senkrecht und schwindelerregend hoch. In den schlimmsten Zeiten, wenn Helaine festgestellt hatte, daß sie wieder schwanger war, und sich vor den bevorstehenden Qualen fürchtete, hatte sie die Neigung verspürt, einfach einen Schritt durch eine Öffnung der Brustwehr hindurch zu tun und in die Leere zu stürzen. Doch das war die größte aller Sünden. Der Mensch mußte erleiden, was der Herr ihm auferlegt hatte.

Von der Mauerkrone der Burg Sinetra sah man das tiefe, winterliche Blau des Meeres, das sich von den weißen

Sandstränden abhob. Sinetra lag so hoch oben, daß im Osten der Blick bis hin zum Ionischen Meer reichte. Im Westen schimmerten hinter den bewaldeten Bergen die schneeigen Gipfel des Sila Grande. Die Burg überragte den Berg und die Stadt wie eine Krone.

»Contessa, der Wind zerreißt den Schirm ...«

Ortulana kämpfte mit dem über ein Gestell aus spanischem Rohr gespannten Seidenschirm. Es herrschte Winterwetter, am Himmel schwebten dünne Wolken, und Gräfin Helaine hätte den Schirm nicht gebraucht, weil sie natürlich einen Schleier vor dem Gesicht hatte. Aber der Schirm war ein Beweis ihrer Würde, und unter freiem Himmel ging sie niemals ohne Schirm.

Von der Stadt zum Ufer brauchte man eine gute Stunde Zeit. Helaine ging niemals hinunter; was hätte die Gräfin auch auf dem gefährlichen Uferweg tun sollen? Doch manchmal verspürte sie einen schneidenden Schmerz, wenn sie die dunklen Punkte sah, die sich langsam die Pfade im Tal entlangbewegten.

Von oben betrachtet sah man eingestürzte Mauern, die sich vor der Uferebene abzeichneten: Dort war vor zweihundert Jahren eine Sarazenenfestung gewesen, als Sinetra sich in den Händen der Irrgläubigen befand. Die Sarazenen mußten den Ort an die Krieger des Kaisers von Konstantinopel abtreten. Die christlichen Einsiedler kehrten in die Höhlen am Osthang des Berges zurück, die Städter errichteten auf dem Bergrücken Mauern zum Schutz vor den Raubzügen der Sarazenen.

Hinter den Ruinen der Sarazenen lagen eine halbkreisförmige Meeresbucht und ein Hafen, die wichtigste Quelle des Reichtums von Sinetra. Südlich des Hafens befand sich das Mündungsgebiet des Flußes Pietra. Das war ein Land des Todes: Von dem sumpfigen Boden stieg zur Zeit der Dämmerung giftige Luft auf. Sie machte die armen, am Ufer wohnenden Menschen krank und bedrohte alle, die von den Bergen in den Hafen herunter kamen.

In der nördlichen Ebene erstreckten sich andere Ruinen, die Häuser einer vor langer Zeit zerstörten Stadt, zerbrochene Mosaikfußböden, bei Erdbeben umgestürzte Säulen und zerschmetterte Giebeldreiecke. Einige Säulen standen noch am Rand des Ganges, der um das Forum der Stadt herumführte. Einsam stand da die Wand eines antiken Tempels, an die eine kleine Kuppelkirche angebaut worden war. Die gepflasterten Straßen führten von nirgendwoher nirgendwohin. Von der Sahara trug der Wind Sand herüber, der sich auf den Marmorstufen aufhäufte. Die Ziegen der armen Leute suchten zwischen den Platten nach Gras.

Der Fiume Pietra strömte in einer tiefen Schlucht dahin, aus der der rote Granitfelsen von Sinetra als senkrechte Wand aufragte. Weiter oben wurde der Fels zu grauem Sandstein, der voller Löcher war. Darin wohnten Hunderte von Dohlen, Falken und Schwalben. Die Einwohner von Sinetra hielten die Vögel für Glücksbringer. Sie fraßen so viele Insekten, daß die Städter niemals von Fliegen und Mücken geplagt wurden.

Die Stadt Sinetra bedeckte den Bergrücken vollständig. Die Stadt war von einer niedrigen Mauer umgeben so wie ganz allgemein die Küstenstädte Kalabriens, die alten Beuteländer der Sarazenen. Auch außerhalb der Mauer gab es Gebäude, die am Berghang klebten wie die Nester der Hausschwalben.

Der zweite Berggipfel lag auf der Landseite. Er war niedriger als der Stadtgipfel, und darauf sowie an seinen Hängen befand sich das große Nonnenkloster Santa Serena, eine verfallene Einrichtung, deren Nonnen geflüchtet waren, als die Normannen die Stadt eroberten. Santa Serena war ein griechisches Kloster, und den griechischen waren die Normannen nicht so freundlich gesonnen wie den lateinischen Klöstern.

Graf Geoffrey unterstützte das kleine Mönchskloster Johannes Evangelista unterhalb der Stadt gerade so viel, daß es am Leben blieb. Als Preis für seine Schenkungen verlangte der Graf, daß die Mönche des Klosters für seinen Erfolg beteten, solange er lebte, und ewig für seine Seele, wenn er gestorben war. Vor einigen Monaten war Graf Geoffrey bei berühmten Ärzten in Salerno gewesen und hatte, weich geworden, dem Kloster zwei große Olivenbäume geschenkt, die Gräfin Helaine gehörten, wie auch alles andere, was der Graf verschenkt hatte.

»Niemand ist so alt wie ich. Mein ganzes Leben lang habe ich die Landschaft von Sinetra betrachtet. Sechs Jahrzehnte.«

Ortulana knickste stumm, wie es ihre Aufgabe war. Die Gräfin bemerkte sie nicht einmal.

Helena Harzaniteina war zur Zeit der Herrschaft von Basileios Bulgarentöter geboren worden. Das war für die Griechen eine gute Zeit gewesen. Der furchterregende Schatten des Kaisers hatte die langobardischen Fürsten Italiens zu demütigen Untertanen werden lassen. Helenas Vater war der Turmark Genesios Harzanites, ein Anführer von fünftausend Mann und Befehlshaber der Festung Sinetra. Helenas Mutter war Langobardin, Tochter eines Landadeligen namens Angilperta. Mit vierzehn Jahren war Helena mit Grimoald, einem entfernten Verwandten, verheiratet worden, der Genesios' Nachfolger werden sollte. Das Leben von Despoina Helena war wohlgeplant und organisiert, wie auch alles andere im Byzantinischen Reich.

Dann kamen die Normannen.

Der einzige, der sie ernst nahm, war der alte Genesios, Helenas Vater. Der neue Befehlshaber der Festung, Grimoald, lachte über den spinnerten Schwiegervater.

»Diese bärtigen Schmutzfinken sollten der Macht von Byzanz etwas anhaben können? Für ein Nomisma nehme ich ein Dutzend von ihnen in Dienst, damit sie mir die Füße lecken.«

Eigentlich konnte man Grimoald nicht des Hochmuts bezichtigen. Die Griechen waren die reichsten und gebildetsten Leute der christlichen Welt. Nur sie hatten Nomismas und Solidi, die Goldmünzen, die die Normannen so wie alle anderen begehrten.

»Sie sind derselben Herkunft wie die Waräger«, sagte der bejahrte Turmark unheilverkündend. Grimoald verstummte für einen Augenblick. Im Byzantinischen Reich gehörte die Warägergarde des Kaisers zur militärischen Elite, die man zum Kämpfen dorthin schickte, wo es am gefährlichsten war.

»Die Waräger sind von den Griechen geschult worden«, fiel Grimoald dann ein. »Die Normannen sind zuchtlose Räuber. Sollen sie gegen die Sarazenen kämpfen, da wird rohe Kraft gebraucht. Der Grieche siegt mit Hilfe der Kriegskunst. Davon verstehen die Normannen nichts.«

Grimoald konnte zeigen, daß er etwas von der Kriegskunst verstand, als eine normannische Söldnertruppe auf der Suche nach Beute über die Ebene von Sinetra ausschwärmte. Der Angriff der normannischen Reiter in ihrer schweren Rüstung machte aus ihm und seinen kunstvoll angeordneten Fußsoldaten Kirschkompott. Das Leben von Helena Harzaniteina veränderte sich, als die Sieger des Kampfes in ihren Kettenhemden in die Burg von Sinetra einmarschierten. Sie sahen sich mit ihren bedächtigen Kriegeraugen um und begannen sogleich, Verbesserungen für die Verteidigung der Festung zu planen. Helena sollte bald erkennen, daß die Normannen niemals an etwas anderes als an Krieg dachten.

»Dieser Mann, ein Normanne – sein Name ist Cavaliere Geoffrey, und er stammt aus Vesaux, wo immer das auch sein mag –, will Sinetra, ohne die Stadt zu zerstören.«

Der alte Genesios Harzanites war ein guter Unterhändler von würdigem Aussehen, aber so alt, daß die andere Seite ihn nicht zu fürchten und nicht zu beweisen brauchte, daß sie stärker war als er.

»Geoffrey will eine Stellung«, sagte Genesios vorsichtig. »Er will, daß der Erzbischof und die Stadt ihn als Burgherrn anerkennen.«

»Das kann der Katepan nicht akzeptieren. Die Soldaten des Kaisers werden die Normannen vernichten.«

Der Katepan war der vom Kaiser von Konstantinopel entsandte Statthalter in Süditalien. Er gehörte immer zu den vornehmsten Familien des Reiches und war oftmals ein Verwandter des Kaisers. Damals, vor einem Vierteljahrhundert, war der Katepan ein mächtiger Herr. Der heutige Katepan hielt mit Ach und Krach die Stadt Bari an der Ostküste von Apulien. Mehr war von der Macht Byzanz' in Süditalien nicht übrig.

»Vom Kaiser ist nichts mehr zu erwarten, auch nicht vom Katepan. Sie haben Wichtigeres zu tun als die Rückeroberung von Sinetra zu planen. Byzanz verliert allmählich ganz Italien. Die östlichen Bezirke sind um ein Vielfaches wichtiger als die westlichen. Um Italien kümmert sich niemand. Wir müssen uns schützen und anpassen. Dein Anteil daran ist wichtig, meine Tochter.«

»Natürlich gehorche ich meinen Eltern«, sagte die Witwe.

Am liebsten wäre Despoina Helena ins Kloster gegangen. Sie war Mitte Dreißig, hatte vier tote Kinder geboren und wollte den Schrecken von Fehlgeburten und mißglückten Geburten nicht noch einmal erleben. Doch die Familie brauchte Helena. Sie schwieg über ihre eigenen Wünsche.

Es wurde ein Verzeichnis von Helena Harzaniteinas Besitztümern erstellt und Cavaliere Geoffrey vorgelesen. Der Mann konnte weder lesen noch schreiben. Helena konnte sowohl Griechisch als auch Latein lesen, jedoch keines von beiden schreiben.

Helena besaß Ländereien, die mindestens an zwanzig Stellen verstreut lagen. Sie hatte je ein Haus in Sinetra, Taranto, Bari und Reggio. Ihr gehörten Wassermühlen, Olivenbäume hier und dort sowie ein großes Landgut mit Maulbeerbäumen. Außerdem hatte sie als väterliches Erbe das Charistike-Recht auf ein kleines Kloster in der Stadt Bari. Charistike bedeutete, daß der Kaiser Turmark Genesios und zwei Generationen seiner Erben zum Schirmherrn des Klosters der Hagia Olympiada von Bari ernannt hatte. In der Praxis bedeutete die Ernennung, daß der Rechtsnachfolger den größten Teil der Einkünfte des Klosters erhielt. Viel Ertrag brachte das Olympiada-Kloster nicht, aber den Normannen war auch das Spanholz recht. Helena Harzaniteina hatte noch sie so habgierige Menschen getroffen, wie es ihr neuer Ehemann und dessen Kampfgefährten waren.

Nach Art der Normannen wurde aus Cavaliere Geoffrey der Graf von Sinetra und aus Helena Harzaniteina die Gräfin Helaine. Mit den Geburten ging es so gnadenlos weiter wie zuvor.

Etwas war jedoch gewonnen. Graf Geoffrey erlaubte es Helaines Eltern und ihrem jüngeren Bruder, ins Kloster zu gehen. Er gab ihnen eine reichliche Mitgift aus dem Vermögen seines Schwiegervaters mit, den er sofort in Besitz genommen hatte. Geoffrey stammte aus unbedeutender Familie und war froh, vornehme Schwiegereltern zu haben.

»Bilde dir nur nicht ein, du seist besser als ich, auch wenn du lesen kannst und auf griechische Art schöntun.

Verschaff mir einen Erben und kümmere dich um die Wirtschaft der Burg. Wenn ich zufrieden bin, bist du es auch.«

Aber die Kinder starben, und Graf Geoffrey war nicht zufrieden. Er war jedoch zu schlau, als daß er Helaine verstoßen hätte.

Kalabrien und die Bevölkerung von ganz Süditalien waren eine Mischung aus alten Griechen und Römern, später eingewanderten Langobarden, Nachkommen von Sarazenen, neuen Griechen und eingewanderten Armeniern, aus Sizilien geflüchteten Christen und Beamten, die aus Konstantinopel entsandt worden waren. In Kalabrien wurde etwa gleich viel italienisch und griechisch gesprochen.

Die Bevölkerung murrte gegen Byzanz – die Steuern waren hoch, und man bekam durch sie doch keinen ausreichenden Schutz gegen die Raubzüge der Sarazenen. Graf Geoffrey hegte nicht die Befürchtung, seine Untertanen könnten für den griechischen Kaiser rebellieren. Dagegen verlockten die langobardischen Fürstentümer, in Kalabrien besonders Salerno, die Menschen, gegen die neuen Herren zu intrigieren. Graf Geoffrey wollte keine Schwierigkeiten mit Städtern und Bauern haben: Sie waren wertlose Gegner, und sie zu vernichten, wäre Zeitverschwendung gewesen. Das vornehme langobardische Erbe von Gräfin Helaines Mutter war ein Garant dafür, daß der Frieden erhalten blieb.

»Deine Familie ist nützlich«, sagte Graf Geoffrey nach dem dritten toten Kind. »Du kümmerst dich gut um das Haus und die Leute. Du darfst am Leben bleiben, auch wenn du eine erbärmliche Gebärerin bist.«

Das war die einzige Freundlichkeit, die Graf Geoffrey seiner Frau jemals sagte. Und selbst das war mehr, als Helaine erwarten konnte. Sie wunderte sich über dieses Zugeständnis noch lange nach dem Ende der Schwangerschaften.

Geoffrey war einige Jahre jünger als Helaine, gedrungen wie ein Eichenstamm und stark wie ein Ochse. Es war seltsam, daß sein Gesundheitszustand sich vor dem seiner Frau verschlechterte. Das geschah unmerklich; er versuchte, seine angeschlagene Verfassung möglichst lange zu verheimlichen, denn er fürchtete – und nicht zu unrecht – daß die wilden Normannenkrieger einem kranken Anführer nicht gehorchen würden.

Helaine war über die Krankheit ihres Mannes nicht nur erfreut. Sie erwartete inbrünstig seinen Tod, um vor ihrem eigenen Tod wenigstens einige Zeit im Kloster Hagia Olympiada verbringen zu können. Aber es wäre besser, wenn Geoffrey so stürbe, wie es einem Krieger gebührt: auf einen Schlag und nicht durch Siechtum.

»Mein Herr, du solltest nach Salerno fahren und dich mit den Ärzten beraten. Die Heiler von Salerno sind berühmt. Vielleicht können sie deine Qualen lindern.«

Helaine konnte ihre Verblüffung kaum verbergen, als ihr Mann ohne weiteres einwilligte. Erst später begriff sie, daß die Normannen, die vor Freunden schreckliche Wunden klaglos ertragen mußten, tiefes Entsetzen vor einer Krankheit hegten, die im Innern des Menschen nistete.

Geoffrey kehrte aus Salerno zurück und brachte ein Tongefäß mit Deckel mit, das eine pulvrige Arznei enthielt. Dieses Pulver gab er zu ihrer Verwunderung Helaine in Obhut.

»Tu mir davon abends eine Messerspitze voll in den Wein«, sagte er schroff. »Aber jetzt noch nicht. Ich sag dir Bescheid, wenn ich es nicht mehr aushalte.«

Sehr bald schon befahl Geoffrey Helaine dann, ihr den Arzneiwein zu mischen. Wenn er ihn getrunken hatte, schlief er viele Stunden lang einen bleiernen Schlaf. Helaine erkannte am Geruch, daß die Arznei Belladonna enthielt.

Tagsüber lebte Graf Geoffrey mit den Männern so wie bisher, ging auf die Jagd, ritt über seine Ländereien und machte den Bauern Angst. Helaine sah, daß er Schmerzen hatte, und auch die Männer begriffen allmählich, daß ihr Herr todkrank war. Nach einiger Zeit schlief er nachts nicht mehr, sondern warf sich hin und her und stöhnte. Die Arzneimenge mußte erhöht werden.

In Sinetra, sowohl in der Stadt als auch in der Burg, herrschte eine unruhige Stimmung. Graf Geoffrey hatte sich der Rebellion gegen Robert Guiscard angeschlossen. Er brach seinen Treueschwur nicht aus einem prinzipiellen Grund. Die Normannen scherten sich nicht um so große Dinge wie Freiheit und Gerechtigkeit, die die Menschen bis ins Innerste bewegten, obwohl sie nicht zum praktischen Leben paßten. Graf Geoffrey rebellierte, weil er die Brüder Hauteville beneidete.

Robert Guiscard hatte nicht die Kraft und auch nicht die Leute, jede rebellische Burg zu erobern. Früher oder später, in einem Monat oder in einem Jahr, würde er sein Augenmerk jedoch auf Sinetra richten, denn er vergaß nichts und gab niemals klein bei.

Der Graf ließ in der Steinhauerei der Stadt einen Sarkophag aus Sandstein für sich fertigen. Der Sarg wurde in die Burg gebracht und in der Halle aufgestellt. Der Steinsarg wurde mit dem Deckel verschlossen, damit die Kinder nicht darin spielen konnten.

»Ein griechischer Fürst würde die irdischen Dinge ruhenlassen und sich zurückziehen, um mit weisen und frommen Männern zu sprechen«, wagte die Gräfin zu bemerken.

»Ich spüre und weiß, daß ich sterbe«, versetzte Graf

Geoffrey. »Ich werde mein Totenbett arrangieren, wenn der Zeitpunkt gekommen ist.«

Gräfin Helaine entdeckte die Jagdgesellschaft, als sie begann, den steilen, gewundenen Pfad von der Ebene zur Stadt Sinetra zu erklimmen. Sie wußte, daß der Zeitpunkt gekommen war. Der Zug kam nur langsam und mühsam voran. Auch von weitem erkannte man, daß auf einem der Pferde zwei Reiter saßen.

Die Gräfin faßte Ortulana am Arm.

»Hilf mir hinein.«

Helaine ging mit kurzen Schritten und gebeugtem Rükken, die mit duftenden Salben eingefetteten Hände lagen geädert auf dem Handgelenk des Mädchens.

»Richtet dem Burgherrn in der großen Halle ein Bett her. Befehlt den Leuten zu wachen. Schickt jemanden in das Kloster Johannes des Evangelisten, den Abt zu rufen. Sie sollen die heilige Ikone mitbringen. Und wahrscheinlich muß auch der Bischof hergebeten werden.«

»Der Herr kommt nach Hause, um zu sterben. Alles muß bereit sein.«

Graf Geoffrey stöhnte vor Schmerzen, hustete Blut und Schleim und fuchtelte mit den Armen, beruhigte sich aber, als er ins Bett gelegt wurde. Man bettete ihn so, daß er nach Osten blickte. Sein ältester Kumpan, Ritter Oderan, faltete ihm die Hände auf der Brust. Gräfin Helaine kniete auf der einen Seite des Bettes, seine Waffengefährten auf der anderen. Priester und Mönche hielten sich etwas abseits. Die übrigen Leute standen entlang der Wände, versteckten sich in den Eingängen zu den Kammern, schluchzten und beklagten die Schrecken des Todes. In dem Raum war es kalt, in der Feuerstelle lagen schwarze Kohlen, die Todeskerzen wurden in dem dunkelnden Abend entzündet.

»Es ist traurig, dieses schöne und reiche Land zu verlassen, das ich selbst durch meine Kühnheit erobert habe«, sagte Graf Geoffrey feierlich. »Mit meinem Herrn Robert Guiscard stehe ich auf Kriegsfuß. Er ist ein großer Krieger, es ist traurig, daß ich ihn nicht mehr sehen werde. Oderan, tritt näher.«

Die normannischen Freunde des Grafen, die zehn Jahre lang seine Waffenbrüder gewesen waren, drängten sich dicht an das Lager heran. Alle weinten, und diejenigen, die konnten, legten ihre Hand auf das Bett.

»Ihr meine Freunde, verzeiht mir, wenn ich mich gegen euch versündigt habe. Denjenigen, die mich gekränkt haben, verzeihe ich hier und vor Gott.«

Die Männer murmelten und verbeugten sich kniend.

»Lebt wohl, meine lieben Gefährten. Ich muß euch für immer verlassen. Jetzt muß ich vor Gott hintreten. Ich will in der Klosterkirche Johannes des Evangelisten beigesetzt werden, wo die frommen Brüder für meine Seele beten werden.«

Der Graf wandte ein wenig den Kopf. Die Priester traten an sein Bett.

»Gott, verzeih mir aus Gnade alle meine Sünden vom Augenblick meiner Geburt bis zu diesem Tage, an dem ich sterbe.«

Die Priester begannen leise das Sterbelied zu singen. Erzbischof Leonas bekreuzigte den Sterbenden.

»Mein treuer Vater, der du niemals lügst, der du Lazarus von den Toten auferweckt und Daniel aus der Höhle des Löwen errettet hast, errette meine Seele aus allen Gefahren und Sünden, die ich in meinem Leben begangen habe.«

Graf Geoffreys Stimme war erstaunlich stark, und er brauchte während der Commendatio animae, des Gebets bei der Übergabe der Seele, kein einziges Mal zu husten.

Der Erzbischof reichte dem Grafen das Abendmahl des Herrn.

Geoffrey sah kein einziges Mal seine Frau an, mit der er fünfundzwanzig Jahre verheiratet war. Helaine erwartete auch keine Aufmerksamkeit. Natürlich waren dem Mann seine Gefährten am liebsten, und seine Frau hatte nicht einmal ein Kind geboren, von dem der Mann sich hätte verabschieden können.

Nach dem letzten Gebet blieb nur noch das Warten. Graf Geoffrey sagte kein Wort und sah die Lebenden nicht an. Die Mönche hielten ihm abwechselnd die Ikone vor, die er ansah, wenn er nicht hustete. Der Sterbende hatte seine Seele übergeben. Er hatte keinen Anteil mehr an der Welt der Lebenden.

Die Gefährten hielten Graf Geoffrey im Bett fest, als die Krämpfe ihn auf den Boden zu werfen drohten. Zuletzt erstickte er an seinem eigenen Blut; da graute schon der Morgen, und die Wachenden waren müde. Man öffnete die Tür, damit die Seele davonfliegen konnte.

Sofort nach dem Tod des Hausherrn kehrte die Macht in der Burg in die Hände von Gräfin Helaine zurück. Sie befahl den alten Frauen, den Leichnam zu waschen und ihm seine beste Tunika anzuziehen. Die Waffenbrüder legten sich für einige Stunden zur Ruhe.

Es gab keinen Grund, die Beerdigung auf den folgenden Tag zu verschieben. Die Waffenbrüder waren zugegen, und Verwandte gab es nicht. Niemand wollte einen ungeweihten Toten länger als irgend nötig im Hause haben.

Den steinernen Sarg zur Burg hinaus und aus der Stadt hinunter auf den Bergausläufer zu tragen, auf dem das Kloster des Evangelisten Johannes lag, war eine fürchterliche und langwierige Arbeit, die sich die Waffenbrüder des Verstorbenen teilten. Die Städter knieten unterwegs aus Höflichkeit nieder, ohne sich weiter zu grämen oder zu freuen. Graf Geoffrey war ein harter Herr gewesen. Ganz gleich, wie demütig die Städter versucht hatten, seinen Zorn zu vermeiden – nach Art der Vornehmen, die unter Verfolgungswahn leiden, hatte er überall Ränke und Verschwörungen gewittert. Die Bewohner der Stadt interessierten sich für nichts anderes als für Handel und Handwerk. Dennoch wurden oft Leute gehenkt. Nach dem Grafen war ein neuer Normanne zu erwarten, der die Stadt gleichfalls mit Steuern belegen würde.

Jemand rief einen Gruß, als Gräfin Helaine, auf zwei Dienerinnen gestützt, vorbeiwankte. Sie kam aus einer alten, angesehenen Familie. Die arme Frau war ein Opfer der Normannen.

Die Kirche des Evangelisten Johannes war so klein, daß zwei davon in die große Halle der Burg Sinetra hineingepaßt hätten. Es war eine Kreuzkirche, mindestens dreihundert Jahre alt, und galt als besonders heilig. Die Fenster, enge Durchlässe, lagen hoch oben in den schmalen Steinwänden. Drinnen war es ziemlich finster. Die nachgedunkelten Ikonen schimmerten im Ikonostas. An den Wänden standen rauchgeschwärzte Apostel, die Hand in einer segnenden Geste erstarrt. Vom Pantokrator-Fresko der Decke war ein Teil herabgefallen.

Die Kirche duftete nach Erde und uraltem Räucherwerk. Der Keller unter dem Fußboden aus gestampfter Erde war voller Verstorbener, Särge aus Stein in mehreren Schichten. Es herrschte eine drangvolle Enge; aus den Sarkophagen mußte man die alten Knochen entfernen, damit die Leichen der Mönche untergebracht werden konnten, wenn die Bewohner des Klosters starben.

Aber Geoffrey war der Graf von Sinetra. Für seinen Sarg fand sich Platz, allerdings hoch oben auf einem alten Sarkophag.

»Für deinen Sarg müssen wir einen geringeren Verstorbenen umbetten«, beklagte sich der Abt bei Helaine. »Es dürfte das beste sein, das rechtzeitig zu tun. Du bist älter als dein Mann.«

»Mach dir um mich keine Sorgen, Vater.«

Helaine war zuletzt als Kind so glücklich gewesen. Das geheimnisvolle Dunkel der Kirche füllte sich mit ihrer Freude und Dankbarkeit.

»Ich werde in der Klosterkirche der Hagia Olympiada in Bari bestattet.«

Endlich Frieden. Noch einige Jahre oder Monate Zeit zum Meditieren, Zeit ohne die Sorgen eines großen Haushalts.

Gräfin Helaine lächelte den verblüfften Abt selig an.

»Fort mit den Seidenkleidern, fort mit den Ohrringen, fort mit Wangenrot und Lidfarben«, sagte die Gräfin. »Nie wieder brauche ich mir das Gebrüll der Normannenkrieger anzuhören.«

Der Abt nickte mitfühlend. Wer wäre nicht derselben Meinung über die Normannen, ihre plumpen Geschichten und ihre groben, einfachen Lieder gewesen? Eine wilde und zügellose Rasse, diese Normannen. Der Abt freute sich für die alte Gräfin.

Die Kirchentür ging auf. Winterliches Licht kam herein und mit ihm zusammen der älteste Soldritter von Sinetra.

»Herrin. Komm.«

Gräfin Helaine schleppte sich am Arm des Abtes hinaus. Sie war so müde, daß ihr die Seele schmerzte.

Fahnen und Wimpel in lichten Farben erhellten den fahlen Tag. Kettenhemden blinkten, die Wappenfarbe von Schildern leuchtete. Lanzenspitzen funkelten, Umhänge wehten. Überall Pferde und schwerbewaffnete Männer.

Gräfin Helaine schloß die Augen. Sie schluchzte untröstlich.

Ritter Oderan wirkte verwirrt. Er war böse überrascht worden.

»Herzog Robert Guiscard hat diese Männer gesandt. Willst du, daß wir kämpfen, Herrin?«

»Habe ich das zu entscheiden?« flüsterte Helaine.

»Es ist niemand anders da.«

13. Kapitel

1068

»Contessa, Herzog Robert de Hauteville läßt dich grüßen.«

Der Normanne schien die ganze große Halle von Sinetra auszufüllen. Er war so lang, daß Gräfin Helaine den Kopf in den Nacken legen mußte, um sein Gesicht zu sehen. Er war so breit, daß Helaine nicht an ihm vorbei den hinteren Teil der Halle sehen konnte. Aber auch ohne das wußte sie, was dort war: noch mehr von diesen grobschlächtigen Männern, die so gewaltig und plump waren wie die Bären in den Apenninen.

»Mein Name ist Olaf, und man nennt mich nach meinem Schiff Sturmfalke. Auf italienisch lautet mein Name Falco, wenn du dir das besser merken kannst. Der Herzog hat mich zum Militärbefehlshaber von Sinetra ernannt.«

Die Gräfin fuhr zusammen. Der Mann sprach griechisch, unsicher, aber mit der Aussprache eines Menschen, der die Sprache von Geburt an gesprochen und dann die Wörter vergessen hatte.

Kein gewöhnlicher Normanne, obwohl er helles Haar und graue Augen hatte. Von den Warägern der kaiserlichen Garde sagte man, daß sie so aussähen. Gräfin Helaine hatte niemals einen zu Gesicht bekommen.

Der Umhang des Mannes machte, daß die Halle von Sinetra vor Neid den Atem anhielt. Er war aus leuchtend blauer Wolle und das Futter durchgehend aus weißem

Pelz, ein großartiger Schutz gegen die Winterwinde von Kalabrien. Der Umhang wurde auf der rechten Schulter von zwei goldenen, emaillierten Fibeln gehalten, die durch eine goldene Kette verbunden waren.

»Deine Krieger dürfen ohne Bestrafung in meinen Dienst treten, obwohl sie gegen den Herzog rebelliert haben. Robert Guiscard ist ein gütiger Herr.«

»Herr, warum sprichst du die Sprache der Griechen?«

»Ich bin in Konstantinopel aufgewachsen, Despoina. Im Halyspalast in der Davidstraße. Meine Verwandten sind die Familie Skleros, ein weniger bedeutender Zweig.«

Auf Helaines Gesicht erblühte plötzlich ein Lächeln, das für sie selbst befremdlich war. Es war so lange her, daß sie von Herzen gelächelt hatte. Die Skleros' gehörten zu den vornehmsten Familien von Byzanz. Endlich hatte Helena Harzaniteina einen Aristokraten vor sich, den sie als ebenbürtig ansehen konnte.

»Du bist in Sinetra willkommen, Juvalos Geraki.«

Da lächelte auch der Normanne. Helaine, sechzigjährig und des Lebens gründlich müde, verspürte Wärme in sich.

Unter den goldroten Locken hatte der Ankömmling eine hohe Stirn, die von buschigen roten Augenbrauen unterbrochen wurde. Die Büschel der Brauen standen in komischem Widerspruch zu der geraden Nase, den hohen Wangenknochen und dem kräftigen, aber wohlgeformten Kinn. Das Lächeln ließ auf seinen Wangen verlockende Grübchen entstehen. Die Augen unter den buschigen Brauen waren eisengrau, schmal und aufmerksam. Sie sahen die alte Frau freundlich an. Helaine dachte verblüfft, daß dieser Mann trotz seiner Jugend ihre Erschöpfung verstand.

»Contessa«, sagte der Mann mit matter Stimme. »Ich bin gezwungen, dich zu heiraten. Das wirst du wohl verstehen.«

Helaine seufzte. Sie würde in ihrem Leben wohl nie mehr Helena Harzaniteina sein können.

»Ich wollte nach Graf Geoffreys Tod ins Kloster gehen«, flüsterte sie. »Aber Gott lenkt.«

Gräfin Helaine hätte ins Kloster fliehen können. Nach einer halbjährigen Probezeit würde man sie als Nonne aufnehmen, und ihre Mitgift würde dann dem Kloster gehören. Aber die Wirklichkeit war nicht dasselbe wie das Gesetz: Wenn der Ehemann sie vielleicht auch nicht aus dem Kloster rauben würde, die Mitgift würde er auf keinen Fall herausgeben. Und kein bedeutendes Kloster nahm gern einen alten Menschen auf, der so arm war wie eine Kirchenmaus.

Der Mann nickte.

»Die Ehe mit dir macht mich zum Grafen von Sinetra. Sei nicht traurig, Contessa. Ich werde dir keine Mühe machen. Ich werde dafür sorgen, daß du nach griechischer Art deine Andachten halten kannst, so als wärst du im Kloster.«

Helaine versuchte sich zu verbeugen, verlor den Stock aus der Hand und wäre beinahe gestürzt. Olaf Falco ergriff ihren Arm.

»Nach einer Weile kannst du dich in dein Kloster in Bari zurückziehen«, versprach er. »Ich denke, das wird leicht gehen wegen deines Alters. Und es gibt noch einen anderen Grund.«

Gräfin Helaine schaffte es, sich am Arm des Normannen zu verbeugen.

»Herr, kann ich gehen und ruhen? Der Parakoimomenos Simeon wird dir das Nachtlager richten, wo du es wünschst.«

»Ingvar Trinkhorn, geleite die Gräfin zu den Frauengemächern.«

Der junge Bursche verneigte sich vor Helaine und bot

ihr den Arm. Die Kriegerschar bildete eine Gasse, als die Gräfin von Sinetra aus der großen Halle der Burg hinausschlurfte.

Im Hof der Festung Sinetra gab es im Schutz der dicken Mauern eine Menge verschiedener Gebäude: außer Donjon und Halle zwei Küchen, ein Haus für die Diener, Vorratsgebäude, Pferde- und Viehställe. Auch eine kleine Kapelle mit einer Kuppel hatte man neben dem Wohnhaus des Burgherrn, dem Palast, untergebracht. Alle Häuser waren aus gebrochenem Stein und gelben Ziegeln errichtet. Die Stadt Sinetra war zum Teil aus Holz gebaut, aber für die Festung war wegen der Brandgefahr nur Stein verwendet worden.

Das Wohnhaus des Burgherrn war ein viereckiger, zweigeschossiger Palast. Ein Säulengang mit Rundbogen umgab das Erdgeschoß von allen Seiten. Vom Gang führten Türen in die jeweiligen Räume und eine Treppe ins Obergeschoß. Die Kammern dort hatten große Bogenfenster. Schmuckziegel und eine komplizierte Mauerung belebten Bögen und Wände. Im Palast gab es so viele Türen und Fenster, daß es unmöglich war, ihn zu verteidigen, und das war auch nicht beabsichtigt. Falls der Feind über die Mauern kam – und wie hätte ihm das gelingen können, da doch überall außer beim Tor steil abfallende Felswände waren? –, zogen die Leute sich in die leicht zu verteidigende Halle und von dort in den Donjon zurück.

Die Dienerin Ortulana erwartete die Gräfin vor dem Hause. Das Mädchen wirkte ängstlich.

»Contessa ...«

Helaine seufzte schwer.

»Ich habe jetzt nicht die Kraft mir anzuhören, wer was kaputtgemacht hat, Ortulana. Ich will ins Bett.«

»Contessa, dein Bett ist besetzt.«

»So, so«, sagte die Gräfin und erfaßte sofort die Lage.

Es gibt noch einen anderen Grund – so hatte eine Anspielung des Normannen gelautet. Helaine de Sinetra wollte den anderen Grund sehen.

Die Wohnung des Burgherrn war der größte Raum des Hauses. In den übrigen Räumen des Palastes wohnten die Ritter, die Familie hatten, hinter dem Palast befand sich die Abteilung der Frauen, das Gynakeion, sowie das Bad.

Diese Ordnung war während der Normannenzeit beibehalten worden, denn Graf Geoffrey mischte sich nicht in die Art und Weise ein, in der Helaine den Haushalt führte, da doch alle seine Bedürfnisse befriedigt wurden, noch ehe er einen Befehl ausgesprochen hatte. Der Palast war der Bereich der Frauen und stand unter der Herrschaft der Gräfin so wie auch die Vorratslager außer dem Reitzubehör und den Waffen. Der nächste Untergebene der Gräfin in der Wirtschaft war der Haushofmeister, der Parakoimomenos, den die Normannen Majordomus nannten. Der Haushofmeister hieß Simeon, ein noch junger Mann, den Gräfin Helaine selbst ausgebildet hatte.

Simeon war ebenso nervös wie Ortulana. Er stand ratlos im Raum des Hausherrn. Dort herrschte ein Halbdunkel so wie in allen von den Steinwänden verschatteten Zimmern des Erdgeschosses. Licht fiel nur durch die kleinen Fenster des Säulengangs herein.

Auf der Feuerstelle der Außenwand brannte ein Feuer. Helaine bemerkte das Feuer sofort; in der Festung durfte außer in der Küche zur Essensbereitung ohne Erlaubnis des Grafen oder der Gräfin kein Feuer angezündet werden.

Malereien in leuchtenden Farben schmückten die Wände. Sie stellten das Landleben, die Jagd und eine Stadt dar, durch die ein Fluß strömte. Die Malereien waren alt. Sie waren mindestens hundert Jahre vor Helaines Geburt entstanden. Vor einiger Zeit hatte man sie mit Weizenbrot gereinigt, und nun erstrahlten sie auch im Halbdunkel so, als schiene die Sonne darauf.

Ein ferner Vorfahr hatte die Fenster mit Porphyr rahmen lassen. Oberhalb der Tür befand sich ein Mosaik, das von Petrus' Fischfang erzählte. Das hatte Turmark Genesios, Helaines Vater, seiner Braut Angilperta zur Hochzeit geschenkt.

Im Zimmer gab es Hocker, hohe Kerzenständer und Holztruhen, in denen das Eigentum des Burgherrn und seiner Familie aufbewahrt wurde. Die Truhen waren geöffnet. Stoffe, Schuhe und Kragen quollen daraus hervor. Auf dem Marmorfußboden lagen überall Sachen verstreut.

Das Bett des Burgherrn war eine Konstruktion aus Eichenholz, dekorativ geschnitzt und mit Vorhängen geschützt. Graf Geoffrey hatte dieses Bett angeschafft, und es war so viel wert wie ein kleines Haus. Wenn es Gräfin Helaine schlecht ging und ihr die Knie schmerzten, verbrachte sie den ganzen Tag darin.

Das Bett hatte eine neue Bewohnerin.

Eine Normannenfrau ruhte entspannt in den Kissen. Träge zog sie einen Kamm durch ihr dickes, schwarzes Haar. Sie hatte die weinrote Dalmatika der Gräfin angezogen und trug deren Ohrschmuck, der ihr bis auf die Schultern herabhing. Feindselige dunkelblaue Augen blickten unter den dichten Wimpern hervor. Die Frau hätte Gräfin Helaines Enkelin sein können.

Neben dem Bett saß eine dicke junge Frau. Sie hielt ein gewickeltes kleines Kind auf dem Schoß. Eine ältere Frauensperson kam Helaine mißtrauisch entgegen.

»Wer bist du, und was machst du hier?«

Die Frau sprach das Französisch der Normannen. Helaine erriet sofort, wer das war: die treue Dienerin, die sowohl ihre Herrin als auch alle anderen gern herumkommandierte.

»Ich«, sagte Helaine und hob die Brauen, »bin die Gräfin von Sinetra und stehe gerade in meinem eigenen Zimmer.«

»Das Zimmer gehört nicht dir, sondern Donna Adela und ihrem Sohn«, versetzte die Frau energisch. »Du kannst woanders hinziehen.«

»Das werde ich gern tun, sobald der neue Hausherr mir einen Platz anweist.«

»Corba, laß die Alte sein«, zischte die normannische Schöne. »Messer Olaf muß sie heiraten. Such ihr einen erträglichen Winkel, damit sie bis zur Hochzeit am Leben bleibt.«

»Die Kirche will die dritte Ehe von Gräfin Helaine nicht recht billigen«, sagte Stein der Skalde mitten im Gespräch. »Die Priester können sich bei dir beschweren. Ich habe gehört, daß der Erzbischof gereizt ist.«

Der Normanne in seinem gleißenden Kettenhemd hielt sein Pferd an.

»Ich bin verärgert über die Reden des Erzbischofs«, fauchte Olaf Falco, der Graf von Sinetra. »Die Priester sollen Gott dienen und gegen das Böse kämpfen. Die Ehesachen der Menschen gehen sie nicht das mindeste an.«

»Die Griechen denken anders. Ihrer Ansicht nach ist die Ehe eine Sache der Kirche«, bemerkte Stein. »Deshalb hat ein Priester dich und Helaine getraut, und der übliche Vertrag genügte nicht.«

»Er hätte mich nicht trauen sollen, wenn er die Ehe nicht billigt.«

»Und sein Leben verloren?«

Die Normannen waren auf dem Rückweg von einer Besichtigung des Hafens von Sinetra, und Olaf Falco hatte auch ohne Eheprobleme Sorgen.

Ein Seemann sah sofort, daß der Hafen an einer ausgezeichneten Stelle lag: in einer geschützten Bucht, die groß genug war zum Lenken eines Schiffes. Auch die Konstruktionen waren befriedigend, die Verladekais und die Uferspeicher in gutem Zustand. Olaf und Stein planten dort eine Schiffswerft, denn in den waldigen Bergen Kalabriens gab es Holz in unbegrenzter Menge.

Das Schiff Sturmfalke war zum Abkratzen und Reparieren an Land gezogen worden. Darum herum wimmelten Männer, die das Schiff kalfaterten und teerten. In einiger Entfernung stand eine Kette von Wachleuten in voller Rüstung. Der Graf setzte seine besten Männer unter Führung von Glum Mißgestalt für die Bewachung des Schiffs ein. Der Sturmfalke war ein Schatz, den viele gern an sich gebracht hätten. So zufrieden Olaf gegenwärtig auch mit seinem Glück war, so überließ er doch nichts ihm oder dem Zufall.

Er, der Seemann, freute sich über den wunderbaren Hafen. Der Krieger in ihm wiederum erkannte, daß man den Hafen nicht verteidigen konnte. Die Mündung der Bucht war zu breit: Man konnte dort keine zwei Türme mit einer dazwischen hochzukurbelnden Kette errichten, wie sie in Konstantinopel die Einfahrt zum Goldenen Horn absperrte. Außerdem nützte die Absperrung der Bucht kaum etwas, weil der Feind weiter entfernt landen konnte.

Der Älteste unter den Kaufleuten der Stadt begleitete den neuen Burgherrn, dankbar dafür, daß der normannische Aristokrat Interesse an dem für die Stadt lebenswichtigen Hafen zeigte. Die hohen griechischen Beamten der Stadt, die Archonten, waren verschwunden, als Olaf Falco vor den Toren erschien. Sie würden irgendwann zurückkehren, wenn sie fanden, daß die Lage sich beruhigt hatte. Der Älteste der Kaufleute wollte den neuen Grafen so bald wie möglich kennenlernen.

»Herr, die Sarazenen kommen vom Meer her. Aber es gibt auch andere Feinde.«

Olaf Falco nickte. Höflich, wie er war, benannte der Kaufmann die anderen Feinde nicht näher: Die Griechen konnten versuchen, Sinetra zurückzuerobern, obwohl das nach über zwei Jahrzehnten nicht wahrscheinlich war. Die Langobarden konnten sich, aufgehetzt vom Herzog von Salerno, zu einem Aufstand erheben. Das konnte Graf Olaf verhindern, indem er die Bevölkerung gut behandelte. Dafür bedurfte es nach der Schreckensherrschaft von Graf Geoffrey keiner besonderen Anstrengungen. Am wahrscheinlichsten war, daß irgendein normannischer Abenteurer in Sinetra sein Glück versuchen würde.

»Wir können die Anleger und Vorratslager nur vom Land her verteidigen«, sagte Stein der Skalde. »Das ganze Gebiet vom Meeresufer bis zum Fluß muß verschanzt werden. Im Hafen muß es eine ständige Garnison geben.«

»Damit haben wir für ein oder zwei Jahre reichlich zu tun. Sämtliche Einkünfte der Grafschaft gehen für die Befestigung des Hafens drauf.«

»Warum hat Graf Geoffrey das nicht gemacht?«

Olaf Falco zuckte die Achseln.

»Er hat sich auch sonst um nichts gekümmert. Die Burg verfällt, und durch die Stadtmauern kann ein Hase schlüpfen. Hier gibt es viel zu tun. Aber Sinetra wird für uns ein großartiger Ort werden.«

Der Konvoi ritt gemächlich dem Berg und der Stadt Sinetra entgegen, die im Binnenland aufragten. Mit dabei waren Männer vom Sturmfalken, Normannen aus Meilhan und Krieger, die sich in Apulien Olafs Truppe angeschlossen hatten. Olaf hielt Graf Geoffreys ehemalige Ritter immer in seiner Nähe. Sie hatten dem neuen Grafen den Treueeid geleistet, indem sie ihre Hände zwischen seine gelegt hatten. Dennoch warnte Stein der Skalde Olaf, den neuen Männern zu vertrauen.

»Warum sollte ich ihnen nicht trauen? Sie haben keinen Herrn und keinen Ort, wo sie hingehen könnten. Sie sind eine notwendige Kampfkraft in Sinetra, sie kennen Land und Leute. Ritter Oderan macht den Eindruck eines ehrenhaften Mannes. Außerdem habe ich ihre Familien als Geiseln.«

Olaf Falco sah Stein den Skalden mitfühlend an. Stein lächelte. Er war eifersüchtig, und Olaf verstand das.

Meistens konnte Stein seinen Besitzerdrang verbergen. Aber die Normannen erweckten in ihm eine diffuse Angst: Sie hatten eine ebensolche Erziehung und Denkweise wie der Sturmfalke.

Steins Jugend war mit Viehhüten auf Grönlands grünen Wiesen vergangen. Olaf war im Gefolge des Herzogs Seite an Seite mit seinen normannischen Gefährten geritten. Stein wußte, daß er ein fürchterlicher Kämpfer war, aber er würde niemals so wie die Normannen die Zügel seines Schlachtrosses mit den Fingern der linken Hand lenken können. Und er konnte niemals sicher sein, ob Olaf Falco mehr Normanne oder mehr Nordländer war – und hier in Kalabrien, unter den Griechen, paßte er sich an die griechischen Sitten an, als wäre er in seine Kindheit zurückgekehrt.

Unausgesetzt beobachteten die Reiter ihre Umgebung, suchten geheime Pfade und registrierten Stellen, die sich für einen Hinterhalt eigneten. Während sie zur Stadt hinaufritten, überlegten die Männer, wie ein Ansturm auf Sinetra gelingen könnte.

Das Stadttor von Sinetra war ein schöner Bogen in der Mauer. Zu beiden Seiten hatte man dicke Säulen aufgestellt, die von unten aus der Ruinenstadt heraufgeschleppt worden waren.

»Das Tor braucht Tortürme«, sagte Olaf Falco. »Die werden wir gleich errichten, aus Holz, bis wir genug Steine bekommen. Die Säulen versetzen wir an die Innenseite des Tors. Stein, die Türme sind in einer Woche fertig. Der Transport der Steine von unten aus der Ruinenstadt herauf beginnt sofort.«

»Wie du befiehlst, Anführer.«

Die Stadt Sinetra war innerhalb der Mauern dreieckig. Jede Seite des Dreiecks war ungefähr tausend Schritt lang. In der nördlichen Ecke gab es einen viereckigen, dreistöckigen Turm, den Graf Geoffrey gebaut hatte, den Torre Goffredo. Den östlichen Winkel füllte eine Festung, das Castello di Sinetra, mit Mauern, Gebäuden und Türmen. Das Haupttor, die Porta Rossano, von dem ein Weg zum Hafen führte, lag am westlichen Ende der Stadt. Im Hafen gabelte sich der Weg Richtung Norden nach Rossano und nach Süden Richtung Crotone und Catanzaro.

Im nördlichen Winkel der Stadt befand sich im Schutz des Torre Goffredo eine schmale Seitenpforte, die Porta Piccola. Von dort führte ein Reitweg zu den Bergfestungen des mittleren Kalabriens und westlich nach Palospesso, wo Graf Alberic, der traditionelle Feind von Sinetra, herrschte.

Sobald der Ankömmling das Haupttor passiert hatte, gelangte er auf den Marktplatz der Stadt. An dessen östlichem Ende befand sich die Domkirche, geweiht der Santa Ricca, der Schutzheiligen der Stadt. Nach einer Legende war die Basilika an der Stelle errichtet worden, wo Santa Ricca getötet worden war. Von der heiligen Ricca wußte niemand etwas anderes, als daß sie Jungfrau gewesen und vor Jahrhunderten in den Händen der Vandalen gestorben war. Im Dom wurde ein vergoldeter, mit durchbrochenen Elfenbeinplatten verzierter Behälter aufbewahrt, auf dem der Kopf der Heiligen abgebildet war. Den Behälter hatte der griechische Turmark der Stadt aus der Familie Harzanitenes, ein Vorfahr von Gräfin Helaine, vor hundert Jahren gestiftet.

Neben dem Dom am Rande des Marktes lag der Palast des Erzbischofs, ein zweistöckiges Ziegelgebäude, dessen Erdgeschoß von einem Säulengang umgeben war. Die Wand des Palastes war völlig mit Mosaiken bedeckt, die vom Leben der heiligen Jungfrau erzählten. Im Fußboden des Säulengangs wechselten Mosaiken und Marmorplatten einander ab, und all das war von unten, aus dem Ruinenviertel von Sinetra heraufgebracht worden.

Die Stadt stieg sanft zur Festung hin an, so daß die aus gelben Ziegeln errichtete Burg hoch über den Häusern wie ein steinerner Mond zu leuchten schien. Die Häuser waren dicht nebeneinander entlang der schmalen Gassen gebaut worden. Alle Kirchen und größeren Häuser waren aus Stein. In den meisten Häusern war das Erdgeschoß aus Sandstein und die erste Etage aus Holz.

Als der eisenstarrende Konvoi der Normannen von der Porta Rossano auf den Markt einbog, stürzte aus dem Erzbischofspalast eine Priesterschar vor den Reiterzug hin und hielt ihn an. Die Priester erschienen so rasch, daß die Normannen sicherlich erwartet worden waren.

»Na, jetzt kriegst du zu hören, was die Kirche von deiner Ehe hält, Anführer«, sagte Stein der Skalde.

Olaf Falco beruhigte sein Pferd.

»Herr, sollen wir absitzen?«

»Noch nicht«, antwortete Olaf ruhig. »Hören wir uns erst einmal an, was die Kirchenleute auf dem Herzen haben.«

Erzbischof Leonas von Sinetra hatte fast vier Jahrzehnte im Dom der Stadt geherrscht. Leonas war eine beeindruckende Erscheinung: für einen Griechen stattlich und so dunkel, daß er sich zweimal täglich rasieren mußte, um nicht ungepflegt zu wirken. Er war es gewohnt, mit Griechen, Langobarden und Normannen umzugehen.

Der Erzbischof sah, wie die Welt ringsum sich veränderte, ließ sich aber von der Veränderung nicht beeindrucken. Er hatte Kirche und Stadt als Autokrat beherrscht und gedachte nicht, seine Gewohnheiten zu ändern. Aus dem Papst war ein Befehlsempfänger der Mönche von Cluny geworden: Der Heilige Vater verlangte von den Priestern, ihre Frauen und Kinder zu verstoßen und wie Mönche zu leben – obwohl auch viele Mönche eine Ehefrau hatten. Dominus Leonas fand dieses Getöne lächerlich. Er hatte bereits die zweite Ehefrau und seine Kinder in guten Ämtern und Ehen untergebracht. Ein vornehmer Kirchenmann brauchte die Unterstützung der Familie. Alle Domherren und Priester von Sinetra waren verheiratet.

Außerdem hatten die Cluny-Mönche dem Papst einen ganz unmöglichen Gedanken in den Kopf gesetzt: Die Kirchenämter sollten weder gekauft oder verkauft noch vererbt werden können.

»Das bedeutet doch, daß die Kirche sich mit Tölpeln von niederem Stande füllt«, schnaubte Leonas vor den Domherren seines Domkapitels, von denen jeder einzelne sein Amt gekauft hatte und viele vorhatten, es dem Sohn als Erbe zu vermachen.

»Wenn nur der Papst, die Kardinäle, Bischöfe und Domherren Männer in kirchliche Ämter einsetzen dürfen, dann haben wir als Papst bald einen Schweinehirten aus der Toskana.«

Die Domherren lachten höflich über den Scherz des Erzbischofs, der zu mehr als der Hälfte wahr war. Die Kurie des Papstes wurde von dem Domherrn Hildebrand beherrscht, einem Mann aus der Toskana, dessen Familie nicht zu den vornehmsten Italiens gehörte. Hildebrand war der einflußreichste Priester der römisch-katholischen Kirche; Papst Alexander tat das, was Hildebrand vorschlug. Die neuen Vorschriften gingen von Hildebrand aus, und es war durchaus möglich, daß er der nächste Papst sein würde.

Erzbischof Leonas war mit Graf Geoffrey gut ausgekommen: Beide wollten Geld und demütige Untertanen. Sie hatten keine Konflikte.

Jetzt war ein neuer Normanne in die Burg gekommen. Es hieß, er sei ein Günstling des Herzogs von Apulien. Erzbischof Leonas mochte weder Herzöge noch sonstige Magnaten. Sie hatten die schlechte Angewohnheit, sich in Dinge einzumischen, die sie nichts angingen. Leonas wollte in Sinetra keinen Burgherrn, der Auge und Ohr von Robert Guiscard war.

Am gescheitesten war es, dem Neuankömmling gleich seinen Platz zuzuweisen: über den Städtern, aber unter dem Erzbischof. Leonas wußte, wie das zu bewerkstelligen war. Nach Art der Normannen war auch dieser Mann in schamloser Weise hinter den Frauen her. Das war an und für sich völlig egal, und auch der frömmste Priester konnte keinen einzigen Normannen von seiner Zügellosigkeit abbringen. Aber es war nun doch nicht passend, mit jeder x-beliebigen Frau die Ehe einzugehen.

Der Erzbischof wußte, daß er einen stolzen Anblick bot, als er die Kriegerabteilung in seinem goldfarbenen Mantel empfing. Leonas hielt den Bischofsstab in der Hand, und es machte auf Ungebildete immer einen starken Eindruck, wenn er ihn drohend schwenkte.

Der neue Normanne war riesenhaft. Das rührte den Erzbischof nicht. »Sie werden so geboren und wirken auf

Unerfahrene wie fürchterliche Kriegsmaschinen. Doch die meisten von ihnen sind auf kindische Weise fromm, und man kann ihnen leicht einen Schrecken einjagen.«

Der Konvoi machte gehorsam vor den wenigen unbewaffneten Priestern halt.

»Graf«, sagte Erzbischof Leonas gebieterisch. Der Normanne hatte einen unbegreiflichen Namen, an den der Erzbischof sich nicht erinnerte. »Ich war in der Festung. Du hast zwei Ehefrauen.«

Das wirkte, so wie der Erzbischof es vermutet hatte. Der Mund des Normannen öffnete und schloß sich überrascht.

»Gräfin Helaine ist meine Frau«, sagte er nach einer Pause.

»Und die andere Frau? Donna Adela? Du hast mit ihr einen Sohn, der nach dem Vater der Frau Roger genannt wird. Ein solcher Name wird einem Kind gegeben, das der Erbe werden soll. Donna Adela mit ihren Dienerinnen wohnt in der Wohnung des Burgherrn und schläft im Eichenbett. Gräfin Helaine wurde allein in eine kleine Kammer abgeschoben. Ist das der Platz der Ehefrau? Wer ist diese junge Frau, wenn nicht deine Ehefrau?«

»Sie ist ... die Ehe ist annulliert worden. Der Vater der Frau war vor langer Zeit mit meiner Mutter verheiratet.«

Der Erzbischof hielt einen Augenblick inne. Er war sich nicht sicher, ob ein solches Verhältnis ein Ehehindernis darstellte. Die Kirche verhielt sich gegenüber Ehen zwischen Verwandten immer ablehnender. Wenn ein Priester sich der Verwandtschaft nicht sicher war, war es das Beste, die Ehe zu verbieten.

»Wenn die Frau nicht mehr deine Ehefrau ist, dann schick sie fort. Und auch das Kind. Sonst kann es Zweifel daran geben, mit wem du verheiratet bist, und ob du überhaupt der Graf bist.«

Erzbischof Leonas machte kehrt und segelte mit wehenden Rockschößen zurück in den Palast. Er war mit sich zufrieden. Der Normanne konnte jetzt ruhig eine Weile in Angst und Schrecken schmoren. Er würde begreifen, in wessen Hand die wirkliche Macht lag. Nach einiger Zeit, wenn die schöne junge Frau aus der Burg vertrieben war, würde der Erzbischof den Grafen in Gnaden aufnehmen. Er würde auch die Frau begnadigen, wenn sie in der richtigen Weise darum bitten würde.

»Anführer«, sagte Stein der Skalde, »beruhige dich. Das ist Priestergerede, das hast du selbst gesagt. Darum braucht man sich nicht zu kümmern.«

»Stein, du weißt sehr wohl, daß man sich darum kümmern muß.«

Olaf Falco war äußerlich ruhig, wie er da in der Halle von Sinetra auf dem Podium zur Abendmahlzeit am Tisch saß. Stein betrachtete von der Seite sein Gesicht. Der ausdrucksvolle und leicht lächelnde Mund war tatsächlich zu einem Strich zusammengepreßt. Olaf hatte begonnen, sich Bart und Haare wieder wachsen zu lassen, obwohl Donna Adela behauptete, daß er mit all seinen Haaren wie ein Barbar aussah. Daraufhin neckte Olaf sie damit, daß er ja auch ein Barbar sei und sich heimischer fühle, wenn er im Nacken ein mit einem Band zusammengebundenes Lockenbündel habe. Der Knappe Ingvar Trinkhorn steckte die Haare seines Herrn unter die Ledermütze, bevor er ihm die Kapuze des Kettenhemdes aufsetzte.

»Es ist egal, was die Leute über mein Äußeres sagen, wenn sie sich nur vor meinem Schwert in acht nehmen.«

Es kam Stein dem Skalden so vor, als täte Olaf genau das, was Adela wollte. Schließlich erkannte er, daß Olaf in allen Dingen nach seinem eigenen Kopf handelte. Wenn sein und Adelas Wille übereinstimmten, gab Olaf so freundlich nach, daß Adela sich einbildete, einen großen Sieg errungen zu haben, und Stein dachte das auch. Hinterher wunderte er sich immer darüber.

Ingvar Trinkhorn, der hinter Olaf stand, mußte den Weinbecher seines Herrn öfter als sonst nachfüllen. Auf dem Podium saßen überhaupt keine Frauen; der Graf hatte den Frauen befohlen, in ihren Räumen zu bleiben und dort zu essen. Das Gespräch in der Halle war gedämpft. Alle hatten von der Drohung des Erzbischofs gehört, aber man sprach nicht darüber, weil niemand mit seiner Haut bezahlen wollte.

In der großen Halle von Sinetra gab es keine Feuerstelle. Der Rauch der Fackeln hatte die Wände und die massiven Deckenbalken dunkel werden lassen. Die Öffnungen der Bogenfenster befanden sich hoch oben unter der Decke. Niemals fiel Sonnenlicht auf den Marmorfußboden.

Die Wände waren zwischen starken Pfeilern hochgezogen worden; die ganze Halle lag innerhalb der Pfeiler. Die Halle lag an der höchsten Stelle des Berges. Sie war weit hin bis in die Täler und auf die benachbarten Berge zu sehen. An dieser Stelle hatte in alter Zeit ein heidnischer Tempel gestanden.

Die Wände waren mit Fresken bemalt: der Fang des Fischers Petrus, Zachäus auf dem Baum, der barmherzige Samariter, Christus' Besuch bei Martha und Maria. Die Geschichten des Neuen Testaments umgaben die Halle wie eine nebelhafte Kavalkade. An manchen Stellen waren die Fresken abgeblättert und hatten eine hellbraune Wand freigelegt. Als die Sarazenen Sinetra beherrschten, hatten sie die älteren Bilder übermalt. Der Glaube Mohammeds erlaubte die Darstellung des Menschen nicht. Nach ihrer Rückkehr hatten die Christen die Wände neu bemalt.

Die Halle war halbdunkel und voll von der kriegerischen Ehre dahingegangener Generationen. Olaf Falco, der Sohn eines Warägers aus Uppland und einer finnischen Nebelzauberin, fühlte sich darin zu Hause.

Doch Stein der Skalde spürte in dem Nordlandmann dieselbe verdrängte Angst, die ihn in Dublin gepeinigt hatte. In Meilhan hatte Olaf den Schmerz von sich abgeschüttelt: Er verliebte sich Hals über Kopf in die Witwe Adela und wurde im Handumdrehen fröhlich und sorglos. Jetzt war die Niedergeschlagenheit zurückgekehrt.

»Dieser elende Priester hat recht«, knurrte Olaf. »Ich hab das die ganze Zeit gewußt. Eine Ehe darf man nicht einfach so annullieren. Ich habe zwei Ehefrauen. Die eine ist die Mutter meines Sohnes, und die andere könnte meine Mutter sein.«

»Im Nordland kann man seinen Mann oder seine Frau verlassen, wenn man es nur öffentlich bekanntgibt.«

»Das ist eine heidnische Sitte.«

»Anführer, König Harald der Harte hatte zwei Frauen, und wer war frömmer als er? Auch mit vielen normannischen Herzögen war es so. Die Kirche akzeptierte das. Das nannte man Ehe in more danico, nach dänischer Sitte. Warum solltest du nicht auch zwei Frauen haben?«

Olaf Falco brach in Gelächter aus. Von den Tischen in der Halle richteten sich hoffnungsvolle Blicke zum Podium. Der Unmut des Herrn hatte auf das Leben der Untertanen meist noch ärgere Auswirkungen. Je zufriedener der Herr, desto vergnügter die Diener.

»Stein, ich bin kein Däne, und die Sitten des Nordlands haben hier keine Geltung. Ich halte mich für einen frommen und rechtschaffenen Mann. Ich bin kein halber Heide, der erst als Erwachsener getauft wurde, sondern ein richtiger, als Kind getaufter Christ. Ich will gegen niemanden falsch handeln. Und ich will keine Sünde begehen.«

»Der Erzbischof von Melfi selbst hat auf Befehl von Robert Guiscard deine Ehe annulliert. Und wenn du nun Donna Adela für eine Weile fortschicktest? Sie könnte zu Herzogin Sikelgaita gehen und dort abwarten. Sie würde gut versorgt werden.«

Steins Stimme war vorsichtig. Olaf Falco war von Leidenschaft besessen: Das war eine Art Verrücktheit, und es konnte gefährlich sein, sich da einzumischen. Die Frau war verwöhnt, launisch und machtgierig, wenngleich bezaubernd schön. Ein Adliger mußte natürlich Erben zeugen. Dafür brauchte man eine Ehefrau. Aber Liebe war nicht vonnöten, eher von Nachteil. Für die Liebe nahm ein vornehmer Mann sich eine Kebsfrau: schöne Huren gab es auf der Welt zur Genüge. Sie hatten niemals soviel Macht wie die Ehefrau.

»Ich kann auf Adela nicht verzichten. Ich kann es nicht. Ich brauche sie. Adela ist meine wirkliche Frau. Sie hat mir einen Sohn geboren. Das Kind ist mein gesetzlicher Erbe und kein Bastard.«

»Zumindest mußt du Donna Adela bitten, aus der Wohnung des Burgherrn auszuziehen.«

Stein schwieg einen Augenblick und sagte dann das Schlimmste: »Du kannst sie nicht erneut heiraten, solange Helaine di Sinetra am Leben ist.«

Olaf Falco verzog das Gesicht.

»Verflixter Pfaffe. Die Welt wäre besser ohne seinesgleichen. Er betreibt nicht die Sache Gottes, sondern seine eigene, will mich beherrschen. Möge er an seiner Selbstgefälligkeit ersticken.«

Jäh stand Olaf vom Tisch auf und verließ mit großen Schritten die Halle. Stein sprang auf, bereit, seinen Herrn zu beschützen oder zu besänftigen. Die Männer folgten ihm in den Burghof.

Im Säulengang des Palastes, an der Tür zur Wohnung des Burgherrn, blieben die Männer stehen, verblüfft über den Geruch. Der Raum war erfüllt von den Düften der Frauen, sie fluteten auf den Gang und auf den Hof hinaus, der doch zum Bereich der Männer gehörte. Salben, Muttermilch, Öl, Monatsblut, Duftwässer und Puder, Gewürze, nasse Windeln ... fremde, gefährliche Gerüche.

Der Raum war vollgestopft mit Menschen. Donna Adela und ihre Amme Corba, der Säugling Roger auf dem Schoß seiner Amme, die Ehefrauen der Soldritter, Dienerinnen, Sklavinnen, kleine Jungen, die noch nicht den Männern zur Betreuung übergeben worden waren, und überall kleine Kinder. Die Frauen waren aus ihren Räumen, dem Gynakeion, immer weiter vorgedrungen und hatten allmählich den ganzen Palast erobert.

Der Lärm war ohrenbetäubend: Geplauder, Gelächter, Streit, zänkische Rufe, Kinderweinen, Geträller, Webstuhlgeklapper. Das Getöse war ebenso laut wie im Kampf, abgesehen davon, daß das Klirren, Krachen und Dröhnen von Eisen fehlte.

Olaf Sturmfalkes Blick wanderte durchs Zimmer.

»Contessa Helaine? Wo ist die alte Herrin? Sie sollte hier wohnen, in ihrem eigenen Raum.«

Niemand antwortete. Die Menschen in dem Raum verschwanden so plötzlich wie ein Fluß, der anfängt, rückwärts zu fließen. Der Strom ergoß sich ins Gynakeion, in die hinteren Teile des Palastes, wo die Männer noch nie gewesen waren und auch niemals hinkommen würden. Zu den Frauengemächern hatte nur der Hausherr Zutritt – und fremde Eroberer mit Gewalt. Die Krieger von Sinetra konnten in den Frauenräumen anderer Burgen randalieren, aber die Räume der eigenen Frauen würden sie niemals zu Gesicht bekommen.

»Adela, ich frage dich, wo ist die Gräfin?«

»Ich bin die Gräfin«, grollte Adela de Meilhan.

»Das bist du nicht, und du wirst es auch nicht werden, wenn du Contessa Helaine nicht herbeischaffst, und zwar schnell.«

Stein der Skalde erkannte, daß Olaf fürchterlich wütend war. Er erwartete, daß Falco die Frau schlagen würde, doch er ballte nur die Hand zur Faust.

»Corba.« Adela gab mit dem Kopf ein Zeichen.

Die Amme kam und bat Olaf, ihr zu folgen. Sie stieg die Treppe zum Obergeschoß des Palastes empor, hob einen Türvorhang an und betrat ein Zimmer, dessen Fenster zu den Pferdeställen der Burg ging.

»Da.«

Die Wände des Raums waren weiß gekalkt. Sie hatten sich so erhalten, denn es gab in dem geräumigen und hellen Zimmer keine Feuerstelle. Gräfin Helaine saß auf ihrem Bett, zusammengekrümmt unter ihren Mänteln. Eine junge, rundliche Frau kauerte zu Füßen der Greisin und massierte ihr die Knie.

»Contessa.« Olaf Falco verbeugte sich in der Tür. »Hier ist es kalt. Du mußt zurück in dein eigenes Bett. Ich will nicht, daß du frierst.«

Der Graf sprach das normannische Französisch. Ganz offenkundig wollte er, daß alle ihn verstanden.

»Herr, das Zimmer ist ganz gut.« Die Stimme der Gräfin war kaum lauter als ein Flüstern.

»Du wirst krank werden, Herrin. Im Erdgeschoß gibt es ein Feuer. Ich kann dich dorthin tragen, wenn du nicht gehen kannst.«

»Ich möchte nicht in demselben Zimmer wohnen wie die Kebsfrau.«

Stein der Skalde spürte, wie Olaf neben ihm erstarrte. Das Leben der alten Frau war in diesem Augenblick nicht viel wert, zumal sie allen im Wege war. Es war abscheulich, eine alte Frau zu töten, zumal eine alte Frau aus so edler Familie, aber Stein war bereit, es für Olaf zu tun. Er würde unvermutet von hinten zustechen, so daß die Ärmste nicht erschrecken und keinen Schmerz verspüren würde.

Doch Olafs Stimme wurde weich vor Mitgefühl.

»Natürlich möchtest du das nicht, und du brauchst es auch nicht. Donna Adela zieht woanders hin. Die Wohnung des Burgherrn gehört dir.«

Stein der Skalde hob die Brauen. Olaf Falco verbeugte sich und nahm die Gräfin samt ihren Decken und allem Drum und Dran auf die Arme.

Donna Adela erbleichte und erstarrte vor Wut. Einen Augenblick lang sah Stein sie so, wie sie in zwanzig Jahren sein würde.

»Bring die nicht hierher!«

»Die Gräfin hat ohne eigene Schuld viel leiden müssen. Von ihrem irdischen Leben ist nicht mehr viel übrig. Meine christliche Pflicht ist es, ihr einen ruhigen und angenehmen Lebensabend zu gewähren. Auch deine, Herrin.«

»Und deine Pflicht mir gegenüber, Herr?« Adelas Stimme klang bitter.

Olaf lächelte ihr warmherzig zu, doch Adela gab nicht nach.

»Jagst du mich und deinen Sohn in die Berge Kalabriens?«

»Dieser Palast ist voller schöner Räume. Such dir einen beliebigen davon aus, aber laß die alte Frau ihre letzten Tage hier verbringen, wo sie geboren wurde.«

Zu Steins Verwunderung begann Adela nicht zu weinen oder eine Szene zu machen. Sie ruckte nur mit dem Kopf, und Corba versetzte der Amme des Kleinen einen Stoß. Sie alle entfernten sich in das Gynakeion. Stein fand das sonderbar. Es war überhaupt nicht das, was er von Adela de Meilhan erwartet hatte. Olaf jedoch wunderte sich nicht über Adelas Verhalten. Er dankte seiner Gemahlin – oder was diese Frau nun auch immer war – und nickte Stein zu.

»Mein Freund, sorge dafür, daß die Gräfin respektvoll behandelt wird und daß sie alles bekommt, was sie möchte.«

»Anführer, das hier wird noch Schwierigkeiten geben. Der Erzbischof ist nicht zufrieden, solange Donna Adela unter demselben Dach wohnt wie du und Gräfin Helaine.«

»Uff«, stieß Olaf Falco hervor. »Wenn mich doch jemand von diesem elenden Pfaffen befreien wollte.«

14. Kapitel

1068

Stein der Skalde marschierte mit entschiedenen Schritten über den Marktplatz von Sinetra. Er hatte sechs Männer bei sich, zwei Ritter aus der Normandie, zwei Normannenhauptleute und zwei Ritter aus der Burg Sinetra, deren einer Cavaliere Oderan war. Die Männer aus der Normandie gehorchten blind jedem Befehl von Olaf Sturmfalke und waren bereit, für ihn zu sterben. Jetzt würde man sehen, ob die Männer von Sinetra ebenso treu waren.

Der Dom von Sinetra war eine Basilika von beeindruckender Größe, und ihre gewaltigen Ausmaße wurden noch durch den seitlich aufragenden viereckigen Glockenturm vergrößert. Die Glocken hingen im obersten, dem fünften Geschoß. Die Wände des Glockenraums waren durch große, doppelbögige Fenster durchbrochen, aus denen das Glockengeläut über die Stadt hin erschallte.

Der westliche Giebel des Doms war dem Markt zugewandt. Graf Geoffrey hatte vor dem Eingang eine Säulenüberdachung errichten lassen, durch die man in die Kirche gelangte.

»Hinein!«

Dröhnender Glockenklang erfüllte den Marktplatz. Es war der Tag des heiligen Generals Theodoros und Erzbischofsmesse. Graf Olaf wurde in der Kirche zur Messe erwartet, denn General Theodoros war ein beliebter Heiliger der Soldaten. Doch der Herr von Sinetra ließ sich nicht blicken, und das verwunderte niemanden. Der Streit zwischen dem Erzbischof und dem Grafen war Stadtgespräch. Der Erzbischof war allgemein verhaßt. Von dem Grafen wußte man noch nichts anderes, als was die Gerüchte besagten: Er war ein stattlicher und freundlicher Aristokrat. Solche Geschichten wurden kaum geglaubt.

Neben der Basilika lungerte allerlei Volk herum. Die Krüppel und Armen der Stadt pflegten vor der Kirche zu betteln, weil man sie von dort nicht verjagen konnte.

Stein der Skalde und seine Männer mischten sich unter die Kirchgänger. Die Krieger waren in voller Rüstung, nur der Schild fehlte. Erschrocken wichen die Menschen zurück: Dies war nicht die rechte Weise, sich dem Schöpfer zu nähern.

Die dreischiffige Basilika Santa Ricca war innen mit Engeln, Aposteln, Märtyrern und Heiligen ausgemalt. Neben Christus und der Jungfrau Maria gab es in der Kirche fünfzig Bilder von menschlichen Gestalten und außerdem Ochsen, Schafe und Vögel. Auf den Wänden wuchsen Bäume und Blumen. Die Kirche sah von innen aus wie ein großer, grüner Garten, in dem die göttlichen Wesen in ruhiger Harmonie wandelten. Im östlichen Chorgiebel prangte ein gewaltiges goldenes Mosaikkreuz in einem himmelblauen Kreis.

Auch der rasendste Besessene beruhigte sich im heiligen Garten der Basilika. Doch die grimmigen Normannen stürzten mit Schwertern und Dolchen durch das Mittelschiff zum Altar. Die Menschen flüchteten in das Halbdunkel der Seitenschiffe. Durch die Fenster des hohen Mittelteils der Basilika fiel das Licht der Wintersonne in den Kreuzgang der Kirche. Erzbischof Leonas wandte sich um, um zu sehen, wer für die Störung verantwortlich war.

»Da«, stieß Stein der Skalde hervor. »Oderan, beweise deine Treue.«

Der alte Ritter eilte mit großen Schritten voran und stieß den Erzbischof vor dem Altar zu Boden.

»Du hast meinen Herrn gekränkt, Pfaffe.«

Das Schwert erhob sich und sauste durch die Luft und drang durch den goldgelben Mantel des Erzbischofs tief in den von Wein und Wohlleben gedunsenen Körper. Blut ergoß sich über den Marmorfußboden und rann als Lache von einer Bodenplatte zur nächsten.

In der entsetzten Stille hörte man nur das Schilpen der unter dem Dach nistenden Spatzen.

Stein der Skalde bückte sich, um den toten Erzbischof zu untersuchen, richtete sich auf und sah sich um. Der Chor der Kirche war voller erschrockener Priester. Stein der Skalde hielt drohend sein Schwert hoch, und die Priester wichen zurück.

»Niemand hat sich in die Angelegenheiten des Burgherrn einzumischen«, sagte Stein in seinem abgehackten Französisch. »Wenn der Graf befiehlt, gehorcht ihr. So rettet ihr euer Leben.«

Von den Domherren verstand kaum jemand, was der Grönländer sagte, aber es war klar, was er meinte. Bei einem von ihnen aber vermochte nicht einmal die Angst die Wut einzudämmen. Er stürzte mit gereckter Faust vor. Stein hob sein Schwert, und die Hand des Domherrn flog, immer noch zur Faust geballt, ins Seitenschiff, den schreienden Menschen in die Arme. Der Priester starrte entgeistert seinen Armstumpf an, aus dem das Blut bis weit hinter den Altar geschossen kam und die Kutten der Chorherren näßte.

»Ich habe euch gewarnt«, donnerte Stein finster. »Laßt euch das eine Lehre sein.«

Der Krieger kehrte dem Altar und dem Goldkreuz des Chors den Rücken zu.

»Mein Herr wird einen neuen Erzbischof für euch ernennen.«

Die Normannen verließen die Kirche. Sie alle hatten den Kopf mit der Kapuze ihres Kettenhemdes bedeckt, die vor dem Gesicht nur eine dreieckige Öffnung frei ließ. Über der Kapuze saß der Helm, dessen Nasenschutz den größten Teil des Gesichts bedeckte. Das Volk wich vor ihnen zurück wie vor sechs Teufeln.

Auf dem Marktplatz warteten sechs Pferde, die von drei Knechten gehalten wurden. Die Normannen stiegen in den Sattel, donnerten um den Markt herum und sprengten die schmalen Gassen in Richtung Burg davon. Die Knechte rannten hinterher, und niemand wagte es, sie anzurühren, denn jeder fürchtete die aus der Burg drohende Rache.

Die Domherren trugen die Leiche des Erzbischofs in den Palast. Das Volk versammelte sich auf dem Markt und besprach aufgeregt den Jähzorn des Grafen. Die Gerüchte hatten sich als falsch erwiesen: Ein Graf, der seinen Erzbischof umbringen ließ, konnte nicht gutmütig sein. Graf Geoffrey hatte allerlei Fürchterliches getan, aber die Priester hatte er nicht angerührt. Die Städter schüttelten besorgt den Kopf: ein harter Graf, harte Zeiten.

»Herr. Herr, wach auf. Komm und sieh dir die Gräfin an!«

Es war Ortulana, die Dienerin der alten Gräfin. Olaf Falco wußte sofort, daß etwas Schlimmes passiert war.

»Ingvar!«

Der Knappe hielt das Nachtgeschirr schon bereit. Olaf stand auf und ging nackt in den Raum hinein. Ortulana stieß zornig die junge Frau an, die sich im Bett des Grafen rekelte. Das Mädchen versuchte, den weichen, wohlriechenden Genuß wenigstens noch um einige Minuten zu verlängern und stellte sich noch schlafend. Olaf knurrte.

»Steh auf ... Wie heißt du?«

»Marotta, Conte.«

Das Mädchen nahm eine verführerische Pose ein. Ortulana, die nicht älter war als sie, schnauzte:

»Hast du nicht gehört, was der Graf befohlen hat!«

»Halt den Mund, Sklavin, oder ich laß dich auspeitschen«, sagte das Mädchen. Sie war die eheliche Tochter eines Soldritters und hielt sich für höherrangig als Ortulana, die uneheliche, verstoßene Tochter des Grafen Geoffrey. Der gnädige Herr hatte sich Marotta selbst für das Bett gewählt: Wahrscheinlich erwartete sie jetzt eine glänzende Zukunft. Die eine Frau des Grafen war alt, und die andere litt nach der Geburt immer noch an einem Ausfluß, den die Arzneien der Amme Corba nicht hatten kurieren können. Die vornehmen Ritter brauchten mehrmals täglich eine Frau. Marotta wollte die Frau sein, die die Bedürfnisse des Mannes befriedigte.

»Geh zu deinen Eltern, Marotta.«

Marotta verzog das Gesicht, wagte aber nicht, sich dem Hausherrn zu widersetzen.

Ortulana lächelte triumphierend. Marotta stellte sich abwartend vor Olaf Sturmfalke hin. Ingvar Trinkhorn knuffte sie vorsichtig, während er zugleich Olaf eine graublaue Tunika reichte.

Olaf sah das Mädchen an. Er war gestern so betäubt gewesen von seinen zahlreichen Ehefrauen, Adelas Verachtung und dem Bewußtsein seiner Sünden, daß er gar nicht an das ganze Kuddelmuddel denken mochte, sondern Stein dem Skalden befahl, sich nach einer Frau zu erkundigen, die mit dem Grafen das Bett teilen wollte. Es hatten sich mehrere Frauen gemeldet, was Stein dem Skalden angenehm gewesen war.

»Ein guter Herr zeugt mit den Frauen seines Haushalts so viele Söhne wie nur möglich. Niemand ist ein treuerer Krieger als ein Bastard des Hausherrn, der keine andere Sicherheit und Zukunft hat als das Wohlwollen des Vaters.«

Olaf hatte auf die nächststehende Frau gedeutet und diese Marotta bekommen, die jetzt um eine Belohnung für ihre Gunst bettelte. Das Mädchen war keine Jungfrau – Olaf hätte auch gar keine gewollt, die waren mühsam und weckten außerdem schlechte Erinnerungen in ihm.

»Ingvar, gib Marotta die runde Silberschnalle, die ich in Dublin gekauft habe.«

Sowohl Ingvar als auch Ortulana knurrten mißbilligend. Dadurch wurde Olaf klar, daß er zuviel gegeben hatte, aber er hatte jetzt keine Zeit, sich mit dem Lohn für eine Nacht näher zu befassen.

»Was fehlt deiner Herrin, Ortulana?«

Die Dienerin wiegte den Kopf.

»Sie ist bewußtlos, Herr. Ganz seltsam.«

Olaf eilte hinter Ortulana her in die Wohnung des Burgherrn. Unterwegs befahl er Ingvar, Stein den Skalden zu suchen.

Helaine de Sinetra lag mit geschlossenen Augen in dem großen Eichenbett. Sie war seltsam farblos; Olaf Falco war es gewohnt, die Gräfin immer geschminkt und in Kleidern von leuchtender Farbe zu sehen. Olaf verneigte sich erschrocken: Auf dem Gesicht der Greisin zeigten sich blauschwarze Flecke.

Olaf faßte die Gräfin bei den Schultern und ließ sie plötzlich los wie eine heiße Lanzenspitze. Er hatte sich nicht vorstellen können, daß ein Mensch so klein und zerbrechlich sein konnte.

»Die Contessa zerbricht von einer Berührung«, sagte Olaf beschämt zu Ortulana. Er versuchte sanft, die Greisin zu wecken, obwohl er wußte, daß es zu spät war.

»Was ist geschehen?«

»Conte, zuerst hat die Contessa sich übergeben und gekeucht. Dann wurde sie rot und bekam Durst, konnte aber nicht trinken und verlor bald das Bewußtsein.«

In Olaf stieg eine beklemmende Erinnerung aus dem Dämmer seiner frühen Jugend, aus dem Turm von Rouen, auf: ein bewußtloser Jüngling, blond gelockt und viel begehrt in der großen Halle von Rouen, auf deren Fußboden die Jungen, in ihre Mäntel gewickelt, schliefen. Der Jüngling erwacht nicht, er stirbt. Die anderen Jungen sprechen von Eifersucht und Gift, das ein betrogener Liebhaber dem Jüngling in einem Stück Kuchen zu essen gegeben hatte. Alle Jungen haben Angst, sie sind noch Kinder im Alter von acht bis vierzehn Jahren und können niemanden beschuldigen. Lange Zeit wagen sie nicht, irgend etwas Süßes zu essen, denn gerade in süßen Speisen läßt Gift sich leicht verstecken.

»Einen Priester! Holt Vater Tommaso. Nein. Holt einen griechischen Priester aus der Stadt. Schnell.«

Olaf hob mit dem Daumen das Augenlid der Greisin. Er stöhnte auf und gab dann Ortulana ein Zeichen.

»Wir müssen sie wecken, damit sie das Abendmahl des Herrn bekommt, wenn der Priester da ist. Gib mir einen nassen Lappen.«

Olaf betupfte der Gräfin mit dem Lappen das Gesicht. Ortulana massierte ihr die Hände.

»Sie erwacht nicht, Herr«, sagte Ortulana dann. Olaf richtete sich auf und nickte. Das Bilsenkraut lähmte auch einen starken Mann. Die zerbrechliche Greisin war des Todes.

»Die arme Frau. Sie konnte sich nicht einmal verabschieden.«

»Conte, die Gräfin hat sich jeden Abend von mir verabschiedet«, sagte Ortulana still. »Von wem hätte sie sich in dieser Burg sonst noch verabschieden sollen?«

Olaf Falco empfand tiefes Mitleid mit der alten Frau. Er lehnte sich gegen den Bettpfosten und beweinte das Schicksal, das einer frommen Frau das einzige verweigerte, das sie sich wünschte: einige Monate im Kloster.

Die Dienerinnen knieten nieder, um die Sterbende zu ehren und gemeinsam mit dem Hausherrn zu trauern.

»Despoina Helaine ist die Gräfin von Sinetra. Sie muß ein würdiges Sterbelager bekommen. Bittet die Ritter und die Frauen zu wachen und zu beten.«

»Auch Donna Adela?«

»Sie ganz besonders.«

Adela kam aus dem Gynakeion. Sie lehnte sich an Corba an, so als wäre sie außerordentlich erschöpft.

Der Kummer auf Adelas wunderschönem Gesicht zerriß Olaf das Herz. Das Schuldbewußtsein zerfraß ihr wegen des Todes von Gräfin Helaine das Gewissen. Zum ersten Mal hatten Adela und Olaf in demselben Hause, aber in verschiedenen Betten geschlafen. Auf den Kriegszügen bediente Olaf sich natürlich der Huren des Trosses so wie auch die anderen Krieger. Doch bisher hatte er keine fremde Frau in sein Bett genommen, wenn seine Ehefrau anwesend war. Während Adela seinen Sohn geboren hatte und danach hatte er enthaltsam gelebt, gefastet und sich so die Seligkeit der Seele verdient.

»Liebste, wir haben einen gemeinsamen Kummer. Das Ende der Gräfin ist gekommen.«

»Kummer? Wieso Kummer? Wir haben doch hier auf nichts anderes gewartet als auf den Tod der Alten«, sagte Adela pikiert.

Olaf fuhr zusammen. Adelas Worte schmerzten, denn sie waren wahr.

»Ist der Priester noch nicht da?«

»Vater Tommaso ist hier.«

»Er ist besser als nichts.«

»Dies ist ein schlimmer Tod«, murmelte der Priester.

Du ahnst gar nicht, wie schlimm, dachte Olaf bei sich. Laut sagte er: »Die Gräfin ist alt und über die Maßen fromm. Sie hat ihre Sünden sicherlich tausendmal gebeichtet, und sie wird kaum viele begangen haben. Sie hat unlängst das Abendmahl empfangen. Du kannst unbesorgt das Sterbegebet sprechen, Vater. In dieser Burg gibt es nicht viele, die ebenso bereit wären zu gehen.«

Aber jemand hatte den Tod der Greisin beschleunigt. Olaf kniete neben dem Bett nieder und faltete die Hände. Er glaubte zu wissen, wer der Gräfin getrocknetes und gemahlenes Bilsenkraut ins Essen getan hatte. Die Schuld würde letztlich auf ihn selbst zurückfallen. Der Hausherr war immer für das verantwortlich, was ein Gefährte, der ihm den Treueid geschworen hatte, im Namen seines Herrn tat.

Vom Burghof drang Lärm herein. Der griechische Priester ist eingetroffen, dachte Olaf. Gut. Helena Harzaniteina hatte das Recht, die letzten Worte ihres irdischen Lebens in ihrer eigenen Sprache, auf griechisch, zu hören. Die griechischen Gebete waren auf jeden Fall ein Segen, auch wenn die alte Gräfin sie gar nicht hörte.

Stein der Skalde kam in seiner Rüstung hereingepoltert. Vater Tommaso begann laut zu schimpfen. Zu einer Sterbenden kam man nicht so wie in den Pferdestall. Doch Stein schien die stille Gestalt in ihrem Bett gar nicht zu bemerken – sie hob sich kaum unter der Decke ab.

»Anführer, du bist dein Problem los.«

Ritter Oderan kam hinter Stein dem Skalden herein und kniete vor Olaf nieder.

»Eure Kleider sind blutbefleckt«, bemerkte Olaf. Er ahnte schon das Schlimme, neben dem Gräfin Helaines beschleunigter Tod eine Lappalie war.

»Oderan hat den Pfaffen erschlagen«, sagte Stein zufrieden. »Du kannst ihm ebenso vertrauen wie mir.«

»Welchen Priester habt ihr Dummköpfe getötet?« fragte Olaf, obwohl er es bei sich schon wußte.

»Den Erzbischof. Nun bist du aus der Patsche und kannst das Amt wieder verkaufen, Anführer.«

Der griechische Priester kam in die Wohnung des Burgherrn gelaufen.

»Conte, es ist Fürchterliches passiert ...«

»Dort ist eine Sterbende. Fang an zu beten. Männer, legt eure Waffen ab, auf die Knie. Die Gräfin von Sinetra stirbt.«

Olaf Falco drückte die Stirn gegen die Seidendecke auf dem Bett. Er brauchte Bedenkzeit. Aber zuerst mußte eine alte Frau, die um die einzige Freude ihres Lebens gebracht worden war, in Jesus' Arme geleitet werden.

»Zweitausendfünfhundert Nomisma?«

In der Stimme Steins des Skalden lag Zweifel. Olaf Falco schwieg. Grimoald, der frühere Gastalde von Amanthea, erhöhte sein Gebot.

»Dreitausend, und der Graf weiß, daß man mit mir gut auskommt. Ich stelle keine sinnlosen Forderungen, was die Ehen der Adligen oder die Treuga Dei betrifft.«

»Immerhin verstehst du, wie die Welt ist«, brummte Stein der Skalde. »Der Gottesfrieden bringt nur Ärger.«

Auch Olaf Falco nickte. Die Kirche meinte es gut, und als frommer Mann hätte Olaf gern ihre Vorschriften befolgt. Die Kirche verlangte Waffenruhe von Mittwoch morgen bis Sonntag abend. Während der Treuga Dei durfte man nicht zum Schwert greifen. Als Kampftage blieben nur Montag und Dienstag. Die Kriegszüge und Belagerungen zogen sich endlos hin. Niemand konnte Krieger ernähren, die den größten Teil der Woche schliefen und herumlungerten.

»Wie kannst du Bischof werden? Du bist kein Priester, sondern Stadtoberhaupt.«

Der Gastalde Grimoald zuckte die Achseln.

»Zum Priester kann ich innerhalb eines Tages geweiht werden.«

»So soll es sein«, sagte Olaf, des Feilschens müde. »Deine erste Aufgabe wird es sein, Donna Adela und mich zu trauen.«

»Und die Verwandtschaft, aufgrund der der Dominus von Melfi eure Ehe annulliert hat? Wie soll ich die erklären?«

»Du erklärst gar nichts, Gastalde. Du traust uns einfach. Da die Familie von Donna Adela und auch meine diese Ehe akzeptiert haben, geht sie niemanden sonst etwas an. Ich werde meine Ritter und Hauptleute schicken, diejenigen Mores zu lehren, die dumm genug sind, sich meinem Willen zu widersetzen.«

Das war eine Drohung, die Grimoald verstand.

»Jetzt steht alles zum besten«, sagte Stein der Skalde, als der Gastalde Grimoald, der künftige Erzbischof von Sinetra, die Burg Sinetra verlassen hatte. »Du bekommst einen neuen Priester, der dir gehorcht, und nicht irgendeinen übellaunigen Kardinal, der in Rom wohnt. Die Summe, die er für das Amt bezahlt hat, ist ganz ordentlich. Die Städter fürchten dich mehr als Graf Geoffrey. Und Donna Adela ist besänftigt, wenn sie Gräfin wird. Was kannst du dir mehr wünschen?«

»Seelenfrieden«, sagte Olaf, und Stein erschrak.

»Anführer, ich habe die Bluttat befohlen, und ich trage auch die Verantwortung dafür.«

Olaf schüttelte den Kopf. Über dem rechten Auge verspürte er einen leisen Schmerz. Er hatte dort seit dem Tod von Erzbischof Leonas und Gräfin Helaine, seit zwei Monaten, gewohnt. Olaf genoß den Schmerz. Er lenkte die Gedanken von der Seelenqual ab.

»Für alles, was um meinetwillen getan wird, trage ich vor Gott die Verantwortung.«

Olaf begegnete Steins blaugrauem Blick. Er lächelte traurig.

Stein bekam Tränen in die Augen.

»Herr, ich wollte dir helfen.«

»Ich weiß. Das Domkapitel verlangt von mir, Oderan und dich auszuliefern. Das tue ich natürlich nicht. Aber das kostet eine Menge. Und dann ist da noch Gräfin Helaines Tod.«

»Alles, was mein ist, ist auch dein, Anführer. Ich habe einen beachtlichen Schatz.«

»Ich würde nicht mal im Traum daran denken, dich aus den Krallen der Kirche gegen deinen eigenen Schatz auszulösen«, lachte Olaf. »Es ist die Pflicht des Lehnsherrn, seine Vasallen zu schützen. Eher metzle ich das ganze Domkapitel nieder, als daß ich den Domherren auch nur ein Haar von deinem oder Oderans Kopf gebe.«

Es war Olaf so gut wie auch Stein klar, daß niemand und nichts einem Ritter so lieb sein konnte wie ein treuer Waffengefährte, fidelis vassalus, dem ein Mann ohne zu zögern sein Leben und sein Pferd anvertrauen konnte. Die Weltordnung gründete auf der Beziehung zwischen Herr und Vasall, auf Schutz und Treue. Nicht die Kirche, keine Frau, ja nicht einmal der eigene Erbe konnte dazwischentreten.

Ein Krieger und Freund von so unerschütterlicher Treue wie Stein der Skalde war für das ganze Lehen von unschätzbarem Wert. Olaf liebte Stein und Stein liebte ihn. Nur der Tod konnte sie scheiden, und das würde er wahrscheinlich auch tun, ein ehrenhafter Tod auf dem Schlachtfeld, wenn der eine für den anderen sein Leben hergab. Das war das höchste Schicksal, das ein Adliger sich wünschen konnte.

Aber es war nicht alles so gut, wie Stein der Skalde glaubte. Olaf verspürte eine Beklemmung, von der er meinte, sie schon hinter sich gelassen zu haben. Steins gutgemeinte Aktionen hatten Olaf zwei Morde aufgebürdet: den am Erzbischof und den an der alten Gräfin.

Olaf Sturmfalke kniete vor dem Altar des Doms Santa Ricca von Sinetra und bereute im Namen der ganzen Grafschaft das vergossene Blut des Gottesmannes. Die Kirche war mit den vereinten Kräften des neuen Erzbischofs und Dutzender von Priestern gereinigt und gesegnet worden. Der Dom war voller Menschen. Sie begafften mit offenem Mund den neuen Grafen und seine Gemahlin.

Die Domherren zelebrierten finster die Messe, warfen zornige Blicke auf den Grafen und seinen Vertrauten Stein den Skalden, der die Bluttat veranlaßt hatte, und auf Ritter Oderan, dessen Schwert rot war vom Blut des Erzbischofs. Das Domkapitel hätte die Normannen gern daran gehindert, die Kirche zu betreten, doch niemand wollte ein Märtyrer werden. Jeder hatte eine Familie, deren Interessen ein hoher Kirchenmann wahrnehmen mußte. Und die Normannen konnte man sowieso nicht aus der Welt schaffen.

Olaf Falco, Émouchet, wie die Normannen ihn auf französisch nannten, bekreuzigte sich und verneigte sich vor dem großen Triumphkreuz des Chors.

»Ich bin für den Tod des Erzbischofs verantwortlich. Als Sühne und Bitte um Vergebung verspreche ich, gegen die Sarazenen zu kämpfen.«

Olaf stellte ein hohes, achteckiges Gefäß aus Silber auf den Altar. Jede Seite des Gefäßes war mit einer geschnitzten Elfenbeinplatte verziert. Der Deckel des Gefäßes war aus Silber und kegelförmig, und auf der Spitze prangte eine Kugel. Olaf Falco öffnete den Deckel und nahm einen weiteren silbernen Behälter von der Größe eines kleinen Vogeleis heraus, der mit funkelnden Kristallen besetzt war. Er hob den Behälter hoch, so daß alle ihn sehen konnten.

»Dies ist eine Reliquie vom heiligen Olaf, ein Fingernagel des Heiligen. Der heilige König Olaf schützt besonders die Krieger und heilt Wunden, die im Kampf empfangen wurden. Auch andere Wunden heilt er, wenn man nur inständig darum bittet. Die Reliquie hat mich vor Unglück bewahrt. Ich schenke sie dem Dom von Sinetra.«

Olaf Falco erzählte der Gemeinde von Olaf dem Heiligen von Norwegen: wie er die zügellosen Wikinger zum Christentum bekehrte und wie er in der Schlacht bei Stiklestad getötet wurde, und was für Wunder sein Leichnam getan hatte.

»Sanctus. Sanctus. Rex perpetuus Norvegiae.« Ein verzückter Seufzer brauste durch die Kirche. Olaf öffnete den kleinen Deckel des Behälters und zeigte das Fingernagelstück den Umstehenden.

Die Domherren, Ritter und Frauen stürzten sich heulend auf Olaf, grapschten nach dem Behälter, traten einander zu Boden. Olaf wankte unter dem Ansturm der Menschen, hielt den Behälter am ausgestreckten Arm über seinem Kopf und schlug die Leute mit der Faust von sich los.

Stein der Skalde sprang auf und brüllte:

»Zu Hilfe! Männer, bildet einen Ring um den Grafen!«

Die Normannen hatten in der Kirche keine Waffen. Zweck der Veranstaltung waren Reue und Friedensschluß. Ein Teil der Ritter von Sinetra stand inmitten des heulenden Haufens. In der Nähe des Altars befanden sich nur etwa zwei Dutzend Krieger. Mit ihrer Hilfe wühlte sich Stein der Skalde in die Menschenmauer hinein. Gnadenlose Tritte und Hiebe ließen festlich gekleidete Menschen auf die Menge der Kirchenbesucher fliegen.

Ein Teil der Kirchgänger floh nach draußen und erzählte den auf dem Marktplatz wartenden Männern, was drinnen vor sich ging. Die Hauptleute befahlen, blank zu ziehen und in die Kirche einzudringen.

»Nur mit der flachen Seite des Schwerts schlagen!«

»Außer wenn die Schneide benutzt werden muß, um den Grafen oder einen anderen Normannen zu retten!«

Die Krieger drangen unter dem Schutz ihrer Schilde in die Kirche ein. Die Menschenmenge war so dicht, daß die Krieger nicht durch sie hindurch zum Altar und zu dem Grafen vordringen konnten. Die Normannen schlugen mit ihren Schilden auf die Kirchenbesucher ein. Die aufgebrachten Städter vergaßen ihre Angst. Sie lieferten sich Handgemenge mit den Soldaten, zerrten sie an den Beinen, zerrissen ihnen die Kleider und warfen sie mit vereinten Kräften zu Boden. Der unbändige Haß gegen die Normannen ließ die Menschen zu wahnwitzigen Rächern werden. Die Hauptleute brüllten Befehle, und Blut spritzte aus Fleisch.

Die auf dem Marktplatz Gebliebenen schätzten sich glücklich. Später wurde erzählt, wie das Blut durch die Tür des Doms von Sinetra in die Säulenvorhalle und von dort auf die Treppenstufen, die von adlerköpfigen Greifen flankiert waren, und als purpurner Streifen auf den Markt hinunter bis zu den Füßen der entsetzten Zuschauer floß, bis es im Sand des Marktes versickerte.

Die Normannen bahnten sich ihren blutigen Weg im Mittelschiff der Kirche von der Tür zum Altar. Olaf Falco, der Graf von Sinetra, fand sich unter Dutzenden von Menschen begraben. Der bewußtlose Erzbischof Grimoald schützte den Grafen mit seinem Körper. Olaf hatte ein gebrochenes Bein, und der Fingernagel des heiligen Olaf war in dem Getümmel verlorengegangen.

In der Kirche starben an diesem Tag neun Menschen, von denen zwei Krieger und drei Frauen waren. Die langwierigen und teuren Reinigungsriten mußten nochmals zelebriert werden.

In den Felsnischen der Sarazenenfestung wuchs reichlich Gras. Dort hielt sich eine Ziegenherde mit ihrem Hirten auf. Der Hirt vertrieb sich die Einsamkeit, indem er auf der Sackpfeife spielte, wer weiß, wo er das teure Ding gestohlen hatte. Die feurige Julisonne ging am Osthimmel auf. In der Mündung des Fiume Pietra breiteten die Kormorane träge ihre Flügel aus.

Die Reiter waren durch Umhang, Kapuze und ein vor den Mund gebundenes Tuch geschützt. Dennoch waren die Männer nervös. Niemand hielt sich gern bei Sonnenaufgang unten am Strand auf. Doch für die Planung brauchte man Licht, und am Tage war es in der Uferebene zu heiß.

Heuschrecken hingen in Schwärmen in den verdorrten Diesteln. Der Pfad, der früher von Pferden, jetzt aber von Ziegen ausgetreten wurde, schlängelte sich von einem Baumschatten zum nächsten. In der Ebene wuchsen dicht bei dicht Olivenbäume, tausendjährige Füllhörner mit silbernem Stamm, um deren Besitz gekämpft wurde. Der größte Teil der Bäume gehörte Olaf Falco, doch fast jede Familie von Sinetra besaß einen eigenen Baum, und ein Teil befand sich im Besitz der Normannenherren der La Montagna, des Gebirges.

»Seit dem Abzug der Sarazenen steht die Festung leer.«

»Man sollte meinen, die Griechen hätten sie in Besitz genommen. Die Raubzüge der Sarazenen sind an allen Küsten eine schreckliche Plage.«

Der Stadtälteste von Sinetra, ein Langobarde, schnaubte verächtlich.

»Der Turmark verbarg sich im Schutz der Burgmauern, als die Sarazenenschiffe in die Bucht von Sinetra gerudert kamen. Diejenigen, die nicht in die Stadt hatten fliehen können, blieben ihrem Schicksal überlassen. Von hier sind Tausende von Menschen als Sklaven ins Land der Ungläubigen verschleppt worden.«

»Meine Untertanen werden nicht Galeerensklaven der Sarazenen«, versicherte Olaf Falco dem Stadtältesten. »Wir werden die Sarazenenfestung für die Verteidigung rüsten. Sie wird über den Hafen, die Flußmündung und den Uferweg wachen.«

Der Stadtälteste wirkte skeptisch. Er war Webermeister und hatte in seiner Werkstatt zehn Frauen am Webstuhl und Dutzende von teuren Seidenballen im Lager. So wie die anderen hatte auch er gelernt, von den Normannen nur Schwierigkeiten zu erwarten. Er war zum Stadtältesten gewählt worden, weil er reich genug war, um die Normannenkrieger zu bestechen, und schlau genug, um ihnen mit Schmeicheleien den Kopf zu verdrehen.

»Die Festung soll Santa Elena heißen, zu Ehren von Gräfin Helaine.«

Die Miene des Webermeisters entspannte sich. Helena Harzaniteina war eine der Ihren gewesen. Wenn auch der neue Graf ein Bischofsmörder war, so hatte er doch die alte Gräfin respektvoll behandelt und sie mit Gepränge in der Klosterkirche des Evangelisten Johannes beisetzen lassen.

Niemand vermißte Erzbischof Leonas. Die Domherren teilten unter sich die Frauen des Erzbischofs auf, von denen es in jedem Zimmer des Bischofspalastes eine gab. Sie hätten auch den Schatz des Erzbischofs unter sich aufgeteilt, doch dem stand ein braunhaariger Normanne entgegen, derselbe, der dem Domherrn Landulf die Hand abgehauen hatte, so daß er verblutete. Dieser Mann stammte, wie man hörte, nicht aus der Normandie so wie auch der Graf nicht, sondern von so weit her aus dem Norden, daß dort das Meer gefror. Er war ebenso hart und kalt wie die Normannen, und niemand wagte es, die Schatztruhe des Erzbischofs zu fordern. Sie verschwand in den Gewölben des Grafen von Sinetra so wie viele andere Schätze.

Im Gefolge des Grafen befanden sich außer dem Stadtältesten ein griechischer Architekt und zwei Maurermeister, beides Langobarden, sowie ein Normannenritter, der sich im Festungsbau auskannte. Olaf Falco war zufrieden, daß er geschickte Fachleute gefunden hatte. An Baumeistern herrschte Mangel; Normannenburgen entstanden in Apulien, Basilikata und Kalabrien auf jedem Hügel. Außer den Burgen wurden Dutzende von Kirchen gebaut. Die Grafen und Herzöge entwarfen sich prächtige Paläste. Die alten Brücken der Griechen mußten instand gesetzt und in den Tälern neue gebaut werden, damit die Reitertruppen der Normannen auf ihren alljährlichen Kriegszügen ungehindert vorankamen.

Auch Gräfin Adela di Sinetra wollte einen festlichen Palast. Olaf Falco hatte mit seinem gebrochenen Bein wochenlang im Eichenbett des Burgherrn zwischen Seide und Sämischleder gelegen und sich angehört, wie klein und bescheiden, ja erbärmlich, der Palast von Sinetra war.

»Adela, wir können keinen Palast bauen, solange der Hafen nicht gesichert ist. Jetzt stecken wir alles in die Instandsetzung der Sarazenenfestung und den Bau der Hafenmauer.«

Tränen. Olaf hatte sie allmählich satt. Vor einem Jahr noch hatte er seiner Frau Geschenke gemacht und damit ein Lächeln in die Veilchenaugen gelockt. Die Tränen waren wie Perlen auf der samtenen Haut, dazu bestimmt, fortgeküßt zu werden. Doch niemand hatte Zeit, so viel zu küssen, wie Adela über die kleinen Zimmer und das Fehlen von Fußbodenmosaiken und prächtigen Säulen weinte, von denen es in der Ruinenstadt so viele gab, daß man vor jeder Tür rechts und links je eine hätte postieren können, wenn man sie nur aus der Ebene auf den Berg geschafft hätte.

»Willst du, daß dein Sohn in einem finsteren und engen Loch aufwächst, für das sich jeder Leibeigene schämen würde?«

»Ich will, daß mein Sohn in Sicherheit aufwächst und es lernt, allen seinen Untertanen Sicherheit zu geben, denn das ist seine erste Pflicht.«

Stein der Skalde unterhielt den Kranken mit alten Liedern von Schiffen und Helden. Stein hatte auch Lieder der Normannen gelernt, obwohl es ihm nicht behagte, daß darin von Frauen fast ebensoviel die Rede war wie von den Recken und deren Heldentaten.

Man half Olaf in das Obergeschoß des Palastes hinauf zu den großen Bogenfenstern, von denen sich der Blick auf das Tal des Fiume Pietra eröffnete. Oben auf dem Berg, wo ein leichter Wind wehte, war es erträglich im Vergleich zur Ebene, die von der Sommerhitze versengt wurde.

Es war herrlich, abends im Bett zu sitzen und von den Frauen verwöhnt zu werden, Adelas dunkles Strahlen zu betrachten und den kleinen Roger zu bewundern, von dem freilich unter den Wickeln hervor kaum mehr als die Pausbacken zu sehen waren. Aber es war eine wirkliche Erleichterung, endlich wieder hinauszukommen. Olaf, der Krieger, war es gewöhnt, tätig zu sein. Er empfand seinen Zustand als qualvoll, irgendwie als klebrig, weil er nicht viele Stunden am Tag im Sattel saß und nicht einmal auf die Jagd gehen konnte.

Als Olaf sein Daunenpolster verlassen hatte, mußte er fechten und reiten üben wie ein Knappe: Das wochenlange unbewegliche Daliegen hatte ihn gefährlich steif werden lassen. Das Reiten außerhalb der Stadt in den Bergen und Tälern, unter Kastanien und Eichen war nach dem langen Aufenthalt in der Burg für ihn eine Freude.

Die Jagd und die Planung des Castello Elena linderten seine Beklemmung, beseitigten sie aber nicht völlig. Unruhe quälte Olaf Falco. Wie ein Falke wollte er hoch hinaus und weit fort. Dennoch hatte er sich gerade den Traum eines jeden normannischen Adligen erfüllt: Er war in den Besitz einer Grafschaft gelangt.

»Ich will die Städte der Griechen sehen. Ich will ihre Sitten kennenlernen und mir ihre Kriegskunst aneignen. Ich erinnere mich an Konstantinopel, wenn auch nicht sehr gut, weil ich dort noch ein kleiner Junge war. Ich will alles sehen; ist Konstantinopel so schön und reich, wie ich es mir vorstelle?«

»Diejenigen, die dort gewesen sind, sagen, es sei herrlicher, als wir es uns vorstellen können«, sagte Stein der Skalde nachdenklich. »Warum sollten wir nicht dorthin und es uns ansehen, Anführer? Ritter Oderan kann die Bauarbeiten überwachen. Dann könntest du gegen die Sarazenen kämpfen, wie du es versprochen hast. Die Ungläubigen aus dem Osten setzen dem Reich der Griechen schlimmer zu als die Sarazenen aus Sizilien oder Ägypten Kalabrien.«

Olaf spürte in dem Grönländer dasselbe Fernweh, das auch ihn selbst lockte.

»Ein Jahr«, überlegte Stein der Skalde, »oder höchstens zwei. Bis dahin ist Castello Elena fertig.«

Er dämpfte die Stimme.

»Die Griechen haben zur Zeit einen Soldatenkaiser, Romanus Diogenes. Er wirbt Männer an für einen Kriegszug gegen die neuartigen Sarazenen. Sie kommen in solchen Scharen von Osten, daß selbst der Kaiser ihnen nur mit Hilfe der Normannen Widerstand leisten kann.«

»Herzog Robert Guiscard ist kein Freund des Kaisers«, knurrte Olaf Falco. »Er hat dem Kaiser die italienischen Militärprovinzen abgenommen. Nur noch Bari ist übrig.«

»Du brauchst nicht in Italien und nicht gegen Normannen zu kämpfen, selbst wenn du für eine Weile in den Dienst des Kaisers trittst«, versetzte Stein. »Die Sarazenen sind im Osten, in Richtung Armenien. In den Truppen des Kaisers gibt es noch mehr Normannen. Diese neuen Sarazenen, die sich selbst Seldschuken nennen, sind Reiter. Die Griechen haben vor allem Fußvolk. Sie brauchen dringend geschulte Reiter.«

»Du weißt viel, Dichter«, bemerkte Olaf.

»Warum sollte ich nicht zuhören, wenn mir Wissen geboten wird?«

Olaf Falco sah auf das türkisblaue Meer hinaus. Sarazenenangriffe waren in nächster Zeit nicht zu erwarten. Roger de Hauteville, Herzog Roberts Bruder, hatte gerade einen großen Sieg über die Ungläubigen von Sizilien errungen. Es würde eine Weile dauern, bis die Sarazenen sich davon erholt haben und Räuberschiffe würden ausrüsten können.

»Conte, Krieger auf dem Uferweg!«

Wortlos bog der Normannentrupp auf seinen Pferden vom Weg ab und begab sich in den Schutz der sarazenischen Ruinen. Der Stadtälteste und die langobardischen Meister wurden zu ihrem Schutz in ein halbunterirdisches Ziegelgewölbe gedrängt. Die Schwerter fuhren aus der Scheide. Die Männer waren in voller Rüstung: Kein Normanne war so dummdreist, daß er sich ohne Waffen, Kettenhemd und Helm aus den Mauern hinausbegeben hätte.

Die Ritter führten auch Lanzen mit sich, die fürchterlichsten und wirkungsvollsten Waffen der Normannen.

»Der Wimpel des Herzogs! Es sind Männer von Robert Guiscard, Conte.«

»Na, schaun wir mal«, sagte Olaf Falco.

Der fremde Reitertrupp machte halt. Die Männer waren ebenso mißtrauisch wie die Leute von Sinetra: Sie ritten in Kampfformation, den Schild am Arm. Der Anführer rief von weitem: »Olaf Falco, Conte di Sinetra?«

Olaf ließ seine Lanze nicht sinken.

»Ich bin es.«

»Eine Botschaft vom Herzog«, rief der Fremde. »Du wirst gebraucht, Conte. Herzog Robert will Bari belagern.«

15. Kapitel

1071

Grau fiel der Regen auf die Zelte. Die Feuchtigkeit sickerte durch den Stoff, Tropfen fielen auf den Baldachin von Adela di Sinetras Bett und schlugen hart auf wie Insekten. Adela drehte sich auf ihrem Bett um und wurde immer wütender. Gestern hatte ihre Monatsblutung begonnen; warum nur wurde sie nicht schwanger? Während der Belagerung, die nun schon zweieinhalb Jahre dauerte, hatte sie zwei Fehlgeburten gehabt. Wenn es so weiterging, würde Olaf Sturmfalke alt und impotent werden, bevor Adela ihm einen zweiten Sohn gebar.

»Ortulana. Ich hab kalte Füße. Massier sie mir.«

Die Dienerin, die neben dem Kohlebecken gekauert hatte, sprang auf und schob die Hände unter die Decke. Träge gab Adela ihr eine Ohrfeige, weil Ortulana kalte Hände hatte.

Olaf Sturmfalke hatte Ortulana auf den Kriegszug nach Bari mitnehmen wollen, weil Corba mit dem kleinen Roger in Sinetra zurückgeblieben war. Adela hätte das Kind mit vor die Mauern von Bari genommen, aber Olaf verbot es ihr.

»Bei einer Belagerung stirbt ein Drittel sogar der robusten Männer an Hunger und Krankheiten. Der Junge übersteht das nicht. Mein einziger Erbe muß in Sinetra in Sicherheit bleiben. Es wäre besser, wenn auch du dort bliebest, Adela.«

»Kleine Kinder sind nirgends in Sicherheit«, grollte Adela. »Man muß viele davon haben, ein anderes Mittel gibt es nicht, sich einen Erben zu sichern. Deshalb komme ich mit dir mit, Herr.«

Gräfin Adela fand die Belagerung abscheulich. Ihr war das Zelt zuwider, das, wenngleich luxuriös, im Winter feucht und im Sommer staubig war. Ihr war das Essen zuwider, das den Bedürfnissen der Soldaten entsprechend einfach und kräftig gekocht war. Ihr waren Krieger und Troßfrauen, Pferde, Esel und Hunde zuwider, von denen es überall wimmelte.

Das Lager war ein unermeßlicher Misthaufen: Abfälle, Latrinen, flache Gräber, schlammige Pfade, feucht gewordene Feuerstellen, nasse Stoffe und nasses Leder, alles stank, daß es einem übel wurde. Mehr Männer starben am Typhus und an der Ruhr als durch die Hand der Griechen. Nach achtundzwanzig Monaten der Belagerung war die Region Bari in einem schrecklicheren Zustand als die belagerte Stadt.

Die Stadt Bari, letzte Festung der byzantinischen Macht in Italien, lag auf einer Halbinsel im Adriatischen Meer. Die Bewohner von Bari glaubten, hinter den mächtigen Mauern in Sicherheit zu sein. Die Griechen waren Seefahrer. Sie zweifelten nicht daran, daß sie die Stadt würden versorgen können, denn die Normannen hatten keine Schiffe und verstanden nichts vom Segeln. Die Normannen konnten sich die Füße waschen und schwimmen, indem sie die Hände auf dem Grund abstützten. So viel verstanden sie vom Wasser.

Gegenüber von Bari, auf der illyrischen Seite des Adriatischen Meers, lag die Stadt Durazzo. Perenos, der Herzog von Durazzo, war bereit, den Einwohnern von Bari alles zu liefern, was sie haben wollten. Gegen Bezahlung, aber die Einwohner von Bari hatten genug Geld. Sie lachten laut über Robert Guiscards Belagerungsmaschinen, stolzierten auf den Mauern herum und zeigten den Normannen goldene Kannen, Tabletts und Kerzenständer.

»Du bist der habgierigste Mann von Apulien, Herzog«, riefen die Einwohner der Stadt, »hier gibt es soviel Gold, wie deine ganze Emporkömmlingssippe zusammengenommen wiegt! Komm es holen, wenn du kannst!«

»Geht pfleglich mit meinem Eigentum um, Männer von Bari«, forderte Robert Guiscard die Leute auf.

Die lachten sich halbtot, aber nicht lange. Robert Guiscard hatte Schiffe und einen Mann, der sich darin auskannte. In den Häfen von Apulien und Kalabrien war jeder Trog aufgetrieben worden, der nur irgendwie an der Oberfläche schwamm, und weitere waren gebaut worden. Die Leute aus Bari verspotteten die komische Flotte des Herzog, als sie, von Rudern und Segeln getrieben, vor ihren Mauern anlangte. Der Spott wich leiser Nachdenklichkeit, als die Schiffe sich eines neben das andere legten und dazwischen von Schiff zu Schiff klirrend die Ketten ausgespannt wurden. Robert Guiscard legte einen Belagerungsring aus Schiffen um Bari.

Der Ring hatte durchlässige Stellen, so daß griechische Boten und Offiziere hindurchschlüpfen konnten, jedoch nicht in dem Maße, daß die Einwohner von Bari nicht doch Hunger gelitten hätten. Robert Guiscard ging mit seinen fürchterlichen Belagerungstürmen zum Angriff über: Die Einwohner von Bari setzten sie in Brand. Es gelang der griechischen Flotte, einige Bedarfsgüter durch die Blockade in die Stadt zu bekommen: Die Normannen versenkten den größten Teil der Schiffe. Das Elend der Belagerten und der Belagerer schien endlos dauern zu wollen. Adela di Sinetra sehnte sich nach dem gemütlichen Palast auf dem Berg, wagte es aber nicht, von den Mauern von Bari fortzugehen.

Im Lager gab es nichts anderes zu tun, als mit den anderen Frauen zu tratschen und auf die Rückkehr des Ehemanns zu warten. Herzogin Sikelgaita wohnte im Zelt des Herzogs, das so prächtig war wie ein Palast. Doch Sikelgaita hatte keine Zeit, mit den Frauen zu plaudern. Sie saß bei den militärischen Beratungen neben dem Herzog und kämpfte bei Sturmangriffen gemeinsam mit den Männern. Sie leitete sogar Beschaffungstouren in die ländlichen Gegenden.

Die Umgebung von Bari war ratzekahl geplündert, die Beschaffungstouren wurden immer länger und gefährlicher und die Beute geringer. Die normannischen Herren entsandten Männer, die Lebensmittel und Ausrüstung aus ihren eigenen Burgen holen sollten. Die Lebensmittelfuhren fielen trotz der Begleitsoldaten Räubern in die Hände. Gräfin Adela mußte Bohnen essen.

Ortulana hob den Kopf.

»Was hörst du?«

»Eigenartigen Lärm ...«

Zu Beginn der Belagerung hatten die Leute aus Bari Ausfälle aus dem Stadttor gemacht und Belagerungstürme, mit Tierhäuten bespannte Schutzrahmen und Sturmleitern angezündet. Das Lager mußte ständig auf der Hut sein. Sechs erfahrene Krieger schützten Adelas Zelt vor Angriff und Panik. Olaf Falco sah solche Faulenzerei nicht gern. Jetzt waren die Stadtbewohner zu schwach um anzugreifen. Die Gräfin hatte nur noch zwei Wachposten. Sie schützten die Frauen vor Dieben, die im Lager die Runde machten. Wenn eine Belagerung sich lange hinzog, bedrohten Räuberbanden das Lager. Sie schlichen sich herein, raubten, was ihnen in die Hände fiel, vergewaltigten die Troßfrauen und flüchteten, noch ehe die Wachposten die Männer zu Füßen der Mauer alarmieren konnten.

Zu Anfang der Belagerung hatten die Aristokraten im Lager Pavillons in leuchtenden Farben; sie waren durch Vorhänge und Möbel in Räume unterteilt. Für die vornehmen Frauen wurden Sitze hinausgetragen. Unter einem Schutzdach sitzend beobachteten sie die Mauern und die Krieger, tranken apulischen Wein, naschten in Honig gewendetete Datteln und Feigen und tratschten. Doch die Freude war nicht von langer Dauer. Als der erste Winter kam, zogen die Frauen in die Türme der nahe gelegenen Städte Trani, Molfetta oder Giovinazzo. Ein Teil kehrte zurück in die eigene Burg. Im nächsten Frühjahr kam niemand, um sich die Belagerung anzusehen. Ein Kriegslager, das sich schon einige Monate an derselben Stelle befand, war für eine Dame von edler Herkunft eine unerträgliche Umgebung.

Einige normannische Baroninnen blieben Adela zur Gesellschaft da, die meisten davon harsche Frauenspersonen, die außer ihrem Mann auch Söhne unter den Belagerern hatten. Diese Frauen waren immer mit etwas beschäftigt: Sie pflegten die Verwundeten, besserten Kleider aus, kochten für ihre Männer. Adela konnte und wollte das nicht. Sie war eine vornehme Gräfin und keine Wund- oder Küchenmagd. Ihre Aufgabe war es, Kinder zu gebären, schön zu sein und ihren Ehemann zu unterhalten.

Ihr Mann hatte selten Zeit, die Schönheit seiner Frau zu bewundern und ihr Geplauder zu genießen.

Adela rieb sich jeden Morgen mit Kräuterwasser ab. Sie kleidete sich in eine seidene Dalmatika und ein schmetterlingsleichtes, großes Tuch, die Palla. Ortulana schminkte ihr die Augen mit Kohle und Mund und Wangen mit Zinnober. Die Haare kämmte sie ihr hoch zu einem losen Knoten, der von einem perlengeschmückten Kamm gehalten wurde. Auf die Stirn setzte Adela sich das mit Türkisen geschmückte Diadem von Gräfin Helaine, und an die Finger steckte sie sich Ringe, an jeden Finger einen.

All diese Mühe, viele Stunden jeden Morgen, und dennoch nagte die Angst an ihr.

»Sinetra!«

»Der Hausherr ist da. Übernehmt das Pferd.«

Das Zelt füllte sich so wie immer, wenn der Graf von Sinetra von seinem Dienst auf dem Schiff Sturmfalke oder am Fuß der Mauer zurückkehrte. Da war Stein der Skalde, der alles tat, um Olaf seiner Frau zu entfremden. Da war Ingvar Trinkhorn, der Gefährte, der vom Jüngling zum Mann gereift und gerade zum Ritter geschlagen worden war und für den es auf der Welt keinen anderen Menschen gab als Olaf. Da waren die Leibwächter Schwarzer Thorkel und Gunnar, die ein Teil ihres Herrn geworden waren so wie der Wolfshund Bera: Die drei hielten sich immer dort auf, wo sich der Graf befand. Da waren Soldritter, Konstrukteure von Belagerungsmaschinen, Tunnelmeister, Knappen und natürlich Pferdehändler.

Wenn eine Belagerung auch nicht so viele Pferde verschliß wie eine Feldschlacht, mußten die Pferde doch ständig unter freiem Himmel sein, schmutziges Wasser saufen und schlechtes Futter fressen. So wurden immer einige krank und starben, sogar die teuren, geschulten Schlachtrösser der Ritter, obwohl sie besser bewacht und gepflegt wurden als jedes Kind. Eine lange Belagerung war der Traum jedes Pferdehändlers. Die Tiere starben, aber anders als bei den Kriegszügen blieb der Käufer auf derselben Stelle, und man brauchte ihn in dem bergigen Land nicht zu suchen.

»Herr, was war das dort für ein Krawall?«

Adela interessierte sich nicht für den Krawall; im Lager war es immer laut. Sie wollte die Aufmerksamkeit ihres Mannes auf sich lenken. Olaf begann sofort nach seiner

Ankunft im Zelt mit seinen Gefährten die Ereignisse dieses und des kommenden Tages zu besprechen. Solche Gespräche mußten am Ort der Ereignisse geführt werden: in den Unterständen in der Nähe der Mauern. In Gegenwart der Ehefrau sprach man von der Ehefrau und nicht von Belagerungsmaschinen und Tunneln.

»Beinahe hätte ein Attentäter Herzog Robert umgebracht«, sagte der Graf von Sinetra. Adela sah, daß er sich bemühte, freundlich zu sein. »Der Meuchelmörder schlich sich bis ganz an die Wand des Hauses heran, in dem die Beratungen geführt wurden, und warf durch einen Spalt in der Wand einen vergifteten Dolch nach dem Herzog.«

»Und?«

»Zum Glück hat Robert Guiscard einen schlimmen Husten«, lachte Olaf Sturmfalke. »Er bückte sich, um unter den Tisch zu spucken. Der Dolch traf die Wand hinter ihm.«

Adela hatte keine Lust, noch weiter nach dem Mörder zu fragen. Es war klar, wie es ihm ergangen war. Adela tat es nicht leid um das Leben Robert Guiscards. Wenn der Herzog stürbe, würde man diese schreckliche Belagerung abbrechen, und alle könnten nach Hause zurückkehren.

Olaf wandte sich ab. Adela geriet in Panik.

»Ich bin so müde«, flüsterte sie mit schwacher Stimme. Das stimmte nicht; sie tat ja nichts anderes als auf dem Bett zu liegen und die erbärmliche Lagerkost zu essen. Aber sie mußte Olaf bei sich festhalten, und dazu fiel ihr nichts anderes ein, als zu jammern.

Olaf kam zurück. Er faßte Adela bei der Hand. »Ortulana wird dir eine kalte Kompresse auf die Stirn legen. Du solltest nicht unter diesen Verhältnissen leben. Im Lager herrscht Malaria. Das beste wäre es, du kehrtest nach Sinetra zurück. Ich kann einen hinreichenden Begleitzug abstellen. Stein der Skalde bringt dich nach Kalabrien. Du bist in völliger Sicherheit.«

»Nein! Mein Herr, ich will dich nicht verlassen!«

Adelas Stimme wurde lauter, und die Männer wandten sich nach ihr um. Ihre Mienen drückten einerseits Gereiztheit aus: Der Platz einer vornehmen Frau war nicht im Militärlager einer Belagerung. Andererseits wirkten die Männer wohlwollend, denn die Gräfin von Sinetra verhielt sich so, wie es sich für eine Ehefrau geziemte: Sie bewies grenzenlose Treue und Liebe.

Olaf bückte sich und küßte Adela.

»Ich mache mir Sorgen um deine Gesundheit.«

Adela di Sinetra sah ihrem Mann nach. Sie war mehr um sich selbst besorgt als ihr Mann um überhaupt irgend etwas. Adela beobachtete unablässig seine Haltung, sein Mienenspiel, seine Bewegungen und Gesten. Er war dabei, ihrer überdrüssig zu werden. Sie waren jetzt vier Jahre verheiratet. Er suchte ihre Gesellschaft nicht mehr in jeder freien Minute, brachte ihr nach ein paar Tagen Abwesenheit keine Geschenke mehr mit, ließ Stein den Skalden keine Lieder mehr über Adelas Schönheit machen – Steins Lieder waren primitiv, aber jedes war für Adela ein Zeichen des Sieges.

Und im Bett war Olaf nicht mehr unersättlich. Das machte seiner Frau die meisten Sorgen. Adelas Körper war ebenso begehrenswert wie zuvor, ihr Gesicht ebenso schön. Ihre Kleider waren prächtiger denn je, nachdem das Bilsenkraut auf Gräfin Helaine in der erwarteten Weise gewirkt hatte und die neue Gräfin die persönliche Habe der alten geerbt hatte.

Adela spürte die Veränderung, obwohl Olaf Falco seinem Wesen gemäß immer freundlich war. Adela hatte nicht vor, ins Abseits zu geraten. Olaf war der Mittelpunkt ihres Lebens. Sie wollte ihrerseits für Olaf wichtiger sein als alles andere, abgesehen natürlich vom Krieg, den eine Frau niemals an Bedeutung übertreffen konnte.

»Was mag das zu bedeuten haben?«

Olaf Falco, der Graf von Sinetra, lehnte gegen die Reling des Schiffes und schaute in die Richtung, die Stein der Skalde ihm wies. Dessen Hand war in der dunklen Märznacht kaum zu erkennen.

»Sie feiern etwas. Seltsam. Man sollte nicht meinen, daß die Leute von Bari etwas zu feiern haben.«

»Es sei denn, sie hätten erfahren, daß Entsatztruppen eingetroffen sind«, sagte Stein der Skalde scharf.

»Ob Graf Roger wohl genauso denkt?«

Auf den seeseitigen Mauern der Stadt Bari loderten Hunderte von Fackeln. Vom Meer her sah es so aus, als liefen Menschen auf der Mauer herum und tanzten.

»Stein, befiehl die Ketten zu lösen«, sagte Olaf Falco plötzlich. Er hatte die Ahnung einer großen Gefahr. Die Gefahr lag nicht dort vorn, wo die Feuerpunkte auf der schwarzen Steinmauer herumsprangen. Die Gefahr lag hinter ihnen, und sie war nahe.

»Gib Alarm!«

»Herr, es ist nichts zu sehen.«

Die Ketten, die den Sturmfalken am Nachbarschiff befestigten, fielen polternd von der Bordwand ins Meer. Von den anderen Schiffen hörte man ähnliche Geräusche, aufgeregte Kommandos, Gepolter und Knarren, wenn das Steuer oder Heckruder aus der Befestigung gelöst wurde.

»Alarm! Fertigmachen zum Segeln! Alle Mann an die Ruder!«

»Lichter auf dem Meer!«

»Dutzende von Laternen, Herr!«

»Dort ist die griechische Flotte!«

Kampfeslust ergriff Olaf. Das Dröhnen der Trommel, die rauschenden Züge der Ruder, der Schwertgriff in der Hand fachten die Leidenschaft an. Das war erregender als alles, was Gold oder Frauen in einem Mann entfachen konnten.

Die byzantinische Flotte hatte mit dem schnellen Angriff nicht gerechnet. Admiral der Flotte war Jocelin di Molfetta, ein aufständischer Normanne, den der Kaiser zum Herzog von Korinth ernannt hatte. Er hatte angenommen, die Belagerungsschiffe lägen so beharrlich an ihrem Platz und seien so fest miteinander verbunden, daß die Griechen sie würden verbrennen können. Die Schiffe der Normannen umschwärmten die großen byzantinischen Dromonen im Dunkel der Nacht wie die Fledermäuse das Licht.

Ein Normannenschiff kenterte, als die Krieger in ihrer schweren Rüstung alle auf eine Seite stürmten, um das griechische Flaggschiff zu entern. Hundertfünfzig Mann in ihren Kettenhemden sanken fast ohne einen Laut in die Tiefe. An der Stelle des gekenterten Schiffes erschien sofort ein anderes. Von den zwanzig Schiffen der Griechen wurden neun versenkt, und kein einziges durchbrach die Blockade von Bari. Roger de Hauteville, der Graf von Sizilien, brachte den in prachtvolle griechische Gewänder gekleideten Jocelin di Molfetta seinem Bruder Robert Guiscard als Geschenk.

Olaf Sturmfalke ritt mit seinen Männern am Vormittag zurück ins Lager. Die Krieger von Sinetra johlten und brüllten, und das nicht ohne Grund: Der Sturmfalke hatte ein griechisches Schiff erobert, das mit Waren für Bari beladen war. Die Beute würde unter den Eroberern aufgeteilt werden, und Robert Guiscard würde das Schiff kaufen. Jeder, der dabei gewesen, war jetzt ein reicher Mann und jubelte.

»Anführer, du wirkst nicht so erfreut wie die anderen. Der Herzog hat dich sehr gelobt. Worüber bist du traurig?«

»Stein, du hast einen allzu scharfen Blick.«

Als das Kampfesfieber sich gelegt hatte, verfiel Olaf wieder in Schwermut. Traurigkeit erfüllte seine Tage, wenn nicht ein Sturmangriff, ein Kriegszug oder ein Gespräch mit Robert Guiscard die Eintönigkeit unterbrach. Bei den langen Belagerungen wurden die Männer häufiger ein Opfer der Langeweile als des Feindes. In Ermangelung anderer Betätigung prügelten, verletzten und töteten sie sich gegenseitig.

»Herr.« Adela di Sinetra saß im Zelt, in himmelblaue Seide gekleidet. »Ergibt Bari sich jetzt?«

Adelas Ohren zierten vielgliedrige Gehänge. Sie reichten ihr bis auf die Schultern und klirrten zart, wenn Adela den Kopf bewegte. Olaf erinnerte sich gut an diesen Schmuck. Er gehörte ursprünglich Gräfin Helaine. Es behagte Olaf nicht, daß Adela ihn trug, obwohl das ganz natürlich war. Olaf behagte so gut wie nichts, was Adela tat. Das war ihm peinlich und entsetzte ihn.

»Stefanos Pateranos sieht wohl schon ein, daß Widerstand zwecklos ist. Die Städter essen Ratten und sterben an Typhus.«

»Von den Ratten bis zur Entkräftung dauert es eine Weile«, sagte Rainulf, einer der alten Soldritter von Sinetra. Er hatte die eine Hälfte seines Lebens als Belagerer in einem von der Ruhr verseuchten Militärlager und die andere als Belagerter in einer Burg verbracht, in der Hunger und Durst herrschten.

»Die Normannen haben in Bari eine eigene Partei. Nicht alle Einwohner von Bari sind Griechen«, bemerkte Stein der Skalde. »Robert Guiscard hat gewaltige Summen an Bestechungsgeldern verteilt. Dem Katepan Stephanos steht eine Truppe gegenüber, die uns in die Stadt einläßt, sobald die Anführer der Stadt einmal wegsehen.«

»Nach Bari«, seufzte Adela. »In eine große Stadt. In ein richtiges Haus.«

Olaf Sturmfalke verspürte einen schneidenden Schmerz. Die Frau war an seiner Seite geblieben, hatte Krankheiten und marodierenden Vogelfreien getrotzt und tagaus, tagein, jahraus, jahrein auf ihren Mann gewartet. Wenn man sich Adelas anmutiges und gepflegtes Äußere ansah, war es schwer begreiflich, wie sie es schaffte, immer so auszusehen, als säße sie in der Halle von Sinetra und erwartete vornehme Gäste.

Um so schlechter fühlte sich Olaf Sturmfalke, wenn er Adelas weiße Haut und die sich unter der Seide rundenden Brüste ohne jedes Interesse, geschweige denn mit Leidenschaft betrachtete. In diesem Zelt begehrte auch der jüngste Knappe die Gräfin von Sinetra mehr als der Graf von Sinetra.

Eines Tages vor Weihnachten wollte Olaf Sturmfalke nach einer militärischen Besprechung in sein Zelt im Lager gehen, das wegen der Malaria im Landesinneren aufgeschlagen worden war. Olaf hatte die endlosen Beratungen satt, bei denen niemand eine Idee hatte, wie die harte Nuß Bari zu knacken sei. Ebenso widerstrebte es ihm, ins Lager zurückzukehren, wo seine hübsch geschminkte Frau in dem Moment ihr Gejammer anstimmte, wo er den Türvorhang hob.

Olaf gab Stein dem Skalden ein Zeichen. Begleitet von einigen Kriegern ritten der Graf von Sinetra und seine Gefährten zum Rand des Trosses. Dort gab es ein Zelt, das alle Normannen der Belagerungsarmee, die vornehmer Herkunft waren, schon besucht hatten, nur Olaf Falco nicht.

Quimarca di Sessa war die uneheliche Tochter eines Adligen. Man hatte sie in jungen Jahren einem Verbündeten als Kebsweib gegeben. Der Verbündete war später gestorben, und Quimarca war mit einem beträchtlichen Teil seines Schatzes aus der Burg geflohen; sie war der Ansicht, daß sie sich ihn durch ihre unermüdliche Arbeit im Bett des alten Mannes verdient hatte. Quimarca ging dorthin, wo eine schöne Frau von ihrem Aussehen leben kann: in eine große Stadt, nach Taranto. Sehr bald erkannte sie, daß viele Frauen mehr verdienten als eine. Im Schutz der Stadt ließ sich gut ein Freudenhaus betreiben. Das Haus war für diejenigen gedacht, die bezahlen konnten, was Quimarca verlangte.

Die Belagerung der Stadt nahm Quimarca den wohlhabendsten Teil ihrer Kundschaft. In ihrem Beruf mußte man dorthin gehen, wo es Kunden gab. Quimarca und ihre Mädchen schlugen ihr Zelt im Lager von Bari auf.

Olaf Sturmfalke tollte einen Tag und eine Nacht lang mit Quimarcas Frauen herum, trank sich krank an billigem Wein und ließ sich von Stein dem Skalden nach Hause schleppen. Nach dem Freudenhaus war Adela rein wie ein Schwan und himmlisch schön. Dennoch begehrte Olaf sie nicht. Die Leidenschaft war dahin, vollständig verflogen. Geblieben war die Leere.

Zweitausend Menschen waren in der Kathedrale von Bari zusammengepfercht. Bei der Eingangstür im Westteil drängten sich diejenigen Einwohner von Bari, die sich unter den Augen der schwerbewaffneten Normannenkrieger hineingewagt hatten. Den Leuten von Bari war es wichtig zu zeigen, daß der griechische Katepan sie gezwungen hatte, die Tore zu schließen und die Stadt zu verteidigen. Sie hatten die Normannen immer innig geliebt.

Zum Verdruß der Einwohner standen jetzt dieselben Männer, die zweieinhalb Jahre lang Guiscard verspottet und die Städter Entbehrungen ausgesetzt hatten, gemeinsam mit den normannischen Adligen am Eingang der Kirche, und zwar so geschmeidig und dienstbeflissen, wie nur griechische Beamte es sein konnten. Neben Herzog Robert gab es natürlich einen Platz für den Führer der Normannenpartei Argyrizzos, der am Palmsonntag den Normannen die Tore geöffnet hatte. Aber direkt daneben lächelten die griechisch gesinnten Oberhäupter von Bari, der Topoteretes und der Turmark, die die Stadt auch weiterhin beherrschten, so als wäre nichts geschehen. Beide trugen den Skaramangio, ihren Dienstmantel, und sie wirkten kein bißchen magerer als zu Beginn der Belagerung.

Ein byzantinischer Beamter ließ sich durch nichts deprimieren. Er wurde niemals so weit aus dem Zentrum der Macht herausgeschleudert, daß er es nicht vermocht hätte, dorthin zurückzukehren.

Der helle Mittelgang der Basilika war voll von mächtigen normannischen Kriegern. Im Halbdunkel der Seitenschiffe knieten die gewöhnlichen Krieger und die wenigen Frauen, denen man zu der Festmesse Zutritt gewährt hatte. Dort waren die Herzogin Sikelgaita und ihre Begleiterinnen. Neugierig wurde auch die sagenhafte Gräfin von Sinetra betrachtet, die ihren Mann so sehr liebte, daß sie die Strapazen der Belagerung auf sich nahm. Es gab auch noch andere Frauen, jedoch keine, die so elegant, schlank und gepflegt war wie Adela di Sinetra. Viele Normannenfrauen sahen aus wie Fischweiber. Adela di Sinetra war so prachtvoll geschminkt, frisiert und gekleidet, als hätte sie niemals ein Belagerungszelt betreten. Die Normannenritter erwiesen der Gräfin außergewöhnlichen Respekt.

Stein der Skalde kniete im Mittelgang hinter Olaf Sturmfalke. Stein sah Gräfin Adela rechts vor sich. Diese Frau mußte man einfach bewundern: Wer hätte geglaubt, daß die quengelnde, verwöhnte Normannengräfin es vom ersten bis zum letzten Tag der fürchterlichen Belagerung im Lager aushalten würde. Adela hatte ihren Platz in der Kathedrale von Bari wahrhaftig verdient.

Leider nur hatte die Gräfin gleichzeitig den Platz im Herzen ihres Mannes verloren.

Ob Olafs Liebe wohl angedauert hätte, wenn Adela in Sinetra geblieben wäre? Wenn Olaf Sturmfalke im Elend des Lagers von Bari seine Frau vermißt hätte?

Die Leidenschaft dauert tausend Tage. Das war eine bekannte Wahrheit. Adela hatte ihre tausend Tage bekommen. Einen Teil davon war sie schwanger gewesen, und einen anderen Teil hatte sie sich im Zelt inmitten von stinkenden Abfällen befunden. Stein der Skalde lächelte. Pech für die schöne Frau.

Soviel zur Liebe. Es galt, die Zukunft zu planen. Stein der Skalde hatte das für Olaf Sturmfalke besorgt. Der Anführer war so erschüttert über das Ende seiner Leidenschaft, daß er nicht weiter als bis zum nächsten Tag denken konnte.

In den quirligen und wohlhabenden jüdischen Vierteln von Bari wurde das Angebot Steins des Skalden, die Kriegsbeute gegen Nomismas einzutauschen, wohlwollend aufgenommen. Auf einem langen Kriegszug ließ sich Gold, das nur wenig Platz beanspruchte, leichter transportieren als Proviant in einem großen Troß. In Süditalien begriff Stein der Skalde, daß man nach griechischer Sitte alles kaufen kann. Die Normannen schleppten alles mit sich mit.

»In Ephesos«, sagte Stein hinter Olaf.

Der Graf von Sinetra drehte sich überrascht um.

»Die Normannen, die in den Dienst des Kaisers treten, versammeln sich in Ephesos«, erklärte Stein der Skalde.

Er brauchte seine Stimme nicht zu dämpfen. In der Kirche herrschte ein ohrenbetäubender Lärm. Die Priester sangen die Messe, doch kaum jemand hörte ihnen zu. Die

Menschen rekapitulierten die Mühsal der Belagerung. Die Einwohner von Bari versuchten, den Normannen ihre Schätze zu verkaufen, um Geld für Lebensmittel zu bekommen. Die Griechen schmeichelten ihren neuen Herren. Die Normannen prahlten mit ihren Erfahrungen im Kampf. Die Hunde bellten. Die zwischen den Kirchgängern hin und her rennenden mageren Kinder bettelten mit schriller Stimme.

»Ich habe Erkundigungen eingeholt. Die Werber des Kaisers sind in der Stadt.«

Olaf schüttelte ungläubig den Kopf.

»Die Tore von Bari sind erst seit einer Woche offen.«

»Die Belagerung ist zu Ende. Hier treiben sich erfahrene Soldaten in hellen Scharen herum, die nicht wissen, was sie als nächstes tun sollen. Der Kaiser will, daß sie gegen die Seldschuken-Sarazenen kämpfen.«

»Der Kaiser hat gerade Bari an die Normannen verloren. Er wird uns wohl kaum in seiner Armee sehen wollen.«

»Romanos Diogenes ist es völlig egal, was im Westen geschieht. Die aus dem Osten kommenden Sarazenen verschlingen sein Reich. Bari ist im Mus seines Reiches kleiner als ein Pfefferkorn.«

»Das stimmt«, sagte Olaf Sturmfalke nachdenklich. »Aber Herzog Robert plant die Eroberung von Palermo. Die Normannen gehen nach Sizilien.«

»Wie du willst, Anführer«, sagte Stein der Skalde bedächtig. Ihm war es egal, wo gekämpft wurde, wenn er nur Olaf folgen konnte. »Willst du nach Sizilien? Da hat man ein gutes Lehen in Aussicht.«

»Nein. Ich habe Sinetra. Ich will weit fort. Ich möchte Konstantinopel sehen.«

»Der Kaiser zahlt gut. Ein voll ausgerüsteter Reiter bekommt ein Nomisma im Monat.«

»Das ist viel. Offenbar sind die Seldschuken gefährlich.«

»Sie haben Bagdad erobert. Aber den Normannen kann niemand widerstehen.«

»So sieht es aus«, lächelte Olaf sein stilles Lächeln, das Stein jedesmal bezauberte.

Stein stellte sich eine großartige Zukunft vor: endloses Wandern durch ein fremdes Land, siegreiche Kämpfe, Fuhren voller Beute, alles zusammen mit Olaf Sturmfalke. Und ohne Adela di Sinetra.

»Von Ephesos müssen wir die Große Heerstraße von Byzanz nehmen. Der Kaiser hat Konstantinopel schon verlassen. Von Westen ist es nach Osten, zur armenischen Grenze, eine Reise von hundert Tagen. Dort will der Kaiser die Sarazenen schlagen.«

Olaf spitzte plötzlich die Ohren.

»Horch mal.«

Die Stimmen verklangen unter den Dachbalken der Kathedrale. Das Exultet-Meßlied war in der plötzlichen Stille deutlich zu hören.

»Der Herzog wird gerühmt wie ein König«, stieß Stein der Skalde ärgerlich hervor.

»Jetzt ist wohl Robert Guiscard dasselbe wie Wilhelm der Eroberer«, lächelte Olaf Sturmfalke. »Das hat er immer gewollt.«

Die reichen Kaufleute von Bari nahmen die normannischen Edelleute mit Freuden unter ihrem Dach auf. Die Macht Konstantinopels im Bezirk Apulien war zu Ende. Es galt, schnell Beziehungen zu den Machthabern der neuen Herrscher aufzubauen.

Graf Olaf Falco von Sinetra wohnte im Hause von Maraldus Hikanatos. Die Familie Maraldus' gehörte zu den reichsten von Bari und kämpfte unausgesetzt mit den anderen großen Familien um die Macht in der Stadt. Die Besitzer von Sinetra waren eine gute Eroberung, obwohl Maraldus in seinem Hause lieber einen apulischen Burgherrn gesehen hätte. Aber der Graf aus dem fernen Kalabrien war Robert Guiscards Freund und Vertrauter. Bei den Normannen mußte man vorsichtig sein: Wenn man mit dem falschen Mann Bekanntschaft schloß, konnte man plötzlich der Verbündete eines Aufständischen sein und sowohl seinen Grund und Boden als auch seinen Kopf verlieren.

Adela di Sinetra genoß die Bäder, Salben und Duftwässer so sehr, daß sie mitunter vor Freude weinen mußte. Die Hikanatos-Frauen liehen Adela großzügig ihre Kleider, und die Dienerinnen des Hauses wuschen Adelas verschmutzte Stoffe. Die Contessa konnte viele Stunden im Gynakeion des Hauses verbringen ohne eine andere Sorge als die, ob sie sich als nächstes eine mit Nüssen oder eine mit Sesam gefüllte Süßigkeit in den Mund stecken sollte. Die Griechen erholten sich erstaunlich schnell von der langen Belagerung. Aber die Familie Hikanatos war steinreich, und die Reichen litten niemals so unter dem Krieg wie die Armen.

Bald würde alles so sein wie früher. Der Graf und die Gräfin würden nach Sinetra zurückkehren, und das wirkliche Leben würde endlich beginnen können. Im Schutz des Palastes würde Adela weitere Kinder gebären können. Ihr Mann würde Adela in der richtigen Umgebung sehen und sie wieder begehren.

»Wann gehen wir zurück, mein Herr? Segeln wir, oder nehmen wir den Landweg?«

Olaf antwortete nicht gleich.

Adela erkannte, daß alles vergeblich war, die Dampfbäder und die Brokattunika und die goldgestickten Pantöffelchen; alles Silber, mit dem sie Salben und Kleider gekauft hatte.

»Du gehst nach Sinetra. Rainulf begleitet dich mit hundertfünfzig Mann. Das reicht, um Räuber abzuschrecken.«

Adela de Meilhan wollte nicht auf den Mann verzichten, den sie liebte. Adela de Meilhan war eine Normannin und ebenso eigensinnig und unnachgiebig wie Robert Guiscard.

»Und du, mein lieber Mann?«

»Ich segle mit dem Sturmfalken nach Ephesos und schließe mich den kaiserlichen Truppen an, um gegen die Sarazenen zu kämpfen. Ich hab doch versprochen, den Mord an Erzbischof Leonas zu sühnen.«

Adela sah, daß ihr Mann sich seiner vorgeschobenen Begründung schämte. Dieser Augenblick war der einzige, einen anderen würde es nicht geben.

»Sollte ich dich denn allein auf eine solche Reise gehen lassen? Ich gehe mit dir nach Byzanz, mein Ehemann.«

»Du bist von den Mühen der Belagerung erschöpft. Du kannst unmöglich durch Kleinasien reiten.«

»Was würde ich nicht alles für dich tun, mein geliebter Mann.«

Adela sagte das aufrichtig. Was bedeutete schon die Reise quer durch einen Kontinent nach all dem, was sie um des Mannes willen getan hatte: der durch ein Versehen umgekommene Knappe in Meilhan und Helaine di Sinetra. Sollte Adela auf den Mann verzichten müssen, um dessentwillen sie unbekümmert ihre ewige Seligkeit aufgegeben hatte?

An Olaf Sturmfalkes Miene konnte man alles ablesen. Er wollte mit den Männern reiten, Krieg planen, Scherz treiben, die Kameradschaft genießen. Adela war eine Fessel, keine Freude so wie früher.

»Was würde ich nicht alles tun«, wiederholte Adela. In

diesem Augenblick hoffte sie, ihr Mann möchte sie eher töten als verstoßen.

Als ehrenhafter Mann konnte Olaf Falco die Frau, die ihm in ein fremdes Land gefolgt war und mit ihm jahrelang Gefahren und Schwierigkeiten unter trostlosen Umständen ertragen hatte, nicht kränken. Olaf gab Adela nicht nach, als er sie liebte. Doch jetzt, wo er keine Liebe mehr empfand, willfahrte er ihrer Bitte.

VIERTES BUCH

1071–1072

16. Kapitel

1071

Bei der Weggabelung wandte der Befehlshaber der kaiserlichen Warägergarde, der Drungarios Lyy, sein Pferd von der Großen Heerstraße nach rechts. Der Lagerplatz der Garde befand sich östlich von Dorylaion und war der am weitesten von der Stadt entfernte. Im Norden befand sich das Lager der Truppen aus dem Thema Optimaton, im Süden erwartete die Armee von Opsikion die Ankunft des Kaisers.

Aure die Schlafbringerin reckte und streckte sich auf vom Vordersitz des Planwagens. Sie wäre sehr gern neben dem Planwagen hergegangen so wie die Sklaven, die immer neben Lyys Wechselpferd herliefen. Aber Lyy fand es nicht schicklich, daß die Schwester des Drungarios der Warägergarde durch den Staub trabte wie eine gewöhnliche Troßfrau. Zumindest ging das nicht in der Nähe großer Städte. Später, in den Tälern und Pässen des Gebirges von Sebasteia und Koloneia würden alle Frauen zu Fuß gehen dürfen – sie würden es müssen. Das wußte Aure aus Erfahrung.

»Dorylaion ist das beste Aplikton im ganzen Reich«, sagte Aure nach hinten in den Planwagen. »Wir haben sie alle gesehen.«

Die Sklavin Euphrosyne lächelte sonnig; ihr war jeder Ort recht, wenn nur ihre Herrin dort war. Euphrosyne stammte aus Thrakien, aus irgendeinem Dorf in den Rhodopen. Um für ihren Sohn ein Pferd anschaffen zu können, hatten die bettelarmen Eltern ihre Tochter an ein Freudenhaus in Konstantinopel verkauft. Lyy hatte sie als Dienerin für Aure erworben. Euphrosyne war damals krank, und Lyy bekam sie billig. Alles übrige war dann nicht mehr billig; so viele Bestimmungen regelten in Byzanz die Haltung eines Sklaven, daß es klüger war, ihn freizulassen und als Diener einzustellen. Euphrosyne willigte in die Freiheit nur unter der Bedingung ein, daß sie im Haus in der Lazarusstraße bei Lyy und Aure bleiben und wie zuvor Sklavin sein durfte.

Der Planwagen rollte über den ebenen, gepflasterten Weg, vorbei an dem Gebiet der kaiserlichen Stallungen. Die Pferdeställe von Dorylaion waren nicht die größten des Reiches, aber auch sie beherbergten Tausende von Pferden. Das Barackengebiet erstreckte sich, soweit das Auge reichte: hohe, geräumige Ställe mit Säulengängen und ihnen gegenüber die niedrigen Wohnzellen der Pferdepfleger. Die Ställe waren voll jetzt im Frühjahr, wo der Kaiser seinen alljährlichen Kriegszug nach Osten begann. Auf den weitläufigen Weideflächen wurde das Heu geerntet, während die Pferde an den unruhigen Grenzen des Reiches Krieger und Lasten trugen. Zum Winter kehrten die Pferde und ihre Diener, Tausende von Stallknechten, nach Dorylaion zurück. Der Geruch nach Pferdemist war so stark, daß selbst die an alles gewöhnte Aure den Atem anhielt.

Die Stadt und der Lagerplatz der Warägergarde waren Aure vertraut. Ob man nun nach Osten oder Süden ging – die einzigen Richtungen, in die der Basileus und seine Garden sich im Reich bewegten – immer machte man in Dorylaion Station. Aure hätte gern Thessaloniki und seine Dutzende von berühmten Kirchen gesehen. Die westlichen Militärbezirke wurden in jener Zeit jedoch nicht so hochgeschätzt, daß der Kaiser selbst sich auf den Balkan begeben hätte, um die Horden der Petschenegen zu jagen. Der wirkliche Feind stand im Osten, hatte immer dort gestanden.

»Wir nehmen unseren alten Platz ein«, befahl Aure Firmos, der den Planwagen lenkte. Der Mann war Lyys Diener, ein ehemaliger Soldat, der seinen Sold verspielt hatte. Firmos mußte sein Brot auch nach langen Dienstjahren noch verdienen, während ein gesetzterer Mann sich ein Haus kaufte, eine Frau nahm und von seinen Ersparnissen lebte.

»Wenn uns nur nicht jemand zuvorgekommen ist«, brummte Firmos.

»Firmos, du bist ein Miesepeter. Wer würde sich auf dem Platz des Drungarios im Lager niederlassen?«

»Ein anderer Drungarios.«

Aure lachte.

»Wer würde es wagen, Lyys Platz zu besetzen?«

»Niemand.«

Firmos lenkte den Planwagen, an dem hinten Lyys zweites Reitpferd angebunden war, an seinen Platz in die Reihe der Garde. Die Plätze der warägischen Offiziere befanden sich in der Nähe des kaiserlichen Pavillons, der inmitten der Leibgarden lag.

Die Fremdengarden des Kaisers, die man mit einer Sammelbezeichnung Hetaireia nannte, lagerten jedes Jahr an einer bestimmten Stelle in einem festgelegten Bereich. Die Hetaireia war in Gruppen unterteilt: die Bogenschützen der Barbaren, die fränkischen Reiter und die Warägergarde. Jede Abteilung des Lagers war nach dem Rang der Männer in Quartiere unterteilt. Die Besten unter den Ranghöchsten dieser Schar waren die Befehlshaber der Warägergarde. Die aus sechstausend Mann bestehende

Warägergarde wurde von dem Oberbefehlshaber, dem Akolythos, und von sechs Tausendschaftführern im Rang eines Drungarios geführt, unter denen Lyy von Launiala der jüngste war. Ein Teil der Garde reiste immer mit dem Kaiser, ein anderer bewachte ständig den Heiligen Palast in Konstantinopel. Jetzt waren nur tausend Mann der Warägergarde unter Führung von Drungarios Lyy unterwegs, denn in der Hauptstadt gab es einen zweiten Kaiser, einen kleinen Jungen, der eine eigene Wache brauchte.

Die Warägergarde hatte der Basileus von Konstantinopel dereinst von Großfürst Wladimir von Kiew zum Geschenk bekommen. Ihre Kühnheit und ihre unbedingte Treue hatten sie legendär werden lassen. Die Warägergarde hatte allmählich die anderen Leibgarden des Kaisers verdrängt. Die stattlichen, hellhäutigen Nordländer waren die Lieblinge der Frauen in der Kaiserstadt so wie seltsame Raubtiere. Man konnte sie unter wohligen Schauern streicheln, wenn sie nur an der Leine gehalten wurden.

Der rasche Aufstieg des Lyy von Launiala in seine führende Stellung wäre unmöglich gewesen ohne die Veränderung, die in den letzten Jahren in der Garde eingetreten war. Früher waren Hunderte, ja Tausende von Warägern den Dnepr herab ins Schwarze Meer und zum Bosporus gekommen. Zur Zeit von Großfürst Jaroslaw und seinen Söhnen versiegte der Strom der Waräger zu einem Rinnsal. Die Fürsten ließen die wilden Krieger nicht gern frei die großen russischen Flüsse befahren – die Männer raubten schnell einmal die Uferdörfer aus. Die Söldnertruppen von Kiew und seinen Unterstädten schluckten ungeheure Mengen von Männern für die ständigen Kämpfe gegen die Steppenvölker. Für Konstantinopel blieben nur die Reste.

Die Warägergarde wäre mit der Zeit bis zur Bedeutungslosigkeit geschrumpft. Doch unvorstellbar weit fort im Westen hatte ein fränkischer Fürst eine Insel erobert, die die Römer Britannia nannten. Viele von den Männern der Insel mußten ihre Heimat verlassen. Sie kamen plötzlich in hellen Scharen nach Konstantinopel geströmt. Die Angeln unterschieden sich von den Griechen durch ihre helle Haut. Sie waren kleiner und zierlicher als die Nordländer. Ihre Waffe war wie die der Nordländer die Streitaxt, und sie trugen sie ebenso auf der Schulter. Viele waren Nachfahren der Nordländer, denn die Wikinger hatten seinerzeit halb Britannien erobert. Allmählich ersetzten die Angeln in der Warägergarde die Männer aus dem Nordland.

Ein goldhaariger und blauäugiger hyperboräischer Fürst wie Lyy bezauberte Kaiser und Hofstaat. Der Erfolg des kraftvollen Kriegers war sicher und schnell, zumal da Lyy immer den Eindruck erweckte, die Aristokratie von Konstantinopel zu verachten.

»Sie genießen es«, überlegte Lyy im Hause des Malefrid in der Lazarusstraße, »sie genießen es, daß ich sie verachte. Ich stehe neben dem Thron des Basileus mit der Streitaxt über der Schulter und lache über sie. Sie sind amüsiert, aber fürchten sich auch. Sie wissen, daß ich jeden wie eine Ratte vernichten kann.«

»Ein Löwe im Käfig«, lächelte Aure. Sie saß selbst in demselben Käfig und wollte hinaus.

Lyy verbrachte die meiste Zeit in den Baracken der Bigla, der Palastgarde, die auf dem Gelände des Heiligen Palastes lagen. Er hatte für sich und Aure ein Haus von dem amalfitanischen Kaufmann Malefrid gemietet, der in seine Heimatstadt nach Italien zurückkehrte. Das Haus war klein und die Miete mäßig, vier Solidi im Jahr, und es gehörten dazu zwei Sklaven. Das Haus stand in dem Teil der Stadt Konstantinopel, wo die Leute aus Amalfi wohnten, am Nordrand der Halbinsel in der Nähe der Mauer des Goldenen Horns und der Meerenge von Perama. Die Hinterwand des Hauses war fest mit der alten Mauer verbunden, die das Viertel der Pisaner von dem der Amalfitaner trennte.

Die Griechen erlaubten es Fremden nicht, sich nach ihrem Belieben irgendwo in der Stadt anzusiedeln. Die fremden Kaufleute und die Familien der Söldner hatten ihre Häuser in je eigenen Stadtvierteln. Im nördlichen Teil der Stadt, südlich von der Mauer des Goldenen Horns, gab es Viertel für Genueser, Pisaner, Amalfitaner, Venezianer, Juden, Sarazenen und unzählige andere Nationalitäten, die in der Metropole wohnten.

»Eine anständige Frau muß hier immer einen Schleier tragen«, hatte Lyy als erstes gewarnt. »Sonst hält man sie für eine Hure.«

»Was ist das?« hatte Aure gefragt.

Sie erlernte bald die Haltung und die Schritte, die Handbewegungen und den Tonfall, in dem man sprechen mußte, um respektiert zu werden. Die Griechen waren wahnsinnig stolz auf sich, selbst die geringsten Bettler. Sie hielten sich für Erben der antiken Römer, obwohl sie kein Wort der alten Sprache, des Lateinischen, sprachen. Im Viertel der Amalfitaner wurden die Griechen belächelt, denn auch die Italiener hielten sich für Nachfahren der Römer. Ihre Sprache stand der Sprache der Römer nahe, und ihre Stadt lag in der Nähe von Rom.

Die Griechen nannten sich Römer und ihr Reich Byzanz. Die Amalfitaner nannten sie Griechen und das Reich Romania.

»Du bist Witwe, das ist das Beste«, sagte Lyy. »Witwenschaft verleiht dir Respekt, wenn du dich um das Haus kümmerst.«

Natürlich willigte Aure ein. Was hätte sie anderes tun oder auch nur wollen können. Sie war völlig abhängig von Lyy. Eine Familie hatte sie nicht und auch sonst keinen weiteren Schutz.

»Du mußt mir einen Ehemann suchen, Bruder. Dann kann ich für dich eine Frau suchen. Auf diese Weise bekommen wir eine Familie.«

»Einen Ehemann zu finden ist nicht ganz leicht«, wehrte Lyy ab. »Warte in Ruhe ab. Gewöhn dich an dieses Leben. Ich werde nach einem geeigneten Mann Ausschau halten. Willst du einen Griechen, einen Lateiner oder einen Barbaren?«

Im Byzantinischen Reich kannte man drei Arten von Menschen: Griechen, Lateiner, die aus Europa kamen, und die Barbaren, die aus dem Norden stammten. Aure und Lyy waren Barbaren.

Griechen und Lateiner besuchten verschiedene Kirchen, denn ihre Priester hielten die Messe auf verschiedene Weise. Die Barbaren konnten in jede beliebige Kirche gehen, wenn sie nur überhaupt zur Kirche gingen – Heide durfte man nicht sein. Aure ging in beide Kirchen, und sie wäre auch in die Moschee der Sarazenen gegangen, aber dort ließ man sie nicht hinein.

Die Kirchen waren das Beste im Byzantinischen Reich. Dort gab es Licht, Bilder, Gold und Silber, wunderbaren Duft, schönen Gesang, der einen zu Tränen rührte, und prächtig gekleidete Menschen. All das war geschützt von steinernen Mauern, und man konnte es betrachten, solange man wollte. Niemand kam, um das mit offenem Mund staunende Barbarenmädchen zu beschimpfen.

In der ersten Zeit, als Aure von einer Kirche zur nächsten wanderte, gaben viele ihr eine Münze oder zwei, weil sie so schlicht und demütig aussah. Aure sagte Lyy nichts von diesem Geld. Lyys Sold belief sich auf vierundzwanzig Solidi im Jahr, eine schwindelerregende Menge Geld –

zumal für jemanden, der früher Geld noch nicht einmal gesehen hatte.

Nach Launiala in Lieto war das Amalfi-Viertel mit seinen Tausenden von Menschen, den Gerüchen und dem Geschrei schier erschlagend. Manchmal zog Aure sich in ihre fensterlose Kammer zurück, vergrub sich unter der Decke, schloß fest die Augen, preßte die Hände auf die Ohren und zitterte. Der Schrecken dauerte aber nicht lange: Aure war viel zu neugierig, als daß sie sich ständig gefürchtet hätte.

Das Leben wurde leichter, als Euphrosyne ins Haus kam. Aures Griechischkenntnisse wurden schnell besser. Bald sprach sie besser griechisch als Lyy. Zwar war die Kommandosprache der Warägergarde Griechisch, im übrigen aber herrschte dort ein Sprachengewirr. In der Garde gab es einige Krieger aus Finnland und aus Tavastland. Deren Sprache verstand Lyy, aber da sie Männer von niederem Stand waren, unterhielt er sich nicht mit ihnen.

Aure und Lyy sprachen miteinander finnisch. In der Stadt gab es unzählige Dinge, für die das Finnische kein eigenes Wort hatte. Dann benutzten sie das griechische Wort. Die Nachbarn in der Lazarusstraße sprachen jeweils ihre eigene Sprache und mußten es ebenso machen. So drang die Metropole in die Gedanken und in die Sprache ein.

Aure litt unter ihrer Unwissenheit. In der Riesenstadt hatte kaum irgend etwas von dem, was Aure in Launiala gelernt hatte, eine Bedeutung. Es war schwierig, fast unerträglich, daß es andere Erinnerungen und Kenntnisse und andersartige Gesetze gab als die zu Füßen der Burg von Lieto gehaltenen Reden und gesungenen Lieder.

»Kyria, du mußt auf den Markt gehen und dir den Geschichtenerzähler anhören«, sagte Euphrosyne zu Aure.

»So lernst du das, was bei den Griechen selbst die Kinder können.«

Am Ende der Lazarusstraße lag der kleine Markt der heiligen Agatha, wo die Frauen der Straße ihre Einkäufe tätigten. Alle Lebensmittel wurden an eine Stelle gebracht und gegen Kupferstücke eingetauscht, die man nicht essen konnte. Aber Aure hatte schon hoch im Norden, in der Stadt Nowgorod, begriffen, daß die ganze Welt anders war als Finnland und Lieto.

Auf dem Markt der heiligen Agatha saß jeden Nachmittag ein blinder alter Mann. Er hieß Arsenios, und seine Arbeit bestand darin, Geschichten zu erzählen. Er begann damit sofort nach der Mittagsruhe und redete bis Mitternacht.

»Es war einmal in Ägypten eine Prinzessin. Ihre Haut war so weiß wie der Schnee auf den Bergen, und ihr Haar war so schwarz wie Ebenholz. Sie hieß Kleopatra und war verheiratet mit ihrem Bruder, dem Pharao ...«

In all den Jahren, die Aure in der Lazarusstraße wohnte, hörte sie Arsenios niemals dieselbe Geschichte zweimal erzählen. In seinen Erzählungen gab es keine Ordnung: Helena von Troja und Maria aus Ägypten, Julius Cäsar und der Kirchenvater Hieronymus, Herodes und Mohammed und Diogenes Akritas, Romulus, Remus und Basileios Bulgarentöter, Heide und Christ, Jude und Sarazene lebten alle zusammen auf dem Markt der heiligen Agatha um Arsenios herum ein zauberhaftes Leben.

Aure hätte sich Arsenios' Geschichten bis an ihr Lebensende anhören können. Doch Alp Arslan, der Sultan der Seldschuken-Sarazenen, machte ihrer Freude ein Ende, nicht absichtlich, sondern deshalb, weil er seine Truppen nicht im Zaum halten konnte. Die Sarazenen unternahmen Raubzüge von Osten, von Armenien her und von Süden über das Taurusgebirge bis hin nach Amorioni und

Cesarea, ins Herz des Reiches. Der Kaiser mußte das Reich verteidigen und die Warägergarde den Kaiser. Und Aure mußte Lyy versorgen, den Tausendschaftführer der Warägergarde.

»Das einzige, was in Byzanz schlechter ist als im Norden, ist der Fisch«, klagte Aure. »Modriger und weicher Fisch im Süßwasser, lauter grätige Fische im Meer.«

Euphrosyne und Firmos, die noch nie anderen Fisch gegessen hatten, setzten ihre Arbeiten um den Planwagen herum fort. Sie hatten dieselbe Klage an derselben Stelle schon dreimal gehört. Warum hätten die Fische im Thymbres sich innerhalb eines Jahres verändern sollen?

Von Dorylaion wurden außer den Pferden auch die kaiserlichen Fischer mitgenommen, die für den Bedarf der Armee fischen sollten. In Asien gab es keine nennenswerten Seen, aber viele große Flüsse, deren kaltes, klares Wasser von den Bergen kam.

Die Armee des Basileus rückte gen Osten von einem Flußtal zum nächsten vor: vom Thymbres ins Tal des Sangarios und von dort an die Ufer des Flußes Halys. An der Großen Heerstraße gab es Sammelplätze, Aplikton genannt, wo sich der Armee immer weitere Truppen unter der Führung eines Strategos anschlossen. Man folgte dem Halys bis zu seinem Oberlauf, und dann rückte man durch den Militärbezirk Mesopotamien ins Tal des Euphrat vor. Am Euphrat und seinen Nebenflüssen entlang ging es nach Osten, immer nach Osten auf den Thospitissee zu. Irgendwo dort mußte der Kaiser die Sarazenen zum Kampf verleiten und sie schlagen, wenn er weiterhin Kaiser sein wollte.

Aure war dem Basileus Romanos Diogenes im Planwagen von Kappadokien nach Syrien, Pontos, Sebasteia und Armenien gefolgt. Sie hatte das Taurusgebirge über den schneegipfeligen Paß der Kilikischen Pforte überquert. Sie war den Rhomphaia, den kaiserlichen Eisenschwertern, die vor dem Basileus hergetragen wurden, gegen die Sarazenen, die Franken und die Syrer gefolgt.

»Jedes Frühjahr zieht der Kaiser aus, um die Sarazenen zu strafen. Jeden Herbst kehrt er nach Konstantinopel zurück. Nur machen die Sarazenen keinerlei Anstalten, ihm zu gehorchen«, überlegte Aure bei ihrer Fischsuppe auf dem Sammelplatz von Dorylaion. »Der Kaiser hat nie Zeit, sein Kaisertum zu genießen.«

»Romanos Diogenes hat es unternommen, das Reich zu retten. Dabei gibt es nichts zu genießen.«

Lyy blies in seine Suppenschüssel. Er war gerade vom Dienst gekommen und hatte zusammen mit Firmos seine Rüstung inspiziert, wie er es jeden Tag tat.

»Andronikos Dukas plant Verrat. Dessen bin ich mir sicher. Sein Zorn wird uns noch teuer zu stehen kommen. Vielleicht sogar das Leben kosten. Ich werde ihn im Auge behalten.«

»Was kannst du tun, wenn der Domestikos den Kaiser verrät?« Aure neigte den Kopf. Sie hielt jedesmal den Atem an, wenn sie Lyy in vollem Glanz sah. Das Haar des Bruders funkelte ebenso sprühend wie sein Panzerhemd. »Die Griechen betrügen einander zum Vergnügen. Sie wundern sich, wenn jemand ehrlich ist. Ist das Betrug? Der Basileus weiß sicherlich, daß Andronikos Dukas ihm den Tod wünscht.«

In der Hauptstadt wurde intrigiert, an den Grenzen rebelliert, die Sarazenen ritten durchs Land wie über ihre eigenen Steppen. Romanos Diogenes, der kappadokische Aristokrat, hatte das Diadem des Basileus bekommen, indem er die Kaiserinwitwe heiratete. Er war nicht in Purpur geboren, und die byzantinischen Aristokraten hielten ihn nicht für besser als sich selbst. Der Kaiserin Eudokia

Makrembolitissa war ihr Mann ebenso zuwider wie sie ihm. Der Schwager der Kaiserin wollte den Sohn der Kaiserin aus ihrer ersten Ehe auf dem Thron sehen.

Romanos Diogenes war ein trauriger Mann. Ihm glückte nichts.

Aure hatte den Kaiser oft gesehen und bestaunte den Basileus nicht mehr so wie beim ersten Mal.

»Ein gewöhnlicher Mann«, bemerkte sie zu Euphrosyne. »Er wirkt sorgenvoll.«

»Der Basileus ist ein Isapostolos, er kommt den Aposteln gleich«, behauptete Euphrosyne halb furchtsam. »Der Basileus ist das Abbild Gottes auf Erden. Er kann nicht gewöhnlich sein. Er ist der Gesalbte des Herrn.«

Aure, die sich weder für Gott noch für die Apostel sonderlich interessierte, zuckte die Achseln. Diese Angewohnheit hatte sie von den Griechen übernommen. »Väinämöinen«, sagte sie. »Ein mächtiger alter Mann. Solche gibt es auch anderswo.«

Der erste Kriegszug nach Thephrikes in Sebasteia war eine Übung gewesen. Jetzt wußte Aure genau, womit sie beim Aufbruch den Planwagen beladen mußte.

Das Wichtigste war natürlich Lyys Ausrüstung. Der Drungarios hatte eine Streitaxt auf der Schulter und eine zweite im Wagen als Reserve, ein Schwert, obwohl er das meistens nicht benutzte, ein Kettenhemd, einen Helm und einen Schild, mehrere Dolche, einen Morgenstern, einen leichten Reisemantel und einen großen Pelzmantel für das Gebirge, warme Kleider und Schuhe.

Der Kaiser ernährte die Armee und im Prinzip auch den Troß. Aure hatte immer einen kleinen Vorrat an Brot, getrocknetem Fleisch und Wein. Sie hatte Kräuter und Wundsalben und Decken für kalte Nächte. Euphrosyne, Firmos und die Sklaven hatten nur die Kleider, die sie am Leib trugen, doch Euphrosyne und Firmos besaßen jeder einen Mantel, in den sie sich wickeln konnten, wenn von den Bergen von Melitene ein eisiger Wind blies. Das zeugte von einem guten Herrn. Die Sklaven waren an Kälte gewöhnt, denn sie waren Kriegsgefangene aus den Bergen des Balkans. Aure besaß außer ihrem Pelzumhang zwei Kleider, eines trug sie am Leib, das andere lag im Wagen, und eine grüne Tunika für Besuche.

Im Planwagen befand sich das Zelt des Drungarios. Es wurde durch Stoffe in eine Männer- und eine Frauenabteilung unterteilt. Aures Schlafmatratze und ihre Kleidertruhe wurden jeden Abend ins Zelt gebracht. Das Zelt wurde eher der Würde des Drungarios wegen errichtet. Lyy war nachts oft abwesend, und Aure schlief gern im Wagen.

Die große Armee war wie eine Provinz auf dem Marsch: Zweihunderttausend Menschen und sechzigtausend Pferde und Ochsen wanderten monatelang von einem Flußtal ins andere. Kinder wurden geboren, Menschen starben zu Hunderten, bevor man auch nur einen einzigen Sarazenen zu Gesicht bekam.

Das Reisen war ein langsamer Prozeß, man kam bestenfalls zwanzig mille passus am Tag voran, obwohl die Straßen in Byzanz ausgezeichnet waren. Das Gelände neben der Großen Heerstraße war ein einziges Lager. Am Morgen brach eine Abteilung von dort auf, und am Abend lagerte dort eine andere. Wenn das Wetter gut war, wurden im Lager am Straßenrand nur für die Familie des Kaisers Zelte aufgestellt. Die Männer schliefen unter freiem Himmel, die Offiziere mit ihren Frauen in den Wagen.

Auf dem Aplikton verweilte man mehrere Tage und ließ Pferde und Zugvieh verschnaufen. Dort schlug man die Zelte auf, wusch Wäsche, besserte Kleider und Schuhe aus und ruhte.

Die Soldaten konnten bei Bedarf in Eilmärschen vorrücken, doch der Troß verlangsamte das Reisetempo auf

Schrittgeschwindigkeit. Lyy konnte es sich leisten, seinen Wagen von Pferden ziehen zu lassen, doch meistens dienten Ochsen als Zugvieh. Am schwierigsten zu transportieren waren die gewaltigen Belagerungsmaschinen der Armee. Obwohl sie für den Transport in ihre Bestandteile zerlegt wurden, erforderten auch die Teile fahrbare Transportgestelle, die von Dutzenden von Ochsen gezogen wurden.

Wenn die Armee vorübergezogen war, eilten die Bauern mit Besen und Trögen hinter ihnen her. Pferde und Menschen hinterließen eine unglaubliche Menge Mist: Der wurde eingesammelt und später auf den Feldern verstreut. So kehrten die Steuern, die der Kaiser von den Bauern erhob, wieder zurück.

»Kyria, du wirst gebraucht.«

Der Sendbote des Domestikos stand mit Helm, Schild und Kettenhemd so funkelnd vor Aure wie eine Kupferkanne.

»Despoina Maria hat starke Schmerzen. Du mußt rasch kommen.«

Aure die Schlafbringerin seufzte. Sie hatte sich gerade neben dem Zelt auf einen kleinen Hocker gesetzt und hatte überhaupt keine Lust, schon wieder aufzustehen. Die Sonne ging unter, der Rauch von den Lagerfeuern stieg in den warmen Abend. Essensdüfte zogen herüber, verflogen und machten Platz für den Duft von Blumen und Bäumen am Flußufer. Es war abendlich still. Die ruhigen Stimmen der Menschen mischten sich mit dem Rauschen des Thymbres. Ringsumher war es menschenleer; die Leute von den Nachbarwagen waren nach Dorylaion in die berühmten Bäder gegangen.

Dorylaion war eine der größten Städte Asiens. Sie lag in einer Gegend, die in tausend Jahren weder vom Feind noch von einem großen Erdbeben zerstört worden war. Die Marmortempel waren zu Kirchen umgestaltet und die Paläste und Villen zu Städten angewachsen; die hohen Pfeiler der Aquädukte trotzten Flußtälern und grünen Hügeln. Hinter der Stadt erstreckten sich gewaltige Friedhöfe voller kleiner Kirchen und großer Sarkophage, hoher Grabsteine und einsamer Marmorstatuen.

In Dorylaion ging Lyy in Gesellschaft der Krieger ins Freudenhaus der Stadt. An gewöhnlichen Reisetagen schlief er mit Euphrosyne im Planwagen. Aure und Firmos warteten draußen. Euphrosyne sagte, Lyy sei angenehmer als die Kunden des Bordells von Xerolophos. Euphrosyne machte sich überhaupt nichts aus Männern. Sie fand sie langweilig, doch Lyy war immerhin schnell, vollzog mit ihr den Akt und ging dann fort ins Zelt des Kaisers, wo er meistens die Nacht verbrachte. Euphrosyne kam herausgeschlüpft um zuzuhören, wie Aure sich mit den anderen Frauen unterhielt.

»Euphrosyne, gib mir meine grüne Tunika. Ich muß ins Zelt des Domestikos gehen. Sag das dem Drungarios, wenn er wiederkommt.«

Domestikos Andronikos Dukas war ein noch junger Mann; zu jung, um der zweithöchste Befehlshaber der Großen Armee zu sein. Aber Andronikos Dukas war der Neffe des vormaligen Kaisers, und sein Vater Johannes Dukas war nach dem Basileus der mächtigste Mann des Reiches. Andronikos Dukas haßte Romanos Diogenes aus tiefster Seele. Das Zelt des Domestikos war braunrot – die Farbe des Zelts war eine Widersetzlichkeit gegen den Kaiser, der als einziger im ganzen Reich an seinen Kleidern und Besitzgegenständen tiefes Purpur verwenden durfte.

Der Bote führte Aure an den Wachposten vorbei in den Vorraum des Zelts. Der Mann hob die Faust an die

Stirn und überließ Aure der Obhut einer alten, weiß geschminkten Frau.

»Domina, der Anfall begann vor einer Stunde und ist schlimm.«

Theoktiste Dukaina konnte die Barbarenfrau weder mit Despoina noch mit Kyria ansprechen. Da aber Aure in ihrem Heimatland von vornehmer Herkunft und die Schwester eines Drungarios war, mußte man ihren Rang irgendwie anerkennen. So verfiel Theoktiste Dukaina darauf, die respektvolle Anrede der Lateiner, Domina, zu verwenden: Eine Barbarenfrau stand in jedem Fall den Sitten der Lateiner näher als denen der Griechen, sprach gerade heraus aus und war offen.

»Einen guten Abend für dich, Despoina. Die Fürstin wird gleich ruhig werden«, sagte Aure aufmunternd.

Theoktiste Dukaina war ein unbedeutendes Mitglied der kaiserlichen Familie Dukas, und kaum jemand machte sich die Mühe, sie wahrzunehmen. Sie war eine Gesellschafterin von Maria der Bulgarin, der Ehefrau des Domestikos Andronikos Dukas, und außer dem Gesellschaftleisten hatte sie die Besucher der Fürstin Maria im Auge zu behalten, sich anzuhören, was sie erzählten, und das, was sie erfahren hatte, dem Domestikos zu berichten.

Theoktiste war ein Nichts wie gemeinhin die alten Frauen, die das Gnadenbrot der Verwandten aßen, aber sie konnte der ganzen Familie des Domestikos das Leben schwermachen, wenn sie es wollte. Theoktiste wollte es nicht; sie war eine demütige und freundliche Person, die pflichtbewußt ihren vornehmen Herrn und ihre nervöse Herrin liebte. Sie beklagte sich nicht über die Mühsal der Reise und ging Maria der Bulgarin nicht mit Weinkrämpfen, Schlaflosigkeit und Gejammer auf die Nerven. Aure fand, der Domestikos konnte mit seiner Verwandten zufrieden sein. Doch niemand in der Familie erkannte den

Wert von Theoktiste Dukaina, weil sie immer dabeigewesen war und immer klaglos die anderen bedient hatte.

Das Zelt des Domestikos war in der üblichen Weise mit bunten Seidenvorhängen in Räume unterteilt. Die Frauenabteilung, das Gynakeion, lag im hintersten Teil des Zeltes. Theoktiste mußte Aure durch die anderen Räume hindurch dorthin geleiten.

Die Frauen passierten den zentralen Raum, an dessen Tisch Domestikos Andronikos sich mit seinen Untergebenen beriet. Lyy war oft dabei; wenn nicht, sollte Aure sich anhören, was die Männer sprachen.

»Ich kann unmöglich zuhören«, behauptete Aure gegenüber Lyy. »Ich habe keine Treuepflicht gegenüber Romanos Diogenes. Ich bin nur dir treu. Die Kaiser mögen einander stürzen, so oft sie wollen.«

Die Warägergarde behielt ihre Stellung, egal, wer Kaiser war. Die Garde mischte sich nicht in den Kaiserwechsel ein, sondern kämpfte bis zum Schluß für den amtierenden Kaiser, und wenn er tot war oder sich ins Kloster zurückgezogen hatte, war die Garde dem Nachfolger ebenso treu. Lyy war Berufssoldat. Solange er sich aus den Thronstreitigkeiten heraushielt, geriet seine Stellung nicht ins Wanken. Leute wie er wurden in dem von den Sarazenen bedrohten Reich dringender gebraucht als sich gegenseitig bekämpfende Kaiserkandidaten.

»Fürstin«, sagte Theoktiste Dukaina sanft. »Die Schlafbringerin ist da.«

Das abnehmende Licht des Abends wurde durch den Zeltstoff gefiltert. Die weiße Haut von Maria der Bulgarin wirkte rosig, die Augen purpurn. Die Fürstin lag angespannt auf dem Bett, das schöne Gesicht von Kopfschmerzen verzerrt.

Das Haar von Maria der Bulgarin war ebenso flammend rot wie das Kraushaar von Aure der Schlafbringerin, aber es war glatt und gewellt. Die alte Theoktiste wickelte einmal pro Woche das nasse Haar der Fürstin um hölzerne Stäbe. Maria die Bulgarin ließ sich das Haar nicht mit heißen Eisen kräuseln.

Einmal hatte Aure dasselbe versucht. Sie hatte geduldig darauf gewartet, daß die Haare trockneten, und sich einen glänzenden Haarschleier vorgestellt. Die Stäbe waren in Aures Struwwelhaar untergegangen, und Euphrosyne hatte sie herausreißen müssen, so daß Aure aufheulte. Im Spiegel zeigte sich ein ebenso schrecklicher Kopf, wie er in der großen unterirdischen Zisterne von Konstantinopel bei der Hagia Sophia zu sehen war: Die Haare des Scheusals Gorgo waren sich windende Schlangen.

Maria die Bulgarin galt als die schönste Frau des Reiches. Die Schönheit der Fürstin beruhte nicht nur auf ihren Haaren, den Blauaugen und ihrer weißen Haut. Ihre Züge waren vollkommen harmonisch, und sie hatte feine Knochen. Eine solche Schönheit würde sich bis ans Lebensende erhalten.

Maria die Bulgarin war noch jung, aber sie hatte schon fünf lebende Kinder geboren. Die Reise durch Asien zusammen mit der Armee zehrte an ihren Kräften. Domestikos Andronikos Dukas wollte seine Frau bei sich haben: Er war außerordentlich eifersüchtig und ließ seine Frau nicht einmal im Kindbett ohne Bewachung. Die kleinen Kinder des Domestikos blieben in Konstantinopel, als die Armee nach Osten zog. Sie waren für den Ehemann die Garanten, daß seine Frau ihm gehorchte.

Maria der Bulgarin wäre es nicht im Traum eingefallen, sich ihrem Mann zu widersetzen. Sie war so in ihr Leiden und in ihre Krämpfe versunken, daß sie kaum an ihre Kinder dachte.

»Despoina, erlaube, daß ich dir einen kalten Umschlag auf die Stirn lege. Dann singe ich dich in den Schlaf.«

»Der Umschlag darf nicht so naß sein wie letztes Mal. Daraus ist Wasser in meine Frisur getropft«, sagte die Fürstin gereizt.

Die Dienerinnen reichten der Gesellschafterin eilig weißen Baumwollstoff. Der Umschlag wurde angefeuchtet und zur passenden Größe zusammengefaltet. Die alte Theoktiste legte ihn der Patientin vorsichtig auf die Stirn. Die weiße Bleipaste krümelte und wurde fleckig, aber da half nichts. Die Frauen sagten nichts, denn das Klagen hätte nur neuen Ärger darüber ausgelöst, daß die mühevolle Gesichtsschminke verdorben war. Die Fürstin schloß die Augen. Ihre schwarzen Wimpern legten sich auf die Wangen um auszuruhen. Aure sah sie sehnsüchtig an. Irgendwann würde sie ihre eigenen braunen Wimpern färben. Dann, wenn sie Zeit haben würde. Auf einem Kriegszug hatte sie keine. Aber im Zelt des Domestikos hatte Aure alle Mittel der vornehmen griechischen Frauen zur Bewahrung der Schönheit kennengelernt.

Der Anblick von Maria der Bulgarin ließ Aure an ihren eigenen zähen Körper denken: Wie gesund er doch war, wie anpassungsfähig, wie ausdauernd. Kyrie eleison, wie die Griechen in ihren Kirchen sangen. Das bedeutete: Herr, erbarme dich!

Aure preßte die Hände zusammen.

»Kann ich anfangen, Despoina?«

Maria die Bulgarin nickte müde, mit verkniffenem Mund. Tiefes Mitleid regte sich in Aure. Brokat und Delikatessen, Diademe und Süßigkeiten, Schmuck und Verbeugungen: Die arme Frau würde alles hingeben, wenn sie von ihren Schmerzen befreit würde. Doch selbst wenn sie auf alles verzichtete, würde sie davon doch nicht gesund werden. Die besten Ärzte des Reiches hatten die Frau des Domestikos behandelt. Niemand vermochte den tagelang anhaltenden Kopfschmerzen der Fürstin Einhalt zu gebieten. Ihre Augen verdunkelten sich, und der Magen gab alle Speisen wieder von sich, sogar das Wasser. Gesundheit konnte man nicht kaufen, nur den Schlaf, und der kostete nicht viel, denn Aure die Schlafbringerin verlangte für ihr Singen keinen Lohn.

»Schlafe, schlaf, mein schöner Vogel,
werde müde, Märzendrossel ...«

Mit dem Einschläfern hatte es im Amalfi-Viertel begonnen. Aure hatte aus reiner Freundlichkeit für kranke Nachbarn gesungen. Die Frau des Akolythos hatte davon gehört und um Hilfe gebeten. Auf diesem Wege war die Kunde bis in den Palast gedrungen. Aure war es ebenso gewohnt, über die kühlen Mosaikfußböden des Heiligen Palastes zu gehen, wie auf steinigen Gebirgswegen ein widerspenstiges Pferd am Zaumzeug hinter sich her zu zerren.

Es fiel Aure leicht, im Palast zurechtzukommen. Es wurden keine Anforderungen an sie gestellt. Sie war eine Barbarin. Sie brauchte sich nicht so zu benehmen, wie man sich bei Hofe benahm. Sie brauchte die Etikette nicht zu kennen, obwohl sie sie bald erlernte. Sie unterwarf sich ihr niemals, weil sie anders bleiben wollte.

Aure war nahezu unsichtbar wie ein Schmusetier oder ein Hund, aber nützlich. Sie konnte die Hofdamen, die sich langweilten, sich übergessen oder zuviel gefastet hatten, in den Schlaf singen. Manchmal wurde sie auch zu Männern gerufen; dann saß sie hinter einem Vorhang und sang.

Die vornehmen Griechen waren freundlich zu Aure, wenn sie sie zufällig bemerkten. Die Griechen hielten die Herkunft des Menschen nicht für übermäßig wichtig, außer in den allerhöchsten Kreisen. Bei Hofe konnte auch ein obskurer Mensch vorankommen, wenn er nur gut schmeicheln und sich gewandt ausdrücken konnte und von angenehmem Äußeren war. Aure war nicht obskur: Sie war zurückhaltend, bewegte sich mit Würde und schmeichelte niemandem; sie war keine Dienerin, obwohl sie Barbarin war. Sie galt als etwas Besonderes und Erfrischendes.

»In der Stadt ist es schwieriger zu singen als in Launiala. Diese Menschen sind unruhig. Es hält sie nicht an einem Ort. Sie können nicht still sein«, äußerte Aure sich einmal Lyy gegenüber verwundert. »Zwei Menschen sind nicht imstande, sich gleichzeitig ein Lied anzuhören. Immer zupft der eine am anderen.«

»Die Städter sind ungeduldig. Sie müssen immer alles sofort haben.«

»Das Lied mißlingt, wenn der Mensch die ganze Zeit über an etwas anderes denkt und darauf wartet, daß es zu Ende geht«, sagte Aure bekümmert. »Das Lied hilft, wenn man sich ihm hingibt. Sie aber denken immer schon an die nächste Sache. Es fällt mir schwer, Zugang zu ihrer Seele zu finden.«

»Dennoch hast du Erfolg, Schwester. Viele Menschen sind dir dankbar. Ich habe gehört, wie man dich lobt.«

Aure wußte, wo Lyy das Lob seiner Schwester gehört hatte. Lyy war durch seine gebieterische Schönheit von den Frauen bei Hofe begehrt wie ein Edelstein. Lyy ließ sich nicht leicht in die vornehmen Betten locken. Er war vorsichtig und gab immer seiner Stellung und seinem Erfolg den Vorrang vor den Freuden der Nacht. Er interessierte sich mehr für Waffen und Schätze als für Frauen.

Das Haus an der Lazarusstraße füllte sich allmählich mit Geschenken, die die Geschwister von ihren Gönnern erhielten. Aure die Schlafbringerin bat niemals um einen Lohn für ihren Gesang; das hatte ihr die Mutter verboten. Ein Lied verlor seine einschläfernde Wirkung, wenn es zur Handelsware wurde. Doch die dankbaren Menschen brachten Speisen und Wein. Die Mächtigen des Landes schickten Schmuck, Stoffe, Fibeln und Bänder. Aure verwahrte die Geschenke ordentlich. Sie machte sich kaum etwas aus Dingen von Wert.

»Trödel«, sagte sie zu Euphrosyne, die voller Bewunderung war. »Damit kann man auf der Großen Heerstraße nichts anfangen. Man kann die Sachen nicht essen und nicht trinken, man kann damit keine Wunden waschen, und sie wärmen nicht. Höchstens kann man damit Lebensmittel kaufen, und für diesen Zweck eignet Silber sich besser. Die Sachen nehmen im Wagen Platz weg. Am besten läßt man das alles in der Stadt.«

17. Kapitel

1071

»Drungarios! Neue Franken im Anmarsch!«

Der Bote ritt an den Kolonnen vorbei zum Ufer. Lyy wandte sich gereizt um. Der Schweiß rann ihm in die Augen. Der Körper schmorte im Kettenhemd. Das Hirn kochte unter dem Helm.

Lyys hatte die Aufgabe, den tausendköpfigen kaiserlichen Haushalt über den Euphrat zu bringen. Er konnte sich bei diesem Geschäft nicht auch noch um den Abgesandten der Franken kümmern. Die sprachen natürlich keine Kultursprache, und es war überhaupt kein Dolmetscher zur Stelle, ebensowenig wie ein Franke, der griechisch sprach.

Die fränkischen Krieger der großen Armee, die fast alle Normannen aus Italien waren, darunter einige Deutsche, hatten den Euphrat vor zwei Tagen überschritten und waren schon weit voraus. Für die kostbaren Schlachtrösser der Franken war der Erstgebrauch der besten Weideländer reserviert – die Täler, die sich zwischen den trockenen Hochebenen des westlichen Armeniens verbargen, waren fruchtbar, jedoch gering an Zahl. Die Franken unter ihrem Anführer Roussel de Bailleul bewegten sich getrennt von der übrigen Armee.

»Befiehl den Franken zu warten. Du siehst doch, daß ich die Hände voll mit Eunuchen und Frauen zu tun habe. Ich verstehe nicht, wieso man die halb bis nach Bagdad mitschleppen muß.«

Der Abgesandte grüßte und sprengte davon. Lyy wandte sich fluchend seinen Offizieren zu, die ihrerseits die Dekarks anbrüllten. Die Sonne brannte glühend wie ein Teufelsauge. Über dem Flußbett kreisten einige Adler, und irgendwo am Steilhang schrie ein Falke. Die große Armee hinterließ Nahrung für die Vögel und Raubtiere ganz Armeniens. Lyy hatte einen trockenen Mund. Er hob das Wasserlägel an die Lippen. Noch gab es Wasser im Überfluß. Bald würde es keines mehr geben.

Der Euphrat floß an dieser Stelle durch ein tiefes Tal. Etwas oberhalb der Furt mündete ein von den Bergen herabströmender, reißender Fluß in den Euphrat, den die Armenier Aradzani nannten. Die große Armee sollte am Südufer des Aradzani entlang immer noch gen Osten marschieren.

Den ersten Halt würde man an der äußersten Grenze des Reiches machen, in einem unsicheren Gebiet, um das Christen und Sarazenen sich stritten. Dort lag die Stadt Mantzikert, die die Sarazenen von den Griechen erobert hatten. Sie sollte zurückgewonnen werden. Anschließend sollten die Truppen von Sultan Alp Arslan so vernichtend geschlagen werden, daß sie ein Jahrhundert lang die Länder von Byzanz nicht mehr bedrängen würden. Zu diesem Zweck war das gesamte militärische Aufgebot des Reiches am Rand der christlichen Welt in der fürchterlichen Hitze des Hochsommers unterwegs.

Man war jetzt seit gut zwei Monaten auf dem Marsch. Die ersten Versorgungstruppen waren vor drei Monaten von Konstantinopel aufgebrochen. Die grünen Ebenen, die Weingärten und Eichenwälder Anatoliens waren zurückgeblieben. Vorn lagen die steilen Berghänge, die trokkenen Hochsteppen und die sie zerschneidenden tiefen Flußtäler Armeniens. Die freundlichen Haine waren Dornensträuchern, die Hirsche den Bären gewichen.

Die Flut, die im März eintrat, war jetzt im Juli in dienlicher Weise zurückgegangen. Die Armee überschritt den Euphrat ebenso wie die anderen Flüsse über Pontonboote mit ebenem Boden – Brücken über die großen Flüsse gab es nur im westlichen Asien in der Nähe der Hauptstadt. Die Boote wurden mitgeführt, von den Ochsenkarren abgeladen, nebeneinander zu Wasser gelassen und von Bord zu Bord mit starken Haken befestigt. Über die Boote wurden dicke Planken gelegt. Krieger und Pferde und Belagerungsmaschinen, Wagen und Zugochsen, Frauen, Kinder und Sklaven, Milch- und Schlachtvieh, Katzen, Hunde und Ziegen wanderten trockenen Fußes über den Euphrat.

Die Krieger und Bauherren der großen Armee waren es gewöhnt, Hunderttausende von Menschen und Zehntausende von Tieren über Berge, durch Pässe und über Flüsse zu lotsen. Ballisten, so groß wie Kirchen, und die Teile der Belagerungstürme bewegten sich, ohne kaputtzugehen, den Weg ins Tal hinab auf eine provisorische Brücke und den Hangweg wieder hinauf auf das Steilufer des Euphrat.

Doch der Hof der vornehmen Verwandten des Kaisers war schwieriger von der Stelle zu bringen als ein Ameisenhaufen. Ständig verschwand jemand oder wagte es nicht, die Planken zu betreten oder ließ sich nicht von einem Soldaten niederen Standes tragen. Lyy konnte nur froh darüber sein, daß Kaiserin Eudokia Makrembolitissa nicht zu der Gesellschaft gehörte: Der Hof der Basilissa hätte weitere tausend Ameisen bedeutet.

Lyy ritt an dem steilen Abhang vor und zurück. Die vornehmen Beamten und Frauen leisteten den Anordnungen der niederen Offiziere nicht Folge. Immer wieder kam irgendein Komes, ein Befehlshaber von zweihundert Mann, zum Drungarios der Garde und beklagte sich, daß er irgendeinen Höfling namens Dukas oder Komnenos oder Palaiologos nicht von der Stelle bekam. Dann ritt Lyy selbst hin, saß ab und überredete den alten Herrn oder die Dame, sich dem bärenstarken Waräger anzuvertrauen. Lyy verstand sich darauf, Leute zu überreden. Seine Bitten waren ein Gemisch aus Befehl, Drohung und Scherzen.

Es war Zeitverschwendung, den ganzen, mit Federn und Seide aufgeputzten Hofstaat aus dem Schutz der Mauern heraus an die Grenzen der östlichen Steppen zu befördern. Die meisten hohen Beamten und vornehmen Damen legten sich quer und litten ständig unter der Unbequemlichkeit. Sie hatten aus Liebe zum Basileus in die anstrengende Reise gewilligt. Der Kaiser konnte nicht ohne den ihn umgebenden Kreis von Aristokraten reisen, die seinen halbgöttlichen Status unter Beweis stellten.

Die Sicherheit von Kaiser und Hof oblag der Warägergarde. Jetzt befand man sich schon im Grenzland, wo sich täglich die Spähtrupps der Sarazenen zeigten. Lyy wollte nicht, daß auch nur eine einzige schön geschminkte Großmutter oder ein Tattergreis mit einem Sarazenenpfeil im Rücken in den Fluß fiel.

»Was aber machen sie dann, wenn wir endlich gegen die Sarazenen kämpfen können?«

»Sie klatschen in die Hände und werfen uns Süßigkeiten zu«, sagte eine fremde Stimme hinter Lyy.

Lyy fuhr herum. Einen Drungarios sprach man nicht so frei an. Lyys Stab, der seinen Rang anzeigte, war deutlich zu sehen, ebenso die Streitaxt, die er immer dann auf der Schulter trug, wenn er nicht ritt. Er trug ein mit Metalleisten besetztes Panzerhemd, wie es nur den höchsten Offizieren zukam.

»Ich grüße dich, Drungarios. Wie ich höre, kannst du uns sagen, wie wir uns beim Kaiser melden können.«

Vom Rücken des fränkischen Streitrosses sahen Lyy scharfe graue Augen an. Das Gesicht war hochmütig und adlerartig, aber die lustigen Büschel der Brauen und das heitere Lächeln milderten den Eindruck des Hochmuts. Der Mann hatte die Kapuze seines Kettenhemdes über den Kopf gezogen. Sein Helm hing am Sattel.

»Franke«, nickte Lyy kaum merklich. »Bist du ein Gesandter?«

»Ich bin Krieger und habe zweihundert ebensolche bei mir.«

Der Fremde deutete hinter sich. Oben am Uferhang zeichnete sich die Kolonne der Franken schwarz gegen den Himmel ab.

Lyy knurrte zornig. Die Krieger waren erschienen, ohne daß er es bemerkt hatte. Es hätten Sarazenen sein können. Die Menschen, die den Fluß überschritten, hätten alle einen Pfeil im Hals haben und tot sein können. Jemand würde deswegen Kopf und Kragen verlieren.

»Ein Herold hat uns den Weg hierher beschrieben«, sagte der Franke gutmütig. »Aber ich sehe, du hast alle Hände voll zu tun.«

Der Mann sah zum Fluß hinunter. Eine Reihe von Warägern trug auf dem Arm Männer und Frauen, die in Brokat gekleidet waren. Die hohe schwarze Mitra eines Herrn wurde vom Wind fortgerissen und schwamm auf dem Wasser stromabwärts. Ein zorniger Schrei schallte herüber.

»Eine ungute Arbeit für einen Krieger«, grinste der Franke mitfühlend. »Stillst du sie auch?«

Lyy mußte lachen.

»Ist dein Troß schon hier?«

»Alles ist da oben am Steilhang. Zweihundert Mann, drei und ein halbes Hundert Pferde, sechzig Planwagen, eine unbekannte Anzahl von Mulis und etwa vierhundert Frauen und Troßknechte. Und zwei Priester.«

»Dein Name?«

»Ich bin Olaf Falco, Graf von Sinetra. Ich hab mich in Bari für den Dienst beim Kaiser anwerben lassen. Jetzt komm ich aus Ephesos.«

Lyy sah den Krieger forschend an. Als der Mann sich abwandte, kamen ihm seine Züge irgendwie bekannt vor. Er war Normanne, da er aus Bari kam. Die Vorfahren der Normannen waren Nordländer. So erklärten sich der fremde Name, das rotgoldene Haar und die Haut, die ebenso hell war wie die von Lyy. Der Mann sprach gut griechisch, besser als Lyy. Das lernte man in Italien, in Kalabrien.

»Grafen verdingen sich im allgemeinen nicht als Söldner.«

»Ich habe meine Gründe.«

Lyy zuckte die Achseln.

»Du bist willkommen, obwohl ich nicht verstehe, wie wir die Sarazenen gegen die Wand bekommen, so, daß die Franken dazu kommen, sie zu zerschlagen. Die Seldschuken verschwinden vor euerm Angriff wie die Moskitos im Sumpf.«

Olaf Falco drehte sich um und gab dem hinter ihm wartenden Mann einen Befehl. Der war kleiner als sein Herr, stämmig und breitschultrig, ein Nordländer auch er. Der Mann ritt den Hang hinauf zu den Franken.

Der Hofstaat war über den Euphrat gebracht. Die letzten bunten Wagen fuhren am anderen Ufer den Hang hinauf. Die Knechte zerrten die Pferde am Zügel und schoben die Wagen an den Rädern. Die Wachposten der Warägergarde standen an den Hängen und am Flußufer. Vierhundert Männer ritten mit dem Kaiser, dreihundert überwachten die Flußüberquerung und weitere dreihundert kamen mit dem Troß. Bei der Ablösung nahmen die anderen Garden die Wachposten ein, und die Waräger begleiteten weiterhin den Hofstaat das Ufer des Aradzani entlang.

Der erste Troßwagen der Warägergarde kam den Berg herab ans Flußufer. Es war der eigene Wagen von Drungarios Lyy. Firmos lenkte, Aure saß daneben, die Sklaven bremsten mit Stricken, die an die Räder gebunden waren.

»Fahr mit deinem Troß hinterher, Olaf Falco. Ihr marschiert und lagert gemeinsam mit uns. Die Griechen halten die Eigenen und die Fremden auseinander. Im Bezirk Mesopotamien gibt es keinen Aplikton mehr. Immer doppelte Wachposten. Die Sarazenen können schon im nächsten Tal sein.«

Der Normanne nickte und gab seinen Männern ein Zeichen.

Aures Wagen fuhr vorbei, und Lyy winkte ihr zum Gruß zu. Aure winkte zurück. Sie geriet auf der Vorderbank ins Wanken und fiel nach hinten in den Wagen. Lyy lachte und befahl vier Männern, dem Wagen auf die Brückenplanken zu helfen.

Aure lag im Wagen auf dem Rücken. Ihr Mund wiederholte tonlos ihren wahren Namen, ein ums andere Mal wie eine Beschwörung. Durch die Öffnung des Planwagens war der sengende Himmel zu sehen. Irgendwo schrie ein Falke. Es war so heiß, daß der Atem hätte Feuer fangen können.

»Herrin. Hast du dir weh getan?«

Aure schloß die Augen und wartete darauf, daß das Herz aufhörte, wie wild zu hämmern. Sie hob schwach die Hand, um Euphrosyne zum Schweigen zu bringen. Der Wagen schwankte hin und her, während er über den Ponton fuhr. Die Pferde wieherten erschrocken, aber Firmos beruhigte sie bald.

Aure setzte sich auf und kletterte wieder auf die Bank. Sie beschirmte die Augen mit der Hand und blickte zurück, konnte aber den Mann, der auf einem großen Pferd saß, nicht deutlich erkennen. Sie stieg vom Wagen herab, ging zu Fuß über die Bootsbrücke und blickte dabei unverwandt nach dem zurückbleibenden Ufer. Die goldroten Haare des Mannes funkelten in der Sonne. Die Sklaven, seelenlose petschenegische Heiden, sahen Aure neugierig an.

Aure blieb am Ostufer des Euphrat stehen. Sie bedeutete dem Wagen weiterzufahren. Euphrosyne stieg vom Wagen, um ihn auf dem steilen Weg bergauf zu entlasten. Sie trat zu Aure.

»Bist du krank, Kyria?«

»Ich weiß es nicht«, sagte Aure. »Ich weiß es nicht.«

Aber Aure von Launiala wußte es. Ein Mann so schön, daß man bei seinem Anblick lächelte. Ein großer und stattlicher Mann, robust, aber nicht vierschrötig. Ein Feind.

Gegen Abend rastete man. Das Leben der Armee im Grenzgebiet war ganz anders als in den luxuriösen Lagerplätzen von Opsikion und Charsianon. Die Wagen wurden in die Mitte des Tals gefahren – oft waren die Täler so schmal, daß das Lager viele Täler nacheinander füllte. Die Warägergarde lagerte in unmittelbarer Nachbarschaft des Kaisers und die Hetaireia darum herum – die Garde hatte den Basileus auch vor den eigenen Leuten zu schützen. Romanos Diogenes erzeugte bei der Armee böses Blut, indem er sich abseits von den Truppen niederließ. Traditionell lebte und kämpfte der Basileus mit seinen Männern.

Um das Lager herum gab es vielfache Bewachung. Ein Teil der Reiter umrundete es unausgesetzt. Auf die Berge kletterte niemand; die sarazenischen Krieger waren Reitersleute, auch sie stiegen nicht auf die steilen Hänge. Was geschah, geschah in den Tälern.

Das einfache Essen, Bohnenmus und Brei, wurde am Lagerfeuer gekocht. Die Nachschubwege zogen sich so fern im Osten auf das Äußerste hin. Die Armenier brachten der Armee keinen Proviant, es sei denn unter Zwang. Die armenischen Christen waren Monophysiten, die der Patriarch von Konstantinopel als Ketzer betrachtete. Sie hielten den Kaiser eher für einen Verfolger als für einen Beschützer – die Seldschuken erlaubten ihnen zu beten, wie sie es wollten, wenn sie nur ihre Steuern zahlten.

Nur die Verwandten des Kaisers und ihr Hofstaat bekamen besseres Essen. Dennoch beklagten sie sich ständig. Die Reise an die Grenze des Landes war eine fürchterliche Erfahrung für einen Menschen, der sich aus dem Schutz der Mauern von Konstantinopel höchstens zu seiner Villa begab, die einen halben Tag entfernt lag, und für die Nacht eiligst zurückkehrte.

Aure hatte schon in Sebasteia angefangen, Nahrungsmittel zu hamstern. Allmählich müßte man wohl Firmos und die Sklaven auf halbe Ration setzen und Proviant einsparen. Die Reise konnte noch wer weiß wie lange dauern. Man war unterwegs zu einem großen Kampf, das wußte jeder, aber wann und wo er stattfinden würde, konnte niemand voraussehen.

Aure versuchte, an alles andere zu denken als an den Mann, den sie heute gesehen hatte. In der Nacht lag sie neben Euphrosyne im Wagen und hörte von fern aus dem Lager die seltsame Sprache der Normannen. Ihr wurde klar, daß sie diese Sache gründlich durchdenken mußte.

Der Mann hatte Aure fünf Jahre zuvor in Paatela bei Piikkiö vergewaltigt und saß jetzt am Lagerfeuer am Ufer des Aradzani. Hexerei, das Werk eines bösen Geistes. Ein grausamer Gott, den Aure nicht hatte besänftigen können, der noch stärker war als die Heilige Jungfrau, hatte ihr diesen Schrecken bereitet.

»Hilf mir, gutes Mütterchen, weise Frau, berate mich, leite, Glücksbring'rin, mich an ...«

Der Sohn von Arantila war ein Krieger König Haralds von Norwegen. Krieger waren überall unterwegs so wie die Kaufleute; war doch auch Lyy die Flüsse hinab von Hyperborea nach Konstantinopel gereist. Dieser Mann war über Italien zur Armee des Basileus gestoßen, für die so viele Männer sich anwerben ließen. In den Garden der Hetaireia gab es Soldaten aus aller Welt: Deutsche, Franzosen, Polen, Ungarn, Slawen, Bulgaren, Steppenvölker, Sarazenen von überall aus dem Mittelmeergebiet.

Der Mann war ein Normanne, hatte Lyy gesagt. Das waren Nachkommen von Nordländern und die besten Krieger der Welt, sie wurden in jede Armee aufgenommen.

Alles war natürlich. Ein Zufall.

Niemand anders außer Aure selbst wußte davon. Der Mann hatte sie nicht erkannt. Wie hätte er sie auch erkennen sollen? Er hatte sicherlich mit Hunderten von Frauen geschlafen. Aure selbst hatte sich in fünf Jahren verändert. Der Mann hatte keine Erinnerung mehr an die Sache.

Am besten alles vergessen.

Der Tag der Flußüberquerung war lang und anstrengend gewesen. Euphrosyne schnarchte leise. Jetzt mußte sie schlafen. Morgen würden die Wagen wieder nach Osten rollen. Es würde weniger Essen und noch schlimmere Hitze geben.

Die Pflicht der Blutrache.

In der Dunkelheit weiteten sich Aures Augen. Wieso kam ihr ein solcher Gedanke? Sie war Christin. Die Rache war des Herrn.

Die Rache war des Opfers, die Rache war der Geschändeten. Keine fade Liebeslehre konnte die verletzte Ehre wiedergutmachen. Keine Taufe und kein Eid konnte die Pflicht der Geschändeten, Rache zu üben, tilgen. Nur Blut konnte die Schande abwaschen.

Aures Pflicht war klar, wo der Mann einmal hier war. Davor konnte sie sich nicht drücken, nicht davor fliehen.

Sollte sie es Lyy erzählen? Der Bruder hatte niemals den Mann gesehen, dessen Name jetzt Olaf Falco war. Er konnte den Vergewaltiger nicht kennen.

Und wenn Lyy es jetzt erführe? Aure hatte kein allzu großes Vertrauen in Lyys Christentum. Sie waren beide an einem Ort namens Staraja Ladoga an der Mündung des Wolchow im hohen Norden getauft worden. Lyy hatte den Namen Christi nicht mehr erwähnt. Er ging mit dem Kaiser in die Kirche, weil er das mußte, sonst nicht.

Lyy würde Rache üben. Lyy konnte nicht den Mann am Leben lassen, der seine Schwester und dadurch auch ihn geschändet hatte.

Der Drungarios der Warägergarde würde den vornehmen Frankenführer töten. Aure versuchte sich vorzustellen, was dann geschehen würde. Sie schaffte es nicht. Es gab so viele Menschen ... Die Franken würden ihrerseits Lyy als Rache für den Tod ihres Anführers umbringen. Dann würden die Waräger die Franken angreifen.

Aure preßte sich die Hand auf die Augen. Sie mußte schweigen. Lyy durfte nicht sterben: Wenn Lyy stürbe, würde Aure allein bleiben und umkommen. Aure mußte selbst, aus eigener Kraft, Rache üben.

Es war ihr fast unmöglich, nicht mit irgend jemandem darüber zu sprechen. Euphrosyne ... So etwas konnte man einer Sklavin nicht erzählen. Die Sache würde noch am ersten Tag die Runde machen.

Sie mußte eine passende Gelegenheit planen und abwarten. Vorher würde sie die Normannen nicht beachten. Alles war wie bisher.

Am nächsten Abend kletterte Aure auf den Wagen des normannischen Grafen.

Die Gebirgsnacht war blauschwarz, die Sterne am Himmel wie Laternen. Die rote Glut der Lagerfeuer beleuchtete matt den Abhang, der auf der Südseite des Tals aufragte, und das Bett des auf der Nordseite dahinströmenden Aradzani. Die große Armee blieb so lange wie möglich am Fluß, denn sie brauchte gewaltige Mengen sauberen Wassers.

Der Normannengraf hatte seine Frau mit und die Frau eine Dienerin, die griechisch und italienisch sprach. Die neugierige Euphrosyne hatte die neuen Leute kennengelernt, sobald sie ihren Platz im Troß eingenommen hatten.

»Die Frau mit Namen Contessa Adela di Sinetra ist sehr schön und ebenso nervös wie Maria die Bulgarin. Sie hat zusammen mit ihrem Mann Bari belagert. Die Normannen haben wegen ihrer Liebe und Treue großen Respekt vor der Gräfin.«

Aure wollte sich das nicht anhören, aber sie konnte Euphrosyne nicht befehlen, still zu sein. Auch Lyy sprach lobend über Olaf Falco. Das war selten, denn er mochte die Menschen eigentlich nicht und respektierte niemanden.

»Ein fähiger Anführer, Männer, Pferde und Troß sind in Ordnung.«

»Von solchen Männern gibt es in der Armee des Reiches genug«, bemerkte Aure. »Der Basileus würde andere nicht akzeptieren.«

Lyy erwiderte nichts. Er wirkte verlegen; vielleicht wollte er nicht, daß jemand bemerkte, daß er den Normannengrafen gern hatte.

»Kyria, diese vornehme Frankenfrau hat Kopfschmerzen«, berichtete Euphrosyne besorgt. »Ihre Dienerin Ortulana sagt, die Contessa weine viel.«

Aure seufzte.

»Wieder eine Hofdame. Warum gehen sie mit auf den Kriegszug? Begreifen sie nicht, daß sie im Wege sind? Man muß sie beschützen und umsorgen. Aufgabe der Männer ist es, sich gegenseitig umzubringen; Zierat wird nicht gebraucht.«

»Kyria, du selbst ziehst auf der Großen Heerstraße mit.«

»Ich bin die Dienerin meines Bruders. Ich bin nützlich. Außerdem finde ich es schön, mit Lyy zu reisen. Das Leben der Hofdamen besteht aus lauter Schwierigkeiten.«

»Contessa Adela vergöttert ihren Mann und folgt ihm überall hin«, wußte Euphrosyne.

Im Wagen des Grafen von Sinetra gab es rotgestreifte Vorhänge, die das Bett der Gräfin von den Schlafstellen der Dienerinnen trennten.

Um den Wagen herum standen mehrere Wachposten. Aure wußte, daß Olaf Falco an einer Beratung beim Basileus teilnahm. Dort war auch Lyy.

Aure wurde von einem stämmigen Normannen angehalten, der etwas fragte.

»Ich verstehe nicht«, sagte Aure auf griechisch. Tatsächlich verstand sie ganz gut italienisch. Im Amalfi-Viertel und ringsherum in den Vierteln der Venezianer, Pisaner und Genueser in Konstantinopel wurde viel italienisch gesprochen, und Aure war gewöhnt, das zu hören, sprach auch selbst ein paar Worte. Jetzt aber war sie so aufgeregt, daß sie die Frage des Mannes nicht verstand.

Der Vorhang raschelte. Eine in eine braune Tunika gekleidete junge Frau lehnte sich heraus.

»Stein fragt, wer du bist und was du hier machst, Kyria«, übersetzte das Mädchen.

»Ich bin die Schwester des Drungarios. Mein Name ist Aure. Ich komme deine Herrin besuchen.«

»Du bist aus dem Norden, Herrin?« fragte der Normanne in primitivem Griechisch und sah Aure neugierig an. Er hatte den Helm abgenommen, trug aber so wie die anderen Krieger ständig ein Eisenschuppenhemd. Im Grenzland legten die Männer ihre Rüstung nur zur Nacht ab und schliefen unmittelbar daneben. Die kurzgeschnittenen Haare des Normannen waren hellbraun, und seine Haut war unter der Sonnenbräune blaß so wie immer bei den Nordländern.

»So, wie du auch, Krieger.«

»Ich bin Stein der Skalde, der Vertraute von Olaf Falco di Sinetra.«

Aure verspürte ein seltsames Prickeln auf der Haut, als der Name Olaf Falco fiel. Stein der Skalde half ihr auf den Wagen. Ein wohltuend angenehmer Duft wehte Aure entgegen. Die Quelle des Duftes ruhte auf den Kissen, die Hände an den Schläfen.

Maria die Bulgarin war vielleicht die schönste Frau von Byzanz, aber die Gräfin von Sinetra war im Reich der Normannen sicherlich eine berühmte Schönheit. Aure seufzte entzückt.

»Contessa«, flüsterte die Dienerin. »Du hast Besuch.«

Die Frau hob die Lider in einer Weise, die eine große Anstrengung erkennen ließ. Sie hatte tiefblaue Augen, gerahmt von schwarzen Wimpern. Die Brauen waren ihr über der Nasenwurzel zusammengewachsen. Für solche Bögen würde jede griechische Aristokratin ein paar Finger ihrer Hand hingeben.

»Kann deine Herrin griechisch?«

»Ein paar Worte. Ich werde verdolmetschen, was du sagst, Kyria.«

»Richte ihr aus, daß ich ihre Kopfschmerzen lindern

kann. Ich kuriere auch die Schmerzen der Verwandten des Basileus.«

Das Mädchen übersetzte. Zu Aures Erschütterung brach die schöne Gräfin in Tränen aus. Ihr Gesicht verzog sich nicht häßlich, und ihre Nase wurde nicht rot. Niemand sonst konnte so rührend weinen. Aure stürzte neben der Frau auf die Knie.

»Despoina, gleich wird es dir bessergehen.«

Ganz von selbst bettete Aure den Kopf der Gräfin in ihren Schoß, legte ihr die Hände auf die Stirn und begann zu summen.

Olaf Falco verließ nachdenklich das Zelt des Kaisers.

»Die Befehlshaber des Kaisers streiten lieber untereinander als mit den Sarazenen. Pater Leo, schreib das auf.«

Der Priester und Chronist des Grafen von Sinetra, dessen Aufgabe es war, der Nachwelt von den Heldentaten des Grafen zu berichten, wiederholte getreulich dessen Sätze. Die Existenz von Pater Leo ärgerte Stein den Skalden, nach dessen Ansicht das Besingen von Olaf Falcos Ehre ausschließlich ihm selbst zukam. Jedoch, so hatte Olaf Stein gegenüber anmerken müssen, konnte dieser kein Latein, und Griechisch nur sehr wenig.

Olaf waren Zweifel an der weltberühmten Macht von Byzanz gekommen. Sie gründete anscheinend auf Söldnertruppen und nicht auf Bauernkriegern, die ihr eigenes Land verteidigten. Ein Teil der Truppe bestand aus sarazenischen Bogenschützen. Sie waren wirkungsvoll im Kampf gegen die Seldschuken – wenn sie nicht die Seite wechselten, was immer möglich war.

In der Armee machten sich die Versäumnisse von Jahrzehnten bemerkbar. Die Truppen des Basileus waren schlechter ausgerüstet als Olafs eigene Männer. Auch die Disziplin war nicht so, wie man es im Westen glaubte: Ein

Teil der Söldner gehorchte niemandem als dem eigenen Anführer. Ein Teil verstand nicht einmal die Kommandosprache.

Die Franken von Roussel de Bailleul ritten separat von der übrigen Armee. Der Kaiser wollte Bailleuls Franken und seine eigene Infanterie entsenden, damit sie die von den Sarazenen eroberte Stadt Chliat belagerten. Die anderen Heerführer hielten eine Aufteilung der Kräfte nicht für klug. Romanos Diogenes nahm an, Sultan Alp Arslan werde sich eilig nach Syrien zurückziehen.

»Wir wissen nicht, wo sich die Armee des Sultans befindet, ob sie überhaupt in dieser Gegend ist, und ob der Sultan eine Schlacht will. Wenn nun Alp Arslan seine Truppen nach Süden führt? Der Kalif von Kairo ist der Hauptfeind des Sultans, und keineswegs die Griechen.«

»Dann hat der Basileus einen großen Sieg umsonst errungen«, sagte Drungarios Lyy. »Die Griechen gebärden sich lieber furchterregend oder zahlen, als das Leben auch nur eines einzigen Mannes zu verlieren. Die Ausbildung eines griechischen Soldaten ist eine wertvolle Investition. Der Staat schützt den Krieger lieber als ihn zu verwenden. Es wird billiger, hundert Bauern zu opfern als einen Soldaten.«

»Im nächsten Jahr kommen die Sarazenen wieder, plündern Dörfer, erobern Städte. Der Kaiser muß seine Armee sammeln und sich wieder in Bewegung setzen.«

Der blauäugige Waräger lächelte.

»Dafür sind der Kaiser und die Armee da. Du selbst bist Krieger, Olaf Falco. Die Soldaten wollen nicht in Ruhe leben. Sie wollen Beute und Ehre gewinnen. Ein Kaiser, der nicht Krieg führt, ist ein Nichtsnutz.«

»Der Basileus will also umkehren?«

»Ein Waräger fragt nicht, was der Kaiser zu tun gedenkt. Ein Waräger bleibt an der Seite des Kaisers, marschiert, kämpft und fällt oder zieht sich zurück, was auch immer.«

»In den vergangenen Jahren hat der Kaiser Waräger nach Italien geschickt, damit sie gegen die Normannen kämpfen. Die Normannen hielten die Waräger für die einzigen Gegner, die ihnen ebenbürtig sind.«

»Heute werden wir im Osten gebraucht.«

»So hat der Kaiser ganz Italien verloren«, grinste Olaf Falco.

»Und wenn der Kaiser jetzt nicht kämpft, verliert er ganz Kleinasien«, sagte Drungarios Lyy gemessen.

Olaf warf einen Blick auf den Mann und sah sich dann rasch um. Ein vernünftiger Mann sagte so etwas nicht im Lager, in dem es von den Spitzeln des Kaisers wimmelte.

»Ein Waräger kann alles sagen«, lächelte Drungarios Lyy. »Niemand zweifelt an uns. Wir sind zu dumm für einen Verrat.«

»Eine beneidenswerte Stellung. Trinkst du einen Becher mit mir, Drungarios?«

Das Lager schlief, die Glut der Feuerstellen war dunkelrot am Verlöschen. Die schwarzen Schatten der Wachposten bewegten sich gleichmäßig zwischen den Wagen. Hoch oben am gegenüber liegenden Hang sah man blinkende Lichtpunkte. Das waren die Lagerfeuer von Hirten oder Sarazenen, niemand wußte es, und im Dunkeln konnte man nicht hinaufklettern und nachsehen.

Sie näherten sich dem Lager der Normannen. Olaf Falco hörte einen eigentümlichen Singsang: eine weiche, einschläfernde Stimme, so als girrte ein Vogel auf den Flutwiesen des Aradzani. Er hielt an und lauschte erstaunt.

»Meine Schwester«, sagte Drungarios Lyy.

Olaf kam nicht dazu zu antworten, als Stein der Skalde sich aus dem Schatten des Wagens löste und den Anführern entgegentrat.

»Bei der Gräfin ist eine Heilerin.«

Unwillkürlich seufzte Olaf Falco auf. Tatsächlich waren immer wieder Heiler in den prächtigen Wagen des Grafen von Sinetra gekommen, Hexen und heilige Männer, Zauberer, Handaufleger, Bereiter von Kräutersud, Masseure und Verkäufer von Zaubermitteln. Adela wurde einfach nicht schwanger. Dafür wurde sie von Tag zu Tag gereizter.

Von Ephesos zum Euphrat war man zwei Monate unterwegs gewesen. Das Tempo war für ein fremdes Land ganz gut, und es wäre um die Hälfte besser gewesen ohne Adela di Sinetras Gefolge. Für die Gräfin gab es im Troß der Normannen drei Planwagen: einen, in dem sie mit ihrem Mann schlief – obwohl Olaf die Nächte lieber mit den Männern verbrachte. Im zweiten wurden Adelas Kleider und Sachen transportiert, und im dritten reisten ihre Dienerinnen.

»Alles in Ordnung?«

»So wie immer«, sagte Stein der Skalde monoton.

Olaf wußte, was das bedeutete: Kopfschmerzen, Schluchzen, Vorwürfe, Zittern und Appelle, eine schlaflose Nacht, Liebesakte, die ihn traurig machten und von denen er genug hatte. Das schlimmste war die Angst, Adela könnte seine Gleichgültigkeit bemerken. In irgendeiner Nacht würde es ihm so gehen wie im Hause des Segelmachers in Nidaros: Der Fluch würde ihm die Potenz nehmen.

Die Erinnerung an das lange zurückliegende Ereignis verfolgte Olaf Falco anscheinend, wohin er auch ging. Bisweilen schien sie verschwunden zu sein, und das Glück des mächtigen Kriegers zeigte sich so wie früher; aber der Fluch veränderte seine Form und war noch schwerer, wenn er zurückkehrte.

Es war ihm unmöglich, die Frau zu verletzen, deren Liebe unter den Normannen sprichwörtlich war. Olaf hatte ständig ein schlechtes Gewissen, ein schneidendes Gefühl der Scham, weil er lieber sonstwo war als bei seiner Frau.

»Ist nach mir gefragt worden?«

»Nein«, sagte Stein der Skalde überraschend. »Die Heilerin war den ganzen Abend hier.«

Wieder drang Olaf Falco das eigentümliche Summen ans Ohr. Es kam aus seinem eigenen Wagen.

»Eine Heilerin?« Olaf wies mit dem Kopf auf den Wagen. »Kommt diese Stimme von der Heilerin?«

Olaf und Stein sprachen norwegisch, wie sie es zu tun pflegten. Der Drungarios der Waräger verstand sie nicht, was seltsam war. Aber es gab in der Warägergarde Krieger von überall aus dem Nordland. Nicht alle sprachen unbedingt norwegisch.

Olaf kam nicht dazu zu fragen, woher der Mann stammte, als Lyy nochmals sagte: »Meine Schwester«, und auf den Wagen deutete. »Aure die Schlafbringerin.«

Der überraschte Olaf Falco kletterte hinauf und zog den Vorhang beiseite. Das Flämmchen der Öllampe beleuchtete die Dienerin Ortulana, die im Halbschlaf neben dem Vorhang kauerte.

Das matte Klirren von Olafs Kettenhemd unterbrach das Summen. Die Sängerin hob den Kopf und sah erschrocken den Krieger an, der mit seiner Rüstung den Wagen ausfüllte.

»Hab keine Angst«, sagte Olaf beruhigend. »Ich bin Conte di Sinetra. Auch dein Bruder ist hier.«

Die Heilerin war keine alte Zauberin, sondern eine junge Frau. In dem Halbdunkel konnte Olaf sie nicht deutlich erkennen. Sie war zart, fast noch ein Mädchen. Das Blaken der Lampe spiegelte sich im kupferroten Kraushaar. Ihre großen Augen starrten, vor Entsetzen geweitet, Olaf an.

»Ortulana, heb die Lampe hoch.«

Im Licht sah man, daß Aures Augen genauso blau waren wie die ihres Bruders, sie hatte ein schmales Gesicht und hohe Wangenknochen. Ihre Haut war in lächerlicher Weise voller Sommersprossen, der Mund breit und blaß. Aber Olaf kümmerte sich nicht um die Heilerin. Er betrachtete erstaunt die friedlich schlummernde Adela di Sinetra.

Der Kopf seiner Frau lag im Schoß der Heilerin. Als Olaf sie betrachtete, öffnete Adela langsam die Augen. Adela konnte Olaf mit ihrer Schönheit immer noch zum Verstummen bringen. Doch die Liebe, die das Gesicht seiner Frau ausdrückte, trieb ihm die Tränen in die Augen. Wie erbärmlich und unvollkommen mußte ein Mann sein, der eine solche Verehrung nicht erwidern konnte? War er überhaupt ein Mann? Ein morsches und unfruchtbares Wesen, das nicht einmal ein Kind zeugen konnte mit seiner Frau, die um seinetwillen jedes nur mögliche Leid auf sich nahm.

»Herr«, flüsterte Adela, »ich habe Hilfe für meinen Schmerz gefunden.«

Die Heilerin starrte Olaf noch immer mit weit aufgerissenen Augen an. Olaf lächelte ihr wohlwollend zu.

»Ich werde dich gut belohnen«, sagte Olaf auf griechisch, aber die Frau rührte sich nicht. Olaf wandte sich um und sagte nach draußen: »Drungarios, komm und beruhige deine Schwester. Sie hält mich für einen Mormo.«

Lyy kam heiter in den Wagen geklettert. Der Mormo war ein Ungeheuer, mit dem die Griechen den Kindern angst machten.

»Alles ist gut, Aure«, sagte Lyy auf griechisch. Er verbeugte sich vor der Gräfin, hielt aber höflich seinen Blick abgewandt. »Conte di Sinetra ist ein Normanne, aber er ist ein kultivierter Mensch – kein Barbare so wie wir beide.«

Olaf Falco brach in Gelächter aus. Ihm wurde plötzlich ebenso froh zumute wie manchmal, wenn er mit Stein plauderte, es war ein Gefühl der Freundschaft. Die junge Heilerin Aure machte den Eindruck, als würde sie gleich in Ohnmacht fallen.

»Du bist müde von deinen Anstrengungen«, sagte Olaf verständnisvoll. Er streckte die Hand aus, um der Frau aufzuhelfen. Die Heilerin zuckte zurück. Olaf sah sie verblüfft an. Die Frau stand auf, schwankte und nahm sich zusammen. In ihrer Würde lag etwas Rührendes: Ein erschrockenes Kind spielte den Helden.

»Lyy, bring mich fort.«

Der Drungarios nahm seine Schwester auf die Arme. Olaf trat beiseite, so daß er hinaus konnte. Aus dem Halbdunkel erklang Adelas Stimme.

»Die Heilerin muß wiederkommen.«

»Sie wird kommen, Despoina«, versprach der Drungarios. Die Heilerin schloß die Augen und lehnte sich gegen die Schulter ihres Bruders.

18. Kapitel

1071

Aure sprang auf die Füße, als sie den ersten Schrei hörte. Sie klammerte sich an Euphrosynes Arm, hüpfte herab und warf sich bäuchlings auf den Boden unter dem Wagen, so wie Lyy es ihr geraten hatte.

Das Geschrei dauerte an, aber es schwirrten keine Pfeile. Fackeln wurden entzündet und mehr kostbares Brennholz auf die Lagerfeuer geworfen. Am Rand des Lagers sah man wild reitende Gestalten. Seldschuken? Nein, Soldritter des Kaisers.

»Laß uns weiterschlafen. Lyy hat uns befohlen auszuruhen, damit wir morgen bereit sind.«

»Wozu bereit, Kyria?« Euphrosyne weinte laut, erschreckt von dem Lärm. Im Lager schrieen die Soldaten, Frauen kreischten, Kinder heulten entsetzt. Der Feind war nicht zu sehen.

»Morgen geht es in den Kampf«, sagte Aure. An der Stelle ihres Bauches war ein leeres Loch, dessen Ränder sich zusammenkrampften. »Morgen gibt es eine große Schlacht, und die Hälfte der Armee ist in Chliat.«

Der Lärm ließ allmählich nach. Um das Lager herum atmete schwarze Stille, eine beängstigende Stille, denn sie war voller Leben. In der Nähe – vielleicht im nächsten Tal, vielleicht neben den Wagen – befand sich die Armee der Sarazenen, eine unvorstellbare Menge reitender Bogenschützen.

Aure hatte so viele von ihnen gesehen, wie man nun Seldschuken-Sarazenen zu sehen bekam: Sie ritten nahe heran, schossen ihren Pfeil ab und waren fort, noch ehe der griechische schwerbewaffnete Krieger sein Pferd wenden konnte. Die Sarazenen hatten kein Kettenhemd, nicht einmal eine gepolsterte Lederweste, viele auch keinen Helm. Sie hatten keine Lanze, und ihr Säbel war erbärmlich kurz. Wenn ein fränkischer oder ein griechischer Reiter einen sarazenischen Krieger erwischte, blieb von ihm nichts übrig.

Aber es war unmöglich, die Sarazenen einzuholen. Ihre kleinen Pferde waren flink und wendig, und jeder Krieger hatte ein Ersatzpferd, auf das er zurückgreifen konnte, während die Pferde der Griechen unter ihrer schweren Last ermüdeten.

Lyy hatte einem Schwarm fliehender Sarazenen gedankenverloren nachgesehen. Ringsumher glühte die rote, staubtrockene Landschaft Armeniens, so trostlos, wie es am Ende der Welt nur natürlich war.

»Bind alle Sachen fest, damit der Wagen ein schnelles Tempo aushält. Füll alle nur möglichen Gefäße mit Wasser. Setz die Sklaven auf halbe Ration – jeden zweiten Tag kannst du sie ganz ohne Essen lassen.«

»Bruder, ich tu, was du befiehlst. Warum?«

»Man weiß nie, wann man es eilig hat«, sagte Lyy. »Halt auch tagsüber warme Kleider und Satteltaschen mit Lebensmitteln bereit.«

»Man weiß nie, wann man schnell losreiten muß«, begriff Aure. »Für die Sklaven haben wir keine Pferde.«

Lyy zuckte die Achseln. »Die Petschenegen sind als Sklaven auch den Sarazenen recht.«

Als der Morgen auf der Ebene südöstlich der Stadt Mantzikert schnell und scharf anbrach, stand Romanos Diogenes' Armee schon gerüstet. Die Schatten der Berge zeichneten sich noch als schwarze Kegel gegen den Himmel ab, als die Armee die Messe hörte. Der Basileus kniete inmitten der Warägergarde, der Domestikos Andronikos Dukas hinter ihm.

Die Franken hörten die Messe zusammen mit ihrem Troß an anderer Stelle. Für die Franken hielt der lateinische Priester Leo die Messe. Der Troß der Warägergarde lagerte neben den Franken, und Aure hörte sich die lateinische Messe aus reiner Neugier an; sie hatte in Konstantinopel die Kirche des heiligen Akindynos besucht, die Meßkirche der venezianischen Kaufleute.

Ein Teil der petschenegischen Reiterabteilungen war in der Nacht zum Feind übergelaufen, ein Teil sprengte unschlüssig hin und her und ritt die Pferde warm. Die Ungläubigen, von denen ein Teil aus Sarazenen, ein anderer aus blutigen Heiden bestand, scherten sich nicht um den Gesang der Priester. Das Hufgetrappel und die Rufe der Petschenegen störten die Messe, doch niemand wagte es, den Bogenschützen Schweigen zu gebieten, damit sie nicht aus einer Laune heraus die Armee verließen.

Die Stadtmauern von Manztikert waren von der Ebene aus nicht zu sehen. Die Stadt hatte sich kampflos ergeben, der Basileus hatte sie besetzt und erwartete jetzt die Sarazenen in einem breiten Tal, das sich als staubtrockenes Tiefland weit nach Osten erstreckte.

Im Lager waren nur Frauen, Kinder und Diener. Das Lager war nicht abgebrochen worden, es stand so da, wie es am Abend zuvor aufgebaut worden war. Es wäre das Omen einer Niederlage gewesen, die Zelte abzubrechen und die Wagen und Zugtiere für die Flucht zu beladen. Die große Armee des Basileus unterlag keiner lumpigen Räuberarmee. In dieses Lager würde sie als Sieger zurückkehren.

Nur der Wagen des Befehlshabers der Warägergarde war beladen und stand dem nach Südwesten führenden Paß zugewandt. Die Pferde waren nicht angeschirrt, aber Firmos hielt sie nahe beim Wagen angepflockt. Die petschenegischen Sklaven waren unruhig. Sie wußten, daß man sie im Falle eines Unglücks an Ort und Stelle zurücklassen würde. Der eine von ihnen zitterte und spuckte Blut, obwohl der Tag ebenso heiß zu werden versprach wie der vorangegangene. Die mitleidige Aure gab dem Mann Lyys altes, völlig verschlissenes Hemd.

Der Troß der Franken lagerte neben den Normannen, der Wagen des Grafen von Sinetra neben dem von Drungarios Lyy. Aure sah eine Weile zu, wie die Dienerin Ortulana Gräfin Adelas türkisfarbene Seide und grünen Brokat zum Lüften über die Deichsel breitete.

»Jetzt ist nicht die Zeit für so etwas«, sagte Aure, indem sie von Lyys Wagen herabstieg und zu Ortulana ging. »Sammle alles ein und verpacke die Sachen in Bündel, die unbedingt mitgenommen werden müssen. Dann gehst du zur Quelle und holst soviel Wasser, wie du kannst.«

Aure sah sich um. Die Normannen waren nicht so diszipliniert wie die Griechen, doch meistens verbarg sich auch hinter ihrer Geschäftigkeit eine klare Ordnung. Beim Grafen Sinetra herrschte an diesem Morgen ein Durcheinander. Aure kletterte auf den Hauptwagen.

»Contessa, es gibt viel zu tun. Heute wird gekämpft. Du mußt dich auf alles Mögliche vorbereiten.«

»Ortulana lüftet die Kleider, in denen ich meinen Herrn empfangen will, wenn er aus dem Kampf zurückkehrt. Die Dienerinnen haben dem Koch wohl gesagt, daß er heute ein Festessen bereiten soll. Ich werde mich gleich schminken, und Ortulana kämmt mich. Ein Bad kann ich nicht nehmen, wie du weißt, Heilerin. Ich hab mir den Körper mit Duftöl abgerieben.«

»Contessa, du bist die schönste Frau der Welt auch ohne Schminke. Sehr bald wird man Verwundete bringen. Hältst du Binden und Salben bereit? Und Schienen für gebrochene Gliedmaßen?«

Adela di Sinetras Augen schweiften auf dem bunten Stoff umher. Im Planwagen war es erstickend heiß.

»Stein der Skalde kümmert sich um solche Dinge. Ich verstehe nichts von Wunden.«

Aure seufzte, aber sie konnte Adela nicht böse, ja nicht einmal ärgerlich sein. Die Gräfin war eine bezaubernd schöne Blume mitten in der Wüste. Von einer solchen erwartete man in der Welt auch gar nichts Bedeutendes. Sie zu betrachten war eine Freude, die einen für die Mühe der Pflege entschädigte.

Aure hatte sich viele Male über Olaf Falcos Geduld während der Wochen gewundert, in denen die große Armee vom Euphrat nach Mantzikert gezogen war. Ihre geringe Erfahrung mit Männern – mit den Männern anderer Frauen – hatte Aure gelehrt, daß eine unfähige Ehefrau so verprügelt wurde, daß sie bald fleißig war, und eine lamentierende so, daß sie stille schwieg. Adela di Sinetra war völlig hilflos und quengelte ohne Unterlaß; dennoch sprach Olaf Falco immer freundlich mit seiner Frau und erfüllte ihr jeden Wunsch, wenn es irgend möglich war.

Lyy hatte einmal angemerkt, daß die Gutmütigkeit des normannischen Grafen angesichts der Launen seiner Frau ihn rasend mache. Zu ihrer eigenen Verwunderung fing Aure an, Olaf Falco zu verteidigen: Mußte man nicht Respekt haben vor einer Liebe, die die eine dazu brachte, die Mühen eines Kriegszugs auf sich zu nehmen, und den anderen, die ewigen Vorwürfe und das Schluchzen zu ertragen?

»Du hast dir die dummen Normannenlieder von Stein dem Skalden angehört«, sagte Lyy und ging fort.

Doch abends betrachtete Lyy vom Wagen aus das vornehme Profil von Gräfin Adela und ihre leise baumelnden Ohrgehänge. Lyy sprach die Gräfin niemals an; das hätte nicht den Sitten der Griechen entsprochen.

»Stein reitet an der Seite deines Mannes in den Kampf«, sagte Aure hartnäckig. »Du mußt dich selbst um alles kümmern.«

Adela schüttelte traurig den Kopf. »Ich kann das nicht.«

»Du bist die Tochter eines Kriegers, Adela.« Zum ersten Mal wagte es Aure, die Gräfin beim Namen zu nennen. »Man hat dir beigebracht, alles Notwendige zu tun.«

»Das ist lange her. Auch die griechischen Aristokratinnen befehligen ja nicht den Troß.«

Darauf wußte Aure nichts zu erwidern. Maria die Bulgarin und ihre Hofdamen lebten auf dem Kriegszug ein ganz isoliertes Leben. In der byzantinischen Armee kümmerten sich Beamte und Unteroffiziere um den Proviant und um die Verwundeten. Aber in der Armee der Franken gab es solche Beamten nicht. Die Frauen und Diener der Ritter gaben den Kriegern zu essen und verbanden die Verwundeten. Im Troß des Grafen von Sinetra reisten einige Frauen von Soldrittern mit, erfahrene, zähe Frauen, jedoch von so niederer Herkunft, daß sie mit der Gräfin überhaupt nichts zu tun hatten. Die übrigen Frauen waren legitime oder illegitime Ehefrauen, Dienerinnen und Huren.

»Zieh dich an, Gräfin«, bat Aure. »Zieh deinen schönen Pelzmantel an. Dein Mann möchte, daß du schön bist, wenn er müde aus dem Kampf zurückkehrt.«

»Das habe ich doch gesagt«, schmollte die Gräfin. »Wenn doch Corba hier wäre.«

»Corba?«

»Meine Amme. Sie betreut in Sinetra meinen Sohn Roger. Ich hab Sehnsucht nach ihr.«

Aure preßte die Lippen zu einem Strich zusammen.

»Contessa, du bist kein Kind mehr.«

Aure ging zu Ortulana und riet ihr, was zu tun war. Sie schickte Firmos und die Sklaven, damit sie halfen, den Sinetraschen Planwagen in Fahrtrichtung zu drehen. Als das geschehen war, wurden auch die anderen Wagen der Normannen gedreht. Jemand fragte Aure beiläufig nach der nächsten großen Stadt in westlicher Richtung.

»Melitene«, sagte sie. »Mit Troß dauert die Reise dorthin fast vier Wochen. Aber wir kehren ja nach dem Sieg nach Konstantinopel zurück.«

Der Frager nickte. Stille senkte sich über das Lager. Erwartung. Mittag war schon vorüber.

Aure blickte in den südöstlichen Himmel. Dort war eine Staubwolke zu sehen. Die Armeen waren in Bewegung.

Die Wolke war weit entfernt, und es schien, als entfernte sie sich immer noch weiter.

Ein Dröhnen erfüllte die Luft. Es schien von der Ebene und von den Bergen zu kommen, so als hätte die Erde selbst zornig gedonnert. Die Kinder zitterten und waren so entsetzt, daß sie nicht einmal weinen konnten. Gräfin Adela faßte nach Aures Arm.

»Ein Erdbeben!«

Aure neigte den Kopf zur Seite.

»Die Seldschuken. Sie spannen Leder über einen Kessel und schlagen darauf wie auf eine Trommel. Das Geräusch ist entsetzlich, aber es ist nur ein Geräusch. Die Schlacht hat begonnen.«

Der Löwe wartete auf dem Berghang am östlichen Ende der Ebene von Mantzikert. Der Heldenlöwe, Alp Arslan, der Sultan der Seldschuken, der Verteidiger der Sunniten, der Herr unzähliger Städte und Dörfer von Nishapur bis Aleppo und von Bagdad bis Ani.

An diesem Tage, einem Freitag, der Allahs Tag war und ein gutes Omen, würde der Heldenlöwe eine nie gesehene Schlacht schlagen. Die Steppennomaden würden auf die ruhmreichen Phalangen des uralten Byzanz treffen. Die Hornissen wandten sich gegen den Elefanten.

Alp Arslan ging in diesen Kampf nur deshalb, weil er es mußte. Der Kaiser hatte einen Friedensvertrag geschlossen und ihn gebrochen, hatte die Armee auf das Gebiet der Seldschuken gebracht, die Grenze verletzt und bedrohte jetzt die Ehre des Heldenlöwen.

Alp Arslan erwartete nicht, daß er siegen würde, grämte sich aber auch nicht über eine mögliche Niederlage. Die leichte Reiterei konnte rasch von der schwerfälligen byzantinischen Armee abgezogen werden. Mochte der Basileus ruhig bis Isphahan, ins Herz des Seldschukenreichs, vordringen. Den Kaiser würde die Reise ermüden – er marschierte schon seit drei Monaten. Den Sultan und seinen Herrn, den Kalifen, würde der Angriff nicht mehr als ein paar zerstörte Dörfer und Städte kosten.

Mittag lag schon weit zurück, und weit entfernt im westlichen Teil des Tals lag auch das Lager der großen Armee. Lyy war der Mund ausgetrocknet, und die Kehle war ihm rauh vom Staub. Die Kleider scheuerten ihm die Haut unter dem Kettenhemd. Bitterer Schweiß übertönte selbst den Geruch der Pferde.

»Da ich durstig bin, hat auch mein Pferd Durst«, sagte der Waräger, der neben Lyy ritt.

Das Labarum, der Kriegswimpel des Basileus, schwankte gleichmäßig vor Lyy her. Die große Armee von Byzanz rückte wohlgeordnet auf der Ebene vor. Vor ihr ritten schreiend, trommelnd und Pfeile verschießend vierzigtausend Sarazenen. Der Elefant war unterwegs ...

Für gewöhnlich ritt die Warägergarde in den Kampf, saß ab und kämpfte zu Fuß. Der Waräger schwang seine Streitaxt, die so lang war wie ein Mann, mit beiden Händen – diese Waffe war zu groß und zu schwer, als daß man sie vom Pferderücken aus hätte gebrauchen können. Auf der Ebene von Mantzikert gab es jedoch nur Reiterei. Ein Infanterist konnte gegen die schnellen Sarazenenponys nichts ausrichten. Drungarios Lyy und seine tausend Waräger mußten ihre Streitäxte im Lager lassen und mit dem Schwert kämpfen. Diese ungewohnte Situation gefiel ihnen nicht.

Lyy ritt unmittelbar hinter dem Basileus her. Er hatte schon vor einiger Zeit erkannt, daß Romanos Diogenes, der heldenhafte Krieger, nicht wußte, was er tun sollte.

»Ist dies eine Parade?« murrte Lyys Gefährte. »Ein stundenlanger Marsch zum Vergnügen der Ungläubigen. In dieser Weise hätten wir uns auch in der Hauptstadt spreizen können.«

Ein Elefant kann mit seinem Rüssel die Hornissen verscheuchen, aber er kann sie nicht zu Zehntausenden töten. Der Elefant kann hingehen, wo er will, daran können ihn die Hornissen nicht hindern. Aber der Elefant kann die Hornissen niemals erwischen, selbst wenn er über das Ende der Welt hinausgeht. So schien es jetzt zu gehen. Die Reise, die in Konstantinopel begonnen hatte, setzte sich auf der Ebene von Mantzikert fort. Niemals zuvor hatte Lyy sich im Kampf gelangweilt.

Seine ärgerlichen Überlegungen konnten nur zu einem einzigen Ergebnis führen. Lyy begann, sich umzusehen.

Rechts ritten die Franken unter Führung des Grafen von Sinetra. Sie hatten deutlich Schwierigkeiten, ihre stämmigen Streitrösser zu zügeln. Die Franken mußten ihre langen Lanzen senkrecht halten, bis sie angreifen konnten. Der Marsch dauerte schon mindestens vier Stunden. Auch die starken Pferde begannen den Reiter als Last zu empfinden: Ein Ritter in voller Rüstung wog ebensoviel wie anderthalb Mann.

Ringsumher ritten die leichten Söldnertruppen, Slawen, Bulgaren, Ungarn, Petschenegen. Lyy konnte die Unruhe der Männer spüren; für Nomaden war es schwierig, sich auch nur für kurze Zeit in die Formation zu fügen.

Hinter der Hauptstreitmacht ritt eine Nachhut von dreißigtausend Mann. Die Griechen kannten nur eine einzige wirkungsvolle Art, gegen die Sarazenen zu kämpfen: Die Hauptstreitmacht ließ den Feind in die Falle zwischen sich und die am Ende Nachfolgenden laufen und vernichtete ihn. Die Sicherungsabteilung war der zuverlässigste Teil der großen Armee: Die ständigen Garden, deren Krieger christliche Griechen und keine fremden Söldner waren. Die Nachhut würde den Kampf gegen die Sarazenen entscheiden.

Den Nachtrupp der großen Armee kommandierte Domestikos Andronikos Dukas, der Todfeind des Kaisers. Romanos Diogenes hatte seinen schlimmsten Neider mitgenommen, da er ihn nicht in Konstantinopel lassen konnte, wo er unweigerlich intrigiert hätte. Andronikos war so vornehm, daß er in der Armee eine hohe Position einnehmen mußte.

»Schwer zu sagen, ob der Basileus den gefährlicheren Gegner im Rücken oder vor sich hat«, hatte Lyy Olaf Falco geantwortet, der nach einer Beratung geäußert hatte, er wolle Andronikos Dukas nicht im Rücken haben. Dort befand Dukas sich nun doch, hinter Lyy und Olaf, und ihr Leben hing von ihm ab.

Das Labarum, der Kampfwimpel des Kaisers, war das Kennzeichen der ganzen christlichen Welt. Es war ein heiliges Zeichen, das der römische Kaiser Konstantin im Kampf um die Milvische Brücke sieben Jahrhunderte zuvor am Himmel gesehen hatte. Unter dem Labarum hatten die Christen die Herrschaft über das Mittelmeergebiet gewonnen – und sie dann an die Sarazenen verloren.

Während Lyy es betrachtete, tauchte das Labarum aus dem Sonnenschein in den Schatten ein.

Die Berge warfen einen dunklen Schatten auf die Ebene. Die Dunkelheit war nur Augenblicke, das Lager aber Stunden entfernt. Vorn warteten die Sarazenen. Die Pferde schnauften müde, alle hatten Durst. Das Vorrücken brachte keine Entscheidung.

Romanos Diogenes gab den Befehl. Das Labarum machte kehrt. Der Marsch der großen Armee durch Anatolien und Armenien war zu Ende. Der Kaiser gab den Befehl zum Rückzug.

Alp Arslan gab seinen Männern den Befehl zum Angriff.

Lyy hörte ein lautes Donnern: Der Augenblick der Entscheidung war gekommen. Die Krieger hatten gerade ihr Pferd gewendet, da hatten sie die Sarazenen im Rücken. Lyy konnte gerade noch zurückblicken, da schnitt ein Säbel ihm den Quast seines Helms ab. Das lange Schwert des Warägers blitzte auf, und der ungeschützte Kopf des Sarazenen fiel dem Pferd zu Füßen.

In dem abnehmenden Licht konnte man sehen, wie Alp Arslans Ersatztruppen von den Hängen herab und aus den Pässen hervor in den Kampf strömten. Lyy hieb auf die Masse vor sich ein und schützte sich mit dem Schild. Um ihn herum wurde die Warägergarde zu blutigem Sand zerrieben allein durch das Gewicht des Feindes. Die Pferde hatten keinen Platz zum Angreifen und waren so müde, daß sie die leichten Pferde der Feinde nicht umrennen konnten.

Ringsum herrschte ohrenbetäubendes Gebrüll und metallisches Klirren. Lyy hörte bald ein Kreischen, bald ein Rufen, das von ihm selbst kam.

»Hau drauf! Hau drauf!«

Im letzten Sonnenstrahl, bevor das Tal in eine kurze Dämmerung fiel, sah Lyy Olaf Falco. Der Mann war ein eisernes Standbild, so groß wie zwei gewöhnliche Krieger. Seine Lanze war zerbrochen und fortgeworfen. Sein schweres Schwert mähte einen fortgesetzt leeren Raum um den Kämpfer herum. Die Sarazenen flüchteten aus der Nähe des Riesen.

»Hau drauf! Hau drauf!«

Olaf Falcos Gebrüll vereinigte sich mit Lyys Kampfgeschrei. Unter dem Helm quollen ihm die roten Locken hervor. Beiderseits des Nasenschutzes blickten unter den rotbuschigen Augenbrauen die grauen Augen inmitten der größten Schlacht der Christenheit ruhig und bedächtig hervor.

Lyy hatte diese Gestalt und die Augen schon einmal gesehen, vor langer Zeit, weit fort von hier.

Das Rauschen des Frühlingswindes, der kühle Wind auf dem Gesicht ... der freundliche Lauf des Auraflusses, ans Ufer gezogene Boote, der Duft nach Erde und Holz ...

Ein christlicher Wikinger.

Lyy erkannte den Zusammenhang in dem Augenblick, bevor die Dunkelheit eintrat. Sein Körper wurde ganz kraftlos. Er war nahe daran, vom Pferd zu fallen, doch der Schlag eines Säbels gegen den Schild weckte seinen Selbsterhaltungstrieb.

Die Sarazenen hörten auf, Feinde zu sein. Sie wurden zu Hindernissen, die man aus dem Weg räumen mußte, damit er die Blutrache vollziehen konnte. Sie fielen wie Gras vor der Sichel.

Lyy unterschied die Männer nicht, er spürte nicht das heiße Blut, das ihn bespritzte, er hörte nicht das Röcheln der Sterbenden. Einen Augenblick lang durchfuhr ihn die Trauer darüber, daß er den einzigen Menschen töten mußte, vor dem er Respekt hatte. Dann hatte er nur noch ein schrilles Pfeifen in den Ohren. Vor ihm war Olaf Falco, das Schwert hoch erhoben, die Achselhöhle frei, tödlich dem Mann ausgeliefert, dem er vertraute.

»Der Domestikos zieht sich zurück!«

»Verrat!«

Der Basileus befand sich irgendwo vorn in dem dichten Dämmer inmitten der Sarazenen. Das Labarum sank zu Boden. Jemand versuchte es aufzuheben, es flatterte noch einmal auf und verschwand dann unter den Hufen der Pferde.

»Der Kaiser ist gefallen!«

Olaf Falco sah, wie die Reihen sich umwandten und auflösten. Noch konnte man den vernichtenden Angriff der Normannen einsetzen, die schwankenden Truppen umdrehen und zum Sieg führen.

»Laßt den Feind in die Falle laufen! Reiben wir ihn auf zwischen uns und der Nachhut!«

»Herr, die Nachhut hat uns im Stich gelassen!«

Im Westen sah man die hohen, hellen Wimpel von Andronikos Dukas; sie stürzten davon, in Richtung auf den Rückweg. Die Petschenegen und Bulgaren sprengten vorbei, hinter der Nachhut her. Olaf wußte, daß die Normannen gleich den Tausenden von Sarazenen unterliegen würden; die überlegenen Waffen und Rüstungen würden gegen die Masse nichts ausrichten.

»Stein! Stein! Ruf die Männer zusammen! Befehl zum Rückzug!«

Jemand bahnte sich einen Weg zum Wimpel von Sinetra. Es war der Waräger, und er war allein. Drungarios Lyy – die ganze Warägergarde war vernichtet, wenn der Anführer ohne Unterstützung kämpfte. Olaf Falco wehrte einen von vorn auf ihn eindringenden Sarazenen ab. Der Mann trug einen goldenen Zierat am Helm, war also ein vornehmer Krieger. Lyy war schon bei Olaf.

»Wir ziehen uns zurück!« brüllte Olaf. Rechts hinter Lyy erhob sich aus dem Dunkel ein Säbel, schlug zu, und Lyy fiel im Sattel nach vorn, gerade als er Olaf einen Gruß zuwinkte. Olaf spornte sein müdes Pferd an.

»Stein, schütze mich.«

Olaf bekam Lyy zu fassen, bevor der Drungarios dem Pferd vor die blutigen Hufe fallen konnte. Mit gewaltiger Anstrengung zog er den Waräger quer vor sich in den Sattel. Das Pferd schwankte und wieherte erschrocken, als das Gewicht sich verdoppelte.

»Glum, wir verschwinden hier.«

Glum Mißgestalt, der Bootsmann des Sturmfalken, trug den Wimpel von Sinetra. Er war vom Helm bis zu den Steigbügeln voll Blut. Der Fähnrich war immer im größten Druck, obwohl er von Bewachern umgeben war.

»Es wird auch Zeit, Anführer«, knurrte Glum. »Andronikos Dukas ist sicherlich schon auf halbem Wege nach Melitene.«

Olaf Falcos Pferd war nahe daran, seinen Dienst zu versagen, als der Graf es anspornte.

»Halt durch, Sleipnir«, sagte Olaf dem Pferd leise ins Ohr. »Du hast erst ein Weilchen gekämpft. Du kannst noch. Du hältst durch und stirbst, denn auch wir werden sterben.«

Das Tier war ein außergewöhnlich großer und starker normannischer Hengst, der als Fohlen die Seereise von Rouen nach Trani überstanden hatte. Olaf hatte ihn nach dem achtbeinigen Pferd Odins Sleipnir genannt; ebenso wie Odins war es ein Todespferd, denn es brachte vielen Menschen den Tod.

Die Normannen von Sinetra waren beisammen, und der Wimpel ragte empor.

»Verdammt!« fluchte Olaf Falco durch die Zähne.

»Anführer, wir sind knapp zweihundert Mann!« rief Stein der Skalde über den Lärm hinweg. »Die da sind zehntausend. Flucht oder sinnloser Tod.«

Olaf brannten und schmerzten die Augen. Der Gestank nach Blut, Erbrochenem und Pferdemist drehte ihm den Magen um, aber schlimmer als der Gestank und die Wunden war die Schande. Flucht wegen Verrats – kann denn irgend etwas diese Schande je abwaschen?

»Ins Lager! Rückzug ins Lager! Von dort an folgt dem Wimpel!«

Die geschlossene Normannentruppe spornte die Pferde zu einem müden, schwankenden Trab an. Die Stimmen der Sarazenen blieben zurück, begannen aber bald, ihnen zu folgen.

»Stein, nimm du den Drungarios vor dich aufs Pferd, wenn Sleipnir nicht mehr kann.«

»Laß den Mann zurück.«

»Wir müssen durch feindliches Gebiet fliehen. Kannst du uns führen?«

Aure spähte ins dunkelnde Tal. Sie hatte solche Angst, daß sie immer wieder beiseite gehen und sich hinhocken mußte. Der Tag war vergangen, und sie wußte mit Sicherheit, daß die Dinge schlimm standen. Es war ganz still, allzu ruhig.

In das Lager waren einige Verwundete gekommen. Der eine hatte einen Pfeil in der Hand, der andere im Schenkel. Niemand hatte Schnittwunden vom Säbel. Es gab keinen Kampf. Stundenlang kam niemand, war kein einziger Mann zu sehen.

»Firmos, spann die Pferde an«, sage Aure plötzlich. Eine fürchterliche Ahnung ließ sie erschauern. »Euphrosyne, lauf und sag den Normannen, daß wir anspannen. Sklaven, sagt dem Troß der Warägergarde Bescheid! Die Leute sollen sich fertigmachen zum Aufbruch! Sie sollen alles zurücklassen!«

Die Unruhe verbreitete sich in Wellen vom kaiserlichen Pavillon zu den mürben Zelten der Söldner. Maria die Bulgarin erschien vor dem braunroten Zelt von Andronikos Dukas. Drinnen hatte man gerade die Lampen angezündet. Das Zelt leuchtete hinter der Fürstin wie ein roter Mond.

»Heilerin! Aure Schlafbringerin! Mir zerspringt der Kopf. Hilf mir!«

Die heulenden Stimmen der Hofdamen übertönten das Pferdegewieher. Die Eunuchen beruhigten ihre Herrinnen mit weichen, zischelnden Stimmen.

»Despoina«, sagte Aure laut, obwohl die Fürstin es nicht hören konnte, »jetzt hilft jeder nur sich selbst.«

Aber Aure ging zum großen Planwagen von Sinetra und rief nach Gräfin Adela.

»Contessa. Halt dich bereit für die Abfahrt.«

»Ist eine Nachricht gekommen?« Adela di Sinetra kam zum Rand des Wagenkastens, blendend schön in meerblauer Seide, die silbergestickte Palla über den linken Arm geworfen.

Aure hob plötzlich die Hand.

»Still.«

Das Dröhnen klang vertraut: Eine große Reiterschar näherte sich rasch.

»Unter den Wagen!«

Aure zerrte Adela herab. Sie warf die Gräfin auf den Bauch, drückte sich flach auf den Boden und wartete darauf, daß die Pfeile auf die Wagenplane herabregneten.

Rufe in griechischer Sprache veranlaßten Aure, den Kopf zu heben und unter dem Wagen hervorzuspähen. Domestikos Andronikos Dukas raffte seine Frau und seine Schätze zusammen. Ein unbeschreibliches Chaos erfaßte das Lager. Dukas' Truppen plünderten den Pavillon des Kaisers, steckten ihn in Brand und zogen weiter ins Dunkel hinein gen Westen.

»Der Basileus ist gefallen. Sonst hätten sie sein Zelt nicht angerührt. Sie reiten bestimmt geradewegs nach Konstantinopel.«

Das Geschrei begann als dünnes, schrilles Klagen. Aure stand schnell auf. Bei ihrem vierten Kriegszug wußte sie schon, wie schnell man von der Panik angesteckt wurde.

»Ich bleibe nicht hier, um eine Beute des Feuers und der Sarazenen zu werden.«

Sie wandte sich ihrem eigenen Wagen zu. Doch konnte sie die hilflose Adela nicht einfach zurücklassen. Die Gräfin wankte hin und her. Die weiße, mit Ringen bedeckte Hand hob sich an den Mund.

»Ortulana, laß einen der Knechte den Wagen fahren. Folgt Firmos und mir. Contessa, beherrsch dich. Steig auf den Wagen. Bleib dort.«

»Ich rühr mich nicht von der Stelle, ehe mein Herr da ist.«

Der Lärm, das Gejammer, das Brausen des Feuers und das entsetzte Wiehern der Pferde waren so laut, daß Aure Adelas Worte nicht hören konnte. Sie sah die eigensinnige Miene, und ohne weiter zu überlegen, versetzte sie der Gräfin Sinetra einen Schlag ins Gesicht.

»Auf! Jetzt ist nicht die Zeit zum Jammern. Der Kampf ist verloren. Dein Herr ist gefallen oder vielleicht auch nicht. So ist es auch mit meinem Bruder. Wir müssen uns retten.«

Aure lief zum Wagen des Drungarios. Firmos saß schon auf der Kutschbank.

»Kyria! Hierher! Gleich kommen wir nicht mehr fort. Das Durcheinander ist zu groß.«

Aure kletterte neben den alten Krieger. Zugleich füllte sich das Lager mit Männern und keuchenden Pferden.

»Die große Armee flieht!«

»Gleich sind die Sarazenen da!«

Einen Augenblick lang erstarrte Adela vor Angst. Die vor Entsetzen durchgedrehten Soldaten zermalmten alles, was ihnen in den Weg kam. Die Flüchtenden waren fürchterlicher als die Verfolger.

Ein wimmernder Mann raste vorbei, der sich an einem durchgegangenen Pferd festkrallte. Aure bekam ihre Stimme zurück.

»Firmos! Fahr los!«

Seitlich vom Wagen kam ein großes Normannenpferd herangesprengt.

»Kyria! Dein Bruder!«

Aure sprang über die Bank in den hinteren Teil des Wagens.

»Hierher mit ihm!«

Wie ein Sack wurde Lyy auf den Wagenboden geworfen. Er schrie auf, und Aure dachte nur, daß er noch am Leben war.

19. Kapitel

1071

Aure wischte sich das zottige Kraushaar aus der Stirn. Sie wusch sich die blutigen Hände im Zuber und kniete nieder, um den nächsten Verwundeten zu untersuchen. Der Mann lag auf dem Bauch. Ein Sarazenensäbel hatte ihm den Rücken vom Schulterblatt bis zum Gesäß aufgeschnitten. Ein daneben kauernder junger Knecht wischte ungeschickt das Blut ab. Immer mehr quoll hervor. In der Wunde sah man die Lunge. Der Mann war ein Wagenlenker aus dem Troß. Er war schon bewußtlos. Es lohnte sich nicht, für ihn noch Binden zu verschwenden.

»Hol sofort Pater Leo, wenn der arme Mann zu Bewußtsein kommt. Verscheuch die Fliegen und gib ihm Wasser, wenn nötig.«

Von oben hörte man das Krächzen eines Geiers. Ein Schatten fiel auf Aure. Der Graf von Sinetra stand mit zwei Rittern in der Türöffnung des Verwundetenzelts.

»Frau Aure.«

Olaf Falcos Stimme war tatsächlich unsicher. Er wirkte so verlegen, wie nur ein Mann sein kann, der es nicht gewöhnt ist, Frauen um etwas zu bitten. Aure gestattete sich kein Lächeln; es gab auch keinen Anlaß dafür in dem glühend heißen Tal irgendwo südwestlich von der Stadt Mantzikert.

Aure stand auf und trat hinaus. Die Sonne traf sie wie ein feuriger Pfeil. Das ganze Tal war verbrannt.

Jenseits des Tals ragten ein schwarzer Berg und ein schneeiger Gipfel auf. In der Mitte lag ein kleiner See. Das Wasser war leicht salzig, aber trinkbar in Ermangelung von besserem. Diejenigen, die Wasser geholt hatten, sagten, es gebe Fische im See. Niemand konnte fischen oder wagte es zu tun, obwohl man dringend etwas zu essen gebraucht hätte.

Am Ende des Sees sah man die Ruinen einer vor langer Zeit zerstörten Stadt und eine kleine, runde Kirche mit eingestürzter Kuppel. In den Ruinen huschten streunende Hunde hin und her. Von den unteren Berghängen lief eine Reihe zerbrochener Bögen zu Tal. Das war einst der Aquädukt der Stadt gewesen. Hier und dort stand ein verkohlter Baumstamm.

In den Vormittagsstunden, als die Flüchtlinge es endlich wagten, haltzumachen, nachdem sie die ganze Nacht geritten waren, war das breite Tiefland in der unbarmherzigen Sonnenglut schon wie ein feuerheißer Kessel. Von den Pfaden und aus den Pässen kamen immer mehr Menschen in die Ebene gewankt.

»Ist Drungarios Lyy zu Bewußtsein gekommen?«

»Nein. Und er wird auch lange Zeit nicht sprechen können, wenn er erwacht ist.«

Lyy lag nackt, mit einer Binde um den Kopf, im Wagen. Euphrosyne tauchte ein weiches Tuch ins Wasser, drückte es aus und betupfte damit Lyys heißes Gesicht und seinen blauschwarzen, übel zugerichteten Körper. Zum Abwischen mußte kostbares süßes Trinkwasser verwendet werden, denn die geschundene Haut ertrug auch nicht die Spur von Salz.

Der Drungarios hatte einen Schlag auf Kopf und Nakken bekommen. Der Helm hatte ihn vor dem sicheren Tod bewahrt. Große Wunden hatte er nicht, aber mindestens drei Rippen waren gebrochen. Lyy hatte sich das linke Handgelenk gebrochen, als man ihn mit Gewalt von einem Pferd auf ein anderes hatte verlegen müssen. Aure hatte ihm das Handgelenk geschient, aber sie fürchtete, es werde nie wieder so stark werden, daß er damit die Streitaxt schwingen konnte.

Aure hob den Blick und sah Olaf Falco ins Gesicht.

»Ich danke dir, daß du meinen Bruder gerettet hast.«

»Danke Stein dem Skalden und meinem Pferd Sleipnir. Allein hätte ich das nicht geschafft.«

Endlose Arbeit, endloses Organisieren, Befehlen, Betreuen. Über der Qual trieben die Gedanken in Fetzen dahin, zusammenhanglos und isoliert wie Wolken am Himmel.

Die Sorge um Lyy.

Das Funkeln der Sonne auf Olaf Falcos Locken: Der Geschichtenerzähler Arsenios auf dem Markt der heiligen Agatha hätte einen ganzen Tag dazu verwendet, um nur das Äußere des Mannes zu besingen.

Die aufkeimende Erkenntnis von der verheerenden Niederlage bei Mantzikert und deren Folgen.

Die eigene Entscheidung, bei den Normannen zu bleiben: Das war die einzige Rettung, da die Warägergarde vernichtet und Lyy kampfunfähig war.

Ringsherum stöhnte und keuchte das von den Franken eilig errichtete Lager. Die Normannen, die überlebt hatten, versammelten sich im Schutz der Ruinen im südlichen Teil des Tals. An dieser Stelle hatte sich einstmals, vor Jahrhunderten, eine römische Grenzfestung befunden, ein Wachposten im unterworfenenen Armenien. Zwischen den Mauerruinen und der antiken Stadt lag ein Friedhof, wo sich umgestürzte Stelen gegen zerbrochene Sarkophage lehnten. Die erschöpften Flüchtlinge keuchten neben den Steinen, suchten den wenigen Schatten und Schutz vor den Pfeilen der Sarazenen.

Ein Zelt hatte man aufgestellt und die Verwundeten hineingetragen. Wunden wurden verbunden, Glieder geschient, Körper gewaschen. Alles geschah in Eile. Sehr lange konnte man in der Ebene nahe des Ortes der Niederlage von Mantzikert nicht haltmachen. Die mit der Pflege Beschäftigten sahen sich immer wieder um, spähten auf die Talhänge und an die Seeufer.

Die Wachposten patrouillierten, auf Zugpferden reitend, um das Lager mit der Lanze im Anschlag. Die Zugpferde waren in besserer Verfassung als die Reittiere, die Tag und Nacht geritten worden waren, die im Kampf gewesen und verletzt worden waren. Die disziplinierten Normannen vermochten, so erschöpft sie auch waren, das Lager vor feindlichen Spähtrupps und plündernden Söldnern der großen Armee zu schützen. Die Armee hatte aufgehört zu existieren; sie hatte sich in kleine Reitertrupps verwandelt, die gen Westen flohen und alles Eßbare raubten, dessen sie habhaft werden konnten.

Die Sarazenen wichen den organisierten Truppen aus. Hilflose Beute gab es in Hülle und Fülle. Die sarazenischen Trupps kamen wie ein Sturmwind auf die Ebene galoppiert, griffen eine dahinwankende Gruppe von Flüchtlingen an, töteten die Männer und schnappten sich die Frauen und Kinder. Die Ungläubigen hatten Ersatzpferde dabei: Auf so manchem kleinen Sarazenenpferd saßen zwei Gefangene, und der Krieger hatte vor sich noch einen weiteren. Die von Entsetzen geschüttelten Menschen suchten die Nähe der Normannen, um dort Nahrung und Schutz zu finden. Die Wachposten jagten sie ungerührt davon und schlugen mit der Lanze und dem flachen Schwert auf sie ein.

»Wenn wir auch nur einen einzigen aufnehmen, müssen wir bald tausend hungrige Münder stopfen«, sagte Stein der Skalde, während er die Wachposten kontrollierte. »Tötet keine Christen, aber laßt sie nicht ins Lager.«

Ein Viertel der Normannenkrieger war auf dem Kampfplatz von Mantzikert gefallen. Dem Brand des Lagers und den Säbeln der Sarazenen war vielleicht die Hälfte des Trosses entkommen. Olaf Falco war für vierhundert Menschen verantwortlich. Ringsherum zogen griechische Troßknechte und Frauen mit ihren Kindern dahin. Söldner ritten hin und her und suchten ihre Gefährten. Überall schweiften Pferde mit leerem Sattel umher. Sie versuchten, auf dem verbrannten Boden zu weiden und tranken unsicher vom Wasser des Sees.

Viele Menschen würden in den nächsten Tagen noch sterben. Nicht nur die Wunden und Schläge töteten sie. Den Menschen blieb das Herz stehen vor Erschöpfung oder Erschütterung. Die kleinen Kinder würden bald verdursten oder verhungern.

Pater Leo ging von einem Sterbenden zum nächsten, betete und erteilte die Letzte Ölung. Die vor Müdigkeit und Angst zitternden Troßknechte hoben in dem harten Boden flache Gräber aus und häuften über den Toten Steine auf. Wo es nur möglich war, öffnete man den Deckel eines antiken Sarkophags, legte zu den alten Knochen so viele Leichen, wie irgend hineinpaßten, und schloß den Deckel wieder. Für Leichenzüge und Aussegnungen war keine Zeit: Man mußte die Toten nur vor den Aasfressern schützen.

Aure ging mit ihrem Arzneikasten im Arm durch das Zelt. Sie träufelte betäubendes Öl auf die Binden, um den Schmerz zu lindern. Sie hatte das Öl selbst aus den Blättern des Bilsenkrauts, aus Wein, Urin und Olivenöl bereitet. Denjenigen, die wahrscheinlich überleben würden, mischte Aure Belladonna in den Wein, damit sie sich im Fieberwahn nicht die Binden herunterrissen.

Jemand bat um den Gnadenstoß so wie auf dem Schlachtfeld; ein anderer wollte die rasche Flucht nicht behindern. Aure teilte Gaben aus ihrem Gnadenkasten aus. Während sie den Weinbecher reichte, bat sie das Opfer um Vergebung, und der Sterbende erteilte ihr im Namen Gottes die Absolution. Aure hätte die geschundenen Menschen in linden Schlaf gesungen, aber dafür war keine Zeit. Der Tod mußte beschleunigt werden, damit die Lebenden am Leben blieben.

»Herrin, ich brauche dich. Ich kenne weder das Land noch seine Wege oder sicheren Stellen. Der Rückweg wird nicht so leicht sein wie die Reise nach Osten auf der Großen Heerstraße.«

»Im Reich herrscht jetzt das Chaos. Überall gibt es Sarazenen«, fügte Stein der Skalde hinzu. »Wir haben von nirgendwo Hilfe zu erwarten.«

Olaf Falco hatte den Helm abgenommen und die Kapuze des Kettenhemds in den Nacken geschoben. Die blonden Locken klebten ihm am verschwitzten Kopf. Der Normanne war seit dem Morgen des Vortags auf den Beinen, er hatte gekämpft, die größte Schlacht der Christenheit verloren und dabei seine Truppe in der Hölle der Panik zusammengehalten. Er zeigte seine Müdigkeit nicht, sondern lächelte erfreut, als er Aures ansichtig wurde.

»Dich kann wohl nichts aus der Ruhe bringen, Frau Aure. Das größte Reich der Welt bricht an einem Nachmittag zusammen. Du aber mißt deine Arzneien ab.«

»Die Rettung des Reiches ist die Arbeit des Kriegers, Herr. Du bist gescheitert, oder?« entgegnete Aure schärfer, als sie es meinte. »Meine Sache ist die Pflege der Verwundeten. Mein Tun und Lassen hat auf den Aufstieg oder Fall von Byzanz keinen Einfluß. Das Leben deiner

Männer dagegen kann dank meiner Arzneien sehr wohl erhalten bleiben oder enden.«

Cavaliere Rambold, der Kommandant der Söldner von Sinetra, lief rot an.

»Soll ich die Heilerin verprügeln, Graf?«

Olaf Falco hob abwehrend die Hand und lachte inmitten all des Elends.

»Wer soll dann die Verwundeten behandeln? Wirst du, Rambold, den Männern die Pfeile aus den Gliedern entfernen? Wer in dieser Truppe Frau Aure anrührt, wird am höchsten Baum des Reiches aufgehängt.«

Die Drohung war leichthin geäußert worden, aber es bestand kein Zweifel, daß sie ernst gemeint war.

Stein der Skalde stand neben dem Grafen von Sinetra. Er musterte Aure mit unverhohlener Bewunderung. Aure vermutete, daß sie eher aussah wie eine Troßmagd als wie die Schwester eines vornehmen Warägers. Ihr Kleid war blutig und beschmutzt, der Zopf hatte sich gelöst, die Haare waren offen und zottig und ihr Schleier schon lange zu Binden zerrissen.

Auch in der Trauer war Aure belustigt. Der Dichter hatte seine Launen: Das arme Hirtenmädchen verwandelte sich in eine Königstochter, wenn der Liedersänger es so wollte. Aus einer einfachen Heilerin wurde eine Heldin, wenn das Lied eine brauchte. Cavaliere Rambold neben Stein dem Skalden schien es zu mißbilligen, daß die Angelegenheiten der Männer mit einer Frau beraten wurden.

»Wir wollen keinen griechischen Führer. Wir trauen ihnen nicht. Ein Grieche verschachert uns an den erstbesten Käufer«, erklärte Stein der Skalde.

»Drungarios Lyy ist krank und kann uns vielleicht noch wochenlang nicht führen. Du kennst die Heerstraßen von Byzanz, Herrin. Du kennst die Täler und Lagerplätze. Du weißt alles von den Menschen und darüber, wie man sie behandeln muß.«

»Ich weiß nicht alles«, sagte Aure, »aber doch mehr als ihr.«

Die Männer nickten widerwillig.

»Als wir hierhermarschierten, war auf den Apliktons, den Sammelplätzen, alles bereit, weil der Kaiser es befohlen hatte. Nahrungsmittel waren von weit her herbeigebracht worden. Wenn etwas fehlte, beschafften es die Beamten des Kaisers sofort.«

»So etwas hab ich noch nie erlebt«, räumte Stein der Skalde ein.

»Jetzt wird nichts dasein. Schon allein die Beschaffung von Proviant wird schwierig werden. Niemand wird auch nur ein Körnchen verkaufen, wo die Zukunft so ungewiß ist.«

»Wenn wir die Lebensmittel nicht kaufen können, dann nehmen wir sie uns«, sagte Olaf Falco ruhig. »Aber auch das Rauben kann längs der Großen Heerstraße schwierig werden. Die Überreste der Armee kehren in die Hauptstadt zurück. Die Söldner haben keinerlei Disziplin. Längs der Großen Heerstraße gibt es weder Lebensmittel noch Frieden.«

Stein der Skalde faßte sich an die Stirn, die vom Rand der Eisenkapuze wund gescheuert war. Er fuhr zusammen, als sein Finger die Wunde berührte.

»Soll ich dir die Stirn verbinden, Dichter?«

»Du darfst mich vom Scheitel bis zur Sohle in Binden wickeln, Herrin. Nichts wäre mir lieber.«

Olaf Falco runzelte die Brauen.

»Aure die Schlafbringerin kann dich flicken, wenn unser Problem gelöst ist. Wir müssen einen anderen Weg nach Westen finden.«

»Wo wollen wir hin? Nach Konstantinopel?« fragte

Aure, so als wäre es eine ausgemachte Sache, daß Lyy, sie selbst und die Diener unter dem Schutz der Normannen würden reisen dürfen. Olaf Falco hielt das anscheinend für selbstverständlich.

»Nach Ephesos. Dort liegt mein Schiff, in Anaia, dem Hafen der Stadt Ephesos.«

Das Schiff. Dasselbe Schiff, mit dem der Erbe von Arantila an Koroinen vorbei in die Auramündung und den Hallistenstrom hinauf gesegelt war, dem Augenblick entgegen, in dem die Wege des Nordmeerwikingers und der jungen Tochter von Launiala sich im Licht einer Leichenverbrennung, in Asche und Haß kreuzen sollten.

Tote gab es auch jetzt, und die Asche, Blut und Gewalt eines verbrannten Tals.

Jetzt war nicht die Zeit für solche Gedanken. Die Blutrache mußte warten. Ohne Olaf Falco würde niemand von ihnen lange überleben, geschweige denn die schwindelerregend lange Reise nach Ephesos an der Westküste von Kleinasien. Stein der Skalde war vernünftig und zuverlässig, aber er eignete sich nicht zum Anführer von hundertfünfzig kampfwilligen Normannen, und Cavaliere Rambold oder irgendeiner der Soldritter noch weniger.

»Zuerst müssen wir nach Melitene, über den Euphrat, denselben Weg, den wir gekommen sind, und von dort nach Cesarea«, überlegte Aure. »Bei Cesarea können wir uns nach Süden wenden, fort von der Großen Heerstraße, und die südliche Route durch Kappadokien nehmen.«

Die Männer sahen Aure erwartungsvoll an. »Wir müssen den Tattasee und die Salzebene umgehen. Wir müssen in Richtung Ikonion und weiter nach Antiochia. Das liegt an der großen Straße, die von Syrien nach Konstantinopel führt. Von dort kommen wir nach Laodikeia und über den Meanderfluß nach Ephesos. Dafür brauchen wir mindestens drei Monate, wahrscheinlich mehr, denn die Berge sind nicht passierbar, wenn der Winter streng wird.«

Die Männer starrten Aure schweigend an. Aure fühlte sich wie eine Mücke inmitten der großen Glieder, Kettenhemden und Bartstoppeln. Die Männer strömten alle einen betäubenden Geruch nach Pferd, Blut, Schweiß und Mist aus. Niemand hatte nach dem Kampf die Rüstung abgelegt.

Vielleicht glaubten die Krieger in all ihrer Macht und Protzigkeit Aure nicht. Kaum jemand von ihnen hatte jemals in seinem Leben eine Frau in irgendeiner Sache um Rat gefragt.

»Der Anfang ist leicht. Auf der Großen Heerstraße kommen wir voran, obwohl sicherlich alle Städte und Burgen ihre Tore schließen werden, wenn sie uns kommen sehen.«

»Wir müssen eine Stadt erobern, in der wir uns ausruhen und Kräfte sammeln können. Wir haben viele Verwundete, und hinter uns liegt ein schwerer Weg«, überlegte Olaf Falco laut.

»Herr, wir müssen so schnell wie möglich nach Westen. In Armenien können wir nicht überwintern. Das Gebirge bedeutet den Tod für jeden, der nicht daran gewöhnt ist«, versicherte Aure.

»Ich habe viel Erfahrung mit dem Winter, denn ich stamme aus Ultima Thule«, sagte Stein der Skalde. »Der größte Teil dieser Truppe wird sterben, wenn der strenge Frost mehrere Wochen anhält.«

»Also nach Westen«, nickte Olaf Falco.

»Von Cesarea nach Süden wird es schwierig. Die Wege sind schmal, manchmal nur eine Rinne. Man muß über die Berge klettern. Der Schnee kann die Pässe versperren. Aber die Berge von Kappadokien sind im Süden nicht sehr hoch und der Winter nicht so hart wie hier in Armenien. Vielleicht können wir in Kappadokien überwintern.«

»Wir sind seit Monaten unterwegs. Die Menschen sind erschöpft. Wir können nicht ohne Pause bis Ephesos reisen, zumindest nicht mit dem Troß.«

»Von Ikonion an sind die Wege gute römische Straßen. Aber wir müssen jede Route prüfen, damit wir uns nicht verirren. In diesem Land führen alle Wege nach Konstantinopel. Wir müssen ein kurzes Stück den einen, ein kurzes den anderen Weg nehmen, wenn wir direkt nach Westen, nach Ephesos, wollen.«

»Und der Feind?«

»Die Schwärme der Sarazenen kommen von Süden, aus Syrien. Sie bedrohen die ganze Gegend, den südlichen Teil Kleinasiens. Und jetzt kommen auch welche aus dem Osten, weil die Grenze offen ist. Nirgendwo gibt es Sicherheit. Wenn die Griechen alarmiert werden, verlassen sie ihre Städte. Männer, Frauen und Kinder flüchten in die Burg. Die gibt es in der Nähe jeder Stadt auf einem hohen Berg oder an einer anderen, schwer zugänglichen Stelle. Dort warten sie ab, bis die Sarazenen abziehen.«

»Und wenn die Sarazenen nicht abziehen?«

»Die Ungläubigen plündern die Stadt und ziehen ab. Weshalb sollten sie bleiben?«

»Herrin«, fragte Olaf Falco ernst. »Woher weißt du das alles? Ich muß das fragen, denn unser Leben hängt von deinen Ratschlägen ab.«

»Ich bin mit meinem Bruder zusammen überall dort gewesen, wo die Armee des Kaisers in den letzten Jahren gekämpft hat. Die Krieger marschieren, wohin man sie befiehlt. Sie bekommen fertigen Proviant, ihre Kleider werden gewaschen, ihre Schuhe geflickt. Die Soldaten können Ancyra nicht von Sebasteia unterscheiden, es sei denn, am

Dialekt der Mädchen. Alle Apliktons gleichen sich«, erklärte Aure. »Im Troß hört und sieht man alles mögliche. Man muß dies und das beschaffen und mit den Menschen reden. Man hört Klatsch und bekommt Tips, man feilscht und debattiert.«

Die Männer wirkten verblüfft.

»Du bist niemals im Troß gereist, Herr. Deshalb weißt du so wenig. Im Troß lernt man mehr als in der Kolonne.«

Cavaliere Rambold verzog wieder das Gesicht, so als wollte er zuschlagen. Olaf Falco hob abwehrend die Hand und schüttelte verwundert den Kopf.

»Gestern nachmittag hast du dem Normannenlager befohlen, sich für eine schnelle Flucht bereitzumachen. Ohne deinen Rat hätten wir den ganzen Troß verloren. Wir hätten keinen Krümel zu essen, keine Binden, keine Kleider. Wir haben dir viel zu verdanken, Frau Aure. Woher wußtest du, daß der Kampf mit einer Niederlage enden würde?«

»Es wurden keine Verwundeten ins Lager gebracht.«

Sogar der feindselige Rambold nickte.

Pater Leo kam zu den Männern geeilt.

»Conte, der junge Rodolf liegt im Sterben.«

Olaf Falco wandte sich um.

»Ich komme.«

»Conte, der Jüngling bittet darum, Gräfin Adela sehen zu dürfen.«

Die helle Haut des Grafen von Sinetra lief unter der Sonnenbräune glühend rot an. Pater Leo erschrak und wich zurück.

»Ich habe nicht gemeint ... Die Männer verehren die Gräfin. Alle wissen, daß sie die Belagerung von Bari mitgemacht hat.«

Aure hob eilig die Hand, legte sie Olaf Falco auf den Arm und drückte ihn leicht. Überrascht sah der Graf die unbedeutende Frau an, die es wagte, ihn anzufassen.

»Herr, die Männer haben Schmerzen, und viele müssen sterben. Gräfin Adela ist das Schönste, was wir haben. Warum sollten sie sie nicht sehen dürfen?«

Stein der Skalde lächelte, und Cavaliere Rambold zischte. Olaf Falco bekam schmale Augen. Er berührte Aures zottiges Haar. In der Geste lag unerwartete Zärtlichkeit.

»Du bist eine erstaunliche Frau, Herrin. Gräfin Adela wird kaum einwilligen, in das Zelt der Verwundeten zu gehen, um von allen angestarrt zu werden. Sie ist schwer erschüttert und kann nicht einmal aufstehen.«

»Die Gräfin wird aufstehen, wenn du es befiehlst, Conte. Befiehl es ihr. Deine Männer sterben. Ich gehe mit dir und helfe der Gräfin.«

Im Blutdunst des Zelts erhob sich ein vergötternder Seufzer, als die Gräfin von Sinetra zu den Verwundeten trat. Adela hatte ihr meerblaues Seidenkleid angezogen und darüber das silberbestickte Pallium, dessen Schleppe sie über den Arm gelegt hatte. Auf der Stirn trug sie das Diadem, dessen Kristallschnüre ihr auf die Schultern hingen. An jedem Finger steckte ein Ring.

Aure ging neben der Gräfin her und stützte sie am Ellbogen, eine Trollfrau neben der Königin. Sie mußte lachen, als sie sich vorstellte, wie sie beide wirkten.

Adela di Sinetra war erschrocken, müde und ängstlich. Sie hatte immer in einer Stadt oder Burg darauf gewartet, daß ihr siegreicher Mann aus dem Kampf zurückkehrte und ihr Geschenke mitbrachte. Eine Niederlage war ihr niemals in den Sinn gekommen, geschweige denn Flucht.

Während der ganzen nächtlichen Fahrt aus dem Tal von Mantzikert schrie Adela mehr aus Wut als vor Entsetzen. Der Wagen, auf dem sich der größte Teil ihrer

Kleider und ihres Schmucks befand, hatte zurückgelassen werden müssen. Und wenn die Sarazenen sie nun gefangen nahmen? Sie würde vergewaltigt, aber wohl kaum umgebracht werden, weil sie eine vornehme Frau und immer noch atemberaubend schön war. Sie würde in den Harem eines hochstehenden Sarazenen kommen. Hatten denn die Seldschuken überhaupt Harems? Hatten sie überhaupt Häuser, oder lebten sie in Zelten? Mußte sie dann Hosen tragen so wie die Frauen der Sarazenen?

Konnte Contessa Adela di Sinetra ihre Würde wahren ohne ihr wesentliches Zubehör wie Schleier, Schuhe, Farben, Schmuck? Warum verstand niemand, daß das Zurücklassen der Kleider für die Gräfin ebenso fatal war wie für den Grafen der Verlust der Ausrüstung? Ein Krieger hätte selbst im Schlaf nicht sein Schwert zurückgelassen. Doch der kostbare Schmuck von Adelas Besitz wurde fortgeworfen wie wertloser Plunder.

Adela di Sinetra war so wütend auf die Welt, daß sie vor Ärger nicht einmal jammern konnte. Als aber Olaf Falco sie bat, ihre Schönheit den verwundeten Kriegern zu zeigen, freute sie sich, weil sie ihrem Mann einen Gefallen tun konnte.

Ortulana hatte der Gräfin das Gesicht weiß geschminkt, ihr die Augen schwarz umrandet und ihr hellrote Kreise auf die Wangen gemalt. Die Lippen waren leuchtend rot geschminkt, und die kleinen weißen Zähne blitzten, wenn Adela di Sinetra durch den Mund atmete, um in dem ekelerregenden Gestank des Krankenzelts nicht in Ohnmacht zu fallen.

Olaf Falco kniete neben dem sterbenden Jüngling nieder und nahm dessen Hand in seine. Pater Leo sang mit vor Müdigkeit gebrochener Stimme. Die Gräfin von Sinetra blieb bei dem jungen Mann stehen und neigte ihr schönes Gesicht. Das Stöhnen verstummte, die erlöschenden Augen sahen das Letzte auf dieser Welt.

»Die Heilige Jungfrau ist zu mir gekommen.«

Über den fiebrigen Seufzern erschallte ein Schrei, der den Menschen das Blut in den Adern gefrieren ließ. Der Schrei endete in einem dumpfen Krachen. Das angstvolle Weinen eines Kindes drang durch die Stille, die nur einen Augenblick dauerte. Der Lärm begann von neuem. Olaf Falco und Aure die Schlafbringerin traten gleichzeitig vor das Zelt.

Hinter dem römischen Friedhof, unter den verbrannten Baumstämmen, kauerte eine erschöpfte Gruppe von Menschen, etwa ein Dutzend Flüchtlinge, die dort lagen, schliefen oder stumpf in den weißglühenden Himmel starrten. Ein kleines Kind, das gerade laufen gelernt hatte, war in Richtung auf das Normannenlager losgetapert. Es war schon weit gekommen, als die Mutter erwachte und hinter ihm herstürzte. In der Ferne sprengte eine Schar Sarazenen vorüber; ein Soldat probierte zum Spaß die Treffsicherheit seines Pfeils aus.

Die Seldschuken schossen selten vorbei. Das Kind, ein blonder Lockenkopf, blieb mitten auf der leeren, verbrannten Erde stehen. Es brüllte und wandte sich zurück zu der auf dem Bauch daliegenden Leiche seiner Mutter. Jemand in der Flüchtlingsschar beobachtete den Vorfall ausdruckslos, die meisten wandten nicht einmal den Kopf. Der Wind ließ die Federn des im Rücken der Frau steckenden Pfeils vibrieren. Aus dem Normannenlager rief jemand mitleidig:

»Kind, komm hierher!«

Das Kleine blieb stehen und wandte sich wieder um.

»Laßt es gehen«, befahl Stein der Skalde. »Es hat es näher zu den anderen als zu uns.«

»Das ist schon ein totes Kind«, knurrte Cavaliere Rambold.

Olaf Falco wußte, daß Rambold recht hatte. Die Mutter des Kindes war tot. Wer würde für das Kind sorgen, wenn die Menschen nicht einmal für sich selbst sorgen konnten? Er fuhr zusammen, als sich aus der Horde der Sarazenen ein Pferd löste. Sein erfahrener Blick verriet ihm, daß der Krieger einen Bogen schlagen, dem Normannenlager ausweichen und das Kind als Beute in den Sattel heben wollte. Blonde Kinder ließen sich überall im Reich der Ungläubigen gut verkaufen. Am besten wurde in Ägypten für sie gezahlt.

Die Normannen knurrten vor Wut, taten aber nichts. Das Kind hatte ebenso schlechte Überlebenschancen bei den Sarazenen wie bei den Normannen.

»Nein! Nein!«

Das rote Haar flatterte, als die Heilerin aus dem Schutz des Sarkophags hervorstürzte.

»Beim Blitz von Thor! Frau, zurück!«

Stein der Skalde brüllte unchristliche Flüche. Cavaliere Rambold und Pater Leo fuchtelten mit den Armen. Adela di Sinetra stand im Schatten des Zelts und heulte schrill.

Olaf Falco war schon losgerannt, noch ehe Stein der Skalde den verbotenen Namen Thors aussprechen konnte. Seine von Schmutz und Blut starrende Rüstung vergrößerte sein Gewicht um ein Drittel. Er rannte mit weit ausholenden Schritten. Aure flog wie ein tieffliegender Vogel über das schwarze Land.

Das Schwert zischte aus der Scheide – etwas anderes hatte Olaf nicht. Er hörte hinter sich ein Donnern, als die Männer sich in Bewegung setzten, um ihren Lehnsherrn zu schützen. Hinter ihm waren mindestens zwanzig Schwerter, vor ihm nur eines, aber das war zu weit entfernt. Der Sarazene kam bei dem Kind an, zügelte sein

Pferd und bückte sich, um das Kind zu packen. Aure stürzte sich auf den Steigbügel des Mannes und hängte sich mit beiden Händen daran.

Ihr Schrei erinnerte an den eines Falken. Olaf durchfuhr ein schwindelerregendes Gefühl wie ein Sturz aus der Finsternis ins Licht. Sein Körper wurde schwerelos, seine Schritte federten vom Boden ab wie die Sprünge eines Riesen.

Der Sarazene ließ das Kind dem Pferd vor die Füße fallen und wollte die bessere Beute vor sich aufs Pferd ziehen. Olaf Falco war am Ziel. Das lange Normannenschwert bohrte sich dem Sarazenen in die Flanke.

Der Mann stürzte zur Seite, hatte aber Aure immer noch im Griff. Olafs linke Hand packte das Pferd fest beim Zügel. Es warf den Kopf hoch, Aure wurde Olaf zu Füßen geschleudert. Olaf warf sich über sie, um sie zu schützen, als das Pferd in Galopp verfiel. Der Sarazene war mit dem rechten Fuß im Steigbügel hängengeblieben. Das Pferd sprengte davon; eines von vielen, die nach Mantzikert eine grausige Last hinter sich herschleiften.

»Das Kind«, keuchte Aure unter Olafs ungeheurem Gewicht.

»Das Genick gebrochen«, brachte Olaf heiser hervor. »Nur gut, daß es nicht auch dir so ergangen ist, verrückte Frau.«

Die Männer kamen zur Stelle, halfen respektvoll ihrem Grafen auf und zornig der unvernünftigen Frauensperson, die mit ihrer Dummheit das Leben des vornehmen Herrn gefährdet hatte.

Olaf hörte nicht auf ihre besorgten Fragen. Er begegnete über den Köpfen der Männer dem verwunderten und ungläubigen Blick Steins des Skalden. Olafs Atem ging schwer. Das kam nicht nur vom Laufen. Er strengte sich an, um sich und seinen Körper zu beruhigen. Es dauerte eine Weile, bis er es wagte, Aure die Schlafbringerin anzusehen.

»Das Kind wäre vielleicht noch am Leben, wenn du dich nicht eingemischt hättest, Herrin«, sagte Olaf Falco leise. »Du hast auch andere Menschen in Lebensgefahr gebracht. Tu das nicht noch einmal.«

Über Aures sommersprossige Wangen liefen die Tränen.

»Es war so klein, es wußte nicht, wohin.«

»Wissen wir das?« fragte Olaf.

Aure ging weinend zurück ins Krankenzelt. Olaf Falco folgte ihr mit den Augen, ihrem storren Haar, den zerkratzten Armen, dem zerrissenen Kleid.

Olaf ging ruhig zu den Sarkophagen, wo die Knappen ihm halfen, die Rüstung abzulegen. Olaf hob die Arme und drehte und wendete sich, als ihm die ekelhaften Eisenkleider ausgezogen wurden. Die Troßknechte schleppten in Holzzubern Wasser auf den Friedhof. Ein Knappe zog ihm das Kettenhemd aus und verzog das Gesicht, als er dessen Zustand sah: Tausende von Ringen mußten von Blut und Schmutz gereinigt und repariert werden, sobald es nur möglich war. Im Normannentroß gab es einen Schmied, doch es würde Wochen dauern, bis er seine Werkstatt würde errichten können.

Ein anderer Knappe machte im Eimer ein Tuch naß und wischte damit Olaf die Glieder ab, die voller blauer Flecke waren. Die Sonne trocknete die Feuchtigkeit sofort, und der Knappe zog seinem Herrn eine saubere Tunika über. Olaf konnte überhaupt nicht ohne Kleider sein – seine helle nordländische Haut würde in der gnadenlosen Sonnenglut Armeniens im Nu verbrennen.

Mitten in der fürchterlichsten Katastrophe der Christenheit fühlte Olaf Falco sich ruhig und fest. Er hatte den Basileus nicht schützen und den Ausgang der Schlacht nicht beeinflussen können. Er hatte jedoch alles getan, was er hatte tun können: furchtlos bis zum letzten Augenblick gekämpft, und als die Vernichtung unausweichlich schien, so viele von seinen Männern vor dem Unglück gerettet wie möglich.

Er hatte nichts zu bereuen und sich für nichts zu schämen. Jetzt mußte er seine Leute durch feindliches Land hindurch in Sicherheit bringen. Das würde Olaf Falco tun, wenn nötig, Schritt für Schritt, alles übrige lag in Gottes Hand.

20. Kapitel

1071

Lyy drehte sich ächzend auf dem Lager um: In der Brust hatte er immer noch Schmerzen, obwohl seit dem Kampf fast drei Monate vergangen waren. Sein Handgelenk kräftigte sich, weil er es trainierte, indem er die Streitaxt mit der Hand umklammerte und hochhob. Am schlimmsten war die Schwäche, die den Drungarios der Warägergarde am Reiten und Kämpfen hinderte, als er auf den schutzlosen Wegen Mittelanatoliens gebraucht wurde. Olaf Falco hatte zuwenig erfahrene Unterführer. Doch mehr als die Säbel der Sarazenen fürchtete Lyy, vom Pferd zu fallen und von den Pferden zum Krüppel getrampelt zu werden.

»Dich schwindelt, weil du so lange darniedergelegen hast. Der Schwindel wird sich legen, wenn du in den Sattel steigst und reitest«, sagte Aure.

Aber Lyy behauptete, der Schwindel rührte von einem Schlag auf den Kopf her. Er wollte es nicht versuchen, obwohl jedes Schwert auf dem blutroten Weg nach Westen zählte.

Der Wagen schaukelte und rumpelte, und Lyy knurrte. Es erschallte der bekannte Ruf, und Lyy griff nach der langen Streitaxt. Sie lag immer neben ihm am Boden des Wagens.

»Sarazenen! Sarazenen voraus! Troß halt!«

Olaf Falco hatte die Stimme eines Pflügers der Meere, und sie übertönte das Knarren der Wagenräder auf dem

Gebirgsweg. Lyy verzog bewundernd das Gesicht, als er sie hörte. Wieder einmal war er froh darüber, daß er den Mann im Getümmel von Mantzikert nicht getötet hatte.

Lyy taumelte ächzend hinter die Kutschbank des Wagens. Aure lag schon am Boden, und Firmos hängte sich ins Zaumzeug der Pferde. Die Zugtiere waren ruhig trotz des gewaltigen Lärms. Dies war vielleicht der zwanzigste Angriff von Sarazenen auf die Truppe aus Sinetra, und die Tiere waren an die plötzliche Unterbrechung der Wanderung gewöhnt.

Man war seit zwei Wochen von Cesarea nach Süden unterwegs. Vorn ragte das Taurusgebirge auf, rechts zwei schwindelerregende weiße Gipfel. Links öffnete sich ein langes Tal, wo gerade der erste Schnee gefallen war. Durch das Tal strömte ein Fluß. An seinem Ufer lag eine kleine Stadt.

Der uralte Weg verlief zwischen Stadt und Berg. An den Berghängen konnte man Dutzende und Aberdutzende von schwarzen Öffnungen erkennen. Nahe beim Hang, neben der Straße, stand eine viereckige Kirche aus braunen Ziegeln, deren Dach von einer großen Mittelkuppel und vier kleinen Kuppeln bedeckt war. Um die Kuppeln flatterten Schwärme von schwarzen Dohlen.

Am südlichen Ende der Stadt lag eine kleine Burg. Ihr Tor war geschlossen, und den Sarazenen kamen keine Verteidiger entgegengeritten. Lyy vermutete, daß die Burg verlassen war.

Aus der Stadt liefen Menschen in Richtung Berg. Die Sarazenen waren offenbar gerade erst ins Tal gekommen und der Alarm eben erst gegeben worden, denn die Städter waren noch nicht weit gekommen. Vom Weg aus konnte man sehen, daß sie es vor dem Angriff des Sarazenentrupps nicht schaffen würden, die schützenden Berghöhlen zu erreichen. Die Frauen trugen Schoßkinder und zerrten die größeren hinter sich her den Berg hinan, die Männer schleppten Truhen und Bündel.

»Die Sarazenen plündern die Stadt der Griechen!« sagte Aure zornig. »Nicht mal der Schnee hält sie auf.«

»Wir dürfen die Sarazenen nicht vor uns in die Stadt lassen, sonst bleibt für uns nichts übrig«, sagte Lyy spöttisch. »Die Griechen geben ihr Getreide lieber christlichen Räubern.«

Lyy verfolgte von der Kutschbank her das Schauspiel, das er niemals satt bekam. Die Normannenkrieger formierten sich ohne besonderen Befehl zu einer Front, Steigbügel an Steigbügel, die Lanzen starrend wie eine eiserne Mauer. Eine Hälfte der Männer blieb als Reserve beim Troß. Die andere Hälfte, etwa siebzig Mann, stürzte wie ein Erdrutsch ins Tal hinab. Nichts, was schwächer war als ein Stein, konnte dem Angriff der Normannen standhalten.

Auf der qualvollen Reise von Armenien zum Fuß des Taurusgebirges hatten nur die eiserne Disziplin, die Furchtlosigkeit und die überlegene Kriegskunst die langsam sich dahinschlängelnde Kolonne vor den herumschweifenden Söldnertruppen und den Spähtrupps der Sarazenen, die von Osten und Süden ins Land fluteten, gerettet. Sultan Alp Arslan war sofort nach der Schlacht bei Mantzikert nach Osten gezogen. Ein Teil seiner Armee blieb im Grenzgebiet und marodierte jetzt ohne Anführer im Byzantinischen Reich. Zum ersten Mal seit seiner Existenz gab es niemanden, der das Reich verteidigte.

Kappadokien hatte sich gegen die Spähtrupps der Sarazenen gewappnet. Jede Stadt hatte eine Burg, eine uneinnehmbare Festung hoch oben auf einer Bergkuppe. Wenn die Bevölkerung es bis dahin schaffte, war sie in Sicherheit, bis die Sarazenen sich zurückzogen. Einer Belagerung konnte die Burg nicht standhalten. Meistens gab es dort kein Wasser, und große Vorratslager fanden keinen Platz darin.

Die Normannen zerschlugen einen Teil der Sarazenentruppe bei den Häusern der Stadt. Die übrigen zerstreuten sich auf ihren kleinen Pferden in alle Himmelsrichtungen, umgingen die Normannenfront und sprengten ohne Beute davon.

Das Ergebnis war immer dasselbe, wenn die Normannen angriffen: Niemand konnte ihnen standhalten, aber man mußte immer mit einem neuen Scharmützel rechnen. Den leichtbewaffneten Sarazenen war es nahezu unmöglich, die Normannenritter in ihren eisernen Rüstungen anders als aus Versehen mit einem Pfeil oder der Lanze zu töten. Aber die Männer bekamen Blessuren, oft durch die Waffen der eigenen Leute, und waren allmählich erschöpft von der pausenlosen Vorsicht und den vielen Dutzend Angriffen.

Die blauen Flecke und Schrunden eines jeden Ritters wurden im Troß so gut behandelt, wie es ging, weil das Leben aller Reisenden von der Kampftauglichkeit der Männer abhing. Die nahm von Tag zu Tag ab. Auch die Pferde waren in schlechtem Zustand.

Und jetzt lag Schnee auf der Erde.

Lyy wußte, daß Olaf Falco bald kommen würde, um sich mit ihm zu beraten. Der Graf von Sinetra und sein Vertrauter Stein der Skalde fühlten sich im Wagen des Drungarios der Warägergarde erstaunlich wohl, obwohl Lyy mit halbgeschlossenen Augen auf der Matratze lag und sich schwächer stellte, als er in Wirklichkeit war. Der Drungarios sagte nur selten etwas. Er beobachtete die Männer und seine Schwester, und das, was er sah, interessierte ihn ganz außerordentlich.

Die Männer fragten Aure nach den Straßen und den Städten, nach Lebensmitteln und Pferden: Was man kaufen konnte und was man rauben mußte. Das Rauben war immer gefährlich, denn in den Burgen und Städten gab es griechische Truppen unter der Führung ihres Drungarios. Manchmal hatte eine Gruppe von Söldnern eine Festung erobert und machte einen Ausfall, um die Stadt zu halten, die die Festung ernährte. Die weite Hochebene von Anatolien hatte sich völlig aus dem Griff der Machtmaschinerie des Basileus gelöst. Das Land war voll von Anführern, die sich auf eigene Faust verteidigten, und von Flüchtlings- und Soldatenkolonnen, die von einer Stadt zur anderen zogen. Das Byzantinische Reich hatte in Innerasien aufgehört zu existieren.

»Wir kaufen, was wir bekommen. Das ist billiger, als Männer und Pferde zu verlieren. Die Krieger haben einen Tag ohne Kampf dringend nötig.«

Stein der Skalde nickte energisch. Er war immer derselben Meinung wie der Anführer, aber er sah nicht den Grafen an, sondern Aure.

»Es widerstrebt mir, Christen zu töten, wenn es auch andere Feinde gibt«, sagte Olaf Falco.

Lyy hätte beinahe laut gelacht. Jeden anderen hätte er für solche Reden verachtet. Aber Olaf Falcos schlichte Aufrichtigkeit rührte ihn. Er verbrämte sein Lachen als Stöhnen, und alle wandten sich ihm besorgt zu.

Olaf Falcos Hand traf auf Aures roten, krauslockigen Zopf und streifte ihn wie sehnsuchtsvoll. Lyy dachte über die Bedeutung der Geste nach: War das gewöhnliche männliche Begierde, die Gräfin Adela nicht zu befriedigen vermochte? Oder war es etwas Einzigartiges? Wie könnte man daraus Nutzen ziehen?

Seine Schwester verstand nichts von den dunklen Blikken des Grafen von Sinetra. Das war gut so. Aure wußte nicht, daß Olaf Falco ihr Vergewaltiger war – sie erinnerte sich wohl kaum an den ganzen Vorfall. Und der Normanne erkannte sein Opfer nicht. Lyy war der einzige, der Bescheid wußte. Er würde auch entscheiden, wann Olaf Falco sterben mußte.

Lyy drehte sich in eine Lage, in der ihn die Seite immer schmerzte, und ächzte ungekünstelt. Der Schmerz half ihm zu glauben, daß es das beste war, nur dazuliegen und zu genesen. Die Genesung und die Rückkehr auf den Pferderücken würden ihn zwingen, unangenehme Dinge zu entscheiden.

War es das beste, nach Konstantinopel zurückzukehren?

War es besser, den Normannen zu folgen und aus der Freundschaft des Grafen von Sinetra allen nur möglichen Nutzen zu ziehen? Mußte er um der Ehre willen Olaf Falco töten, egal, was auch immer geschah?

Als die Sarazenen vor dem Angriff der Normannen geflohen waren, standen die Troßleute langsam auf. Aure lag auf dem Bauch im Schnee, das Gesicht an der weißen Kälte, und mochte sich überhaupt nicht rühren. Sie wollte sich nur ausruhen, in Ruhe endlos lange Stunden schlafen, im dämmerigen Schoß der Erschöpfung versinken.

»Ich kann nicht mehr.«

Das war nur ein Flüstern, aber Euphrosyne hörte es.

»Heute muß die Gräfin sicherlich wieder beruhigt werden. Du mußt dich um den Drungarios kümmern. Jemand ist vorhin von einem Pfeil verwundet worden. Mindestens zwei Kinder sind sehr krank. Du mußt das schaffen, Kyria.«

»Warum ich?« seufzte Aure, schlaff am Boden liegend.

»Kyria, alle Sorgen werden bei dir abgeladen, weil du sie annimmst.«

Aure schnaufte. Sie nahm alle Kraft zusammen, um sich dem vor Müdigkeit stöhnenden Konvoi anzuschließen. Es ertönte Hufgetrappel, Eisenklirren und das Knarren von Leder, wie es charakteristisch war für einen Ritter in voller Rüstung. Aure drehte sich auf die Seite und stützte sich auf den Arm.

»Firmos, hilf mir auf.«

Aber der alte Krieger war noch nicht bei Aure, als Olaf Falco ihm schon die Zügel zuwarf.

»Frau Aure! Aure! Bist du von einem Pfeil getroffen worden? An welcher Stelle?«

Der Mann stürzte neben Aure auf die Knie, faßte sie bei den Schultern und drehte sie vorsichtig um. Zugleich suchten seine Augen aufmerksam das dicke, braune Wollkleid ab.

Aure verschlugen Größe und Leidenschaft des Mannes die Sprache. Die Ringe seines Kettenhemdes an ihrer Wange fühlten sich eiskalt an, als er sie an seine Brust drückte und ihren Rücken nach einem gefiederten Sarazenenpfeil absuchte. Aure drückte sich für einen Augenblick in Olafs Arme und schluchzte fast vor Verlangen. Dann kam sie zu sich, zog sich instinktiv zurück und stotterte: »Herr, mir fehlt nichts.«

Olaf Falco erstarrte. Das von der Kapuze des Kettenhemds gerahmte Dreieck seines Gesichts erbleichte.

»Dann ist es gut, Herrin.«

Olaf stellte Aure auf die Beine und half ihr auf den Wagen.

»Du bist eine allzu gute Führerin, als daß wir zulassen könnten, daß du erschossen wirst.«

Lyys scharfer Blick blitzte unter den Decken hervor. Aure berührte den Bruder.

»Drungarios, wir haben Besuch.«

Olaf Falco und Stein der Skalde klopften den Schnee von sich ab und kletterten auf den Wagen zu Lyy. Sie richteten ihre Fragen an Aure, taten aber so, als sprachen sie zu Lyy, so als bewiesen sie auf diese Weise, daß sie mit dem Befehlshaber der Warägergarde berieten und nicht mit einer unbedeutenden Frau.

»Welcher Ort ist das hier?«

»Die Stadt und das Kloster heißen Mephia. Die Kirche ist der Hagia Mephia geweiht. Dort werden die Reliquien der Heiligen aufbewahrt. In der Bergwand befindet sich ein Kloster. Ein richtig großes Kloster mit Hunderten von Mönchen.«

»Du bist hier schon einmal gewesen, Herrin? Mit dem Drungarios?«

Das wollten die Männer immer wissen, so als hätte Aure sich die Namen der Orte und Straßen zum Spaß ausgedacht. Sie glaubten ihr, wenn Lyy dabeigewesen war, obwohl Lyy Aures Worte weder bestätigte noch bestritt.

Aure verstand nicht, warum Lyy sich von der Reiseplanung fernhalten wollte, es sei denn, der Bruder schämte sich wegen seiner Schwäche und weil er jetzt der Anführer der Warägergarde ohne Waräger war. Lyy war nicht der Mann, der gern Befehle von Ebenbürtigen wie Olaf Falco entgegennahm.

»Diese Straße führt zur Kilikischen Pforte.«

Aure beobachtete aufmerksam die Mienen der Männer, aber sie waren nur neugierig.

»Die Pforte ist ein Paß, auf dem man das Taurusgebirge überqueren kann. Früher marschierte der Basileus dort entlang, um in Syrien Krieg zu führen. Heute kommen die Sarazenen aus Syrien durch die Pforte ins Reich.«

»Offenbar folgen wir nicht dem Beispiel des Kaisers«, sagte Olaf Falco. Er war wieder still und freundlich, und Aure beruhigte sich.

»Nein, Herr«, sagte Aure ernst. »Die Pforte zu passieren ist im Winter schwierig, manchmal unmöglich. Südwestlich von Mephia liegt Tyana, wo der Weg sich gabelt. Die westliche Abzweigung führt nach Ikonion. Dorthin müssen wir gehen – wenn wir die Kraft haben, uns in Bewegung zu setzen.«

Unbewußt beobachtete Olaf Falco Aures Lippen, die Linie des Kinns und den hohen Hals. Verwirrt wandte Aure den Blick ab. Der Mann bemerkte nicht einmal sein ungehöriges Verhalten.

»Dieser Ort läßt sich leicht verteidigen.«

»Das Kloster im Berghang?« fragte Stein der Skalde, und Olafs Augen wandten sich von Aure ab. »In der Stadt gibt es eine Burg, die wahrscheinlich leer ist, weil kein einziger Grieche zu sehen war. Die Burg ist zu klein für uns. Die Mönche des Klosters müssen für den Winter woandershin.«

»Sie können bleiben, aber müssen enger zusammenrücken. Ich will die frommen Männer nicht kränken. Aber der Konvoi muß sich ausruhen. Wir können keinen Tag mehr weiter.«

Aure seufzte tief auf. Endlich einmal genug schlafen.

»Frau Aure, hilfst du der Gräfin, sich einzurichten? Ich werde Albert befehlen, die Unterbringung zu organisieren. Stein, du sammelst in der Stadt Lebensmittel ein – aber laß den Leuten etwas übrig. Rambold plant die Verteidigung. Ich rede mit den Mönchen. Man sollte annehmen, daß alle zufrieden sind, wenn wir sie den Winter über verteidigen.«

Die Kuppel in der Kirche der heiligen Mephia war mit einem großen, in hellen Farben gemalten Christus Pantokrator geschmückt. Das Bild schwebte in der Dunkelheit über den Gläubigen, eine himmlische Erscheinung. Kerzen warfen ein stilles Licht auf die geisterhaften Engel an den Wänden. Magere, leidende Heilige beteten das Kind an, das auf dem Schoß seiner Mutter saß und schon bei der Geburt alt und weise war.

Olaf Falco kniete an der Spitze seiner Krieger im duftenden Dämmer der Kirche. Die Kirche der heiligen Mephia war dichtgedrängt voller Menschen, die erschöpft vor sich hin dösten, während sie der Messe der griechischen Priester beiwohnten. Das Kirchengebäude, obzwar für griechische Verhältnisse groß, war so klein, daß nicht alle Angehörigen des Konvois aus Sinetra hineinpaßten.

Gräfin Adela stand natürlich in der Kirche, ebenso ihre Dienerinnen sowie Aure, die Schwester von Drungarios Lyy. Der Drungarios selbst war auf Verlangen von Olaf Falco auf einer Bahre in die Kirche gebracht worden. Er hatte lange an den Wunden von Mantzikert gekrankt und war nicht einmal bei den wenigen Gelegenheiten in die Kirche gekommen, wo es auf der Reise möglich gewesen war. Lyy ruhte auf der Bahre, die neben Olaf Falco gelegt worden war. Er sah nicht so krank aus, wie man es erwartet hätte – im Grunde war er frischer als viele andere Reisende, die an der äußersten Grenze der Müdigkeit dahintaumelten. Sein blauer Blick wanderte neugierig durch die Kirche und verweilte immer auf dem Grafen von Sinetra.

Olaf Falco wandte sich bisweilen um und nickte dem Anführer der Waräger zu. Lyy antwortete mit einem Lächeln.

»Wieso sind deine Männer bereit, in die griechische Messe zu gehen? Alle Normannen sind Lateiner.«

»In Kalabrien gibt es viele, die die griechische Liturgie hören. Wir sind daran gewöhnt. Gott herrscht überall, und Christus hat alle erlöst.«

»Deine Priester sind aber nicht hier.«

»Ich wollte sie nicht zwingen. Ich bin froh, daß du anscheinend wieder gesund wirst. Jetzt kommst du endlich in ein Bett, das nicht die ganze Zeit rumpelt.«

Lyy nickte und schloß die Augen. Olaf verstand, daß das Sprechen den Drungarios anstrengte.

Wenn doch Lyy bald in die Gesellschaft der Männer zurückkehren würde. Stein der Skalde war Olafs lieber Freund, fidelis vassalus, sein zweites Ich, den er niemals verlassen konnte. Aber der Waräger war fremd und aufregend, kalt und undurchsichtig wie eine im Wasser treibende Eisscholle.

Olaf war fasziniert und entsetzt von dem rücksichtslosen Spott, mit dem Lyy über heilige und ehrfurchterregende Dinge sprach: über Kaiser, Kirche und Krieg. Die Rede des Warägers war Spott, an dessen Grund die schneidende Wahrheit lag.

»Der Drungarios pflegt niemanden und nichts zu loben«, bemerkte einmal Stein der Skalde, der ebenso wie Olaf von Lyy bezaubert war.

Olaf Falco war sich darüber im klaren, daß das in Lyys Charakter angelegte Böse ihn nur die verachtenswerten Dinge sehen ließ. Der Anführer der Waräger empfand für niemanden Mitgefühl und Liebe außer für seine Schwester.

Seltsam, daß eines der Geschwister hart und unbarmherzig und das andere die Güte selbst war.

Draußen vor der Kirche wurden Gräfin Adela und Frau Aure auf zwei aus der Stadt herbeigeschaffte Mulis gesetzt. Der Frost hatte sich verschärft. Adela wimmerte leise, obwohl sie ihren herrlichen Pelzmantel anhatte.

Olaf empfand Mitleid mit seiner armen Frau. Adela war aus Liebe zu ihrem Mann mit auf diese Reise gegangen. Die Gräfin war an Luxus und Verehrung gewöhnt; sie sehnte sich nach dem Palast von Sinetra, nach ihrer Amme und ihrem kleinen Sohn. Ihr Mann, um dessentwillen sie die Plagen und Gefahren der Reise erlitt, wunderte sich, wie er für dieses kindliche Wesen jemals hatte Leidenschaft empfinden können.

»Despoina, gleich kannst du ins Bett. Ich habe befohlen, erhitzte Steine ins Zimmer zu bringen.«

»Kann man da nicht ein Feuer anzünden?« Adela weinte fast.

Aure schüttelte den Kopf.

»Das ist ein Höhlenkloster, Despoina. Die Mönche wollen frieren. Das gehört zu ihrem Leben.«

»In der Stadt könnte es ein warmes Haus geben«, bettelte Adela hoffnungsvoll.

»Sicherlich gibt es eins, aber wir können nicht in der Stadt wohnen. Die läßt sich nicht verteidigen«, bedauerte Olaf Falco.

»Warum mußten wir in dieses schreckliche Land gehen, wo es nichts gibt außer Frost und Sarazenen?« jammerte Adela.

Am Hang des Klosterbergs hob Olaf seine Frau vom Muli und trug sie in die Höhle, die Ritter Albert für die Gräfin ausgewählt hatte. Die Knechte hatten Adelas Sachen dorthin gebracht, und die Frauen hatten Stoffe ausgebreitet, um die asketische Zelle auszukleiden. Olaf legte seine Frau auf das Bett und küßte sie auf die Stirn.

»Ortulana, kümmere dich um die Contessa.«

Olaf Falco wollte nicht, daß die Heilerin dablieb, um die Gräfin zu betreuen, zu besänftigen und ihr ein Schlaflied zu singen. Er wollte wenigstens einen Augenblick lang Aures lebhaftes Gesicht, den Ernst ihrer blauen Augen und die lustigen Sommersprossen genießen – wenn nur der Winter sie nicht verblassen ließe!

Olaf Falco di Sinetra trat auf die um die Höhlen herumlaufende schmale Ebene hinaus, die die Mönche irgendwann vor Jahrhunderten in den Berg gebrochen hatten.

Der Schnee hatte sich dort zu einer glatten Schicht aufgehäuft.

»Frau Aure, komm mit. Ich möchte dir etwas zeigen.«

Aure kam, immer hilfsbereit, rotbraun wie ein Fuchs in ihrem zerschlissenen Reisekleid, das Kraushaar wie einen Heiligenschein um den Kopf.

Im Wagen des Drungarios war es schwierig, die Zärtlichkeit und die Leidenschaft, die ihn fast zum Weinen brachten und die von jeder Geste und Haltung Aures ausgelöst wurde, zu verbergen. Olaf wollte nicht, daß Lyy sich wegen seiner Schwester Sorgen machte. Hier war niemand, der sie beobachtete – außer natürlich die beiden Leibwächter. Olaf war so an Thorkel und Gunnar gewöhnt, daß er sie ebensowenig bemerkte wie den riesigen Hund Bera, den er aus Irland mitgebracht hatte und der Olaf ebenfalls überallhin folgte.

Sie kamen zu einem etwas größeren Felsentor. Die schwere, eisenbeschlagene Tür war verriegelt. Olaf hob den Riegel und zog die Tür auf.

»Eine Fackel.«

Der Atem dampfte im Frost von Kappadokien. Thorkel brachte eine Fackel hinein. Olaf und Aure folgten ihm.

In der Felsenhöhle befand sich eine kleine Kirche, kaum größer als ein gewöhnliches Zimmer. Die Decke, ein Tonnengewölbe, war mit braunroten Malereien bedeckt. Die Apostel und Heiligen schwebten im dunkelblauen Weltraum. Auf dem schlichten Altar stand ein mit Elfenbeinschnitzereien verzierter silberner Schrein, nicht größer als einer, in dem man die Schriftrollen der Schreiber aufbewahrte.

»Die Reliquien der heiligen Mephia«, sagte Olaf Falco und bekreuzigte sich. »Der Abt hat erzählt, daß sie hier aufbewahrt werden und nicht unten in der Kirche, von wo sie geraubt werden könnten.«

Aure kniete nieder, betete kurz und erhob sich. Olaf war entzückt von der Präzision, mit der die Frau Andacht bewies, so als hätte sie sich bei der Heiligen gemeldet.

»Erzähl mir von der heiligen Mephia, Herrin.«

Olaf Falco wollte Aure erzählen hören. Sie hatte eine wunderbare, sonore Stimme, wenn sie Geschichten erzählte oder sang. Der Klang ihrer Stimme brachte Olafs Lenden zum Glühen.

»Die heilige Mephia war ein vornehmes Mädchen. Sie wohnte zur Zeit von Kaiser Diokletian in Laodikeia in Kleinasien.«

»Natürlich war sie jung und vornehm«, grinste Olaf Falco. »Wann würde denn aus einer Stallmagd eine Heilige werden?«

»Der reiche Römer Hadrian verliebte sich in Mephia und wollte sie zur Frau. Aber Mephia war heimlich getauft worden und wollte sich als Jungfrau für Christus aufsparen. Mephias Vater, der große Heerführer Gorgonius, wollte einen reichen Schwiegersohn. Er versuchte, Mephia zu der Ehe, die ihr zuwider war, zu zwingen, aber die Tochter weigerte sich hartnäckig und teilte ihm mit, daß sie Christin sei. Da wurde der grausame Vater böse und übergab seine schöne Tochter den Legionären, damit sie sie vergewaltigten.«

Aure zauderte. Olaf vermutete, daß es ihr peinlich war, die Soldaten zu tadeln.

»Unter den Legionären gab es einen christlichen Zenturio, dem die junge Frau leid tat. Er verhalf Mephia zur Flucht. Die heilige Mephia wanderte in der Winterkälte hungernd und frierend durch Kappadokien. Schließlich suchte sie erschöpft Zuflucht in einer Berghöhle. Dort lebte sie als Einsiedlerin viele Jahrzehnte lang, aß Insekten und Würmer und betete unaufhörlich. Die Bewohner der

Gegend erkannten ihre Heiligkeit und brachten ihr Kleider. So überstand sie auch die kältesten Winter. Zuletzt starb Mephia weißhaarig und dankbar für ihr bescheidenes Leben.«

Olaf Falco gefiel die Geschichte von der heiligen Mephia. Er war es zufrieden, daß Mephia nicht als Märtyrerin hatte sterben müssen. Die Griechen liebten grausame Todesgeschichten, obwohl sie sonst sanfte Menschen waren. Sie töteten nicht gern, und der Kaiser der Griechen verhängte niemals die Todesstrafe.

»Mephia gefällt mir. Sie ist sicherlich eine weise Frau, so wie auch du, Herrin.«

Aures sahnefarbene Haut rötete sich so, daß die Sommersprossen verschwanden. Olaf sah auf Aures Gesicht herab und dachte, daß Lyy krank war und Aure keinen Beschützer hatte: Die Frau gehörte dem, der es wagte, sie zu nehmen. Der Gedanke verflüchtigte sich sofort wieder, und Olaf Falco verbeugte sich leicht.

»Danke für deine Erzählung, Herrin.«

Aure wandte sich so schnell um, daß ihr Rocksaum sich in Olafs Eisenstrümpfen verfing. Olaf bückte sich und löste ihn; der Stoff fühlte sich in seiner Hand warm und lebendig an wie Aures Haut.

»Herr, ich geh nachsehen, wie es Gräfin Adela geht.«

Ein erschrecktes Flüstern. Olaf nickte und ließ den Rocksaum los.

»Schwarzer Thorkel, begleite die Herrin zur Gräfin.«

Olaf Falco verweilte noch in der Reliquienkirche. Er schätzte bei sich den Wert des Reliquiars der heiligen Mephia ab. Er würde sich auf dem Altar der Kathedrale von Sinetra kostbar ausnehmen. Die heilige Mephia selbst würde sich in dem stattlichen Dom sicherlich wohler fühlen als hier in dem kalten Loch. Die meisten Heiligen waren aus der Raubtierarena oder aus dem Elend einer Gefangenenhöhle in die Kirche ins Licht der Kerzen gelangt und genossen das.

Die Mönche würden sich der Überführung wahrscheinlich widersetzen. Aber sie selbst hatten im Kloster einen in Armenien gestohlenen heiligen Einsiedler, den der Stadthauptmann von einem Kriegszug mitgebracht hatte. Sollten sie sich ruhig widersetzen: Auch tausend Mönche konnten nichts gegen den Willen ausrichten, dem hundertfünfzig Reiter in voller Rüstung gehorchten.

21. Kapitel

1072

Der Aristokrat Theodoros Phokas lebte so, wie die Weisen es empfahlen: Er lieh niemandem und von niemandem Geld, stimmte in niemandes Klagen ein und verriet seine privaten Gedanken niemandem außer seiner Frau Philomelia, die auch eine Phokas war. Theodoros und Philomelia waren Mitglieder eines berühmten Soldatengeschlechts. Aber sie standen deren bedeutendsten Mitgliedern so fern, daß weder der Segen noch der Fluch von deren Größe sie betraf.

Theodoros' Haus – ursprünglich ein Erbe Philomelias – war schön, aber nicht so luxuriös, daß es in irgend jemandem Neid geweckt hätte. Es lag in der Nähe der Festung und der gewaltig großen Ruine der Kirche des Evangelisten Johannes. Das Haus sah von einem Hügel nach Süden. Im Tal gab es einen flachen See, in dessen üppigem Uferbewuchs Marmorbrocken verstreut lagen. Aus dem Gras ragten abgebrochene Säulen und kopflose Statuen auf, die mit Schmutz und Moos bedeckt waren.

Der Ort hätte genug Baumaterial für eine ganze Stadt geboten. Doch niemand wagte es, den Marmor vom Seeufer zu holen. Dort hatte in grauer Vorzeit der Tempel einer heidnischen Göttin gestanden, der größte der Welt, was an den gewaltigen Ausmaßen der Ruinen immer noch erkennbar war. Die Kultstätte der Artemis von Ephesos war verflucht. Jedes Haus, in dem auch nur ein Stück des heidnischen Steins vermauert wurde, war ebenfalls verflucht. Im Marmortal lebten nur Störche. Nicht einmal die Verbrecher wagten sich dorthin.

Warum hätte man den verfluchten Stein auch verwenden sollen, wo man doch in der von Erdbeben heimgesuchten Ruinenstadt Ephesos soviel guten Marmor fand, wie man nur wollte: Theodoros Phokas' Haus war wie das vieler anderer aus Marmor.

Theodoros hatte einen Klumpfuß. Er wurde nicht Soldat so wie alle seine Verwandten. Theodoros war dem Schöpfer für seinen Klumpfuß dankbar. Er las lieber, als daß er das Schwert schwang. Kinder hatte das Ehepaar nicht; auch dafür waren sie eher dankbar als betrübt. Kinder machten einem meistens nur Kummer. Im Alter von vierzig Jahren legten die Ehegatten gemeinsam das Gelübde ab, tugendhaft zu leben. Keiner von beiden hatte das Gefühl, dadurch etwas zu verlieren.

Vor einem Jahr war an Theodoros Phokas ein kaiserlicher Befehl ergangen. Er wußte nicht, warum gerade er ihn erhalten hatte, und er fragte nicht, sondern gehorchte sofort, so wie es am klügsten war.

»Das ist eine Steuer, eine Art neue Steuer«, sagte Theodoros im Dunkeln zu Philomelia, und dann sprachen sie nicht mehr darüber.

Theodoros war die Aufgabe übertragen worden, im Hafen von Anaia die fränkischen Schiffe zu empfangen. Sie brachten normannische Krieger im Sold von Kaiser Romanos Diogenes. Diese Krieger, die Pferde – falls sie welche hatten – und die Leute vom Troß mußte Theodoros Phokas ernähren und für die Reise nach Osten und die Große Heerstraße ausrüsten. Wenn die Pferde der Normannen unterwegs verendet waren, sollte Theodoros ihnen neue beschaffen. Dies alles sollte auf eigene Kosten von Theodoros Phokas und aus Liebe zum Basileus geschehen.

»Wir müssen das Landgut verkaufen, wenn sie keine Pferde haben«, flüsterte Theodoros Philomelia im Bett zu, das sie immer noch teilten, wenn auch nicht im fleischlichen Sinne.

»Warum kommen sie mit dem Schiff?« flüsterte Philomelia Theodoros ins Ohr. »Die Franken reiten doch immer.«

Theodoros begab sich in den Hafen, der viele mille passus von der Stadt entfernt lag, und wartete. Er organisierte die Unterbringung für Hunderte von Menschen und sprach im voraus mit den Pferdehändlern. Der Preis für geschulte Pferde stieg in Ephesos ins Unermeßliche, als bekannt wurde, daß aus Italien Normannen erwartet wurden. Theodoros kaufte Lebensmittel: Getreide, Schlachtvieh und ein ganzes Weinlager. Das alles klappte, wenn Theodoros den Brief des Basileus vorwies. Alles kostete auch viel, denn die Händler wußten, daß Theodoros kaufen mußte.

Die Franken trafen ein wie angekündigt. Sie hatten viele Transportschiffe, und die wurden von einem höchst seltsamen Kriegsschiff begleitet. Es war ganz anders als die Dromonen der Griechen, wo die Ruderer in mehreren Etagen übereinander saßen: lang, niedrig und mit nur einer Reihe von Ruderern, schnell und wendig.

Die Franken stiegen auf den Verladekai, legten stabile Laufbrücken an die Schiffsflanke und führten die Pferde heraus, die leidend wirkten. Sofort verlangten sie von Theodoros Hafer und gute Weiden. Die konnte er ihnen auch gleich zuweisen und war glücklich, daß er wenigstens nicht Hunderte von Pferden zu kaufen brauchte.

Der Anführer der Franken sprach griechisch und war höflicher als die Lateiner sonst. Es stellte sich heraus, daß der Mann, der Graf von Sinetra, aus Konstantinopel stammte. Er war später nach Westen gegangen, was nach Theodoros' Ansicht absurd war. Sie machten aus, daß Theodoros sich um das Kriegsschiff kümmern würde – die anderen Schiffe waren venezianische Transportschiffe. Der Graf von Sinetra, der mit dem Kaiser einen einjährigen Vertrag geschlossen hatte, würde im Frühjahr zu seinem Schiff zurückkehren.

Die Franken hatten es eilig. Sie zogen weiter, als der Troß zusammengestellt war und die Pferde einige Tage verschnauft hatten.

Die Frau des Grafen von Sinetra reiste zusammen mit ihrem Mann. Sie wohnte in Theodoros' Haus, während die Angelegenheiten der Franken geregelt wurden. Philomelia sagte, die Gräfin sei eine außergewöhnlich schöne Frau.

»Aber ich weiß nicht, ob sie so fromm ist, wie eine vornehme Frau es sein sollte. Jedenfalls kann sie die heiligen Schriften nicht lesen.«

»Das können auch die anderen Franken nicht.«

Theodoros ging in die heruntergekommene, ihm aber liebwerte Kirche des Evangelisten Johannes, um ein Dankgebet zu sprechen, als die Franken sich endlich auf den endlosen Weg nach Osten gemacht hatten. Das Haus Phokas war entscheidend verarmt – Theodoros wußte, daß er seinen früheren Wohlstand nie wieder erreichen würde. Aber das Landgut hatte er nicht verkaufen müssen. Und er war am Leben.

Am Leben – aber wie lange noch? Ein kluger Mann überlebte, wenn er sich vor Spionen in acht nahm und in allem dem Kaiser gehorchte. Was aber, wenn es zwei Kaiser gab?

Ein Jahr war seit dem kaiserlichen Befehl vergangen. Romanos Diogenes war in der Schlacht von Mantzikert gefangengenommen worden. In Konstantinopel ging die Macht sofort in andere Hände über, als die Nachricht von der Niederlage eintraf, was zwei Monate nach dem Kampf geschah. Kaiserin Eudokia Makrembolitissa rief Johannes Dukas, den Bruder ihres ersten Mannes, aus dem Exil zurück. Dukas, der eigentliche Herrscher des Landes, setzte auf den Kaiserthron Eudokia Makrembolitissa sowie Michael, den Sohn des vorigen Kaisers.

Theodoros von Ephesos gehörte nicht umsonst dem Soldatengeschlecht der Phokas an.

»Der neue Basileus ist ein gelehrter Mann. Er ist kein Krieger. Niemand kann die Sarazenen aufhalten. Das Reich ist verloren.«

Theodoros war so erschüttert von der Niederlage der großen Armee, daß er das im Säulenhof laut zu Philomelia sagte. Dort konnte jedermann seine Worte hören. Es geschah jedoch nichts, nicht einmal, nachdem bekannt wurde, daß der Seldschukensultan Alp Arslan Romanos Diogenes freigelassen hatte. Zur Sicherheit hörten Theodoros und Philomelia ganz auf, über die Angelegenheiten des Reichs zu sprechen. Romanos Diogenes kämpfte in verschiedenen Gegenden Anatoliens um seinen Thron.

»Jetzt befindet sich das Reich zwischen zwei fürchterlichen Kinnladen. Bald schnappen sie zu«, wagte Theodoros Philomelia unter der Decke zuzuflüstern, als sich die Nachricht verbreitet hatte, daß der Seldschukenführer Atsiz Jerusalem erobert und den ägyptischen Sarazenen abgenommen hatte.

»Das geht uns nichts an, bevor die Seldschuken in den Straßen von Ephesos sind«, flüsterte Philomelia.

»Bis dahin ist es nicht mehr lange«, prophezeite Theodoros.

Aber das Leben ging weiter wie bisher, indem man seine Zunge hütete und sich vor den Nachbarn in acht nahm.

Es ging die Kunde, Romanos Diogenes sei gefaßt und geblendet worden und unter gräßlichen Qualen gestorben, so wie es einem Rebellen gebührt. An demselben Hochsommertag stand in dem kleinen Säulenhof von Theodoros' Haus der vom Wetter und vom Reisen gegerbte Franke. In seinem erbärmlichen Griechisch verlangte er von Theodoros Nahrung, Wein und Kleider für vierhundert Leute, Futter für zweihundert Pferde und das Schiff der Franken.

»Ich habe kein Recht«, stammelte Theodoros. »Wir haben jetzt einen anderen Kaiser. Was tun?«

»Ich werde es dir sagen«, versetzte der Franke. Er hatte braunes Haar und war so stämmig, daß er Theodoros' Haus zum Einsturz hätte bringen können, indem er an dessen Säulen rüttelte so wie Simson im Baalstempel. »Du beschaffst uns, was wir wollen, und außerdem nimmst du die vornehmen Frauen in deinem Haus auf, damit sie sich ausruhen können. Tust du das nicht, vernichten wir dich und die ganze Stadt Ephesos.«

Theodoros willigte sofort ein, und der Franke lobte ihn ob seiner Weisheit.

»Je schneller du uns die Sachen beschaffst, desto eher segeln wir fort.«

»Ein erbärmliches Gotteshaus«, sagte Adela di Sinetra in ihrem primitiven Griechisch, als sie vom Beten in der Kirche des Evangelisten Johannes zurückkehrten. »So halbverfallen.«

»Die Kirche ist ein Teil der Festung«, sagte Philomelia weich. Theodoros hatte ihr eingeschärft, daß man die Frauen der Franken bei guter Laune halten mußte, weil ihre schrecklichen Männer Ephesos sonst gründlicher zerstören würden als jedes Erdbeben. »Weder die Kirche noch die Festung kann repariert werden, denn es scheint an Geld zu fehlen.«

»Es war eine große und schöne Kirche, und besonders heilig, weil der Evangelist selbst dort beigesetzt ist«, sagte Aure freundlich. »Despoina, der Staub der Grabkammer heilt Krankheiten. Deshalb waren wir dort, nicht, um die Wände zu bewundern.«

»Na«, fauchte die Gräfin, »ich bin immer noch krank.«

Frau Aure warf einen raschen Blick auf Philomelia. Die Frauen halfen Adela di Sinetra gemeinsam die an der Seite des Säulenhofs befindliche Treppe ins Obergeschoß hinauf. Adela wurde in einen Raum geleitet, dessen Wände mit Blumen und Vögeln bemalt waren. Es war Philomelias eigenes Zimmer, dessen hohes Bogenfenster nach Norden ging. Dort war es auch in der Sommerhitze kühl. Die Dienerin Ortulana erwartete die Gräfin. Warme Handtücher, Duftwasser, Wein und Süßigkeiten lagen bereit. Philomelia hatte sofort durchschaut, daß die Gräfin nicht eigentlich krank war. Sie brauchte nur ständige Zuwendung.

»Dies ist doch angenehmer, als im Wagen durchgerüttelt zu werden«, beruhigte Aure sie. »Wir bekommen deine Haut bald wieder weiß, Despoina. Und es ist keine Schande, braun zu werden, wenn es aus Liebe zum Ehemann geschieht. Von dir erzählt man sich Geschichten in ganz Anatolien, Adela.«

Philomelia wunderte sich, wie eine so junge Frau geduldig die schöne Gräfin besänftigen konnte, die beschlossen hatte, fortwährend schlechte Laune zu haben. Die rotgelockte Warägerfrau war jedoch nicht die Dienerin der Gräfin, die aus Angst vor Schlägen freundlich sein mußte. Sie war eine Kyria von vornehmer Herkunft, nach Philomelias rascher Einschätzung von etwa gleichem Rang wie sie selbst.

Aure hätte Philomelias Tochter sein können. Philomelia mußte sie einfach gern haben. War es doch natürlich, die

Schwester eines Drungarios zu akzeptieren. Allerdings waren die Waräger Barbaren, ebenso wie die Franken.

»Aber du bist doch eine eigene Barbarin der Griechen, Kyria«, sagte Philomelia, als sie Wein tranken. »Du sprichst Griechisch. Du wohnst in der Hauptstadt. Du hast den Basileus gesehen. Du weißt, wie man im Reich denkt und handelt.«

Philomelia hatte es noch nie so vergnüglich gehabt wie zu der Zeit, da die Barbarenfrauen in ihrem Haus gewaltsam Wohnung genommen hatten. Theodoros warnte sie immer davor, sich überflüssigerweise mit den Leuten zu unterhalten. Kaiserin Maria die Alanin, die Gemahlin des neuen Kaisers, sprach niemals mit jemand anderem als mit ihrem Ehemann. Danach sollte auch Philomelia streben. Die Dienstleute waren etwas anderes. Die mußte die Hausfrau ständig kommandieren, tadeln und anleiten.

»Es gibt einen Ort, zu dem Despoina Adela eine Pilgerreise machen sollte, weil sie krank ist und sich nach einem Kind sehnt.«

Adela wandte den Kopf in den Kissen. Sie war wirklich die schönste Frau, die Philomelia je gesehen hatte. Die schwarzen Locken und die blauen Augen waren eine so faszinierende Kombination, daß man sie einfach anstarren mußte. Die Gräfin nahm die Blicke nicht übel.

»In einer Woche steigen die Frauen von Ephesos auf den Nachtigallenberg, um die Jungfrau Maria in deren eigenem Haus anzubeten. In dem Haus gibt es eine Quelle, deren Wasser die Frau fruchtbar macht.«

Die Gräfin wurde munter.

»Da gehen wir hin.«

»Despoina«, warnte Philomelia, »der Weg ist weit, mindestens zehn mille passus, und man legt ihn zu Fuß zurück.«

»Ich bin mit meinem Mann zusammen nach Armenien und zurück gegangen«, sagte Adela di Sinetra stolz.

»Aber nicht zu Fuß«, lachte Aure, und die Gräfin lachte auch. Sie lieben einander, dachte Philomelia erstaunt. Sie hatte keine einzige Freundin, der sie zu vertrauen gewagt hätte. Ihr Mann hatte sie so mißtrauisch gemacht, daß sie kaum die Nachbarn grüßte.

»Ein Berg ist ein Nichts für jemanden, der den Winter im Innern eines Berges verbracht hat.«

»Ich gehe mit euch mit«, erbot sich Philomelia. Theodoros konnte nichts dagegen haben. Man mußte die Frauen der Franken bei guter Laune halten.

»Aber ich werde nicht von dem Wunderwasser trinken«, grinste Aure. »Mein Bruder würde von dem Ergebnis vielleicht nicht begeistert sein.«

Die Frauen im Gynakeion prusteten vor Lachen so laut, daß Theodoros später Philomelia bedauerte, weil sie das Krakeelen der Barbaren hatte ertragen müssen.

Es waren über hundert Frauen, die meisten jung. Die Ordnung im Reich war so gut, daß außer den normannischen Kriegern keine Wachposten zu sehen waren, als die Frauen sich am Tor von Magnesia, der Ruinenstadt von Ephesos, versammelten.

Einige Frauen kamen aus den eingestürzten Mauern, denn dort wohnten immer noch Menschen. Im Tal zwischen Pionberg und Koressosberg hielten sich Verbrecher und Verrückte auf, aber auch Arme, die in den Labyrinthen und Kellern der verfallenen Gebäude lebten. Zur Zeit der heidnischen Göttin Artemis war Ephesos eine mächtige Stadt, aber die Goten zerstörten den Tempel, und der Hafen füllte sich mit Schlamm. Das Ephesos der Christen war ein unbedeutendes Dorf.

»Die Griechen wagen es, ihre Frauen ohne Beschützer

in den Wald zu schicken«, wunderte sich Cavaliere Odilon, den Olaf Falco zum Befehlshaber der Begleitsoldaten ernannt hatte. Ritter Odilon trug das Reliquiar der heiligen Mephia. Sie hatten die Reliquie aus dem Kloster Mephia mitgenommen. Jetzt wurde sie in das Haus der Jungfrau Maria getragen, damit ihre Kraft noch zunahm.

Aus dem Sinetra-Konvoi waren rund ein Dutzend Frauen sowie die vornehmen Damen Adela und Aure und ihre beiden Dienerinnen dabei. Die Griechinnen sahen unter ihrem Schleier hervor die Fränkinnen mißbilligend und verwundert an.

»Was sollten die Frauen zu fürchten haben? So weit im Westen gibt es weder Sarazenen noch Räuber. Ein Grieche raubt nicht einmal eine schutzlose Frau. Das gehört hier nicht zu den Sitten. Das schrecklichste, was ihnen begegnen kann, ist ein griechischer Steuereintreiber.«

Die Männer verstummten in der Erinnerung an das, was die Steuereintreiber in der Provinz Anatolien hinterlassen hatten: misshandelte und ausgepeitschte Bauern, in Bordelle verschleppte Töchter.

»Drungarios, du kannst den Berg nicht zu Pferde besteigen.«

Die Frau war in einen dicken Schleier gehüllt, aber Olaf Falco erkannte in ihr die Gemahlin von Theodoros Phokas. Er hatte geglaubt, die Frau sei stumm. Sie sprach den Waräger auf natürliche Weise an; Drungarios Lyy war die einzige Gestalt unter den Franken, die immerhin ein wenig vertraut wirkte. Die Stimme der Frau zitterte. Es war ihr peinlich, einen Mann anzusprechen.

Lyy verbeugte sich ehrerbietig. Darauf verstanden sich die Griechen.

»Kyria, wir sind hier, um für eure Sicherheit zu sorgen.«

»Lyy, uns droht keine andere Gefahr, als daß irgendein Pferd sich auf dem Bergpfad den Hals bricht«, sagte Frau

Aure und trat neben Philomelia. Ihre Stimme erzeugte in Olafs Lenden ein kribbelndes Wohlbehagen.

»Zum Haus der Jungfrau Maria pilgert man zu Fuß«, sagte Philomelia eigensinnig. »Und zwar barfuß.«

»Ingvar Trinkhorn, zu mir.«

Der Graf von Sinetra streckte die Beine aus. Der Jüngling bückte sich, um ihm die Schuhe auszuziehen. Danach blieb den Männern keine Wahl. Die Krieger verzogen das Gesicht, als die Zapfen und Nadeln ihnen in die Fußsohlen stachen.

Der Pfad war so steil, daß man an manchen Stellen die Hände zu Hilfe nehmen mußte. Olaf mußte Adela fast den ganzen Weg tragen, sie über Steine und steile Stellen heben. Seine Frau war lebhaft und eifrig. Ortulana führte ein Weinlägel und einen Becher mit. Die Einwohner von Ephesos hatten den Koressosberg fast kahlgeschlagen, um Brennholz zu beschaffen, doch hier und da standen ein paar Kiefern. Adela saß auf dem Nadelteppich unter den Kiefern, trank Wein und plauderte mit Olaf. Sie sprach darüber, wie es sein würde, wieder in Sinetra zu leben, Französisch und Italienisch zu hören, in die lateinische Kirche zu gehen und andere Normannen zu treffen.

Die Freude seiner Frau zerriß Olaf Falco das Herz.

Adela bekam die Wanderung schon satt, und sie jammerte über ihre schmerzenden Füße, als die Pilgerinnen auf eine kleine Ebene kamen. Dort stand unter hohen Platanen ein niedriges, fast verfallenes Steinhaus. Das Dach war teilweise eingestürzt und mit ungeschälten Baumstämmen ausgebessert.

Der Priester, der die Prozession anführte, kniete vor dem Haus nieder. Die Frauen krochen zu dem Haus hin und preßten die Stirn gegen die braungraue Ziegelwand. Der Priester begann ein griechisches Gebet.

»Das da?« fragte Adela entgeistert. »Das soll das Haus der Heiligen Jungfrau sein?«

»Der Evangelist Johannes brachte die Jungfrau einige Jahre nach der Kreuzigung Jesu hierher nach Ephesos«, erklärte Philomelia. »Die Jungfrau wohnte hier auf dem Koressos, dem Nachtigallenberg, abseits von der Stadt, wo man eine Abgöttin verehrte.«

»Aber hier ist doch nichts. Ein kaputtes Haus.«

»Geht hinein«, forderte Philomelia die Frauen auf. »Geht hinein und seid still.«

Olaf nickte und faßte Adela beim Arm. In der Ostwand des Hauses war eine Vertiefung und zu beiden Seiten kleine Kammern in der Wand. Das Gebäude glich vielen anderen kleinen Kirchen, die die Normannen auf ihrer Reise gesehen hatten: Darin fanden einige wenige Menschen gemeinsam mit Gott Platz.

Aure, immer neugierig, begab sich in den Ostgiebel des Hauses zu dem alten Altar. Sie spähte in das Seitenzimmer. Olaf Falcos Blick streichelte ihren aufrechten Körper, der voller Spannkraft war.

»Hier ist ein Schlafplatz.«

»Das Bett der Heiligen Jungfrau?« fragte Adela mit angehaltenem Atem. Aure betrat den gleichen Raum auf der anderen Seite des Hauses.

»Er ist leer, abgesehen von dem hier.«

Aure bückte sich und hob vom Boden ein verknülltes, graues Tuch auf, einen Schleier, den jemand vergessen hatte. Olaf Falco verfolgte jede ihrer Bewegungen aufmerksamer als ein Jäger das Reh.

»Ein Lappen«, sagte Adela und rümpfte die Nase.

»Das wird ein schönes Tuch, wenn man es wäscht«, sagte Aure praktisch. »Tücher hat man nie genug. Es ist heil, man braucht es nicht einmal zu stopfen.«

Adela zuckte die Achseln.

»Nichts ist so, wie ich es erwartet hatte.«

»Bete mit mir, Frau«, bat Olaf, und diese Bitte kam unmittelbar aus seiner gequälten Seele.

Adela betrachtete den Fußboden, der mit trockenen Blättern und Nadeln bedeckt war. Sie hob den Rock aus leichter, blauer Seide, dunstfein wie der Nebel eines Springbrunnens. Olaf wischte mit der Hand den Schmutz beiseite. Darunter kam ein nachgedunkelter Mosaikfußboden zum Vorschein, schwarze Streifen auf grauem Grund.

Adela kniete neben Olaf nieder, Aure hinter ihnen. Der Schwarze Thorkel und Gunnar standen mit ihren Schwertern an der Tür des heiligen Gebäudes, verwirrt von der Menge der Frauen und dem schrillen Betgesang. Sie wußten nicht, ob sie ihrem Herrn ins Haus folgen sollten, oder ob das Gebäude möglicherweise eine Kirche war – dann hätten sie das Schwert ablegen müssen. Schließlich bekreuzigten sich beide und blieben breitbeinig bei der Türöffnung stehen.

Drungarios Lyy stand weiter entfernt, jenseits der unter dem Haus hervorströmenden Quelle. Im Nordwesten lag hinter den abgeholzten Hängen die Ruinenstadt Ephesos und im Westen das Meer. Lyy wandte dem Haus den Rücken zu und ging auf dem Berg auf und ab. Auf der Schulter des Warägers lag die Streitaxt, so lang wie ein Mann. Die Pilgerinnen betrachteten sie neugierig. Die Leute aus Ephesos hatten von der Garde des Kaisers gehört, aber nur wenige hatten einen leibhaftigen Waräger gesehen. Dieser hier sah genauso aus, wie man es von den Warägern erzählte: ein großer Mann mit weizenblondem Haar und himmelblauen Augen. Der Drungarios war ein prachtvoller, schöner Mann so wie auch der fränkische Graf. Der Franke lächelte den Menschen zu, aber der Waräger nicht.

Olaf Falco versuchte, mit der Jungfrau zu sprechen.

»Gnädige Mutter, bitte deinen Sohn, die Versuchung von mir zu nehmen.«

Olaf wünschte sich, das Leben möge so leicht und einfach sein wie vor Mantzikert. Er würde eine der Troßhuren zu sich ins Bett holen, sich in Sinetra eine Kebsfrau nehmen und dann und wann mit seiner Frau schlafen. Und so leben wie alle anderen Normannenfürsten. Adela würde zufrieden sein. Alles wäre gut, wenn er nur Aure vergessen könnte.

Die Heilige Jungfrau erhörte ihn nicht. Olaf war in dem heiligen Haus mit Aure allein. Er hörte hinter sich ihren leichten Atem. Durch das kaputte Dach schallte der Gesang einer Blaumerle herein und brach sich an den Steinwänden.

Hilflose Tränen stiegen Olaf in die Augen. Den ganzen Tag wartete er auf den Moment, wo er Aure sehen würde. Das bloße Wissen, daß Aure in der Nähe war, daß sie jeden Augenblick auftauchen konnte, energisch und praktisch, drollig und doch zierlich wie ein kleiner Vogel, machte Olaf so froh wie ein Kind. Es war eine Freude, wie er sie vor Jahren gekannt hatte, vor dem elenden Tod seiner Eltern. Ohne diese Freude war alles unsäglich traurig und sinnlos.

»Ich wollte es nicht«, sagte Olaf tonlos. »Heilige Mutter, du weißt, daß ich dagegen angekämpft habe.«

Das stimmte nicht ganz. Im Winter auf der Hochebene von Anatolien, als schneidend kalter Wind durch die Täler fegte, die Höhlen vom Atem der Menschen beschlugen und die Lämpchen immer schwächer brannten, hatte Olaf Falco begierig die Freude, Aure zu sehen, genossen. Eine andere Freude gab es auch nicht. Im Frühjahr erkannte er, daß sein Interesse sich in Hunger verwandelt hatte.

Es war kein Problem, Aure in Besitz zu nehmen. Der Graf von Sinetra nahm sich, was er wollte, solange er genug Männer und Waffen hatte. Er würde seinen Vertrauten befehlen, ihm Aure die Schlafbringerin ins Bett zu legen. Stein der Skalde würde Aure herbeischaffen, und wenn es fünfzig Männern das Leben kosten sollte.

Olaf Falco stöhnte laut. Ein Rascheln ertönte, als Aure sich regte. Die vom Aufstieg ermüdete Adela war neben Olaf in einen schläfrigen Zustand der Betäubung gefallen.

Drungarios Lyy würde seine Schwester niemals im guten dem Normannen als Bettspielzeug überlassen. Olaf konnte sich Aure nicht in der üblichen Weise als Kebsfrau ausbitten. Lyy war von vornehmer Herkunft und stand im Rang kaum unter Olaf. Die Schwester eines solchen Mannes nahm man zur Gemahlin, nicht zur Kebsfrau.

Olaf konnte Aure nicht haben, ohne Lyy zu töten. Es war unehrenhaft, eine Frau um den Preis des Lebens ihres Bruders zu rauben. Olaf wollte sowohl Aure als auch Lyy behalten. Aure würde den Mörder ihres Bruders überhaupt nicht sehen wollen. Aure wollte Olaf sowieso nicht. Sie zog sich zurück, wenn Olaf in ihre Nähe kam; das war alptraumhaft und bereitete Olaf schweren Kummer.

Die einzige Lösung war ein jämmerlicher Kompromiß zwischen Ehre und Leidenschaft.

Er mußte sich mit weniger begnügen: damit, daß er Aure nahe sein, sie ab und zu sehen durfte. Er würde dem Drungarios Burg und Lehen in der eigenen Grafschaft anbieten. Kein Normanne konnte ein solches Angebot ausschlagen. Wie es mit den Warägern war, wußte Olaf nicht. Er erinnerte sich an seinen Vater: Der Rote Waräger machte sich nichts aus Land und Gütern. Lyy aber war habgierig.

Adela erwachte.

»Na, jetzt hab ich genug gebetet. Ich werde noch von dem heiligen Wasser trinken. Dann ist alles getan.«

Wenn Adela nicht wäre, könnte ich Aure heiraten, dachte Olaf Falco. Lyy würde ihm seine Schwester geben, wenn sie Gräfin von Sinetra würde.

Der Gedanke war so schrecklich, daß Olaf sich die Hand auf die Augen preßte. Einmal hatte er einen schwierigen Bischof loswerden wollen. Stein der Skalde, der Getreue, hatte den Bischof getötet, einem Domherren die Hand abgehauen, einen Krawall in der Kirche verursacht und die Gräfin von Sinetra vergiftet.

Aure die Schlafbringerin nahm langsam die Hand von Adela di Sinetras Stirn. Sie ließ das Summen in ihrer Kehle ersterben und wischte sich eine Schweißperle von der Oberlippe. Es war drückend heiß, obwohl die Sonne untergegangen war. Aure ließ Adela schlafen und ging ins Erdgeschoß hinunter. Philomelia wartete im Säulenhof. Die Hitze lag wie eine Decke auf dem Haus.

»Komm heraus, Kyria«, schlug Aure vor. »Auf der Straße ist die Luft ein wenig in Bewegung.«

Philomelia fuhr zusammen.

»Mein Mann ist mit deinem Bruder im Hafen. Graf Olaf geht zu den Schiffen, jetzt, wo Despoina Adela eingeschlafen ist.«

»Ich brauche keinen Begleiter, um einen Augenblick in der Stadt spazierenzugehen.«

»Du bist auch eine Warägerin.«

Philomelias Miene verriet, daß sie Aures Einfall nicht billigte, aber auch nicht wagte, sich zu widersetzen.

Das Zirpen der Grillen und das Quaken der Frösche klangen in der stillen Nacht vom Weiher der Abgöttin herüber. Aure atmete schwer; sie verspürte einen Druck auf der Brust. Am liebsten hätte sie die seltsame Traurigkeit herausgeweint. Die Unruhe trieb sie immer weiter fort von Theodoros' Haus. Aure wußte, daß sie an die Grenze der Gefahr geriet: eine anständige Frau entfernt sich nicht allein von zu Hause und nicht ohne Schleier. Aber es war ihr unmöglich, in der feuchten Nacht auf der Stelle zu verharren. Sie wanderte den Abhang zum Weiher hinunter.

Große Vögel schliefen am Ufer, den Kopf unter dem Flügel. Aure breitete die Arme aus, beugte den Nacken, lauschte.

Die Muttergottes war gegenwärtig, atmete leise im Boden, in der Luft, in Aures Gedanken. Aure verspürte eine plötzliche Erregung, eine erstickende Sehnsucht, so als hätten die Fruchtbarkeitsopfer von Tausenden von Jahren ihren Körper erhitzt.

Ein Storchennest auf einer Ruinensäule zeichnete sich schwarz gegen den Sternenhimmel ab. Überall lagen, aufrecht oder auf der Seite, schräg und übereinander, gewaltige Säulenstücke herum. Das Geißblatt duftete, und kleine Eidechsen raschelten in der Nacht.

Aure stieg auf eine breite Steinplatte und setzte sich. Sie drückte ihre Hand prüfend auf den Stein. Der Stein flüsterte einladend und wärmte ihr die Hand. Aure hörte einen tiefen Gesang, das Summen von sechstausend Jahreskreisen. Grenzenloses Begehren krampfte ihren Körper zusammen; sie kauerte sich auf dem Stein zusammen und keuchte.

Ein dunkles Tier knurrte neben der Steinplatte und schnüffelte daran. Aure fuhr zusammen, beruhigte sich aber schnell.

»Bera.«

Der große Hund beschnupperte sie und leckte ihr den Fuß. Hinter dem Hund ragte eine riesenhafte Gestalt auf. Olaf Falco setzte einen Fuß auf den Stein. Er hatte das

Panzerhemd abgelegt, aber nicht das Schwert. Aure wußte, daß Thorkel und Gunnar irgendwo in der Nähe waren.

»Herrin, ich hab gesehen, daß du ohne Begleiter unterwegs warst. Du solltest nicht hier sein. Das ist gefährlich. Du bist ohne Schutz, eine Beute für jedermann.«

»Ich hab ein Messer.«

Olaf Falco war amüsiert.

»Was nützt dir das?«

Seine Stimme senkte sich und wurde heiser.

»Zum Beispiel mir gegenüber?«

»Ich kann dich töten«, flüsterte Aure.

Ich müßte dich der Blutrache wegen töten. Aber es wäre besser, wenn du mich töten wolltest. Dann würde ich von dem Schmerz befreit, den du verursachst, Erbe von Arantila.

»Dann töte mich«, echote Olaf Falco. Seine Hand legte sich um Aures Fußknöchel und löste ihre Sandale. Aure stützte sich auf den Ellenbogen. Olaf Falco bückte sich und küßte ihr den Knöchel. Der Fuß verschwand in seiner Hand. »Wenn du kannst, Herrin.«

Aures Hand faßte nach dem Messer mit der kurzen Klinge. Sie vermochte sehr wohl, den Mann zu töten. Lyy hatte ihr gezeigt, wie die Schwächere so zusticht, daß der Angreifer sofort zusammensackt.

»Wenn du mich nicht tötest, bist du mein.«

Olaf Falco küßte Aures Rocksaum. Seine Augen glühten gefährlich. Die grüne Seide übertrug die Berührung der Lippen auf Aures ganzen Körper. Olaf beugte sich flehend über Aure. Aber seine Hände waren die eines Eroberers. Aure spürte, daß sie verloren war, nicht willenlos im Strom, sondern begeistert dem Wasserfall entgegenstürzend.

Sie fühlte den Griff des Messers in ihrer Hand.

Einen Augenblick lang herrschte völlige Stille.

Dann regte sich die Erde. Die Vögel erhoben sich mit flatternden Flügeln in die Lüfte. Ein Schrei schallte über den Weiher. Olaf Falco riß Aure in seine Arme und legte sich wie ein Schild um sie herum.

Eine zweite Bewegung gab es nicht. Von der Stadt klangen Rufe herüber, die bald verstummten. Die Einwohner von Ephesos waren an Erdbeben gewöhnt.

Olaf Falco drückte Aure an sich. Seine Lippen wanderten über ihre Stirn, die Augenlider, die Wangen. Aures Fleisch verschmolz mit dem mächtigen Körper des Mannes.

Ein großes Tier brach aus dem Gebüsch hervor.

»Steh«, sagte Olaf Falco, und das Tier blieb stehen.

»Herr, ist alles in Ordnung?«

Der Schwarze Thorkel, besorgt.

»Alles in Ordnung. Bleibt auf euerm Posten.«

Die Haare des Mannes leuchteten hell im Licht der Sterne. Seine große Hand wanderte zu Aures Nacken hinauf, streichelte den zarten Hals, tauchte in das Haar ein und zog den Kamm heraus. Die Haare fielen als ein dichter Schopf um Aure herum. Die Lippen des Mannes berührten Aures Mundwinkel, warteten auf ein Verbot, wanderten auf den Mund, nahmen ihn gierig in Besitz.

»Ich hab von dir geträumt ... Jede Nacht sehn ich mich nach dir ... Jeden Morgen warte ich darauf, deine Stimme zu hören. Zauberin.«

Die Muttergottes berührte mit der Hand Aures Lippen und Brüste und ihren Bauch. Aure wand sich, ungeduldig vor Verlangen. Olaf Falco lockerte seinen Griff. Aure hob die Arme und schlang sie ihm um den Hals. Olaf stöhnte triumphierend.

»Laß uns verrückt sein. Laß uns auf Artemis hören.«

»Wenn nun jemand kommt«, keuchte Aure. Die griechische Dalmatika ließ sich ebenso leicht ausziehen wie

Olafs Tunika; Olaf hielt die Röckschöße, während Aure aus ihren Kleidern glitt.

»Nicht, solange Thorkel und Gunnar am Leben sind. Ich höre, wenn sie sterben. Hab keine Angst. Elfe.«

Aure erbebte wie von einem Pfeil getroffen. Sie verstand das Wort, das nicht griechisch war. Das Gespenst der Blutrache versuchte, sich in der Tempelnacht zu erheben. Aures Körper schrie nach der Muttergottes. Olaf Falcos Lippen fanden die Spitze der Brust. Sein gepreßtes Schluchzen vermischte sich mit dem Zirpen der Grillen. Seine rauhen Haare auf Brust und Bauch scheuerten Aures samtene Haut. Die Begierde konnte nicht warten, nicht überlegen, sich nicht mäßigen.

»Aure. Aure.«

»Ich weiß dein Angebot zu würdigen, Conte.«

Olaf Falcos Augen waren grau wie ein Felsen im Nordland und unerforschlich. Seine Augen ließen nichts erkennen, aber seine Haltung verriet den auf Beute lauernden Falken. Lyy genoß die gespannte Erwartung, die der Normanne zu verbergen suchte.

Lyy tat, als dächte er nach, obwohl er schon seinen Beschluß gefaßt hatte, schon vor vielen Wochen. Er hatte sich mit Theodoros Phokas, einem erbärmlichen Mann, unterhalten und war in seinen Vermutungen bestätigt worden.

Der Basileus Michael VII. war eine Marionette. Der übelbeleumdete Eunuch Nikeforitzes hatte den Kaiser in seiner Gewalt.

»Die Beamten herrschen«, beklagte Theodoros Phokas sich bei dem Drungarios wie ein Soldat beim anderen. »Sie leben hinter den Mauern der Stadt, so als gäbe es die übrige Welt gar nicht. Aber das Land ernährt die Stadt. Was essen die Beamten, wenn mit dem Weizen die Seldschuken und ihre Pferde gefüttert werden?«

Lyy wunderte sich, daß Theodoros so offen zu sprechen wagte. Der arme Mann war zutiefst verbittert. Erst durch die Rückkehr der Franken hatte er erkannt, was von ihm verlangt worden war. Sein gesamtes Vermögen war dahin, bald würden die Sarazenen in seinem Säulenhof stehen, und in Konstantinopel stellte niemand auch nur eine neue Armee zusammen.

Lyy hörte nur zu, um Informationen zu sammeln. Er hatte vorgehabt, zum Akolythos, dem Befehlshaber der Warägergarde, aufzusteigen. Hätte der Basileus in Mantzikert gesiegt, wäre der Erfolg sicher gewesen. Jetzt war er unmöglich: Lyy war nach Mantzikert ein Jahr lang in der Hauptstadt abwesend gewesen. Der neue Basileus mußte ihn um der Ehre willen wieder in der Garde aufnehmen. Aber Befehlshaber würde der Vertraute von Romanos Diogenes niemals werden.

Italien war eine Chance. Wie klug Lyy doch gehandelt hatte, als er Olaf Falco in Mantzikert nicht tötete. Die Blutrache hatte sechs Jahre gewartet – sie konnte auch noch länger warten. Der Mann war genug gestraft durch seine Liebe zu Aure.

Und die Liebe war nicht hoffnungslos, falls die Gräfin sterben sollte. Adela di Sinetra. Eine schöne Frau, die die Leute für eine Heldin der Treue und Ausdauer hielten – und für dumm. In beidem irrten die Leute. Adela hatte nichts Heldenhaftes an sich. Und an ihrer Schläue hatte Lyy keinerlei Zweifel.

Adela di Sinetra hatte sich den Ruf fast einer Heiligen verschafft, indem sie ihrem Mann folgte, der sich nicht mehr aus ihr machte als aus einem Katzenjungen. Adela hatte ihren Mann für sich allein behalten. Olaf Falco hatte nicht einmal eine Kebsfrau. Jeder andere Aristokrat hätte die Frau, die er satt hatte, aus dem Wege geräumt, sie umgebracht oder ins Kloster abgeschoben.

Adela di Sinetra hatte einen Mann mit Gewissen geheiratet. Sie hatte es verstanden, sich das zunutze zu machen. Lyy fand diese Fähigkeit faszinierend.

»Die Macht des Reiches ist dahin«, sagte Lyy zu Olaf Falco. »Es gibt keine Armee. Wenn die Sarazenen Anatolien nicht im nächsten Jahr erobern, dann tun sie es im übernächsten oder im darauffolgenden.«

»Wie wird es der Warägergarde ergehen?«

Lyy hätte Olaf eine boshafte Antwort geben können. Olaf Falco konnte nichts verheimlichen und nicht lügen. Lyy hatte alle Macht, denn er hatte Aure. Aber Lyy mochte Olaf gerade wegen seiner Aufrichtigkeit – vielleicht liebte er ihn sogar. Olafs herzliche Güte war bezaubernd und lächerlich, zu verachten, aber zu bewundern.

Lyy beobachtete, wie Olaf sich qualvoll seiner Sünde bewußt war. Was hätte Lyy selbst getan? Er hätte die Haupthindernisse seiner Leidenschaft umgebracht: die Gräfin und den Drungarios, und sich ohne zu fragen die widerspenstige Aure genommen und ihr seinen Willen aufgezwungen, so wie die mächtigen Männer es zu tun pflegten.

»Der Kaiser zahlt so lange, wie er kann«, sagte Lyy scheinbar sorglos.

»Wie lange zahlt der Kaiser, wenn er Anatolien, die Quelle seines Reichtums, verliert? Der europäische Teil des Reiches ist arm im Vergleich zu Asien.«

»Conte, der Kaiser behält die Warägergarde bis zum letzten Augenblick. Wir sind ein Teil des Basileus, seiner Würde«, Lyy lächelte.

»Aber?« Olaf Falco verstand, daß Lyy dabei war, auf sein Angebot einzugehen. Seine sensible Haut rötete sich vor Freude. Plötzlich fuhr der Neid Lyy wie ein Messer in die Eingeweide.

Zu fromm, zu stolz, zu vornehm. Aure bekommst du nicht. Ich nehme dir die Liebe und die Ehre und zuletzt das Leben.

»Ich überleg es mir«, sagte Lyy hochmütig und ging fort.

Als der Tag der Abreise kam und die Pferde auf die Schiffe verladen wurden, waren Lyy und Kyria Aure verschwunden. Sie waren am Abend zuvor gen Smyrna aufgebrochen, erzählte Theodoros Phokas.

»Sie reisten leicht, Anführer, ohne Wagen, nur mit ein paar Dienern und einem Lastpferd.«

Olaf Falco wollte dem Waräger folgen. Stein der Skalde aber machte ihm begreiflich, daß eine Verfolgung unmöglich war. Die Männer von Sinetra und die Pferde waren auf den Schiffen. Es gab keine andere Möglichkeit, als ins Adriatische Meer zu segeln.

FÜNFTES BUCH

1074

22. Kapitel

1074

»Die Normannen machen das Kreuzzeichen falsch. Mit vier Fingern und von links nach rechts.«

Die alte Frau machte sich nicht die Mühe, ihre tadelnde Stimme zu dämpfen, obwohl der Klostergründer in Hörweite kniete. Olaf Falco grinste im stillen. Die Schelte der alten Nonnen war ein geringer Preis für das Ansehen, das sie dem neuen Kloster brachten.

Das Kloster der heiligen Mephia war in der Nähe der Stadt Sinetra, auf dem zweiten Berggipfel, auf den Ruinen des ehemaligen Klosters Santa Serena erbaut worden. Olaf Falco, der Graf von Sinetra, hatte Bruder Hugo, den vielgepriesenen Klosterbaumeister aus Cluny, angeworben und in seine Dienste genommen. Der Meister hatte seinen Namen nach dem großen Abt von Cluny gewählt, und er folgte in allem der Lehre und dem Beispiel von Cluny.

»Ich baue nur Modernes, Wirkungsvolles und Großes, Graf. Wenn du ein kleines, dunkles Kloster für deine Nonnen willst, dann frag jemand anders. Frag einen griechischen Meister. Die hassen Fenster.«

Olaf Falco war zurechtgewiesen worden. Er konnte Hunderte von Männern in den Kampf führen und über Leben und Tod seiner Untertanen entscheiden. Aber vom Bau eines Klosters verstand er nichts.

»Kann man Steine aus der Ruinenstadt verwenden?« fragte Olaf demütig.

»Ich denke darüber nach. Marmor ja, falls es den gibt. Tuffstein ist zu stark verwittert.«

Bruder Hugo sah den Grafen zweifelnd an.

»Conte, du mußt dich entscheiden, was du haben willst und zu welchem Preis. Billig bekommst du eine Hütte. Um eine Hütte zu bauen, brauchst du nicht mich.«

»Ich schenke der Klosterkirche eine kostbare Reliquie«, sagte Olaf gekränkt. »Die Knochen der heiligen Mephia höchstselbst. Ich hab sie nicht von Kappadokien nach Kalabrien gebracht, damit sie in einer elenden Höhle wohnen. Glaube nicht, Meister, daß ich ein großes Kloster nicht von einem kleinen unterscheiden kann. Ich habe griechische Klöster gesehen, in denen Hunderte von Mönchen leben.«

»Die Griechen wohnen in finsteren Höhlen wie die Füchse«, sagte Bruder Hugo unerbittlich und machte sich an die Arbeit.

In der neuen Klosterkirche Santa Mephia war es leicht, all die Forderungen, giftigen Bemerkungen und Nörgeleien zu verzeihen. Die Basilika war nicht sehr groß; an dem Ort mußten auch andere Gebäude Platz finden, und sechzig Nonnen brauchten keine Kathedrale. Aber das sommerliche Licht, das durch die Fenster hereinflutete, ließ die hellen Wände und Säulen erstrahlen. Das Licht erweiterte und betonte den harmonischen Raum. Es wäre schade gewesen, die Wände mit Malereien zu bedecken, und der Graf von Sinetra hatte jetzt auch gar nicht die Mittel für einen Kirchenmaler. Später aber würden die Wände mit den üblichen Heiligen und Engelscharen und Christus und seiner heiligen Mutter geschmückt werden. Olaf vermutete, daß ihm der helle Sandstein eigentlich besser gefiel als die dunklen Malereien.

Santa Mephia wurde ein lateinisches Nonnenkloster. Robert Guiscard, der Herzog von Apulien, hielt es für wichtig, Süditalien schnell zu latinisieren. Die Anhänger der griechischen Liturgie durfte man zwar nicht töten, aber man konnte ihnen das Leben so schwer machen, daß sie zu Roger de Hauteville nach Sizilien zogen. Graf Roger hieß alle Christen auf der Insel willkommen, deren überwiegende Bevölkerungsmehrheit aus Sarazenen bestand.

Olaf Falco wollte jedoch für Santa Mephia so viele Nonnen griechischen Glaubens gewinnen, wie nur möglich, am liebsten Nonnen aus dem alten Kloster Santa Serena und am liebsten gute Sängerinnen. Auf diese Weise wurden die Tradition und die Künste weitergegeben. Das Kloster hatte sofort erfahrene, würdige Bewohnerinnen, es funktionierte tadellos, und sein Ruf wuchs.

Erzbischof Grimoald von Sinetra wollte für das reiche Kloster einen Priester als unverzichtbaren Beichtvater, der auch die Sakramente erteilte, bestimmen. Aber Graf Olaf behielt sich selbst das Recht der Ernennung vor und auch alle übrige Befehlsgewalt. Er würde das Kloster so regieren, daß dort niemals kriminelle Frauen oder Huren eingesperrt würden. In den Klöstern, die als Gefängnisse dienten, herrschten Rohheit und Sittenlosigkeit. Die Nonnen entflohen und rebellierten, quälten die Äbtissinnen und Beichtväter und brachten ihre Liebhaber mit ins Kloster. Einen solchen Misthaufen wollte Olaf nicht in seinem Hinterhof haben.

Olaf Falcos Kloster sollte ein Hort der Frömmigkeit und Güte sein. Ein wohlbeleumdetes Kloster zog Töchter aus aristokratischen Familien an. Es gab große Schenkungen. Die Stadt gewann an Ehre, der Graf an Ansehen.

Olaf Falco hatte eine Stätte des Gottesdienstes für eine junge Frau geschaffen, die in Konstantinopel an griechischen Gesang gewöhnt gewesen war. Er gestand es kaum sich selbst ein: Die Basilika Santa Mephia war für Aure die Schlafbringerin errichtet worden.

Es war fast zwei Jahre her, daß die Schar der Normannen aus Sinetra Ephesos verlassen hatte. Olaf hatte mit Reisenden Botschaften versandt. Es war niemals eine Antwort gekommen.

Gräfin Adela kniete neben Olaf Falco vor dem Chor. Um Adelas Lippen spielte ein kleines Lächeln. Sie hatte gerade einen Sieg über den Priester der Klosterkirche, Vater Adelprand, errungen. Adelas Monatsblutung hatte zwei Tage zuvor begonnen; sie war vor Enttäuschung so böse, daß niemand wagte, sich ihr zu nähern. Die Frauen durften während ihrer Regel nicht in die Kirche, doch viele versuchten, trotz ihrer Unreinheit in das heilige Haus vorzudringen. Manchmal stand an der Tür der Kirche ein Priester, der nach dem Zustand der Frauen fragte. In einer solchen Sache wagte niemand zu lügen. Auch Adela nicht. Doch anstatt demütig ihrer Wege zu gehen, ließ die Gräfin ihre schlechte Laune an Vater Adelprand aus.

»Ich ziehe meine Schenkungen für das Kloster zurück und lasse dich auspeitschen, du Tölpel, wenn ich nicht in die Kirche komme.«

Der ungeheuer fettleibige Priester sah den Grafen flehend an. Olaf Falco tat, als bemerkte er es nicht. Es war eine Sache zwischen dem Priester und der Gräfin. Olaf hoffte, Adela würde sie gewinnen. Er gönnte Adela alles nur mögliche Gute außer sich selbst. Wenn Adelas Wünsche sich erfüllten, linderte das eine Spur Olafs Schuld daran, daß er unausgesetzt an eine andere Frau dachte, Vergleiche anstellte, sich nach der anderen sehnte und nur selten seine Pflicht im Bett seiner Frau erfüllte.

Der Graf von Sinetra war ein treuer Sohn der Kirche, aber die Machtgier der Priester paßte ihm nicht. Ein kleiner Denkzettel dann und wann war angebracht, und ganz besonders jetzt, wo der neue Papst zu seinem Vasallen Robert Guiscard auf Konfrontationskurs gegangen war.

Vater Adelprand hätte vielleicht die Rücknahme der Schenkung verkraftet, aber die Peitsche war zuviel. Gräfin Adela mochte nur eine unreine Frauensperson sein, aber ihre Drohung konnte sie durchaus wahrmachen. Ein Jahr zuvor hatte Stein der Skalde eine Klosterrebellion im Süden der Grafschaft erstickt. Ritter Stein hatte den rebellischen Mönchen die Zunge abschneiden und ihren Anführer blenden lassen.

Vater Adelprand hatte nicht das Zeug zum Märtyrer. Er hatte zahlreiche Söhne, für dessen Zukunft er Sorge tragen mußte. Deshalb verschloß er auch die Augen vor der Tatsache, daß Olaf Falco wie alle Krieger des Herzogs von Apulien in Acht und Bann getan worden war. Unwissenheit bedeutete Klugheit, zumal der Erzbischof gedroht hatte, Priestern und Mönchen außer der Zunge auch noch andere Organe abzuschneiden, wenn sie den unmöglichen Forderungen Papst Gregors Folge leisten sollten.

Erzbischof Grimoald war bei der Einweihung der neuen Klosterkirche dabei. Der ehemalige Gastalde von Amanthea hatte sich als gute Wahl erwiesen, nachdem er zum Priester geweiht worden war. Grimoald war gehorsam gegenüber dem Grafen und streng gegenüber dem Bistum. Er peitschte Domherrn und Kirchenväter aus, wenn sie Gegenstände aus dem Besitz der Kirche verkauften und Opfergaben stahlen. Im Dom und im Domkapitel von Sinetra herrschte Ordnung. Olaf Falco vermutete, daß es sinnvoll war, kirchliche Ämter immer an ehemalige Krieger zu verkaufen. Die konnten ihre Männer züchtigen, sich aber auch um sie kümmern.

»Anführer.«

Stein der Skalde, der treue Vasall, stand hinter Olaf. Er war in voller Rüstung, aber ohne Schwert, und wirkte hilflos. Nach dem Jahre zurückliegenden Blutbad im Dom hatte Olaf Falco auch sich selbst verboten, eine Stichwaffe, ja nicht einmal einen Dolch, in die Kirche mitzunehmen. Die Regel wurde befolgt, weil sowohl der Graf als auch der Erzbischof sie überwachten.

»Eine Botschaft vom Herzog. Du sollst Anfang Juni mit fünfzig Mann in Melfi sein. Robert Guiscard zieht nach Benevento, um den Papst zu besänftigen.«

In Rom hatte vor einem Jahr die Macht gewechselt. Es war das geschehen, was die an ein angenehmes Leben gewöhnten Kirchenmänner fünfzehn Jahre lang gefürchtet hatten: Den Heiligen Stuhl hatte ein fanatischer Erneuerer bestiegen, und jedes seiner Worte erschütterte den luxuriösen Frieden der Priesterschar.

Hildebrand, der Sohn eines Bauern aus der Toskana, fiel aus dem Rahmen der wohlhabenden, gebildeten Reihe der aristokratischen Päpste. Die Christenheit war daran gewöhnt, daß die Päpste Nachkommen bedeutender italienischer Familien waren, beredte, gelehrte Herren. Auch wenn sie die Gegenpäpste töteten, Kebsfrauen hatten, Bestechungen annahmen und Krieg führten, so waren sie doch Mitglieder eines verwandtschaftlichen Netzwerks von Aristokraten und wurden schon allein wegen ihrer Herkunft respektiert.

Hildebrand, der Sohn Bonizos, ein armer Langobarde, war weder vornehm noch reich, weder gutaussehend noch gelehrt. Er verfügte über keine Familie, keine theologische Autorität und keine Eloquenz. Hildebrands Stimme war so schwach, daß die Zuhörer es schwer hatten, ihn zu verstehen, zumal er den Singsang seines volkstümlichen toskanischen Dialekts sprach.

Hildebrand konnte Fürsten und Kirchenmänner nicht durch sein Äußeres beeindrucken: Sein Körper war zu kurz geraten, seine Haut dunkel, er hielt sich krumm, und an seiner Vorderseite hing ein großer Bauch. Das Verhalten des Erzdiakons war alles andere als das eines geschmeidigen Höflings: Er stritt sich mit allen, die es wagten, bezüglich seiner Ziele auch nur ein wenig anderer Meinung zu sein. Hildebrand hatte Feinde, die ihn auf den Tod haßten. Doch mehr noch hatte er Freunde.

Hildebrand, Sohn des Bonizo, ein häßlicher Mensch mit piepsiger Stimme, dessen Gelehrsamkeit angezweifelt werden konnte, bezauberte die Menschen wie ein Flötenspieler beim Fest der Frühlingsnacht. Seine klaren, klugen Augen zwangen die Zuhörer, sich anzustrengen, damit sie sein undeutliches Genuschel verstanden. Sein Fanatismus wirkte ansteckend, und seine unerschütterliche Selbstbeherrschung weckte Respekt. Disziplin, Ordnung und Gerechtigkeit waren Hildebrands Lieblingsthemen – über Frömmigkeit und Sanftmut sprach er weniger. Sein großes Ziel war es, die Kirche von Habgier und Unsittlichkeit zu reinigen. So würde die Kirche weise über die ganze weltliche Gesellschaft herrschen können. Das Majestätische dieses Ziels erhöhte das unbedeutende Wesen des kleinen Priesters. Hildebrands Bewunderer waren bereit, für ihn zu sterben.

Hildebrand hatte den Päpsten drei Jahrzehnte lang gedient. Er kannte die römische Kurie und alle ihre Auswüchse diesseits und jenseits der Alpen. Als das Volk von Rom – und danach eilig auch die Kardinäle – Hildebrand in der Vincolis-Kirche durch Akklamation zum Papst wählten, wußte er sehr wohl, wer für ihn und wer gegen ihn war. Die Priesterschaft wollte den Zölibat nicht, der deutsche König Heinrich IV. und der größte Teil der Adligen wollte nicht auf das Kaufen und Verkaufen von kirchlichen Ämtern verzichten. Das ganze Klosterwesen und das gesamte Volk unterstützten eine Reform: Ihnen wurde nichts weggenommen, und sie hatten die Freude mitanzusehen, wie die Großen eine Niederlage erlitten.

Hildebrand, Papst Gregor VII., wußte, daß sein Hauptfeind der deutsche König war, der auch Norditalien beherrschte und darauf wartete, zum Kaiser gekrönt zu werden. Bevor aber Gregor sich mit dem Kaiserreich auseinandersetzen konnte, mußte er ein kleineres, aber ihn ständig reizendes und gefährliches Raubtier in seinem Hinterland zur Raison bringen: Herzog Robert Guiscard und die süditalienischen Normannen.

Nominell waren der Papst und die Normannen Verbündete. In der Praxis jedoch zwackte Robert Guiscard ein Stück von den Ländern des Papstes ab, wo immer er konnte. Er mäßigte nicht seine Verwandten, deren Hauptvergnügen es war, die Ländereien des Papstes an sich zu reißen. Gregor konnte nicht hoffen, sich gegen den mächtigen deutschen König durchzusetzen, wenn er es nicht schaffte, den apulischen Emporkömmling zu vernichten.

Zum Zeichen des Kampfbeginns verhängte Gregor über Herzog Robert und alle seine Normannenkrieger den Kirchenbann. Danach stellte er aus seinen getreuen Anhängern eine Armee zusammen. Er wollte zuerst die Normannen schlagen und dann nach Konstantinopel marschieren, um dem Basileus im Kampf gegen die Seldschuken-Sarazenen beizustehen.

Da Gregor das Oberhaupt der Christen war, mußte er Vergebung üben. Deshalb rief er Robert Guiscard im Juni nach Benevento: Das war die letzte Chance des Normannenherzogs, bevor die Armee des Papstes den Gebannten zertreten würde.

»Was für ein häßliches Kind!« rief Adela di Sinetra mitleidig aus. »Es ist wirklich das beste, wir schicken es nach Konstantinopel, uns aus den Augen. Obwohl ich nicht glaube, daß der Bräutigam von so einer Braut entzückt sein wird.«

Donna Landoalda, eine betagte Gesellschafterin von Gräfin Adela, säuselte beschwichtigend. Es schickte sich nicht, die Tochter des Herzogs zu bekritteln, obwohl das arme Kind unleugbar eigenartig aussah.

»Der kleine Bräutigam ist erst einige Monate alt.«

»Die vornehmen Eltern können ihrem Säugling mit seiner künftigen Braut Angst einjagen.«

»Ein purpurgeborener Ehemann für Robert Guiscards Tochter«, seufzte Donna Landoalda.

»Und wenn du wüßtest, aus was für einem Mauseloch die Hautevilles kommen.« Adela rümpfte die Nase. »Aus einem Haus mit Lehmwänden, wo die Ziegen mit ebenso vielen Blagen zusammen hausen.«

»Contessa«, sagte Donna Landoalda appellierend. Sie stammte aus Salerno und wußte aus Erfahrung, daß man schon für harmloseres Gerede in den Folterkammern von Fürst Gisulf schreien mußte. Aber die Normannen sprachen immer aus, was ihnen gerade einfiel. Niemand hielt laute Lästerreden für Verrat. Der Herzog behauptete, ein stiller Untertan sei gefährlicher als ein lauter Nörgler. Er, der alle Jahre einen Aufstand niederwarf, mußte es wissen.

Das Zelt des Herzogs von Apulien war aus rot-grün gestreiftem Stoff, groß wie ein Haus und durch Stoffe, in die Bilder eingewebt waren, in Räume unterteilt. Robert Guiscard hatte sein Lager in gebührendem Abstand zu den Mauern der Stadt Benevento errichtet: nicht zu weit entfernt, um zu zeigen, daß er dem Geleitbrief des Papstes vertraute – was er nicht tat – und nicht zu nahe, damit er schnell die Flucht ergreifen konnte, falls das notwendig werden sollte.

Herzogin Sikelgaita wohnte in ein und demselben Raum zusammen mit ihrem Mann und den Rüstungen. Die Kinder lebten in einem eigenen Stoffraum zusammen mit den Pflegerinnen. Es waren lauter Töchter, und niemand kannte mehr ihre Zahl. Einige waren gestorben, und Sikelgaita hatte neue geboren. Die Söhne Roger und Guy waren schon zur Erziehung bei den Männern. Robert Guiscard begutachtete dann und wann seine Töchter und wählte einige davon aus, um sie vorteilhaft zu verheiraten.

Die glänzendste, beneidenswerteste Ehe hatte die jüngste, die fünfjährige Guimunda in Aussicht.

Michael Dukas, der Kaiser von Byzanz, benötigte dringend Hilfe: Das Reich trieb dem Verderben entgegen wie ein führerloses Boot dem Wasserfall. Der Basileus suchte seine Zuflucht dort, wo die Griechen in Zeiten der Gefahr immer ihre Zuflucht gesucht hatten: in der Diplomatie. Er suchte Verbündete außerhalb des Reiches. Die beste Art, sich Freunde zu verschaffen, war es, Ehen zu schließen. Der Basileus bot seinen Bruder der Tochter des stolzesten Kriegers der Welt als Ehemann an. Die Krieger brauchte er gegen die Sarazenen.

Zur grenzenlosen Verwunderung des Kaisers unterzog Robert Guiscard sich nicht einmal der Mühe, auf das gönnerhafte Angebot zu antworten, um das die Nachbarn des Reiches sich geprügelt hätten. Erst ein Jahr später, als Michael Dukas seinen eigenen, purpurgeborenen ersten Sohn, den Erben des Kaiserthrons von Konstantinopel, Robert Guiscards Tochter als Ehemann anbot, willigte der Herzog von Apulien ein, und auch dann nur unfreundlich.

»Den Griechen wird Guimunda nicht gefallen«, klagte Adela. »Sie schätzen Zierlichkeit und Anmut.«

Guimunda hatte das schöne Gesicht und die matte, sahnige Haut ihrer Mutter. Sie war auch sonst wie ihre Mutter: So groß, daß man sie für eine Zehnjährige hätte halten können, wie ein zu groß geratenes Katzenjunges. Man hatte Guimundas Gesicht nach griechischer Art geschminkt und ihr die Haare auf dem Kopf zusammengesteckt; in den Ohren trug sie schwere, goldene Gehänge. Das kleine Mädchen erinnerte eher an einen Kobold als an eine kindliche Braut.

»Das Mädchen ist dick und unförmig. Die Griechen werden sie verspotten«, sagte Adela unbarmherzig.

Dem Kind begannen die Lippen zu zittern; es stand mit seinem Schmuck und seinen Rüschen mitten im Zimmer und erwartete Lobreden. Sie wollte schon in Tränen ausbrechen, aber die Kinderpflegerin kam ihr zuvor. Ein rascher Schlag ließ den Kopf des Mädchens nach hinten fliegen.

»Prinzessinnen weinen nicht«, sagte die Pflegerin scharf. »Die Griechen stechen dich mit Nadeln, wenn du weinst, Donna Guimunda.«

»Sie wird dort Helena heißen. Die Griechen können lateinische Namen nicht leiden.«

Adela hatte die Griechen verachtet, als sie in Byzanz war. Jetzt pries sie deren Bildung und prahlte mit ihrer Kenntnis der griechischen Sitten. Die Normannen wirkten im Vergleich zu den Untertanen des Basileus grob und gewöhnlich. Das wußten die Normannen auch selbst. Adela wurde wegen ihrer Kenntnisse respektiert, man fragte sie nach der griechischen Mode und hörte sich interessiert an, was sie zu sagen hatte. Adela wünschte, sie hätte sich seinerzeit noch mehr mit Aure der Schlafbringerin unterhalten. Aber damals waren die Griechen ihrer Ansicht nach ein betrügerisches und verkommenes Volk gewesen.

Wenn doch Aure hier wäre. Ihre Nervosität und die Kopfschmerzen wurden von Monat zu Monat schlimmer, da sie einfach nicht schwanger wurde. Aure würde Olaf Falco auffordern, mehr Zeit im Bett seiner Frau zu verbringen. Aure nahm kein Blatt vor den Mund und fürchtete sich nicht, und Olaf Falco hatte sie gern, ebenso wie ihren Bruder.

Adela verspürte ein eigenartiges Ziehen im Leib, wenn sie an Drungarios Lyy dachte: an seine adlerartigen Gesichtszüge, die leuchtend blauen Augen, seinen rücksichtslosen Hochmut gegenüber allem und jedem, auch gegenüber der vornehmen Normannengräfin.

Schnell dachte Adela an etwas anderes: an ihren Ehemann, den immer freundlichen, aber entrückten Olaf Falco. Adela hatte keine Kraft mehr, sich für den Mann zu interessieren, der seine Zeit mit Kriegszügen verbrachte und auch in Sinetra meistens mit Stein dem Skalden und den anderen Kriegern Umgang pflegte. Adela kannte den Strom der Dienerinnen und Stadtmädchen, die durch das Bett des Grafen wanderten. Es ging die Ehefrau nichts an, wenn ihr Mann Liebhaberinnen von niederem Stand hatte. Nur wenn der Mann eine Frau von edler Herkunft zu sich ins Bett nahm, konnte es geschehen, daß die Gattin eifersüchtig war.

Das einzige, wofür Adela di Sinetra ihren Mann brauchte, war die Zeugung eines Kindes. Im übrigen war sie zufrieden, wenn sie ihre Ruhe hatte: Wenn sie Kleider, Frisuren und Salben ausprobieren, Süßigkeiten naschen, sich in der Stadt und in den Kirchen zeigen und haarsträubenden Klatsch über fremde Leute anhören konnte. Cavaliere Rainald di Pero hatte seine treulose Frau, Donna Raimonda, in einen Käfig gesperrt und diesen Käfig mitten im Burghof aufhängen lassen, ist das nicht schrecklich?

Ein junger Page lüpfte den Vorhang, starrte mit offenem Mund die Frauen an, die sich gegenseitig kämmten und schminkten, faßte sich wieder und sagte atemlos: »Die Herzogin erwartet Donna Guimunda.«

Adela di Sinetra erhob sich von ihrem Schemelkissen, ballte die Hand zur Faust und zog mit ihrem Ring dem Jüngling eine Schramme auf die Wange.

»Halte den Blick gesenkt, wenn du vornehme Frauen ansprichst.«

Der Bursche kniete rasch nieder, hob den Rocksaum der Gräfin an die Lippen und bat um Verzeihung. Gleichgültig versetzte Adela ihm einen Tritt.

»Geh. Ich werde es der Herzogin nicht erzählen. Donna Guimunda, komm, wir gehen.«

Das Lager des Herzogs von Apulien befand sich in einer Niederung zwischen zwei Flüssen. Die grauen Mauern der Stadt Benevento ragten vorn auf einer ebenen Anhöhe auf. Die Hauptstadt eines alten langobardischen Fürstentums lag im Schnittpunkt von Via Latina, Via Appia und Via Traiana. Sie war das Zentrum eines fruchtbaren Tals und ein blühender Handelsplatz, den jeder Herrscher gern in seinem Besitz gehabt hätte. Am Ende hatte der Papst ihn nach dem Tod des letzten Langobardenfürsten bekommen.

Robert Guiscard betrachtete gierig die Stadt. Jetzt war nicht der rechte Zeitpunkt für Eroberungen: In Benevento befand sich außer Papst Gregor auch eine Streitmacht, vor der sich selbst die Normannen in acht nahmen. Robert Guiscard wollte nicht in einen unsicheren Krieg geraten. Der Herzog fürchtete nicht die toskanischen Truppen der Gräfin Mathilda. Aber die Normannen des Richard von Capua waren etwas anderes. Es galt, dem Papst gegenüber Demut zu bezeigen. Und gleichzeitig, wo der Heilige Vater einmal da war, den Segen für die kleine Guimunda zu erbitten, bevor sie auf Brautfahrt nach Konstantinopel ging. Deshalb war das Kind in goldgelbe Seide gekleidet und trug blauemaillierten Goldschmuck.

Der normannische Hof formierte sich unter einer großen, rotgestreiften Überdachung, um den Heiligen Vater zu empfangen. Für den Papst stand ein Stuhl mit Rückenlehne bereit. Zwei schwarze Sklaven zu beiden Seiten des Throns hatten die Aufgabe, große Federfächer zu schwenken. Es war heiß: Die Schminke der Frauen begann nach wenigen Augenblicken zu zerlaufen.

Für Herzog Robert und Herzogin Sikelgaita waren Stühle zur Linken des Papstes bereitgestellt. Zu ihren Füßen stand ein Hocker für Guimunda. Das Mädchen saß auf dem Kissen so steif wie eine Heugabel und wagte nicht einmal, den Kopf zu bewegen, damit ihre Frisur sich nicht auflöste.

»Bewegungslosigkeit ist eine gute Übung«, sagte Gräfin Adela liebenswürdig. »Am Hof von Konstantinopel muß die Frau des Kaisersohns stundenlang stehen, ohne sich zu rühren.«

Guimunda hatte solche Angst, daß sie ohne etwas zu sehen, vor sich hin starrte. Der Herzog und die Herzogin unterhielten sich miteinander und mit dem Hofstaat, so als wäre das Kind gar nicht da.

»Contessa, dein Mann will dich sprechen.«

Stein der Skalde verbeugte sich und bot Adela den Arm. Adela di Sinetra legte sich die Schleppe ihres Palliums über den rechten Arm mit einer Bewegung, die sie geübt hatte, bis sie ihr anmutig gelang. Adela kleidete sich gern in griechische Kleider – in Dalmatika und Schleppe oder Tuch – um ihre Sonderstellung als eine Frau zu betonen, die am Ende der Welt gewesen war, die große Schlacht von Mantzikert erlebt hatte und sich im griechischen Lebensstil auskannte.

Olaf Falco di Sinetra stand etwas abseits und wartete auf seine Frau. Adela hatte für die Schönheit ihres Mannes nur verdrießliche Blicke: für die rotgoldenen, langen

Locken, die überall Aufmerksamkeit erregten, das zielstrebige Gesicht und die starken Glieder.

Wie prachtvoll, dachte Adela, wie kühl und gelassen. Die nördliche Kälte und Denkungsart hatten alles Feuer erstickt, das in diesem Mann einst gebrannt hatte. Übrig war eisiges Wasser, klar und ohne Überraschung.

»Du hast nach mir gefragt, Herr.«

»Contessa.« Olaf Falco verbeugte sich. »Ich habe beschlossen, Stein den Skalden nach Konstantinopel zu schicken.«

»Um Drungarios Lyy und Aure die Schlafbringerin zu holen?« freute sich Adela di Sinetra.

Beide Männer atmeten erleichtert auf.

»Stein reist zusammen mit dem Konvoi von Donna Guimunda. Cavaliere Jordan di Panni, der Anführer des Konvois, freut sich über ein paar weitere Männer.«

Stein der Skalde dachte, daß Robert Guiscard, ein geiziger Mann, eigentlich für die zusätzlichen Männer bezahlen könnte. Aber wahrscheinlich würde der Herzog es sich bezahlen lassen, daß Stein zusammen mit dem kleinen Mädchen reisen durfte.

»Meine Kopfschmerzen werden besser«, freute sich Gräfin Adela. Olaf Falco klopfte seiner Frau auf die Schulter, wie man einem Hund auf den Rücken klopft.

»Drungarios Lyy wird eine ausgezeichnete Verstärkung für ganz Sinetra sein«, sagte Olaf.

Stein nickte, weil das von ihm erwartet wurde.

»Der Drungarios ist es gewöhnt, Männer zu führen und auszubilden. Er kann uns vieles von den Kampfsitten der Griechen beibringen.«

Stein der Skalde war sich keineswegs sicher, ob er Olaf Falcos Gunst mit dem rätselhaften Waräger teilen wollte. Er war jedoch bezaubert von Lyys Fremdartigkeit, seinem heimlichen Haß und dem Spott, der niemanden und nichts verschonte.

Stein hatte versucht, mit dem Drungarios in Kontakt zu treten, indem er ihn auf norwegisch, der gemeinsamen Sprache der Waräger, ansprach. Es stellte sich heraus, daß Lyy nur einige wenige Worte kannte, die er in der Warägergarde gelernt hatte.

»Woher stammst du, wenn nicht aus Norwegen oder Schweden?«

»Von östlich der Ostsee«, antwortete Lyy. Stein war niemals auf der Ostsee gesegelt und wußte nichts von deren Anrainerländern. Er nickte nur und fragte nicht weiter.

Aure die Schlafbringerin war eine Frau, die Stein der Skalde akzeptieren konnte. Sie war herzlich und eine Frohnatur, freundlich zu allen und streng zu den Bediensteten, gewohnt, einem Krieger die Wirtschaft zu führen und seine Ausrüstung zu pflegen, zu reisen und Schwierigkeiten zu überwinden.

Auch schön war die Warägerfrau, wenn man von den Sommersprossen absah und ihre krausen Haare akzeptierte. Aures Augen waren beeindruckend: Die leuchtend blaue Iris war von einem dunklen Rand umgeben. Sie hatte hohe Brüste, eine schmale Taille und runde Hüften. Im Bett würde sie ein Genuß sein.

Aure besaß eine natürliche Würde. Die Menschen hatten sie gern und respektierten sie. Sie konnte leidende Menschen in den Schlaf singen. Eine solche Fähigkeit war überall nützlich.

Aure die Schlafbringerin war die ideale Ehefrau.

Wenn Stein der Skalde mit den Geschwistern aus Konstantinopel nach Sinetra zurückgekehrt sein würde, hatte er vor, Olaf Falco um eine Burg und um die Hand von Aure der Schlafbringerin zu bitten. Wenn Lyy ein Vasall des Grafen würde, hätte der Graf die Befugnis, Aure zu vergeben. Stein der Skalde wußte, daß der Befehlshaber des Sturmfalken seinem getreuen Vertrauten nicht den Lohn verweigern konnte, um den der Krieger ihn bat.

»Was ist das? Hält man mich zum Narren?«

Herzog Robert Guiscard sprang vom Stuhl auf.

»Wo bleibt der Alte? Glaubt er, ich warte ewig darauf, ihm seinen Pantoffel küssen zu können? Sikelgaita. Wir gehen.«

»Mein Gemahl«, beschwichtigte ihn die Herzogin. »Einen Augenblick noch. Da kommt ein Bote aus der Stadt. Hören wir ihn an.«

Robert Guiscard stieß mit dem Fuß seine Tochter beiseite und trat dem Reiter entgegen. Der Bote war ein braungebrannter, kurzbeiniger Langobarde in prächtigen Kleidern. Kein gewöhnlicher Reiter. Herzogin Sikelgaita begrüßte ihn freundlich. Vielleicht war der Mann ihr Verwandter.

»Duca.« Der Bote beugte vor dem Herzog das Knie. »Die Armee hat sich aufgelöst. Die Leute aus der Toskana sind nach Hause gegangen. Der Papst ist fort. In der Stadt sind nur die eigenen Leute.«

Stein der Skalde trat so wie die anderen einen Schritt näher, um besser zu hören. Das herzogliche Paar war von einem dichten Ring von Menschen umgeben.

»Warum hat der Papst die Armee aufgelöst? Es war doch eine beträchtliche Mühe für ihn, sie aufzustellen.«

»Schuld ist dein Bruder, Duchessa«, bedauerte der Mann. »Als die Leute aus Pisa und Amalfi Gisulf von Salerno in der Stadt sahen, sagten sie, sie würden sich sofort davonmachen. Der Papst schickte den Fürsten fort, aber da war es schon zu spät.«

»Ha«, sagte Robert Guiscard zufrieden. »Dieser Teufel würde nie auf die Idee kommen, daß er mir damit einen ausgezeichneten Dienst geleistet hat.«

Gisulf, der Fürst von Salerno und Bruder Sikelgaitas, hatte kaum Freunde. Er war ein habgieriger, rachsüchtiger und grausamer Fürst, der keine Bedenken hatte, Kaufleute gefangenzunehmen und zu foltern und seine Schiffe ins Tyrrhenische Meer zu schicken, damit sie dort Piraterie betrieben. Auch die italienischen Handelsstädte haßten einmütig Gisulf von Salerno. Robert Guiscard hatte Streit mit seinem Schwager nur aus Höflichkeit gegenüber seiner Frau vermieden.

»Wenn ich nur nicht vergesse, meinem Verwandten zu danken«, schmunzelte der Herzog.

»Mein Gemahl, du kannst ihm danken, indem du seine Stadt als Erbe für unseren Sohn eroberst«, schlug Herzogin Sikelgaita vor.

Cavaliere Jordan di Panni, der bereit war, zuerst nach Bari, von dort über das Meer nach Durazzo und weiter über die Via Egnatia bis nach Konstantinopel zu reisen, sah den Herzog fragend an.

»Und Donna Guimunda? Bleibt sie, um den Segen des Papstes abzuwarten, oder machen wir uns auf den Weg?«

»Sollen die Griechen sie segnen, ihnen gehört ja jetzt das Mädchen«, entschied Herzog Robert.

23. Kapitel

1074

Das Publikum im Hippodrom brach in Geschrei aus, als die Wagen anfingen, um die Spina herumzufahren. Auf den besten Plätzen warfen die Männer aus bedeutender Familie ihre Mitras in die Luft, und die vornehmen Frauen ließen ihre Schleier flattern, schrien, gestikulierten und schimpften. Am südlichen Ende des Hippodroms warf das Volk Dreck, Steine und Abfälle auf die Bahn.

Aure die Schlafbringerin saß in dem gedeckten Demoi-Zuschauerraum, wo sich die Plätze der vornehmen Städter befanden – die wichtigen Leute hatten eine eigene Loge, und der Basileus mit seinem Hofstaat beobachtete die Wettfahrten von einem Pavillon aus, der neben dem Kathisma-Palast errichtet worden war. Aure hatte für sich selbst und Lyy ein Kissen, eine Decke und einen weiten Umhang aus Sacktuch mitgebracht, mit dem sie sich bedecken konnten, falls die Menschen von oben Dreck in die Arena hinunterwerfen sollten. So geschah es immer, wenn das erste Unglück auf sich warten ließ. Unvermeidlich landete ein Teil des Drecks nicht auf den Pferden und den Fahrern, wie es beabsichtigt war, sondern auf den weiter unten sitzenden Zuschauern.

»Jetzt kracht es!« rief Lyy. Ein Wagenlenker zwang einen anderen zu einer scharfen Kurve, die bronzeverkleideten Wagen krachten gegen die Spina, die dicke Granitsäule in der Kehre. Die Pferde wieherten schrill auf und stürzten, der Wagenlenker wurde gegen den Stein und unter die Wagenräder geschleudert. Der rote Granit der Spina wurde noch röter: Ihr unterer Teil war schwarz vom Blut unzähliger Wagenlenker und Pferde.

Das Gespann des Wagenlenkers, der den ersten in die Enge getrieben hatte, verfing sich in den gestürzten Pferden, und zwei andere Gespanne prallten von hinten gegen ihn. In der Arena brodelte das Chaos, aus dem Zuschauerraum wurden Blumen, Münzen und verfaultes Gemüse auf die Rennbahn geworfen.

»Filo! Filo! Filo!«

Der Sieger wich der Unfallstelle aus und fuhr ins Ziel am nördlichen Ende des Hippodroms, während Blumen, Schleier, Armreife, Ohrschmuck, perlenbestickte Pantoffeln und Münzen auf ihn herabregneten. Filo von Amazea war der Held unter den Wagenlenkern der Stadt. Noch zwei, drei Siege, und die Behörden würden ihm an der Mese, der Hauptstraße, ein Denkmal errichten.

Aures träges nordisches Blut konnte sich nicht für den Kummer oder den Triumph der Rennen ereifern. Lyy verspottete die Rennen ganz offen, aber auch er wagte es nicht, auf dem Hippodrom den Mund aufzumachen. Lyys Einstelllung zu allem, was griechisch war, wurde jetzt immer sarkastischer. Nach der Schlacht von Mantzikert hatte er an den Normannen, ihren Sitten und ihrem Denken Gefallen gefunden und entfernte sich immer weiter von seinen griechischen Herren.

»Die Griechen haben den wohlhabendsten Teil des Reiches verloren. Kein einziger Grieche hat das Rückgrat, den Kaiser umzubringen, den Thron zu erobern und die Sarazenen aus dem Land zu vertreiben. Ich habe den Palast und die Garde satt. Wir werden bald an einen besseren Ort gehen.«

Aure wußte nicht, was sie davon halten sollte. Sie stellte sich vor, den Rest ihres Lebens in Konstantinopel zu verbringen. Sie brauchte einen Ehemann, brauchte ihn dringend, denn sie schätzte, daß sie die zwanzig schon überschritten hatte, obwohl sie nicht genau wußte, um wie viele Jahre. Sie hielt sich wahrlich nicht für jung.

Lyy winkte, und ein junger Weinknabe, der Ganymedes, schenkte den Geschwistern aus einer Kanne herben Rotwein in den Becher und füllte ihn mit Wasser auf. Lyy gab dem Jungen ein Keration und reichte Aure den Becher.

»Jetzt kommt das Essen.«

Die Sklaven säuberten die Arena, brachten den Dreck und die Leichen und den Müll fort und streuten Sand auf das Blut. Die Seitentore des Hippodroms öffneten sich, und unter gewaltigem Geschrei wurden Lastpferde hereingeführt. Den Sattelkörben der Pferde wurden Tausende und Abertausende von Broten entnommen und in der Arena des Hippodroms aufgestapelt sowie gewaltige Mengen Gemüse zu Bergen aufgehäuft.

Das hohe Tor des Haupteingangs öffnete sich. Die Zuschauer verstummten erwartungsvoll. Ein Gespann von acht Pferden zog ein auf Räder gesetztes Fischereischiff auf die Bahn, dessen einziger Mast mit farbigen Seidentüchern umwickelt war. Die Stoffe waren am Bug, am Heck und an den Bordwänden befestigt. Das kleine Schiff war bis an die Ränder mit Fisch gefüllt. Das Gespann zog es langsam um das Hippodrom herum.

»Essen ist ziemlich wenig da«, schätzte Lyy. »Das wird dem Pöbel nicht gefallen.«

Die anderen hatten dasselbe bemerkt. Die Lebensmittelberge waren viel kleiner als im Vorjahr zur Gründungsfeier der Stadt. Der Kaiser hatte den größten Teil seines Reiches verloren. Aus Asien, von wo früher das Silber in die Truhen des Heiligen Palastes geströmt war, kam nur noch wenig getröpfelt. Der europäische Teil des Reiches war ein Bettler im Vergleich zu Asien. Der Kaiser konnte es sich nicht leisten, seine Untertanen genauso üppig zu bewirten wie früher. Aber die Untertanen wollten das nicht begreifen.

»Das reicht nicht für alle!« schrie jemand im Süden am Ende der heiligen Sergios und Bachos, wo die Armen von Konstantinopel saßen. Der Pöbel der Stadt kannte seinen Wert und seine Macht: Er wurde verwöhnt und verprügelt und gefürchtet.

»Der Mob setzt sich in Bewegung«, sagte Lyy und stand plötzlich auf. »Wenn er auf die Rennbahn gelangt, kommt er auch bis hierher. Am besten, wir verschwinden.«

Die Ordnungsleute des Eparchen der Stadt schlugen mit stachelbewehrten Peitschen auf die Leute ein, aber sie hätten ebensogut auf einen über die Ufer tretenden Fluß einprügeln können. Das zornige Volk, dessen uraltes Recht auf eine kostenlose Speisung am Festtag verletzt worden war, überwand den Zaun des Hippodroms und ergoß sich in die Arena. Die Lebensmittelberge verschwanden im Nu, und das Schiff mit den Fischen stürzte um. Ein silbriger Strom ergoß sich auf die Rennbahn des Hippodroms und wurde von den Volksmassen zertrampelt.

Mit einer raschen Bewegung legte Lyy sich Aure über die Schultern und stürzte zum Tor des Demoi. Er schwang seine große Faust – das Hippodrom war wie die Kirche, man durfte keine Waffen dorthin mitbringen – und stieß kreischende Männer und Frauen beiseite. Aure ließ sich schlaff hängen, um Lyys Anstrengungen nicht zu behindern.

Der Krawall erfaßte auch die Umgebung des Hippodroms. Der rasende Pöbel machte vor nichts halt. Das Milion, der Triumphbogen, bei dem alle Straßen des Byzantinischen Reichs endeten, wurde wieder einmal geplündert. Der goldene Engel, der den First zierte, verschwand bei jedem Krawall. Die Wachposten kämpften an der Tür der alten Zisterne. Ein hartnäckiges Gerücht besagte, daß in Konstantins gewaltiger Höhle der größte Schatz des Reiches aufbewahrt werde. Bei Unruhen drang das Volk regelmäßig in die unterirdische Halle ein und verschmutzte das Wasser.

Lyy lief zwischen Zisterne und Hagia Sophia, vorbei an der uralten Kirche der heiligen Maria von Chalkoprateia in Richtung auf die Ausländerviertel am Goldenen Horn. Er kam nicht einmal außer Atem, Aure war auf seinen Schultern so leicht wie eine Mücke, und das durch die Straßen schwärmende Volk wich dem dahinstürmenden Waräger aus. Im Viertel der Amalfitaner brüllte Lyy eine Warnung hinaus: »Eine Rebellion!«

Die Fensterläden knallten zu, die Riegel wurden dröhnend vor die Türen geschoben. Die italienischen, russischen und arabischen Kaufleute hatten ihre Lektion gelernt: Das rebellierende Volk entlud seinen Zorn in Perama, dem Stadtteil der Ausländer, da schwerbewaffnete Wachposten es daran hinderten, die Häuser der Reichen zu zerstören. Die ausländischen Kaufleute wurden von niemandem verteidigt.

»Die Waffen!« brüllte Lyy seinem Burschen Firmos im Haus an der Lazarusstraße zu. Er stellte sich hinter die Tür in die Nähe der Treppe, die in die obere Etage führte. Die Haustür des Drungarios war einmal aufgebrochen worden, doch der Anblick der Streitaxt des Warägers hatte die Angreifer bewogen, sich zurückzuziehen. Nach diesem Vorfall war Aure auf den Gedanken gekommen, eine Streitaxt auf die Tür malen zu lassen. So hatten sie ihre Ruhe, aber Lyy war dennoch immer bereit, das Haus zu verteidigen.

Der Lärm schwoll an und verebbte, als der Strom der Volksmassen die Lazarusstraße und den Markt der heiligen Agatha passierte. Krachen, Geschrei und Rauchgeruch zeugten von den üblichen Plünderungen. Das Haus eines Kaufmanns war zerstört, die Bewohner in Stücke gerissen worden – der blutrünstige Mob zerfleischte alles, was ihm in die Hände fiel. Die Gefahr einer Feuersbrunst war immer so groß, daß, sobald der Lärm verstummt war, Lyy und Aure, die Diener und Sklaven sofort auf die Straße stürzten, um bei den Löscharbeiten zu helfen.

Es dämmerte schon, als die Löschhelfer rußgeschwärzt und naß in die Lazarusstraße zurückkehrten. Vor dem Haus des Drungarios wartete eine kaiserliche Sänfte.

»Ich kann nicht mehr«, seufzte Aure. »Das ist die Kaiserin oder Maria die Bulgarin. Die Frauen bei Hofe sind nervös wegen des Krawalls auf dem Hippodrom.«

»Oder sonst irgendeine feine Dame.« Lyy zuckte die Achseln. »Euphrosyne, hilf deiner Herrin, sich zu waschen und umzuziehen. Du mußt die Kraft haben, Schwester. Den Frauen des Basileus kann man keine Absage erteilen. Solange wir hier wohnen, mußt du in den Palast gehen, wenn man dich dorthin holt.«

»Ich brauche es nicht, wenn ich verheiratet bin, im Gynakeion wohne und meine Kinder betreue«, zischte Aure. »Und das hängt von dir ab, Lyy. Ich möchte einen Ehemann, bevor ich grau bin. Meine Mitgift ist groß genug.«

Seiner Gewohnheit gemäß ging Lyy auf diesen deutlichen Vorwurf nicht ein. Aure hatte keine Zeit, noch weiter zu nörgeln, doch nachgeben wollte sie nicht.

Basileus Michael Dukas und Basilissa Maria die Alanin wohnten im kleinen Palast von Blachernae im Nordwestteil der Stadt, auf einem Hügel oberhalb des Goldenen Horns. Der Kaiser begab sich nur zu den offiziellen Zeremonien und Empfängen in den Heiligen Palast am Ufer des Bosporus.

Aure die Schlafbringerin wurde in einer rot und grün gestrichenen Sänfte durch die Stadtteile Platea, Petrioni und Phanarion nach Blachernae getragen. Nördlich der Stadt gab es keine prächtigen öffentlichen Gebäude oder Aristokratenpaläste wie im Süden oder im Osten. Hier wohnten die Handwerker, die kleinen Händler und die Ausländer. Rechter Hand zeigte sich am Ende der Straßen und Gassen bisweilen die Mauer des Goldenen Horns. Das war der schwächste Teil der Großen Mauer, aber auch sie war beeindruckend mit ihren Türmen und Toren. Hinter Petrioni kamen Felder und Hügel. Lagergebäude und Schiffswerften säumten das Ufer. In der Nähe von Blachernae standen wieder Häuser, und hinter der Mauer war die große Basilika Johannes des Täufers zu sehen.

»Basilissa. Du hast mich gerufen.«

Die Kaiserin sah so gesund aus, wie eine Frau, die im ewigen Halbdunkel des Palastgynakeions wohnt, es nur sein kann. Diesmal tat ihr der Kopf nicht weh. Also brauchte jemand anders die Schlafbringerin.

Maria die Alanin stammte aus Georgien, und ihr ursprünglicher Name war Martha. Aure kniete nieder und verbeugte sich vor der Kaiserin; jedesmal, wenn sie den erschrockenen Blick in den Augen der Kaiserin sah, wurde sie von tiefem Mitleid erfüllt. Wer kann die Mächtigen der Welt in ihrer entsetzlichen Einsamkeit beneiden? Die Basilissa war die erste Frau des Reiches, aber sie hatte weder eine Familie noch Verwandte um sich, zu denen sie ihre Zuflucht nehmen konnte, und sie war qualvoll schüchtern.

Maria die Alanin entfernte sich aus den Frauengemächern des Blachernae-Palastes nur, um in die Kirche zu gehen oder um an den unerläßlichen Zeremonien teilzunehmen. Dann war sie so dicht verschleiert, daß niemand außerhalb des Gynakeions ihr Gesicht sah. Der einzige Mann, der sie seit ihrer Ankunft in Konstantinopel betrachtet hatte, war ihr Ehemann Michael Dukas. Auch der tatsächliche Herrscher des Reiches, der Emporkömmling Nikeforitzes, hatte die Kaiserin gesehen, aber er war ein Eunuch. Sein Blick berührte die Kaiserin, die an Eunuchen gewöhnt war, nicht. Der Hof, die Frauengemächer der vornehmen Häuser und die Kirchen waren voll von ihnen.

»Meine Schwägerin, Despoina Arete, braucht deine Künste, Schlafbringerin.«

Aure ließ sich ihren Überdruß nicht anmerken. Sie war bereit, all ihre Kräfte anzuspannen, um Kranken und Leidenden zu helfen. Aber Arete, die Schwester des Kaisers, war nicht krank. Sie war böse und unzufrieden, deshalb ging es ihr ständig schlecht.

Arete wurde geboren, bevor ihr Vater Konstantin X. Kaiser wurde. Deshalb war Arete nicht in Purpur geboren. Aber Aretes jüngere Schwester Zoe war in der Purpurkammer geboren, als ihr Vater Kaiser war. Im Reich gab es nur zwei in Purpur Geborene: Zoe und Konstantin, den kleinen Sohn der Kaiserin, der noch ein Säugling war. Arete konnte es nicht verzeihen, daß ihre kleine Schwester wertvoller war als sie selbst. Der Neid hatte ihr die Seele zerfressen, und nun stiegen endlos Tränen und Groll daraus auf.

»Despoina Arete hat gerade den Plan des Basileus erfahren«, erklärte Maria die Alanin und konnte eine leichte Schadenfreude in ihrer Stimme nicht verbergen. »Sie heiratet den Dogen von Venedig. Die Despoina ist außer sich vor Glück und Dankbarkeit für die Freundlichkeit des Kaisers.«

»Ich geh nicht nach Venedig. Nie und nimmer.«

Arete Dukaina war eine schlanke und für eine Griechin hochgewachsene Frau. Ihr Haar war nach Art der Familie Dukas hellbraun, und sie bleichte es noch mehr mit Kamillenextrakt. Die Haare wurden zu einem Knoten hochgekämmt und mit Perlschnüren befestigt. Heute hatte Arete Dukaina sich zum Zeichen der Trauer die Haare gerauft. Arete war fast zwanzig Jahre, recht alt für ihre erste Ehe. Aber die Töchter des Kaiserhauses wurden oft lange Zeit für einen geeigneten Kandidaten aufgespart.

»Wenn der Basileus der Werbung eines treuen Verbündeten stattgibt, dann wird die Schwester des Basileus nicht nein sagen.« Maria die Alanin legte überraschende Schärfe in ihre Stimme. »Das Reich braucht Hilfe gegen die Sarazenen.«

Arete öffnete den Mund, und in demselben Augenblick warfen sich die Frauen und die Eunuchen auf den Bauch. Aure hatte vor Jahren gelernt, wie man entspannt auf dem Bauch zu liegen kam, so daß man sich nicht weh tat, jedoch so schnell, daß man nicht als letzte aufrecht stehen blieb. Es war eine Schande, sich bei der Prostration zu verspäten, und das konnte eine Bestrafung zur Folge haben, wenn der Kaiser schlechter Laune war. Nur die Kaiserin verbeugte sich im Stehen, wenn der Basileus Michael VII. Dukas ins Gynakeion kam – er war der einzige Mann, der das Recht hatte, dort einzutreten.

Dem Basileus folgte eine Schar prächtig gekleideter Eunuchen, die notwendige Dinge mitbrachten: einen warmen Umhang, Pantoffeln, eine Wasserschale, Wein, Süßigkeiten, Schriftrollen, ein Nachtgeschirr, Pergament, Tinte und eine Schreibunterlage. Der Kaiser selbst hatte sich bescheiden in den Mantel eines Gelehrten gehüllt. Er war im Reich der einzige Mensch, der nicht zu imponieren brauchte.

Jedes Wort und jede Geste der Griechen waren geprägt vom sogenannten Schema, dem Zwang zu imponieren und zu prunken. Aure hatte das Schema erst verstanden, nachdem Lyy es ihr erklärt hatte. Der Mensch war das, wonach er aussah. Wenn er nach nichts aussah, war er nichts.

»Du kannst dich wohl fühlen in einem braunen Wollkleid. Du kannst deine Haare zu einem Zopf flechten. Du kannst neben dem Planwagen hergehen. Aber dein Verhalten schadet meiner Position. Du bist die Schwester eines Drungarios, Aure. Du bist eugenia, von vornehmer Herkunft. Du mußt danach aussehen, sonst bin ich kein Drungarios.«

In das Haus an der Lazarusstraße wurden Seidenstoffe, gestickte Schuhe und Haarkämme gebracht. Es dauerte nicht lange, und Aure bemerkte, daß es Spaß machte, sich nach dem Schema zu richten, und daß es gut zu ihr paßte.

Euphrosyne, die ihre Herrin mit Hingabe ankleidete und putzte, staunte, wie geschmeidig ihre Herrin sich von der zähen Troßfrau, die sie während der Kriegszüge gewesen war, in eine Dame von Stand verwandelte, wenn man bei ihr das eine und andere korrigierte. Aure genoß es, mal dies, mal das zu sein – je nach Bedarf.

»Schwester.« Der Kaiser bedeutete den Frauen aufzustehen. »Ich habe zu Ehren deiner Abreise ein Gedicht verfaßt.«

Arete hätte, von großer Dankbarkeit übermannt, erneut aufs Gesicht fallen müssen, aber das tat sie nicht. »Basileus, ich möchte nicht zu den Barbaren.«

Der Kaiser war gutgelaunt. Er tat, als bemerkte er Aretes zerraufte Haare nicht.

»Wer möchte schon den Hof von Konstantinopel verlassen? Aber die kaiserliche Familie lebt ihren Verpflichtungen. Die Venezianer sind jedenfalls von den Völkern des Westens die kultiviertesten.«

Arete Dukaina war klug genug, nicht länger zu widersprechen. Sie hatte zwei Möglichkeiten: in die Ehe mit dem Dogen Domenico Silvio einzuwilligen und nach Venedig zu reisen, oder sich in Ungnaden in ein Kloster zurückzuziehen. Arete schwieg und schluckte ihre Tränen hinunter. Es war besser, eine mächtige Dogaressa zu sein als eine verstoßene Nonne.

Aure trug so wie die anderen Frauen mühelos den Ausdruck verzückter Freude zur Schau. Sie zog sich hinter die Frauen zurück, sobald der Kaiser die Erlaubnis zum Aufstehen gegeben hatte. Es war nicht schwierig, sich unbemerkbar zu machen in einer Gesellschaft, wo jeder sich anstrengte, die Aufmerksamkeit des Kaisers auf sich zu lenken.

Die lodernden Fackeln ließen den Raum neben der Wand im Säulenhof der Hagia Maria des Blachernae-Palastes in schwarzem Schatten. Aure verschmolz wie ein Geist mit den Wandmosaiken, die von den Leiden der Großmärtyrerin Marina erzählten. Zerstreut lauschte sie dem langen Gedicht des Kaisers. Es schilderte den Kummer der liebenden Schwester, die auf den Glanz des Angesichts des Basileus verzichten mußte. Aure wußte, was geschehen würde, sobald die Türen sich hinter dem Basileus geschlossen haben würden.

Herzzerreißendes Schluchzen entrang sich Arete Dukainas Brust.

»Schlafbringerin«, befahl Maria die Alanin, »beruhige meine arme Schwester.«

Auf eine Bank aus Stein wurde ein Federpolster gelegt und darauf eine Decke mit Fransen und ein gesticktes Kissen.

»Despoina, leg dich hin.«

Aure stellte sich neben die Liegende. Sie suchte Arete

Dukainas Blick, und ihr Überdruß verschwand. Wie kam sie dazu, die Qual eines anderen Menschen zu verachten? Arete Dukaina war verzweifelt. Aure war der einzige Mensch, der ihr helfen konnte.

Der Gesang summte in Aure zunächst wie ein bescheidenes Schnurren, wurde stärker und entströmte ihr schließlich in ruhig wogenden Tönen. Das kaiserliche Gynakeion war an die Stimme der Schlafbringerin gewöhnt. Jeder genoß sie auf seine Weise: die auf Polstern sitzende Kaiserin mit geschlossenen Augen, die ringsum stehenden Frauen, indem sie sich leise wiegten.

Aure beendete ihren Gesang, als ihr auch selbst die Augen zufielen. Das war die Grenze; so hatte die Mutter zu Hause in Launiala das kleine Mädchen gelehrt.

»Die Kraft des Liedes hat seine Wirkung getan, wenn einem der Kopf auf die Brust sinkt. Dann muß man das Lied zum Knäuel wickeln, die Töne einstellen, die Stimme sparen.«

Areta Dukaina lächelte schläfrig.

»Komm mit mir, Aure Schlafbringerin. Dann kann ich ruhigen Sinnes gehen.«

»Nach Venedig, Despoina?« fragte Aure verwirrt.

Kaiserin Maria die Alanin zuckte zusammen. Ihre dunklen Augen schauten aufmerksam unter den mit Kohle gezeichneten schwarzen Brauen hervor. Das Duftwasser der Kaiserin mit dem zarten Moschusaroma mischte sich mit dem flüchtigen Blumenduft des Springbrunnenwassers.

»Warum solltest du nicht mitgehen, Schlafbringerin? Meine Schwester braucht dich dringend bei den Barbaren. Sie wird dir einen Ehemann beschaffen, wenn du es willst.«

Das würde Lyy recht geschehen, wenn seine Schwester nach Venedig ginge, um sich einen Mann zu suchen, weil der Bruder nicht dazu bereit war. Damit konnte man immerhin drohen.

»Du kannst natürlich nicht ohne die Erlaubnis deines Bruders, des Drungarios, reisen«, überlegte die Kaiserin laut. »Ich werde den Basileus bitten, dem Drungarios eine Nachricht zu senden. Vielleicht willigt dein Bruder ein und läßt dich ziehen.«

»Der Befehlshaber der Warägergarde wird dem Kaiser kaum abschlägig antworten«, lächelte Aure. Sie wußte nicht, was sie von dem Vorschlag halten sollte.

Aure war gern in Konstantinopel. Sie fand die Höflichkeit und das Charmante, genannt Asteiotes, faszinierend, und es fiel auf, daß diese Eigenart allen anderen Völkern fehlte. Die Mixobarbaroi, die unterschiedlichen Barbaren, zu denen Aure auch selbst gehörte, konnten niemals ein solches Selbstbewußtsein erlangen wie ein geborener Konstantinopolitaner. Aber Aure war des endlosen Stroms der Worte, der Prahlerei und der nervösen Lebensweise überdrüssig. Die nordländische Geradheit eignete sich nicht besonders dazu, mit schönrednerischen Floskeln drapiert zu werden. Da Aure nicht recht wußte, was sie wollte, beschloß sie, alles seinen Gang gehen zu lassen. Wenn Kaiser und Kaiserin über ihr Schicksal bestimmten, hatte Aure selbst keinen großen Einfluß darauf. Das beste war, zu allem bereit zu sein.

Aure war nicht auf Lyys Begeisterung gefaßt. Der Bruder, für gewöhnlich ausdruckslos und verschlossen, lächelte zufrieden.

»Wir lassen Konstantinopel hinter uns. Das Reich zerfällt immer schneller. Früher oder später gerät die Warägergarde in einen hoffnungslosen Kampf gegen die Sarazenen. Ich hab nicht vor, für einen unfähigen Kaiser zu sterben.«

»Aber.« Aure wirkte ratlos. »Du hast die Bürgerrechte bekommen, Lyy. Du bist ein Polites Romaion, ein Bürger Roms. Was würdest du in Venedig tun?«

Lyy sah seine Schwester nachdenklich an. Die Blüte der nordländischen Frauen setzte später ein und dauerte länger als die der griechischen. Aure die Schlafbringerin war eine anmutige Mischung aus ungestümem Mädchen und verantwortungsbewußter Frau, gerade von der Art, die den ernsten und frommen Olaf Falco auch weiterhin bezaubern würde. Lyy hatte drei Nachrichten vom Grafen von Sinetra bekommen und war über alle drei erfreut gewesen. Olaf Falco litt an seiner hoffnungslosen Liebe. Das kam Lyy gelegen. Er antwortete auf keinen der Briefe. Die große Sehnsucht war ein Teil der Rache, die lang und genußvoll sein würde.

Arete Dukainas Brautfahrt war ein passender Grund, Konstantinopel zu verlassen, ohne Mißtrauen zu erregen. Nur zusammen mit dem kaiserlichen Konvoi konnten Lyy und Aure ihr ansehnliches Vermögen sicher transportieren.

In Venedig wollte Lyy nicht bleiben. Dort hatte er nicht die Stellung eines Drungarios, sondern er mußte mit allem von vorn beginnen. Und mit den Venezianern konnte er ohnehin nichts anfangen. Sie waren Seefahrer. Lyy machte sich nichts aus Schiffen. Die Kriegführung der Normannen lag ihm mehr. Einen anderen Beruf als das Kriegführen konnte und wollte er nicht.

Für Aure würde es möglicherweise schwierig werden, sich in die Welt der Normannen einzuleben. Deren Existenz gründete auf der Kriegführung. Die Frauen hatten inmitten von Burgen, Belagerungsmaschinen und Ausrüstungen keine solche Bedeutung, wie Aure sie aus Konstantinopel gewohnt war.

»Was würdest du in Venedig tun, Bruder?«

Die Augen der Schwester, die ebenso strahlend blau waren wie Lyys eigene, blickten fragend, ja besorgt. Lyy lächelte, und Aure erwiderte das Lächeln frohen Mutes. Da der Mann dies selten tat, war es wie ein geschenkter Edelstein.

»Schwester, denkst du, für den Drungarios der kaiserlichen Garde findet sich in Venedig kein Platz?«

Aure lachte erleichtert auf.

»Sie werden sich um dich reißen.«

Es war besser, Aure nicht zuviel zu erzählen. Es konnte sein, daß sie sich widersetzte, wenn sie erführe, daß das Ziel der Reise nicht Venedig, sondern Kalabrien war.

In Konstantinopel war alles, was von Osten, aus Asien, kam, fein und kultiviert. Die großen Familien des Reiches stammten aus dem Osten, aus Armenien und Georgien. Im Westen, in Europa, wohnten die barbarischen Franken. Der Bezirk Kalabrien hatte das äußerste Randgebiet des Imperiums gebildet, und jetzt nicht einmal mehr das. Schwierige Menschen wurden aus der Hauptstadt fort nach Kalabrien geschickt. Kalabrien, diese elende, abgelegene Gegend, war nicht unbedingt der Ort, wohin die bei Hofe beliebte Schlafbringerin reisen wollte.

»Die Kaiserin hat versprochen, daß Arete Dukaina mir einen Ehemann suchen wird«, sagte Aure zur Probe.

Lyy tat, als wäre er erleichtert.

»Das ist aber nett.«

Aure wirkte so perplex, daß Lyy lächelte. Mochte doch die Schwester ein Leben in Venedig planen, dann blieb sie ruhig. Lyy brauchte Aure als Köder und Lockmittel in Sinetra, wenn er seine Position ausbaute. Lyy wußte nicht, was er letztlich wollte. Aber er wußte mit Sicherheit, was er nicht wollte: wegen eines unfähigen Herrschers in Byzanz sein Leben verlieren.

24. Kapitel

1074

Hinter der Stadt Achrida führte die Via Egnatia nördlich um den Achridasee herum. Die Überschreitung des Flußes Schwarzer Drin ließ sich, was das Getöse betraf, sehr wohl mit Romanos Diogenes' Überschreitung des Euphrat vergleichen. Jeder Schrei, ob er nun von wirklicher Angst zeugte oder von Verstellung, schnitt Aure der Schlafbringerin ins Hirn. Wieso konnte sie, die andere heilte, nicht ihren eigenen Schmerz abstellen? Die Schritte des Mulis dröhnten ihr in den Schläfen und im Hinterkopf. Die Vorhut an der Spitze des Konvois war dabei, den Paß zu erklimmen. Die Lasttiere am Ende und die Nachhut befanden sich noch im Tal des Drins.

»Herrin, bist du krank?«

Die Sklavin Euphrosyne stapfte hinter dem Muli her und rief besorgte Fragen herüber. Aure antwortete nicht. Sie konzentrierte sich darauf, die nächste Erschütterung abzufangen. Die sandte einen Pfeil vom Gesäß in den Schädel.

Die Bergwände stürzten aus schwindelnder Höhe fast senkrecht in den See. Der wimmelte von den Fischerbooten der Arnauten. Westlich des Drins begann die Via Egnatia ihren mühseligen Aufstieg auf die Berge. Die Begleitsoldaten bemühten sich, die Pferde, Mulis, Esel, Sänften und Träger beisammen zu halten. Obwohl die Via Egnatia ein guter und intakter Weg war, der auch jetzt noch in Ordnung gehalten wurde, da die Macht des Reiches im Thema Dyrrhachion wankte, war es unmöglich, auf den steilen Abhängen Planwagen zu benutzen. Die zahllosen Aussteuertruhen der Schwester des Basileus wanderten auf dem Rücken von Tieren und Menschen die Berge des Balkans hinauf und hinab.

Frauen und Eunuchen waren den Truhen vergleichbare materielle Güter. Sie wurden als weinende, stöhnende und betende Bündel vom Paß ins Tal und wieder auf den Paß getragen. Die Sänften waren auf dem steilen Weg so gefährlich, daß selbst Despoina Arete, die immer auf ihre Würde bedacht war, schließlich auf einem Muli reiten wollte. Da war sie schon überall voller blauer Flecke und Beulen.

Auf den Wegen des Balkans konnte man sich nie genug vor Erdrutschen, wilden Tieren und Räubern in acht nehmen. Die Schwester des Kaisers hatte einen Begleitkonvoi von hundertfünfzig Mann, aber auf den schmalen Bergwegen und in den engen Pässen war diese Menge ohne Bedeutung. Der Konvoi zog sich in die Länge wie eine Perlenschnur. Keine Wachmannschaft konnte ihn verteidigen, falls Bergvölker ihn angreifen sollten.

Die Arnauten, ein Bergvolk im Thema Dyrrhachion, waren kühne und habgierige Leute, die nicht leicht anderen als ihren eigenen Anführern gehorchten. Komes Filaretos, der Befehlshaber von Arete Dukainas Konvoi, hatte eine Truhe voller Nomismas, die er als Entgelt für den Reisefrieden an die Anführer der Arnauten austeilte. Aber es genügte nicht, die Arnauten zu besänftigen. Die Bulgaren und Serben begannen zu intrigieren und Ränke zu schmieden, sobald sie die Schwere der Niederlage von Mantzikert erfaßt hatten. Bodin, der bulgarische Zar serbischer Herkunft, war in der Ebene des Kosovo besiegt und als Gefangener nach Syrien gebracht worden, aber der ewig unruhige Balkan war damit nicht befriedet. An der Ostküste des Adriatischen Meeres war eine neue Bedrohung aufgetaucht.

»Amico di Giovinazzo«, sagte Komes Filaretos zu Drungarios Lyy. »Ein Normanne. Die geben sich mit nichts zufrieden. Erst haben sie Apulien und Kalabrien erobert, und jetzt versuchen sie, sich Dalmatien einzuverleiben.«

»Und damit ist ihre Gier noch nicht zu Ende«, nickte Lyy.

Komes Filaretos war gegenüber dem Waräger ein wenig befangen. Drungarios Lyy hatte auf sein Amt verzichtet, weil er bei seiner Schwester in Venedig bleiben wollte. Doch jeder Mann sprach ehrerbietig mit dem Soldaten, der in der Warägergarde gekämpft hatte, auf der Ebene von Mantzikert dabeigewesen und durch das chaotische Kleinasien gewandert war. Ein solcher Krieger war bei einer schwierigen Begleitaufgabe eine unersetzliche Hilfe.

»Dieser Amico ist der Graf von Giovinazzo. Er liegt wohl im Streit mit Herzog Robert Guiscard. Ich weiß nicht viel über ihre Angelegenheiten«, sagte Komes Filaretos nachdenklich. »Aber auf der Via Egnatia werden wir wohl kaum auf Normannen stoßen.«

»Das steht zu hoffen«, brummte Lyy.

Die Reisenden kamen, wenn überhaupt, am Tag zehn mille passus voran. Der Befehlshaber des Konvois betrachtete besorgt den Himmel. Er wollte vor Beginn der stürmischen Regenfälle im November am Ziel sein. Mit einem halben Hundert Frauen und Eunuchen und einem Troß, so groß wie eine Stadt, vor einer Überschwemmung steckenzubleiben war das schlimmste, was Komes Filaretos sich vorstellen konnte. Er verbot die Mittagsruhe. Der Konvoi setzte sich bei Sonnenaufgang in Bewegung und lagerte bei Eintritt der Dunkelheit. Die Frauen waren so müde, daß sie nicht einmal jammern konnten. Die Wachposten schliefen an ihrem Platz ein.

So schlief auch der Mann, den der erste Normanne fand und am Rand des Lagers tötete.

Aure fühlte sich kränker denn je – sie erfreute sich im allgemeinen bester Gesundheit, und deshalb empfand sie das Fieber und den Schmerz in der Brust regelrecht als Kränkung. Es war ihr fast unmöglich, sich im Sattel zu halten, aber die Sklavin Euphrosyne ging neben ihr und stützte sie an schwierigen Wegstellen. Die vorige Nacht hatten sie hoch oben auf einer Wiese verbracht, wo die Arnauten ihre Ziegen weideten. Dort heulten die Wölfe, und die Adler schrien. Arete Dukaina beweinte unaufhörlich ihr elendes Schicksal. Aure sah alles undeutlich wie durch Nebel. Sie nahm den Schleier ab, aber die Landschaft blieb dennoch dunstig. Der Weg führte bergab durch dunkelgrüne Fichtenwälder und lichte Buchenhaine. Oben hatten die Bäume schon ihr Laub verloren.

Die Schlafdecke von Aure der Schlafbringerin befand sich im vorderen Teil des Zelts von Arete Dukaina, so daß sie jederzeit aufstehen konnte, um die Despoina mit ihrem Lied zu trösten. Euphrosyne schlief zusammengekauert Aure zu Füßen.

Aure fand keinen Schlaf. Das Fieber setzte ihr zu mit Hitze und Schüttelfrost. In der Brust stach sie ein langer Dolch. Aus den Augen rann ihr das Wasser, das sie mit einem weichen Baumwolltuch trocknete. Es war dasselbe Tuch, das sie in Ephesos im Haus der Jungfrau Maria gefunden hatte. Aure hielt den Stoff für kostbar, weil er von einem heiligen Ort stammte. Sie wusch ihn immer eigenhändig.

Euphrosyne kauerte angsterfüllt neben ihr. Die dicke Nachtkerze beleuchtete matt das kalte Zelt, in dem die Frauen, in Decken gewickelt, schliefen.

»Kyria, du kannst morgen nicht reisen.«

»Ich kann nicht zurückbleiben. Gib mir Wasser.«

Euphrosyne hob Aure den Kopf und reichte ihr den Zinnbecher.

»Du hast Lungenentzündung, Herrin. Du wirst sterben, wenn du dich nicht ausruhst.«

»Ich sterbe mit Sicherheit in den Händen der Arnauten, wenn ich allein zurückbleibe.«

»Ich gehe und spreche mit dem Drungarios. Er kann dich vor sich in den Sattel nehmen.«

»Na gut«, murmelte Aure mit aufgesprungenen Lippen.

Ein Todesschrei drang durch Schmerzen und Schwindel.

»Was ...«

Euphrosyne war auf den Beinen und zerrte Aure hoch. Draußen brach ein Chaos aus.

»Der Feind. Schon im Lager. Wir müssen fliehen.«

Aber Aure konnte sich nicht auf den Beinen halten.

Die Frauen drängten zur Türöffnung des Zeltes.

Jemand ergriff Arete Dukaina unter den Armen und zerrte sie hinaus. Die Eunuchen stützten ihre Herrinnen inmitten rennender Männer und brennender Zelte. Der Feind steckte ein Zelt nach dem andern in Brand. Im Dunkeln war eine Verteidigung hoffnungslos.

Komes Filaretos' Stimme übertönte den Tumult.

»Jeder nimmt eine Frau hinter sich. Helft ihnen auf! Flieht! Rettet aus dem Troß, was ihr nur könnt!«

Die vornehmen Despoinas, deren Nasenspitze noch kein fremder Mann zu Gesicht bekommen hatte, hingen halbnackt wie Säcke in den Sätteln gewöhnlicher Soldaten. Die Pferde scheuten vor dem Feuer, stiegen und schlugen die Luft mit ihren Hufen. Die Frauen fürchteten zu fallen, schrien und heulten, die Soldaten waren ebenso überrascht und erschrocken. Ohne die Frauen hätten sie vielleicht Widerstand geleistet, aber das Wichtigste war, den kaiserlichen Konvoi zu retten.

»Die Nachhut hält die Verfolger auf!«

Komes Filaretos selbst hatte Arete Dukaina vor sich im Sattel. Er schauderte davor zurück, die kaiserliche Haut zu berühren, aber die Despoina klammerte sich so heftig an seinen Hals, daß er bei allem Schrecken auch noch fürchtete zu ersticken. Er mußte die Arme der Frau niederbiegen. Als Arete immer noch schrie und versuchte, ihn zu schütteln, mußte Komes Filaretos die Schwester des Kaisers schließlich bewußtlos schlagen. Die Flucht im Dunkeln war ein Alptraum, ein außer Kontrolle geratener Galopp die Via Egnatia entlang nach Westen.

Es gab keine Nachhut. Ein einsamer Waräger brüllte den Kampfesruf und schwang seine Streitaxt, so lang wie ein Mann, bis er auf den Kampfplatz niedersank.

Lyy erwachte von einem Geräusch. Das Krächzen war ihm aus den Bergen von Kappadokien und Armenien vertraut. Unmittelbar darauf ein Pfeifen.

Eine eisige Faust preßte ihm den Magen zusammen.

Er mußte sich in Bewegung setzen. Der Geier, ein Aasfresser, rührte kein Tier an, das sich bewegte.

Die Augen gingen nicht auf. Die rechte Hand gehorchte nicht. Gebrochen. Die linke rieb die Augen. Geronnenes Blut. Ein Auge öffnete sich, das Licht versengte ihm die Stirn. Er mußte es in den Wald schaffen, in den Schutz der Bäume. Überall Leichen. Schakale, im Gebirge gab es Schakale.

Lyy zitterte vor Kälte. Der Schmerz verschlimmerte den Schüttelfrost, und der Schüttelfrost den Schmerz. Er konnte nicht aufstehen, das rechte Bein war gebrochen. Überall Wunden. Die linke Hand umklammerte den Schaft der Streitaxt. Nicht loslassen, niemals.

Die linke Hand schob die Streitaxt nach vorn. Das einzige Auge spähte zum steinigen Weg hinüber. Blutlachen. Viel Blut. Er zog das linke Bein an und schob damit den Körper eine Handbreit vorwärts. Die Wange schorrte über Sand und kleine Steine. Aus seiner Kehle drang ein eigensinniges Knurren. Der Geier pfiff in der Sonne. Die Streitaxt vor, das Bein anziehen. Ein knurrendes Wesen schleppte sich nach Osten zum Wald.

Keine menschliche Stimme. In den schützenden Wald, bevor jemand kam. Eine Leiche quer über dem Weg. Ihr ausweichen. Ein alter Mann. Kahl. Ein Eunuch. Eine klaffende Wunde von einem Schwerthieb in der Brust. Normannen. Die Streitaxt vor, das Bein anziehen.

Der Wald. Der Wald von Launiala.

Ein Wind geht über den Höhenrücken. Schnee fällt auf die Wunden.

Aure. Schwester. Sing den Schmerz fort.

Stein der Skalde ritt langsam ins Tal, die Hand bereit, das Zeichen zum Halten zu geben. Das Land der Arnauten war öde. Die Menschen bebauten die fruchtbaren Ebenen der Küste. In den Tälern der Hochebene wurden heftige Regenfälle und ein früher Winter den Menschen zur Plage.

Der Wind wirbelte Asche auf. Davon gab es zuviel, als daß es Asche von Lagerfeuern sein konnte.

Stein der Skalde war immer vorsichtig und mißtrauisch. Noch vorsichtiger zu sein hatte er in den westlichen Themen von Byzanz gelernt. Von der berühmten Zucht und Ordnung des Reiches war in der Gebirgsgegend nichts mehr übrig. Dem Basileus waren praktisch nur noch die

Städte an der Ostküste des Adriatischen Meeres geblieben. Alles andere war verloren.

Steins fünfzehn Mann waren nicht viel in dem von Räubern heimgesuchten Gebirge. Die Reise erschien ihm hoffnungslos: Er war mit dem Schiff von Brindisi nach Durazzo gefahren und schnell über die Via Egnatia nach Konstantinopel geritten. In der Stadt hatte er direkt beim Kommandanten der Bigla, der Leibwächtergarde, vorgesprochen. Im Wachgebäude des Heiligen Palastes hörte Stein der Skalde, daß Drungarios Lyy und seine Schwester mit dem kaiserlichen Konvoi nach Venedig gereist waren.

Stein der Skalde sprach mehrmals den Namen Thors aus. Er hatte den Konvoi gesehen: Hunderte von Männern in dem bekannten kaiserlichen Kettenhemd. Das Hemd bestand aus Metallfacetten. Es mußte täglich so blank geputzt werden wie Sonnenglanz. Stein dachte daran, wie die Gardisten ihre Panzerhemden noch zwei Tage vor Mantzikert poliert hatten. Im Konvoi der Schwester des Basileus hatten sich viele Sänften mit verzierten Vorhängen und Mulis befunden, die verschleierte Frauen trugen. Der Troß schien von einem Tal ins nächste zu reichen.

Stein der Skalde und seine Männer hatten keine Zeit gehabt, mit irgend jemandem zu plaudern. Unter den Hunderten von Menschen hätten sie die verschleierte Aure die Schlafbringerin nicht erkannt, jedoch bestimmt den hochgewachsenen Waräger, wenn sie genauer hingesehen hätten. Stein erinnerte sich, daß er den Anführer des Konvois bedauert hatte. Der Mann mußte Menschen vorwärts treiben, für die jeder Schritt außerhalb des Palastes ein Graus war.

Stein der Skalde hatte seine Unaufmerksamkeit im Zimmer des Anführers der Bigla in seinem fürchterlichen

Griechisch verflucht, das dem Drungarios der Garde kalte Schauer den Rücken herunterjagte.

»Komes.« Der Mann wählte eine höfliche, aber für einen im Rang deutlich unter ihm Stehenden bestimmte Anrede. »Du holst sie ein, noch ehe sie in Durazzo das Schiff betreten. Du kommst doppelt so schnell voran wie der Konvoi mit den Frauen.«

Stein hatte seinen Männern in der Stadt der Wunder drei Ruhetage gegönnt. Die Normannen waren auch in Thessaloniki immer noch fassungslos, und Stein ließ sie erst gar nicht in die Stadt. Schon ein einziges Erlebnis dieser Art im Leben genügte einem einfachen Krieger.

Auf dem Weg lag eine Leiche. Sie hatte dort schon eine Weile gelegen. Stein hob die Hand.

»Halt!«

Ein eigenartiger Leichnam, der hier auf der Hochebene inmitten der Berge des Balkans lag.

»Riso, untersuch ihn.«

Der Krieger saß ab und drehte den gedunsenen Körper um. Stein wußte schon, woher er stammte. Riso sah erstaunt auf.

»Herr, seidene Kleider ... und Pantoffeln. In denen ist der Mann jedenfalls nicht von Konstantinopel bis hierher gegangen.«

»Dieser Tote ist auf einem Muli geritten.«

»Ein Mann auf einem Muli?«

»Ein Eunuch. Der kaiserliche Konvoi ist angegriffen worden.«

Stein sah sich um. Er lauschte; nur die Stimmen der Vögel unterbrachen das Sausen des Windes.

»Kampfformation. Vier Mann durchkämmen den Wald neben dem Weg. Vier voraus an die Straßenränder.«

Die Schilde wanderten polternd von den Tragriemen an den Arm. Die Lanzen wurden vom Tragriemen am Sattel gelöst. Die Zügel kamen in die linke Hand, um mit den Fingerspitzen bewegt zu werden. Im Schritt ritten die Normannen weiter. Es fanden sich weitere Leichen.

»Ein Lagerplatz«, sagte Stein nachdenklich. »Ausgeraubt und niedergebrannt. Wer mag das gewesen sein, und wo ist die Schwester des Kaisers? Und der Drungarios? Aure die Schlafbringerin? Sind wir vergebens durch Thrakien gezogen?«

»Herr, die ortsansässigen Arnauten hätten den Leichen die Kleider weggenommen. Die sind aus teurem Stoff. Die Räuber hatten es eilig, entweder die Verfolgung aufzunehmen oder zu fliehen.«

»Hier ist nicht viel gekämpft worden, denn es sind keine Kriegerleichen zu sehen.«

»Stein Skalde! Herr!«

Der Krieger erstickte fast an seiner Botschaft.

»Im Wald ist ein Waräger. Er lebt, aber nicht mehr lange.«

Stein warf die Zügel dem nächststehenden Mann zu, sprang aus dem Sattel und rannte hinter dem Finder her.

Der Waräger hatte versucht, sich zu verstecken, indem er sich mit Erde und abgefallenem Laub bedeckte. Als Lyy erkannte man ihn nur an seinen gelben Haaren, soweit sie unter dem getrockneten Blut erkennbar waren.

Doch ein Irrtum war ausgeschlossen. Die linke Hand hielt die langschäftige Streitaxt fest umklammert. Ein wildes blaues Auge starrte aus dem von Blut und Schmutz bedeckten Gesicht.

»Herr, sag, wer du bist«, flüsterte Riso eilig Stein zu. »Er vermag immer noch wenigstens einen Mann zu töten.«

Stein der Skalde verspürte plötzlich den aus den Tiefen seiner Seele aufsteigenden Wunsch, ein gewaltiges Lied zu Ehren der unschlagbaren Zähigkeit des Warägers zu dichten. Das würde er noch tun.

»Lyy! Drungarios Lyy«, rief Stein leise auf griechisch. »Waräger des Kaisers. Sieh mich an. Lyy.«

Das Auge wandte sich dem Sprecher zu. Stein breitete die Arme aus, so daß Lyy sie sah.

»Ich bin Stein der Skalde, der Vertraute von Olaf Falco von Sinetra. Weißt du noch, Drungarios? Wir haben in Mantzikert gekämpft. Ich bin gekommen, um dich und deine Schwester Aure zu holen.«

Die geplatzten Lippen des Warägers bewegten sich. Er bekam keinen Ton heraus, aber Stein der Skalde wußte, was der Mann sagte.

»Aure.«

»Über deine Schwester weiß ich nichts. Meine Männer suchen weitere Überlebende. Es könnten noch welche in den Wäldern herumirren. Wieviel Tage sind seit dem Überfall vergangen?«

»Ich weiß es nicht.«

Die Stimme kam Lyy als Röcheln aus der Kehle. Der Waräger lag auf Mänteln in dem von den Normannen eilig errichteten Lager, das kaum aus mehr als aus einem Feuer und einem Zelt bestand. Man hatte ihn gewaschen, die Wunden verbunden und die Brüche geschient. Die Wunden waren letztlich nur oberflächlich. Stein schätzte, der Mann könnte vielleicht überleben, obwohl er sehr viel Blut verloren hatte und deshalb so schwach war. Er würde nie wieder ein großer Kämpfer werden. Das gebrochene Wadenbein hätte sofort geschient werden müssen.

Wenn das Fieber nicht stiege und er keine Blutvergiftung bekäme …

»Zwei oder drei Tage«, schätzte Stein. »Nicht mehr. Viele Nächte unter freiem Himmel hättest du nicht überlebt. Wer waren die Angreifer?«

»Vielleicht … Normannen …«

Stein war erstaunt.

»Normannen hier? In Dyrrhachion?«

»Amico ...«

»Der Graf von Giovinazzo? Er ist weiter nördlich, in Dalmatien, so wurde mir in Achrida berichtet.«

Lyy schloß die Augen. Stein der Skalde stand auf und richtete zu seiner eigenen Verwunderung dem Waräger die Decke. Er war wirklich kein Krankenpfleger.

»Schlaf jetzt. Wir reden später. Deine Schwester ist sicherlich mit den anderen zusammen entkommen. Ihre Leiche liegt nicht hier.«

Stein wanderte über das mit Asche und halbverbrannten Stoffetzen übersäte Gelände. Die Stellen, wo die Zelte gestanden hatten, waren deutlich zu erkennen. So wie immer nach einem Brand lagen überall Müll und Stangen sowie seltsame Kadaver herum, denen man nicht ansah, was sie einmal gewesen waren. Unter all dem Unrat fanden sich auch verkohlte Leichen.

Aus dem Wald ertönte Lärm. Dann das Weinen einer Frau. Stein lief los. Einer der Männer trug eine junge Frau. Ihr langes, schwarzes Haar hing ihr wirr ins Gesicht.

Stein blieb wie angewurzelt stehen. Was hatte er erwartet? Schon, daß sie den Waräger lebend gefunden hatten, war ein Wunder.

»Das Mädchen war am Abhang. Sie ist nicht verletzt, aber hungrig und durchgefroren. Sie hat am Bach getrunken. Hier ist niemand vorbeigekommen, nachdem die Angreifer ihrer Wege ritten.«

»Bringt sie zum Lagerfeuer. Osbert, gib ihr deinen Umhang, damit ihr warm wird. Guibert, hol ein Fäßchen Wein. Mach für das Mädchen im Kessel Wein warm. Sie soll uns erzählen, was passiert ist.«

Das Mädchen hieß Serika. Sie war eine Sklavin, die sich

um die Duftwässer von Arete Dukaina hatte kümmern müssen. Sie hatte neben der Wand des Zeltes der vornehmen Frauen geschlafen, neben sich den Kasten, in dem die kleinen Glasflaschen aufbewahrt wurden. Der Inhalt des Kästchens war kostbarer als Serika selbst.

Serika war untröstlich, weil sie den Behälter mit den Duftwässern bei der Flucht nicht hatte mitnehmen können. Stein der Skalde wanderte mit dem Mädchen durch Asche und Schmutz.

»Der Kasten ist nicht da«, sagte Serika. »Die Normannen haben ihn mitgenommen.«

»Sie haben alles Wertvolle mitgenommen, als die Griechen den Troß zurücklassen mußten. Im Lager ist nichts zurückgeblieben.«

Stein sah sich an diesem Ort der Verwüstung um.

»Hast du gesehen, wie es der Schlafbringerin ergangen ist? War sie im Zelt von Despoina Arete? Konnte sie fliehen?«

Serika schüttelte den Kopf.

»Die Schlafbringerin war krank. Eine Sklavin pflegte sie, aber sie konnte sich nicht auf den Beinen halten. Die anderen sind gegangen, das hab ich gesehen, aber mich hat niemand mitgenommen. Ich war zu spät dran«, schluchzte das Mädchen. »Ich bin in den Wald gerannt.«

»Du hast nicht gesehen, was mit der Schlafbringerin geschah?«

»Die Normannen gingen in das Zelt hinein. Sie schrien vor Freude – es war ein reiches Zelt, Herr. Ich flüchtete in die Dunkelheit. Als ich zurückblickte, stand das Zelt in Flammen.«

Eine schwere Last wälzte sich Stein dem Skalden auf die Brust. Er kannte die Sitten der Kriegführung: Eine Frau allein und krank in einem Zelt war eine Beute, die man nach Benutzung tötete.

»Du kannst dich jetzt ausruhen, Serika, und dann mit uns nach Durazzo kommen, oder auch nach Italien, wenn du willst. Ich raube dich nicht als Sklavin. Du bist frei. Meine Männer bezeugen das.«

Eine junge, gesunde Frau war ein prächtiges Mitbringsel, wenn sie natürlich auch nicht Aure die Schlafbringerin ersetzen konnte. Stein sah die Männer an.

»Wähl dir einen Mann und bleib mit ihm zusammen. Ich will keine Schlägereien.«

»Sie würde für alle reichen«, murrte jemand.

»Eine ehrenhafte Frau darf man nicht zwingen. So hat Olaf Falco es angeordnet. Das wißt ihr sehr wohl. Wer Serika gegen ihren Willen anrührt, kriecht mit blutigem Rücken nach Hause.«

Stein stakste durch die Überreste des Zeltes. Mehrere zur Unkenntlichkeit verkohlte Leichen lagen herum.

Stein ging langsam in sein eigenes Zelt. Er setzte sich und betrachtete den schlafenden Waräger. Auch im Schlaf war der Mann voller Trotz.

Drungarios Lyy. Sollte man ihn hassen oder lieben? Gleichgültig konnte man ihm gegenüber nicht sein, ja nicht einmal sich mit lauer Kameradschaft begnügen. Der fremde Krieger faszinierte Olaf Falco. Stein sah in Lyy eine Bedrohung seiner eigenen Autorität. Das klügste wäre es, den Waräger zum Sterben in den Bergen zurückzulassen. In Sinetra würde er ständig im Wege sein, Olafs Aufmerksamkeit beanspruchen, um die Gunst des Grafen konkurrieren.

Aber Stein der Skalde spürte auch selbst im Herzen Lyys Zauber. Stein war Sänger; Lyy war der Held der Lieder. Man konnte sie nicht trennen. Stein brauchte Lyy.

Der Waräger öffnete die Augen, als hätte er Steins Blick gespürt.

»Sie ist verbrannt«, sagte Stein roh. »Vergewaltigt und umgebracht. Du weißt wohl, wie.«

Lyy wandte den Blick nicht ab.

»Töte mich, Dichter.«

»Das kann ich nicht«, knurrte Stein. »Ich habe meinem Herrn versprochen, dich nach Sinetra zu bringen.«

25. Kapitel

1074

»Kyria! Steh auf!«

Euphrosynes entsetzte Stimme drang Aure von fern in die Ohren. Das Zelt war leer.

»Lyy! Lyy!«

»Der Drungarios kämpft. Wir müssen fliehen!«

»Geh. Ich kann keine zwei Schritte machen.«

»Ich verlaß dich nicht, Kyria. Wir sterben gemeinsam.«

Aure riß sich hoch aus dem Sumpf des Fiebers. Jetzt brauchte sie die letzten Kraftreserven, die ihr noch verblieben waren. Gleich würde es zu spät sein.

»Man wird uns nicht sterben lassen. Man wird uns vergewaltigen.«

Euphrosyne begann zu weinen.

»Wir können es nicht verhindern, daß wir dem Feind in die Hände fallen. Aber wir können Einfluß darauf nehmen, wie man uns behandelt. Euphrosyne, nimm aus den Truhen von Despoina Arete das schönste Kleid und Schmuck. Rasch.«

Von draußen waren das Wiehern der Pferde, Rufe und Geschrei zu hören. Mit zitternden Fingern zog Euphrosyne Aure eine grünseidene, mit Purpur eingefaßte Dalmatika und eine mit Gold bestickte Palla an. Sie zog Aures Haarmassen nach hinten, band ein goldenes Netz darum und drückte ihr auf die Stirn ein mit grünen Steinen verziertes Diadem, von dem seitlich Perlenschmuck herabhing.

»Kyria, setz dich.«

Euphrosyne half ihrer Herrin auf den einzigen Stuhl im Zelt. Es war Arete Dukainas rotgestrichener Schemel ohne Lehne, auf dem ein grüngestreiftes und mit Troddeln verziertes Kissen lag.

»Halte den Rücken gerade, Kyria, wenn du nur irgend kannst.«

»Sprich mich mit Despoina an«, forderte Aure die Sklavin mit trockenen Lippen auf. Sie drehte das weiße Tuch aus Ephesos in den heißen Händen. »Gib mir noch Wasser.«

Euphrosyne gab Aure aus dem Zinnbecher zu trinken. Draußen war es plötzlich bedrohlich still.

»Die Arnauten kommen«, flüsterte Aure. »Lyy, hilf mir. Lyy.«

»Ich schminke dir noch das Gesicht, Despoina«, flüsterte Euphrosyne eilig. »Hier ist der Schminkkasten der Kaiserschwester. Sie hat alles zurückgelassen.«

»Jetzt gehört all das mir. Denk daran, Euphrosyne. Ich bin eine Fürstin, wenn ich nach einer Fürstin aussehe.«

Sie vernahmen Hufgetrappel.

»Die Arnauten haben keine Pferde«, sagte Aure verwundert.

Euphrosynes Finger bewegten sich wie Fliegen über Aures Gesicht, trugen Wangenrot auf, zogen die Augenbrauen nach, legten auf das Oberlid einen schweren, grünen Schatten. Die Sklavin malte ihr noch die Lippen rot, als vor dem Zelt Männerstimmen erklangen.

»Italienisch!« Aure fuhr zusammen. »Normannen!«

»Sei du still, Despoina«, flüsterte Euphrosyne. »Ich spreche ein wenig Italienisch.«

Alle, die in der Gegend der genuesischen, pisanischen, venezianischen und amalfitanischen Viertel wohnten, konnten italienisch, auch Aure. Aber sie konnte nicht den Mund öffnen. Sie wandte all ihre Kraft auf, um den Rükken so gerade wie ein Brett zu halten.

Der Türvorhang des Zeltes bewegte sich. Durch den Spalt sah man das Lodern von Flammen und davor die schwarzen Gestalten von Soldaten. Aure die Schlafbringerin stellte sich vor, aus Stein zu sein.

Ins Zelt kam mit blankem Schwert ein breitschultriger Krieger geschritten, ein Mann, so viereckig wie eine Eisentruhe. Die Helmkapuze und der Nasenschutz verbargen sein Gesicht im Halbdunkel. Das Zelt wurde auch weiterhin nur von einer auf den Dorn eines hohen, eisernen Ständers gesteckten Nachtkerze erhellt, angezündet vor zwei Stunden und einer Ewigkeit, um über den Schlaffrieden vornehmer Frauen zu wachen.

Der Mann blieb stehen wie vor einer Wand. Das Innere des Zelts war mit großen, rotbestickten Stoffen verhängt. Der Boden war mit einem Seidenteppich aus Isphahan bedeckt. An den Seiten standen Kleidertruhen mit Zierschnitzereien. Zwischen den Stoffen schwebte der Duft einer Kräuterwiese des Paradieses.

Mitten in dem luxuriösen Zelt saß auf einem Kissen mit goldenen Troddeln reglos eine Frau. Ihre Füße ruhten auf einem flachen Schemelkissen. Die geheimnisvolle Schöne funkelte in dem schwankenden Kerzenlicht wie die nächtliche Milchstraße. Über hohen Wangenknochen schimmerten leuchtend blaue, schwarz umrandete Augen. Das kleine Gesicht der Frau war von Perlenschnüren umrahmt, an deren Enden sich Blumen aus grünen Steinen leise bewegten. Die Frau saß still und ruhig da, ohne den fremden Mann, der in das Zelt eingedrungen war, zu sehen und zu hören.

Eine Belohnung ohnegleichen.

Der Mann nahm den Helm ab und ließ die Kapuze in

den Nacken gleiten. Er war ein Normanne mit breitem Kinn, ein blauäugiger, grobschlächtiger Mann. Er wirkte zugleich gutgelaunt und mißtrauisch. Die hellbraunen Haare ragten unter der gesteppten Mütze hervor.

»Ha!« Der Mann trat einen Schritt näher.

Von hinten drängten weitere eisenstarrende Krieger ins Zelt. Aure die Schlafbringerin rührte sich nicht. Ihr ganzes Wesen atmete vornehme Gleichgültigkeit. Euphrosyne kauerte mit gesenktem Kopf neben dem Schemel.

»Wer bist du, Herrin?«

Aure verstand die Worte des Mannes. Er sprach den kalabrischen Dialekt, der in ganz Süditalien gesprochen wurde. Das Italienische der Amalfitaner war dieselbe Sprache. Aure schwieg und starrte vor sich hin. Noch ein Weilchen, der nächste Lidschlag.

Die Augen des Mannes betrachteten Aure neugierig prüfend, bewundernd, auch schüchtern. Aure bemühte sich, nicht in diese Augen zu blicken. Der Mann streckte den eisernen Handschuh aus und berührte Aure. Euphrosyne schluchzte. Der Mann sah die Sklavin an wie ein am Boden kriechendes Insekt.

»Despoina Aure«, flüsterte Euphrosyne. Aure erriet, daß sie die Angst nicht zu spielen brauchte.

»Eine vornehme Frau?«

Der Krieger deutete auf Aure. Er konnte seinen Blick nicht von dem Anblick losreißen, der wie ein wahr gewordenes Märchen inmitten der Berge des Balkans war.

»Sehr vornehm«, murmelte Euphrosyne.

»Sprichst du italienisch, Sklavin?«

»Ein wenig, Herr.«

»Wie heißt deine Herrin? Wer ist sie?«

Aure war wegen Euphrosyne aufgeregt. In der Eile hatten sie vergessen, sich einen guten Namen auszudenken. Es schwindelte Aure so, daß der fremde Normanne leise zu schwanken schien. Dann begriff sie, daß sie auch selbst schwankte.

»Herr, sie ist eine vermögende Witwe von vornehmer Herkunft, die zu ihrem neuen Ehemann gebracht wird.«

Aure wagte es nicht, die Augen zu bewegen. Der Normanne betrachtete das reiche Zelt.

»Aha. Dies sind ihre Sachen.«

»Im Troß sind noch mehr«, sagt Euphrosyne demütig. »Die Despoina heißt Aure.«

Der Normanne sah Aure triumphierend an.

»Deine Herrin gehört jetzt mir. Ich habe sie ehrlich gewonnen, denn ihre Leute sind geflohen und haben sie mir überlassen. Sag ihr das.«

»Despoina.« Euphrosyne kniete vor Aure nieder und verbeugte sich. »Dieser Mann ist nicht der schlimmstmögliche Räuber. Vielleicht sterben wir noch nicht.«

Der Normanne bedeutete Euphrosyne zu schweigen.

»Ich bin Fulbert di Montecaldo aus Kalabrien.«

Der Mann verneigte sich, und Euphrosyne wiederholte seinen Namen.

»Zumindest kommst du in das richtige Bett, Despoina. Vielleicht schlägt er dich nicht. Er macht nicht den Eindruck eines bösartigen Charakters.«

Der Normanne blickte auf Euphrosyne.

»Du bist die einzige übriggebliebene Frau, Sklavin. Soll ich dich meinen Männern geben? Sie haben ihr Vergnügen verdient.«

Aure biß sich auf die Zunge, um nicht zu schreien. Euphrosyne verbeugte sich zitternd vor den Füßen des Normannen.

»Herr, wie du es wünschst. Aber meine Herrin kann sich nicht ohne mich ausziehen und ankleiden. Sie ist zu vornehm, um für sich selbst zu sorgen.«

Der Mann wurde nachdenklich. Aures Vornehmheit faszinierte ihn sichtlich.

»Man muß sie kämmen«, flüsterte Euphrosyne. »Und salben und beduften. Eine griechische Aristokratin kann sich nicht selbst schminken, Herr. Nicht jede beliebige Dienerin darf sie berühren.«

»Ausziehen kann ich deine Herrin wohl«, lächelte der Mann dann. Seine Nase zog sich auf komische Weise herab, wenn er lachte. »Aber die Dame kann nicht ständig nackt sein. Ich verschone dich, damit du deine Herrin betreuen kannst.«

Euphrosyne beugte sich hinab, um dem Normannen den Eisenstrumpf zu küssen, aber der hatte die Sklavin schon vergessen. Er zog den Handschuh aus, gab ihn dem hinter ihm stehenden Knappen und streckte den Arm aus. Er berührte vorsichtig Aures Hals und zog sogleich die Hand zurück.

»Du bist ja glühend heiß, Herrin!«

Aure die Schlafbringerin fiel lautlos vom Stuhl zur Seite. Der Normanne sprang vor und fing sie auf, bevor sie zu Boden stürzte.

Fulbert di Montecaldo stützte sich auf den Ellbogen und betrachtete seinen Fund aus der vergangenen Nacht. Das kleine Hirtenhäuschen, aus dem die Bewohner und die Tiere vertrieben worden waren, stank nach Ziege und ranzigem Fett. Das Bettzeug aus dem Aristokratenzelt war in der Ecke der Stube ausgebreitet. Fulbert hatte noch nie in seidenen Laken geschlafen. In der Ecke brannte niedrig eine Nachtkerze, dieselbe, die das Zelt der vornehmen griechischen Frauen erhellt hatte, und auch in demselben eisernen Kerzenständer.

»Despoina«, sagte Fulbert langsam, aber die Frau rührte sich nicht. »Es hätte dir auch schlimmer ergehen können.«

Die Augen der Frau waren geschlossen – vielleicht schlief sie. Ihr roter Haarschopf breitete sich wie ein Heiligenschein um das Gesicht herum auf dem mit Duftwasser besprengten Kissen aus. Die Sommersprossen leuchteten auf der blassen Haut. Die Frau sah nicht im geringsten griechisch aus. Die Untertanen des Kaisers waren ein gemischtes Volk. Die verwandtschaftlichen Wurzeln auch dieser Frau konnten im Norden oder im Land der Slawen liegen. Ihre Familie konnte aus dem Osten, aus Armenien, oder aus dem Westen, aus Thrakien oder Bulgarien, stammen.

Die Frau war so krank, daß es nicht sicher war, ob sie lange leben würde. Der Gedanke stimmte Fulbert traurig. Er war mehr als zufrieden mit seiner vornehmen Beute. Ein unbedeutender Kriegszug zur Beschaffung von Lebensmitteln und warmen Kleidern für seine hundert Männer war ein gewaltiger Erfolg geworden. Er würde Fulberts ganzes Leben verändern.

Die Frau widersetzte sich im Bett nicht. Sie klagte leise, als Fulbert sie beschlief. Da aber Fulbert di Montecaldo ein freundlicher Mann war, solange er bekam, was er wollte, hatte er die Frau vorsichtig behandelt. Die vornehm zerbrechliche Natur der Frau verlangte eine respektvolle Behandlung.

Fulbert konnte sich nicht erinnern, eine Frau von so hohem Stand jemals angesprochen, geschweige denn berührt zu haben, obwohl er durchaus welche gesehen hatte: Sikelgaita von Salerno, die jetzt Herzogin von Apulien war, und die legendäre Gräfin Adela von Sinetra, die schönste Frau von Kalabrien. Aber der Cavaliere einer kleinen Burg, der kaum mehr war als ein Raubritter, durfte nicht einmal die Schleppe einer Aristokratin berühren.

Die Frau seufzte im Schlaf. Tränen liefen ihr unter den geschlossenen Lidern hervor. Fulbert fühlte sich seltsam gerührt. Ein schlafender Mensch war verletzlich. Aber anstatt des Beutetriebs weckte Aures Unfähigkeit, sich zu verteidigen, in Fulbert ein angenehmes, warmes Gefühl, über das er sich wundern mußte, bevor er verstand, was es war: Zärtlichkeit.

»Lyy«, klagte die Frau.

Fulbert schüttelte den Kopf. Plötzlich war es von erstrangiger Bedeutung, daß die Frau gesund wurde.

»Sklavin.«

Die griechische Sklavin hatte die ganze Nacht in der Ecke des Hirtenhauses auf einem Haufen Laub gehockt.

»Kümmere dich um deine Herrin. Zieh sie warm an. Wir müssen heute weiter. Ich werde sie vor mich auf den Sattel nehmen. Füll Wasser ab, damit ich ihr zu trinken geben kann. Pack all die schönen Sachen zusammen.«

Wie Fulbert da so sprach, war er jetzt grenzenlos reich. Der Gedanke machte ihn schwindelerregend glücklich. Fulbert di Montecaldo hatte endlich das bekommen, was jeder arme Ritter anstrebt: eine vornehme Frau und ein großes Vermögen. Und seine Frau hatte nicht einmal lästige Verwandte, die das Tun und Treiben des Ehemanns überwachten.

»Bertrand! Leg mir die Rüstung an.«

Der Knappe, ein großer, igelhaariger Bursche, kam ins Zimmer gepoltert. Seine Augen weiteten sich vor Erstaunen. Mit offenem Mund starrte er das Gesicht und das schäumende Haar der Despoina an. Die Sklavin Euphrosyne begann zu schreien.

»Bei den heiligen Brüsten der Jungfrau! Was hat die?« Der Junge glotzte die Sklavin an.

Euphrosyne stand vor dem Haufen von Bettzeug und breitete schützend die Arme aus.

»Herr! Herr! Der sieht die vornehme Frau. Sie hat keinen Schleier. Jag ihn fort!«

Fulbert wollte die Sklavin ohrfeigen, aber seine Faust hielt in der Luft inne.

Wahrhaftig. Unvergleichliche Vornehmheit bestand gerade aus solchen Dingen. Die Sklavin hatte recht. Fulbert mußte in jeder Weise die Stellung der Despoina, ihre nahezu heilige Unantatstbarkeit schützen, von der auch auf ihn Heiligkeit abstrahlte. Je mehr die Despoina respektiert wurde, desto größer war auch die Würde ihres Besitzers.

Anstatt der Sklavin wurde die Maulschelle dem Knappen verabreicht.

»Tölpel. Kommst in das Zimmer einer vornehmen Frau getrampelt wie ein Schwein in den Stall. Raus, warte dort.«

Der entgeisterte Bertrand kroch durch die niedrige Türöffnung auf die Bergwiese hinaus, auf der die Männer aus Montecaldo sich gelagert hatten. Fulbert folgte ihm auf dem Fuß und ohrfeigte ihn rechts und links so, daß der Junge heftig auf das Hinterteil fiel.

»So viel müssen auch die Holzköpfe begreifen, daß man die Augen nicht zu etwas erhebt, das unermeßlich hoch über einem steht und Eigentum des Herrn ist.«

Fulberts Stimme war so laut und drohend, daß alle es hörten und verstanden.

Avlona war eine der reichsten Städte Illyriens. Östlich davon erstreckte sich die fruchtbare Uferebene, im Westen lagen leicht zu verteidigende Buchten und Inseln. Der innerste Teil der Buchten gab ausgezeichnete Häfen ab. Das fischreiche Adriatische Meer ernährte die Stadt. Amico di Giovinazzo, ein Normanne, der mit keinem Herrscher in Frieden leben konnte, hatte die Stadt in seine Gewalt gebracht.

Jeder wußte, daß der Spaß nicht lange dauern würde. Bald würde der Strategos des Themas Dyrrhachion mit seinen Hilfstruppen aus Durazzo kommen, und dann würde Graf Amico gehen müssen. Er hatte nicht genug Männer, um die Stadt zu verteidigen. Die Einwohner hatten nicht vor, auch nur einen Finger für Amico zu krümmen, wie sie es auch nicht für den Eparchen des Kaisers getan hatten.

Fulbert di Montecaldo, der Kampfgefährte des Grafen Amico, hatte das Vermögen, das er auf dem illyrischen Kriegszug geraubt hatte, im Hause eines Wollhändlers untergebracht. Das Gebäude lag direkt oberhalb der Hafenbucht. Die Bewohner des Hauses hatte man verjagt außer einem jungen Burschen, der versucht hatte, sein Zuhause zu verteidigen. Ihn verkaufte Fulbert sogleich an einen interessierten Käufer, einen reichen Weinhändler aus Avlona. Es gab auch eine Tochter, die Fulberts Bruder Guifred in Gebrauch nahm, aber das Mädchen starb bald.

Fulbert ritt in die Stadt ein so stolz wie ein König. Vor sich im Sattel hatte er eine verschleierte Frau. Ihre Kleider und ihre Haltung verrieten das adlige Blut. Es folgte ein endloser Konvoi von Gütern. Die Ankunft in Avlona war der Höhepunkt des vierzigjährigen Lebens von Fulbert di Montecaldo. Der Anblick des scheelen Erstaunens seiner Brüder versüßte seinen Triumph wie Honig den heißen Wein.

»Renald. Guifred. Ihr seid gesund, wie ich sehe. Ich bin es auch.«

»Du scheinst einen reichen Fang gemacht zu haben, Bruder. Du hast das Glück immer auf deiner Seite. Von Geburt an.«

Renald, der älter und verbittert war, nahm Fulberts Konvoi prüfend in Augenschein. Fulbert wußte, was der Bruder überlegte und immer überlegt hatte. Renald gab sich keine Mühe, seine Wut über die Tatsache zu verheimlichen, daß er später als Fulbert geboren worden war. Fulbert war in der Normandie zur Welt gekommen, Renald und Guifred im kalabrischen Montecaldo.

Fulberts Eltern, die ebenso namenlos waren wie die Brüder Hauteville aus Cotentini, hatten sich ebenso wie die anderen armen oder vom Herzog verstoßenen Normannen auf die Suche nach dem Glück gemacht. Sie glaubten, der Erfolg würde sich in den von der Malaria verseuchten Tälern und auf den von der Sonne verbrannten Bergen Süditaliens einstellen. Damals war Fulbert ein Jahr alt.

Ritter Wilram, Fulberts Vater, war recht erfolgreich gewesen. Mitten in Kalabrien, oberhalb der Täler der Sila Grande, stand die Bergburg Montecaldo. Ihr Befehlshaber Benzo, dessen langobardische Familie Burg und Stadt hundert Jahre lang für den Kaiser beherrscht hatte, wurde allmählich alt. Er hielt sich eine Kriegerschar, so wie viele andere es zum unruhigen Beginn des Jahrhunderts taten. Und so wie viele andere verlor Benzo zuerst seine Burg und dann sein Leben an seine Söldner. Die Zeiten wurden noch unruhiger.

Ritter Wilram und Donna Constantia bekamen acht Kinder, von denen ganze drei, alle Jungen, die gefährlichen Jahre der Kindheit überlebten. Die Töchter starben, aber darüber konnte man nur froh sein, denn so brauchte die arme Burg Montecaldo keine Mitgift zu finanzieren.

Ritter Wilram plante im stillen, den jüngsten Sohn Guifred der Kirche zu übergeben, damit er zum Bischof der Stadt Montecaldo erzogen wurde. Aber Ritter Wilram fiel vom Pferd und brach sich das Genick, bevor er seine Absichten in die Tat umsetzen konnte. Das war für die Stadt Montecaldo und das Bistum ein Glück, denn Guifred hatte nicht das Zeug zum Priester.

Als jüngster Sohn wußte Guifred, daß er niemals würde heiraten und Burgherr werden können. Guifred nahm sich, was er ergattern konnte, und genoß alles sofort, denn es gab keine Hoffnung auf Besseres.

Fulbert scherte sich nicht um Guifred.

»Er ist gierig und dumm, nicht besser als irgendein grober Klotz, der eine Lanze in der Hand halten kann. Brauchbar, aber streng zu behandeln.«

Renald war etwas anderes. Ein mißtrauischer, neidischer, hinterhältiger Bruder.

»Renald wird mich eines Tages umbringen, wenn ich nicht aufpasse«, sagte Cavaliere Fulbert einmal zu seiner Mutter.

Das war eine Warnung: Donna Constantia zog Renald vor, weil sie Fulberts Frau nicht leiden konnte. Die starb dann auch später, aber an diesem Tod war nichts Verdächtiges: Ihr drittes Kind starb mit ihr zusammen bei der Geburt. Die Frau hatte kein einziges lebendes Kind bekommen und wurde bald vergessen. Ritter Renald war der nächste Erbe von Montecaldo – falls Fulbert nicht wieder heiraten und lebende Kinder zeugen würde.

Renald stand vor dem Hafenhaus still wie gelähmt. Fulbert konnte seine Gedanken lesen. Geraubte Sklavenmädchen wurden nicht im Sattel des Ritters transportiert, man kleidete sie nicht in einen graublauen Seidenschleier und blaue Samtpantoffel. Der Duft ihres Parfums übertönte den Pferdegeruch.

»Renald, hilf meiner Gemahlin vom Pferd«, zischte Fulbert di Montecaldo seinem Bruder zu. »Vorsichtig.«

Renald rührte sich nicht. Fulberts Peitsche erhob sich plötzlich in die Luft und klatschte auf Renalds Brust.

»Schnell. Der nächste Schlag trifft dich ins Gesicht.«

Renalds einzige Hoffnung, jemals eine selbständige Position zu erlangen, hatte darin bestanden, daß Fulbert unverheiratet blieb und ohne Erben starb. In den Normannenfamilien war es üblich, nur den ältesten Sohn zu verheiraten und ihm das gesamte Vermögen zu vermachen. Die jüngeren Söhne mußten dem älteren Bruder dienen oder in die Welt hinausgehen.

Fulbert lächelte hochmütig.

»Genieße diesen Augenblick, Bruder. Du hast nie zuvor eine Frau von so edler Herkunft berührt. Und du wirst sie danach nicht wieder berühren.«

Renald hob die Despoina aus dem Sattel, so als hielte er eine Schlange. Fulbert sah seinen Bruder verschmitzt an.

»Ich habe schon angefangen, meine vornehmen Kinder zu zeugen.«

»Möge ein Wurm deine Hoden zerfressen«, murmelte Renald. Fulbert lächelte zufrieden.

»Von nun an wirst du die lateinische Liturgie hören, auf Latein beten und dich nach lateinischer Art bekreuzigen, Despoina Aure.«

Pater Lampo, der Priester von Montecaldo, war nur ein unbedeutender Verteidiger der Papstkirche, aber ebenso flammend bei der Sache wie Papst Gregorius. Aure lächelte zerstreut, so als verstünde sie nicht ganz, was der Priester sagte. Pater Lampos Griechisch war dürftig; wie die meisten Kalabrier war er zweisprachig, sprach aber lieber italienisch, die Sprache seiner langobardischen Eltern.

»Als Brautgeschenk gibt Ritter Fulbert dir fünfzig Nomismi.« Aure stand die Verachtung im Gesicht geschrieben, obwohl sie versuchte, ausdruckslos zu bleiben.

»Das ist nicht viel, aber mehr hat der Ritter nicht«, setzte Pater Lampo eilig hinzu.

»Vater, ich bin eine schutzlose Frau. Ich habe keinen Fürsprecher und keinen Vormund, der meine Angelegenheiten regeln würde. Niemand verhandelt für mich. Wie könnte ich meine Interessen ebenso vertreten, wie es mein Vater tat, oder mein Bruder, der ein Drungarios des Kaisers ist?«

Aures Stimme war sanft, und sie wirkte so hilflos, wie man nur sein konnte. Das war nicht schwierig, denn die Männer erwarteten, daß sie hilflos war. Dennoch war Vorsicht geboten. Für eine griechische Despoina schickte es sich nicht, die Abmachungen der Männer zu verstehen. Aure die Schlafbringerin verstand sehr wohl, daß ihre vornehme Unkenntnis der Welt ein unverzichtbarer Teil des Zaubers war, den diese schlichten Normannen bestaunten.

»In meinen Truhen befinden sich wunderbare Schätze, die Ritter Fulbert als Mitgift zur Verfügung bekommt. Ist es nicht angemessen, daß er meine Stellung in der neuen Familie irgendwie sichert? Ist das richtig gedacht? Ich bin nur eine dumme Frau. Deshalb muß ich dich um Rat fragen, Vater.«

Aure vermied die Blicke der Männer, indem sie den Kopf zur Seite wandte und zu dem Priester sprach. Eine griechische Aristokratin sprach mit einem Mann nur im äußersten Notfall. Aures demütiges und zugleich entrücktes Verhalten faszinierte die Normannen.

Pater Lampo übersetzte die Worte der Despoina denen, die kein Griechisch verstanden. Der Bräutigam selbst war einer von ihnen. Die Männer nickten wohlwollend. Die Frau war den Männern von Montecaldo als Kriegsbeute in die Hände gefallen, aber man mußte die Sitten der vornehmen Leute respektieren – ein Mangel an Respekt konnte sich irgendwann rächen.

»Fulbert, kannst du deiner Frau das Recht auf die Einkünfte eines Geschäfts oder eines Klosters oder einer Kirche gewähren?«

Amico di Giovinazzo, der die Verhandlungen führte, musterte die junge Frau begehrlich. Sie war so tief verschleiert, daß man von ihren zarten Gliedern nur eine verlockende Ahnung bekam. Die verborgene Schönheit bewirkte, daß die Krieger seufzten und sich unruhig bewegten.

»Ist dir das recht, Herrin?« richtete Amico di Giovinazzo das Wort unverschämt direkt an Aure, die schüchtern den Kopf senkte und wieder in Richtung von Pater Lampo nickte.

Aus Ritter Fulberts Miene konnte man schließen, daß die Stadt Montecaldo – wo sie auch liegen mochte – nicht viel zu bieten hatte. Aber Aure hatte den Vertrag nur erwähnt, um zu zeigen, daß ihr Bruder ein mächtiger Mann war, und um daran zu erinnern, daß sie eine gute Partie war. Alle anwesenden Männer würden sich nach dieser Beratung an sie erinnern. Aure kannte sie nicht, aber Euphrosyne hatte ihre Namen und Wohnorte herausbekommen. Man konnte nie wissen, wann man möglicherweise Zeugen brauchte. Nach der Zusammenkunft im Hause des Wollhändlers ließ Aure Euphrosyne die Teilnehmer nochmals aufzählen.

Das Zimmer, in dem Ritter Fulbert sich eingerichtet hatte, war klein und fensterlos. Das Haus war alt, noch aus römischen Zeiten. Der Fußboden bestand aus einem schwarz-weißen Mosaik. An der hinteren Wand gab es eine breite, steinerne Pritsche mit Matratzen, Decken und Kissen. Eine Feuerstelle war nicht vorhanden, und auch keine Tür. Ein Vorhang trennte das Schlafzimmer von dem größeren Raum und dem dahinter liegenden eingefriedeten Hof.

Die ersten Tage des Novembers waren kalt und windig, aber der Regen hatte noch nicht eingesetzt. Euphrosyne brachte eine Kohlepfanne ins Schlafzimmer und wickelte Aure in einen weichen Wollmantel, der am Rand mit Reihen von Blumen bestickt war. Der Mantel war so wie Aures sämtliche Kleider Eigentum von Arete Dukaina.

»Man muß sich vor der Kälte schützen, Despoina. Du bist noch nicht gesund.«

»Wie mag es Lyy ergangen sein?« murmelte Aure zum hundertsten Mal. »Ist er gefallen? Ist er verbrannt?«

Aure hatte keine Hoffnung, daß Lyy mit den Griechen hatte fliehen können. Wenn Lyy am Leben wäre, dann wäre er schon gekommen, um seine Schwester zu retten.

»Wir werden es nie erfahren. Aber wenn auch der Drungarios tot sein sollte – du bist am Leben. Dein Ehemann ist ein Mann so gut wie jeder andere. Normannen und Griechen und Barbaren – da ist keiner besser als der andere. Du mußt lernen, mit ihm zu leben.«

Aure nickte.

»Ich habe Ritter Fulbert eine Menge zu verdanken.«

»Aber vor den Brüdern des Ritters muß man sich vorsehen. Guifred hat schon eine silberne Weinkanne aus der langen schwarzen Truhe gestohlen.«

»Wir müssen Ritter Fulbert vorschlagen, daß er alle Sachen prüft und Pater Lampo ein Verzeichnis davon anlegen läßt«, bemerkte Aure. »Ich kann Guifred nicht beschuldigen, ein Dieb zu sein.«

»Renald ist gefährlicher.«

Aure schloß die Augen. Nach der Lungenentzündung war sie geschwächt. Jeder Tag war eine Anstrengung.

»Ich darf mich nie beklagen, nicht krank sein, niemandem irgend etwas zur Last legen. Immer muß ich kühl und entrückt sein und über den Dingen stehen«, flüsterte Aure müde. »Je eher ich schwanger werde, desto besser. Ritter Fulbert hat eine gute Frau und einen Erben verdient. Ich will ihm beides geben.«

Aure lehnte sich in die Kissen zurück. Der Kopf war zu schwer, als daß sie ihn aufrecht halten konnte.

»Ich darf niemals Angst oder Gereiztheit erkennen lassen. Was sollte ich wohl fürchten? Ich bin zusammen mit Lyy gestorben. Der Rest ist Schlaf.«

Mit der Gefangennahme durch Ritter Fulbert im Jahr 1074 ist Aures Weg noch lange nicht zu Ende. Welchen Gefahren wird die Schlafbringerin auf der kalabrischen Normannenburg Montecaldo ausgesetzt sein? Und kann Aures Tochter als Erbin von Montecaldo den Mordabsichten der Brüder Fulberts entkommen?

Auch Olaf Sturmfalkes Abenteuer gehen weiter. Was wird aus Olafs Liebe zu Aure, was aus seiner Freundschaft zu Lyy – wird Lyy je den Gedanken daran vergessen können, eines Tages seine Schwester zu rächen? Wie wird es dem schwachen Basileus von Byzanz ergehen?

Die spannende Geschichte nimmt ihren Lauf ...

Glossar

Akolythos: Chef der Warägergarde des Kaisers von Byzanz
Alanen: Steppenvolk, das nordöstlich des Schwarzen Meeres lebte
Aplikton: Sammelplatz der byzantinischen Armee
Archont: griechischer Beamter von vornehmer Herkunft
Arnauten: Albaner
Aula: zentrale Halle eines Gebäudes

Balliste: Wurfmaschine
Basileus: Kaiser von Byzanz
Basilissa: Kaiserin von Byzanz
Bigla: kaiserliche Palastgarde in Konstantinopel

Cavaliere, Chevalier: adliger Ritter
Chliat: Stadt an der Ostgrenze des Byzantinischen Reiches
Commendatio animae: Gebet um die Aufnahme der Seele eines Verstorbenen im Himmelreich
Completorium: Abendgebet
Conte: Graf
Contessa: Gräfin

Dalmatika: Kleid mit Ärmeln, das bis zu den Knöcheln reicht
Dame: vornehme Frau, Burgherrin
Dekark: militärischer Dienstgrad in Byzanz, Kommandant eines Zehnertrupps
Despoina: vornehme Frau
Domestikos: hoher militärischer Dienstgrad in Byzanz, General
Domina: vornehme Frau, Burgherrin

Dominus: Herr, hochrangiger Kirchenmann
Domus: Haus
Donjon: Verteidigungsturm
Donna: vornehme Frau
Dromone: byzantinische Kriegsgaleere
Drungarios: militärischer Dienstgrad in Byzanz, Kommandant einer Tausendschaft
Duchessa: Herzogin
Duca: Herzog

Elevation: das Hochheben des Abendmahlskelchs
Eparch: byzantinischer Stadtkommandant
Eugenia: edle Herkunft

Falco: Falke
Familia: Gesamtheit der Familie eines Fürsten einschließlich der Dienerschaft
Franken: von den Griechen verwendete Bezeichnung für die Westeuropäer

Gambeson: gepolsterte Schutzweste unter dem Kettenhemd
Gårdarike: von den Skandinaviern im Mittelalter verwendete Bezeichnung für Rußland
Gastalde: Stadtkommandant bei den Langobarden
Gynakeion, Gynaikonitis: die Frauenräume im byzantinischen Haus

Hetaireia: Fremdengarde des Kaisers von Byzanz

Jarl: im mittelalterlichen Skandinavien Bezeichnung für Adeligen, bzw. vom König eingesetzten Statthalter

Katepan: Statthalter des Kaisers von Byzanz in Süditalien
Komes: byzantinischer Militärdienstgrad, Kommandant von zweihundert Mann
Kyria: Frau

Langobarden: germanischer Stamm, der sich im 1. Jahrtausend n.Chr. in Italien ansiedelte

Lateiner: von den Byzantinern verwendete Bezeichnung für die römisch-katholischen Christen
Logen: Alte Bezeichnung des Mälarsees in Schweden

Majordomo: Hofmeister, Wirtschaftsleiter
Matutina, laudes matutinae: Morgengebet
Menologion: liturgisches Monatsbuch der Byzantiner mit den Lebensgeschichten der Heiligen
Miasma: giftige Ausdünstung des Bodens
Miklagård: von den Skandinaviern im Mittelalter verwendete Bezeichnung für Konstantinopel
Mille passus: tausend Schritt, römisches Längenmaß, ca. 1500 Meter
Mitra: hohe Kopfbedeckung eines vornehmen Mannes
Motte: Hügel, oft künstlich angelegt, auf dem der Verteidigungsturm errichtet wurde

Nidaros: alter Name für Trondheim
Nomisma: byzantinische Goldmünze
Nona: Nachmittagsgebet
Normannen: Nachkommen der Wikinger, die sich in der Normandie ansiedelten

Palla: großes Tuch, das zur Kleidung der Frauen gehörte
Pallium: Stoffstreifen, der vom vorderen bis zum hinteren Saum des Kleides reichte und eine Öffnung für den Kopf hatte
Patene: Hostienteller
Petschenegen: nomadisches Turkvolk, lebte nördlich des Schwarzen Meeres
Prälat: geistlicher Würdenträger
Prima: Gebet zum Tagesanbruch

Römer: Eigenbenennung der Byzantiner

Sala: große Halle eines Palastes oder einer Burg
Sanctuarium: Raum um den Altar einer Kirche, Zufluchtsort
Sangarios: Fluß in Kleinasien, heute Sakarya
Sarazenen: Muslime

Schema: prahlerisches Verhalten
Sexta: Mittagsgebet
Skalde: altnordischer Dichter und Sänger
Solidus: byzantinische Goldmünze
Sponsalicium: Geschenk des Bräutigams
Strategos: Kommandant eines byzantinischen Themas (Militärbezirks)

Tavastland: Provinz in Finnland, finnisch: Häme
Tertia: Morgengebet
Thema: militärisches Verwaltungsgebiet in Byzanz, Provinz
Thospitis: Sewan, großer See in Armenien
Treuga dei: Gottesfrieden, Verbot jeglicher Kriegshandlung
Tunika: Gewand mit Ärmeln, das bis an die Knie reichte
Turmark: militärischer Dienstgrad in Byzanz, Kommandant von 5000 Mann

Vasall: Gefolgsmann, Inhaber eines Lehens
Väinämöinen: mythologische Gestalt, einer der Helden aus dem finnischen Nationalepos Kalevala, alter Mann, Sänger
Vesper: Gebet zum Sonnenuntergang

Warägergarde: Leibwächtergarde des Kaisers von Byzanz, die aus skandinavischen Kriegern bestand, ca. 6000 Mann

PIPER

Kaari Utrio

Bronzevogel

Roman. Aus dem Finnischen von Angela Plöger.
719 Seiten. Serie Piper 3067

Die Zeit, in die das finnische Mädchen Terhen im Jahr 1020 hineingeboren wird, ist eine Epoche des Umbruchs – Heidentum und christlicher Glaube kämpfen um die Vormacht, und die Wege des Lebens sind voller Gefahren. Als Kind begegnet Terhen einem Zauberer, der sie das Wissen der Ahnen und der Magie lehrt. Diese Zauberkraft ist für Terhen neben ihrer Schönheit und ihrem Verstand in den Stürmen des 11. Jahrhunderts ein wichtiger Schutz. Als ihr Vater stirbt, wird sie vom Wirbel der Geschehnisse mitgerissen: Ihr abenteuerlicher Weg führt sie über Gotland und Kiew bis nach Konstantinopel, wo sie einen byzantinischen Prinzen heiratet. Nach einer schicksalhaften Begegnung mit ihrem Ziehbruder Eirik dem Starken beginnt für Terhen wieder eine unruhige Zeit, über Ungarn gelangt sie an den französischen Hof und später nach England. Hier findet Eirik sie nach Jahren erneut, und ihr Leben nimmt eine überraschende Wendung ...

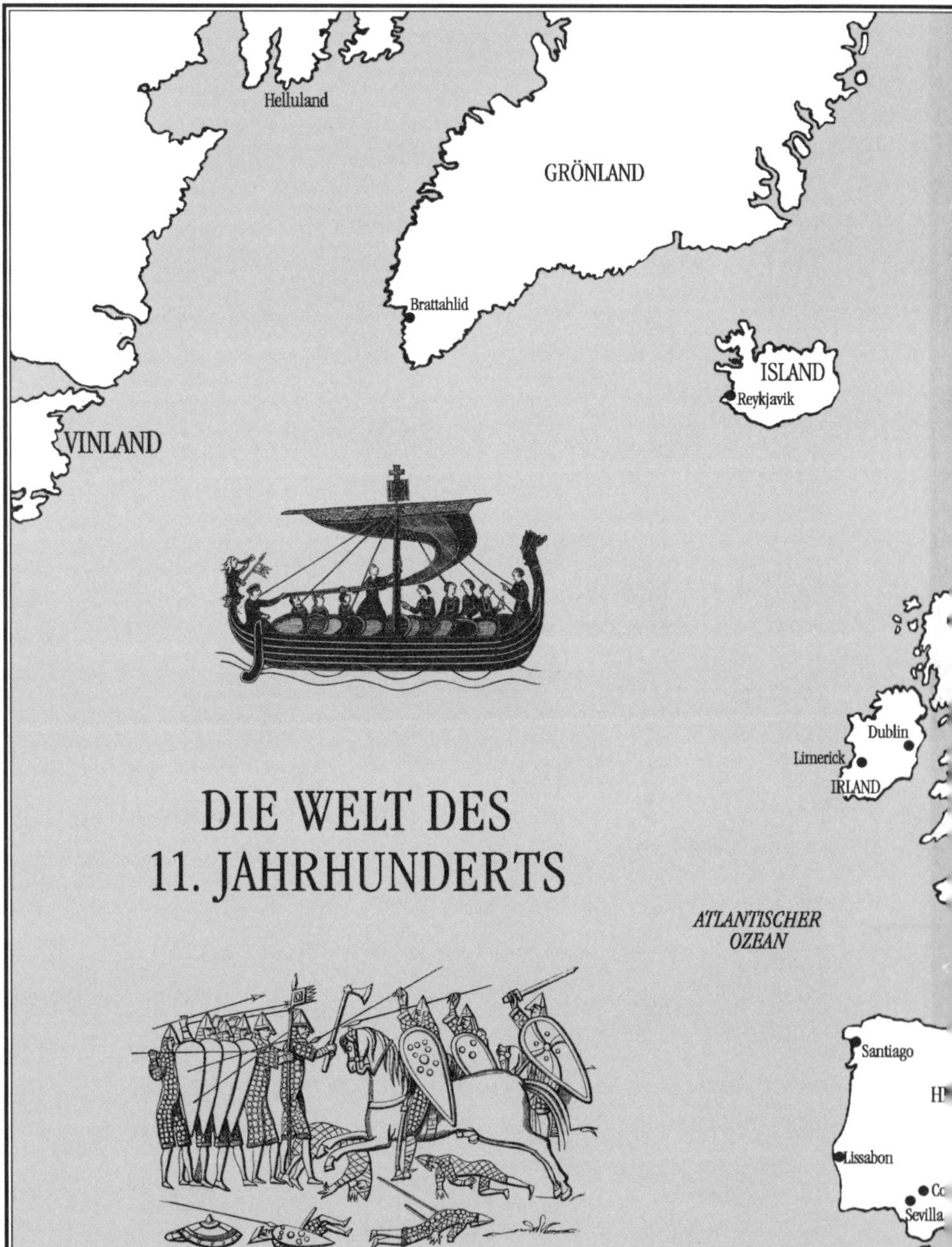
Helluland
GRÖNLAND
Brattahlid
ISLAND
Reykjavik
VINLAND
Dublin
Limerick
IRLAND
DIE WELT DES
11. JAHRHUNDERTS
ATLANTISCHER
OZEAN
Santiago
Lissabon
Sevilla